周有光 著　张森根 向珂 编

从世界看中国

周有光百岁文萃

上

生活·讀書·新知 三联书店

Copyright © 2015 by SDX Joint Publishing Company.
All Rights Reserved.
本作品版权由生活·读书·新知三联书店所有。
未经许可，不得翻印。

图书在版编目（CIP）数据

从世界看中国：周有光百岁文萃：上下卷／周有光著；
张森根，向珂编．—北京：生活·读书·新知三联书店，2015.1
(2025.7 重印)
ISBN 978 – 7 – 108 – 05192 – 9

Ⅰ.①从… Ⅱ.①周… ②张… ③向… Ⅲ.①随笔－
作品集－中国－当代 Ⅳ.① I267.1

中国版本图书馆 CIP 数据核字（2014）第 282944 号

责任编辑　李静韬
装帧设计　康　健
责任印制　董　欢
出版发行　生活·讀書·新知三联书店
　　　　　（北京市东城区美术馆东街 22 号 100010）
网　　址　www.sdxjpc.com
经　　销　新华书店
印　　刷　三河市天润建兴印务有限公司
版　　次　2015 年 1 月北京第 1 版
　　　　　2025 年 7 月北京第 7 次印刷
开　　本　880 毫米 × 1230 毫米　1/32　印张 24.5
字　　数　523 千字
印　　数　22,001 – 24,000 册
定　　价　98.00 元　（上下卷）
（印装查询：01064002715；邮购查询：01084010542）

周有光题写本书书名　陈光中摄

> 要从世界看国家，
> 不要从国家看世界。
>
> 周有光
> 2011-01-13
>
> 时年106岁

周有光题字

周有光在工作　　陈光中摄

周有光在打字　　陈光中摄

周有光和张允和　　陈光中供图

周有光献吻张允和

张寰和摄

周有光肖像　王征绘

编者说明

周有光先生（1906—　）是我国知名的语言文字学家、文化学者。他自85岁高龄退休之后，潜心思考和研究文化学、人类社会发展规律等宏大问题，撰写了大量兼具学术性与通俗性的文章、读书札记。周先生专业著述之外最重要的三部别集，就是他在这方面的代表作：《百岁新稿》，100岁时出版（三联书店2005年初版，2014年修订版）；《朝闻道集》，104岁时出版（世图公司2010年初版，2014年增订版）；《拾贝集》，105岁时出版（世图公司2011年）。

对于撰写这些文字的缘由，在2014年3月，周先生曾说："自从85岁从办公室回到家里，工作和思考是我个人生活的最大乐趣；我比以往更关心中国的发展和走向；关心这个社会不断出现的变化。这是我退休以后，以我自己的方式履行一个世界公民的职责。""从世界看中国"也正是周先生观察中国历史、现实的一贯视角。

这些文字涉及文化、思想、历史、政治、教育、语言文字诸方面，实为先生百年学思之精华，广受读者好评。

除了上述三部别集以及他的《文化学丛谈》和《静思录》，

周先生晚年的论著,还分散在其他别集中,为全面有效地展示其思考全貌,我们编订《从世界看中国:周有光百岁文萃》,将先生85岁以后的重要著作悉数收入,以飨读者。

《文萃》共有五大部分:走进全球化、传统和现代、读史散篇、百岁忆往、语文与文明。

编订过程之中,我们参考了《周有光全集》、《周有光百年口述》(待出版)及其他单行本,在此一并对周有光先生及其家属、相关出版机构对于编者的支持表示谢忱。

出版《周有光百岁文萃》之际,正值周有光先生110岁诞辰,我们谨以此作为献礼。

编者

2014年12月

目 录

走进全球化 ……………………………………… 1
 走进全球化 ……………………………………… 3
 走进世界 ………………………………………… 8
 全球化巡礼 …………………………………… 14
 全球化和现代化 ……………………………… 19
 全球化时代的世界观 ………………………… 29
 多极化与一体化 ……………………………… 35
 漫说太平洋 …………………………………… 39
 美国归来话家常 ……………………………… 44
 闲谈俄罗斯 …………………………………… 51
 两访新加坡 …………………………………… 56
 扶桑狂想曲 …………………………………… 65
 小国崛起 ……………………………………… 75
 西天佛国的新面貌 …………………………… 83

传统和现代 …………………………………… 93
 双文化和双语言 ……………………………… 95

大同理想与小康现实 ·················· 112
从大同论到理想国 ·················· 117
漫谈"西化" ······················ 121
人类社会的文化结构 ················ 128
人类文化问题的再思考 ·············· 139
文化的创新规律 ···················· 147
文化的衰减规律 ···················· 154
文化的流动规律 ···················· 160
四种传统文化的历史比较 ············ 166
四种传统文化略述 ·················· 182
汉字文化圈 ························ 193
华夏文化的光环和阴影 ·············· 228
如何弘扬华夏文化 ·················· 234
传统文化和现代社会 ················ 242
现代文化的历史背景和基本特点 ······ 247
文化冲突与文化和谐 ················ 253
《文化学丛谈》引说 ················ 259
儒学的现代化 ······················ 264
中国有三宝 ························ 273
传统宗教的现代意义 ················ 279
信仰问答 ·························· 288

读史散篇 ························ 293
　　文艺复兴和启蒙运动 ············ 295

回顾资本主义时期·················314
资本主义的发展阶段···············324
后资本主义的曙光·················331
美国社会的发展背景···············340
苏联历史札记·····················353
"拼盘"与"杂炒"·················368
历史包袱·························371
萨满教和圣愚崇拜·················372
刺客列传和现代恐怖···············376
话说天国·························382
微言大义和托古改制···············391
胡适和陈独秀的分道扬镳···········396
科学的一元性·····················403

走进全球化

走进全球化

人类社会的发展是在聚合运动中不断前进的：从部落到城邦，从城邦到国家，从国家到国家联盟，从国家联盟到世界组织联合国，实现全球化。

农业化时代，安土重迁，没有全球化。工业化时代，不断扩大国际贸易，开始全球化。信息化时代，信息技术穿透各国的国境界线，全球化一往无前。

全球化改变了人们的观点和立场，过去从国家看世界，现在从世界看国家。事物，都要重新评价。

经济全球化

经济全球化改善了全人类的生活。举例略谈虚拟工厂和生产外包。

虚拟工厂

美国的航天飞机最近结束服役。航天飞机不是在美国一国制造的，而是分成若干部件，举行国际招标，由世界各国各显神通，精密分工，合作制造的。例如，奥地利得标制造航天飞机的一扇门，加拿大得标制造航天飞机的一个机械臂。

每个零部件严格按图纸生产，美国航天飞机工厂的总工程师，还在电视里监督得标各国的生产进程。各国把部件制造成功以后，运到美国，由美国集合组装，成为完整的航天飞机。虚拟工厂是高科技的生产全球化。

事有凑巧，我到奥地利参加学术会议，会议组织参观奥地利为美国制造的航天飞机的门，门上一个螺丝钉价值 5000 美元。

生产外包

经济发展，工资上升，需要较多劳力的企业无利可图。为了减轻成本，把工厂迁移到工资较低的国家或地区，继续生产。例如玩具工业，起初主要在美国，后来迁移到欧洲，到日本，到中国香港，今后可能再迁移到中国内地。生产外包，工厂迁移，使难于工业化的国家或地区也开始进入工业化。工业化走向全球化。

中国改革开放，参加世界贸易组织，实行生产外包。原来反对资本侵略，现在欢迎外资来临，虔诚的信徒百思不解。邓小平"南巡"，就是去说服人们，转变思想，适应时代。中国跟"世贸"谈判，经过 16 年之久，最后悬崖勒马，达成协议。中国一只脚跨进了经济全球化，成为"世界工厂"。

政治全球化

政治全球化，风云变幻，使人眼花缭乱。举例略谈阿拉伯的剧变和"保护责任"新理念。

阿拉伯剧变

阿拉伯，共有23国，占据西亚和北非广袤地区，称为"阿拉伯世界"。他们都是伊斯兰教奥斯曼帝国瓦解后的遗裔。天主眷顾阿拉伯，给予石油：有石油就富，无石油仍穷。

阿拉伯世界一向被看作是人间净土。《天方夜谭》是阿拉伯的仙境。现在，净土仙境里发生了大闹天宫，一人自焚，多国起义。星星之火，顷刻燎原。天国圣徒，只知"天主"，不知"民主"；只要"民生"，不要"民主"。可是，草根起义一旦扩大之后，不由自主地滑入了民主，这就是"民主"的潜在力量。

历史学者认为，阿拉伯的历史包袱太重。西欧的启蒙运动经历几百年。阿拉伯的启蒙运动将是更加艰巨的历史任务，现在只是开端的开端而已。

"保护责任"新理念

利比亚是阿拉伯世界的一个环节。我傻乎乎地在电视里看北约轰炸利比亚，不懂为什么发生这场战争。我向网络寻求答案。原来，联合国有一个"保护责任"新理念的决议（Responsibility to Protect，简称 R2P）。

关键文件是：2005 年联合国通过一项名为"保护责任"新理念的决议。"保护责任"，说得含糊其辞，不清不楚，为了避用敏感字眼。说得明白些，"保护责任"就是"保护人权的责任"。决议说："确认当独裁者屠戮本国民众时，世界大国有权利和义务介入。"

"保护责任"新理念的意义非常重大，一国无道，多国介入；吊民伐罪，辅助起义。国际关系发生了颠覆性的变化！

轰炸利比亚之前，新闻也说是根据联合国的决议，中国这次投了弃权票（中国如投反对票就不可能去轰炸）。

网络说："保护责任"新理念，先后执行了两次。前一次是对"波斯尼亚大屠杀"做出的军事回应，全世界花了三年半时间方才结束，南斯拉夫米洛舍维奇最终死于海牙国际法庭的监狱。这一次是对付利比亚，至今军事行动还没有结束。

文化全球化

语言使人类别于禽兽，文字使文明别于野蛮，教育使先进别于落后。

一万年前，人类创造了文字，世界各地兴起许多文化摇篮。经过缓慢的交流融合，形成东亚、南亚、西亚和西方四种地区传统文化。历史向全球化前进，四种地区传统文化进一步融合成为一种不分地区的国际现代文化，核心内容是科学和民主。地区传统文化依旧存在，进行各自的完善化，成为国际现代文化的补充。这是文化全球化。

改革开放之后,中国从文化休克状态中苏醒过来,开始重建文化。有人一时兴奋,闭目高歌"三十年河西,三十年河东":世界文化的接力棒传到中国来了!张开眼睛一看,世界已经广泛流传国际现代文化和文化的全球化。

2011年9月13日,时年106岁

(原载《炎黄春秋》2011年第10期)

走进世界

2001年，21世纪的头一年，中国发生两件大事：1."入世"成功，中国将按照"世界贸易组织"（世贸，WTO）的章程扩大进出口贸易；2."申奥"成功，2008年北京将主办世界奥运会。这两件事所以称得上大事，因为它们标志着在21世纪中国准备走进世界。中国一向有"世外桃源"的美名，只顾"四海之内"、不顾"四海之外"，现在改弦易辙，准备走出桃源，进入世界，这是中国的大事，也是世界的大事。

世外桃源的传统意识

《桃花源记》是一篇好文章，大家喜欢读，我也喜欢读。《桃花源记》的思想是出世，走出世界、安居古代。我的思想是入世，走进世界、追赶现代。《桃花源记》跟我的思想完全相反，为什么我也喜欢读它呢？其中道理直到最近我才明白。原来，我生活在传统思想之中，出世早已成为我的潜意识。我的入世思想是后来从书本中学来的，只是包在潜意识外面的一层薄膜，所以我虽然有入世思想而喜欢读出世文章。《桃花源记》文笔优美，只是吸引我的次要原因。

中国的出世意识来自三个方面：哲学传统、地理环境和历史背景。

哲学传统。我们的哲学受宗教影响极大。佛教，从西汉哀帝元寿元年（公元前2年）传入中国，已经有两千多年历史；佛教在印度衰落之后，中国成为世界佛教的主要基地。佛教修行的最终目的是达到"涅槃"。"涅槃"的意思说穿了就是一个"死"字。"生"都不要，还要"入世"吗？道教，从东汉顺帝汉安元年（142年）的五斗米教算起，有一千八百多年。道教本来是中国的原始巫术，没有教祖就领来一个老子作为螺蛉教祖。道教修炼的最终目的是成仙。仙人不住在地上，而住在云端里，当然远离尘世。魏晋玄学，尊崇"三玄"（《老子》、《庄子》、《周易》），以道解佛，援儒入佛，讲玄虚、辩有无，清谈度日。宋明理学，是"儒、道、佛"的混合。理学的所谓"体用"和"理殊"，皆出于佛教。"理学挂着儒家的招牌，其实是禅学、道家、道教、儒教的混合产品"（冯友兰）。中国的宗教和哲学都深藏着出世意识。只有儒家有入世思想，但是受佛道感染，儒冠而佛心，儒衣而道言，失去了孔孟的积极入世精神。

地理环境。东亚在欧亚大陆的东端，由喜马拉雅山隔开，自成区域。北有流沙，西有峻岭，南有榛莽，东有大海，一个天然的封闭天下。中国居东亚的中心，遗世独立。请到山东海边看看"天尽头碑"，这就是天下的极限。

历史背景。宋、元、明、清，多半时间由入侵的外族统治。

他们进入中国，犹如到了天堂，心满意足，不求发展，关起门来尽情掠夺。元代皇帝有一次问大臣能否杀尽汉人，把尸体运去肥沃蒙古草原。明代郑和下西洋，是去宣扬国威，不是去开拓疆域，是依照已知航道，不是去开辟航道。清代后期，英国要求跟中国建交通商。中国皇帝说"万物皆备于我"，不需要蛮夷之邦的东西。宋、元、明、清各代都长期实行海禁。

传统力量束缚住历史，力量之大，远远出乎想象。"积重难返"不是一句空话。东方如此，西方也是如此。西班牙和葡萄牙到中南美殖民比英国到北美殖民早一百多年，为什么至今中南美落后于北美？学者认为，深层原因是伊比利亚传统的惯性在起作用。东、西德合并到如今，东德仍旧无法赶上西德，成为西德难于放下的包袱。什么缘故？学者认为，深层原因是旧有传统的惯性在起作用。由此可以了解为什么俄罗斯的经济改革如此之难。我们的传统包袱十分沉重，我们的潜在惯性还没有被自己发觉。两千多年的出世传统阻碍着中国走进世界。

地球村需要村民教育

现在，中国将从"天下中心"变为"世界一员"。许多人会感觉很不舒服。怎么，泱泱大国变成了小小地球村的一员？孔子登东山而小鲁，登泰山而小天下。现代人登喜马拉雅山而小东亚，登月球而小地球。站得越高，看得越远，自己就相对地显得越缩越小。

参加"世贸"只是产品进入世界，不是人民进入世界。人民进入世界，才是真正的"入世"。人民"入世"，就是成为世界公民。成为世界公民，不用写申请书，也没有公民证，但是要进行两项自我教育：扩大视野和补充常识。

扩大视野。我们有三个面向：面向现代化、面向世界、面向未来。三个面向，就是扩大视野。扩大视野要把本国观点改为世界观点。从本国看本国要改为从世界看本国，从本国看世界要改为从世界看世界。中国人民要改，世界各国人民都要改。例如，甲国占领乙国，夺取其油田。从本国观点来看，可能同情原来友好的甲国。

从世界观点来看，要根据国际公法，支持被侵略的乙国。《群言》杂志（2001年第9期）刊登了两张照片。一张是1970年12月7日联邦德国总理勃兰特在"二战"被侵略国波兰烈士纪念碑前下跪。另一张是2001年8月13日小泉纯一郎以日本内阁总理身份，不顾被侵略国的抗议，悍然参拜纪念战争罪犯的靖国神社。勃兰特扩大了视野，有世界观点，认识了过去，能面向未来。小泉没有扩大视野，没有世界观点，不肯认识过去、不能面向未来。两张照片，对照鲜明！日本教科书美化侵略，引起被侵略国强烈抗议。国际评论说，日本不肯正视过去，坚持军国主义传统观念，绝对错误！同时，日本的邻国也要用世界观点查看一下自己的教科书，把歪曲的历史实事求是地纠正过来。否则你爱你的祖国、我爱我的祖国，亚洲就难于有持久和平。

德国在西欧，可是一向自立于西欧之外，企图凌驾于西欧之上；两次大战失败，不得不改弦易辙，从西欧的敌人改为西欧的友人，从西欧的客人改为西欧的主人；扩大视野，共建"欧盟"；这不比再打一次世界大战好吗？一位俄罗斯学者说，俄罗斯也要考虑重新定位；可否从欧洲的客人改为欧洲的主人，从离开欧洲改为进入欧洲；扩大视野，参加"欧盟"；这不比继续"冷战"好吗？扩大视野，面向未来，原来无法解决的问题就不难迎刃而解。

补充常识。常识就是自然科学和社会科学的基本知识，也就是"五四"运动所要求的科学和民主。某小学老师问：用烧饭的柴火能不能炼出钢铁来？学生答：不能。问：为什么不能？答：温度不够。在"大炼钢铁"的年代，我国大致还没有人具备这种常识。全民打麻雀、人民公社化、反右运动、"文化大革命"等等，都是违反基本常识的行为。今天我们的常识提高了，但是不能自满，应当自己再检查一下，是否仍旧缺少现代国际社会所公认的走进世界的某些常识。一位英国学者说，治理国家就是按照国际公认的常识行事。常识不是静止的，而是不断更新的。

新闻说，斯诺告诉毛泽东主席，美国农民只占人口的8%。毛主席停了一会说，请你再说一遍。斯诺又说，美国农民只占人口的8%。毛主席摇摇头：我不信！最近新闻说，美国农民现在只占人口的2%以下。不知道毛主席听了将做如何反应。新闻还说，美国工人现在只占人口的20%以下，十年以后将降到10%以下。技术发展，农民和工人不断减少，是世界各国的共同现象。不知道马克思听了会有怎样的反应。全世界的无产阶级不是越来越壮大，而是越来越缩小。历史变化出乎预言家的想象。社会的发展规律需要重新研究。某刊物说，专家们认为，在市场经济时代，对马克思的学说也不能搞两个凡是。

某报登出一道"算术题"：送一封市内平信的成本为1.36

元,现行邮资0.80元,亏损0.56元;送一袋250克的牛奶,收送费0.03元,还有钱可赚;能不能让送牛奶的去送信,实现扭亏增盈?这是市场经济提出的一道常识小问题。问题很小,意义很大。

2008年,北京将主办世界奥运会。在这个运动会上,没有国家能提出要求:给我们特别优待,踢足球的时候,我们可以手脚并用。国际公共的打球规则,就是我们要学习的常识。

别国参加"世贸",谈判半年、一年,至多两年、三年,就完成了。中国参加"世贸",谈判了15年之久。一个初生婴儿已经长成15岁的少年了。一个50岁的盛年已经变成65岁的白发老头了。计划经济跟国际市场接轨如此之难!中国产品走进世界不容易,中国人民走进世界更加不容易。从"入世"之难,我们看到了自己离世界还有多远。

在21世纪,人与人、国与国,正在重新定位。世界各国,原来各据一方,相互虎视眈眈。现在大家挤进一个小小的地球村,成为朝夕相见的近邻。今后早上见面是否可以说一声"嗨!"当然仍旧有敌对,可是敌对方式也跟过去不同了。走进世界,做一个21世纪的世界公民,无法再梦想世外桃源,只有认真学习地球村的交通规则。

2001年9月9日

(原载《群言》2002年第12期)

全球化巡礼

全球化的初步成果

人类历史是不断的聚合运动。城邦聚合成国家,国家聚合成多国联盟,多国联盟聚合成世界组织"联合国"(UN)。城乡贸易聚合成全国贸易,一国贸易聚合成地区多国贸易,地区多国贸易聚合成"世界贸易组织"(WTO)。一国文化聚合成多国文化圈,多国文化圈聚合成人类"共创、共有、共享"的国际现代文化。全球化是人类聚合运动的新阶段。

全球化由工业化而发育,由信息化而成形。"冷战"时期,全球化蓄势待发而难于伸展。斯大林宣布:一个地球,两个平行市场,资本主义有货币交易市场,社会主义有实物交换市场。"冷战"结束之后,天地无阻,全球化一往无前。

全球化的初步成果略谈如下。

交通高速化。"二战"结束,我去美国,坐当时最快的轮船,14天渡过太平洋。现在飞过太平洋只要15个小时,"朝发而夕至"。国际航空已经结成一个世界蜘蛛网。铁路高速化又在改变世界交通。货运集装箱也是过去闻所未闻。天堑变通途,并非虚语。

信息网络化。个人电脑把整个世界连成一片,通讯发生了革命。文房四宝成为古董。"短信"代替信封邮递。手机既能听,又能看;人手一机,远方亲友来到耳边眼前,这不是神话吗?

贸易世界化。中国用15年时间谈判参加"世界贸易组织",实际是用15年时间学习世界贸易技术。1979年我去巴黎,法国朋友说,欧洲各国橱窗堆满日本货,人人摇头,可是不能不买。今天报纸说,中国生产的鞋足够全世界一人一双,外国的鞋厂如何开工?世界的市场结构彻底改变了。既欢迎物美价廉,又抵制外来竞争,这个矛盾如何协调?

生产外包化。工资不断上涨,把工作送到工资较低的国家去做,叫做"外包"。先进国家由此得到赢利,后进国家由此生产起飞。反对资本侵略变成欢迎外资来临,思想一百八十度大变。

中国承办体力外包最多,成为"世界工厂",震动了世界。清末洋务运动以来的工业化之梦终于实现了。

印度承办脑力(软件)外包最多,成为"世界办公室"。美国的晚上是印度的白天;美国人睡觉,印度人工作;办公室从纽约搬到邦加罗尔,不仅节省费用,还省时间。美印之间的时间距离没有了。美国人说,地球原来是圆的,现在变成平的了。

工厂无人化。工业化开始于纺织的机械化,机械化水平逐步提高,出现全自动化的"机器人"。全部机械化的农场叫做"无人农场",机器人工作的工厂叫"无人工厂"。无产阶级不是越来越多,而是越来越少。股票制度产生持有股票的工人阶级,劳资区别模糊了。农场不要农民,工厂不要工人,人类是否就要全部失业了呢？不必担心。人类更忙了，忙于制造机器人，忙于其他必须用人力的工作。

文化国际化。人类"共创、共有、共享"的国际现代文化使人类的文化生活趋于同化。现代文化和传统文化的双文化生活是全球化时代的普遍现象。文化的国际化是全球化的精神支柱。

这些仅仅是全球化初步成果的点滴闲谈，今后发展，方兴未艾。人类生活已经超过任何宗教所想象的天堂。有人估计，全世界人口有一半以上在最近十年中提高了生活水平。但是全球化跟其他历史时代一样，幸福和灾难共生。幸福没有全球化，恐怖主义倒已经全球化了。

联合国和地区联盟

联合国（UN）：全球化世界的国际议会雏形，1945年成立，2006年有成员192国。权力集中于五个有否决权的安全理事会永久成员（美英法中俄）。五国分为两派，原来是美英法中对俄（四比一），现在是美英对法中俄（二比三），美国从多数派变成少数派。一票否决制度实际否定了联合国的权威。联合国需要地区联盟的支持方能发挥更大作用。主要的地区联盟如下：

欧盟（EU）：1952年成立欧洲煤钢共同体（ECSC）；1957年成立欧洲经济共同体（EEC），又称共同市场；1967年成立欧洲共同体（EC）；1991年成立欧洲联盟（"欧盟"）。目的是模仿"美洲合众国"（USA），建立一个"欧洲合众国"（USE）。1998年成立欧洲中央银行，发行统一货币"欧元"（EURO），代替多种原有货币。"欧元"成为美元以外的第二种国际货币。会员自愿参加，民主联合，盟内人与物往来自由。苏联瓦解后，欧盟接纳部分前苏联的加盟国和卫星国。世界战乱中心变成多国团结模范，这是全球化的最大收获。

北约（NATO）：北大西洋公约组织，1949年成立，2006年有成员26国，包括原来苏联的部分加盟国和卫星国。北约原跟苏联的华沙条约组织对立。苏联瓦解，华沙条约组织消失。北约不仅没有取消，而且更加扩大，实际是欧盟和美国的军事同盟，"攻击一国就是攻击全体"。

独联体（CIS）：苏联瓦解后，1991年成立"独联体"，会员有12国，团结苏联剩下的加盟国。独而又联，藕断丝连，俄罗斯希望以此作为基础，重建俄罗斯的势力范围。

上海合作组织（SCO）：包含6个国家：中国、俄国、哈萨克、吉尔吉斯、塔吉克、乌兹别克。今年（2007年）上合组织在俄罗斯举行"联合反恐军事演习实兵演练"。西方猜测莫斯科正在推动上合组织与集体安全组织，组成新的"组合"，建立"绕过华盛顿的国际新秩序"，创造"没有西方的世界"；抗衡以美国为首的"北约组织"。

东盟（ASEAN）：东南亚国家联盟，1961年成立，会员共10国。东面五国：印度尼西亚、马来西亚、文莱（以上三国信伊斯兰教）、菲律宾（大城市外信伊斯兰教）、新加坡（华人为主）。西面五国：缅甸、泰国、越南、柬埔寨、老挝（都信佛教）。这是一个新兴地区，有新气象，但无新动力。

非盟（AU）：非洲联盟，2002年成立，成员53国，松散无力，形同虚设。

阿盟（LAS）：阿拉伯国家联盟。1945年成立，2006年有会员22国，实际是一个联络机构。

地区联盟应当是全球化的基础组织。现在除欧盟和北约之外，地区联盟都处于初始状态。这说明全球化还处于幼稚阶段。

世界各国，发展极不平衡，有的已经进入全球化，有的还停留在原始状态。不平衡是历史的规律。世界各国将永远在不平衡中共同前进。但是可以做到大家富裕起来，当然不是水平相等的"均富"，而是大家进步的"共富"。

2007年8月16日，时年102岁

全球化和现代化

甲、全球化

什么叫做全球化？不受地理限制的，多数国家已经实行，并且有推广到全世界趋势的事物和行为，叫做全球化。主要有经济、政治和文化三个方面。

一、经济全球化

1. 交通全球化

航海全球化。麦哲伦（F. Magellan），葡萄牙航海家，后为西班牙服务。1519年，他从西班牙西南港口起航，跨越大西洋向西南航行，到达南美的里约热内卢；沿东岸向南，到达一个海湾，后称麦哲伦湾。向西穿过接近南美最南端的海湾，到达他想象中的"南海"，这里风平浪静，后称"太平洋"。1521年，到达菲律宾，与土人战斗，麦哲伦战死。他的同伴继续前进，横渡印度洋，到达非洲南部，绕好望角，沿西非往北，1522年回到西班牙。此行往返三年，证明大地是球形，是一个水路相通的水球。从此开始了航海全球化,这是人类活动全球化的起点。

地球上的大陆板块分布得不合人意,需要开凿两条洋际运河。一条是苏伊士运河:北起地中海塞得港,南至红海的苏伊士湾。这是从欧洲到印度洋和太平洋的最短航线,避免绕道非洲好望角。1854年,法国雷赛布(F. Lesseps)得埃及政府授权开凿,1856年成立苏伊士运河公司,1859年开工,1869年完成,供国际公用。

另一条是巴拿马运河:打通中美洲巴拿马的狭窄地峡,使北美东西两岸往来可以避免绕道南美南端的合恩角(Cape Horn)。起初由雷赛布组织"两洋运河世界公司"经营,失败后改组为"巴拿马运河新公司",1904年开工,1914年完成,供国际公用。两条洋际运河完成航海全球化。

航空全球化。1903年,美国莱特兄弟(Orville & Wilbur Wright)研制并试飞成功世界上第一架有动力设备的飞机,开始了人类的飞行时代。20世纪20年代,军民航空大发展。40年代,使用喷气式发动机。50年代,空中商业运输发达。90年代,飞行速度超过三倍音速,飞行高度超过3万米,最大航程可以绕地球一周。地球变小,货运航海,客运航空,海空交通全球化。

汽车全球化。1908年,美国福特(H. Ford)利用装配线大规模生产汽车,降低成本,使只有富人玩得起的汽车,变成中等市民也用得起。现在,汽车成为全世界城市的主要交通工具。汽车代步全球化。

2. 贸易全球化

贸易全球化的目的是：扩大交换，发展经济。交换的项目包括：商品、资金、生产技术、管理技术、劳动力等。方法是：减少限制，提倡竞争。原来有各种限制：关税、地段税、优惠、配额、特许、垄断等。贸易全球化的原理是贸易自由。历史证明，贸易自由是发展经济的动力。

"二战"后，法国、西德、意大利、比利时、荷兰、卢森堡，1952年实行"煤钢联营"，消除壁垒，生产扶摇直上。1957年成立"六国共同市场"，降低关税，提倡竞争。1959年削减相互关税10%，1968年取消全部相互关税，十年间相互贸易增加四倍，西欧经济从"二战"废墟中陡然起飞。后来西欧进一步成立欧洲共同体和欧洲联盟。

1947年成立世界性的"关贸总协定"，1995年扩大为"世界贸易组织"（WTO），进一步推动贸易自由的全球化，创始成员有104国。目标是防止贸易歧视，开放彼此市场，废止进口限额，实行最惠国条款。会员国之间对工业品的关税，从1947年的平均40%，降低到1993年的平均5%。全世界90%的国际贸易已经纳入这个轨道。

"冷战"时期，世界分为两个贸易市场：资本主义市场实行货币贸易；社会主义市场实行以货易货。苏联解体，世界贸易市场全球化。

3. 货币全球化

多国贸易，多边结算，使用多种货币，十分不便。为了提高效率，节省结算费用，渐渐使用同一种大家都能接受的货币，作为公共的结算媒介。这一媒介货币，成为商品标价的尺度，储藏价值的手段。美元担当了这个任务。

美元全球化，对大家方便，对美国特别有利。给富有的美国锦上添花是不公道的。新兴国家提出建立一种世界公用货币，这不是短期内所能做到，具体技术有待深入研究。

信用卡代替钞票记账支付。1950年在美国饮食俱乐部推行，1959—1966年间在美国银行界使用，不久成为多数国家接受的支付方式。国际往来，身边携带钞票，不方便，不安全。一张小小的信用卡，走遍天下。货币电子化，信用卡促进了货币全球化。

二、政治全球化

1. 联合国

联合国是全球化政府的雏形。两次世界大战，使人类要求建立一个全球化政府。"一战"之后，1919年成立国际联盟，谋求集体安全，仲裁国际争端，裁减军备，公开外交。日本侵略中国，意大利侵略阿比西尼亚，希特勒撕毁《凡尔赛和约》，国际联盟失败。

"二战"之后，1945年成立"联合国"，宗旨是维护国际和平与安全，发展各国人民的平等权利和自决权，促成国际合作，解决国际经济、社会、文化和人道等问题。组织有：大会，安全理事会（美俄英法中为常任理事，有否决权）。业务机构有世界银行，国际货币基金组织（IMF），劳工组织，粮农组织，卫生组织，教科文组织，儿童基金会。必要时候，联合国可以调集维和部队阻止战争。

联合国已经执行了全球化政府的初始职能，虽然还远不如人意。"世界大战"就是战争的全球化；人类希望发展政治全球化，阻止战争全球化。

2. 民主全球化

民主制度是人类几千年历史的经验积累。民主技术不断改进，最近有电视辩论和国际观察。以保守著名的英国，在2010年大选也开始实行电视辩论。

20世纪有三次民主化高潮："一战"之后是第一次，"二战"之后是第二次，"冷战"结束之后是第三次。民主国家的数目不断增加，已经是全世界国家总数的多数。

但是，各国对民主的含义和评价不同，只有民主的"名义"已经为全世界所接受。这当然不等于说，民主制度已经全球化。民主全球化，只是一种理想。

三、文化全球化

1. 历法和度量衡全球化

法国的度量衡已经被全世界所采用。基督教的历法已经成为公历。历法和度量衡的全球化，是文化全球化的必要条件。

2. 信息全球化

邮政全球化。信件和包裹的传递，起初限于一国之内，后来扩大到整个世界。1875年成立邮政总联盟，1878年改称万国邮政联盟；20世纪发展航空邮递。

电报全球化。1837年，莫尔斯（S. F. B. Morse）发明电报，很快进入军用和民用。1880年（清光绪六年），中国开办四码电报，用四个数码代表一个汉字。电报原用电线传输，后来发明无线电传输。1865年成立国际电报联盟，1934年改为国际电信联盟（ITU），1947年归入联合国，负责分配无线电的频率。

电话全球化。1876年，贝尔（A. G. Bell）发明电话，市内电话发展为长途电话，国内长途发展为国际长途，固定电话发展为移动电话。

广播全球化。马可尼（G. Marconi）1896年发明广播，得诺贝尔奖。1930—1940年间，广播事业扩大到全世界。

电视全球化。兹沃里金（V. K. Zworykin）在1923—1924年间发明传送器和接收器，奠定最初的电视基础，后来科学家们共同完成电视设计。1945—1955年间，彩色电视成为家庭设备。全世界人民看到全世界的真实动态，电视全球化，世界透明化。

电脑和"手机"全球化。1946年，美国科学家（J. P. Eckert & J. W. Mauchly）推出第一代计算机，名为"ENIAC"（电子数字积分计算机）；英国在"二战"后期制成"巨人计算机"（Colossus）。计算机是智能化利器，得到"电脑"的爱称。个人电脑（PC）发展成"手机"，既能通话，又能通信。电脑和手机成为全世界一切事业的必要工具和每一个人的生活伴侣。

3. 科学全球化

科学有一元性、世界共同性,不分国家、地区、阶级、主义。苏联曾创造多种马克思主义真科学,对抗资本主义伪科学,后来全部自行否定。科学破除迷信,真理传遍世界,科学全球化。

4. 语文全球化

英语全球化。全球化时代,人类需要一种国际共同语。"爱斯不难读"(Esperanto)没有成为"世界语",联合国不用,国际贸易不用,科技著作不用。英语经过300年的国际传播,成了事实上的国际共同语。

字母全球化。全世界大多数国家用拉丁字母作为文字。"国际标准化组织"(ISO)给每一种非拉丁字母文字规定一种拉丁字母的标准转写法,作为文化交流的纽带。《汉语拼音方案》采用拉丁字母。在国际互联网上,拉丁字母占据了文字符号的极大部分。拉丁字母成为世界公用的全球化字母。

5. 体育全球化

奥运会是体育竞赛的全球化。

6. 旅游全球化

国内旅游发展为国际旅游,旅游全球化了。经济越发达,旅游越兴旺。读万卷书,行万里路,成为知识时代的知识青年的爱好。旅游全球化扩大了人类的视野。

以上这些事实告诉我们,世界大多数国家进入了全球化时代。

2000 年 11 月 13 日

(原载《群言》2001 年第 1 期)

乙、现代化

什么叫做现代化?人的身体从限制行动到自由行动,人的头脑从不许思考到独立思考,从此历史开始了现代化。西欧在度过千年黑暗时代之后,掀起文艺复兴(14—16 世纪)和启蒙运动(17—18 世纪),打开了现代化的大门。有经济、政治和文化三个方面。

一、经济现代化

在过去 1 万年间,人类掀起三次生产高潮:农业化、工业化、信息化。农业化依靠人力和畜力,工业化依靠机械,信息化依靠电子。工业化是经济现代化的起点,出现动力、制造、市场等新现象。

动力:从人力到畜力,又到蒸汽和电力。一匹牛或马的力量相等于六个人,农业化由此跨过原始生活。蒸汽的利用是动力的革命;电力的利用改变人类的生产和生活。

制造:从手工业到机械工业,从家庭生产到工厂生产,从小规模生产到大规模生产。起初用双手制造;后来用双手操纵机械；更后用双手指挥电脑，由电脑操纵机械。离开手工业，生产进入现代化。

市场：从地区市场到世界市场，市场现代化。世界市场已经初步形成，还在不断扩大。中国成为"世界工厂"，印度成为"世界办公室"，文明古国参加市场现代化，历史觉醒了。

信息：从个人电脑（PC）到全球网络，电脑智能化，信息事业现代化。

二、政治现代化

政治制度三部曲：神权、君权、民权。

当前，有的国家政教合一，神权统治；有的国家个人独裁，君权统治；有的国家实行多党民选，民权统治。

政治现代化开始于英国。1640年的"英国革命"被历史学家定为世界近代史的开始，从专制进入民主。

三、文化现代化

人类的思维发展经历三个步骤：神学思维（冥想），玄学思维（推理），科学思维（实证）。

太阳崇拜是神学冥想。古书上说，早晚的太阳大，中午的太阳小；推理得出，早晚太阳离地近，中午太阳离地远。这是玄学推理。科学家测定了太阳的实质和运行，这是科学实证。

起初，人类依靠肉眼观察，发展了早期天文学。凹镜和凸镜等人工晶体的发明，产生望远镜和显微镜，自然官能提高为人工官能。人工官能延长目力的距离，放大观察的对象，看到原来看不到的遥远物体，看到原来看不见的细微物质。电射望远镜、电子显微镜，以及各式各样的精密仪器，使官能大变。物理学从观察原子到观察夸克；生物学从观察细胞到观察基因；天文学从观察星球到观察星云。官能变革提高了实证的可靠性。

语言是人类的基本传信工具。农业化时代发明文字，语言打破空间和时间的限制。工业化时代发明各种传声技术，发展国际共同语，人类的语言生活现代化。

文艺从简单表情到精微描述，从贵族文艺到大众文艺，从"阳春白雪"到"下里巴人"。一部电影传遍全世界，影响全世界。文艺生活现代化。

现代化是历史的前进运动，不是静止的概念，而是动态的意识；不是部分的修改、而是全盘的提高；不是一时的改变，而是长期的发展。现代化正在推进人类的历史。

1999 年 4 月 19 日

（原载《群言》1997 年第 7 期）

全球化时代的世界观

全球化时代的世界观,跟过去不同,主要是:过去从国家看世界,现在从世界看国家。过去的世界观没有看到整个世界,现在的世界观看到了整个世界。在全球化时代,由于看到了整个世界,一切事物都要重新估价(transvaluation)。

历史事实的理性认识

历史观是世界观的重要内容,称为世界历史观。在全球化时代,需要重新审视世界历史。历史要真实,不要伪造;认识要理性,不要曲解。这是全球化时代的头等大事。

这个要求,德国人做到了。德国总理到波兰,向万人冢下跪,深刻自责。人们说:一个德国总理跪下去,千万德国人民站起来了。

日本态度不同:进入中国,不是侵略中国!海军战败,陆军没有战败!败于美国,没有败于中国!军事战败,经济战胜!实力雄厚,卷土重来!首相不断祭拜战犯。

俄罗斯从苏联瓦解中独立出来,俄罗斯学者们掀起大批判,"苏联圣经"《联共党史》受到强烈指责:伪造历史,曲解事实。

最近波兰和爱沙尼亚把苏军烈士纪念碑从市中心迁移到苏军墓地。俄罗斯提出抗议,认为这是无视苏军解放当地的功勋。当地人民认为,苏军侵略本国,不应当再崇拜下去了。希特勒是侵略者;苏联究竟是解放者还是侵略者呢?

抗美援朝时期,我们宣传朝鲜战争是美国发动的;现在承认,是朝鲜一边首先发起的进攻。过去我们宣传,抗日战争主要是共产党打的;现在承认,国民党的战区大,军队多。抗日八年,坚持到底,日本向国民党投降;八路军是国民党的军队编号,帽徽是国民党的党徽,不是五角红星。

国民党歌颂太平天国,因为他反对清王朝;共产党歌颂太平天国,因为他是农民革命。2000年的电视剧《太平天国》,稍稍暴露了一些太平天国的倒行逆施。《辞海》原称"太平天国革命",后来改为"太平天国运动"。全球化正在促使我们也重新认识历史。

同一件事实,以前不同的国家、不同的派别,有不同的纪录,现在要放弃主观的偏见,写成客观而忠实的纪录,使世界史成为名副其实的世界史。

阶级之间的矛盾和统一

人类社会不可能没有阶级。苏联消灭了阶级是虚假的宣传。资本主义社会包含不同的阶级。阶级之间,既有矛盾,又有合作。

有矛盾，就有斗争；斗争方式主要是和平罢工，不是你死我活。

美国是资本主义最发达的国家，因此有最强大的工会。工会认为工资不合理的时候，就举行罢工。罢工达到目的，立即复工。资本家改进技术，又获得超出原来的利润。如果赢利提高而工资不提高，可能再次罢工。罢工和复工，斗争与合作，周期往复，资本主义蒸蒸日上。如果美国的工会采取你死我活的斗争，美国在苏联瓦解之前早就瓦解了。

资本家不是只剥削，不生产价值。资本家有三种功能：创业功能、管理功能和发明功能。创业最难，美国工业发达，依靠不断培养优秀的创业者。管理是重要的生产力，这在今天已经成为公认的常识：生产力＝科学技术×（劳动力＋劳动工具＋劳动对象＋生产管理）。管理已经发展成为多种学科。早期资本家都是发明家，后来才有专业的发明家。

马克思和恩格斯跟所有学者一样，不断研究，不断进步，晚年纠正早年的错误。他们晚年都认识到，阶级斗争可用和平方式在民主议会中进行。

马克思（1818—1883）去世太早，只看到资本主义初级阶段（"一战"前）的前半，没有看到后半，更没有看到中级阶段（两战间）和高级阶段（"二战"后）；他没有看到资本主义的全貌，因此《资本论》只可能是哲学推理，不可能是科学实证。

民主是人类的经验积累

民主不是某些国家的新发明或专利品，它是三千年间人类的经验积累。希腊城邦的直接民主，克利斯梯尼（Cleisthenes）的民主改革，伯里克利（Pericles）的民主实践；英国的大宪章，清教徒革命，光荣革命确立议会，洛克（Locke）提出两权分立；法国大革命，人权宣言，权利法案，卢梭（Rousseau）的契约论，孟德斯鸠（Montesquieu）提出三权分立；美国的独立宣言，成文宪法，华盛顿（Washington）不连三任的范例，妇女选举权，罗斯福（Rooserelt）的新闻发布会，晚近竞选的电视辩论、国际观察。许多国家，一代一代的政治家、思想家、革命群众，前赴后继，不断创造，达到今天的水平。今后当然还要继续完善化。

陈独秀早期认为民主没有阶级性；后来服从第三国际，主张民主有资产阶级和无产阶级的分别；晚年又重新认定民主没有阶级性。

孟子开创民本思想和革命理论。"民为本，社稷次之，君为轻"；推翻残暴的"独夫"帝王，不是篡逆。民本思想是民主制度的前奏，民主制度是由古而今逐步发展的。

民主不是有利无弊的制度，但是历史证明，它是不断减少弊端的较好制度。在民主制度之下，发展了近代繁荣：新经济、新科技、新福利、新社会。从神权到君权到民权是一条政权演进的路线，全世界的国家都在这条路线上竞赛。

社会主义是理想

"社会主义"说法繁多，有空想社会主义，有科学社会主义，俄罗斯有苏共社会主义,中国有特色社会主义,柬埔寨有红色社会主义,缅甸有军人社会主义,利比亚有民众社会主义,还有其他各种自称的社会主义。搞了一辈子社会主义革命的老革命家也糊涂了,一下子说不清什么才是真正的社会主义。

陈毅副总理到摩洛哥,国王请吃饭,客人后面都站一位调味师;国王说,我们每人一盘菜,都是社会主义,可是各人的调味不同。

既然说不清什么是社会主义,为什么革命家还要自称社会主义呢?社会主义是崇高的理想,革命家不因为说不清而且没有出现过公认的真正社会主义,就轻易放弃崇高的理想。正如中国从古到今尊崇大同理想,不因为从来没有出现大同而放弃大同的崇高理想。

苏联瓦解后,独立起来的俄罗斯放弃了社会主义路线。叶利钦宣称:"结束共产主义的思想体系和实践的统治","苏联瓦解是俄罗斯发展的必要前提"。

住在莫斯科的一位中国学者,听了苏联总统宣告苏联解体的电视讲话之后,十分惊讶,匆忙走去红场了解情况。只见稀稀拉拉不多一些人在走路,没有他所预期的群众聚会。第二天去看俄罗斯朋友:一位说,他没有看电视;一位说,这或许不是坏事;一位说,他们要走,就让他们走吧(他们指苏联的加盟国和卫星国)。全世界都在震惊,唯独苏联人民人人保持冷静!有74年的亲身经历,他们最知道什么是社会主义。

世界观的更新

全球化时代的世界观包含两个方面：

1. 自然世界观，就是宇宙观：人对天体构造的理解；古代认为天体是神，神有人性，主宰人类；现代科学证明天体的客观存在形式和宇宙的物理运行规律。

2. 社会世界观：人对人类社会的理解，核心问题是统治制度。古代认为君主和贵族统治人民的专制模式是永恒制度；现代社会学证明了人类社会的发展步骤和统治制度的逐步演进。

2009 年 5 月 8 日修改，时年 104 岁

多极化与一体化

今年（2008年）8月，北京奥运会，举世欢腾，电视忽然出现俄国军队进入格鲁吉亚，观众大惊！

格鲁吉亚（Georgia），高加索小国，人口464万，原为苏联加盟国，1991年独立，希望离开俄国，加入欧盟，可是国内有两个地区，阿布哈兹（Abkhazia）和南奥塞梯（Ossetia），居民中有许多俄罗斯人，要求独立，并入俄国。格军镇压南奥塞梯独立，俄军进入南奥塞梯支持独立，俄国国会决议承认南奥塞梯和阿布哈兹独立。欧美严正声明，维护格鲁吉亚领土完整。

一位欧洲学者说，俄格对抗背后是俄美对抗，俄美对抗的要害问题是：俄国主张"多极化"，而美国主张"一体化"。这句话是什么意思呢？

什么是"多极化"？什么是"一体化"？请看《现代汉语词典》（2005）：

"多极化"："使变成有两个以上的重心。"（美国是世界重心，俄国也要做世界重心。）

"一体化"："使各自独立运作的个体，组成一个紧密衔接、相互配合的整体。"（美俄共同遵守同一个行为准则，就是全球化准则。)

世界贸易组织（WTO）是一个具体例子。

斯大林说:"一个世界，两个市场:社会主义市场，实物交易;资本主义市场，货币交易。"这是"多极化"。苏联瓦解，剩下一个市场，WTO，既不姓社也不姓资。这是"一体化"。

中国加入WTO，谈判了15年之久。俄国还在艰难的谈判中。普京不耐烦了，生气地说:"参加有什么好处!"

俄国认为，中国参加WTO，接受经济外包，中国少得，外国多得，中国太吃亏了。

历史学家说:清末洋务运动的工业化之梦今天终于实现了。

"多极化"和"一体化"的分辨，欧洲人非常认真。亚洲人不予理会:"一体化"不就是美国独霸的"单极化"吗?欧洲人说:"单极化"是"一强独霸";"一体化"是"平等协作"，二者迥然不同。《现代汉语词典》里没有"单极化"这一条。

亚洲人到欧洲，喜欢问法国人和德国人:你们还会打第三次大战吗?

他们同声回答:不会。

亚洲人不信。

法德解释说:原来两国都在同一条马路上开车，各有各的交通规则（多极化），法国采取"民主"规则，德国采取"专制"规则，结果一再撞车。现在仍旧在同一条马路上开车，大家都遵守相同的"民主"规则（一体化），不再撞车了。

亚洲人还是不信。

法德又进一步解释:"一战"之后，法国主持欧洲外交，对德采取"惩罚"原则：废除军备，限制经济，还要支付巨额赔款，结果狗急跳墙，跳出一个希特勒。"二战"之后，美国主持欧洲外交，对德采取"援助"原则：限制军备，以GDP的1%为度；发展经济，协助资金和技术，德国生产超过法国，德法化敌为友。欧洲发生了根本性的变化："多极化"变为"一体化"。

日本无条件投降之后，诚惶诚恐地等待美国来"惩罚"。想不到美国没有"惩罚"，而是实行了"援助"政策，这跟对德国一样，限制军备而发展经济。日本经济超过了战前，成为经济大国。"日美两极化"变为"日美一体化"。这是美国的"宽大"吗？非也！经过两次大战，美国变聪明了，懂得"援助"敌人就是"援助"自己，日本大量购买美国的技术和设备，日美贸易共同迅猛发达，"援助"比"惩罚"更为有利。

德国和日本，不仅经济起飞，政治也起飞了，都从封建军国主义改为现代民主，也就是共同进入美国倡导的世界一体化。联合国就是全世界的一体化组织。

普京访问美国，布什热情招待，在家中请他吃龙虾，希望俄美和好，共同进入"世界一体化"。可是，俄国不是德日。苏联瓦解，俄国继承苏联的大国地位，独立于欧盟一体化之外，没有动摇俄国传统的大国自尊。最近，俄国依靠石油涨价和出售军火，经济大为好转，大国自尊更加抬头了。俄国进口工业品而出口天然资源，俄国经济学家自嘲说：这是殖民主义式的国际贸易。自嘲不影响大国自尊。

苏联六个华沙条约国和三个波罗的海加盟国，"脱俄入欧"，加入了欧盟。俄国要求保持苏联时期的势力范围，强烈反对欧盟

"东扩"。欧盟说,这不是"东扩",这是苏联"西扩"的还原。乌克兰、格鲁吉亚等俄国的近亲近邻,也要求"脱俄入欧",俄国神经紧张了。

美国在波兰设置导弹防御系统,俄国反对,美国不理。俄国认为:"是可忍,孰不可忍!"

波兰把市中心的苏军铜像移到郊区苏军墓地,俄国抗议:无视红军的解放功勋。波兰说:苏联侵略,不宜再歌颂下去了。波兰和邻国重写"二战"历史,把苏联说成侵略国,俄国又提抗议,波兰不理。德苏密约瓜分波兰,德国是侵略,苏联是解放还是侵略呢?

俄国感到,四面楚歌,形势不妙,决意冲出重围,背水一战。

普京提出严重警告:"不怕'冷战'!"

国际局势,陡然变冷!布什的"龙虾"政策失败了!

2008年9月2日,时年103岁
(原载《群言》2008年第11期)

漫说太平洋

太平洋：中国的"外洋"

1983年我到檀香山参加东西方中心和夏威夷大学召开的"华语现代化会议"（全称：华语社区语文现代化和语言计划国际学术研讨会，9月6日至11日）。东西方中心顺便邀请我参加另一个"太平洋国家语言和文化学术研讨会"（9月1日至3日）。这个会议使我了解到太平洋上新独立国家的语言和文化的特点，以及他们的奇风异俗，特别是第二次世界大战以后的变化。在我心中，他们跟中国离得很远，参加会议以后距离顿时缩短了。

太平洋很大，占地球面积的三分之一，有一万个岛屿，包括澳大利亚、新西兰、新几内亚岛和三大岛群：波利尼西亚（多岛群岛）、密克罗尼西亚（小岛群岛）和美拉尼西亚（黑人群岛），各有独特的语言和文化。这里也是多种语言正在消亡的地区。在航空时代，一些太平洋岛屿成了旅游胜地。英语是太平洋的共同语。

地球是个水球，海洋中有陆地，不是陆地中有海洋。谁能了解和利用海洋，谁就是地球的主人。西方国家争夺太平洋已经几百年了。中国只顾"四海之内",不顾"四海之外"。在中国人的眼光中,太平洋是"外洋"。

美国在夏威夷办了两所学院,专门培养太平洋上新独立国家的青年。一些原始岛屿已经现代化,短期内跨越了一万年的文化时差。太平洋上新独立国家都是我们的近邻,不是远不可及的远方。可是,不仅我们认为他们离我们很远,他们也认为我们离他们很远。

太平洋过于辽阔,岛屿多而小,相隔距离远,即使有了轮船仍旧是交通不方便的。非洲原始,由于历史原因。太平洋原始,由于地理原因。英国早期把澳大利亚作为流放罪犯的"自由"监狱,由大地看守罪犯。航空时代,特别是"二战"之后,"大洋洲"内部往来才变得方便起来。

1946年我从上海到旧金山是坐轮船去的。当时中美之间只有军用飞行,还没有民用航空。我在太平洋上航行十四天,算是速度很快的了。有趣的是,过子午线后要重复一天,前一天是我的生日,后一天又是我的生日,我接连过了两个生日。我觉得太平洋很可爱。我忽然明白,太平洋不是"外洋",而是"公海"。在"公海"上,中国应当开展自己的活动。

在太平洋上坐轮船航行,看海阔天空、波涛汹涌,这样的壮观景象有助于开拓我们的胸襟。民用航空开通以后,飞行速度一年年加快,中美之间可以朝发而夕至。人们飞越北极,几乎忘记了下面还有一个浩瀚的太平洋。地球缩小了,我们的胸襟不应当跟着缩小。不能用航海的景观来开拓胸襟,可以用航空的知识来开拓胸襟。

太平洋：美国的"内海"

"二战"之前，太平洋由日美两国分庭抗礼。"二战"之后，日本解除武装，军费限于国民生产总值的百分之一。美国核动力航空母舰驻扎在日本横须贺军港。日本成了美国控制太平洋的根据地。太平洋成为美国一国的"内海"。

"一战"期间，日本夺取德国在太平洋上的多处岛屿；"二战"期间，日本又夺取其他有战略意义的岛屿，例如：帕劳群岛、马绍尔群岛、北马里亚纳群岛、密克罗尼西亚群岛等。美国反攻，日本退出，原来日本托管的岛屿改由美国托管。日美的太平洋战争非常惨烈。至今在所罗门群岛的瓜达尔卡纳尔岛等地，旅游者可以看到沉在海中的许多兵舰和飞机。

战后，联合国对这些岛屿采取民族自决政策，由当地居民自由投票，以大多数票决定独立与归属。美国宣扬这是和平和民主的政策。一家中文报纸的副刊说，这是如来佛的手心策略，都在如来佛的手心之中，还怕谁翻跟头不成？太平洋中大小国家，包括澳大利亚，实际都在美国的保护伞之下。最近新加坡建成深水港，美国的核动力航空母舰立即前去访问。美国在太平洋四周进行经常的侦察，就是把太平洋作为"内海"来管理。

不久前，海南岛外上空，美国侦察机和中国战斗机相撞。评论家说，这是中国进入"四海之外"的一次接触。在美国侦察机还没有运回美国的时候，美国上演《珍珠港》电影，纪念六十年前日本偷袭珍珠港的惨痛教训。新闻说，电影十分逼真，海港残破，机舰摧毁，烈火冲天，骨肉横飞，一幕幕惊心动魄的镜头，唤起美国观众的愤激情绪，提高美国人民的备战意识。美籍日裔和华裔都惴惴不安。一位评论家问：这是否暗示美国必须有防御导弹？

有一本书上说：日本1941年12月7日偷袭珍珠港是计算错误。日本计算，摧毁珍珠港之后，美国至少要两年才能恢复太平洋舰队。想不到美国半年就恢复了。日本乘人之危，突然袭击，只用五个月时间轻而易举地占领整个太平洋，建成大日本帝国的东亚共荣圈。当时日本得意忘形，不可一世。可是好景不长，中途岛一战，大局倒转了过来。一位旅美朋友来信说，日本把美国当作纸老虎，撕破纸皮，一看是一头披着羊皮的真老虎。日本上当了。

在美国，有一次我去参观勒明顿打字机公司。客厅中央陈列一台小钢炮。我问公司的董事长：为什么陈列小钢炮？他说：美国没有兵工厂，一旦宣战，全国工厂都是兵工厂。我们工厂在战争期间制造小钢炮，所以陈列作为纪念。"美国没有兵工厂，一旦宣战，全国工厂都是兵工厂"，这句话在我的耳朵里不断回响！

最近看到斯塔夫里阿诺斯《全球通史》（中译本，1999）中说：从1943年到1944年，美国每天生产一艘轮船，每五分钟生产一架飞机。"二战"中一共生产87 000辆坦克，296 000架飞机，5300万吨船舰。支援苏联400 000辆吉普车和卡车，22 000架飞机（主要是战斗机），12 000辆坦克。又说：战争初期美国在太平洋只剩3艘航空母舰，两年后增加到50艘。从1941年到1944年，海军飞机从3638架增加到30 070架，潜艇从11艘增加到77艘。从1941年到1945年，登陆艇从123艘增加到54 206艘。这些数字是"全国工厂都是兵工厂"的注解。

据说，美国估计，用常规战争占领日本，要牺牲20万军人。为了减少美国伤亡，缩短战争，决定施放原子弹。1945年8月6日，美国在广岛投下一颗原子弹。8月9日，又在长崎投下一颗原子弹。苏联在8月8日对日本宣战，进军中国的满洲。8月14日，日本正式投降。日本的军国主义分子至今认为：海军战败，陆军没有战败；投降美国，附带投降中国。日本军国主义阴魂不散！

新闻说，《珍珠港》电影引起了太平洋各国的不安。人们悄悄地问：太平洋会再爆发一次"珍珠港事件"吗？下一次"珍珠港事件"将在什么地方、以什么方式爆发呢？一位历史学教授说：历史虽然有"轮回"，但是人类的理智已经提高，能够化干戈为玉帛。苏联解体而没有发射原子弹。德法世仇而能共同组成"欧盟"。这都是超脱"轮回"的例子。人类在进化。

愿太平洋是"太平"洋。

2001年6月28日，时年96岁

注：此文写成于2001年6月28日，发表于《群言》杂志2001年第9期。同年9月11日美国纽约发生所谓"9·11"事件，惊动世界，改变了国际关系。不久，发生伊拉克战争，暴君萨达姆的铜像被推倒。此文似乎是"9·11"事件和伊拉克战争的预感。

美国归来话家常

《群言》的编者要我写"美国归来"。写点什么呢?想到去年跟一位美国朋友闲谈"吃"。现在就谈一点家常中最家常的"吃"吧。

开门七件事

朋友说:中国开门七件事——柴、米、油、盐、酱、醋、茶——实际都是"吃"。为什么"柴"放在"米"的前头?为什么"油"放在"盐"的前头?改说"米、柴、盐、油、酱、醋、茶"不好吗?他的话引起我思考"吃"的问题。

"米"代表主食。大家知道,中国人主要吃米饭,其次吃馒头和面条;美国人吃面包。区别不在米饭还是面包,区别在米饭是家庭小生产,面包是工厂大生产。在正常情况下,工厂大生产可以省人力,省燃料,降低成本,提高质量。米饭也能大生产吗?

美国的大米,整粒和半粒分开,没有稗子,没有沙子,没有泥土和灰粉,不用淘米,买来就可以下锅。如果我们也能烧饭不淘米,主妇们将高呼万岁!

不分主食和副食

美国人不懂"饭"(主食)和"菜"(副食)的分别,更不懂细粮和粗粮的分别。纯白面粉的面包不受欢迎。夹杂粗粮而有更多纤维的黄面包是上品,价钱也贵。粮食的粗细决定于上帝,还是决定于加工?是否可以把粗粮加工成为细粮?

美国的面包标明日期。隔天的面包有时不要钱,奉送。想起中国"大跃进"中的"吃饭不要钱",做法虽然荒唐,可是"各吃所需"不是远大的理想吗?

"柴"——燃料是厨房的中心问题。人类发明了火,吃烟火食,是文明的起点。厨房用什么燃料,是测量文明程度的标尺。

20世纪40年代,我同老婆(那时如果叫她"爱人",她会生气!)住在美国,厨房里高温用煤气,低温用电。去年我同爱人(这时候如果再叫"老婆",不合时宜了!)去美国,亲友家全用电灶,四个火头,两大两小。有一种新式电灶,像一张白磁桌,据说是航天飞机上用的耐火新材料,光光的桌面上,画了四个圆圈,圆圈内是电炉,但是看不见铜丝火盘,圆圈外是不传热的桌面,一线之隔,温度大不相同。要当心,别让小孩去摸那圆圈!

美国的烤箱改得比过去更好了。烤箱节省劳动,能使食品多样化。亲戚请我们吃火鸡,一只火鸡有十几斤重,如果不用烤箱,很难烧得透、烧得好。我们还吃到江南土产"蟹壳黄"(一种烧饼)。这是美国华人发明的工业化产品。十个一组,装在特制的硬纸罐头中,敲一下罐头就开了,拿出来一个个分开,在烤箱里一烤，就是地道的苏州风味！

柴火革命

"微波炉"是最新的厨房设备，用起来真方便。煮一杯牛奶只要一分钟。烧一大盘清炖鱼只要五分钟。手指头在玻璃板上一接触，感应通电，就烧煮起来了，到达指定时间，自动停火，发出声响，叫你去取。煤气炉、电炉等，都是从食物外部加热的。微波炉从食物内部加热。食物内部有水，水分子自己震动，发出热，把自己烧熟。食物烧熟了，非常烫，可是玻璃杯或瓷盘还是温温的，不烫手。微波炉是"柴火"革命。（到 20 世纪 80 年代，微波炉在中国也流行起来了。）

"走尽天下娘好，吃尽天下盐好"。"盐"是调味品之王。美国人吃"菜"，大都是吃的时候才加盐。中国人是烧的时候加盐。烧的时候加盐，容易入味，可以施展烹调手艺。我认为这是先进方法。可是美国朋友说，吃的时候加盐，可以适应各人的不同口味。

写到这里，想起陈毅副总理讲过的一个笑话：摩洛哥国王请他吃饭，客人背后站着调味博士，代客调味，咸甜酸辣，务使得宜。国王说，这一盘菜好比是社会主义，味道各自请加。

"油"，包括动物脂肪和植物油。美国人很少吃动物脂肪，怕胖，怕胆固醇高。所谓"奶油"（黄油）大都是植物油做成的马其林。

"酱"指酱油。美国人平时不吃酱油，吃沙司，就是辣酱油。

辣酱油属于"醋"的一类,不同于酱油。美国华人家庭,必备酱油。酱油是中国老祖宗发明的。遗憾的是,美国行销的酱油几乎都是日本货,科学酿造,质纯而味美。

"酱"、"醋"以外,有越来越多的调味品。"五味"成为"百味"。美国人从前害怕大蒜的臭味,现在有瓶装蒜粉出售,有人还买蒜粉作为礼品送人。喜欢蒜味的人正在增加,大概是医生宣传大蒜能治病的结果。

谈到"茶",大家知道,美国人喜欢红茶牛奶加糖,更多的人饮咖啡。近年来医生说咖啡能使血管硬化。各种不加刺激剂的合成饮料大为利市。可口可乐也在改变配方,另外生产适合少年饮用的小可乐。有一种新饮料叫"七上",销路很好,我多次试饮,不知道它的妙处何在。

美国的果子汁,种类多,包装好,营养丰富。最多的是鲜橘汁和番茄汁。美国朋友说,水果增产使果子汁增产,而果子汁增产又促进水果增产。加工,能使园艺繁荣。

牛奶在美国真像水一样多。不少美国人有不能喝牛奶的病,用豆腐浆代替。台湾教授发明了速溶豆腐浆粉,开水一冲,就是一杯很好的豆腐浆,没有沉淀物,不腻口。美国医院经常采购。北京也有豆腐浆粉,质地不一样。(北京后来改进了。)

冰淇淋和热狗

美国朋友说,美国的"吃"都是外来的。只有冰淇淋和"热狗"可以说是美国的土产。冰淇淋花色繁多,实在好吃,而且老少咸宜。我在美国,几乎每晚吃一大杯。有一种华人(一说犹太人)发明的豆腐浆冰淇淋,风味奇特,属于高级品,价钱很贵。

美国孩子喜欢吃"唐纳"(油炸面圈)。我可不喜欢。太结实,太甜。中国的油条好得多,松而脆,略有咸味。跟甜浆同吃,咸甜相配,更有味。在美国,我吃到臭豆腐干,而没有吃到油条。美国人应当从中国引进油条技术。(后来听说美国已经有油条。)

关于"吃",我主张多方适应。到一地,吃一地,吃尽天下,不要到了外国只吃中国菜。可是我主张把中国"吃"的技术输往外国,这也是技术交流吧。

有一天,美国电视报道,中国要废除筷子了。美国朋友说,他好不容易学会了使用筷子。筷子是手指头的延长,能夹住食物,叉取食物,夹断食物,有多种功能。西洋吃"饭"用刀叉,太原始,不及筷子好。千万不要废除筷子!后来,我听说是翻译上的误会。"中菜西吃"(大致是分食的意思)译成"改用刀叉","改用刀叉"又说成是"废除筷子"。这件小事说明,中美之间的隔阂有多大。

吃的国际化和大众化

美国的"吃"有两个特点:国际化和大众化。美国城市有各种外国饭店。中国饭店比较突出。据说,纽约有1600家,旧金山海湾区有4000家,不知数字是否可靠。中国人在欧美给人的印象是良好的厨师。美国还有更多其他国家的饭店。最多的是法国饭店、意大利饭店。较少的是日本饭店、朝鲜饭店。美国的饭店业是国际化的。

食品市场更是国际化。走进市场，品种繁多，琳琅满目。有一次我去买苹果，架子上放着十几种苹果，五颜六色，不知道买那一种好。美国不是本国生产本国吃，更不是本地生产本地吃，而是世界生产美国吃。食品市场国际化。

"吃"的大众化更有意义。国际竞争，物价因竞争而低廉，大众就能吃得好。"快餐"也是"吃"的大众化。快餐的特点不但是快，还必须质量标准化，价钱便宜。一家快餐店有许许多多分店，维持同一个标准，要有高明的管理技术。快餐如果质量不标准，价钱比一般饭店高，还能招徕生意吗？吃快餐，我不喜欢牛肉饼的汉堡包。我爱吃"鱼包"。大圆面包，夹一片厚厚的煎鱼，加上生菜，味道好，没有刺，不费牙。有的快餐店优待老年人，吃一餐，奉送一杯牛奶或橘子汁。我胃口小，够饱的了。

牛奶和热狗，是最好的搭配。比快餐更快，更便宜，更大众化。不但可以当点心，也可以当"饭"，吃饱肚子。可是真正要省钱，还是买回材料自己做。一个正式工人，自己做饭吃一个月，大约花十分之一的工资。

开门七件事中没有"糖"。美国人原来吃糖太多。近来提倡少吃糖，怕胖。

七件事中也没有"菜"（蔬菜）。美国人吃蔬菜不多，实际上是以水果代替蔬菜。我们中国人是以蔬菜代替水果。美国有很好的山东白菜。可是美国的黄瓜远不及北京的多刺脆皮黄瓜好。"文化大革命"中，我下放到宁夏平罗的"五七干校"。北京的黄瓜种子在宁夏长得比北京好,大得多,嫩得多,可以说是世界上最好的黄瓜。以色列人在沙漠上种白菜和黄瓜,远销欧洲。厄瓜多尔人在美洲种香蕉,远销全世界。我们能否在宁夏种黄瓜,远销美国?

晚饭是美国人的主餐。晚饭的主"菜"往往是牛肉。"菜牛"业是美国的一大产业。美国东西两方面是海洋,海洋渔业发达。到鱼码头去吃一餐鲜鱼,是假日的快事。大龙虾、大海蟹,真大,一个足够一餐。开门七件事中还应当加进"肉"和"鱼"。

美国的粮食问题

美国也有粮食问题。他们的粮食问题是粮食跌价。去年美国农民又到华盛顿大闹一场。为的是全世界粮食丰收,粮价下落,农民要求补贴。朋友对我说,生物工程的研究步步进展,粮食和牛奶将大幅度增产。美国的粮价下跌是一个无法医治的长期病症。

"小菜篮里看形势",这是老百姓的哲学。中国老百姓为了一个"吃"字,不得不用去太多的收入,花去太多的时间,这形势必须改变。

美国朋友说,美国有"生活"七件事:食、衣、住、行、卫(生)、教(育)、娱(乐)。"食"是七事之首;中国"以粮为纲",没有错,可是不要拔掉香蕉种玉米,砍掉胡椒种水稻。

(原载《群言》1985年第5期,当时中美建交不久,中国人民对美国了解很少。此文在2001年略作修改。)

闲谈俄罗斯

朋友：凤凰电视台的世纪大讲堂，播放了"民间思想家"王康演讲"俄罗斯道路"（2006年6月24日），引起观众很大兴趣，纷纷议论。你看电视没有？我邮寄给你的演讲记录收到没有？

主人：演讲记录收到了，这也是配合当前"俄罗斯年"的一项活动吧。

朋友：王康说，俄罗斯对中国影响太大了，我们的国名、宪法、执政党、建国原理，都是从俄罗斯的苏联时代引进的，谁也无法不思考俄罗斯问题。

主人：中国在苏联瓦解之前就改革开放了。

朋友：王康说，1993年俄罗斯放弃十月革命的镰刀斧头国徽，采用五百年前伊凡雷帝的双头鹰为国徽。这有重大的象征意义。

主人：重大意义在哪里？

朋友：双头鹰东顾西盼，双向出击，俄罗斯一度西扩至匈牙利，东扩至阿拉斯加。

主人：帝俄东扩，主要是违背《尼布楚条约》，侵占清朝大片土地，包括黑龙江以东的沿海州。

朋友：王康说，俄罗斯历史学家认为俄罗斯从来不属于东方；王康认为俄罗斯的专制制度明明是东方的遗产。俄罗斯究竟是个东方国家，还是西方国家呢？

主人：俄国疆土大部分在亚洲，只有一小部分在欧洲，从地理来看是东方国家。从历史来看也是东方国家。1241年蒙古征服俄罗斯，金帐汗国长期的军营管制，使草原帝国的生活习惯和意识形态，遗留沉积在俄罗斯的传统中。1547年伊凡雷帝自称沙皇。沙皇是蒙古大汗的同义语。直到清朝中期，彼得大帝（1721年称帝）才开始西化。

朋友：一本书上说，研究俄罗斯不能忽视俄罗斯的本土文化。俄罗斯人民中间，至今深藏着"萨满教"和"圣愚崇拜"，这是蒙古帝国的遗产。从文化背景来看，俄罗斯也是东方国家。

主人：蒙古在元朝也统治汉族，可是汉族没有接受蒙古文化，而俄罗斯在金帐时代接受了蒙古文化。马克思主义在西欧成为温和的民主社会主义，到俄罗斯成为残暴的斯大林主义，这显然是不同的历史背景产生不同的历史后果。

朋友：草原帝国游牧为生，不定居，无房屋，蒙古包随时移动；国家无明确疆界，狩猎就是战争，平时生活就是战时生活。西伯利亚大草原是蒙古人的家乡，也是俄罗斯帝国的驰骋乐园。

主人：历史背景使俄罗斯难于进入西方世界，至今格格不入。

朋友：苏联瓦解，责任在谁？有人说斯大林要负责，大清洗毁灭了苏联。有人说戈尔巴乔夫要负责，他的新思维和透明性破坏了苏联。王康说，马克思的预言也缺乏历史的真实性。

主人：苏联瓦解，基本原因不在某一个人的行为，要到俄罗斯的历史背景中去找寻答案。基辛格说，苏联自己耗尽自己的精力，然后自己瓦解。俄罗斯的历史背景跟西欧差距太大。学习西欧，急于求成，想一步登天。在一再失败之后，突然放弃学习西欧，创造史无前例的一国建成共产主义，结果是更大的失败。

朋友：社会发展五阶段：原始社会、奴隶社会、封建社会、资本主义、社会主义。苏联想跳过资本主义，从奴隶封建一步进入社会主义。这是不是苏联的主要错误？

主人：五阶段中，前四个阶段是事实，第五个阶段是想象。斯大林建成的社会主义是虚假的。苏联瓦解后，俄罗斯上接帝俄最后的民主传统，从头建设资本主义，这是历史的自然趋势。

朋友：欧盟第一步接受苏联的部分卫星国，第二步接受苏联的部分加盟国，现在第三步正在接受苏联内圈的斯拉夫兄弟国。独联体国家东顾西盼，方向摇摆，俄罗斯对欧盟东扩极为敏感。

主人：参加欧盟以自愿为原则，俄罗斯一度也想参加，使整个欧洲一体化。后来放弃这个想法。这也反映俄罗斯不是西方国家。

朋友：俄罗斯参加八国峰会，说明俄罗斯仍然是一个高出于一般的大国。

主人：八国峰会是"7+1"；七个西方国家（包括东洋日本）和一个俄罗斯。日本脱亚入欧，成为七个西方国家之一。俄罗斯似乎无意成为西方国家，想站在西方以外，独树一帜。

朋友：俄罗斯的大国地位，依靠它有强大的军备，特别是大量的原子弹，以及武器的出口。俄罗斯的经济主要依靠自然资源石油和天然气，没有能跟西方相比的第二产业和第三产业。俄罗斯的农业也一蹶不振。

主人：俄罗斯自己也说，如果参加欧盟，需要五十年的补课。

朋友：1453年君士坦丁堡陷落，拜占庭帝国灭亡，莫斯科继承东罗马，成为东方的基督教帝国。同样是基督教，为什么东西两方迥然不同？

主人：西方的罗马天主教经过了一系列激烈的宗教改革，在反对科学和民主失败之后，全力从事社会福利事业，不再干预政治；天主教和各派新教都从社会发展的阻力变为社会发展的助力。俄罗斯所继承的东正教不同，它没有经过宗教改革，墨守俄罗斯的东方传统，无法发挥建设新社会的作用。这就是东西两种基督教的不同。

朋友：俄罗斯是一个非常优秀的民族，历史上产生过那么多的大文学家，为什么在社会发展的道路上一再颠簸，一再翻车？

主人：王康说，俄罗斯的思想界分为两派，西欧派要求西化革新，斯拉夫派重视本土传统。中国也有两种不同的传统：一种是孔夫子到孙中山，重视文化；一种是秦始皇到毛泽东，依靠权力。思想界分为两派是许多国家的共同现象。百家争鸣本来有利于社会发展。俄罗斯的不幸是，两派斗争以你死我活、不共戴天的残暴方式出击，结果两败俱伤。何以如此？这也要到历史背景里去找寻答案。

朋友：斯大林消灭了一代革命思想家。1988年布哈林诞辰100周年，蒙难50周年，苏联最高法院为布哈林平反，科学院恢复他的院士称号，苏共中央恢复他的党籍。其他冤狱也一一平反了。死后平反的"精神胜利"是东方特有的历史传统。

主人：王康说，被杀戮的早期苏共领导阶层个个都是学有专长、知识渊博；布哈林尤其突出，他懂德、法、拉丁、希腊等多种语言，著作震动一个时代。唯独斯大林只读过六年神学，不懂任何外语，没有出过国，缺少现代常识。斯大林用权术和阴谋，消灭了一代知识精英。愚昧战胜智慧，苏联哪能不落后于西欧？

朋友：王康认为，斯大林的专制残暴是俄罗斯的历史必然。你同意吗？

主人：社会发展从专制到民主是历史的必然。叶利钦说，苏联瓦解是俄罗斯前进的必要条件。苏联瓦解之后，全世界希望俄罗斯改弦易辙，向全球化时代前进。

2007年11月9日，时年102岁

两访新加坡

1987年和1988年，我两次应邀到新加坡作学术访问。在我到过的世界各地之中，新加坡给我的印象最为深刻。它引起我思考：思考中国的未来和亚洲的未来。

赤道上空的最亮星

亚洲南端的地形像是一个巨大的海蚌，马来半岛和苏门答腊是海蚌的两扇蚌壳，中间夹着一颗光彩闪耀的明珠：新加坡。华人称它为"星岛"。"星岛"是赤道上空的"最亮星"。1409年和1414年，中国郑和的远航船队曾两次访问此地。

这个花园城市之国，只有618平方公里的土地，等于北京市的十分之一；人口250万，等于北京市的四分之一。新加坡的朋友对我说：我们几乎没有土地、几乎没有资源，只有250万人的决心和努力。1965年独立，20年来国泰民安，人民生活已经提高到发达国家的水平。

新加坡是旅游的有名地方。到新加坡去旅游的人数，多的年份超过新加坡的人口总数。据说到新加坡去旅游的目的之一是，想亲自看看这个新兴共和国快速起飞的"奇迹"。当然,新加坡的天然风景和游乐设施也有旅游引力。

新加坡有一个一望无际的植物园,种植热带植物3000种,储藏标本50万件。植物园的中间有一个"胡姬花园"。"胡姬"是orchid的音译,它是品种繁多的热带兰花,终年盛开,五彩缤纷。胡姬花是新加坡的国花,花朵用电镀方法镀上黄金,变成金花,这是最好的装饰品和旅游纪念品。出我意料之外,在五彩缤纷的胡姬花中,看见许许多多五彩缤纷的新娘,正在各自忙碌地拍照。名花和美眷,彼此增光,胡姬花园成了新娘的天堂。

新加坡的飞鸟公园,哺育着3000种飞鸟,据说是世界第一。从山崖的顶部张开一个巨大的钢丝网,把大树、鸟儿和坐在小电车上环顾的游客都罩在其中。鸟儿和游客近在咫尺,陶然共乐,大家觉得自由自在,不知道都在钢丝网的笼罩之中。树上的录音机唱出鸟儿的情歌,鸟儿受骗,飞来应和,也唱起情歌来。真的情歌和假的情歌,鸟儿和游客都不知分辨,愉快倾听。另有一个蝴蝶花园也同样用钢丝网罩了起来,有翩跹飞舞的各种蝴蝶儿,在花丛和游客之间穿梭往来,几乎可以伸手接触。古人用顽石补天,今人用钢丝网补天。天然要经过人力加工,才成为更美好的天然。

新加坡还有"高与云齐"的过海缆车,可以通到圣陶沙岛游乐场,晚间有场面广大的音乐喷泉。博物馆、动物园、水族馆、鳄鱼场、蜡像馆、海水浴场,以及其他说不全的许多游乐去处,使游客目不暇接。佳节夜晚,整个城市披上灯光的彩衣,黑夜比白日还要光亮,疑是月宫举行宴会,盛况不亚于纽约或巴黎,而秩序胜过它们。中国城、阿拉伯街、小印度市，各有民族风光。吃喝玩乐，应有尽有。可是这一切都不是使新加坡成为"奇迹"的条件。

荒岛变宝岛

其实，新加坡也有天然资源，那就是它的地理位置：印度洋和南中国海之间的枢纽。1869年苏伊士运河开通以后，它成为欧亚之间过往船舶的燃料补给站和国际贸易的转口港。19世纪后半，勤劳的华工络绎前来，开锡矿、种橡胶，成为当时人烟稀少的星岛移民。荒岛变为宝岛，是几代华工的血汗凝成的。

今天，新加坡站立起来了：有巨大的集装箱码头和造船修船厂，有先进的海上钻井设备工厂和炼油中心，有100多家银行的东方金融中心和电信中心，有每分钟起落一架飞机的国际机场，成为以智力密集工业为主的先进工业城市，每年出口价值相当于半个中国大陆。

城市国家最怕人口爆炸。新加坡曾经希望一对夫妇只生一对儿女。20年来，由于教育发展，文化和生活提高，人民自动节制生育，几乎不到两个儿女了。生育的多少，跟文化水平成反比例，全世界没有例外。新加坡现在有放松节育的意向。

一位英国老教授对我说，大英帝国瓦解，兴起几十个独立国家，只有新加坡创造了高速发展的"奇迹"。新加坡是一个福利国家，例如它实行"住者有其房"的政策，使80%以上的住户有自己的公寓套房（组屋）或者独院住宅，但是它的人民没有成为"铁饭碗"的懒汉。新加坡政府有时很专断，例如在马路上吐痰一口要罚钱5000元，但是这里没有个人迷信。新加坡的起飞究竟有何秘密呢？这位教授说，他相信某些新加坡人的说法："没有秘密，只靠常识。"如果要找出基本的起飞原因，那就是两件不是宝贝的宝贝：教育和民主。

教育和民主

跟其他新独立国家一样，新加坡独立以后的首要工作之一是兴办教育，使原来得不到良好教育的广大人民走出愚昧的时代，成为有知识、有技能的现代国家公民。兴办教育首先遇到的问题是：用什么语言？新加坡规定四种官方语言：英语、马来语、淡米尔语、华语；实行以英语为主要语言、以民族语言为第二语言的"双语言政策"。目的是：促进经济发展、维持政治稳定、消灭种族摩擦。

英语是行政、法律、贸易、中等和高等教育的语言，通过这个事实上是"国际共同语"的英语，新加坡跟许多发达国家建立了密切的文化和经济联系。马来人占全国人口的15%，马来语是东南亚的区域性通用语言，由于历史的原因，规定马来语为新加坡的国语，唱国歌用马来语：Majulah Singa pura（前进吧，新加坡）。淡米尔语是人口占5%的印度人的主要语言。华语是人口占77%的华人的语言。

但是，"广义的华语"是几种相互听不懂的方言。华人学校将用几种不同的方言上课呢，还是用一种统一的"狭义的华语"

上课呢？新加坡决定用统一的"华语"。这个决定很不简单，需要用极大的努力使其实现。华语在台湾称为"国语"，在中国大陆称为"普通话"，名称不同，实质相同。

多说华语、少说方言

据说，李光耀在竞选总理之前，用三年时间，努力学习华语，他竞选演讲用华语，受到华人选民热烈欢迎。1965年独立以后，推广华语是新加坡政府的一项重要工作。不到十年，大见成效，做到：在学校里多说华语、不说方言；在社会上多说华语、少说方言。1979年之后，李光耀亲自主持的"华语运动月"有逐年不同的主题：1980年是"华语家庭讲华语"，1981年是"在公共场所讲华语"，1982年是"在工作场所讲华语"，1983年是"在巴刹（市场）和小贩中心讲华语"。华人见面不能谈话的时代在新加坡从此结束了。

1987年我应"新加坡华文研究会"之邀，跟新加坡教育界探讨共同感兴趣的语文问题。我的讲稿都在《华文研究》杂志上发表。新加坡和东南亚国家，采用简体字，用汉语拼音字母作为学习汉字的注音符号。在新加坡郊区遇到在路边卖菜的妇女，我问她：能说华语吗？她高兴地用华语回答：能！我问：你在家里讲什么话？她说：厦门话。简单的问答，说明了新加坡华语运动的成功。

1988年，我应邀参加在新加坡国立大学举行的"语言计划国际学术研讨会"，有来自11个国家的特邀发言人19位，以及其他国家的参加者近百人。在东南亚和大洋洲,大战以后的语文发展有两个特点,一个特点是拉丁(罗马)化,例如印度尼西亚和马来西亚两国,规定采用相同的共同语和统一的拉丁化正词法;菲律宾采用拉丁化的"他加禄语"作为国语,称为菲律宾语。另一个特点是英语化,例如新加坡、菲律宾和其他一些国家都用英语作为行政语言。他们认为,语言发展是教育发展的前提,教育发展是经济发展的前提。在语文、教育和经济方面,新加坡树立了东南亚的成功典型。

没有围墙的大学

新加坡国立大学有世界第一流的校园、设备和师资。它是一个开放国家的开放大学,名副其实的"没有围墙"的大学。我住在市区中心的阿马拉宾馆,每天进出于新加坡国立大学,真的没有找到大学的围墙。各国学者来到新加坡大学讲学,东南亚和其他地区的青年以能来此求学为光荣。知识没有国界。

新加坡原来是一个英国殖民地。它明智地保留了英国人的优良传统,革除了殖民地的不良制度,树立了真正独立的共和国风格。人们说,韩国、新加坡和中国香港、台湾是东亚"四小龙",新加坡人不乐意听这样的"恭维"。他们说,新加坡不是殖民地、不是一个省、不是半个国家,而是一个完整的独立国。这是傲慢吗?不是,这是认真对待自己!

为全世界华人争光

由于中国大陆过去长期封闭,我对新加坡的独立经过看不到详细的报道。近年来到美国讲学和探亲,看到旧杂志里讲,新加坡是被马来西亚赶出来的,因为"穷而且愚"的华人太多,不受欢迎,当时李光耀都哭了。我大吃一惊!后来在《大英百科全书》里看到,新加坡是被"请"退出马来西亚的,新加坡接受了这个"请"。修辞绝妙!不论是"赶"是"请",当时新加坡的困难,可以想见。20年后的今天,新加坡成了东南亚文化和经济的中心,"东盟"六国对它"马首是瞻"。"事在人为"!我的美国亲戚说,新加坡华人为全世界的华人恢复了名誉。

可是,新加坡有它脆弱的一面。"高精尖"的产品,主要出路是销售到美国。美国市价大起大落,使新加坡像是一叶小舟在波涛中航行。人们说,美国打一个喷嚏,新加坡就感冒了。弹丸小国,要想高速度发展经济,不能不依赖购买力强大的发达国家,而这种依赖也跟经济大国的经济波涛牵扯在一起。

不但出口要依赖外国,连水源也要依赖外国。新加坡的生活用水和工业用水,80%取之于邻国。水是生活和工业的生命,不能一刻缺少。只要邻国把水龙头一关,新加坡就要干渴而死!这不是生死掌握在别人手掌之中吗?是的,但是事实也并不像想象的那样可怕。因为,只要邻国不失去理智,不至于做出损人而不利己的荒唐事儿。

如临深渊，如履薄冰

大家知道，中国大陆的战后革命，引起东南亚历史上最大的一次反共反华风潮。万千华裔遭受难于形容的灾难。至今，新加坡余悸未消，在邻国没有全部跟中国恢复邦交以前，不敢先行建交。如临深渊，如履薄冰，这是新加坡的心境。也是由于有这样的心境，所以不会产生"夜郎自大"的狂妄，而只能是兢兢业业、谨慎前进。

近年来流传一种说法，认为日本和"四小龙"所以经济起飞，是由于"儒学"的恩泽。新加坡的确重视"儒学"的研究，"儒学"的确有它不朽的意义。可是，历史告诉我们，"忠恕之道"有助于创造和平而无助于防止战争。我看不出"儒学"对新加坡起飞的"直接效果"。我看，与其说日本和"四小龙"受了"儒学"的恩泽，不如说他们受了"竞争"的恩泽。"竞争"才是经济发展的动力和压力，它使懒惰者变得勤奋，守旧者向往革新，封闭者终于开放。竞争的前提条件是教育和民主。竞争而能创造革新，依靠教育；竞争而能公平合理，依靠民主。

旅游者都说，新加坡的公用建设是值得钦佩的。他们建国，不是"钢铁先行"，而是"交通先行"。公路交通可以跟最先进的国家媲美，小汽车相当普及，公共汽车非常方便。新加坡交通畅通，没有拥挤问题，目前并不需要地下铁道，可是已经开始建设地下铁道，为的是"未雨绸缪"。新加坡曾经考虑不办航空公司，因为国土太小，一飞就飞出国境了。后来从"远处"着眼，决定办理，"新航"成了国际第一流的航空公司。这是新加坡建设有远大眼光和长期规划的一二事例。

"二战"以前,上海胜过香港,香港胜过新加坡。现在反过来了:新加坡胜过香港,香港胜过上海。

(原载《群言》1989年第2期)

扶桑狂想曲

永乐新大陆和扶桑人

驱车驰骋在东西5000里的美国高速公路上，不由得叫人思浪狂飞。历史告诉我，三保太监的航向搞错了。他应当向东横渡太平洋，在哥伦布之前90年首先发现美洲。这样，美洲将定名为"永乐新大陆"，纪念大明永乐皇帝（永乐三年，1405年）派遣三保太监首次远航。北美将建立"大明新帝国"。中南美将建立"扶桑新帝国"。郑和做两国总监。文字当然全用"汉字"，以"八股文"开科取士。印第安人称"扶桑人"，"大明人"跟"扶桑人"和平共处，不会发生贩卖黑奴的惨剧。亚洲和欧洲的移民一视同仁。先开发面向太平洋的西岸，后开发面向大西洋的东岸。美洲历史完全重写。

在明朝中期（1492年，明弘治五年）还无人知道的大陆，在清朝中期（1776年，清乾隆四十一年）才独立起来的殖民地，200年间成为执世界牛耳的超级大国。何以其然哉？

1990年冬，我参加宾夕法尼亚大学召开的"东亚信息处理国际会议"，研讨中、日、韩三国语文的电脑处理。1983年秋，我曾参加夏威夷大学和东西方中心召开的"华语现代化国际会议",研讨华语华文的现代化。这样的会议,不在中国或日本举行,而要美国来越俎代庖,这不值得我们深思吗?

回国看到报载季羡林先生谈文化的交流与发展。他说"文化有发生、发展、演变、衰退的过程"。又说,今天西洋文化主宰世界,是几百年来的历史所决定,毋庸争辩,而今后的世界文化依旧主要是东方学习西方。这一番话使我想起在美国"驱车看花"时候的浮光掠影,思考东西方文化和价值的异同。

美国是一个多元文化,集中少而分散多,凡事决定于多数,不决定于一致。多元文化的特点是:群体不同、层次各别、异端并存、百川汇流。

"二战"后,美国民权运动改变了黑人地位。可是黑人和白人像油与水一样可以混合而难于化合。原来被认为不文明的黑人歌舞,越来越受欢迎,成为美国文化不可缺少的构成部分。晚近黑人服饰也成为一种时髦。高级百货公司的时装部,在欧洲室和亚洲室之外,特设非洲室。非洲蓬松发型从美国传到了北京。原来被盲目排斥的所谓落后文化,开始得到新的理解。学习原始智慧,吸收异端哲理,成为开拓文化的新领域。

《易经》和《孙子兵法》

美国研究中国文化的兴趣更高了。《易经》得到数学家的青睐,《孙子兵法》成了现代欧美军人的必读之书,《道德经》有马王堆出土写本的英文新翻译。"中国佛教"有系统讲座。更多人研究孔孟学说，推敲它跟"东亚四小龙"经济起飞的关系。这绝非一时的心血来潮。研究以中国为代表的东亚文化和其他亚洲文化，各大学常设"亚洲研究系"。

可是如果以为美国人已经厌倦于西方物质文明而皈依于东方精神文明了，那就错了。精神和物质是一张纸的两面，不是一张书桌的两个抽屉。一位翻译家说，"精神文明"这词儿很难译成英文。美国人兼收并蓄、知彼知己，用西方的科学方法研究人类一切文化。百川汇流，而西方的科技文化是主流。

美国华人看了"亚运会"的电视，得到深刻印象，开幕式尤其动人。中国健儿几乎包揽全部金牌，使他们感到"与有荣焉"！他们议论，为什么体育发达了，而经济发达不了？他们认为，体育发达由于实行了平等竞争的"竞技精神"（sportsmanship）。只要扩大"竞技精神"，废除特权垄断，经济也同样能够蒸蒸日上。其然乎，其不然乎？

国外注意到，在弘扬华夏文化的新潮中，"气功"是一个热门。敏感的美国人问：这是不是新义和团运动？传说，从前袁世凯在山东，问气功大师们：发气之后，子弹不入，是真是假？回答：当然是真。袁世凯领他们到操场，叫卫兵向首席大师开枪，弹飞人倒。其他大师一齐跪下请求饶命。今天的气功现代化了，能讲"宇宙语"。气功跟着针灸传到了好奇的美国。

五年不到美国，美国生活有了明显的变化。首先引起我注意的是，一家家电话都更新了：无线、留话、微型化。没有电话、没有汽车，美国人是无法生活的。一满16岁就自己开车。电话和汽车改造了居住的布局。近距离的集中居住变为远距离的分散居住。建筑在空旷地点的"购物中心"（mall）如雨后春笋。把"mall"称为"购物中心"是解释，不是翻译。自行车社会的词汇中，还没有对等的新词。

人弃我取的大城市

华盛顿、纽约、旧金山等大城市的市长，都是黑人。为了尊重黑人，"尼格罗"改说"黑人"，"黑人"又改说"美籍非洲人"。这是黑人地位的提高吗？是的，而又不是。农业机械化和科学化，使农民减少到总人口的3%。黑人离开南方农场，到大城市去谋生。这时候，中等以上人家迁出大城市，移居空气清新、风景优美的中小城镇。大城市的税收减少，建设困难，变成拥挤、污染、不安全。"人弃我取"的黑人，越来越多地聚居到大城市。大城市衰落，中小城镇兴起，这是美国的新变化。

早期的美国人，谈到中国就想到男人的辫子和女人的小脚。林语堂先生为小脚辩护，认为中国的小脚和西洋的高跟鞋，异曲同工，都是增加女性窈窕之美的装饰。现在美国有些男士们喜欢留起长辫子，从背后来看难分男女，这种时髦可以使清朝男人的辫子提高声价。今天的美国人，谈到中国就想到长城和兵马俑。有人问：长城是建设的象征、还是封闭的象征？兵马俑是安定的象征、还是暴政的象征？美国人到中国旅游，不是来看中国的现代化，而是来看中国的古代化。到中国来一趟，回去就能写出一篇学术论文，可见华夏文化之丰富。美国人在弘扬华夏文化。

"文化大革命"中破坏文物之多之广，使美国学者们十分震惊。他们说，如果把这些中国不稀罕的文物向国际市场拍卖，可以得到惊人的巨额资金，足够今天中国建设之用。幽默的作用就是使人啼笑皆非。

"西化"和"东化"

美国亲友们说，中国的时装表演接近巴黎了。这表示生活水平有所提高，也表示服装观念的解放。回忆一下解放初期全国老少一律都穿蓝布人民装，再看一下不许妇女抛头露面的中东伊斯兰教国家，今天中国妇女的确是"解放"了。妇女服装已经"全盘西化"。从衣着来看，"远东"比"近东"更接近西方了。

新的理解是，"西化"不一定妨碍"东化"，"现代化"不一定妨碍"古代化"。中国弘扬华夏文化，而同时坚持从西方传来的马克思主义。美国的大众歌曲流行，而古典音乐演奏会场场客满。进教堂信上帝，进实验室信进化论。现代人的生活特点是：双语言、双信仰、双文化。今天的文化交流，那么复杂，又那么频繁。文化的"清一色"做不成了。

从旧金山到东京的大型飞机上，旅客满座。从东京到北京的中型飞机上，旅客寥寥，很多人躺下睡觉。东京成田机场的繁忙，使我具体地感觉到：日本的确是"西方国家"了。夏威夷有那么多日本人，奇袭珍珠港已经成功。日本进屋脱鞋的习惯也传到了美国。日本财主大批购买美国财产，美国人说日本人快要买走了美国。被称为中日之间"一衣带水"的日本海，扩大成了太平洋。美日之间的太平洋，缩小成了"一衣带水"。东瀛三岛向太平洋更加倾斜而倾倒了。

地壳的板块不断漂浮,正在重新拼成一个跟过去大不相同的新地壳。在这个新地壳上,三保太监应当吸取历史教训,避免再一次搞错航向。东洋变西方世界最发达的七个国家,每年举行"西方七国首脑会议"。七国是:美加英法德意日。"西方七国"中有日本,而且有时在"东京"开会。日本是"东洋",怎么变成"西方"了?

我想找一位了解这个问题的人问问,一直没有机会。

不久前,来了一位日本朋友。在家常便饭外加一杯薄酒以后,他的"话匣子"打开了。

(一) 新发现的历史道路

"'东洋'怎么变成了'西方'?"我问。

"这要感谢日本打了败仗!"他哈哈大笑。

"败仗,打掉了军阀,打掉了财阀,打掉了出身和身份,逼迫人民作知识和技能的竞争。这样,东洋就变成了西方。

"打掉军阀,不仅打掉了一个专横跋扈、危害人民的集团,还省出了占预算最大部分的军费,转作工商业的资本。打掉财阀,不仅打掉了最大的剥削人民的集团,还开放了工业和商业的真正自由竞争。

"更重要的是,打掉了出身和身份。找工作,没有人再问你是否贵族出身,有没有某种特权身份,只问你的知识和能力。从政治到工商业，庸碌之辈让位于贤能之士。一个完全不同于过去日本封建贵族的新的领导阶层形成了。这样就开辟了历史的新的一章：军事战败国成为经济战胜国。日本如此，德国也如此。这是一条战后新发现的历史道路。"

（二）竞争是动力

"日本不是还有天皇吗？"我表示对他的谈话将信将疑。

"那跟英国的女王一样，装饰品。"他摇摇头说。

这时候，我想起，20世纪50年代，北京举行日本工业展览会。我拿到一份说明书，其中有一篇文章说：日本工业的发展，经过了几个竞争阶段：在国内同国内的产品竞争，在国内同进口的产品竞争，在国外同国外的产品竞争，在国外同国外的技术竞争。竞争是日本发展经济的原动力。

"战前不是也有竞争吗？"我问。

"大不相同，"他说，"战前，日本是一个半封建、半资本的军国主义国家。凡是不利于贵族、军阀和财阀的竞争，都是事实上不容许存在的。现在，日本成了真正的资本主义民主国家，有无限制的竞争自由。这就是东洋和西方的分别。"

送客以后，我细细思考他所谈的话，哪些是香花，哪些是毒草。

（三）"极东"最接近"西方"

几天之后，我在图书馆里看国外旧报，偶然看到议论"东洋和西方"的文章。文章说：日本战败后，在军事上成为美国的保护国，站在大西洋公约一边。这是它成为西方的政治条件。日本完全按照资本主义经济原则处理经济，在水平上达到最发达国家的高度。这是它成为西方的经济条件。"东洋"成为"西方"，不是玩弄字眼，而是说明事实。

原来，地球是圆的。东洋是东方的东方，是"极东"。"极东"最接近"西方"，只要把东西方的分界线向西移一步，日本就成为"西方"了。东西方的分界线已经从太平洋的中部，移到日本海和黄海的中部了。

我想起，"二战"后看到关于日本投降以后的新闻。日本吐出了40%的土地，包括朝鲜和中国台湾。遣返了相当于全国人口四分之一的国外侨民，包括侵略军。美国限制日本的进口税，不许采取保护关税。人民大批大批失业。一时间整个国家笼罩在失望和阴霾之中，看不到前途有一丝光明。失业大军天天上街游行，高呼共产主义口号。新闻记者说：他们面有菜色，心无主张。

后来，朝鲜战争开始，日本成了美国的军需供应国，失业问题意外地迅速解决了。日本经济的起飞，朝鲜战争是一个重要原因。美国打仗，日本赚钱，机会太好了。

（四）教育是基础

日本的经济起飞还有更深远的原因。明治维新（1868年）以来，日本革新教育，以持久不变的政策，一贯重视教育。他们认为，教育是获得合格兵源的必要条件，因此军阀都对教育十分重视。甲午战争（1895年），日本战胜。日本政府认为，小学教师立了大功，他们给军队输送了有基础知识而又勇于牺牲的大量士兵。今天，知识型士兵，变成知识型工人。这一传统，成为日本工业能有优良劳动大军的有利条件。

日本朝野花在教育上的经费，按人均计算，据说超过了美国。日本义务教育只有九年，到初中（中学校）就结束了。在此期间，一切学习费用都由国家负担。初中毕业后，有97%的青年自动自费升学进入高中（高等学校）。升学率之高，学习之认真，可说是世界第一。唯一的不良副作用是小青年个个都戴上了眼镜。

战后，美国管制日本，强迫实行"教育平民化"。公文改革：从日本式的文言，改为口语式的白话。文字改革：简化汉字，规定常用汉字1945个，法律和公文用字以此为限，此外用假名字母。理由是：法律和公文应当使人民大众看得懂。

（五）知识是资源

人民大众的知识化是发展科技的基础。发展科技是发展现代化工业的基础。日本不惜巨资，从美国和其他国家购买尖端技术。引进之后，全力以赴，加以研究和改进，很快变成日本的新技术出口了。日本的知识分子，在得到比战前更高的社会地位之后，付出了惊人的劳动，得到了惊人的收获。他们是日本知识产品蓬勃发展的知识资源。

日本物质资源十分贫乏。可是,知识资源得到不断的开发、扩充和提高。知识资源是用之不尽的资源,只要用法合适,它就会发挥巨大能量。日本原先用于军事侵略的大量精力,现在用来从事经济和技术竞争。这就是军事战败国变成经济战胜国的秘密。

现在,日本货已经不是战前的被称为"劣货"的"东洋货"了,而是资本主义世界各国的百货公司都满满地陈列着的价廉物美的"Made in Japan"了。"东洋"就这样变成了"西方"。

1992年2月29日,时年87岁

(原载《群言》1992年第5期)

小国崛起

第二次世界大战之后,小国崛起而大国衰落,美国是例外。吹嘘"大国崛起",不是事实。大国衰落,由于宗主国力量下降而殖民地力量上升。小国崛起,由于抓住了发展机会,运用全球化的国际支援。

大国衰落

大英帝国的瓦解

英国,从1607年在北美建立第一个殖民地詹姆斯敦算起,到1997年把最后一个占领地香港归还中国为止,前后390年,建成"日不落的大英帝国"。有殖民地69处:欧洲2处,美洲15处,大洋洲11处,非洲22处,亚洲19处,这些殖民地加起来等于125个英国。"二战"之后,一个个独立或归还原主。大英帝国的瓦解是在和平中完成的,没有发生战争。

法帝国的瓦解

从1609年建立北美的魁北克,到1977年放弃非洲的法属索马里,法帝国延续368年。"二战"之后,殖民地独立的有:亚洲3处,北非3处,西非8处,赤道非洲4处,其他非洲地区4处。这些殖民地合计相当于22个法国。法国殖民地的独立都经过战争,越南和阿尔及利亚的独立战争尤其激烈。法国战败,然后狼狈离去。

小帝国的瓦解

荷兰帝国的瓦解:印度尼西亚,1602年被占领,1945年独立,长达343年。

比利时帝国的瓦解:比属刚果,1908年被占领,1960年独立,长达52年。

葡萄牙"二战"后,放弃非洲两大殖民地:西非安哥拉,1885年被占领,1975年独立,长达90年;东非莫桑比克,1505年被占领,1975年独立,长达470年。

西班牙帝国在"二战"之前已经瓦解。

西欧的大小殖民帝国,相继瓦解,印证了"帝国主义垂死"的预言。但是,从火中起飞的凤凰,不是社会主义,而是资本主义的新阶段。

苏联的瓦解

1922年俄罗斯建成苏联，有4个加盟共和国；"二战"之后，扩大为15个加盟共和国和7个附庸国，共计22国，1991年瓦解。农业集体化，社会主义工业化，优先发展重工业和军事工业，无暇顾及民生工业。暖房经济，出房萎蔫，无力自救，坐以待毙。泱泱大国，刹那消亡，全世界为之震惊，唯独苏联人民若无其事。以6000万人非自然死亡为代价的帝国，在全民沉默中告别。

美国是例外

大国瓦解，美国为何一枝独秀？西欧帝国一个个陷入资本主义的殖民泥坑，唯独美国跨过泥坑，带头进入技术革新的资本主义新阶段，成为例外。别国争夺殖民地，美国率先帮助殖民地独立。别国壮大工人阶级，美国开创没有工人的全自动化工厂。别国平均地权，美国集中农地，经营不要农民的机械化大农场。美国开创非物质的产业。一部优秀电影的收获超过多家汽车厂一年的利润总和。可口可乐、麦当劳、连锁商店，他们能够跨国取胜，主要依靠非物质的经营管理技术。别国重视金钱资本，美国兴起不靠金钱的知识资本。电视、电脑、手机，整个世界来到了你的眼前和耳边。创新代替侵略，资本主义开始了新阶段。

小国（地区）崛起

小国以及港台小地区的崛起，有一条共同的底线：政治民主，不侵略别国土地；经济富裕，不专靠天然资源（人均 GDP 超过 $20 000）。

东亚"四小龙"

1. 新加坡的崛起

马六甲海峡的一个城邦，1953 年参加马来西亚联邦，1965 年被驱逐出联邦，不得已而独立建国。一个既小又穷、文化水平不高的华侨聚居区，经过十年埋头苦干，居然成为东南亚的明灯。这十年，中国正在"文化大革命"。新加坡崛起，新闻称为奇迹。一位英国教授对我说：没有奇迹，只有常规，按照先进经验办事，依靠国际支援，要什么有什么，唯一条件是民主开放。

2. 中国台湾的崛起

1950—1953 年，朝鲜战争，美国军需大部分购自日本，小部分购自台湾，台湾经济由此激活。开放外包，发展经济，一跃成为"四小龙"的龙头。台湾崛起，影响了中国大陆。1949 年以来，台湾经历四个阶段：（1）经济恢复（1949—1952 年，3 年），恢复到战前。（2）以农养工（1952—1960 年，8 年），农产品加工出口，肥料交换谷物，扶助经济作物，发展日用工业，减少进口。(3) 出口导向（1960年至今），开辟出口加工区。日本来料，成品销美，"日台美"三角产销，台湾经济起飞。1950—1965年，美国每年援助台湾1亿美元，此时宣布不需继续援助。(4) 经济转型（1986年至今），向技术密集型发展，致力十大支柱产业（通信、信息、消费电子、半导体、精密仪器及自动化、航天、高级材料、特用化学及制药、医疗保健、污染防治）。台湾的集成电路芯片，跃居世界前列。发展多方面的贸易，减少对美的片面依赖。高科技产品占出口半数。外汇大增，资本输出。大陆开放，台湾大规模投资大陆。台湾的人均GDP达到大陆的四倍。2002年加入世界贸易组织（WTO）。美国催促台湾民主化，1986年结束一党专政，国民党之外，成立民主进步党（民进党）。2008年普选，国民党得胜，两岸关系缓和。

3. 中国香港的崛起

香港，1842年割让英国，1997年归还中国，一国两制，保留资本主义。1949—1962年，中国内地逃港难民一百多万。50年代之后，廉价劳动承包加工，生活艰难。70年代之后，经济多方面发展，生活水平快速提高，从此走向繁荣。1949年之前，香港远不如上海，银行、工厂、出版社都是上海的分支。上海的吞吐量大大超过香港。后来上海封闭，香港成为中国内地的唯一出口。

4. 韩国的崛起

"二战"后，朝鲜分为大韩民国（韩国）和朝鲜民主主义人民共和国（朝鲜）。三年朝鲜战争（1950—1953年），山河破碎。十年艰苦恢复，步入青云。韩国起步比台湾晚，因为它要医治战争创伤。今天，北京有许多韩国的"现代牌"汽车，山东一带有许多韩国企业，韩国电影备受欢迎。潘基文当上联合国秘书长，也是国力的表证。

"四小龙"的崛起，依靠美国支援。资金和技术主要来自美国，产品销路主要去到美国。人们说，"四小龙"是美国的卫星，美国打一个喷嚏，新加坡就感冒了。中国大陆开放，最初冒险投资的是"四小龙"，至今投资最多的是"四小龙"。"四小龙"是华夏经济文化圈的先进边疆。

北欧五小国

1. 芬兰的崛起

人口只有500万的北欧芬兰小国，原来人们很少谈到它，忽然成为名列前茅的发达国家。战后芬兰经历三个阶段。（1）恢复战败创伤（苏芬战后20世纪40年代中期至50年代初期）：苏联侵略芬兰，割去土地11.5%，索赔3亿美元。芬兰节衣缩食，1952年付清赔款，此时的艰苦可想而知。（2）努力工业化（50年代至70年代中期）：发展工业，以传统的森林工业和金属工业为支柱，辅以化工、纺织、食品。农业人口从41%减至12%。（3）现代化和国际化（70年代后期至今）：以高科技为动力，建设外向型经济。90年代，电子工业迅猛发展，被称为"北欧的日本"。诺基亚（Nokia）是芬兰的"火车头"，1965年建立，初营纸张，60年代转入电信，很快成为移动电话的翘楚。苏联总统戈尔巴乔夫访问芬兰，看到"手机"没有电线，问能通话吗？一拨号打通了，大为惊奇！芬兰崛起的秘诀是教育超前的现代化策略，教育超前导致科技突破。

2. 瑞典的崛起

两次大战，瑞典王国保持中立，军需贸易，猛然致富。一项滚珠轴承就能财源滚滚。瑞典的福利制度蜚声全球，被视作民主社会主义模范。战争时代，没有战争，经济丰收，政治先进，瑞典崛起，得天独厚。社会民主工人党多次当选，也多次落选，这是资本主义的常事，并非实行社会主义。瑞典颁发诺贝尔奖，世界敬仰，提倡科学和民主，引导世界走向文明。

3. 丹麦的崛起

英国工业化之后，丹麦王国变成供应城市的农村。面对新情况，开创新局面。丹麦改造农村，提倡民众教育，革新农产加工，发展高科技的农村资本主义。这是现代意义的农村崛起。

4. 挪威和冰岛的崛起

水力发电和海上石油使挪威王国非常富庶。冰岛共和国依靠渔业，也过着富庶生活。北欧地区各国，比邻互助，共同崛起。

北欧五小国，古代以海盗起家，今天领导现代文明。人手一机，难忘芬兰。清廉福利，共说瑞典。海角天涯，变成世界的亮点。

（西欧有五个富庶小国：爱尔兰、比利时、荷兰、卢森堡、瑞士；它们在战前就已崛起。）

大洋洲

澳大利亚，人口等于台湾，是一个人口小国。原来是英国犯罪流放之地，现在成为新兴的富庶国家。发展农业资本主义，澳洲羊毛，行销世界。2000年，悉尼举行奥运会。新西兰是澳大利亚的近邻，也富庶起来了。澳新两国是一个经济区，这里的新大陆已经悄悄崛起。我有朋友移民前去，来信说，有世外桃源之乐。

战后小国和小地区崛起：东亚"四小龙"、北欧五小国、大洋洲两小国，这是全球化的新现象。

2008年5月14日，时年103岁

西天佛国的新面貌

1997年,印度一位贱民纳拉亚南(K. R.Narayanan)当选总统。过去是贱民,现在是总统。这象征着西天佛国发生了天翻地覆的变化。

1947年印度独立。1949年新中国成立。1954年印度总理尼赫鲁访华。两个新兴国家的总理,周恩来和尼赫鲁,在北京热烈拥抱,共同倡议和平共处五项原则。1962年中印边境忽然发生冲突,从此中国老百姓再也听不到印度的任何消息。

2003年7月印度总理访华。新闻说,在我们听不到消息的年代里,印度发生了巨大变化。印度经过科学种田的绿色革命,缺粮国变成余粮国。印度已经成为世界的软件生产大国,美国硅谷中三分之一的工程师是印度人。印度得诺贝尔奖的已经有6人。印度走上了现代化的道路,虽然还只是长跑的起步。

中国老百姓都希望知道印度的基本情况和最新动向。我从一般书报中摘录一些资料,作为自己了解印度的起点。

历史背景

印度有三种含义：地理上的印度次大陆；历史上的英属印度帝国；独立后的印度共和国。独立前的印度历史分为四个时期，共约3449年。

1. 早期（公元前15世纪—前6世纪），不包括史前，共约九百年，相当中国商代和西周。

吠陀时代。公元前20世纪—前15世纪，雅利安人（Aryan）从西北方面进入次大陆，起初占领印度河上游的五河地区（旁遮普），后来扩张到恒河流域，更后向南推进，占领次大陆北半部，称雅利安区。这时候，开创婆罗门教，口头传诵《吠陀经》，社会形成阶级压迫的种姓（caste）制度。

2. 古代（前6世纪—公元712年），共约1312年，相当中国东周到唐代。

佛陀时代。前7世纪，恒河下游兴起摩揭陀国。前6世纪，释迦牟尼创佛教，大雄创耆那教，两教都反对种姓制度。孔雀王朝的阿育王（前268—前232年在位）统一了除南端以外的全部次大陆，定佛教为国教，广建寺庙和宝塔。经过长期的外族侵入和内部变乱之后，笈多王朝（公元320—540年）中兴。戒日王（606—647年在位）是印度古代最后一个有名的皇帝，统一印度北部，兼容佛教和印度教，提倡大乘佛教，欢迎唐僧玄奘（602—664年），戒日王与唐太宗多次遣使互访。

3. 中世（712—1600年），共888年，相当中国唐代中期到明代。

伊斯兰教统治时代。712年，阿拉伯军队攻占信德（印度河下游）。1001年至1024年，阿富汗突厥人的伽色尼王朝吞并旁遮普。12世纪后期，阿富汗突厥人的廓尔王朝控制西北印度。穆斯林主宰整个印度。

德里苏丹国（1206—1526年），共320年。1206年廓尔王朝的德里总督自立为苏丹，统治印度次大陆北部，经历五个朝代。

莫卧儿帝国（1526—1858年），共332年。1526年蒙古突厥族后裔巴布尔侵入印度，建立莫卧儿帝国（莫卧儿是蒙古的变音）。阿克巴（1556—1605年在位）统一次大陆，实行开明政策，强调王权高于教权，自称印度教和伊斯兰教的公平君主。奥朗则布（1658—1707年在位）按照《古兰经》强化宗教统治。1764年，莫卧儿皇帝向英国东印度公司投降，莫卧儿帝国名义保留到1858年。

4. 近代（1600—1949年），共349年，相当中国清代和民国。

英国统治时代。1600年英国成立东印度公司。1623年跟荷兰默契，英国垄断印度，荷兰垄断东印度群岛（印尼）。1757年英国占领孟加拉，建立侵略整个印度的根据地。1763年至1818年间，英国发动30次侵略战争，订立23次割地条约。1818年，东印度公司控制整个印度。

1857年至1858年，发生印度抗英的民族大起义，英国称雇佣军兵变。英国从印度以外调来大军，残酷镇压，起义失败。1858年英国结束东印度公司，取消莫卧儿帝国的名义。

英属印度帝国（1858—1947年），共89年。英国直接统治印度，加强政治控制，加深经济剥削。"二战"后，在印度独立革命高潮中，英国提出分裂印度的"蒙巴顿方案"，1947年成立印度和巴基斯坦两个国家。英国殖民结束。从712年阿拉伯人侵入，到1947年英帝国主义退出，共1235年，印度雅利安人一直在外力统治之下。

社会传统

种姓制度

种姓制度把人民分割成几个世袭的身份集团。婚姻、职业、服饰、社会活动，异种姓相互隔绝。它起源于古代的社会分工和统治压迫，形成四个种姓。

统治者（雅利安人）分为三个种姓：a. 婆罗门（僧侣）；b. 刹帝利（武士）；c. 吠舍（农工）。被征服者（达罗毗荼人）成为一个种姓；d. 首陀罗（仆役和奴隶）。前两个种姓是特权等级。还有不列等的"贱民"，称"不可接触者"。同一村庄，不同种姓，住处分开。种姓有"洁"与"不洁"之分。职业按种姓固定化，人力物力无法合理分配和流动。独立后，法律废止种姓，习惯保持种姓。

本土宗教

印度的本土宗教有五种：

婆罗门教。形成于前7世纪，崇拜梵天大帝，经典称《吠陀经》（*Veda*，知识），有《吠陀本集》、《梵书》、《森林书》、《奥义书》，内容包含诗歌、神话、祭祀仪式、巫术咒语。崇拜三主神，代表"创造、保全和毁灭"三种力量。主张吠陀天启，祭祀万能，婆罗门至上。一切真理都源出于婆罗门教。善恶有因果，人生有轮回，生命有灵魂。佛教和耆那教兴起之后，婆罗门教衰落。

佛教。创始于前6世纪，反对婆罗门教，以"无常和缘起"代替梵天创始说，以"众生平等"反对种姓制度，以"铲除烦恼而成佛"为最终目的。公元1世纪至2世纪，产生大乘佛教，原有佛教称小乘佛教。佛教在印度流行千余年，9世纪衰落，13世纪消亡，但是在印度以外发展成为世界三大宗教（耶、伊、佛）之一。20世纪，印度有两千万"不可接触者"改信佛教。

耆那教。跟佛教同时兴起，"耆那"原义"胜利者"，经典名《十二支》，反对吠陀权威，主张五戒："不杀生、不妄语、不偷盗、不淫乱、无所得"。4世纪至13世纪流行，其后衰落。

印度教。8世纪婆罗门教复兴，恢复梵天信仰和种姓制度，产生多种教派，统称印度教。寺院培养婆罗门种姓子弟。崇拜牛，不杀生。印度教是今天印度的主要宗教。

锡克教。16世纪创立，"锡克"原义"门徒"，是印度教和伊斯兰教的混合物，吸取伊斯兰教的圣战精神，要求锡克教地区独立建国。主张业报轮回，反对祭司制度，实行苦行遁世。教徒蓄长发，佩剑。男人名加"辛格"（Singh，狮子），女人名加"考儿"（Kaur，公主），流行于旁遮普。

印度独立后实行信教自由，没有国教。

印巴关系

印巴分裂打了三次大战。争夺克什米尔的战争连年不止。1947年一分为二（印、巴）；1971年二分为三（印、巴、孟）。2002年之后，印巴开始走向和平。

现代化的进程

经济方面

绿色革命

印度是世界第二人口大国，人口超过10亿。19世纪最后25年间，饥馑死亡1500万人。20世纪60年代实行绿色革命之后，粮食产量从1950年的5080万吨，增至1996年的19 820万吨，粮食自给而有余（前驻印大使程瑞声）。20世纪90年代提高谷产中维生素和矿物质的含量，产量和质量并重，称为第二次绿色革命。

五种经济

独立前，印度是英国的经济附庸，印度原料，英国工业。独立后，实行计划经济和自由经济并举。印度有五种经济：国营、私营大资本、私营中小资本、小农经济、外资。起初国营为主，后来私营为主。印度建立起以国营为主的原子能、电子、精密仪器、冶金、机械、飞机、船舶、石油、化工、建材、电力、轻纺等工业体系。问题是国营亏本。20世纪70年代，开放市场，鼓励私营，引进外资，追赶新技术，重点放在电子和软件等新技术上。印度以每一家庭年均税后收入700美元至3000美元为中产阶级，2001年有3亿人。

政治方面

"非暴力、不合作"运动

印度革命经过三个步骤。第一步：唤起群众，成立政党，和平请愿，争取合法权利。1885年国民大会党在孟买成立，简称国大党，领导人是甘地。第二步：发动"非暴力、不合作"运动。"一战"之后，英国订立加强镇压群众的新法案。1919年，甘地发动全国总罢市，要求取消新镇压法案。英国人在阿姆利则屠杀抗议群众之后，甘地改变斗争方针，从原来"基本合作"改为"基本不合作"，从原来"使用宪法手段争取在帝国范围内的殖民地自治"改为"使用和平和合法手段争取自由"。1921年，甘地亲自领导群众开始"非暴力、不合作"运动，号召全国人民自纺自织，抵制英国布匹，使英国纺织工厂纷纷关门。第三步：要求终止英国统治。1927年尼赫鲁从欧洲回国，主持国大党会议，以完全独立为目标。1930年，甘地再次亲自领导和平抵抗运动，反对盐税法案。最后甘地被捕。

不结盟运动

不结盟运动奉行"独立自主、和平、中立、非集团"原则，由南斯拉夫、埃及、印度、印尼、阿富汗五国发起。1983年在印度新德里举行会议，有101个会员国参加。现在，南斯拉夫解体，阿富汗经历巨大变化，而印度在20世纪后期开始了现代化进程。

英国式民主

1950年的印度宪法基本上模仿英国，联邦院250人，人民院550人，权力主要在人民院，议员由多党竞选。宪法保留335个议席给妇女。独立后，一再发生大动乱，经历血与火的洗练，但是民主政体保持稳定，没有动摇。

文化方面

语文规划

印度民族多、语言多、文字多。独立后规定14种法定语文。全国通用的法定语文（国语）一种：印地语。不限地区的法定语文两种：梵文和乌尔都语。限定用于某一邦的法定语文11种：印欧语系7种，达罗毗荼语系4种（后来又加邦语言4种）。英语没有法定地位，但是继续使用。14种法定语文，加上英语，一共15种。一张钞票上印15种文字。

独立初期，印度人民强烈反对英帝国主义的英语。宪法规定15年后废除英语，但是到期无法废除。印地语传承于3500年前侵入印度的雅利安人的语言，达罗毗荼民族认为这也是侵入者的语言，跟英语同样不受欢迎。可是他们拿不出另一种语言来代替印地语，反对印地语等于支持英语。经过半个世纪，英语成为事实上的国际共同语。印度人的语言感情发生变化，从反对英语变为利用英语，侵略语言变成赚钱语言。

教育第一

印度的正规教育是世俗教育，不是宗教教育。目前，印度有综合大学两百多所，高等院校六千多所，研究院两千多所，此外还有许多工业学校（大学程度）和电脑培训学院。印度的大学每年培养出12万个工程系毕业生。印度每年有两万名学生得到签证去美国留学（《南风窗》）。2001年印度七岁以上人口的识字率是65%；识字的男人是四分之三，女人是二分之一。

科技领先

新闻说，印度是世界上第三科技大国，次于美国和俄国，有科技人员350万人。印度已经建起7座核电站；发射了通讯、气象、遥感等卫星。世界上拔尖的21家软件公司，有12家在印度。印度的上网人数从200万上升到7000万。印度的软件生产量占全世界的17%。2003年，单是班加罗尔一地的软件出口就达到25亿美元。

"在班加罗尔、马德拉斯、孟买和新德里等地近二十个软件园区，大约有一万家公司做着美国高科技出口的外包业务（outsourcing）；这些园区变成了网络性的世界办公室。美国的高技术就业转移到了印度，美印之间形成知识工人的劳动分工"（《世界知识》2004年10月号）。比尔·盖茨说："印度将在21世纪成为软件的超级大国。"

2004年5月17日，时年99岁

传统和现代

双文化和双语言

甲、双文化时代

文化的地域传播

文化像水,不断从高处流向低处。在古代,游牧民族往往征服农耕民族,但是农耕民族的先进文化开化了游牧民族。文化跟着国家而扩大,但是文化不受国界的限制,能够传播到国界以外的遥远地方。朝代更替,文化并不跟着更替,文化的生命比朝代更长。流动和融合使文化的分布范围不断扩大,部落文化扩大为民族文化,民族文化扩大为区域文化,最后形成世界性的现代文化。

公元前1000年之前,地球上有多个文化摇篮:尼罗河的埃及圣书字文化,两河流域的苏美尔丁头字文化,克里特岛的米诺斯文化,小亚细亚的赫梯文化,阿拉伯半岛的米那文化,印度河流域的早期文化,黄河流域的中国汉字文化。多数传统文化分布在从地中海东部到波斯湾以东,汉字文化处在遥远的东亚(根据《哈蒙德历史地图集》)。

丁头字文化和圣书字文化延续3000年，直到公元开始前后才衰竭。公元前671年继承丁头字文化的亚述帝国，横跨地中海和波斯湾，包括埃及和塞浦路斯岛，统治着当时整个文明世界，形成"西亚文化区"。这里后来建立波斯帝国，亚历山大帝国，以及更晚的阿拉伯帝国。

地中海东岸的腓尼基是古代丁头字和圣书字两大文化之间的走廊。这里的人民善于经商，为了记账的需要，利用古典文字中的表音符号，经过简化和改进，创造出字母。字母文化的悄然兴起，使丁头字和圣书字黯然失色。字母向东传播，代替了丁头字；向西传播，代替了圣书字。

希腊从腓尼基学来字母，改进为更加方便的音素字母。传到罗马，成为罗马帝国的精神武器：罗马字母。公元前117年的罗马帝国，统辖整个地中海四周的土地，在"西亚文化区"之西建立"西欧文化区"。

印度河之东是印度次大陆。这里是亚历山大的军队不敢前进的大地边缘。它继承西亚字母的东部一支，演变出印度字母系统，延伸到南亚和东南亚，形成"南亚文化区"。

中国的甲骨文比丁头字和圣书字晚2000年，跟腓尼基的"比拨罗"（Byblos）字母时代相同。汉字文化向南传到越南，向东传到朝鲜和日本，形成"东亚文化区"。

到现代，欧亚大陆四个文化区（西欧、西亚、南亚、东亚）都发生了巨大变化。变化最大的是西欧文化，它扩大到美洲，成为"西方文化"。相对于"西方文化"，西亚、南亚和东亚的文化统称为"东方文化"。"西方文化"传播到整个世界，成为国际现代文化的主流。

文化的历史发展

文化不仅有地域的传播，更重要的是有历史的发展。从古到今，任何文化都是逐步发展和演进的，不是一成不变的。文化的发展可以分为三个阶段：神学文化、玄学文化和科学文化。神学文化的特点是冥想，玄学文化的特点是推理，科学文化的特点是实证。

文化有精神的一面和物质的一面。从神学到玄学到科学，精神的重要性相对减少，物质的重要性相对增加。文化以精神安慰为目标发展为以物质享受为目标；文化以"文史哲"为支柱发展为以"科学和技术"为支柱。精神和物质彼此依存、互为表里。没有物质背景的精神文化是不存在的，没有精神背景的物质文化也是不存在的。

人类走出了原始生活之后就开始思考两大问题：一是人与人的关系，另一是人与自然的关系。人与人的关系的探索发展为道德和法律；人与自然的关系的探索发展为科学和技术。

西方文化的历史发展最为典型。它从"中世纪"逐步走向"现代"，经历了文艺复兴、宗教革命、产业革命、民主革命；政教合一改为政教分离，强迫信教改为自由信教，君主专制改为全民选举，贵族教育改为平民教育；创造铁路、汽车、轮船、飞机，发展能源，改进通信；自然哲学和社会哲学发展为自然科学和社会科学。一系列的发明和创造，改变了人类的生活。

四种传统文化融合成为人类共创、共有、共享的国际现代文化。国际现代文化不是封闭的、而是开放的,任何个人或国家都可以参加进去,发挥自己的才能,从国际文化的客人变为国际文化的主人。

今天世界上并存着各种发展水平迥然不同的文化,它们之间既有矛盾,又有合作,将在"矛盾和统一"的辩证规律中波动前进。

双文化时代

每一个民族都有自己的传统文化,每一个民族都热爱甚至崇拜自己的传统文化。但是,在现代,任何民族都无法离开覆盖全世界的现代文化。环顾世界,到处都是内外并存、新旧并用,实行双文化生活。双文化的结合方式有:并立、互补和融合。不同的社会选择了不同的结合方式。今天的个人和国家已经不自觉地普遍进入了双文化时代。

个人的双文化生活在任何城市中都能看到。食,中菜和西菜;衣,中服和西装;住,四合院和公寓楼;行,汽车和三轮车;卫,中医和西医;教,学校和家庭教育;娱,图画、音乐、舞蹈、小说、戏剧,中西合璧、彼此模仿。人们说,在电视里看京戏是"寓中于西"。东方的城市生活一天也离不开来源于西方的交通设备、通信设备和各种各样的电器设备。

"大清帝国"改名"中华民国"、又改名"中华人民共和国",这就是宣告中国双文化时代的开始。"中华"属于中国文化,"民国"和"人民共和国"属于西方文化。"中学为体、西学为用"是双文化。"一国两制"是双文化。大学里传统文化课程很少，西方学术课程很多，这是"向外倾斜"的双文化。

中国文化原来就不是单纯的，它是中国的儒学和印度的佛教以及其他因素的混合物。佛寺多于孔庙是古代双文化的遗迹。

印度做了300年英国的殖民地，行政和教育离不开英语，是一个双文化国家。新加坡规定英语是全国官方语言，华语是华人的民族语言，新加坡是双文化国家。某些伊斯兰教国家激烈反对西方，但是照样学习英语和西方科技。

新闻说：某伊斯兰教国家的大臣们反对国王建设电视，因为其中的人像就是魔鬼。国王无奈，宣布休会。大臣们走出会场，找不到自己的汽车，回去问国王是怎么一回事。国王说：汽车不也是魔鬼的工具吗？

新闻说：在韩国，同一家人，父母倾向农耕文化，儿女倾向西方文化。"泡菜"的一代和"汉堡包"的一代住在一个大门里。青年人一方面希望父母负担他们的教育和结婚费用，这是农耕社会的集体主义文化；另一方面不愿意担负扶养父母的责任，这是西方资本主义的个人主义文化。企业家一方面拼命工作、扩大资本，这是资本主义文化；同时把财富和企业经营权传给子孙，这是农耕社会的集体主义文化。双文化并存，因为英国工业化经历200年，美国经历150年，韩国只经历40年，旧文化还没有来得及退出历史舞台。（韩国《经济人周刊》1994年12月28日）

西方文化内部也远非清一色。它早期是"希腊罗马"文化和东方（西亚）传来的基督教的混合物。生物学家在实验室里研究遗传学，到礼拜堂里拜上帝，进化论和上帝创造论集于一身，这不是新闻。美国、加拿大等移民国家，从国家来看是以西方文化为主的多元文化，从每一个家庭来看都是西方文化和本民族文化的双文化。

德国和日本，军事战败而经济战胜，这是铁血主义和自由主义两种文化的结合。韩国、中国台湾地区、中国香港、新加坡，地域小而能量大，这是儒学传统和市场经济两种文化的结合。

西方文化所以发展最快，因为它兼收并蓄，汇集众长，重视科技，奖励发明，思想自由，人才辈出，人的智慧充分释放了出来。要使落后赶上先进，必须研究双文化的策略。

1995年7月30日

乙、双语言时代

国家共同语和国际共同语

孔子说："登东山而小鲁，登泰山而小天下。"今天还要添上一句："登月球而小地球。"超音速飞机从地球上任何一个城市到任何另一个城市，都可以早发而午至。地球的确太小了，不能再说是"大地"，已经成为一个小小的村庄，叫做"地球村"。

孔子有弟子三千人，来自言语异声的四方。他对弟子们讲学，说的是什么语言呢？孔子周游列国，不带翻译。他向诸侯宣讲仁义，说的是什么语言呢？他不说曲阜的方言，而说当时的

"天下共同语",叫做"雅言"。孔子的语言是"双语言":雅言和方言。

在地球村里,民族繁多,言语各异。如果东村说的话西村听不懂,西村说的话东村听不懂,那么地球村就成哑巴村了。地球村必须有大家公用的共同语。

用什么语言作为地球村的共同语呢?"世界语"行吗?不行。所谓"世界语"就是"爱斯不难读"(Esperanto)。这种人造语的规则简单,学习容易,但是应用范围不广,图书资料稀少,只相当于一个小语种,不能适应现代政治、贸易和科技等领域的复杂需要,所以联合国六种工作语言中没有它的地位。

地球村的共同语不是开会决定的,而是由历史逐渐形成的。英语已经事实上成为地球村的共同语。300年来"日不落"的大英帝国"日落"了,遗留下来一份遗产"英语",正像罗马帝国瓦解之后遗留下来的"拉丁语"。"公历"失去了基督教特色,"米制"失去了法国特色,"英语"失去了英国特色。英语不仅没有阶级性,也没有国家的疆界。它是一条大家可走的世界公路,谁利用它,谁就得到方便。

"二战"之后,有100多个殖民地独立成为新兴国家。在语言工作上,它们面对两项历史任务:一方面要建设国家共同语,另一方面要使用国际共同语。日常生活和本国文化用国家共同语,国际事务和现代文化用国际共同语。文化和经济发达的国家,早已实行了双语言。现代是双语言时代。

英语的洪水泛滥

"英语"原意"地角语言"。5世纪中叶（中国南北朝），欧洲大陆一个部落叫做"地角人"（Engle），从石勒苏益格（Schleswig，现在德国北部）渡海移居不列颠（Britain）。他们的"地角语"（Englisc，古拼法）代替了当地的凯尔特语（Celtic）。于是地区称为"英格兰"，语言称为"英语"（English，现代拼法）。

1066年（北宋中期），说法语的诺曼底人（Norman）侵入英国，此后200年间英格兰以法语为官方语言。后来，1350—1380年间，英语开始用作学校语言和法庭语言。1399年（明朝迁都北京之前），英格兰人亨利第四当上了英王，此后英语的伦敦方言成为文学语言。

英语在5—6世纪时候，用原始的"鲁纳"（runa）字母书写。7世纪时候（中国唐代前期），基督教从爱尔兰传入英格兰，英语开始拉丁化。拉丁字母跟英语的关系，好比汉字跟日语的关系。英语的拉丁化是很晚的，到中国唐代时候才初步成形。

英语不是先有拼写规则然后拼写的，而是在随意拼写中逐渐约定俗成的。拼法不规则的原因主要有：（1）字母少而音素多，造成一音多拼；（2）语音变而拼法不变，遗留古文痕迹；（3）强调拼法反映希腊和拉丁的词源，人为地造成言文不一致现象；（4）部分语词采用法文拼法；（5）不断借入外来词，拼写法变得非常庞杂；（6）15世纪（明代中叶），英语发生语音的重大变化。刚刚写定的文字无法系统地改变，混乱的写法流传下来成为今天拼写定形的基础。

民国初年，英国"海盗牌香烟"的广告曾经贴满中国的街头。英国本来是个海盗之国。1588年（明万历年间），英国发挥海盗精神，用海上游击战术，以一群零散的小兵舰打败了西班牙的"无敌舰队"，从此成为海洋第一霸主。此后400年间，英国建立了一个人类历史上最大的殖民帝国，被称为"大英帝国"。英国打破历史传统，努力开创新的历史局面，在政治上开创民主制度，在经济上开创工业化生产方式。这两个开创改变了人类历史，使英语在全世界语言中独占鳌头。

英语虽然拼法不规则，但是同一个语词有一定的拼法和读音，例外只是少数。语法比其他欧洲语言简单。英语从四面八方吸收有用的外来词，成为词汇最丰富的语言。它用26个现代罗马字母而不加符号，方便打字和电脑处理。

两次世界大战，从英国殖民地独立成为现代大国的美国，不仅在军事上取得胜利，并且在战后开创了信息化的新时代。英语的流通扩大，美国是最主要的推动力量。起源于美国的多媒体电脑和国际互联网，不断造出以英语为基础的新术语。信息化和英语化成了同义词。英语通过电视和电脑，正在倾泻进全世界每一个知识分子的家庭。英语的洪水泛滥全球。

法语的争霸战

原来，法语和俄语都跟英语争当语言霸主。苏联瓦解之后，俄语退出了争霸舞台，法语孤军作战。

"一战"之前，法国是欧洲大陆最强大的国家，法语是国际的通用语言,国际会议都用法语。当时,不会法语就难于做外交官。直到如今,邮政领域还在某些国际事务中使用法语。可是,"一战"中法国失败,由于美国参战,然后转败为胜。1922年,举行华盛顿国际会议时候,美国有礼貌地跟法国商量,可否在会议中同时用英语。法国不好意思说"不"。这一答应,改变了语言的国际形势。

"二战"中法国再次失败,又由于美国参战,然后转败为胜。成立联合国时候,议定以"英、法、西、俄、中"五种语言为工作语言,后来增加一种阿拉伯语。联合国原始文件所用语言,英语占80%,法语占15%,西班牙语占4%,俄语、中文和阿拉伯语合计占1%。法语的应用不到英语的五分之一。今天多数国际会议,名义上用英法两语,事实上只用英语。

"二战"之后,范围仅次于英帝国的法帝国也瓦解了。法国利用法语作为纽带,团结原来的殖民地,组成一个"法语国际"。推广法语,跟英语作斗争,这是法国的重大国策。为此,法国设立国家法语委员会,由总统直接领导。法国规定,在法国销售的外国货物、广告必须用法语。法国宣传,法语是最优美的艺术语言,是人类最高尚的文化语言。凡是以法语为第一外国语的国家或地区,法国愿意给以津贴和帮助。

可是,历史的变化跟法国的愿望背道而驰。印度支那三国原来是法国殖民地,通行法语,由于加入东南亚联盟,都放弃法语,改用英语。越南为了参加东盟,从国家主席到一般公司职员,人人都在学习英语。柬埔寨的大学生上街游行,要求学习英语。印度支那的第一外国语由法语变为英语,这是"法语国际"

的重大挫折。

最近,从法国殖民地独立起来的阿尔及利亚,宣布从1998年起,学校改以英语为第一外国语。法国一向把阿尔及利亚当作一个省份看待,这里也要改用英语,使法国难以忍受。"法语国际"只剩下半个"法语非洲"了,可是那里也在酝酿改学英语。

在电脑互联网络上,英语资料占90%,法语只占5%。一位法国司法部长生气地说:这是美国网络殖民主义!

法语跟英语的斗争,为什么处处失败呢?原因是:(1)法帝国的地区和经济实力原来比英帝国小;(2)英国有美国作为英语的"继承国",法国没有那样的强大"继承国";(3)两次大战中法国失败,由于英语国家的帮助才转败为胜;(4)信息化时代的科技新术语大都来自说英语的美国,法国的科技力量无法跟它相比。这些原因不是短期所能改变。

德国的语言政策跟法国很不一样。德国商人乐于用英语做生意,这样能多销货物;德国科学家乐于用英语发表论文,这样能有更多读者。德国人说,我们争效果,不争语言。在欧洲,法语人口和德语人口的比例大约是7∶9,法语人口少于德语,但是相差不大。欧洲各大企业在业务中使用的语言,除英语之外,原来使用法语超过德语,但是1996年的调查说明,情况改变了,德语第一次超过了法语。可见,法语的国际流通性正在萎缩。法语是否可能从一种国际语言萎缩成为一种国家语言呢?这是法国的重大忧虑。

不过,法国没有认输,还在乐观地继续斗争。其实,法国没有人不学英语,法国本身事实上早已是双语言国家了。

东南亚的双语言

"东南亚"有 10 个国家（新加坡、马来西亚、印度尼西亚、文莱、菲律宾、泰国、越南、柬埔寨、老挝、缅甸），土地共计 448 万平方千米（接近半个中国），人口共计 4.26 亿（超过中国的三分之一），从印度洋到太平洋，横跨赤道的七分之一。这些国家组成"东南亚联盟"（东盟），原来包含 6 个国家（新马印尼文菲泰），后扩大为 10 个国家（增加越柬老缅）。

东南亚的西面有 5 个国家（泰缅越柬老），都是佛教国家，语言彼此不同，文字用各自的印度式变体字母。泰国有传统文字，以英语为第一外国语。缅甸原来是英国殖民地，有简易的传统文字，几乎人人识字，以英语为中等和高等教育语言。越南在独立之后，废除了汉字，以拉丁化"国语字"为正式文字。柬埔寨和老挝有各自的传统文字。印度支那原来是法国殖民地，正在改用英语作为第一外国语，向其他东盟国家看齐。

东南亚的东面也有 5 个国家（新菲马印尼文），他们的语言和文字在"二战"后有全新的发展。新加坡规定四种官方语言：英语不是外国语，而是全国官方语言；华语（普通话）为华人的官方语言，提倡"多说华语、少说方言"；塔米尔语为印度族的官方语言；马来语为马来人的官方语言，同时又是新加坡的国语，唱国歌用马来语。菲律宾规定拉丁化的他加禄语（Tagalog）为国语，以英语为行政和教育语言，英语的作用已经深入民间生活。马来西亚和印度尼西亚，人民大都信奉伊斯兰教，但是废除阿拉伯字母，采用拉丁字母；两国在独立之后共同采用标准马来语作为官方语言，原来拼写法相互不同（印度尼西亚用荷兰式，马来西亚用英国式），后来统一了正词法，并且为新加坡和文莱所采用。印尼原为荷兰殖民地，通用荷兰语；独立后荷兰语退出印度尼西亚，改以英语为第一外国语。

东盟经济已经走上快速发展的道路。新加坡是"东亚四小龙"（港台韩新）之一。文莱是石油富国。泰国发展显著。马、印尼正在起飞。菲律宾已经初具规模。这里有一片欣欣向荣的朝气，是举世瞩目的历史上升地区。

东南亚旧称南洋，是华侨和华裔最多的地方，据说有3500万人，很多人已经"落地生根"，忘记了家乡语言，改用了当地的姓名。他们主要经营工商业，成为当地发展经济的重要动力。

东南亚各国的政治制度不同（社会主义、军人专政、民主制度），宗教有各自的传统（佛教、伊斯兰教、基督教）。但是，这些歧异并不妨碍他们团结起来共同发展经济，并且在共同的国际事务中采取协调的政策。

东南亚一致实行英语和本国语言的双语言，方便相互联络和发展国际贸易，这是走上一体化道路的第一步。荷兰语和法语的退出，使东南亚实现了统一的英语化。英语在东南亚不仅在国际事务中发挥作用，而且部分地进入了民间生活。

印度的双语言

印度原来是英国的殖民地。1950年独立之后，反对英帝国主义，同时反对英语。印度宪法规定"印地语"是唯一的国语，准备在15年之后完全不用英语。

但是，印度是一个9亿人口的大国，民族多、语言多、方言多、文字多，印地语只占人口的三分之一。印地语之外，印度规定11种"邦用"官方语言。印度低估了建设全国共同语的困难，曾一度陷入语言问题的重大混乱。

过去200年间，英语是印度的行政语言和教育语言，国会开会用英语。这无法在可见的短时期内改变。结果是，英语悄悄地继续流通，担当了全国共同语和国内各民族之间的纽带语言。

到了20世纪70年代，印度的国际关系和语言感情发生了变化。英语从帝国主义的语言变为有利可图的商品。长期以英语为教育语言，使印度受过教育的国民人人都懂英语。这个条件成为参加国际事务和进行国际贸易的有利条件。利用英语条件，印度每年争取联合国的国际会议多次在印度举行，借以赚取外汇。在宪法中没有地位的英语，现在公开地保留了无冕之王的地位，成为事实上唯一的全国共同语。印度是一个英语和本国（本邦）语言的双语言国家。

日本的双语言

日本善于吸收外来文化，择优而从，青出于蓝。在古代，日本学习中国1000年；在近代，日本学习西洋200年；古代使用中文和日文，近代使用英语和日语，都是双语言。"二战"后，日本的双语言又有新的发展。

日本在"一战"前，贸易利用英语，科技利用德语。"二战"

后，充分利用英语，引进新技术，发展国际贸易，把军事战败国变为经济战胜国。

日本投降（1945年），美国将军麦克阿瑟（Douglas MacArthur）成为日本的"太上皇"。他命令日本实行"语文平民化"。减少汉字数目，简化汉字笔画，改进假名字母的用法，使日文从汉字中间夹用少数假名，变为假名中间夹用少数汉字。日本在明治维新（1868年）时期已经普及国语，把文言改为白话。但是法律和公文依旧用文言，直到战后才从文言改为白话，用字以常用汉字为限，此外假名代替。小学六年只学习996个汉字（比《千字文》还少4个）。大众小说只用800个汉字，其余用假名。日本的知识分子，一般只用2000个常用汉字。"语文平民化"的目的是：对人民大众，普及义务教育，提高文化水平；对知识分子，节省学习语文时间，更多地学习科技和实用知识。

两种语言接触，必然发生"洋泾浜"现象。广东话的洋泾浜是有名的，可是跟日语的洋泾浜一比，就小巫见大巫了。日本学习中国文化时候，从汉语吸收大量外来语，时间久了，已经忘记了那是外来语。今天从英语吸收大量外来语，是日本吸收外来语的第二高潮。

大半个世纪之前，日本放弃"意译"科技术语，改为"音译"科技术语，用片假名拼写。这使日本术语的读音接近国际读音，叫做术语的读音国际化。最近，日本对英语的科技术语，不再翻译，就把英文写进日文，作为正式文字。

日本的大企业要求职员英语过关，经常测试职员的英语水平。目的是使职员能够独自在国际互联网上取得外国资料，提高生产技术。日本的电脑普及率超过了西欧。国际互联网极大部分都用英语。英语成为在日本大企业中担任职务的必要条件。

为了进一步提高英语水平,日本从1997年起,小学生提前从三年级开始学习英语。西欧有些国家实行"扫除外语(英语)文盲"。日本还没有这样做,但是英语越来越被重视,几乎要跟日语并驾齐驱了。一位日本首相对国会说:日本应当把英语作为日本的第二国语,不再是外语。

日本有人慨叹说,"日本"快要没有了,只剩下"Japan"了。

中国的双语言

中国的双语言,原来是指推广普通话:从只会说方言,到又会说普通话。普通话是学校和社会语言,方言是家庭和乡土语言,这是"国内双语言"。现在又有了第二种含意:从只会说普通话,到又会说英语,这是"国际双语言"。

民国元年(1912年)开始,我国兴办新式学校,以"国、英、算"为三门主课。"国、英"(国文和英文)就是国际双语言。但是当时只有少数人上学,课程要求很低,还没有双语言的观念。

20世纪50年代之后,俄语一度成为我国的主要外国语。改革开放以来,事实上已经恢复了以英语为第一外国语。青年们热心出国留学,主要是去美国。一股英语热在青年中自动燃起。但是人数还少,不能说我国也开始了国际双语言。

我国的现代化要追赶两个时代,工业化时代和信息化时代。

现代化的基础是教育，教育的工具是语文。我们还没有来得及考虑国际双语言政策问题，但是国际双语言是国家现代化无法避免的需要。国内双语言还没有完全实现，能够开始进行国际双语言吗？

内外并举，兼程并进，当然十分困难。但是，这是后进追赶先进无法躲避的必由之路。不能等待实现工业化之后再进行信息化。同样，不能等待实现国内双语言之后再进行国际双语言。我们的历史任务是，在一个时期内赶上两个时代。

目前，我国科学院的自然科学研究所，以及有条件的大学，已经利用多媒体电脑，接上国际互联网。这是我国进入国际互联网和实行国际双语言的起点。

台湾在日本统治时期用日语和台湾话。日语是一国语言，不是国际语言。台湾话是汉语方言。光复后台湾用"国语"（普通话）和台湾话，同时实行"国语"和英语的国际双语言。香港在英国统治时期用英语和广东话。香港归还中国之后用普通话和广东话，同时实行普通话和英语的国际双语言。

双语言不是独立于社会之外的附加物，而是现代社会的一个职能。双语言是一种现代化的指标。从双语言的水平，可以测知国家现代化的程度。

1997 年 3 月 24 日

（原载《群言》1997 年第 6 期）

大同理想与小康现实

两千五百年前,孔子提出"大同论"。《礼记·礼运》,孔子曰:

"大道之行也,天下为公。选贤与能,讲信修睦。故人不独亲其亲,不独子其子,使老有所终,壮有所用,幼有所长;鳏、寡、孤、独、废疾者皆有所养;男有分,女有归。货,恶其弃于地也,不必藏于己;力,恶其不出于身也,不必为己。是故谋闭而不兴,盗窃乱贼而不作,故外户而不闭。是谓大同。

"今,大道既隐,天下为家,各亲其亲,各子其子,货力为己。大人世及以为礼,城郭沟池以为固,礼义以为纪,以正君臣,以笃父子,以睦兄弟,以和夫妇,以设制度,以立田里,以贤勇智,以功为己。故谋用是作,而兵由此起;禹、汤、文、武、成王、周公由此其选也。此六君子者,未有不谨于礼者也。以著其义,以考其信,著有过,刑仁讲让,示民有常;如有不由此者,在势者去,众以为殃。是谓小康。"

"天下为公、世界大同",是中国人民历代的崇高理想。在大同理想的启示下,康有为提倡"维新",作《大同书》;孙中山创导"三民主义",大书"天下为公";邓小平实行"改革开放",以"小康"为建设目标。

孔子（公元前551—前479）提出"大同论"之后，柏拉图（前428—前347）提出《理想国》，莫尔（1478—1535）提出《乌托邦》，傅立叶（1772—1837）提出"法郎吉"幸福社会，圣西门（1760—1825）提出知识分子和企业家的乐园，马克思（1818—1883）提出科学社会主义，英国提出费边社会主义（1884），美国以自由民主立国（1776）。这都是引导人类前进的崇高理想。

比较上面各种理想，"大同论"在时间上早得多，在意境上高得多，这使我们不能不感叹孔子的先知先觉！今天诵读这篇"大同论"，好像是跨越两千五百年，跟先师孔子面对面讨论全球化时代的发展问题。

苏联的理想是建立没有阶级剥削的社会主义；伊朗的理想是建立地上天国；美国的理想是建立自由民主的世界；中国的理想是"天下为公、世界大同"。你选择哪一种？我选择"大同"。因为："大同理想"，崇高、远大、广博、平易！

我们当前的任务是：建设小康，志在大同。

大同与小康

"大同论"把人类历史分为"大同时期"和"小康时期"。

大同时期的特点：1. 天下为公（政权禅让）；2. 选贤与能（文官考试）；3. 讲信修睦（守信、睦邻）；4. 老有所终，壮有所用，幼有所长，鳏寡孤独废疾者皆有所养（终身福利，从摇篮到棺材）；5. 男有分，女有归（幸福家庭）；6. 货，恶其弃于地也，不必藏于己；力，恶其不出于身也，不必为己（财产公有）。

大同时期的实践者是谁？孔子没有说。

小康时期的特点：1. 天下为家（帝王专制）；2. 货力为己（财产私有）；3. 城郭沟池以为固（国家设防）；4. 礼义，君臣，父子，兄弟，夫妇（定法律，重礼仪）；5. 谋用是作，兵由此起；有过，用刑；不由此者，在势者去（战争、刑罚、罢免、废黜）。

小康时期的实践者有谁？孔子举例：禹、汤、文王、武王、成王、周公。

孔子为什么不谈大同时期的实践者，只谈小康时期的实践者？为什么古代圣人一个个全是实践的小康，没有一个实践大同？

孔子没有说明，他的弟子们也明白了：大同是理想，小康是现实；大同是可望而不可即的崇高理想，小康是切实而可行的具体现实；理想玄虚只能仰望，现实具体可以实践。

从孔子时代到今天两千五百年间，向来没有出现过大同世界。但是"天下为公、世界大同"这个理想崇高而远大，华夏子孙，代代相传，高山仰止，景行行之。

历史学者说：大同实际是美化了的原始社会，生活极其简单，身外别无一物，无从私有，只能公有。私有需要先有财产。生产发展，开始分工，财产有了剩余，于是公有变为私有。经济规律，不是私有发展成为公有，而是公有发展成为私有。

既然理想玄虚，不可捉摸，可否不要理想呢？不可！

理想是崇高的希望、前进的向导、精神的支柱。人类智慧高度发展之后，必然出现对理想的向往。"天下为公、世界大同"，这个理想是华夏民族的旗帜，前赴后继，亿万同风。

理想是人类文明的原动力；但是它不是建设国家的具体步骤，不是发展经济的实际方案。历代圣贤心里都明白：理想崇高，现实平凡；理想白璧无瑕，现实瑕瑜掺杂；理想可以一步登天，现实只能摸着石头过河；理想有利无弊，现实有利必有弊。历代圣贤，心中有理想，脚下有现实，从来没有追求大同而鄙弃小康。这是中国的"实事求是"伟大传统。

理想与现实

理想推动了社会发展：经济从农业化到工业化到信息化，政治从神权统治到君权统治到民权统治，文化从神学思维到玄学思维到科学思维。各国发展有先有后，差距很大，但是你进我追，都是向前，没有国家能够长期违背社会演进的历史轨道。

人类已经不能没有理想了，没有了理想就失去了精神支柱和前进方向。但是，抬头仰望理想的时候，必须低头看清楚前进的脚步，不可把理想捧上天堂，把现实贬入地狱。

中国建设小康、胸怀大同，发展现实、仰望理想，改革开放，成效显著。

苏联适得其反。苏联档案公开后，俄罗斯和欧美历史学者，经过长年的深入研究，清楚地看到，苏联的"没有阶级剥削的社会主义"和"发达的社会主义"全是空中楼阁。

历史学家恍然大悟：社会主义是理想，资本主义是现实，好比大同是理想，小康是现实。

苏联瓦解的根本原因是：盲目追求理想，鄙视和破坏现实，违背社会发展的规律,走进了历史的误区。

其实,马克思讲得很清楚:建设社会主义必先建设资本主义,要先达到高度发达的资本主义,还要联合全世界的工人阶级一同建设社会主义。苏联在半封建半农奴的落后社会基础上,强行一国单独向社会主义冒进,结果当然只有失败。

苏联的失败告诉人们,分清"理想"与"现实"是何等重要!

2009 年 3 月 25 日,时年 104 岁

从大同论到理想国

孔子作《大同论》

2500年前,孔子(公元前551—前479)作《大同论》,把历史分为两个时期,前期称"大同",后期称"小康"。《礼运》,孔子曰:"大道之行也,天下为公,选贤与能,讲信修睦。故人不独亲其亲,不独子其子;使老有所终,壮有所用,幼有所长;鳏、寡、孤、独、废疾者皆有所养;男有分,女有归。货,恶其弃于地也,不必藏于己;力,恶其不出于身也,不必为己。是故谋闭而不兴,盗窃乱贼而不作,故外户而不闭。是谓大同。今,大道既隐,天下为家,各亲其亲,各子其子,货力为己。大人世及以为礼,城郭沟池以为固,礼义以为纪,以正君臣,以笃父子,以睦兄弟,以和夫妇,以设制度,以立田里,以贤勇智,以功为己。故谋用是作,而兵由此起。禹、汤、文、武、成王、周公,由此其选也。此六君子者,未有不谨于礼者也。以著其义,以考其信,著有过,刑仁讲让,示民有常。如有不由此者,在势者去,众以为殃。是谓小康。"

大同时期的建国理想

1. 国体:"天下为公",国家属于全体人民,不属于一个人或一个集团,实行民主制度;禅让传统,传贤不传子。
2. 官吏:"选贤与能",文官考试,学而优则仕。
3. 财产:"货不藏于己,力不为己";财产公有,义务劳动。
4. 福利:"老有所终,壮有所用,幼有所长,鳏、寡、孤、独、废疾者皆有所养";终身福利,从摇篮到棺材。
5. 家庭:"男有分,女有归";家庭幸福,无旷夫怨女。
6. 内政外交:"讲信修睦",对内立信,对外睦邻。

小康时期的国家状况

1. 国体:"天下为家";"大人世及以为礼";民主改为君主,传子不传贤。
2. 财产:"货力为己",财产私有化。
3. 国防:"城郭沟池以为固";"谋用是作,兵由此起";巩固国防,建军御敌。
4. 礼仪:"礼义以为纪,以正君臣,以笃父子,以睦兄弟,以和夫妇";建设礼仪之邦。

孔子说:禹、汤、文、武、成王、周公,列代圣贤全部实行"小康",没有一人实行"大同"。

为什么?因为,"大同"是理想,可望而不可即;"小康"是现实,切实可行。

中国近代历史上有三位关键人物，都深受"大同理想"的启示：康有为提倡"维新"，作《大同书》；孙中山创导《三民主义》，大书"天下为公"；邓小平实行"改革开放"，以"小康"为建设目标。

柏拉图作《理想国》

孔子之后100多年，柏拉图（前428—前347）在前386年作《理想国》（*Politeia*），又译《共和国》、《国家篇》，运用推理研究国家的本源，要点如下：

1. 讨论什么是"正义"国家；国家起源于劳动分工：公民分为治国者、武士和劳动者。

2. 最高统治者应当由哲学家来担任；治国者和武士实行财产公有；终身教育，课程有音乐、体育、数学、哲学。

3. 正义国家堕落为：军人政体、寡头政体、群众政体、僭主政体。

（摘录于《中国大百科全书》精粹本）

孔子是"理想国学说"的创始人

人类有共同的思维规律，从神学思维到玄学思维到科学思维。孔子的《大同论》和柏拉图的《理想国》用意相似：

1. 道义：孔子从"大道之行也"说起；柏拉图从"正义国

家"说起;"大道"和"正义"意义相同。

2. 财产:崇尚公有。

3. 政权:孔子"选贤与能";柏拉图提出"哲人为王";贤哲当权。

4. 等级:孔子分别"君臣、父子","君子、小人";柏拉图分别"治国者、武士和劳动者"。

5. 演变:孔子说"大道既隐",成为"小康";柏拉图说"正义堕落",沦为军人、寡头、群众和僭主政体;"既隐"、"堕落",慨叹社会演变背离了理想。

跟柏拉图的《理想国》相比,孔子的《大同论》在时间上早得多,意境崇高而远大。孔子是开创"理想国学说"的第一人。

我国改革开放,停止阶级斗争,建设小康社会,成效卓著。2500年前的《大同论》纠正了20世纪的荒诞学说。孔子伟大!

今天,全球化时代兴起"全球化历史学",抛弃成说,探索新知,深入研究"人类历史的发展规律"。这是"理想国学说"的继承和发展。

2010年10月8日

漫谈"西化"

本文发表于"文化大革命"的梦魇久久挥之不去的年代。读者评论说:万马齐喑,谈西色变,知识有罪,文化"休克",忽闻一声晨鸡报晓,方知苍天已明。

西方在哪里?

"西方"在哪里?不同的国家和不同的时代有不同的"西方"。对中国来说,主要有三个"西方":第一个是汉代的"西域",第二个是唐代的"西天",第三个是近代的"西洋"。从这些"西方"取得知识、技术和经世济民的丹方,就是"西化"。

西汉的张骞、东汉的班超,先后出使西域,这是人所共知的历史。当时所谓"西域"指的是玉门关以西、葱岭以东的广大地区。

两汉时代的"西域"是人烟稀少、交通困难的荒漠地区。汉代同这个地区往来,是为了抵御匈奴、保卫中原,不是去作文化交流。可是交通一打通,两地之间的文化自然地发生交流;即使两国对阵,也会在交战的接触中不由自主地相互学习。"接触发生交流",这是文化运动的规律。

汉代通西域,引进了西域的新事物。最重要的是大宛国的"汗血马"。这种被称为"天马"的骏马是古代战争和交通的利器,好比今天的坦克车和吉普车。从西域又引进了植物新品种:苜蓿、蚕豆、葡萄、胡桃、石榴等等,以及葡萄酒的酿制术。还引进了新的乐器和乐曲:琵琶、羌笛、胡笳、笙篥以及各种胡曲。张骞传入"摩诃兜勒"曲,用作朝廷武乐。中国音乐西化最早。还有经过大月氏(在今阿富汗)的媒介传入印度的佛教,后来在中国产生广大的影响。

汉代向西域输出了重要技术。大宛国在被围困中从汉人学到了"掘井法",在地下穿井成渠,使沙漠变为良田。他们还从汉人学得炼钢术。西域各国的贵族子弟前来长安留学,河西走廊成了文化走廊。

汉文化是春秋战国以来多元文化的综合,到汉代成了一条"黄河之水天上来"的壮观洪流,在中国大地散布开来,从黄河流域流向长江流域和珠江流域,并且向国外扩大,南方到越南,东方到朝鲜和日本。

西天取经

佛教从"西天净土"传来,由中国消化和发展成为汉文化的重要成分,这是中国文化史上的一件大事。

从东汉经三国、两晋到南北朝,这400年是佛教在中国的移植时期;到了隋唐时代,茁壮成长,成为具有中国特色的佛教。

只要观察一下观音塑像的演变就可以说明佛教的中国化。从敦煌一路东行直到兰州,观音塑像从八字胡须的男身逐渐变成怀抱胖娃娃的女身,观音和圣母"化合"成为"送子观音",这是中国人按照自己的多子多孙愿望而塑造的"中国观音"。一个观音隐含三种文化:佛教、耶教、儒教。

佛教不是只有几个泥菩萨,它还是一个文化科技体系,包含多方面的知识和技术。汉文化从它取得哲学、文学、艺术的新养料,从它取得建筑术、数学、天文学、医学、语言学、因明(逻辑)学的新养料。唐宋时代的佛教寺庙比帝皇宫殿和贵族宅邸还多。"天下名山僧占多"。中国大地"西天"化了。

儒学到了唐代,早已把先秦诸子熔化于一炉。儒家说,一物不知,儒家之耻。儒学是兼收并蓄的,所以历久不衰,始终是汉文化的主流。但是时代在前进,同印度一比,儒学显得比哲学贫乏、文学单调、科学落后,急需从"西化"中取得营养,恢复活力。东晋的法显、唐代的玄奘,以及其他知识探险者,先后西行,留学天竺,还请来多位"客座"佛学大师。"唐僧取经"成为里巷美谈。中国以强盛的帝国而不耻去西天取经。江河不择细流,所以成其大。长安成了世界的文化中心。

不错,佛教也是麻醉人民的鸦片。可是当时的统治阶级自身也需要麻醉,祈求现世享受荣华富贵以后,来世升入"极乐世界"。老百姓自愿信仰佛教,他们现世受尽苦难,幻想救苦救难的观自在给他们来世的自由和平等。烧香念佛是精神镇静剂;朝山进香是健身的旅游。一箪食、一瓢饮、曲肱而枕之,这样的儒家清教徒生活,已经不能给人"乐亦在其中矣"的满足了。向佛教追求丰富的想象和活泼的生活成为不可抗拒的时代思潮。佛教在印度式微以后，中国成了佛教的大本营。

儒学本来不是宗教。"子不语：怪、力、乱、神。"孔子讲天命，只是顺应自然。但是，孔子是"圣之时者也"，千年相传，顺时应变，到唐代形成了孔教。各地建造孔庙，拜孔一如拜佛。有人说，佛教是多神教，耶教是一神教，孔教是无神教；宗教和非宗教的区别不在有没有上帝，而在有没有不许怀疑的教条。"儒、释、道"并称"三教"不是毫无道理的。

汉文化远离先秦"百家争鸣、百花齐放"之后，成为内含儒学和佛教两大体系的"双子星座"文化。隋代一度崇佛而抑儒，向西天一边倒。唐代儒佛并举，崇佛同时尊孔，重汉而不排印，使中印文化汇流成为东方的文化洪流。

从东洋学西洋

19世纪以前侵入中国的民族都是文化低于中国的游牧民族。从鸦片战争开始，情况大变。西方殖民主义者在军事技术上和生产技术上都远胜中国。清朝在兵临城下的危急存亡中，为了自救而被迫学习西洋，开始"西化"。学习西域的西化是偶然的。学习西天的西化是主动的。学习西洋的西化是被迫的！

对帝国主义的侵略，清末的最初反应是鄙洋排外，想以"神拳"打退洋枪。失败以后，改变策略，"用夷技以制夷"。这是晚清式的"西化"。

"用夷技以制夷"首先成功的是日本。日本在成功以后立即变为侵略国，矛头对准中国。中国"制夷"（反侵略），于是不得不以日本为主要对象。说来奇怪，日本同时又成为中国"用夷"（留学）的主要去处："从东洋学西洋"。西洋太远，到东洋可以就近取来西洋的二手货。中国唐朝时候，日本嫌印度太远，日本的遣唐僧来中国，也是就近从中国间接吸取印度的二手货。"间接学习"在世界历史上常见。

清末的维新运动和辛亥革命都跟日本有密切关系。维新运动是模仿日本的明治维新。同盟会是在日本成立的。日本明治维新的要点是定宪法、开议会，以资本主义制度保障资本主义的经济。这个要点，当时中国难于理会。

留日学生从东洋传来许多西洋的概念和名词。这或许是从东洋学西洋的主要收获。"社会学"这个日本译名代替了"群学"；"物理学"这个日本译名代替了"格致学"。《共产党宣言》的最初译本也是从日文间接译来的。回顾历史，日本学中国1000年，青出于蓝；中国学日本100年，未能登堂入室。

19世纪60年代开始的洋务运动是晚清早期的"西化"实践。指导思想是"中学为体、西学为用"。封建官吏办工业无不以亏本倒闭而告终。历史经验告诉我们，"封建为体、科技为用"，违反了生产关系必须适合生产力性质的规律。"五四"运动有鉴于此，提出新的西化丹方，邀请"德先生"和"赛先生"两位客座教授携手同来。可是，"赛先生"受欢迎而水土不服，"德先生"被摒于门外，没有拿到签证，因为中国贵族害怕他干涉内政。

日本的"西化"是分两步走的。第一步是明治维新，君主立宪。第二步是战败投降，虚君民主。人们说，"二战"前的日本是半封建、半资本；"二战"打掉了半封建，日本全盘西化了。现在的日本是"西方"七个发达国家之一，"西方七国会议"常在东京举行。"东洋"变为"西方"，东方和西方的分界线从太平洋的中线移到黄海和日本海之间的中线了。

"西化"众生相

文化像水，是流体，不是固体，它永远从高处流向低处；如果筑坝拦截，堤坝一坍，就会溃决。文化有生命，需要不断吸收营养，否则要老化，以至死亡。文化有磁性，对外来文化，既有迎接力，又有抗拒力。文化像人，有健全、有病态，还有畸形。

文化交流有各种形式。太平洋中一些岛屿国家抛弃了他们的本土语言和本土文化，全盘西化，这是文化的替换。生物学家到礼拜堂去做祷告，既信进化论，又信上帝创造论，这是文化的重叠。佛教和西藏固有宗教结合成为喇嘛教，这是文化的嫁接。日本明治维新是封建和资本的半化合。某些外来民族统治中国几百年后，失去语言，同化于汉族，这是全化合。

文化有图腾和禁忌现象。用头饰和帽形代表宗教是文化图腾。为维护唯物主义而不敢演鬼戏是文化禁忌。反对信佛而香火大甚。禁听邓丽君而邓丽君之风流行。禁止发行的小说一抢而空。传得最广的消息是禁止传播的小道消息。塞之而流，禁之而行，这也是文化运动的一种规律。

西化是五光十色的。建造洋式塔楼而没有13层和13号，把希特勒曾经破除的迷信也"化"来了,这是囫囵吞枣的西化。友谊商店而不友谊,是名不副实的西化。洋大人处处受到特别优待,不少去处挂牌"犬与华人止步",这是堂吉诃德式的西化。在"五七干校"的高粱地里,侈谈"身居茅屋、胸怀世界"的国际主义,这是阿Q式的西化。还有瞎子摸象式、皇帝新衣式、州官点灯式、移花接木式等等,格式繁多,恕不细谈。

站在着衣镜前看看我自己的服饰:头戴鸭舌头帽子,这是西洋工人的便帽,瓜皮小帽久已不戴了;剪短的头发是从东洋间接学来的西洋发式,既不同于明朝的发结,也不同于清朝的辫子;人民装是西洋制服的翻版,跟中式长袍马褂大不相同;西装裤不同于宽腰布带的中式裤子;袜子是洋袜,鞋子是西式皮鞋。新中国成立后这种普通城市男性老百姓的服饰,还有哪一样是周公孔子传下来的?我自己也大吃一惊!从头到脚"西化"了!

从农业化到工业化到信息化是历史的三部曲。我们正在同时学习第二和第三乐章。国外学者说,中国的社会结构已经达到日本明治维新时代的水平。中国的道路任重而道远。

(原载《群言》1987年第8期)

人类社会的文化结构

国际现代文化的形成

什么是人类文化？黑猩猩没有而人类能有的知识和事物都是人类文化。人类进入农业化、特别是在农业化后期创造了文字以后，把没有文字的游牧部落看作是没有文化。西欧历史上所说的蛮族入侵就是指这样的游牧部落。可是考古学家把文化的含义上推到石器时代，跟黑猩猩的文化接近。黑猩猩能直立行走，能折断树枝、做成棒槌、打破坚果、吃其中的果仁。黑猩猩跟人类的区别不在直立行走和制造工具，而在黑猩猩不能像人类那样说话。人类婴儿周岁以前，发育跟不上黑猩猩；周岁以后，人类婴儿开始学习语言。黑猩猩不会学习语言，黑猩猩的智力发育从此落后于人类婴儿，黑猩猩和人类婴儿于是分为两种动物。语言使人类别于禽兽，文字使文明别于野蛮，教育使先进别于落后。

人类文化是随着人类社会在聚合运动中前进的。部落文化聚合成城邦文化，城邦文化聚合成国家文化，国家文化聚合成多国区域文化，多国区域文化聚合成人类共同的国际现代文化。先进国家已经行之有效、权威学者们一致公认、正在全世界传播开来的有利于人类生活的知识和事物，就是全人类"共创、共有、共享"的国际现代文化。国际现代文化的精髓是科学，包括自然科学和社会科学。科学是一元性的，不分民族，不分国家，不分阶级，不分地区。

世界各地的传统文化，相互接触，相互吸收，其中有普遍价值的部分融入国际现代文化。各地传统文化依旧存在，但是要进行自我完善化。在全球化时代，世界各国都进入国际现代文化和地区传统文化的双文化时代。

国际现代文化虽然一早就慢慢地发展起来了，但是人们大都没有加以注意。到了全球化时代，国际现代文化的作用越来越显著，人们才正视它的存在。今天，国际现代文化突飞猛进、形势逼人，不能再不承认它的存在了。

古代中国像是今天世界的缩影。古代中国有战国七雄，今天世界有西方七国；古代中国有合纵连横，今天世界有苏美"冷战"；古代中国有秦并天下，今天世界有美国独霸；古代中国有三家分晋，今天世界有三家分印。联合国好比东周的周王室，强国以联合国名义行事，很像春秋霸主挟天子以令诸侯。

中国古代的政治实体，由小到大，由分到合，这是社会发展的聚合运动。春秋时期有大小诸侯一百四十多国、蛮夷戎狄三十多部族，合计一百七十多个政治实体。战国时期起初兼并成三十多国，后来进一步兼并成战国七雄，最后秦并六国，统一天下。兼并争霸期间，有时六国结盟，连横抗秦，有时弱国附秦，合纵扩张。多极两极化，两极单极化。

先秦诸国并立，百家争鸣，文化多元。《史记》载有"儒、道、墨、名、法、阴阳、纵横、农、杂"等家。秦汉统一天下，汉武帝罢黜百家、独尊儒术。儒家兼收并蓄，形成以儒学为核心的综合文化。这是跟随社会聚合而发生的文化聚合。佛教传入中国，儒学和佛教融合成为儒表佛里的理学，这是中印结合的国际二元化文化。二元化是文化聚合的重要方式。唐代博采兼容，江河不择细流。佛教、祆教、景教、伊斯兰教，来者不拒。中国成为文化熔炉，西方文化在中国进行国际大聚合。

联合国有198个会员国。会员国结成地区联盟，欧盟25国，独联体12国，阿盟22国，东盟10国，非统35国，这是区域性的聚合运动。联合国是世界政府的雏形，世界聚合运动的实验室。世界各国，有时分，有时合，以聚合为主流。欧盟进行自愿结盟，不断扩大，美国成为最强大的超级大国，这些是世界聚合运动的新发展。

国际现代文化，跟着世界聚合运动而前进，改善了全世界人民的生活。请看生活七件事：衣食住行卫教娱。食物：绿色革命、科学种田，缓解粮食恐慌；气体燃料、微波炉、洗切工具，减轻厨房劳动。衣着：人造纤维代替蚕丝棉花，制衣工厂化，改进衣着生活。住房：高楼公寓，节省地皮；水泥代替木料砖瓦，减少环境破坏；空调设备调节室内温度，居住更加舒适。行路：火车、轮船、汽车、飞机，加快交通，缩短时间。卫生：医学控制传染病，治疗原先不能治疗的疾病，延长了人类寿命。教育：科学教育代替神学教育，独立思考代替教条迷信，知识焕然一新。娱乐：多种娱乐彼此交流，广播电视开阔视野，丰富精神生活。现代都市的家用电器至少有三五十种，人民生活今昔迥异。

日常生活本来可以多样化，可是到处都在向国际现代文化看齐。电视和电脑的传播，使穷乡僻壤学习通都大邑，速度之快，出于意料。

世界各国的大学课程，彼此学习，共趋先进，这是国际现代文化的发展和传播的源泉。今天中国的大学课程大约75%属于国际现代文化，25%属于传统文化，这反映中国现代化的水平。

政教合一的神权国家，有的还没有现代意义的大学，可是部分国际现代文化已经进入学校。

国际现代文化中的自然科学和社会科学都在突飞猛进。自然科学划破长空，飞向火星。社会科学摈弃教条，自由伸展。社会科学的发展，使经济和政治制度已经成为可以科学地论证的课题，不再服从于天意、圣谕或古训。经济的市场化和政治的民主化，虽然各国的实行程度参差不齐，在基本原理上已经得到学术界的认同，21世纪一开头就勇往直前。

人类文化的地区传统

地球上流传至今的主要传统文化，可以用三种标志来区分：a. 地理标志，按地区分为：东亚文化区、南亚文化区、西亚文化区、西欧文化区。b. 文字标志，按文字分为：汉字文化圈、印度字母文化圈、阿拉伯字母文化圈、拉丁字母文化圈。c. 信仰标志，按宗教分为：佛教文化、印度教文化、伊斯兰教文化、基督教文化。

1. 东亚文化区：以中国儒学为核心，包含诸子百家，历代的发明创造。文字开始于前14世纪的甲骨文。文献开始于前11世纪的"六经"(《诗》、《书》、《礼》、《乐》、《易》、《春秋》)。儒学文化传播到越南、朝鲜和日本,以"四书"(《大学》、《中庸》、《论语》、《孟子》)为国际共同教科书,形成汉字文化圈。中国很早发明丝绸,国际贸易路线称为丝绸之路。中国的瓷器极受外国欢迎,海底沉船中一再发现大量中国瓷器。中国茶叶,在咖啡流行之前,是世界主要的饮料。中国发明纸张,对人类文化贡献极大。清代以前,中国科技水平处于世界前列。

印度佛教在公元初年(东汉)传来中国,经过500年的消化,佛教中国化,儒学宗教化,华夏文化成为儒佛二元化文化。

佛教在印度消失之后,中国成为佛教文化的大本营。19世纪西学东渐,1868年日本明治维新,1912年中国建立中华民国,1884年越南成为法国的保护国,儒学在东亚退出学校。"二战"后,朝鲜改用谚文,越南改用罗马字,日文从汉字中夹用少数假名变为假名中夹用少数汉字,汉字文化圈缩回中国。但是,儒学的潜移默化依然存在,战后经济起飞的四小龙〔台湾(地区)、香港(地区)、韩国、新加坡〕都以儒学为精神支柱。

日本的民族宗教是神道教,崇拜太阳神天照大神,天皇是天照大神的儿子。8世纪神道教和佛教融合,17世纪神道教和儒学交融。19世纪明治天皇命令神佛分离,建立国家神道教,"二战"之后废止。日本文化是东亚文化的一个分支。

2. 南亚文化区:以源出于婆罗门教的印度教为核心,包括印度其他宗教和传统的学术和技术。文字开始于前7世纪的婆罗米文。文献开始于前14世纪口头传诵的《吠陀经》。婆罗米文衍生出书写5个语系35种语言的六十多种文字,形成印度字母文化圈。从印度河流域到喜马拉雅山,从斯里兰卡到辽阔的东南亚,是南亚文化区。

印度文化包含多方面的学术和技术:哲学、文学、艺术,建筑术、数学、天文学、医学、语言学、因明学(逻辑)等,都接近近代科技起飞之前的水平。阿拉伯数字是印度的发明,阿拉伯人传到欧洲,欧洲人又传到亚洲,误称为阿拉伯数字。数字中的"0"也是印度的发明。

13世纪开始,伊斯兰教和阿拉伯字母占领印度河流域和东南亚东部诸国(马、尼、菲),印度教和印度字母文化圈不断缩小,保持印度共和国和东南亚西部诸国(缅、泰、柬、老、斯)。19世纪以后,英国统治印度,英语成为印度的官方语言。在马来西亚和印度尼西亚,印度教改为伊斯兰教,印度字母改为阿拉伯字母,又改为拉丁字母。在菲律宾,印度教改为伊斯兰教,又改为基督教,英语成为行政和教育语言。印度教在国外消失,但是小乘佛教流传于东南亚,大乘佛教流传于东亚,印度文化通过佛教广布于亚洲。

公元12世纪末,佛教在印度消亡。19世纪中叶,佛教在印度"不可接触者种姓"中间复兴。1956年,一位"不可接触者"安贝德卡尔博士(B. R. Ambedkar)在那伽浦尔群众大会上声言自己改信佛教,宣传佛教教义"一切众生平等",反对种姓(阶级)压迫。当时有50万"不可接触者"响应号召,改信佛教。到1962年,印度7000万"不可接触者"中间已经有2000万人改信佛教。

3. 西亚文化区：以伊斯兰教文化为基本内容。公元 5 世纪，阿拉伯半岛从新西奈字母衍生出阿拉伯字母，成为伊斯兰教的神圣文字。穆罕默德创立一神的伊斯兰教，改造阿拉伯半岛的多神教，把散漫的阿拉伯游牧部落团结成强大的军事力量，统一阿拉伯半岛。他的继承人走出半岛，征服两河流域、叙利亚和巴勒斯坦、波斯帝国，成为西亚的主人；东面扩张到中亚，715 年战胜中国唐朝 7 万大军；西面攻取北非，从埃及到摩洛哥，渡过直布罗陀海峡，占领西班牙；建成横跨亚非欧三大洲的阿拉伯伊斯兰教大帝国（632—1258 年），延续 626 年。奥斯曼突厥伊斯兰教大帝国（1299—1922 年），继承阿拉伯大帝国，扩大版图，伸入东欧和南欧，延续 623 年。前后两大帝国形成以西亚为中心的伊斯兰教阿拉伯字母文化圈，长达 1290 年。

阿拉伯人在走出阿拉伯半岛之前，处于原始部落状态，占领了许多国家以后，吸收多种不同的文化。特别是征服文明古国波斯之后，吸收波斯文化，形成波斯阿拉伯文字。在中世纪之前，阿拉伯文化超过西欧，曾经是东西文化的桥梁。今天科技语中许多以"al"为词头的专名，都是阿拉伯人的创造，例如"algebra"（代数学）。一次大战，奥斯曼帝国战败，瓦解成为四五十个国家。阿拉伯人缅怀历史，力图复兴。一派以现代化为出路，例如土耳其（突厥变音）实行政教分离，改用拉丁字母。另一派以原教旨主义为出路，例如伊朗宗教团体取代提倡现代化的国王，建立政教合一的现代神权国家。

两河流域的丁头字和古代埃及的圣书字是人类创造的最早文字，开始于公元前 3500 年前，消亡于公元 5 世纪。阿拉伯人占领这些地方之后，这两大远古文化湮没无闻，直到19世纪才由考古学家重新发现出来。伊斯兰教文化在各个传统文化中历史最晚，与丁头字和圣书字没有关系。晚近，当地提倡旅游事业，修复古迹，成为西亚文化区的特殊景观。

4. 西欧文化区：以科学和民主为核心。西欧文化传到美洲，西欧和美洲合称西方文化。亚洲三种文化（东亚、南亚、西亚）统称东方文化。西方文化发源于希腊和罗马。希腊罗马的世俗文化，与来自东方（西亚）的基督教天国文化相结合，成为世俗和天国的二元化文化。罗马字母又称拉丁字母，源出希腊，形成于公元前7世纪，成为传播最广的拉丁字母文化圈。拉丁文是西欧的文言，广大人民难于使用。西欧各国的近代文字，都创始于诵读基督教《圣经》，形成于文艺复兴时期。

西欧度过漫长的中世纪黑暗时代之后，文艺复兴和启蒙运动唤醒了人民的智慧，科技文化飞跃上升，成为国际现代文化的主要源泉。科技飞跃上升的关键是，正确利用古代希腊传下来的逻辑思维和文艺复兴时期摸索出来的实验方法。科技的发展中心不断移动：16世纪在意大利，17世纪在英国，18世纪在法国，19世纪在德国，20世纪在美国。

1215年英国订立《大宪章》，限制君权，萌芽民主制度；1640年发生英国革命，进一步限制君权，民主制度初步形成，这一年被历史学家定为人类近代史的开始。18世纪，英国发明一系列解放人力的生产工具，例如蒸汽机、纺织机、鼓风炉、火车和铁路、航海轮船等等，开始工业化时代。工业化和民主制度，开辟了现代历史，这是西欧文化的贡献。

西班牙和葡萄牙的半岛名叫伊比利亚（Iberia），曾经被阿拉伯帝国长期统治。西欧文化和阿拉伯文化融合成伊比利亚文化，是西欧文化的一个分支。

俄罗斯使用的西立尔字母，也来源于希腊，形成于公元9世纪，比拉丁字母晚1600年。苏联时期，西立尔字母是苏联集团11个国家的文字（包括外蒙古），形成西立尔（斯拉夫）字母文化圈，是西方文化的一个分支。苏联解体后，西立尔字母文化圈在缩小。

人类文化的结构形式像是一张八仙桌。四种地区传统文化是八仙桌的四条腿，国际现代文化是八仙桌的桌面。

人类文化的发展程序

中国有文化不变论的传统学说。天不变、地不变、道亦不变。不变论认为，文化本身不变，但是文化可以水平传播。四书五经曾经传播到越南、朝鲜和日本，今后中华振兴，它们将进一步传播到欧美和全世界。三十年河西，三十年河东，往返迁移。不是西风压倒东风，就是东风压倒西风，轮流坐庄。这两种学说都是水平传播的不变论。再下一次往返迁移，是否又要三十年河西了？再下一次轮流坐庄，是否又要西风压倒东风了？

人类文化不是一成不变的，而是不断发展的，发展有层次前进的程序规律。

人类文化的发展层次需要另文详述，这里只做简单的举例说明。思维的发展层次：神学的冥想，玄学的推理，科学的实证。

天文学的发展层次：天文神学（人格天，地静说），天文玄学（自然天，地心说），天文科学（空间天，日心说）。医学的发展层次：神学医（巫咒、香灰），玄学医（医者意也），科学医（误称西医）。社会发展的层次：奴隶社会（主奴），封建社会（君臣），资本主义社会（雇主和蓝领工人），后资本主义社会（雇主和白领工人）。经济的发展层次：采集经济，农牧经济，工业经济，信息经济。农业的发展层次：人力耕作，机械耕作，机器人耕作（没有农民的农场）。工业的发展层次：手工工场，机械工厂，机器人工厂（没有工人的工厂）。政权的发展层次：神权（政教合一），君权（绝对专制、有限君权），民权（多党竞选）。军事的发展层次：人力战争（刀枪、弓箭、步兵、骑兵，近距离接触战争），机械战争（大炮、坦克、飞机、兵舰，远距离接触战争），无接触战争（导弹、巡航导弹、精确炸弹、防御导弹）。宗教的发展层次：多神教，一神教；官办教会，民办教会；强制信教，自由信教。层次规律是测量文化前进还是后退的标尺。

印度有轮回说，人行恶、来生变狗，狗行善、来生变人，今人认为是迷信。从思维发展的历史来看，轮回说是生物不变论到生物进化论之间的过渡思维，已经超越不变论，进入可变论，但是主观地把道德作为轮回升降的条件。生物进化论不仅超越不变论，进入可变论，还找到了演进的客观条件。这是玄学思维到科学思维按层次前进的一个例子。

中国有三纲教条，君为臣纲、父为子纲、夫为妻纲。民主运动者斥为封建思想。民主时代的三纲是自由、平等、博爱。在两千年的封建时期，三纲教条曾经是安邦定国的意识形态。这是政权思想从君权到民权按层次前进的一个例子。

文化发展不是一帆风顺的，而是道路崎岖、阻力重重，艰难地一步一步前进的。文化发展既要突破思维屏障，又要铲除权力垄断。西欧在文艺复兴以后，自然科学起飞，遇到教会的残酷镇压，因为自然科学破除迷信，教会感到信仰危机，这场斗争被称为科学革命。启蒙运动以后，社会科学起飞，发生多次流血战争，因为社会科学唤醒群众，动摇贵族的权力，这场斗争被称为社会革命。排除教会神权，方能发展自然科学。排除贵族特权，方能发展社会科学。

今天世界各国，文化水平各不相同。神学文化、玄学文化、科学文化，同时并存。不久之前，报纸刊出安达曼群岛裸体妇女群的照片和亚马逊丛林里裸体部落的生活照片。不知衣冠的人群，跟现代都市中驾汽车、听手机的人群，并立于这个所谓的文明时代。他们之间的文化差距有一万年。文化不同，各自求进，可以和平共处。文化不同，固执悻强，就生文化冲突。文化是一条不断流淌的长河，今天人类还处于长河的源头。自夸现在是文明时代，那是缺乏自知之明。在第三个"千年纪"（2001—3000年）中，人类文化将进一步大大提高，那时人类会羞愧地回顾第二个"千年纪"的20世纪是不折不扣的野蛮时代。

2003 年 11 月 13 日，时年 98 岁

人类文化问题的再思考

我有一位忘年之交,经常来跟我聊天,海阔天空,无所不谈。他把我们谈话中关于人类文化问题的部分记录、整理出来,敬请读者纠正我们的错误。

人类文化的结构

客(开玩笑地问):您近来发表一些关于文化的文章,是不是 50 岁从经济学改为语言文字学,100 岁又要从语言文字学改为文化学了?

主(笑答):我是"马郎荡,十改行"!从经济学改为语言文字学是偶然,从语言文字学改为文化学是必然。语言文字学跟文化学的关系太密切了。不过,我年纪太老,精力已衰,不能深入研究,只能摸摸皮毛。刍荛之言不值方家一笑。你听我的谈话,要谨慎小心,不要误听误信。我自己也不相信自己。

客:人类文化有哪些特征?

主:人类文化的特征主要指两件事:一是人类文化的结构,二是人类文化的运动。文化结构指文化的分布和文化的层次。文化运动指文化的聚合和文化的发展。

客：人类文化的结构是否就是东方文化和西方文化？

主：把人类文化分为东方和西方的"东西两分法"，非常流行，但是这不符合客观事实。从地区分布来看，有四种传统文化：（1）东亚文化，（2）南亚文化，（3）西亚文化，（4）西欧文化。西欧文化传到美洲成为西方文化。东亚文化、南亚文化和西亚文化合称东方文化。东亚文化是东方文化的一个部分，不能代表全部东方文化。

客：东亚文化是否就是汉字文化？

主：文化区域有三种指称方法：地理指称，文字指称和宗教指称。地理指称分为四个传统文化区。文字指称按照文字的流通范围分为：（1）汉字文化圈，（2）印度字母文化圈，（3）阿拉伯字母文化圈，（4）拉丁字母文化圈（包括斯拉夫字母文化圈）。宗教指称按照宗教的流通范围分为：（1）佛教文化区（包括神道教文化），（2）印度教文化区，（3）伊斯兰教文化区，（4）基督教文化区（包括东正教文化和伊比利亚文化）。这些名称都是为了说明的方便，不是严格的界线。

客：关于文化的演变，有人说"不是西风压倒东风，便是东风压倒西风"；又有人说"三十年河西，三十年河东"。

主：这两种说法都只看到人类文化的平面分布和水平移动，没有看到还有层次重叠和前进发展。平面分布和水平移动，就是四种地区传统文化及其往来流动。层次重叠和前进发展是，地区文化之外还有不分地区的共同文化，叫做国际现代文化。国际现代文化是世界各国所"共创、共有、共享"的共同文化，正在突飞猛进,覆盖全球。每个国家都生活在传统文化和国际现代文化之中。现代是"双文化"生活。

客:国际现代文化就是西方文化吗?

主:国际现代文化是全世界人民的共同创造,由不同地区传统文化的精华汇合而成。人类社会从分散而聚合,人类文化的精华部分自然融合,形成不分彼此的共享文化。国际现代文化以科学为主流,西方科学发展较早,国际现代文化中含有西方成分较多,但是其他传统文化对国际现代文化都有重大贡献,不可低估。

客:地区文化不断汇合,是否传统文化即将逐步消亡?

主:人类的文化生活是复杂的。一方面趋向同化,形成国际现代文化,另一方面继续分化,保留地区传统文化。你可以是一个科学家,同时是一个宗教信徒。传统文化不是一成不变的,而是在不断完善化,删除糟粕,发展精华,适应时代的步伐。

人类文化的运动

客:文化发展是否有资本主义和社会主义两条道路?

主:苏联曾经尝试把人类文化分为资本主义文化和社会主义文化。苏联解体,"冷战"结束,经验证明,文化的发展道路只有一条,就是人类"共创、共有、共享"的科学道路。科学分为自然科学和社会科学。自然科学指明自然发展的道路,社会科学指明社会发展的道路。科学是一元性的,没有西方科学和东方科学的分别。

客：自然科学已经得到普遍认可。社会科学在某些国家还没有得到认可。

主：科学的认可是一个渐进过程。历史上自然科学曾经被宗教否定，经过认识进步，终于得到普遍认可。社会科学兴起较晚，得到普遍认可当然也较晚。社会科学的发展和认可还受到两种力量的制约：人民群众的觉醒程度和统治集团的开明程度。自然科学和社会科学好比天平的两臂，倾斜是暂时现象，平衡是正常现象。整个世界正在快速前进，后进国家一定会跟上先进国家。

客：人类文化是按照什么步骤发展的？

主：人类文化的发展步骤主要有三个方面。（1）经济方面：从农业化到工业化到信息化。（2）政治方面：从神权政治到君权政治到民权政治，简单地说，就是从专制到民主。（3）思维方面：从神学思维到玄学思维到科学思维。发展有先后，殊途而同归。

客：哲学和科学是什么关系？

主：有的学者认为：科学是从哲学里发展出来的；没有成熟时候叫哲学，成熟以后叫科学。例如：先有物理哲学，后有物理科学。

客：英法帝国和苏联瓦解之后，原来许多殖民地和附属国独立起来了。这是分散运动，哪里有聚合运动？

主：分散和聚合同时并存，聚合是主流。殖民地和附属国的独立，正是重新聚合的条件。欧盟就是证明。欧盟是民主的聚合，不是强制的结合，这是新型的政治聚合运动。欧盟如果成功,将影响整个世界。城邦文化聚合成大国文化,大国文化聚合成国际文化。"两个"世界市场合并成"一个"世界市场,"世界贸易组织"(WTO)就是具体措施。两次大战和苏联解体,引起三次民主化浪潮,这是政治的聚合运动。联合国是聚合运动的成果,目前虽然作用不大,但它是世界一体化的萌芽。交通全球化,信息全球化,度量衡全球化,许多方面都在全球化。全球化就是全球聚合。聚合运动是自然的发展,人们无法改变它的进程。

客:东风西风、河东河西,这也是自然趋势吗?

主:文化流动,不是忽东忽西,轮流坐庄,而是高处流向低处,落后追赶先进。这样,人类文化才能不断前进。发展是进化,不是退化。

客:"9·11"事件是不是文化冲突?它的历史背景是什么?

主:目前谈论的文化冲突主要指伊斯兰教激进主义恐怖机构跟美国的冲突。塔利班失败之后,没有公开支持激进主义恐怖机构的国家了。伊斯兰教帝国曾经有辉煌历史,后裔国家希望重建历史辉煌,掀起复兴运动;民间秘密机构运用恐怖手段攻击美国,希望从摧毁美国达到摧毁以美国为代表的现代资本主义。

客:从十字军战争到今天,基督教是否一直在跟伊斯兰教对立?

主:十字军时代,伊斯兰教文化先进,远胜西欧。十字军盲目进军,招致大失败。后来西欧起飞,跟十字军胜败没有直接关系,而是得力于文艺复兴和地理发现。文艺复兴开辟新的创造性思维,地理发现开辟新的移民空间。西欧另辟一个新世界,走上科学化和民主化的道路。

客：宗教在文化中的比重是否由于科学的发展而逐步缩小？

主：一位哲学家说：科学的已知领域逐步扩大，同时未知领域也相应扩大；宗教是未知领域的精神寄托，宗教退出科学领域，仍旧有无边广大的未知领域可以驰骋。

客：有人说，中国历史上没有出现奴隶社会，社会发展的"五阶段论"（原始社会、奴隶社会、封建社会、资本主义社会、社会主义社会）不能成立。您是如何看法？

主：人类社会的发展规律需要重新研究，中国历史是否真的没有奴隶社会阶段，这是一项重大而艰巨的课题。人类社会的发展有共同的一般规律，各个地区又有各自的发展特色，特色不能否定一般规律。社会发展史如何分期，各期如何定名，都要重新慎重考虑。

客："封建"一词，不同学者也有不同的用法。有人提出，改用"皇权主义"代替"封建主义"。您说好不好？

主："封建"一词在中国原来指"封土建邦"。后来，受日本影响，把"feudal"翻译成"封建"，扩大含意，指"废封建、立郡县"以后的专制制度。这是当年翻译的草率。经过近几十年在教科书上大量宣传，各种辞书都同样定义，人人都这样说，现在已经"积非成是"，要立刻改变过来，不太容易。这个问题要等社会发展规律的研究得到新的结论之后，方始能够解决。

客：人们都说，游牧民族野蛮，农耕民族文明，为什么西欧蛮族入侵，东亚胡人南下，都是野蛮战胜文明？

主：军事技术也是一种文明，叫做军事文明。游牧民族的军事水平高出于农耕民族。游牧社会重视狩猎,狩猎行动跟军事行动一致;平时组织就是战时组织;不定居,马背为家;胜则速进,败则速退;没有固定根据地,追踪者找不到他们退到哪里去了,无法消灭他们。一有机会,卷土重来,终于建成游牧帝国。这形势,直到工业化之后才改变。工业民族造出洋枪大炮,游牧民族从此退出历史舞台。

客:汉武帝不是击败了匈奴吗?

主:农业社会也能组织强大的军事力量,征服游牧民族,不过只有大帝国能这样做,城市国家是办不到的。汉代之后,漠北民族又不断南下;东汉、南北朝、五代、辽、金、元、清,从占领半壁江山到完全统治中国,直到1912年成立中华民国才结束。

客:有人说,西欧的民主社会主义也是失败了,只有反对社会主义的美国得到成功。这个说法有道理吗?

主:美国也同样实行福利制度,并得到显著成效。不同之处在"分寸"的掌握上。美国的福利没有损害资本的积累,经济欣欣向荣。西欧的福利限制了资本的积累,造成经济的消沉。英国的"私有化"改革就是解决这个矛盾。福利是资本腹内的社会主义。资本养护福利,经济就兴。福利销蚀资本,经济就衰。百分比的多少,决定天平的倾斜方向。

客:苏联解体之后,俄罗斯发展资本主义。有人说,这跟资本主义之后发展社会主义的规律,正好相反。这应当如何理解?

主:苏联的社会主义实验没有成功。俄罗斯接着封建的沙俄发展资本主义是自然趋势。在社会发展规律的研究中,如何定义社会主义,如何区分现实阶段和理想阶段,需要重新认真深入研究。

客：全球化对人类生活做了哪些具体贡献？

主：经济全球化的贡献最大。工业外包使后进国家发展了工业，扩大贸易使进出口双方大幅度增加收入。观念大变，过去反对资本侵略，现在欢迎外资来临。电视和手机使穷乡僻壤接近通都大邑，"天涯若比邻"变成"天涯即比邻"。现代城市胜过了任何宗教所想象的天堂。全世界至少一半人口提高了生活水平。可是有越来越多的人反对全球化，因为全球化还不能普度众生。

2005 年 7 月 8 日，时年 100 岁

（原载《群言》2005 年第 9 期，有删节）

文化的创新规律
——文化的新陈代谢规律之一

文化像人生。人生有出生、幼年、成年、老年、死亡。一个生命周期完结之后,又新生下一代。这是生命的新陈代谢。文化有萌发、成长、繁荣、衰退、消亡。一个文化周期终了之后,又再生新文化。这是文化的新陈代谢。不同的是,个人的生命周期非常短促:100年。人类的文化周期非常悠长:1000年、3000年。

文化的新陈代谢有三条规律:(1)文化的创新规律;(2)文化的衰减规律;(3)文化的流动规律。这里谈"文化的创新规律"。

"创新"是文化新陈代谢的一种现象:积极的现象。文化的创新,一方面有推进的动力,另一方面又有抑制的阻力。"推进的动力强于抑制的阻力,文化就能顺利创新",这就是"文化的创新规律"。

文化创新的动力和阻力

推进文化创新的"动力"主要有:知识积累、环境适宜和起动刺激。抑制文化创新的"阻力"主要有:社会惯性、传统禁忌和分配不当。

文化创新的"主要动力"

动力一:"知识积累"。俗话说"熟能生巧"。这句话指出了一条创新的道路。经验积累,知识积累,代代相传,熟能生巧,久而久之,就发展出新的方法、新的产品、新的文化。"熟读唐诗三百首,不会作诗也会吟",也是这个道理。"分工"能促进知识积累,而知识积累又能导致更好的"分工"。教育发展,师生相传,不是一人摸索,这使知识积累发展更快。

动力二:"环境适宜"。环境有自然环境和社会环境。早期文化的发展,主要依靠自然环境。古代文明都发源于有江河的地方:西亚的两河流域,北非的尼罗河流域,东亚的黄河流域等。这些地方有灌溉之利,舟楫之便,生产容易发展,文化因而兴起。社会环境主要是政治安定和思想自由。工业化起源于英国而不是欧洲大陆,因为海岛英国在当时比欧洲大陆有更多的安定和自由。后来,工业化昌盛于美国,超过了英国,这是由于当时的美国比英国有更多的安定和自由。至于尊重创新,鼓励探索,有精良的研究设备,有优待知识分子和科研人员的妥善安排,是改善社会环境的重要措施。

动力三:"起动刺激"。在适宜环境中积累经验和知识,可以使文化逐步前进,但是难于飞跃发展。要想飞跃发展,还需要一种超出寻常的巨大动力,叫做"起动刺激"。蒸汽机、纺织机、火车和轮船、电动机、内燃机、原子能、飞机、汽车、电脑、人造卫星,这一切开拓新境界的发明和利用,都需要有"起动刺激"来大力推动。"起动刺激"的内涵包括:巨大的物质刺激、深厚的知识积累、远见的开拓精神、公私的协同努力。从神学到玄学，从玄学到科学，既要长期的知识积累，又要一时的"起动刺激"。奖励发明，实行专利制度，保护个人和集体的研究成果，都是为"起动刺激"准备条件。发现美洲和大洋洲的新大陆，开通海上和空中的新航路，把地区市场扩大为世界市场，大大扩展了人类的活动圆周。这些原来是"起动刺激"的结果，后来又反过来成为新的"起动刺激"的起因。

在文艺创作中，有所谓"穷而后工"的刺激，也能使人发奋创作。这是一般刺激，而且是一种"反刺激"。起动刺激跟一般刺激不同。一般刺激好比不能冲出地球引力的运动速度，起动刺激好比冲出地球引力的特别巨大的运动速度。文化创新既需要一般刺激，还需要强大的"起动刺激"。

文化创新的"主要阻力"

阻力一："社会惯性"。惯性又称惰性。这是阻碍文化创新的顽固力量。"不求有功、但求无过"。"不患寡（贫）而患不均"。"天下万物皆备于我"。这些封建社会的保守意识，都是损害文化创新的传统"惯性"。封建统治者认为政治就是"限制"和"禁止"，不是"提倡"和"鼓励"。皇族、贵族、财阀、军阀、裙带关系、帮派组织，把持了整个社会的命脉，扼杀了广大群众的创新活动。阶级制度、等级制度、身份制度、"种姓"制度，使老百姓动辄得咎，不敢越雷池一步。抗拒外来新文化是一切封建制度的共同特性。"中学为体，西学为用"，实际是"封建为体，洋枪为用"。研究古代才算学问，研究现代不算学问，这是"厚古薄今"的学风惯性。"惯性"是文明古国一个个落入"第三世界"的基本原因。

阻力二："传统禁忌"。社会越落后，禁忌越多。民族图腾，宗教迷信，巫师咒语，经典教条，处处束缚着人民的思想和行动。中国历代有文字之狱，到清朝达到了高峰。秀才们害怕文字之狱，战战兢兢，怎么敢在文章上标新立异呢？"避讳"是一种禁忌。观音菩萨也要服从禁忌：这位菩萨的名字原来翻译为"观世音"，为了避唐朝皇帝"李世民"的"世"字的讳，只好去掉"世"字，改称"观音"。《圣经》是唯一的真理，"上帝"是唯一的创造者。一个普通人想要在文化上创新，那就是犯法。不打破"天圆地方"的"真理"，是不可能发现美洲的。不打破"上帝造人"的"真理"，是不可能计划生育的。言论没有自由，行动没有自由，还谈得上什么文化创新呢？

阻力三："分配不当"。养鸡取蛋，是"合理分配"。杀鸡取蛋，是"分配不当"。人与鸡之间有合理分配问题，人与人之间更有合理分配问题。侵略、侵吞、侵占、掠夺、剥削、税率过高、军备过多、脑体倒挂、劳而不得、不劳而获、预算分配不合理，等等，都是"分配不当"。"分配不当"不仅阻碍经济的发展，对文化创新的破坏作用更是严重。动力弱于阻力，文化就要衰退。动力跟阻力大致相等，文化就停滞不前。动力强于阻力，文化就能发展。一般刺激加上强大的"起动刺激"，文化就能飞跃。

人类文化史上的三大高峰

过去一万年间的人类文化史发生过三次文化飞跃,被称为"三大高峰":农业化、工业化和信息化。

1. 农业化:"农业化"开始于一万年前西亚的两河流域和北非的尼罗河流域。在东亚开始于夏商时代的黄河流域。"采集"发展为"耕种","狩猎"发展为"畜牧",同时发展了各种手工业,这是人类文化史上的第一次飞跃,第一个高峰。从此,人类彻底地战胜了其他所有的动物,成为地球的主人。

相应于物质文化的发展,"农业化"时代发展了灿烂的精神文化。宗教创始了,哲学创始了,文字发明了,文学发展了。有文字记载的"历史时期"开始了。在中国,有"百家争鸣",有"独尊儒学",有完整的封建政治哲学,直到今天还在东亚发出光芒。中国还有一项值得大书而特书的发明:"蚕丝"。这是"有中国特色的"农业化文化。传说:黄帝之妻嫘祖,首创养蚕治丝之术。

《孟子》:"五亩之宅,树之以桑,五十者可以衣帛矣;鸡豚狗彘之畜,无失其时,七十者可以食肉矣。""衣帛"比"食肉"还容易,可见到孟子时代,丝绸事业十分发达。后来,开辟"丝绸之路",丝绸外销,一两丝绸换回一两黄金,刺激了整个中国经济和文化的发展。"农业化"时代的中国文化是非常突出的。今天的"华夏文化"就是奠基于这个时代。

2. 工业化:西欧三百年前开始的"工业化",植根于五百年前的"文艺复兴"。"推理"让位于"实证","玄学"让位于"科学"。牛马动力发展为蒸汽动力和电力,手工操作发展为机械操作,小规模的手工业发展为大规模的机械工业。原来用双手直接制造产品,改变为用双手制造机械,由机械制造产品。人的双手大大延长了,产品的质量大大提高了,数量大大增多了,"大量生产"的新概念和新方法产生了。这是人类文化史上的第二次飞跃,第二个高峰。

相应于物质文化的飞跃,"工业化"时代的精神文化也发生了飞跃。许多门类的自然科学建立了,许多门类的人文科学(社会科学)也建立了。人文科学脱离了玄学的推理,进入了科学的实证,具备了定量和定性的测试标准,不再是空虚的滔滔雄辩了。平民登上了历史舞台,发现了个人,发现了妇女,发现了儿童。专制帝王纷纷让位于民主政治。教育成为全民的义务,知识成为社会的支柱。

3. 信息化:"信息化"的含义包括"二战"以来一切新的科学、新的技术,尤其是新的信息技术。原子能的利用使能源发生根本变化。电脑的发明使机械具有一定的人工智能。机械延长了双手,电脑延展了人脑。石油化工使丝绸和棉纺进而为人造纤维。超音速的飞机使地球缩小到任何两地都能"朝发夕至"。人造地球卫星使人类活动扩大到外空。物理、化学、生物和许多科学部门,都跃进到全新的境界。最近三十年,科技的新发明和新发现,相当于过去两千年。科技的大跃进,方兴未艾,使以往一万年间的所谓灿烂文化,黯然失色。这是人类文化史上的第三次飞跃,第三个高峰。

相应于科技的大跃进,人类生活、人际关系、人类思维、人文科学，都发生了前所未有的更新和调整。对抗变为对话，猜疑变为理解，争夺变为互助，破坏变为建设。结合的正在分散，分散的正在结合。世界一盘棋，正在重新下子，找寻更好的布局。

历史的脉搏越跳越快。"农业化"费了一万年，"工业化"费了三百年，"信息化"还不到五十年。人类的文化车轮正在以加速度而前进。

人类文化的三个高潮，也就是人类文化的三个发展阶段。所谓"发展中国家"就是停留在农业化阶段，还没有深入到工业化阶段。所谓"发达国家"就是经过了工业化阶段，进入了信息化阶段。文化的发展是没有止境的，后进的在适当的努力下可以赶上先进的，先进的在继续努力下还可以百尺竿头更上一步。

"物质文化"和"精神文化"是相互依存的、密切关联的；不是彼此无关的、分道扬镳的。有人认为民族各有特性：有的民族长于"物质文化"而拙于"精神文化"，他们的思维方法是分析法；有的民族长于"精神文化"而拙于"物质文化"，他们的思维方法是综合法。这种认识不符合客观事实，也不符合唯物辩证法。历史上，自然科学是从哲学中间发展出来的；自然科学发展以后，又丰富了和改变了古典哲学。可见"物质文化"和"精神文化"是矛盾统一的。一种文化不可能只用综合思维而不用分析思维，也不可能只用分析思维而不用综合思维，综合思维和分析思维也是矛盾统一的。

1992年7月5日

（原载《群言》1992年第9期）

文化的衰减规律
——文化的新陈代谢规律之二

"衰减"是文化新陈代谢的一种现象：消极的现象。传统文化衰减，现代文化也衰减。传统文化的衰减最为显著。衰减的深层原因是"时间的消磨"。"时间的长度跟消磨的深度成正比例"，这就是"文化的衰减规律"。

文化衰减的条件

传统文化的衰减条件主要是：自然的风化，习俗的改变，技术的更新，语文的变异和思维的发展。这一切，归根结底都是"时间的消磨"。于是，传统文化一部分完全失去了作用，一部分只保留微弱的作用，一部分失去了实用之后成为娱乐品。

1. 自然的风化。岩石最能抵抗衰减，可是，年深月久，石雕石刻也逃不了风化。埃及的"人面狮身像"，屹立五千年，终于面目残缺，躯体倾殆，引起国际救援的呼吁。中国的石窟文化处于同样境地。中国有多处"碑林"，都在不知不觉中经历时间的消磨。"石鼓文"的漫漶，主要由于自然的风化。这个中国古代文化的瑰宝，很早就丢失了。唐代重新发现时候，石鼓已经部分风化，字句残缺不全。十个石鼓，一个被人拿去改做了石臼，文字完全磨灭。石鼓"沧桑"，只是"天灾加人祸"的一个小例子。"兰亭已矣"，"梓泽丘墟"！古今同叹！

2. 习俗的改变。习俗不断改变，使今人不了解古人的生活。为什么"席不正不坐"？古代没有凳子，席地而坐，因此有这种坐席的礼节。为什么古人用的餐具"豆"、"爵"、"鼎"等都是高脚的，甚至砚台也有高脚的？知道了古人有席地跪坐的习俗，就不难明白了。习俗有好有坏，可是好坏的标准有时代性和民族性，不能用今人的标准去衡量古人，不能用我们的民族标准去衡量别的民族。标准不是一成不变的。辛亥革命以后，提倡男人剪辫子，闹得农民不敢进城，许多人抱头痛哭！前辈爱同生命的辫子，成了后辈的笑料。明清盛行裹足。《聊斋志异》描写的狐狸精都有迷人的金莲。今天的女演员没有裹足的了，电视剧《聊斋》无法表现金莲之美。蒲松龄看了可能要大失所望！今人反对裹足当然是对的，可是也要理解古人的金莲美感曾经流行了千年之久，否则是看不懂古代小说的。林语堂说：中国爱金莲，西方爱高跟，异曲同工。

3. 技术的更新。这是显而易见的衰减条件。"弓箭"曾经是重要的兵器。自从抵御洋枪失败以后，弓箭成为娱乐的运动器具了。"万里长城"，在历史上没有能够保护汉族抵御漠北民族的入侵，到今天巡航导弹时代当然更没有军事的实用价值，只能作为旅游场所了。作为中国骄傲的"四大发明"（指南针、火药、造纸术、印刷术），一件件都被现代新技术（卫星导航、原子弹、新造纸术、激光印刷）所代替，只在晚会中还听到歌唱"四大发明",终究无法再照旧拿来应用了。现代的新产品,更新换代、日新月异,新的不断改进,旧的迅速淘汰。电视的兴起,不仅使舞台式的戏剧受到冲击,也使舞台式的电影受到冲击。在技术突变中,许多传统艺术都在无可奈何地急剧衰落。

4. 语文的变异。在中国,废文言,用白话,文言文书籍成为少数人的读物了。在欧洲,废拉丁文,用现代民族文字,拉丁文古书成为少数人的读物了。《汉书·艺文志》:"武帝末,鲁恭王坏孔子宅,欲以广其宫,而得古文《尚书》,以及《礼记》、《论语》、《孝经》,凡数十篇,皆古字也。"原来,秦始皇焚书坑儒时候,孔子八世孙孔鲋把这些书藏入墙壁中,后世称为"壁中书"。这些书是用当时通用的古文字书写的,既与秦统一后所用小篆有异,又与汉代的隶书不同,汉代称之为"古文"。从秦到汉,时期不久,文字就大变。"古文"只能由硕果仅存的耄耋长者来传授了。历代古书的失传非常严重。孔子研究六部古书:《诗》、《书》、《礼》、《乐》、《易》、《春秋》;其中的《乐》在战国时期失传了,于是"六经"成为"五经"。今天,在"弘扬华夏文化"的呼声中,名牌大学中文系发生招生困难,学习者大量减少,说明"汉学"在衰减。

5. 思维的发展。辛亥革命前两千年间,人人都认为国家没有帝王是不可思议的。辛亥革命后思想大变,没有人再认为国家必须有个帝王了。"五四"运动提出"打倒孔家店",虽然有些过激,可是符合时代思潮的动向。神圣的"地心说"让位于"邪教"的"日心说"。最初宣传"日心说"的人被教廷烧死,五百年后终于得到平反。知识积累,思维发展,"邪说"变成了真理,真理变成了迷信。这样的文化波涛，到近代愈演愈烈。真理的永恒性动摇了。

文化衰减的挽救

时间的消磨，是不可抗拒的。传统文化的衰减是不可逆转的。但是人可以做许多挽救工作，来延缓时间的消磨，延长传统文化的寿命。主要的方法有：传习、训诂、今译、整修和考古。

1. 传习。"学而时习之"，这是延缓衰减的基本方法。今天，所有的"文明古国"都面对一个严重的文化问题：传统文化衰减迅速，而新兴文化成长缓慢。向现代化前进的文明古国，不可能在学校里全面铺开传统文化的传习。传统文化需要"分层"和"分类"，以适应今天社会文化的"层次性"和"专业性"。传习古代文化的人数，从全社会来看是递减的，从专业范围来看又往往是递增的。科举时代，人人重视书法；科技时代，硬笔代替了毛笔，打字代替了手写，书法成为少数艺术家的爱好。这是传习的递减。清末以前，无人认识甲骨文；民国以来，甲骨文的爱好者逐渐增加，总数虽少，而增加趋势相当稳定。这是传习的递增。在大量的递减中有小量的递增，这是传习人数的递变规律。以选修的方式，在稳定的少数青年中，使传统文化后继有人，这是可能做到的，也是不可不做的。

2. 训诂。古书的"可读性"随时间的推移而不断衰减。为了使今人能够读懂古书，必须进行"训诂"工作。"训诂"就是给古书作注解。直到清朝为止，中国依靠传统文化来维系社会生活。清朝的"训诂"最为发达,说明到了清朝,古书"可读性"的衰减已经非常严重了。

3. 今译。文言文完全不同于现代"活的语言",它是一种死去了的"古代语言",加上不少死去了的"古代汉字"。有人认为只要认识3500个常用汉字,就能阅读文言古书,那是痴人说梦。用白话文翻译文言文的"今译",是继承传统文化的桥梁。有人认为,"古书翻译,引起对古书的误解,只能加速古书的消亡"。这是指"翻译难于等同原著"而言。不仅"以今译古"(今译)难于等同,"以中译外"(中译)也难于等同。可是"今译"是继承古代文化的必要,"中译"是吸收外国文化的必要。唐玄奘一生贡献主要在翻译。多数人读"今译"而不读古书,少数人从"今译"而进入古书,这就是今天可能做到的文化继承。

用当代汉字,改写古代汉字,也是"今译"。《论语》原来是孔子的徒子徒孙们在春秋战国时候用鲁国的古文书写的,秦统一以后改用小篆书写,西汉时候改用隶书书写,东汉时候改用楷书书写,清末时候改用现代楷书的铅字印刷。历代用当时通用的字体重新书写或印刷,这是更新古书便于继承的必要措施。如果坚持鲁国古文不变,不许改写历代的当代字体,那么,《论语》和许多先秦古书到了汉代就早已失传了。现在有人反对用今天通用的规范字改印古书,还有人反对"古字今写",坚持要写"不亦说乎",不许改写为"不亦悦乎",认为这才是"弘扬华夏文化",何其谬也!

4. 整修。天灾、人祸不断大规模地毁灭文化。参观一下敦煌石窟遗址,可以看到文化衰减的严重和文物整修的必要。不仅有形文化需要修整，无形文化也需要修整。佛教寺庙把佛像的"上金"和经卷的"晒经"定为经常行事，这是文化的定期装修。"整修"不一定能够"还原"，可是即使略展古代风貌，也能增进对古代文化的理解。

5. 考古。考古，使失去了的文化复活，使失去了的知识复明，它对延缓文化衰减做出重要贡献。"甲骨文"在失传了三千年后重新发现，并且基本上解读成功，这是中国文化史上一件幸运的事情。长安"兵马俑"的发现，使今人知道了更多的秦代历史，使失去了的文物重新展示在现代人的眼前。由于考古的贡献，人类越到近代越能知道更多的古代事物。"甲骨文"和"兵马俑"是两个明显的例子。

挽救传统文化，就是继承古人的创造，恢复遗忘了的智慧，减缓旧文化的衰减，延长旧文化的寿命，进一步从旧文化中吸取新的启发。当然，建设现代化的国家，不能只靠传统文化，必须主要依靠吸收和发展人类共同创造的科技文化。

传习传统文化，要去其糟粕，取其精华，实事求是，古为今用。夜郎自大的国粹主义，图腾迷信的复古主义，不仅无助于弘扬传统文化，反而会贬低和毁坏传统文化的固有价值。

1992 年 6 月 27 日
（原载《群言》1992 年第 11 期）

文化的流动规律
——文化的新陈代谢规律之三

"流动"是文化新陈代谢的一种现象:文化的运动。"文化是不断流动的,永远从高处流向低处,从民族文化汇流成为多民族的区域文化,从单元文化汇流成为多元的全世界人类文化"。这就是文化的流动规律。

文化的流动、流向和汇流

1. 文化的流动。文化不是静止的,而是流动的。流动是文化的生命运动。文化的流动对输出和输入双方都有利。输出方面可以扩大活动范围,输入方面可以提高人民生活。所以文化流动是无法阻挡的。古代文化以宗教为中心。文化流动往往以"上帝"的名义和宗教的献身精神来推进。其实,宗教热情的背后是实际的利害关系。文化在流动中不仅发生空间的伸缩,还发生内容的消长。

2. 文化的流向。文化永远从高处流向低处,像水之就下。军事侵略常常伴随着文化输出。但是,如果军事胜利者的文化低于军事失败者,结果,军事胜利者一定会反过来向军事失败者学习。辽代的契丹人和金代的女真人征服半个中国，结果，在军事胜利之后，很快被汉族的文化所同化。清代的满洲人统治整个中国，结果，满洲人被汉族的文化所同化，连语言也改用了汉语。西方古代的罗马人征服希腊，结果，反过来学习水平较高的希腊文化，借用大量希腊词语，甚至在拉丁字母表中加进了两个希腊字母（YZ）。可见文化的流向，不服从于军事的强弱，而服从于文化的高低，换句话说，不服从于强权，而服从于真理。

3. 文化的汇流。文化的流动有三种方式：相互交流、单向流动和多元汇流。人们常说"文化交流"，似乎文化流动总是对等地"有来有往"的。历史事实并非常常如此。相反，对等的"相互交流"是很少出现的。多数情况是大量输入，单向流动，而对应的输出是微不足道的。例如，汉唐时代中国从印度输入佛教文化，包括语音学、因明学、雕塑技术和建筑技术等等，并使佛教发展成为"有中国特色"的中国佛教。但是中国基本上没有把儒学文化输出到印度。这是最明显的"单向流动"。欧洲人征服许多殖民地，每到一处都尽力输出西洋文化，可是对应地从殖民地输入的土著文化，实在微乎其微。这是文化流动的"一边倒"。

经常出现的情况是"文化汇流"。在交通不发达的情况下，一个民族的先进文化，只能输送到邻近的一些民族，跟当地原有文化中的有用成分相结合，汇流成为这些民族共同的"区域文化"。例如华夏文化从中国输送到朝鲜、日本和越南，成为"汉字文化圈"。在交通发达到海空无阻的现代，以先进的科技文化为主流，会同各地民族传统文化中的有用成分，共同输送到全世界所有的地区，汇合成为全人类的"国际文化"。

民族文化、区域文化和国际文化

有文字记载的人类历史只有五千五百多年。这期间，有过七个区域文化圈，各以一种文字形式作为标志。其中最古的两个区域文化圈已经完成了文化周期而消亡了。它们是：丁头字文化圈和圣书字文化圈。

丁头字文化圈，在五千五百多年前，发源于西亚的两河流域；在长达三千多年的期间，向东西两方面扩展，西到地中海、东达阿拉伯海，成为历史上最早的一个地域广阔的区域文化圈。五千年前，这里就能制造有轮子的车辆和有城墙的城堡。使用丁头字的民族先后有十几个民族。压写在泥板上的丁头字，是古代最早的国际通用文字，一直使用到公历纪元的前夕。

圣书字文化圈，略晚于丁头字文化圈，发源于北非尼罗河流域；也经历了三千多年，直到公历纪元后5世纪，才完成了文化周期，归于消亡。四千七百年前，这里就能制造长达四十七米的大木船。字母的胚芽发源于此地。可是，区域比较小，民族比较少，只是从尼罗河的古代埃及民族，传播到南面山区的麦罗埃民族。后来的柯普特人是古代埃及人的后裔。

上述两个古代的区域文化圈，在公历纪元前后都消亡了。它们的生命周期，都长达三千年以上。古代文化圈消亡了，但它们的"文化基因"遗传下来，保留在后裔文化的细胞之中。丁头字文化的基因，遗传给犹太教文化、早期的基督教文化以及伊斯兰教文化。圣书字文化的基因，遗传给希腊文化和罗马文化。

在今天的世界上，存在五个区域文化圈：汉字文化圈、印度字母文化圈、西里尔字母文化圈、阿拉伯字母文化圈和拉丁字母文化圈。

1. 汉字文化圈。创始于黄河中原的儒学文化，流传到朝鲜、日本、越南以及中国国内的许多民族，形成汉字文化圈。战国时代，七国并立，百家争鸣。中国统一，到汉武帝时候，罢黜百家，独尊儒学。这时候的儒家，都通读百家著作，但是以儒学为中心。从百家争鸣到独尊儒学，是一次多元文化的聚合汇流。后来儒学"宗教化"，变成"儒教"。"儒、释、道"三教汇流，都成为"华夏文化"的内容。这是又一次多元文化的聚合汇流。从单元文化到多元文化的聚合汇流，能使古老文化获得新的血液。"二战"后，越南废除汉字、改用罗马字，日本和朝鲜大量减少汉字，同时，积极引进科技文化。汉字文化圈萎缩了，它正在从科技文化吸取新的血液。

2. 印度字母文化圈。起源于恒河流域，在公元前7世纪（中国东周初期）创造婆罗米字母，在公元后7世纪（中国唐朝）演变成为梵文字母。印度字母有六十多种变体，书写过三十五种以上的语言和方言。现在除印度本国以外，用印度字母的变体作为全国文字的有：斯里兰卡、尼泊尔、孟加拉、缅甸、泰国、老挝、柬埔寨等。中国西藏的喇嘛教是佛教和西藏原有信仰的结合，用源出于印度而经过变化的藏文字母。印度文化的核心是印度教。佛教脱胎于印度教，后来在印度式微了，但是传到国外，特别是传到中国，得到繁荣和发展。印度字母文化圈曾经包括南亚和东南亚的广大地区。现在明显地萎缩了，一方面被伊斯兰教文化所代替，另一方面被西洋科技文化所代替。

3. 西里尔字母文化圈。西里尔字母源出于希腊，形成于公元后 9 世纪，比拉丁字母晚一千年。它是东欧信奉"东正教"的斯拉夫诸民族的文字，包括：俄罗斯、白俄罗斯、乌克兰、保加利亚、塞尔维亚等。苏联曾使西里尔字母成为大多数"加盟共和国"的文字；在苏联解体以后，信奉伊斯兰教的各个原"加盟共和国"正在考虑恢复使用阿拉伯字母。蒙古国也采用了西里尔字母作为正式文字，目前正在考虑是否恢复传统的蒙文字母。代表"东正教"的西里尔字母文化圈，在一度扩张以后，又正在收缩。

4. 阿拉伯字母文化圈。阿拉伯字母形成于公元后 5 世纪，是伊斯兰教的神圣文字。在文艺复兴（14—16 世纪）以前，它所代表的文化，高出于西洋文化。工业革命以后，情况大变。

"一战"促成奥斯曼帝国的瓦解，阿拉伯字母文化圈急剧地衰落了。土耳其革命（1922 年），取消伊斯兰教的国教地位，废除阿拉伯字母，改用拉丁字母。原来阿拉伯字母在非洲和东南亚的广大地区，一一改为拉丁字母。可是，今天还有二十来个从大帝国分解出来的阿拉伯国家，以及几个信奉伊斯兰教的非阿拉伯国家，使用阿拉伯字母。中国新疆的维吾尔族信奉伊斯兰教，用变化了的阿拉伯字母。

5. 拉丁字母文化圈。拉丁字母形成于公元前 7 世纪，来源于"埃特鲁斯克"字母，而后者又来源于"希腊"字母。公元前 30 年，拉丁民族在意大利半岛建立国家；公元后 2 世纪初，扩展成为版图辽阔的罗马帝国。公元后 397 年，帝国分裂为东西两半，"西罗马"用拉丁字母，"东罗马"用西里尔字母。拉丁字母代表罗马天主教，宗教革命以后又代表新教，工业革命以后代表发源于西洋的科技文化。今天，全世界一百六十多个国家中有一百二十多个国家用拉丁字母作为正式文字。正式文字不用拉丁字母的国家，也都有法定的或习惯的拉丁字母拼写法，用于国际交往和信息交流。拉丁字母已经成为国际的通用字母，"书同字母"的理想实现了。

文化圈的边界不同于国家的边境。一个国家可以属于几个不同的文化圈。例如中国的新疆属于阿拉伯字母文化圈，西藏属于印度字母文化圈。有的地区或国家可以重叠地同时属于几个不同的文化圈。例如新加坡既属于拉丁字母文化圈，又属于汉字文化圈。

文字不等于文化。但是，文字是文化的主要承载体。因此，文字的流动可以大致说明文化的流动。各个区域文化圈，有时扩大，有时缩小，有时彼此重叠。各个区域文化圈的盛衰和消长，不仅说明过去文化史的演变，还可以推测未来文化的发展趋势。人类文化的演变，不是一时"西化"，一时"东化"，而是取人之长，补我之短，从较低的文化进步到较高的文化，从单元文化发展到多元文化的聚合和汇流。交通发达，地球缩小，文化的区域性缩小了，文化的共同性发展了。人类正在共同努力，创造前所未有的人类新文化。

1992 年 7 月 8 日

（原载《群言》1992 年 12 期）

四种传统文化的历史比较

人类文化,在远古文化和现代文化之间,有一个长达2000年的渐进时期,叫做传统文化时期。欧亚大陆上现在有四种区域性的传统文化:西欧传统文化、西亚传统文化、南亚传统文化和东亚传统文化。西欧文化扩大到美洲成为西方文化;相对于西方文化,三种亚洲文化(西亚、南亚、东亚)都是东方文化。这四种传统文化今天正在影响着世界。下面尝试略作历史的比较。

西欧传统文化

欧洲中部有一条从北到南的字母分界线:线西信奉天主教和新教,用拉丁字母;线东信奉东正教,用斯拉夫字母。线西是文化发展较早和较高的西欧。

希腊是西欧文化的源头。希腊人吸取远古文化的精华,培育成以哲学、数学、自然科学为重点的希腊文化。古埃及的文艺,两河流域的科技(度量衡、历法、天文、音乐律吕),里地亚的炼铁,腓尼基的字母,都是希腊文化的养料。希腊开创逻辑学,这是后世开发科学的钥匙。

公元前2世纪（相当于秦始皇时期），罗马在军事上征服希腊，希腊在文化上征服罗马，形成"希腊罗马"文化。罗马认真学习希腊，学术用语都借自希腊，甚至罗马字母最后两个（YZ）也借自希腊。

希腊文化有三位奠基人。第一位是苏格拉底（前469—前399，晚于孔子82年）。他研究自然哲学，最早提出"定义"和"归纳"等逻辑概念。他教人"认识自己"。他说：政治的任务是关心人民，政治腐败是由于无知者掌握了政权。希腊贵族憎恨他的学说，以"腐蚀青年"和"藐视邦神"罪名判他死刑。友人劝他逃走，他说天下滔滔，何处可去，遂服毒自杀。他的学说由学生记录成为《对话录》和《回忆录》(《论语》也是孔子学生的记录)。

柏拉图（前428—前347），苏格拉底的学生，运用"对话"探讨普遍真理和绝对真理。他在雅典创办最早的高等学府"学园"，传授哲学、科学、数学、法学，影响深远，直至现代。在《理想国》、《法律篇》等著作中，阐述道德、政治和教育的理论。他说官吏应当学习辩证法，"在多中见一，在一中见多"。他提倡不带神秘色彩的神学研究。

亚里士多德（前384—前322；略早于孟子），柏拉图的学生，在雅典的"柏拉图学园"学习了20年，主要研究数学。后来担任马其顿王子亚历山大（后来是亚历山大大帝）的老师。回到雅典之后，创办一所新的"学园"，教学注重生物学和历史。著作很多，包括逻辑学（逻辑规律）、自然科学（宇宙由元素构成，静止的地球是宇宙的中心）、心理学（感官和可感物、记忆和回忆）、形而上学（一切科学和知识的第一原理）、伦理学和政治学（什么是公民的最好国家）、艺术和修辞学（诗的美学特性，悲剧的净化感情作用）。现代科学的基本概念大都源出于亚里士多德。

希腊把腓尼基的辅音字母改成了音素字母。埃特鲁斯克（Etrusk）采用希腊字母而加以改进，罗马又采用埃特鲁斯克字母而加以改进，后来成为全世界通用的罗马字母，又名拉丁字母。

公元后4世纪（相当于中国东晋五胡十六国时期），蛮族一再入侵，西欧进入黑暗时代，文化长期停滞（蛮族入侵西欧，跟长城以北的胡人入侵中国，极为相似）。

耶稣基督，约公元前6年生于西亚的巴勒斯坦，父亲约瑟是木匠，母亲玛利亚。耶稣是犹太人，他不满犹太教，另创基督教，宣传天国即将降临，劝人改悔，以求免罪。经典名《圣经》（Bible，原义"书本"），包括《旧约》和《新约》。《旧约》包含公元前1200年以来的神话和传说。《新约》主要是耶稣门徒传述耶稣的言行。犹太人憎恨耶稣，向当时统治巴勒斯坦的罗马官吏告发，约在公元后30年，耶稣被钉死在十字架上。

公元后1—2世纪，发源于东方的基督教传入西方的罗马帝国，很快得到下层社会的信仰。罗马统治者起初残酷地迫害基督教徒，后来在313年颁布《米兰敕令》认可基督教，380年定为国教。"希腊罗马"的世俗文化和巴勒斯坦的基督教天国文化，结合成"世俗和天国"的混合文化。这就是西欧传统文化。

基督教使广大贫苦人民得到精神安慰，同时从《圣经》得到知识。除拉丁文外，西欧各国的文字都是由于阅读《圣经》而创造的。但是，统治者又利用基督教实行愚民政策。蛮族破坏再加上宗教麻醉，使西欧进入长达千年的社会停滞时期，称为中世纪（中国到唐代，在反对佛教失败之后，儒学和佛教结成"现世和来生"的复合文化，宋明理学吸收佛教的出世思想，使孔孟学说失去进取精神，文化停滞千年）。

直到16世纪，由于发现新大陆（1492年）等变化，西欧掀起宗教改革（1517年），结束基督教的神学统治。从意大利开始，西欧各国纷纷开创民族语言的白话文学，恢复希腊的自由探索精神，运用逻辑思维，研究自然现象和社会现象，史称文艺复兴。文艺复兴的基本要求是，反对神学、提倡科学，打破传统、开创未来。晚近罗马教皇被迫承认公元1600年烧死提倡"日心说"和"无限宇宙"的布鲁诺（Bruno，1548—1600）是裁判错误，但是不肯承认是教义的错误，基督教和科学有矛盾。

法国的启蒙运动导致1789年的法国大革命，提出"自由、平等、博爱"口号，唤起沉睡的人民大众，进行科学革命、工业革命、民主革命。从政教合一到政教分离，从君主专制到民主选举，从天圆地方到移民美洲，从手工业到机械工业，这一系列前所未有的变化，结束了西欧的传统文化时期。（中国到1919年才有近似文艺复兴的"五四"运动，晚四五百年。）

伊比利亚文化是西欧传统文化的分支。西班牙人和葡萄牙人居住在Iberia半岛，他们的传统文化称伊比利亚文化。他们的语言属于拉丁语族，说西葡语言的中南美洲称拉丁美洲。哥伦布发现美洲之后，西班牙占领大部分中南美洲，葡萄牙占领巴西，两国统治大半个美洲大陆达300年之久，到19世纪初期才结束。

西葡两国原来是半奴隶半封建的君主国家，曾被阿拉伯人征服，长期成为阿拉伯帝国的藩属。阿拉伯人以及从属于他们的非洲柏柏尔人（Berber）和奴隶们，大批迁来伊比利亚。伊比利亚文化含有伊斯兰教因素，虽说也是西欧文化的一支，跟保持英国工业革命精神的北美传统很不一样，所以拉美的发展状况跟北美大不相同。

东正教文化也是西欧传统文化的分支。1054年，基督教分为东西，西方称"公教"（罗马天主教），东方称"正教"，又称东正教。东正教的信徒主要是东部斯拉夫民族，包括俄罗斯、白俄罗斯、乌克兰、保加利亚、塞尔维亚等。斯拉夫字母（Cyril）创造于公元后9世纪，比拉丁字母晚1600年，也是来源于希腊，主要由东正教信徒使用。在中国元代时候，蒙古人在1237年占领莫斯科等地，建立半游牧半奴隶的金帐汗国，直到16世纪初，莫斯科才摆脱蒙古人而独立。1721年（清康熙末年），彼得一世称帝，建立俄罗斯帝国，革新图强，学习西欧文化。1917年十月革命建立马克思主义的苏联。苏联解体（1991年）之后的俄罗斯人依旧虔诚地信奉东正教。苏联曾尝试创造马克思主义科学抵制资本主义科学，例如以米丘林生物学抵制摩尔根遗传学，以马尔语言学抵制索绪尔结构语言学，不久都自行取消。科学是世界性的，不以意识形态为转移（马克思主义发源于西欧而昌盛于苏联，这跟基督教发源于西亚而昌盛于西欧，佛教发源于印度而昌盛于中国，都是异地昌盛而本土萎缩）。

西亚传统文化

公元前 3000 年前（中国黄帝传说之前），以两河流域为中心，西亚开创丁头字文化，有大量泥版图书（数量超过 2000 年后的甲骨文）从地下出土。公元前 550 年（中国东周），波斯帝国吞并两河流域，丁头字文化趋于消亡。

波斯的先知琐罗亚斯特（Zoroaster，前 628—前 551，早于孔子 77 年）认为光明和黑暗是善与恶的象征，火是光明的体现，创"拜火教"。圣书名《阿维斯陀》（*Avesta*），波斯立为国教。南北朝时候传入中国，7 世纪初在唐代长安建立寺院，称"祆教"。

亚历山大大帝从希腊北面的马其顿出发，联络希腊，在公元前 334 年（中国东周末年）挥师东向，征服波斯帝国和两河流域，直至印度河流域，希腊文化开始影响西亚。

阿拉伯的先知穆罕默德（约 570—632，中国唐初），创立伊斯兰教（Islam，"顺从"），信徒称穆斯林（Muslim，"顺从者"），圣书名《古兰经》（*Qur'an*，"背诵"）。穆罕默德组织武装，统一阿拉伯半岛。古来骑在骆驼背上游牧的贝都因人（Bedouin）冲出十年九旱的阿拉伯沙漠，建成了地上天国，横跨亚欧非三大洲。

642 年，阿拉伯人征服波斯，吸收较高的波斯文化，同时使波斯伊斯兰化，形成"波斯伊斯兰"文化。762 年，阿拉伯阿拔斯（Abbasid）王朝迁都巴格达，西亚成为阿拉伯人的西亚，阿拉伯语和伊斯兰教成为西亚的传统文化。西亚的远古文化于是湮没于地下。

阿拉伯字母起源于古代叙利亚，现存最早刻碑属于公元后

512年。它的流通范围非常广阔，仅次于拉丁字母。《古兰经》的文字有神圣性，"增损一个字母就要天崩地裂"。阿拉伯字母不仅是许多阿拉伯国家的文字，也是不少信仰伊斯兰教的非阿拉伯国家和地区的文字。土耳其在1924年革命之后，废除阿拉伯字母，改用拉丁字母，这是一场激烈的思想斗争，在伊斯兰教国家中引起巨大震动。

1258年，蒙古人占领波斯，建立伊尔汗国，迁移来的许多蒙古人都接受了伊斯兰教。

11—13世纪，西欧多次组织十字军东征，遭到惨败。可是由此打开了基督教徒的眼界，明白当时的西欧落后于西亚，天主教国家的生产和生活已经不如伊斯兰教。甚至学习古代希腊也是穆斯林领先。这些事实的强烈刺激，使西欧后来发生文艺复兴，并在长期荒疏之后重新研究希腊古代文化。

阿拉伯人是东西方之间的文化桥梁，把东方文化传给西方，西方文化传给东方。例如阿拉伯数字起源于印度，由阿拉伯人传到西欧，西欧错误地叫它阿拉伯数字，后来又从西欧传来东亚，东亚也错误地叫它阿拉伯数字。

1405年（明永乐三年）开始，信奉伊斯兰教的中国三保太监郑和"七下西洋"，一路上依靠当时控制马六甲海峡欧亚航道上的穆斯林海员（比哥伦布发现美洲早90年）。

信奉伊斯兰教的帝国，起初有阿拉伯帝国，后来有突厥（土耳其）帝国。自从1920年突厥人的奥斯曼（Ottoman）大帝国（曾包括欧亚非许多国家）瓦解之后，分裂出来的伊斯兰国家切望自强，这有两条出路：一条是弃旧更新、学习现代，以土耳其为代表；一条是恢复古代、坚持圣战，以伊朗为代表；南辕北辙，历史彷徨。伊斯兰教的教义从北非传到漠南非洲，从印度传到东南亚，在基督教盛行的美国传播于黑人中间。

南亚传统文化

南亚次大陆的传统文化以印度文化为主轴，它覆盖南亚、中亚和东南亚。次大陆西部的印度河流域，出土了公元前2500年的两个城郭遗址和各种文物，还有未能释读的文字。

印度是一个多民族、多语言、多文字、多宗教的国家。公元前1500年，雅利安人侵入次大陆，成为印度北部的统治民族。前1400—前400年，雅利安人创立婆罗门教，有口传的"吠陀经"（veda，四种知识传说），内容涉及全部人生，包含宗教、社会、经济、文学、艺术等方面。印度的宗教想象力特别丰富，经典包含各种世俗知识和文艺。

婆罗门教后来演变成为广泛传播的印度教。印度教中，一派崇拜毗湿奴（Vishnu），重视恩爱生活；一派崇拜湿婆（Siva），重视瑜伽修炼；另一派崇拜女神萨克蒂（Sakti），重视密宗气功。社会分四个"种姓"（caste，阶级）：婆罗门（Brahman，祭师）、刹帝利（Ksatriya，武士）、吠舍（Vaishya，农民和商人）、首陀罗（Sudra，奴仆），还有最下等的贱民。印度教宣传因果说和轮回说。因果说认为善有善报，恶有恶报。轮回说认为生物不是一成不变、各不相关的（多数宗教认为上帝造生物，一成不变），而是在"天、人、阿修罗、地狱、饿鬼、畜生"等六个范畴之内循环转化的。人做坏事来生变狗，狗做好事来生变人。这种生物转变的思想，在古代是先进的思想，可以看作是生物进化论的先河。印度教的"阴间社会"设想，跟公元前2000年的古埃及十分相像。

前7—前6世纪（中国东周），印度雅利安人有了字母，从字母的元音不完备来看，可能是从西亚阿拉马辅音字母取得字母原理，自己创造字母形体。印度字母跟随印度教传播成为南亚和东南亚的60多种古今文字。现在应用的印度系统字母，除印度国内十多种法定文字外，有孟加拉、缅甸、斯里兰卡、泰国、老挝、柬埔寨等国的文字，以及中国的藏文和云南的四种傣文。印度字母的系统相同而形体各异，不能在不同语言中彼此通用。

公元后1000年，穆斯林开始侵入印度，1206年建立德里苏丹。1526年，蒙古后裔建立的莫卧儿（Mughal）穆斯林帝国，取代德里苏丹。1498年葡萄牙航海家伽马来到印度。1757年英国灭亡莫卧儿帝国，1858年英国政府直接统治印度，英国国王兼任印度皇帝。

英国利用印度的宗教矛盾，实行"分而治之"政策。印度教徒和穆斯林原来有共同的语言印度斯坦语，可是不肯写成共同的拉丁字母，偏要按照宗教分别写成不同的文字。印度教徒用印度字母、叫做印地文（Hindi）；穆斯林用阿拉伯字母、叫做乌尔都文（Urdu）。

1947年印度分成印度和巴基斯坦。巴基斯坦以乌尔都文为法定文字，实行政教合一，向伊朗伊斯兰教看齐。印度的穆斯林没有全部去巴基斯坦。留在印度的穆斯林，比去巴基斯坦的还多，因此印度把乌尔都文也作为法定文字之一。英国规定，印度教育用英语,不用本地语言。印度文化长期处于宗教和英国的限制之下,无法自由发展。

从印度婆罗门教脱胎出来的佛教,经过中国加工,传到越南、朝鲜和日本。佛教是印度文化。

东亚传统文化

东亚传统文化以中国文化为主轴。传说,公元前3000年前黄帝时候创造文字。现存最早汉字是公元前1300年前殷代的甲骨文。春秋战国以来,中国文化经历了先秦的百家争鸣,西汉的独尊儒术,盛唐的引进佛教,清末的西学东渐。

诸国并立、百家争鸣;天下统一、一家独鸣,这是古代的规律。统一而能争鸣,是近代民主制度的产物。春秋战国有"儒、道、墨、名、法、阴阳、纵横、农、杂"等家,其中影响较大的有三家。

1. 法家,起源于春秋的管仲(?—前645),发展于战国的商鞅(约前390—前338),战国末期韩非(约前280—前233)加以综合。主张严刑峻法,重农抑商,以农致富,以战求强,实行"耕战"政策。商鞅变法,帮助了秦始皇统一天下。法家是最早得到统治者重用并实现了理想的古代学派。

2. 儒家,孔子(前551—前479)始创,孟子(前372—前289)、荀子(前313—前238)继承。重视礼乐、仁义;提倡忠恕、中庸;施行德治、仁政;反对穷兵黩武。官学之外,发展私学;不谈鬼神,注重人生。汉武帝根据董仲舒(前179—前

104)建议,罢黜百家、独尊儒术,儒学成为此后历代帝王的官方哲学,巩固了封建统治。宋明理学阐释义理、兼谈性命。北宋程颢(1032—1085)、程颐(1033—1107)调和儒佛;南宋朱熹(1130—1200)集其大成。南宋陆九渊(1139—1193)提出"心即理",心是唯一的实在。明王守仁(1472—1528)继承陆九渊,提倡"明本心,致良知","圣人之学,心学也"。陆王学派被称为心学。历代尊儒,但是都兼施刑罚,儒家兼容法家。

3. 道家,始于先秦老子(春秋时人)、庄子(约前369—前286),提倡自然天道观,无为而治;不尚贤、使民不争;绝仁弃义,反对儒墨(否定知识分子,提倡愚民政策)。道家不是道教。老子作为道教始祖,那是几百年后的事情。

汉代建国以后,中国文化起初主要是继承和整理先秦诸子,后来主要是引进和消化印度佛教。中国引进印度文化,印度没有引进中国文化。中国文化到魏晋南北朝已经不如印度了。《西游记》中描写唐僧取经的求知热忱是历史的真实。唐代不耻学习外国文化,使陈陈相因的中国文化重获新生,成为东亚当时的文化高峰。

前6—前4世纪,佛教兴起于印度。教主是印度释迦(Sakya)国(今尼泊尔)的王子,姓乔答摩(Gautama)、名悉达多(Siddhartha),尊称佛陀(Buddha,简称佛),意为觉悟者。他主张众生平等,反对婆罗门教的"种姓"(阶级)制度。以断除烦恼得成涅槃(nirvana,超脱生死)作为最终目的。前3世纪,印度阿育王时代,佛教在印度一时兴盛,后来逐渐衰落,到13世纪在印度消亡,但是传出印度之后得到重大的发展。佛教从印度

"南传"至斯里兰卡、缅甸、泰国、柬埔寨、老挝、中国傣族等地，用巴利文，称"小乘"；"北传"至中国、朝鲜、日本、越南等地，用中文，称"大乘"；传至藏族、蒙古族，用藏文，称喇嘛教。东汉永平十年（67年）佛教开始来华，经三国两晋南北朝（400多年），到隋唐而中国化，用中国语言和中国概念解释佛经，成为中国佛教。

中国固有的道教，源出古代巫术，东汉汉安元年（142年）有五斗米道（入道者纳米五斗）；东汉末有太平道和五斗米道，成为农民起义的旗帜。道教借用老子和《道德经》。别的宗教，教主就是宗教创始人。老子（生卒年不明，春秋时期为前770—前476）死后至少500年才成教主。道教宣传，只要修行，人能"长生不老"，这在《道德经》中没有根据，也从未有过应验。北魏寇谦之（365—448）、南宋陆修静（406—477）制订教仪，使道教初具规模（比佛教传来晚500年）。老百姓不知分别佛道，见庙就拜，甚至"孔释老"一家、"儒佛道"一堂。

魏晋儒家，结合儒道，形成玄学，重《老》《庄》，尚清谈。何晏（？—249）、王弼（226—249）提倡"贵无"，认为天下万有"以无为本"，名教（名分和教训）出于自然。向秀（约227—272）、郭象（？—312）注《庄子》，认为万有"自生"、"自尔"、"独化"，名教即自然。佛教的大乘空宗，修研般若（Prajna，"智慧"）学说，思想与玄学相似。《般若经》宣传"诸法性空"，认为世俗认识和一切现象都是"因缘和合"，假而不实。唯有体认永恒真实的、超越世俗认识的"实相"、"真如"，才能达到觉悟。玄学家以佛教般若学说来发挥玄学的理论。佛教学者用玄学来解释般若学说。

日本传统文化是中国传统文化的分支。公元3世纪，中国学者王仁携带《论语》和《千字文》从百济（韩国）去日本，做皇太子的老师。此后500年间，日本以汉语文言和汉字为正式语文。到8世纪，日本用简化汉字为字母（片假名和平假名）给汉字注音，起初写在汉字旁边，后来进入文字，成为汉字和假名的混合体，一直用到今天。1854年，日本被迫开放通商，改学西洋文化，起初学荷兰和德国，后来学英国和美国。日本全盘汉化1000年，全盘西化150年，日语中的洋泾浜非常突出，善于学习是日本的成功秘诀。1868年日本"明治维新"，实行君主立宪。战败投降，日本由美国强迫把封建专制改为议会民主，实行自由竞争，成为经济大国。（日本的特点是有武士道精神；秦始皇的武士道精神比日本还强。）日本有大海保护，历史上外族入侵向未成功。中国不断受外族入侵，过去2000年间倒有将近1000年整个中国或半壁江山由外族统治，中国文化屡次遭受大规模的破坏。

现代文化的产生

以上四种传统文化都是长期间在不同地区逐步形成的。文化圈从小到大，从多到少，逐步融合。四种传统文化后来进一步融合，成为一种全球化的国际文化，叫做现代文化。凡是全世界共同接受的属于现代文化，全世界没有共同接受的留作传统文化。现代文化开始于西欧文艺复兴和启蒙运动之后，"一战"之后明显发展，"二战"之后形势蓬勃。

中国历史上有四大发明：1. 纸张：东汉元兴元年（105年），蔡伦（？—121）发明纸张。西汉就有粗糙的麻皮纸，不适合书写文字。蔡伦创打浆法，使植物纤维分解漂白，造出光洁而廉价的纸张，便利了文化的传播。2. 印刷术：唐代有雕版印刷。北宋沈括（1031—1095）《梦溪笔谈》记载，庆历年间，毕昇（？—约1051）发明胶泥活字印刷术。南宋周必大（1126—1204）用胶泥活字印成《玉堂杂记》。3. 指南针：《梦溪笔谈》记载指南针制造法。当时军队配备指南鱼，用于夜行军。南宋海船装备针盘（磁罗盘）。4. 火药：北宋曾公亮（999—1078）《武经总要》记载用硝、硫、炭合成火药的方法，当时军队配备有火器。宋金战争中，宋军有震天雷。南宋绍兴三年（1132年）将军陈规在德安守军中制作巨竹火枪，竹筒内置"子窠"，类似子弹。四大发明是中国传统文化的骄傲。

现在有了新的四大发明：纸张发展为光盘，印刷术发展为激光排印，指南针发展为卫星导航，火药发展为原子弹。新的四大发明不属于中国传统文化，而属于世界共同的现代文化。

15世纪以前，中国文化有时领先于世界。15世纪以来，中国不再有任何重要的发明，西亚和南亚也同样没有。近500年中，新发明层出不穷，都是西方（欧美）的创造，东方（西亚、南亚、东亚）几乎没有进入发明的浪潮。这是什么缘故呢？一种解释是：15世纪发现美洲（1492年）之后，扩大了欧洲人的生活空间，开拓了他们的视野，激活了他们的思想，从而产生了新的发明。

后期的发明主要出于美国。这又是什么缘故呢？一种解释是：美国是一个移民国家，移民到了美洲，换了天地，耳目一新，摆脱一切传统束缚，从头思考问题，引发出新的创造。

日本学者提出"科学中心转移说"，科学成果超过全世界25%的地区是科学中心。文艺复兴以来，科学中心的所在地不断转移：16世纪在意大利（1540—1610年）；17世纪在英国（1660—1730年）；18世纪在法国（1770—1830年）；19世纪在德国（1870—1920年）；20世纪在美国（1920年至今）。转移的原因是什么呢？一种说法是，学术要自由、创造要刺激。

不同传统文化之间的竞争，好比运动场上的赛跑。有人在前，有人在后，有人起初在前而后来落后，有人起初在后而后来领先。谁先谁后的原因需要深入研究，但是认为有谁注定永远跑在前面，那是不科学的假设。

科学革命是现代文化的开路先锋。什么是"天"，几千年来弄不清楚。16—17世纪，科学摆脱神学，运用实验方法，观测自然现象，使"天"现出了自己的真相。天文学推翻地心说，建立日心说；力学发现万有引力；光学发现白光是色光的混合；这一系列的科学突破使"天人合一"的冥想变成小学生也能否定的迷信。牛顿（1642—1727）的物理学改变了世界观；爱因斯坦（1879—1955）的相对论重建了宇宙论；科学家已经登上月球，正在用机器人检查火星，进一步探索宇宙的奥秘。

交通全球化推动文化国际化。不同的区域文化圈由彼此接触而彼此学习，由彼此学习而彼此共同化。共同的认识组成共同的现代文化。首先是自然科学的共同化，不再有西方的自然科学或东方的自然科学。科学是一元性的。其次是社会科学的共同化。社会科学的基本原理已经有很大一部分得到全世界的公认。社会现象的科学研究，起步比较晚，成见比较深，进行实验比较难，地区和阶级的利害矛盾比较大，因此社会科学的共同化进展比较慢，可是发展前途必然是越来越多的共同化。

中国的"五四"运动提出民主和科学两面旗帜，这就是中国参加现代文化的宣言。现代文化不是某一国家的专利，而是全世界所有国家的共同财富。起初西方国家的贡献比较多，现在东方国家也越来越多地作出贡献。现代文化是全世界"共创、共有、共享"的文化。

古代各地的生活习惯各不相同，现代各地的生活习惯相互靠拢。航空往来需要有共同的飞行规则，信息交流需要有共同的互联网络。现代文化在全世界的共同化已经成为无法改变的事实。

现代文化是科学革命之后自然地形成的新事实，不少人还没有看清它的存在和意义。中国长期封闭，厚古薄今观念根深蒂固，以为文化就是固有文化，东方与西方势不两立，不是西风压倒东风，就是东风压倒西风。时代改变了，这种认识需要改变了。现在再谈中国文化即将统治21世纪是可笑的了。统治21世纪的不是东方文化，也不是西方文化，而是世界共同的现代文化。

可是，现代文化的产生，不等于传统文化的消灭。传统文化将与现代文化并存。从整个世界来看，共同文化之外还有地区文化。对每个人来说，既保留本土的特色而又参加国际的共同文化，这叫做双文化生活。21世纪是双文化时代。

1999年5月12日

（原载《群言》1999年第10期）

四种传统文化略述

人们常常把世界文化分为东方文化和西方文化，东方文化是中国文化，西方文化是西欧或欧美文化。这种文化的"东西两分法"不符合历史事实。自从上古两河流域文化和尼罗河流域文化消亡之后，欧亚大陆上的许多文化摇篮渐渐聚合成四种地区传统文化：东亚文化、南亚文化、西亚文化和西欧文化。西欧文化扩大到美洲，称西方文化。东亚、南亚和西亚文化合称东方文化。东亚文化是东方文化的一部分，不能代表整个东方文化。

传统文化有三种标记方法：地理标记、宗教标记和文字标记。地理标记称"东亚"文化，宗教标记称佛教文化，文字标记称汉字文化；地理标记称"南亚"文化，宗教标记称印度教文化，文字标记称印度字母文化；地理标记称"西亚"文化，宗教标记称伊斯兰教文化，文字标记称阿拉伯字母文化；地理标记称"西方"文化，宗教标记称基督教文化，文字标记称拉丁字母文化。下面略谈四种传统文化的概况。

东亚文化

东亚文化以华夏文化为基础。发源于黄河流域,传到长江和珠江流域;传到越南、朝鲜和日本。"四书五经"曾经是国际公用教科书。从殷代甲骨文演变而来的汉字,是东亚国家和中国少数民族创造文字的模式,形成"汉字文化圈"。

先秦诸子百家中,法家、道家和儒家三家影响最大。法家:商鞅(公元前390—前338):严刑峻法,苦耕恶战,驱使奴隶,吞并六国;万世美梦,二世而亡;今天留下"兵马俑"旅游景观。道家:老子(生卒年不知,春秋时人):无为而治,无知而安,提倡愚民,反对知识;老子死后数百年被道教借去做"拉郎配"教主;炼丹成仙,长生不老,梦话胡言,向无应验。儒家:孔子(前551—前479):仁义忠恕,立己立人,述而不作,诲人不倦;"知之为知之,不知为不知";"子不语怪力乱神"。孟子(前372—前289):"民为贵,社稷次之",民本思想,启迪后世。

诸侯并立,百家争鸣;秦汉统一,独尊儒术。董仲舒(前179—前104)总结儒学,提出"三纲"(君为臣纲,父为子纲,夫为妻纲)、"五常"(仁义礼智信),这是封建秩序的公式表达;他又掺入"阴阳五行",胡诌"天人感应",使儒学蒙上神秘面纱。

印度佛教传来,补充中国缺少的来世想象,四百年而中国化。儒学畸变成为"理学",儒表佛里,儒冠佛心,现世不如来世,积极变成消极;后来归纳儒学,提出"天人合一、内圣外王",迷信封建,跃然纸上,难于为现代青年所接受。儒学完成了为封建服务的历史使命,今后要为"后"封建服务,必须去腐留精,与时俱进,开创儒学的现代化。"孔子,圣之时者也。"

佛教在印度消亡之后,中国成为大乘佛教的大本营。唐代的日本遣唐僧是到中国来学习印度文化的留学生,这正如清末中国留学生到日本去学习西洋文化。印度文化大规模传来中国,中国文化没有传去印度。1949年后,没收寺庙财产,僧人还俗,另谋生路;今天重修寺庙,招收雇佣僧人,发展旅游事业。佛教正在淡出中国。

华夏文化成熟于春秋战国,诸子百家都是春秋战国时期的人。今天捧出优秀传统文化,依旧离不开"四书五经"。超出古代的进一步创造,实在微乎其微。长期的外族统治,禁锢思想,扼杀自由;不说五胡乱华,单说辽金元清,汉族是二等到四等奴才,动辄得罪,一字成狱,哪里谈得上创造文化?有人以汉族能同化外族为荣,殊不知那是一次又一次牺牲了几代人然后得来的血泪成果。千年"中世纪"生活,知识分子气息奄奄,苟全生命,不求闻达,保住古老传统已经不容易了。

日本帝国主义的侵略激起"五四"运动(1919年),大学生们走上街头,吹响"德先生"和"赛先生"的时代号角,被视作中国的文艺复兴。中国的文艺复兴没有发展成为启蒙运动。日本侵略愈演愈烈,"二战"中国惨胜,历史兜底翻腾。东亚文化正在脱胎换骨。

日本的神道教文化,深受儒学和佛教影响,是东亚文化的分支;崇拜太阳神天照大神,天皇是天照大神的儿子;战后投降,宣布废止。

南亚文化

南亚文化以印度吠陀文化为基础。印度的主体民族和主流文化都是外来的,不是发源于印度本土。雅利安人在公元前20世纪中叶从西北方面开始入侵,逐步占领印度次大陆的北部和中部,称为"雅利安区"。次大陆的南部一直是原住民达罗毗荼人的国土。雅利安人带来口诵的《吠陀经》;前7世纪形成婆罗门教;从西亚阿拉马文脱胎出印度的婆罗米文,后来发展成为五个语系三十多种语言的六十多种文字。

佛教在东汉传来中国的时候,印度文化达到了接近西欧文艺复兴前夜的科技水平。印度有因明学(逻辑学):"因"(推理),"明"(知识);通过"宗"(论题)、"因"(理由)、"喻"(例证),进行论辩和推理;包含认识论和逻辑学(直觉知识、推理知识)。印度有轮回说:众生在"六道"(天、人、阿修罗、地狱、饿鬼、畜生)之中,生死循环,如车轮回旋;人做坏事来生变狗,狗做好事来生变人。轮回说打破生物一成不变说,开辟了生物变异和进化的思路。

印度的宗教活动十分活跃。从婆罗门教产生佛教和耆那教,后来又演变为印度教。佛教传到中国、越南、朝鲜和日本;印度字母传到印度的北方、南方和东南亚。

外来民族一浪接着一浪地入侵印度。雅利安人成为印度主人之后,伊斯兰教大举入侵,德里苏丹统治320年,莫卧儿帝国统治332年,后来英国又统治349年。

"二战"之后,英国退出,印度独立(1947年),分裂出巴基斯坦和孟加拉国。印度跟巴基斯坦：宗教不同，语言相近，文字不同（印地文用印度式字母，乌尔都文用阿拉伯字母）。印度跟孟加拉国：宗教不同，语言相近，文字相近（都用印度式字母）。

多民族、多语言、多文字、多宗教，是印度的特色。印度喜欢言语异声、文字异形，独立后规定1种国语即印地语、2种通用语文、11种"邦用"语文（后来又加4种），还有法律不承认的全国纽带语言英语。一张钞票上印15种文字。印度有强烈的宗教排异情绪，不断发生宗教暴乱。印度的主体民族印地族只占全国人口的三分之一。

印度传统，人民分成几个"种姓"（阶级）：婆罗门（僧侣）、刹帝利（武士）、吠舍（农工）、首陀罗（奴隶），还有最下贱的贱民；身份世袭，隔离压迫，独立后禁止，但是积习难除。1997年，一位贱民纳拉亚南当选总统，说明印度尽力破除传统弊政。

一国三分之后，印度文化仍旧保持着传统的影响。现在，印度以外用印度式字母的国家有：尼泊尔、不丹、孟加拉、缅甸、泰国、柬埔寨、老挝、斯里兰卡。原来用印度式字母，后来改为阿拉伯字母，近年又改为拉丁字母的国家有：马来西亚、印度尼西亚、菲律宾。东南亚有10个国家：西面5国（缅泰柬老越）信奉佛教；东面5国（马尼文新菲）原来信印度教，后来改信伊斯兰教（菲律宾乡区和新加坡的马来族信伊斯兰教）。文字的更易反映文化的变迁。

印度独立时候，大家认为分裂意识如此强烈的国家，不宜采用民主制度。可是国大党的尼赫鲁等坚持英国的民主传统。虽然多次颠簸，民主岿然不动。民主是英国遗产中的积极因素。

西亚文化

西亚文化以伊斯兰教为基础。教主穆罕默德（570—632），幼年贫苦，未学文字；随伯父到叙利亚经商，接触基督教，深受启发；归来改革阿拉伯半岛的原始宗教，使多神互斗，变为一神团结；创立新教，简化外来教义，杂以游牧风俗，名"伊斯兰教"（顺从），教徒称"穆斯林"（顺从者），经典称《古兰经》（背诵）；行五功：念功（"安拉之外无真主"）、拜功（每天拜五次）、课功（向宗教纳捐）、斋功（每年禁食一月）、朝功（朝觐圣地麦加）。公元5世纪，新西奈字母演变出阿拉伯字母，后来书写《古兰经》，成为神圣文字。

穆斯林一手持经，一手持刀，传教杀敌，战死升天，叫做"圣战"；首先统一阿拉伯半岛，然后杀出苦旱的沙漠，走向大千世界；脱缰野马，一飞冲天，建成地上天国，横跨亚非欧三大洲。

伊斯兰教帝国居欧亚大陆的中央，成为东西文化交流的桥梁。西欧的文艺复兴得益于阿拉伯文转译的古代希腊著作。Algebra（代数）、Alcohol（酒精），这些阿拉伯名词家喻户晓。

伊斯兰教的教义简单明了，易于被基层群众接受，所以轻易地渗入印度文化区的马来西亚和印度尼西亚，以及欧美文化区的漠南非洲和美国的黑人社会。伊斯兰教几乎占领了全世界的基层群众。

阿拉伯伊斯兰教帝国（632—1258年），历时626年（中国唐代到元代）；继以奥斯曼突厥伊斯兰教帝国（1299—1922年），历时623年（元代到民国初年）；两帝国共1249年。到19世纪，东亚有大清帝国，西亚有奥斯曼帝国，各霸一方，以为天下大定；谁知世事多变，东西两大雄狮，竟成东西两大睡狮；西欧帝国主义袭来，两帝国望风披靡，先后覆灭。

第一次世界大战，奥斯曼帝国瓦解。今天西亚的伊斯兰教国家大多是奥斯曼帝国的后裔。他们怀念旧日辉煌，寻找复兴计划——这有两条不同的道路：一条是弃旧创新，建设现代，以土耳其为代表；一条是旧业重光，恢复古代，以伊朗为代表。1922年，凯末尔领导土耳其革命，使新土耳其从灰烬中起飞；废除哈里发和苏丹、政教分离，改用拉丁字母、教育世俗化，人人有姓氏，衣着从现代；最近脱亚入欧，申请加入欧盟。1979年，霍梅尼反对伊朗国王的现代化，夺取政权，建立伊斯兰教共和国，提倡激进主义，按照"穆罕默德的设想"，神权高于一切，政府和社会恢复到一千三百年前。两条不同的道路，两种相反的革命，竟然都得到成功。这在伊斯兰教世界引起历史何去何从的时代彷徨。2001年的美国"9·11"事件被看作激进主义的神工。恐怖和反恐，斗争白热化。先发制人，还是怀柔绥靖，欧美政策严重对立。

现代文化突飞猛进，咄咄逼人。伊斯兰教面对激烈挑战。舆论认为，以弱抗强，以旧击新，可以一时取胜，难于常用常胜。只有以现代教育代替宗教教育，启迪民智，走进世界，才是出路。伊斯兰教在三大宗教中最为年轻，没有像古老宗教那样经过改革磨炼，因此锐气未消，余勇可贾。但是，意识因循，社会停滞，这不是明智的现代政策。"天方夜谭"是美好的故事，不是理想的人间。

西方文化

西方文化包括西欧和北美，以希腊和罗马文化为基础。

水是文化的母亲。华夏文化依靠黄河；印度文化依靠印度河和恒河；西欧文化依靠地中海。上古时期，东地中海的克里特岛出现"米诺斯"文化。后来，希腊半岛的港湾发展起来，联系地中海东岸和北非尼罗河三角洲，成为一个巨大的海岸文化圈。希腊的港湾，背面崎岖不平，没有成片的农田，农业无法发展；前面出海，四通八达，便利经商，希腊文化是水上商业文化。

希腊三圣，苏格拉底（前469—前399）、柏拉图（前428—前347）和亚里士多德（前384—前322），在哲学花园中培育科学幼苗，开发逻辑思维、鼓励独立思考；提出定义概念、发展归纳法和演绎法；设想原子理论；提倡民权思想、理想社会；改进字母、发展教育，引导人类走出蒙昧时代。

亚历山大大帝是亚里士多德的学生。他的帝国分解成三个王国，都用希腊语作为行政语言，传播和发展希腊文化。学者辈出，名震古今。代表人物例如：数学家欧几里得（前3世纪），物理学家阿基米德（前287—前212），天文学家阿里斯塔克（前3世纪），等等。埃及的亚历山大城是希腊文化的灯塔。这个时期称为"希腊化"时代，长达三百年（前323—前30年）。

罗马军队征服希腊，希腊文化征服罗马。罗马帝国认真学习希腊文化，罗马字母最后两个字母（YZ）是从希腊借来的。

罗马帝国，既有贫富悬殊的阶级矛盾，又有文化迥异的地区差别。地中海东岸的西亚是神学世界，意大利以西的西欧是世俗社会。西亚（东方）的基督教传到西欧（西方）的世俗社会，弥补了西欧所缺少的天国。开始格格不入，帝国视天国为异端，把基督教徒拿来喂狮子老虎。但是基层的奴隶们偷偷信仰，希望今生受苦，来生共进天堂。基督教不胫而走，三百年遍地生根。压制无效，改弦易辙，宣布基督教为罗马国教（380年），承认它的存在，偷换它的作用，使奴隶的宗教变为帝王的宗教。人间和天国结合，西欧文化称作"基督教文化"。

蛮族入侵（375—568年），西欧鼎沸。476年，西罗马帝国灭亡。基督教为历届蛮族帝王服务。教会成为西欧的最大封建领主。神权至上，镇压异端。宗教裁判所迫害30多万人，用火刑烧死10多万人。蛮族破坏，宗教摧残，使西欧沉入"中世纪"的黑暗时代，长达千年以上（约395—1500年）。

后来两百年间（1096—1291年），西欧八次派出十字军东征，以惨败告终。痛定思痛，承认文明古国已经落后于他们看不起的异教徒了。于是幡然自省，提倡人文主义。人文主义就是以"人"的文化代替"神"的教条。西欧想起了希腊，把遗忘的希腊文找回来学习，从古书中搜寻新知识，这叫做"文艺复兴"（14—16世纪）。理智开始代替盲从，现世开始重于来生。

1517年，传教士马丁·路德揭破赎罪券的欺诈，宗教改革像野火一样烧遍欧洲，从反对腐败到反对特权。教徒自读白话文

《圣经》，直接跟上帝交谈，不要教会做中介。哥伦布肯定大地是球形，1492年发现美洲。世界上多出了一个像欧亚大陆那样大的南北美洲，上帝大吃一惊！无路可走的奴隶们有了新大陆可以避难，反抗情绪更加上升了。

接着掀起"启蒙运动"（17—18世纪），思想解放发展为社会革命。1640年，英国发生清教徒革命，酝酿多年的民主运动成熟了。历史学家把这一年作为世界近代史的起点。英国的牛顿（1643—1727）提出万有引力定律，使上帝失去指引星辰的能力。法国的孟德斯鸠（1689—1755）提出立法、司法和行政的三权分立，使民主政府能够有效运行。1776年，英国的美洲殖民地独立成为美国。1789年法国发生大革命。从文艺复兴到启蒙运动这五百年，西方文化发生了改换人间的突变。

科学革命，基督教退出学术；民主革命，基督教退出政治。科学家平时在实验室研究进化论，礼拜天到教堂祷告上帝。宗教专注精神生活，不再干预世俗文化的发展。阅读《圣经》采用历史观点，吸取宏观大义，不拘泥于过时的一字一句。歌颂天国，同时建设美好的人间，使今生和来世和谐无间。基督教适应了现代。

工业化使机械延长双手，信息化使电脑扩大脑袋。文化不再是空洞的高谈阔论，要切实提高人类的生活。火车、轮船、汽车、飞机，使西方文化领先于时代。知识从神学和玄学上升到科学。人间生活胜过了天堂玄想。

美国是西欧革命思潮的结晶。结晶不结在西欧而结在荒野的北美，因为西欧有特权阶级在作梗。法国革命如此困难，英国革命不能彻底，可见历史包袱是何等沉重。民主革命终于使欧美文化走上了全新的道路，结束了神权时代，开创了人权世界。

罗马帝国东西分裂，东罗马称拜占庭（395—1453年），教会称东正教，4—6世纪用拉丁语，7—15世纪用希腊语，又称希腊正教。东正教的中心移至俄罗斯，希腊学者为斯拉夫语言（包括俄语）创造字母，形成斯拉夫文化，是西欧文化的一个分支。

西班牙和葡萄牙的半岛叫做伊比利亚（Iberia），曾经被伊斯兰教的阿拉伯人长期统治，又跟北非柏柏人（Berbers）杂居，由此形成的文化叫做伊比利亚文化，是西欧文化的一个分支。西葡在美洲建立庞大的殖民地，现称拉丁美洲，深受伊比利亚文化的影响。

小结：四种地区传统文化的精华，随着人群活动范围的扩大，聚合成覆盖全球的国际现代文化，同时保留各地的传统文化。凡是能为全人类造福并受到全人类欢迎的事物和意识，聚合成"共创、共有、共享"的国际现代文化；凡是没有被全人类认同的，仍旧保留在传统文化之中，进行自我完善化。现代是地区传统文化和国际现代文化相辅相成的双文化时代。

2004年12月4日，时年99岁

汉字文化圈

甲、中国和汉字文化圈

什么是汉字文化？用汉字承载的文化是汉字文化。文字是文化的承载体，承载体可以更换，翻译就是更换承载体。佛教来自印度，佛经原来以印度字母书写，翻译成汉字，教义经过中国化，印度原文大都失传，佛教也就属于汉字文化。

什么是汉字文化圈？中国和以汉字为正式文字的国家和民族组成汉字文化圈，具体说，包括中国、朝鲜、日本和越南。新加坡独立后以英文为全国官方文字，以汉字为汉族官方文字，可说是汉字文化圈的飞地。华侨散布世界各地，当地如果不以汉字为正式文字，就不属于汉字文化圈。

这里简单叙述"汉字文化圈的文化演变"，共分四篇：中国、朝鲜、日本、越南。

中国文化的历史演变

考古证明，中国文化有不止一个源头，但是汉字是从一个源头传播开来的。现存最古汉字是河南安阳古代殷都的甲骨文，它是相当成熟的文字，比它更早的汉字是什么状况，只能从少数民族的早期文字来比拟推测。到战国时代，汉语和汉字在各国发生分化，言语异声、文字异形，秦始皇"书同文"，统一汉字规范。汉字形体不断变化，但是汉字结构古今基本一致。

中国文化的历史演变可以宏观地分为四个时期：1. 先秦的百家争鸣，2. 汉代的独尊儒术，3. 唐代的佛教流行，4. 清末的西学东渐。

1. 先秦的百家争鸣：哪些百家？怎样争鸣？春秋战国时候，学者有189家（《汉书·艺文志》），学派有"儒、道、墨、名、法、阴阳、纵横、农、杂"等家（《史记》）。经过夏、商、周三代积累，到春秋战国时候，各家学说已经成熟。彼此辩论，相互争论，都想把自己的学说向诸侯推荐，一旦得售，身价百倍。

儒家孔子（孔丘，公元前551—前479）提倡"仁爱"治国，带着弟子，周游列国，兜售"修身、齐家、治国、平天下"的建国方案。结果失败，狼狈回家，不得不安下心来培养青年，把真理传给后代，开创"有教无类"的私人教育。

法家商鞅（公孙鞅，前390—前338）主张"耕战"政策，入秦，说秦孝公，一谈合拍，实行变法，本人位尊多金，秦国陡然强盛。秦始皇（嬴政，前259—前210）实行兼并政策，豢养庞大军队，击溃劲敌赵国，坑降卒40万人，灭韩、赵、魏、燕、楚、齐六国，统一天下，树立秦始皇专制模式，希望传之万世，结果二世而亡。

春秋（前770—前476年）、战国（前475—前221年）时候,列国争雄,学术自由,中国文化发展较快,成为东亚高峰,向国内和国外传播,形成一个汉字文化圈,跟印度字母文化圈、阿拉伯字母文化圈和拉丁字母文化圈,并立于世界。

2. 汉代的独尊儒术:西汉统一天下,董仲舒(前179—前104)建议"罢黜百家、独尊儒术",得到汉武帝采纳,结束百家争鸣。先秦诸子,各见一隅,到汉武帝时候,一家能读诸家著作,以儒术为中心,兼容诸家可取之说,这是学术的综合化。

董仲舒学宗儒术而兼取阴阳五行之说,使儒学染上神学色彩。从此儒学神圣化、公式化,只能加注,不能更改。

3. 唐代的佛教流行:佛教在汉末传入中国,填补了儒学只顾今生、不管来世的空白。经过魏晋南北朝400年,佛教到隋唐(581—907年)深入民间。佛教建起宏大的庙宇,高高的宝塔,这是中国向所未有,众人仰望,油然生敬畏的神秘感。庙宇是不分阶级的俱乐部,强盗来此避难,旅客来此下榻,男女来此相亲,观众来此听讲变文(说唱文学)。佛教既有阴森森的鬼世界,又有闹哄哄的人世界。

儒学吸收佛教思想,异化成为理学。北宋程颢(1032—1085)、程颐(1033—1107)说:"天者理也","在天为命、在人为理","去人欲、存天理"。南宋朱熹(1130—1200)继承理学,提出"理在先、气在后",编辑"四书"(《大学》、《中庸》、《论语》、《孟子》),加上注解,成为儒学的必读经典,称"朱子学"。儒学佛化,失去了入世哲学的积极意义。

佛教不是只有几个泥菩萨,还有一同传来的印度学术,包括建筑术、天文学、数学、语文学、因明学(逻辑学),以及音乐、舞蹈、文学，使气息奄奄的儒学得到新的刺激。佛经的词汇和概念在中国难于了解，改用中国词汇和概念解释佛典，把八字胡子的观音打扮成手抱胖娃娃的送子观音，这是佛教中国化。于是阿弥陀佛，不求甚解，传遍男女老少。佛教在印度式微而在中国昌盛，引来外国留学生，从东方的中国学习西天的印度。华夏文化变成儒佛混合物。

4. 清末的西学东渐：哥伦布发现美洲（1492年）之后，西方的宇宙观和人生观大变。经过文艺复兴、科学革命，西方产生跟任何传统文化迥然不同的现代文化。西学东渐的"渐"字说明，东方对科学和民主不能快快地囫囵吞枣，只能慢慢地点滴品味，因为现代文化跟东方保持特权的封建贵族有严重的意识和利益矛盾。现在，历史进入21世纪，世界各国都受到现代文化的影响，任何传统文化都不得不进行自我完善。

中国文化，兴起于封建时代，曾为封建社会成功地服务2000年，作出不朽的历史贡献。

汉字文化向邻国的传播

汉字文化圈的国家使用汉字的过程分为四个步骤：1. 学习，2. 借用，3. 仿造，4. 创造。

1. 学习　学习中国汉字，使用汉语文言。使用汉语汉字，没有本民族文字，越南大约经过1500年（南越国到阮诠鳄鱼文）；朝鲜大约经过800年（卫满朝鲜到新罗统一）；日本大约经过500年（王仁去日本到《万叶集》成书）。

越南和朝鲜的早期都有一个中国移民和郡县统治时期；在越南长达1200多年（丁朝以前），在朝鲜长达500多年（新罗统一以前）。秦将赵佗建南越国（前207年），燕人卫满建卫氏朝鲜（前194年），由于行政和教育的需要，这时候汉字文化传到越南和朝鲜。日本离中国较远，传去汉字文化较晚。百济学者王仁携带《论语》去日本（285年之后）做皇太子的老师，这比越南和朝鲜开始使用汉语汉字晚500年。

中国春秋时候有大小诸侯140多个，夷狄30多处，经过不断兼并，到战国只剩七雄，统一于秦始皇（前221年）。这是社会发展的聚合运动。中国的大统一影响到边远地区，汉字文化流入近邻国家。

2. 借用　借用汉字（训读或音读）书写民族语言。经历时期：朝鲜大约770年（开始吏读到公布谚文）；日本大约200年（万叶假名到平假名成熟）。朝鲜吏读的成熟和日本万叶假名的出现，都在中国唐代中期。这时候中国文化上升到了新的高峰，影响四邻，推动他们也提高文化。

3. 仿造　仿造汉字型民族汉字，书写民族语言。越南在陈朝（1225—1400年，中国南宋晚年）仿造越南汉字"喃字"，跟汉字夹用，使用时期长达600多年（阮诠鳄鱼文到法国殖民罗马字）。中国的少数民族例如壮族也有同类型的民族汉字。越南独立较晚，受汉字熏陶较深，独立以后还要有一个调整期间，所以到南宋才产生民族汉字"喃字"。朝鲜造"吏读字"为数不多；日本造"倭字"（国字）也为数不多。

4. 创造　创造汉字型字母，书写民族语言。日本假名音节字母成熟于10世纪，离开万叶假名大约200年，离开开始学习汉字大约700年。朝鲜1446年公布谚文音素字母，离开吏读形成大约800年，离开开始学习汉字大约1600年，晚于日本假名大约500年。越南没有创造民族字母，后来用法国殖民罗马字，这是在开始学习汉字大约2000年以后。

日语的音节少而简单，适用音节字母假名。朝鲜语的音节多而复杂，适用音素字母叠成音节的谚文。越南语的音节多而有声调，单音节同音词多，适用汉字型的喃字。

朝鲜在新罗统一（668年）之后，学习唐代典章制度，传授儒学；李朝（1392年）在开国初期，以"朱子学"为朝廷官学，立国建制和内外政策都以儒学为理论依据；可是到17世纪，掀起"实学"运动，学习西洋，反对当时占统治地位的"朱子学"。

日本的推古改革（592年）和大化改新（645年）都以中国儒学为依据；幕府时代（1192年）建设军阀政治，更加需要学习中国的封建模式；可是到了明治维新（1868年）以后，学习西洋，以德国的铁血政策为榜样，抛弃中国文化。日本的武士道吸收儒家的"五伦"和"五常"；日本的神道教吸收儒家的忠君爱国；这些都是封建文化，跟中国文化可以融合。日本学者认为，日本学习中国，到明末为止，清朝不值得学习。

越南在968年独立建国时候，起初重佛教而轻儒学，后来渐渐变为以儒学为主，因为儒学对封建政治有用；阮朝开国（1802年）初期以《大清律》为蓝本，1815年编成《嘉隆法典》，这时候遵循儒学，奉为典范；可是到了19世纪末，法国势力深入越南，排斥儒学。

汉字文化圈的国家学习汉字文化，长的2000年，短的1000年，到了17世纪以后都不要汉字文化了。为什么？因为汉字文化是封建文化，它的历史任务已经完成。汉字文化圈"淡出"历史。但是，汉字文化既有消极内容，又有积极内容，它的积极内容有超越时代的作用，将长留影响于东亚。

1999年8月27日

（原载《群言》2000年第1期）

乙、朝鲜文化的历史演变

"朝鲜"的名称始见于中国《管子》、《史记》等书。朝鲜是一个半岛国家，文化主要来源于中国。2000年来，朝鲜文化的演变可以宏观地分为四个时期：一、继承中国文化；二、发展朝鲜民族文化；三、学习日本文化；四、南北分立后的文化。

继承中国文化

这时期的文化特点：（1）改进农牧技术，役使牛马，开始冶金、纺织、蚕丝等手工业，进行近邻的国际贸易；（2）学习和使用中国的汉字文言，没有自己的民族文字，除儒学外，传入中国佛教；（3）从部落联盟发展为几个早期国家。包括三个时代：1. 卫满朝鲜，2. 汉四郡，3. 三国鼎立。

1. 卫满朝鲜（前194—前108年，共86年，中国秦代到西汉中期）前194年，中国燕人卫满率移民东渡今清川江入朝鲜，建立卫氏王朝，控制今大同江中游一带，都城在王险城。卫氏王朝之前，中国的汉字文化已经开始传到朝鲜北方。卫氏王朝进一步传播中国文化。

2. 汉四郡（前108—后317年，共425年，西汉中期到西晋末年）公元前108年，汉武帝灭卫氏王朝，改其地为中国直接管辖的乐浪、玄菟、真番、临屯等郡，史称"汉四郡"。汉四郡的行政和教育直接使用汉字文言和汉代制度。朝鲜北方的经济和文化较快发展。这时候，朝鲜半岛南部有三个部落联盟，马韩、辰韩和弁韩，独立于中国管辖之外，史称"三韩"。他们种稻、养蚕、织布，役使牛马；辰韩产铁，跟倭国和乐浪交易。

3. 三国鼎立（427—668年，共241年，中国南北朝到隋代）公元前37年满洲南部建立高句丽，427年长寿王迁都平壤。公元前后，马韩演变成为百济（前16—后660年），辰韩演变成为新罗（前57—后935年）。高句丽、百济和新罗，三国鼎立，不受中国控制，但是文化学习中国。

北方的高句丽在5世纪之后经济有显著发展。农牧、冶金和纺织等手工业达到较高水平。使用中国的汉字文言，设立太学，传授儒家经典，以及道教和阴阳五行。378年，传入佛教，广建寺院。平壤附近发掘出来的高句丽古墓，有生动的壁画。

西南的百济，土地肥沃，农业发达。3—4世纪使用牛耕，发展养蚕、纺织等手工业，跟中国南朝和日本进行贸易。使用中国的汉字文言。4世纪设太学，授儒学，有儒学博士。百济学者王仁赴日本任太子的老师，把汉字文化传给日本王族。384年佛教从中国南朝传入百济。541年，百济向梁武帝"请《涅槃》等经义，《毛诗》博士，并工匠、画师等"。

东南的新罗在4世纪经常受倭寇侵扰。402年，高句丽帮助新罗驱逐倭寇。505年，新罗仿照中国实行州郡县制度，传授儒学。528年，新罗许可佛教传播。7世纪时候，朝鲜三国开始派遣贵族子弟赴唐留学。

三国史书都用汉字文言写成。例如高句丽的《留记百册》，百济的《书记》，新罗的《国史》。汉字文言的佛教经典传到高句丽（378年）、百济（384年）和新罗（528年）。

发展朝鲜民族文化

这时期的文化特点：（1）提高农牧技术、发展手工业和邻国贸易；（2）利用汉字作为表音和表意的符号书写朝鲜语言，形成民族文字"吏读"，正式文字是中国的汉字文言，发展汉字文言的学术著作和民间文字的文学创作；（3）创造朝鲜语的民族字母"谚文"，从妇孺文字发展为通用文字；（4）仿照中国，完成封建体制。包括三个时代：1. 新罗统一；2. 高丽王朝；3. 李氏王朝。

1. 新罗统一（668—935年，共267年，中国的唐代）7世纪中叶新罗得唐朝援助，灭百济（660年）和高句丽（668年），统一大同江以南地区，江北归唐朝管辖。统一后新罗采用唐朝的典章制度，实行租庸调赋役，完善封建国家体制。用铁器，用牛耕，农业和手工业发展较快。仁川湾跟唐朝直接通航，两国贸易兴盛。528年新罗许可佛教传播。682年新罗设立国学，传授《论语》、《礼记》等书。

新罗时代，利用汉字作为表音或表意的符号，书写朝鲜语，称为"吏读"。相传吏读是新罗神文王时候（681—692年在位）学者薛聪所开创。晚近根据出土的石碑等文物考证，实际草创于高句丽长寿王（413—491年）时期，后来薛聪加以整理，使它提高规范化水平。从卫满朝鲜（前194年）传入汉字到薛聪整理吏读（681年），相隔875年。

吏读分为两类：（1）"乡扎"，用于记录民间歌谣，用汉字的字义记录词干，用汉字的字音记录语法形态，写成完整的朝鲜语（类似日本的万叶假名）。（2）"吏扎"，用于书写官厅的公文，汉文语词后面夹注朝鲜语的语法形态和辅助语词，夹注部分用汉字的音读或训读，整个句子按照朝鲜语的词序排列。李朝用吏扎翻译《大明律》。后来乡扎衰落，吏扎盛行，统称"吏读"。吏读一直用到李朝末年。

还有一种"口诀"，传统称"吐"，意为"语助"。在汉文句子中间加进朝鲜语的词尾或动词、联词等，保留汉文的词序。去掉加进部分就是完整的汉语文言。"口诀"用字叫做"口诀字"，有整字（原来字形），有略字（汉字偏旁）。

书写"吏读"时候，如果原来汉字不够用或者不适用，就仿造一些朝鲜新汉字，这叫做"吏读字"，为数不多（又由于书写人名、地名、官职名，创造了一些专用汉字，称为"国字"，根据日本《俗字考》有213字）。

新罗向唐朝派遣留学生，837年在唐学生有216人，其中一部分是佛教僧侣。留学生的著作如慧超《往五天竺传》、崔志远《桂苑笔耕》等,曾在中国流传。

9世纪末,新罗国力衰弱,军官甄萱建后百济国(892年),王族弓裔建泰封国,又称后高句丽(901年),史称"后三国"。

2. 高丽王朝(936—1258年,共322年,中国五代和两宋) 918年泰封部将王建取代弓裔,改国号为高丽,建都开京(开城)。高丽先后灭新罗(935年)和百济(936年),并占有渤海国鸭绿江下游东岸,统一朝鲜半岛。

高丽前期经济繁荣。1040年统一度量衡,1097年设官铸钱。扩大同中国和日本的贸易。11世纪多次跟阿拉伯人进行贸易。

高丽以佛教为国教,全国广建寺院。10世纪设立僧科,起用僧侣。同时兴办太学,传授儒学,设国子监和儒学博士,以儒学教育文武两班的官吏子弟。958年,开始科举制度,以中国的五经诗赋取士。后来程朱理学传入高丽,称"朱子学"。1145年,学者金富轼撰《三国史记》,13世纪80年代僧一然撰《三国遗事》,都用汉字文言,后者记载新罗时代的乡歌14首,是古代的民间文学。

这时候,天文、医学等都有发展。在中国活字基础上。1234年,高丽发明金属活字。12世纪,高丽青瓷采用镶嵌、透雕、明刻等技法,行销中国和日本。高丽巧匠闻名遐迩。

后来,辽金南侵,国势衰弱。1258年,蒙古征服高丽,成为元朝的一个行省,直至元朝末年(1368年)方得复国,从属蒙古达110年。

3. 李氏王朝(1392—1910年,有26代国王,共518年,中国明代和清代）1392年（明洪武二十五年），高丽大将李成桂废高丽王而自立，改国号为朝鲜，1394年从开京迁都汉城。15世纪前期，经济和文化发达。以三纲五常的"朱子学"为国教，全国广设学校，教授儒学经典。李朝学者说："国朝（李朝）设科取士，以通四书三经者得与其选，由是士之通习，无非孔孟之言。""朱子学"是李朝立国建制和内外政策的理论依据，因此受到高度重视，定为国家哲学。此后500年间基本不变。

1446年（李朝世宗28年，中国明朝正统十年），李朝创制朝鲜语的音素字母，刊行于《训民正音》一书中。这是李朝集贤殿设立"谚文厅"集合汉语音韵学者和蒙古文专家精心研究的结晶。字母称"训民正音"，又称"谚文"。"谚文"是"通俗文字"的意思。《训民正音》开头说："国之语音，异乎中国，与文字不相流通，故愚民有所欲言而终不得伸其情者多矣；新制二十八字，欲使人人易习，便于日用。"这在当时是先进的文字设计。

谚文字母都是音素字母，有辅音17个，元音11个。单体字母可以结合成合体字母，类似拉丁字母中的"双字母"。现代使用单体和合体共40个字母。谚文把音素字母叠合成音节方块，称"组合字"，不作日本假名的线性排列。谚文字母很少而"组合字"很多，现代使用的大约3500个。这使谚文跟汉文和日文一样，成为"大字符集"。从薛聪整理吏读（681年）到1446年公布谚文字母，经历765年。

日本创造假名字母大约500年之后，朝鲜才创造谚文字母。为什么朝鲜创造字母大大晚于日本？原因之一可能是技术问题：日语的音节很少，创造音节字母很容易；朝鲜语的音节多而复杂,创造音节字母难于适用。等到15世纪语音学知识提高了,朝鲜才创造音素叠成音节的谚文字母。

这时候的正式文字仍旧是汉字文言。1451年,学者金宗瑞、李麟止等用汉字文言写成《高丽史》。天文、农学、医学等都有发展。

16世纪以后朝鲜社会发展迅速。西欧科学知识传来,影响了朝鲜学者的思想。17世纪初李朝学者兴起以实证方法探求真理、以经世致用、富国裕民为宗旨的"实学"运动。反对当时占统治地位的"朱子学",提倡研究自然科学和社会科学。这一学术思潮,经过18世纪延续到19世纪,由丁若镛(1762—1836)集其大成。他认为只有通过感觉方可认识外界事物,反对一切宗教的神秘论和迷信的宿命论,反对空理空谈的理论,反对吟风弄月的文学。

1863年,李朝高宗继位,因年幼由其生父摄政(1863—1873年在位),称大院君。大院君实行"锁国攘夷、斥洋斥倭"政策。封闭政策阻碍了社会的发展。日本乘机强迫朝鲜签订丧权辱国的条约,朝鲜开始殖民地化。

朝鲜面临亡国时候,政府权贵分成守旧派和开化派。开化派受国内实学思潮和国外资本主义的影响,企图借日本的力量,学日本明治维新,在1884年(甲申年)12月4日发动政变,杀害守旧派的当权大臣,组成新政府,进行民主改革。同月6日驻扎在朝鲜的清朝军队支持守旧派重新夺回政权。"甲申政变"失败,史称"三日天下"(这跟1898年中国戊戌变法的"百日维新"相像)。

李朝后期,日本加紧侵略朝鲜。1876年,日本入侵,朝鲜被迫签订《江华条约》，除釜山外，另开放元山、仁川两口岸，日本在朝鲜享有驻兵权和领事裁判权，朝鲜沦为日本的保护国。1894年，日本对中国发动甲午战争，中国战败。1905年，日本在日俄战争中又获全胜。1910年，李朝总理被迫签订《日韩合并条约》，李朝国王退位，日本完成吞并朝鲜（清皇帝退位是1911年）。

学习日本文化

朝鲜成为日本属地的时期（1910—1945年，共35年，中华民国初年到"二战"结束）。文化特点：（1）朝鲜掀起的文化启蒙运动，被日本扑灭。（2）放弃中国的汉字文言，使用书写朝鲜语的汉字和谚文混合体。（3）被迫学习日本文化。

亡国前夜的1906年，朝鲜爱国人士组织"大韩自强会"，掀起启蒙运动。要求"奋勉自强、自主独立"。指出自强之计在于发展教育，振兴工农商业。大量介绍西方的思想和文化、政治制度和科学技术，打开知识分子和青年一代的眼界。成立"国文研究会"，为民族语言规范化作出贡献。开始用白话文写新小说，称为启蒙小说。可是这一切都为时太晚了！日本很快扑灭了一切民族启蒙运动的火焰（朝鲜启蒙运动相当于中国"五四"运动）。

谚文公布后500年中，长期不被重视，甚至只有和尚和妇女使用。直到亡国前夜，群众感觉到必须有一种方便的民族文字，用来抵抗日本的文字渗透，这才重视汉字和谚文的混合体，很快在群众中间流通开来。汉字文言退出朝鲜的文字舞台。中朝同文时代结束。

朝鲜人民学习日本文化是被迫的。实际主要是学习日语，以便同化于日本。朝鲜人完全失去发展文化的自由。日本的剥削是封建的超经济剥削。

南北分立后的文化

"二战"后朝鲜恢复独立时期（1945年以后）。这时期南北分立，成为两个国家。朝鲜（北方）走社会主义道路，废除汉字，全用谚文。韩国（南方）走资本主义道路，用汉字和谚文的混合体，把教育汉字减少到1800个，后来为了方便中日旅游者，在路名牌上注上汉字。韩国在美国帮助下发展了经济。朝鲜坚持正统的苏联模式社会主义。

从汉字的使用数量来看，朝鲜半岛已经基本上脱离了汉字文化圈。但是汉字不等于汉文化。从汉文化来看，朝鲜语中的大量汉语借词将长期存在，孔孟学说依旧深深地影响着朝鲜南北两方的精神生活，从现代意义的三纲五常到生活小节的筷子文化都没有被抛弃，这说明汉文化传统潜藏在朝鲜人民生活的深处。在全球化的时代，所有国家都在参与现代文化，朝鲜半岛当然不能例外。现代文化和儒佛文化在朝鲜半岛可以并行不悖，相互补充，但是将以现代文化为主体。

1999年8月1日

（原载《群言》2000年第2期）

丙、日本文化的历史演变

日本，中国古籍称"倭"，7世纪后期以"日本"为国号，19世纪末称"大日本帝国"，"二战"后称"日本国"。日本是一个列岛国家，四面环海；在古代，海洋保护它不被外族占领；在近代，海洋是它对外扩张的通道。日本2000年来的文化演变可以宏观地分为四个时期：一、学习中国文化；二、发展日本民族文化；三、学习以德国为主的西欧文化；四、学习美国的后资本主义文化。

学习中国文化

日本大化改新之前（701年之前，中国唐代之前）。这时期的文化特点：（1）学习中国典章制度，奴隶社会发展为封建社会；（2）学习中国文化，使用汉字文言，没有日本文字。

中国《三国志·魏志》载：魏明帝景初二年（238年），日本邪马台国（具体地点不详）曾四次派使节到魏国管辖的带方郡（朝鲜乐浪郡之南），献牲口、倭锦、珠子、弓矢等。魏国也两次遣使至邪马台国，封卑弥呼女王为亲魏倭王，授以金印、紫绶，赐以锦绢、铜镜、珍珠等（日本天皇以"万世一系"自豪，卑弥呼是第一世）。

后来有大和国（4—7世纪，中国东晋、南北朝），国王称天皇。中国史书载：大和国是氏姓制度和奴隶部民的国家，曾多次向中国东晋和南朝的刘宋派出使节，并接受封号。

中国的汉字文言传入日本在中国晋朝时候（3—4世纪）。《日本书纪》说：归化日本的百济学者阿直崎（285年赴日本），邀请住在百济的学者王仁，携带《论语》和《千字文》去日本，后来做皇太子的老师。这是日本贵族学习中国文化的开始。

592年，推古女帝即位，圣德太子摄政，模仿中国，实行改革，史称推古朝改革（592—622年，共30年，中国隋代）。正尊卑，定名分，与中国通交，崇信佛教。604年，参考中国制度，规定官吏和贵族的道德戒条。《隋书》、《日本书纪》等书说：这时候日本四度派出遣隋使，学习儒学和佛教，在日本国内广建佛寺。622年，圣德太子去世，改革结束。

从630年起的200年间，日本先后派出遣唐使19次，实际到达的13次，对日本古代的文化发展起了重要作用。

日本在中国唐代以"日本"为国名。大化元年（645年）进行改新，仿照唐朝律令制度，建立中央集权的天皇制，史称大化改新（645—701年，共56年，中国唐初）。改革要点有：土地国家公有；官吏由国家任免；实行"租庸调"（谷物税、劳役税、土产税），废除贡纳制。701年，编成《大宝律令》，用汉字文言。大化改新是日本从奴隶社会进入封建社会的起点。

发展日本民族文化

大化改新之后，日本进入发展民族文化时期（701—1867年，共1166年）。这时期的文化特点：（1）以汉字为基础，创造日语字母，发展日本民间文艺。（2）建立封建军阀的幕府政治，提倡武士道精神。(3)模仿佛教,改进日本的神道教。包括两个时代:1. 大化改新到幕府时代;2. 幕府时代。

1. 大化改新到幕府时代(701—1192年,共391年,中国唐代到南宋) 大化改新之后,政治初具规模,经济发展迅速,文化开始繁荣。农业使用铁犁,水田集约耕作,水利发展,耕地扩大,鼓励养蚕,重视手工业。从中国大量传入汉字书籍。创作《古事记》、《日本书纪》等史书,编辑《怀风藻》、《万叶集》等歌集。提倡"国风文化",出版《古今和歌集》、《源氏物语》等文学著作。创造日语字母,书写日语的民间文艺。

《万叶集》(759年成书)用汉字作为字母书写日语的民歌,其中汉字称为"万叶假名"。后来经过简化,成为近代的"假名"。佛教在538年从百济传到日本,奈良和尚读佛经,在汉字旁边注音、注意,写虚词、词尾,简化楷书,成为片假名。平安(京都)妇女借用汉字作为音符,写日记、写书信、写歌谣,按照当时(平安时代)流行的汉字行书加以简化,形成平假名。假名是日本民族文化的新武器。

2. 幕府时代(1192—1867年,共675年,中国南宋到清代) 从592年到1192年,日本经历三个时代:飞鸟时代(592—710年)、奈良时代(710—794年)、平安时代(794—1192年)。此后进入幕府时代。幕府一词来自中国,原意是将军的行军府署。

幕府实行统治,跟天皇并立,有时权力大于天皇。幕府经历三家更替:源赖朝的镰仓(神奈川)幕府(1192—1333年);足利尊氏的室町(京都)幕府(1336—1573年);德川家康的江户(东京)幕府(1603—1867年)。1274年和1281年,蒙古两次大规模侵略日本，都被镰仓幕府打退，日本海的"神风"帮助了日本。

武士以武艺为职业，从保卫工作发展到掌握政权。武士品德标准：忠节、武勇、孝行、廉耻、无欲、重言诺、轻生命、勇于战斗；遵行儒家的五伦（君臣、父子、夫妇、兄弟、朋友）、五常（仁义礼智信）。武士的言行和信仰称为"武士道"。

日本的民族宗教是神道教，主要崇拜太阳神"天照大神"。天皇是天照大神的儿子。8世纪神道和佛教混合；17世纪神道和儒学交融。19世纪明治天皇命令神佛分离，建立国家神道，"二战"后废止。

幕府时期经济发展，出现水田稻麦两熟，旱地麦豆两熟，从中国传入茶叶，从朝鲜传入棉花。手工业和运输业兴旺，商业城市兴起。同中国和朝鲜进行贸易，大量输入宋朝的钱币，货币经济发达。

此时日本政府重视中国的"朱子学"（程朱理学）。民间文艺生活，有连歌、能乐，有茶道、花道。假名字母出现之后，由于它简便易用，逐渐从僧到俗，从女到男，不胫而走，成为民间通行文字。知识分子起初鄙视假名，后来也在汉字中间夹用假名，书写虚词和词尾，形成汉字和假名的混合体。从中国的汉字文言传入日本，到假名字母发展成熟，经过1000年。从此，中日同文结束了。

1549年，西班牙的耶稣会士沙勿略（Francisco Xavier, 1506—1552年）来日传教。1603年后，德川（江户）幕府查禁天主教，17世纪30年代又颁行锁国令。1853年，美国舰队司令佩里

（Matthew C. Perry）率军舰抵日本，要求开埠。1858年，日本被迫跟美荷俄英法签订《五国通商条约》，除下田、箱馆外，增开神奈川、长崎、新潟、兵库四港，及江户、大阪两市。外国人有领事裁判权。锁国政策结束。

江户（东京）在18世纪初人口有100万，成为当时世界最大的城市。开埠之后，开发矿山，铸造货币，开通航运，修筑港埠，创办军火工厂和纺织工厂。

江户时代兴起"町人文化"，出现小说、诗歌、绘画、版画、戏曲。大量输入中国书籍，研究先秦诸子和孙吴兵法。向荷兰学习西方医学、天文地理，以及武器和船舶制造技术，称为"兰学"。日本开始认识到"兰学"比"汉学"有用。各地兴起"寺子屋"（寺院学塾），老百姓可以学习"读写算"。产生一批进步思想家，批判封建，要求革新，这是日本的启蒙运动。

学习以德国为主的西欧文化

明治维新到战败投降（1868—1945年，共77年）。这时期的文化特点：（1）以德国为模式，建立君主立宪的集权国家；（2）实行军国主义的大陆政策，以朝鲜和中国为侵略目标；（3）掀起文字改革运动。包括两个时代：1. 从明治维新到"一战"；2. 从"一战"到"二战"。

1. 从明治维新到"一战"（1868—1914年，共46年，中国清代同治到光绪）　明治天皇（睦仁，1867—1912年在位）登位后，1868年（中国清同治七年）实行"明治维新"。江户改称东京，1869年迁都东京。19世纪70年代，日本发生自由民权运动，要求实行君主立宪。1882年，天皇派伊藤博文考察西欧，他归国建议参照德国模式，建立君主立宪的集权国家。1885年，实行内阁制；1889年，颁布《明治宪法》；1890年，帝国议会开幕。天皇至高无上，具有神的性质。提出"富国强兵、文明开化、殖产兴业"三大口号。

19世纪70年代（中国清同治末年），日本兴办以军工为主的国营企业；发展铁路、航运等交通运输，以及通信事业；设立示范工厂，提倡私人办厂。建立近代金融货币制度和股份公司制度。招聘外国专家，派留学生到欧美学习，培养高级技术人才。在国家积极扶植下，私人资本企业蓬勃发展。

19世纪80年代，日本把国营企业和矿山廉价出卖给贵族，使他们的家属成为特权资本家。经营工商金融而发迹的主要有三菱、三井、住友和安田"四大财阀"。19世纪80年代，产业发展迅速。19世纪末到20世纪初，棉纺、蚕丝、钢铁、机械、造船、电力等部门赶上西方。20世纪初，四大财阀的垄断资本形成。

日本的"军部"直属天皇，不受国会和内阁控制，军费予取予求，成为"国中之国"。军队不听命于国会和内阁，国会和内阁就不得不听命于军队，这是历史规律，也是日本军国主义的特征。

日本制定"失之西方、取之东方"的大陆政策，以朝鲜和中国为侵略对象。1879年吞并琉球，改称冲绳县。1894年甲午战争，日本战胜，割取中国台湾和澎湖列岛。1900年，日本参加侵略中国的八国联军。1905年日俄战争，日本战胜，俄国把1875年所割占的中国库页岛南部（北纬50°以南）转让给日本，又把割占的中国旅顺和大连的租借权以及长春至旅顺的铁路和支线转让给日本。1910年，日本吞并朝鲜。

日本在16世纪就感觉"兰学"胜过"汉学"。明治维新之后，一心一意学习西洋，政治、经济、科学、技术，全盘西化，学校课程基本依照德国，科技外语主要用德语。医学形成德日派。中国孔孟学说在学校课程中不再占有地位。日本学者说：日本学中国学到明朝为止，清朝不值得学。

明治维新之后，日本大力引进西方学术。自然科学和社会科学著作，西方一出版就有日文翻译本跟着出版。中国把其中一部分翻译成中文，这是西方近代知识早期传到中国的一条捷径。中国放弃原先中国的译名，采用日本的译名。例如"群学"改为"社会学"。当时日本对输入外国著作完全自由开放，不加限制。日本的出版事业飞跃发展。

1872年，日本颁行学制，兴办国民教育。1890年，教育敕谕，推行忠于天皇的军国主义教育，对学生灌输武士道精神。甲午战争之后，日本政府论功行赏，认为日本小学立了第一功，因为日本小学提供了忠君爱国的高素质士兵。

为了提高文字的效率，明治维新前后日本掀起文字改革运动。1866年，前岛密提出《汉字废止论》。1872年，南部议筹提出《文字改换议》，主张采用罗马字作为国字。1906年，田丸桌郎发表《日本式罗马字》。1907年，众议院通过《罗马字普及案》。1937年，内阁用训令颁布日本式罗马字，称为"训令式"；

1989年，国际标准化组织认定它为书写日语的国际标准（ISO 3602）。日本青年都会日本式罗马字，但是只在需要的时候使用，平时通用的正式文字仍旧是汉字和假名的混合体。

明治维新之后，大批中国青年到日本去留学，从东洋学习西洋。孙中山这个名字是日本名字，他的同盟会是在日本成立的。共产主义这个名词是日本译名，共产主义最早是从日本传来中国的。

2. 从"一战"到"二战"（1914—1945年，共31年，中国清末到民国）"一战"期间，西方国家无暇东顾，日本放手扩大侵略。1915年，日本向中国提出"二十一条"吞并中国的条件，由于中国学生发动1919年的"五四"运动，同仇敌忾，坚决抵制，未能成为事实。中国以抵制日货对抗日本的倾销。

日本向西方国家提供军需物资，大发横财。"一战"的五年期间（1914—1919年），日本的生产力增加四倍，钢铁、造船、机械、电力、化学等部门翻了几番，从负债国变成债权国。

20世纪30年代初期，资本主义世界发生经济大恐慌，西方国家自顾不暇，日本乘机扩大侵略范围。1931年，发动"九一八"事变"，侵占中国东北，制造伪满洲国。1937年，日本发动"七七事变"，开始长达八年的全面侵华战争，使中国死亡4000万人。

学习美国的后资本主义文化

1945年日本战败投降以后（1945—1999年，共54年，中华人民共和国时期）。这时期的文化特点：（1）被迫实行美国式的民主制度，教育平民化，文字效率化。（2）经济发展从工业化前进为信息化，科学技术全面更新。（3）提出技术立国方针。

1939年，德国发动"二战"之后，日本把大陆政策扩大为东亚共荣圈。1940年，日德意结成三角同盟。1941年，日本偷袭美国军港珍珠港，发动太平洋战争。1945年，美国在日本广岛和长崎投下两颗原子弹，日本无条件投降。美国占领日本（1945年）。

美国占领后，命令日本进行民主改革：解除军国主义体制；废除带有封建性的宪法，另订民主宪法；解散财阀；实行农地改革；改变教育制度；辅助工会、解放妇女。

1946年公布《日本国宪法》，废除明治宪法，破除天皇神话，改成象征性的天皇制。裕仁天皇被迫发表《人间宣言》，宣布自己是人，不是神。实现多党民主，建立议会制内阁，军队由内阁控制，排除天皇和军队对议会和内阁的干涉。军费压缩到国民生产总值的1%以下。日本从半封建半资本主义变为后资本主义。日本学者说：日本战败，打掉了军阀、财阀、特权、身份，军队不再是"国中之国"，军费不再能予取予求，国家财富转作扩大再生产的资本，再加上邻国打仗，日本赚钱，这才能变成经济大国。美国的占领政策是：限制军备，发展经济。这一政策在日本成功，在西德也成功。

20世纪50年代至70年代，日本经济快速增长，特别在朝鲜战争和越南战争期间。一位记者说：日本这个经济怪物是两次反共战争的私生子。新闻报道：日本投降时候，失去土地45%（朝鲜半岛独立），增加人口30%（军人和移民被遣返），人心极度恐慌！5年之后，朝鲜战争发生，军需工业发展，整个日本好像换了人间。越南战争又给日本锦上添花。一位日本工人对记者说：无条件投降就是亡国，太可怕了，当时我听了大哭！后来我才明白，亡了的是军阀和财阀的国，不是我们工人的国。从前国富民穷，现在国富民也富了。

1968年，日本成为仅次于美国的经济发达国家。20世纪70年代，日本的钢铁、机械、造船、水泥，名列世界前茅。重化学工业在制造业中的比重居世界首位。造船、机床、电视机，世界第一。汽车、化纤、合成橡胶、塑料、化肥、硫酸，世界第二。钢铁、电力、水泥，世界第三。

20世纪50年代后期，日本在北京举行工业展览会，一份介绍书中说：战后日本工业是通过不断竞争而发展的：第一步日本产品跟日本产品竞争，第二步日本产品跟外国产品在日本市场竞争，第三步日本产品跟外国产品在外国市场竞争，第四步日本技术跟外国技术在国际市场竞争。当时有一位参观者留言：社会主义竞赛比资本主义竞争好！

1947年，日本实行教育平民化，发布《教育基本法》，禁止用神道进行宣传和教育，义务教育从6年改为9年。20世纪70年代末，高中教育已经基本普及，日本没有文盲。当时全国有三四十万名专家学者和科研人员，成为"高学历、高文化"国家。提出"技术立国"方针。出现一大批有高级技术和组织才能的管理人员，形成一个高级脑力劳动者阶层。

为了提高日本语文的效率，法律和公文从文言改为白话。简化汉字，减少字数，1981年规定"常用汉字"1945个（外加人名用字166个），法律和公文用字以此为限，不够就用假名代替。日文从汉字中间夹用少数假名，变成假名中间夹用少数汉字。

为了加快科技进步，日本在明治维新之后就放弃意译西方科技术语，改为利用片假名全词音译，翻译迅速，译名统一，放弃术语民族化、实行术语国际化，对科技发展极为有利。

日语里有数不清的汉语借词，日本人忘记了来源。汉语里也有很多日语借词，例如"政治、经济、自由、民主"等都是从日本借来的，由于旧瓶装新酒，我们以为是中国固有的东西。日本和中国的文化词汇是血脉相通的。

日本大量减少汉字，但是汉字仍旧是日文的重要成分，日本没有离开汉字文化圈。可是日本基本上离开中国传统文化已经一个世纪。日本的国计民生全盘西化。日本已经是"西方七国"之一。东洋变成西洋，东西方的分界线不再是日本东面的太平洋，而是日本西面的日本海。孔孟学说和佛教信念只遗留在民间生活中间，不再是日本文化的主体了。

日本民族的文化特性是善于学习。日本军事战败而经济战胜的秘诀就是学习。"二战"后日本"美国化"和"英语化"的速度使人瞠目结舌。香港人的英语洋泾浜是世界闻名的，可是跟日本人一比就小巫见大巫了。日本人口中和笔下的英语洋泾浜多到无法形容。日本真正成了"双语言"民族。一位日本学者自我解嘲地说："日本"已经不知去向了，现在能够找到的只是一个似曾相识的"Japan"！

1999年8月9日

丁、越南文化的历史演变

越南是汉字文化圈的南面边疆,它的东南亚邻国都属于印度文化圈,用印度系统的字母文字。越南南部起初也属于印度文化圈:公元192年建林邑国,7世纪后称环王国,9世纪称占城(Cham)或占婆(Champa)。林邑国遗下2—3世纪用梵文写刻的佛坎石刻;占城遗下9世纪用印度系统的占城字母写刻的东应洲石刻。1697年,越南兼并占城,汉字文化圈覆盖越南全境。2000年来越南文化的历史演变可以宏观地分为四个时期:一、继承中国文化;二、发展越南民族文化;三、传入法国文化;四、学习社会主义。

继承中国文化

这时期(前207—后968年,共1175年)的文化特点:(1)引进中原的农业技术,从刀耕火种,提高为灌溉、施肥和牛耕;(2)模仿中国制度,建设封建社会;(3)使用汉语的汉字文言,当时还没有越南自己的民族文字。包括两个时代:1. 南越国;2. 中国郡县。

1. 南越国(前207—前111年,共96年,中国秦帝国末年到西汉中期) 前207年,秦帝国的将军赵佗(河北正定人)乘中原大乱,在岭南建立南越国(包括今广东南部、海南、越南北部,都城在今广州),在今越南北部设置交趾、九真二郡。越南古史称赵佗为"赵武王",尊为开国之君(比较:朝鲜早期有燕人卫满王朝)。

这时期,中原人民开始向岭南迁移,这个南迁运动历时1000年。南越国从中原引进灌溉、施肥和牛耕等农业技术,使榛莽变为粮仓。行政和教育采用中原的典章制度和汉字文言,部落社会发展为封建社会。南越国是最早传播汉字文化的南方前沿阵地。

2. 中国郡县(前111—后968年,共1079年,西汉中期到隋唐) 前111年,汉武帝平定南越国,设置九郡,其中交趾、九真、日南三郡在今越南的中北部,开始中国直接统治的郡县时代,越南称"北属时代"。

越南在郡县时代,社会的各个方面都有迅速发展。文化教育跟中原完全相同,孩子们诵读"四书"、"五经"。历史上曾经有许多越南人士担任中原帝国的高级官员。郡县1000多年,汉字和汉文化深入越南。

发展越南民族文化

这时期(968—1223年,共255年)的文化特点:(1)民族独立,自建帝国。(2)创造民族文字,发展民族文化。包括两个时代:1. 越南帝国前期;2. 越南帝国中期。

1. 越南帝国前期(968—1225年,共257年,中国北宋开宝到南宋宝庆) 包括:丁朝(大瞿越国,968—980年,共12年);前黎朝(980—1009年,共29年);李朝(1010—1225年,共215年)。这时期越南民族独立,继续使用中国的汉字文言,尚未创造越南民族文字。

公元968年,丁部领建立大瞿越国,摆脱中国的统治,这是越南独立自主的开始。独立初期,重佛教、轻儒学,建造许多佛寺。后来渐渐改为以儒学为主,因为儒学对治国有用。丁朝、前黎朝和李朝都沿用中国的汉字文言,以及中国的典章制度。主权改变了,文化传统没有改变。

越南多次向中国请求汉字佛经。佛教在公元2世纪(中国东汉末年)之后,随同汉人南迁而开始传入越南。从来源看,佛教源出印度,属于印度文化圈。从发展看,教义经过中国化,经典改写中国字,佛教在印度式微而在中国昌盛,汉字经典的"北传"佛教属于汉字文化圈。越南的边境一直是中国和印度两大文化圈的分界线,泾渭分明。

越南把汉字称作"儒字"(字儒),儒家的文字。中国的汉字文言是越南的正式文字。李朝积极发展儒学,1070年在首都建文庙(孔庙);1075年实行越南的科举考试,所用文字和经典跟中国一样;次年设太学,培养贵族子弟;1174年以汉字文言建立朝廷档案。越南语的词汇中有60%是汉语借词。

越南用中原的汉字文言,但是朗读的时候用越南语音,不同于中原,于是产生一种"汉字越读"的特殊文体,称为"汉越语"。后来加进越南语词和新造越南汉字,使汉越语更加离开中原,但是仍旧不同于越南的民族语文(比较:中国方言区用方音读文言,民国初年才实行汉字读音统一)。古代越南的绅士阶层必须学习两种文体,汉字文言和汉越语,而以汉字文言为主。

2. 越南帝国中期(1225—1802年,共577年,中国南宋宝庆到清嘉庆）包括：陈朝（1225—1400年，共175年）；胡朝（1400—1407年，共7年）；后陈朝（1407—1413年，共6年）；中国明朝统治（1414—1427年，共13年）；黎朝（1428—1788年，共360年）；西山阮朝（1788—1802年，共14年）。这时期越南民族独立，开始创造越南自己的民族文字，跟汉字文言并用。

陈朝时候，宫廷文学活跃，有诗歌，有戏剧。黎朝奖励诗文，建图书馆，状元姓名刻石纪念，今存河内。这都是用的汉字文言。

10世纪之后，越南人民利用汉字作为表意或表音的符号，书写自己的越南语"京语"。现成汉字不够或不合使用的场合，利用整个汉字或汉字偏旁作部件，依照形声、会意、假借等方法，组成新的越南汉字，叫做"喃字"（字喃）。这样，越南开始有了自己的民族文字。喃字的产生表示越南民族文化的高涨。

13世纪以后，开始出现用喃字写的诗歌。阮攸（1765—1820年）创作的《金云翘传》是喃字诗歌的代表作。喃字写本现存1000多种。但是，汉字文言是正式文字，喃字是民间文字。越南文人轻视喃字，文人用汉字文言。群众口语文学和喃字文学有传说、故事、寓言、格言等通俗文学。

越南传说，陈朝人阮诠创造喃字。他在1282年用喃字仿照韩愈写成一篇《驱鳄鱼文》，投入红河，得到陈朝皇帝表扬，赐姓韩，改名韩诠。其实，喃字在民间一早就零星地创造，到陈朝才使用扩大。越南永富省安浪县塔庙寺发现1209年的"报恩寺碑记"，其中有22个喃字。宁平省发现1343年的碑铭，刻有20个村庄的喃字名称。可见喃字在陈朝以前就已经小规模地使用了。

越南和尚念汉字佛经,用汉字注音,这可能启发了喃字的创造。

喃字是一种孳乳仿造的汉字型文字,流行时期相当于中国南宋时代。越南的胡朝和西山阮朝(都很短暂)把喃字作为正式文字,跟汉字文言并用,其他时代只用于民间文学。1479 年完成的《大越史记全书》,是用汉字文言书写的。

喃字文章一般借用现成汉字十分之七八,补充新造喃字十分之二三。据说喃字一共有 2 万字,包括借用和新造。晚近学者收集新造喃字,得到 2000 多个。

为什么越南没有像日本假名那样利用汉字创造音节字母?从技术来看,越南语有声调,音节数目太多,同音词太多,难于设计音节字母。当然还有历史原因,越南受汉字文言的熏陶很深,比朝鲜和日本还深,难于改变传统。

传入法国文化

这时期包括两个阶段:1. 半殖民地;2. 全殖民地。

1. 半殖民地　这是越南帝国后期的阮朝(1802—1885 年,共 83 年,中国清嘉庆到光绪)。文化特点:(1)越南民族文化的发展受到法国文化的冲击而停滞。(2)越南、中国和法国进行三方面的文化斗争。

阮福映,1802 年攻入升龙(河内),镇压西山起义,同年称帝(1802—1820 年在位),改元嘉隆,定都富春(顺化),建立阮朝。清朝封他为越南国王,从此国名称越南。他以《大清律》为蓝本,在 1815 年编成《嘉隆法典》。阮福映的上台得到法国帮助,开始越南的殖民地化。

17世纪,葡萄牙等西方国家的传教士来到越南,为了学习越南语,并向越南老百姓传授基督教,用罗马字拼写越南口语,翻译《圣经》。这跟传教士在中国设计汉语方言的教会罗马字,情况相同。教会罗马字在中国失败而在越南成功。

一种葡萄牙传教士设计的越南罗马字,经过法国传教士罗德(Alexandre de Rhodes,1591—1660)加以修订,用于他的《越南语·葡萄牙语·拉丁文词典》(1651),200年后成为通用的越南罗马字。

这个方案,从设计技术来看,水平是不高的。罗德是法国人,可是他采用葡萄牙式方案。设计者显然误认越南语为纯粹的单音节语,方案没有考虑多音节词的连写技术。拼写法烦琐,附加符号重叠,书写不便,打字麻烦,阅读容易混淆。1906年,法国学者伯希和(Paul Pelliot)等建议修改这个方案,由于保守力量反对,修改未能实现。

法国文化的插入,造成越南文化的混乱,形成三派斗争。一派维护汉字文化而反对喃字和罗马字;一派维护喃字而反对汉字和罗马字;一派提倡罗马字而反对汉字和喃字。三派斗争,结果是罗马字派依靠法国势力而得胜。

2. 全殖民地　这是法国直接统治时期(1884—1945年,共61年,中国清光绪中期到"二战"结束)。文化特点:(1)排斥汉字文化,切断越南和中国的文化联系;(2)压制越南民族文化的生长,使喃字和汉字同样趋于消亡;(3)以越南罗马字作为跳板,过渡到全用法文,使越南从法国殖民地变为法国领地。

法国侵略越南，步步进迫：1862年订《西贡条约》，占南圻东三省；1867年占南圻西三省；1873年侵入北圻，攻下河内；1884年订《顺化条约》，越南成法国的保护国；1885年中国在谅山打败法国，但是清廷下令签订《天津条约》，承认法国对越南的宗主权，越南亡国。法国在1863年占领柬埔寨，1893年占领老挝，把三国合并成法属印度支那。越南从封建社会变成半封建的法国殖民地。

越南罗马字起初只在教会中使用，越南社会不接受这种新文字。经过近200年，一直到19世纪中叶，法国在越南南方占有了根据地，于是积极推行罗马字，使它成为辅助行政和教育的文字。1860年，法国控制的越南南部（交趾支那）废除中文的科举考试，另办考试，注重越南罗马字、法语和法文。1903年后，法国规定法语和法文是参加殖民地政府工作的必要知识。法国统治整个越南之后，1910年殖民地政府明令扩大推行。

法国推行越南罗马字的目的是双重的。一方面，越南罗马字容易跟法文挂钩。小学学习越南罗马字，中学过渡到法文，大学全用法文。另一方面，利用罗马字隔断越南跟中国的文化联系。汉字和喃字是中越之间的文化纽带；隔断纽带就容易同化于法国。

学习社会主义

这是战后越南独立时期（1945年以后）。文化特点：（1）仿照苏联模式，建设社会主义；（2）排除中国传统文化和法国殖民地文化。

越南的独立和统一得来不易,是两次战争的结果。第一次抵抗法国(1945—1954年),经过九年战争,最后奠边府一役,由中国将军韦国清率领炮兵援助,取得重大胜利,法军投降,1954年《日内瓦协议》结束战争,但是只解放了越南的北方。第二次抵抗美国,称为越南战争(1955—1975年),从游击战发展为阵地战,越南在军备上以劣势对抗优势,由中国付出巨大军力和财力予以援助,最后美军撤退,1975年解放西贡,统一整个越南,西贡改名胡志明市。

越南的革命青年需要一种高效率的文字武器。汉字和喃字虽然是历史传统,但是繁难不便使用。罗马字虽然来自法国,但是简便易学。文字没有阶级性,越南的革命青年采用了罗马字。罗马字的使用,产生了口语化的新文学著作,有小说、散文、诗歌等文体,使越南的民间文学跃然兴起。1938年成立"国语传播会",宣传越南罗马字。1945年革命胜利,成立"平民教育署",进行扫盲,罗马字普及全国。越南独立后,越南罗马字定名为"国语"(Quoc Ngu),作为国家的正式文字,废除汉字。在此以前,只是实际使用,没有全国性的正式法定地位。有人认为,罗马字不能写成看得懂的越南文字,因为越南语只有1600来个基本音节,乘以6种声调,最多只有9600来个可以区别的音节。"国语"罗马字的实践消除了这种顾虑。

越南的语文更替,反映越南文化的历史演变。中国郡县时期,语言有越南语和汉语,文字只有汉字文言。越南帝国独立时期,语言有越南语和汉语,文字有汉字文言和喃字。法国天主教进入越南之后，语言有越南语和汉语，文字有汉字文言、喃字和越南罗马字。法国殖民地时期，语言有越南语、汉语和法语，文字有汉字文言、喃字、越南罗马字和法文。越南独立之后，语言只有一种越南语，文字只有一种"国语"罗马字。

越南脱离汉字文化圈已经一个世纪了。战后，越南走出了法国殖民地文化的牢笼，决不愿再受法国文化的奴役，也不愿再受中国文化的羁绊。越南认真学习苏联，可是苏联解体之后，苏联模式的社会主义需要重新定义。21世纪的前夜，越南加入东南亚国家联盟。这是十个国家（印尼、马、新、菲、文、泰、越、柬、老、缅）、三种宗教（佛教、伊斯兰教、基督教）、三种政治制度（专制、民主、社会主义）的松散共同体。它尝试从地区的贸易协调逐步走向文化的自愿沟通，已经成为举世瞩目的新兴的国家集体。越南今后的文化发展可能跟随东南亚而共同前进。

1999年8月21日

（原载《群言》2000年第4期）

华夏文化的光环和阴影

华夏文化的光环

华夏文化,源远流长,从甲骨文算起,有3300年以上的文字记载。经过原始的卜巫文化之后,从春秋到清末2500年中,以儒学为主轴,经历了四次演变:先秦的百家争鸣,汉代的独尊儒术,唐代的儒佛并重,宋代和明代的理学传播。清末以前,华夏文化为历代帝王服务,当时的经济基础是农业和手工业,上层建筑主要是封建制度。

春秋战国时候,学者有189家(《汉书·艺文志》),学派有"儒、道、墨、名、法、阴阳、纵横、农、杂"等家(《史记》)。诸说并起,百家争鸣,儒学是百家之一。

儒学的奠基人是孔子(公元前551—前479),他整理夏商周三代典籍,创立以"仁"为中心思想、以"礼"为行为准则的务实学说。"仁"是爱人。"己欲立而立人、己欲达而达人";"己所不欲、勿施于人"。"礼"是典章制度和伦理道德。孔子有教无类,诲人不倦,培育人才,修身、齐家、治国、平天下,建设礼仪之邦。

孟子发扬儒学，认为人心向善，都有"恻隐、羞恶、辞让、是非"之心，都能辨别和选择道德行为。孔孟奔走四方，宣传仁义，认为民为邦本，反对黩武暴政。孟子重视生产，提倡"不违农时"（耕作）；"数罟不入洿池"（保渔）；"鸡豚狗彘之畜、无失其时"（家畜）；"五亩之宅、树之以桑"（蚕丝）；"斧斤以时入山林"（护林）。

秦始皇以刑法暴政统一天下，焚书坑儒，二世而亡。汉武帝采纳董仲舒的建议，"罢黜百家、独尊儒术"。儒学成为朝廷官学。学而优则仕，儒生是选任官吏的主要来源。

孔孟学说，实事求是，朴质无华。董仲舒把玄虚的"阴阳五行"引进儒学，提出"天人合一、阴阳贯通"的宇宙观，把人际关系归纳为"三纲"（君臣、父子、夫妻）和"五常"（仁义礼智信）。使儒学教条化和玄虚化。

先秦多国并立，百家争鸣；西汉统一稳定，儒术独尊。国家由分而合，治国的学说也由分而合，这是历史的正常进程。这时候，儒家吸收各家学说中的有用成分，丰富了儒学的内容。汉代是华夏文化的综合和上升时期。

华夏文化长期维护中国的封建制度，使农业和手工业稳步发展。培育五谷，养蚕缫丝，采焙茶叶，制造瓷器，发明纸张。此类重大创造，造福人民，惠及邻邦。近代以前，跟西欧、西亚和南亚文化相比，东亚的华夏文化毫无逊色，或许还略胜一筹。

佛教在东汉从印度传来，经过魏晋南北朝近400年的传播，到唐代已经深入民间。儒家在抵抗佛教失败之后，改为学习佛教，使佛教中国化而儒学宗教化。

儒学是入世哲学，不谈鬼神。"子不语怪力乱神"；"不知生，焉知死"；"敬鬼神而远之"。这是中国最早的无神论。佛教重视来生（彼岸），重视死（涅槃），重视鬼（阴间），人的生死由众神管理。华夏文化缺少彼岸玄想，佛教填补了这个真空。

皇亲国戚，此生享尽荣华，最怕死去受罪。劳动人民，此生受尽苦难，但求来生幸福。贫富同样需要宗教。华夏文化于是从"人"的一元文化变为"人鬼"二元文化。

中国民间的原始道教，原来缺少教主，没有经典，借用老子和《道德经》来充数，教义庞杂，长生不老之说向无灵验。群众见神就拜，不辨佛道。"儒佛道"相互影响，"孔释老"三圣供奉于同一个庙宇之中。《孝经》、《心经》、《道德经》，同堂念诵。"三教合一"是世界少见的文化兼容。

佛教不是只有一尊泥菩萨，还有印度的建筑术、天文学、数学、医学、语文学、因明学，以及使人耳目一新的音乐、舞蹈、文学。江河不择细流，盛唐的多元文化在东亚大放光明，发展了从汉代以来逐步形成的东亚儒学文化圈，包括越南、朝鲜和日本。

华夏文化有强大的同化能力，以炎黄子孙为中心，经过不断地同化四周民族，形成世界上人口最多的汉族。从宋代算起，辽金统治半个中国337年；蒙满统治整个中国457年。外族武力征服汉族，汉族文化同化外族。汉族和外族成为兄弟民族，合力推进华夏文化。

儒学到宋代和明代，演变成为"宋明理学"。受佛道渗透，理学挂着儒家招牌，而实际是儒教和佛教及至道教的混合物。理学的哲学范畴，例如"理、气、性、命、太极"；"理一分殊、体用一源"，"义理、气质、身心性命"，等等，都有浓厚的佛道色彩。儒学失去了固有的朝气，变成理论空洞，行为消极，离开孔孟之道的务实精神越来越远。儒家的纲常名教被提高到神圣天理的玄虚高度，结果脱离群众，丧失促进社会发展的积极作用。华夏文化于是盛极而衰，进入衰老时期。

清代的考据是理学的附庸。在大兴文字狱的恐怖中，文人学士明哲保身，只好钻进考据的故纸堆里。日本学习中国一千年，到了清代，日本认为它不再值得学习。华夏文化维护封建制度的历史任务告一段落，在西学东渐的潮流中开始了时代的转换。

华夏文化的阴影

华夏文化既有光环，又有阴影，阴影有时盖过了光环。高声歌颂光环而不敢正视阴影是自己欺骗自己。正视阴影是争取进步的起点。这里略谈数事，以见一斑。

对华夏文化的影响，老子仅次于孔子。老子的重大"贡献"是他的愚民哲学。他说："虚其心，实其腹，弱其志，强其骨，常使民无知无欲，使夫智者不敢为也"；"民多智慧，而邪事滋起"；"智慧出，有大伪"；"民之难治，以其智多"；"古之善为道者，非以明民，将以愚之"（《老子》）。韩非子也说："夫民智之不足用亦明矣，故举士而求贤智，为政而期适民，皆乱之端，未可与为治也"；"欲得民心则可以为治，则是伊尹、管仲无所用也，将听民而已矣"；"明主用其力，不听其言"；使"愚者畏罪而不敢言，智者无以讼"；"明主之国，无书简之文，以法为教；

无先王之语，以吏为师"（《韩非子》）。"非以明民，将以愚之"，使"愚者畏罪而不敢言"；说得多么直率！愚民哲学使文明古国成为文盲古国。

钳制言论，一字成狱，这是历代帝王的专制手法。秦始皇焚书坑儒，历代厉行文字之狱，清代更加疯狂。文祸诗狱，愈演愈烈，血肉斑斑，不堪回顾！当英国掀起工业革命的时候，中国帝王正热衷于文字之狱（《文祸史》）。

佛教、道教和理学教条，软化了中国。这跟基督教使西欧进入黑暗时代有相似之处。西欧文化以希腊和罗马的创造精神为基础，后来从东方（巴勒斯坦）传入基督教，在抵抗失败之后，罗马精神和基督教混合成为基督教文化。看看罗马教廷承认"地球绕太阳旋转"是那么困难，就不难理解慈禧太后必然扼杀维新运动。

天不变，地不变，道亦不变，进化论违背天理。理学提倡玄想，跟科学的实证精神格格不入。于是，《黄帝内经》成为最高医学，"千年秘方"成为万应灵药。学习古代是学问，研究现代不是学问。"天人合一"、"内圣外王"，语词如此冬烘、概念如此陈腐，道学先生竟想用它来教化21世纪的全球化时代。

中国有民本思想，但是民本思想不等于民主制度。日本明治维新成功，中国戊戌变法失败。提倡法治，包龙图大行其道。既有特权，又有保密权，如何廉洁？卖官鬻爵，捐班做官，是千年惯例。秦始皇宫中泄密，查不出主犯，就杀尽可疑之人（《史记》）。

孟子重视生产，可是士大夫们向来认为生产好不好只是农民的事情。孔子说"均无贫","不患寡（贫）而患不均"。不怕穷，只怕大家穷得不一样。"均无贫"的教导不仅牢记在文人学士心中，而且扩散到广大群众。"安贫乐道"才是君子，经商致富君子不为。以农立国，小农生产，重农轻商，厘金盘剥，经济受封建的重重束缚，怎能进行扩大再生产呢？

清末革新派提出的改革原则"中学为体、西学为用"，实际是封建为体、枪炮为用。体用分裂，就是生产关系和生产力分裂，这违背了生产关系必须适合生产力性质的规律。名为革新，实则守旧。

"格物致知"没有发展成为科学；"民本思想"没有发展成为民主。科学和民主是西欧脱离中世纪进入现代的关口。跟西欧相反，华夏文化吸收佛教的出世思想，从儒学的入世哲学变成理学的"准出世"哲学，中国历史的发展道路不幸进入了误区。

以上所谈，远非阴影全景，可是足够触目惊心了！阴影的危害，还因为它忽隐忽现，随时爆发，甚至以美好的名义行丑恶的勾当。为封建制度服务了2500年的华夏文化，要想转化成为现代文化，那是一场脱胎换骨的大手术。如果对华夏文化的阴影，在理论上不敢彻底批判，在制度上无法严格防止，那么，我们将背着阴影遗产进入第三个千年纪。只有清算过去，方能开创未来，华夏文化任重而道远。

1999年3月18日，时年94岁

如何弘扬华夏文化

什么是华夏文化

客：华夏文化包含哪些内容？

主：没有公认的说法。有人说：华夏文化是"文史哲"加上"科技"、"艺术"和"宗教"。大致可以分为六个部分。1. 文学：例如汉赋、唐诗、宋词、明清小说、现代文学。2. 历史：二十四史和历代的正史和野史。3. 哲学：先秦诸子，历代名家。4. 科技：经验科学、农业、手工业。5. 艺术：文学以外有绘画、书法、音乐、杂技。6. 宗教：主要是佛教。这是一个大体的说法。

客：华夏文化就是儒学文化吗？

主：华夏文化以儒学文化为主流，兼收并蓄，百花齐放，是全方位的文化。华夏文化是中国的传统文化，也是东亚汉字文化圈的传统文化。

客：华夏科技的"四大发明"（指南针、火药、活字印刷、造纸），近来受到严重质疑，据说造纸术之外三种发明都发生了疑义。

主：这要深入研究，用科学方法寻求科学结论，不能置若罔闻,也不能人云亦云。我国近来到处唱"四大发明",可是还没有权威的学术机构对外界疑义作出可信的解释。我看,中国的科技贡献,不必盯住"四大发明"。我提出"五大贡献",似乎比较扎实,难于动摇。"五大贡献"是:1. 培育五谷;2. 纺织丝绸;3. 采焙茶叶;4. 制造瓷器;5. 发明纸张。当然还有其他。这五样贡献只是作为代表。

客:有人说,汉字是"四大发明"之外的"第五大发明"。这个说法能成立吗?

主:这个说法没有得到语言文字学界的支持。

客:有人说,汉字是文化的"根"。文化有根吗?

主:《诗经》里有许多篇章产生于还没有汉字的时代,或者是由没有学过汉字的群众所创作。《诗经》的"根"在哪里呢?世界上的国家大都用拉丁字母,它们文化的"根"是什么呢?

客:华夏文化分为几个时期?

主:各家分期不同。有人宏观地分为三个时期。1. 本土文化时期,从百家争鸣到儒术独尊。2. 儒佛交融时期,从佛教中国化到儒学宗教化。3. 西学东渐时期,中国逐步参加全世界"共创、共有、共享"的国际现代文化,同时保留和改进华夏文化。当然,这种分期过于粗糙,可以参考,应当再分得细些。

客:什么是华夏文化的优秀部分?

主:优秀没有标准。说的人都是自己肚子里有数。

客:弘扬有定义吗?

主:也没有。多数人认为,弘扬应当有三点要求。1. 提高水平:整理和研究要用科学方法。2. 适应现代:不作玄虚空论,着重实用创造。3. 扩大传播：用现代语文解释和翻译古代著作。消极的"述而不作"要改进为积极的"述而又作"。

客：为什么到20世纪80年代忽然想起了华夏文化？

主：有人说，这是"文化大革命"的结果。50年代开始彻底否定西方文化，直到80年代，无人敢说学习西方。同时，完全抹杀中国的传统文化，闹了一出"批林批孔"的怪剧。被称为"十年浩劫"的"文化大革命"，使整个中国筋疲力尽、奄奄一息，原来信奉马列主义的人们发生了信仰危机，事实上否定了苏联模式的马列主义。改革开放之后，人们觉得一切文化都消失了，脑袋空空如也。忽然听说"四小龙"起飞是以儒学为背景，由此想起了华夏文化。马列主义加上华夏文化可能产生有中国特色的社会主义。这种说法也只是猜测。

如何使华夏文化现代化

客："五四"运动为什么"打倒孔家店"？

主："五四"前后，许多人批判孔子，但是严肃的学者都否定消极方面而肯定积极方面，没有一笔抹杀。有人考证，"五四"时候，没有"打倒孔家店"的口号。

客：儒学是一无是处吗？

主：儒学是封建文化，不能不加以引申改进就为现代服务。儒学有许多积极因素，有许多至理名言，具备长远和广泛价值，只要经过现代化的引申，就可以为"后"封建的现代服务。

客：儒学有哪些积极因素？

主：例如：儒家的知识信条（"知之为知之，不知为不知，是知也"；"学然后知不足"；"学而不思则罔，思而不学则殆"等），加以引申就能为现代知识社会服务。儒家的民本信条（"民为贵，君为轻"；"民为贵，社稷次之"等），加以引申就能为现代民主制度服务。儒家的反暴力信条（"不嗜杀人者能一之"；"和为贵"等），加以引申就能为现代和平建设服务。儒家的反迷信信条（"子不语怪力乱神"；"不知生，焉知死"等），加以引申就能为现代启蒙运动服务。引申改进，要跟"五四"运动接轨。"有教无类"跟"赛先生"握手，"民贵君轻"跟"德先生"握手，这就是"现代儒学"。

客：有人说，道家学说，深邃玄妙，应当得到尊崇。

主：道家不足取，因为它主张"愚民"和"无为"。

愚民："虚其心，实其腹，弱其志，强其骨，常使民无知无欲，使夫智者不敢为也"；"民多智慧，而邪事滋起"；"智慧出，有大伪"；"民之难治，以其智多"；"古之善为道者，非以明民，将以愚之"。伟大的愚民哲学！

无为："圣人处无为之事，行不言之教"；"道常无为，而无不为"；"上德无为，而无以为"；"无为则无不为"；"我无为，而民自化"；"为无为，事无事"；"圣人无为故无败"；"使民复结绳而用之，甘其食，美其服，安其居，乐其俗，邻国相望，鸡犬相闻，民至老死，不相往来"。退化到原始社会去了！

老子跟道教毫无关系。老子死后五百年，被"拉郎配"强迫做了道教的教主，实在是大笑话！

客：有人说，历代实际都用法家学说。儒家也用法律。法家学说有实用性。

主：法家的错误不在用法律，而在残暴。儒家用法治，反对残暴，大获成功。据说，李斯小时候用酷刑虐待老鼠，后来赵高用李斯虐待老鼠的酷刑虐待李斯，最后腰斩于咸阳。

客：董仲舒"罢黜百家、独尊儒术"，使儒学成为华夏文化的正宗。有人说，董仲舒是儒学的大功臣。

主：评论古人，既要从古代看古人，又要从现代看古人。董仲舒是儒家，他想尊崇儒术是正当行为。但是他用秦始皇封杀儒术的垄断手段来排斥百家，结束"百家争鸣、百花齐放"的学术自由时代，华夏文化从此失去活力，这是他的一大错误。今天重建"现代儒学"，第一件事应当恢复"百家争鸣、百花齐放"，跟先秦的学术自由接轨，在竞争中树立儒学的权威，不是用垄断来强制改造别人的思想。上接先秦的学术自由，下接"五四"的民主科学，"现代儒学"就能贯通古今而融会中外。

客：提出"三纲五常"也是董仲舒的错误吗？

主："三纲五常"是把原有孔孟学说和原有社会制度归纳起来，写成公式化的说法，便于称说，便于传播。董仲舒没有增加内容，只是提出公式化的说法，这不能说是他的错误。如果改变一下内容，"三纲五常"的公式还是可用的。例如"君为臣纲"改为"官为民仆"就适合现代要求了。"自由、平等、博爱"可说是"民主运动"的"三纲"。

客："修身、齐家、治国、平天下"，这对今天还有用处吗？

主：有用，但是内容要现代化。例如：修身，终身教育，知识更新。齐家，男女平等，夫妻相敬。治国，否定专制，肯定民主。平天下，积极参与和创造国际现代文化。

客：近来人们重提"天人合一、内圣外王"作为振兴儒学的口号。"天人合一"是"天人感应"的翻版，董仲舒提倡。

主："天人感应"是迷信，起源很早，董仲舒把它抬高作为儒学教条，还引进了"阴阳五行"的巫术思想，使儒学神秘化。这是董仲舒的错误。儒学必须非神秘化，然后才有存在价值。

客："玄学"跟"儒学"是什么关系？

主：魏晋南北朝时候，佛道大盛，跟儒学并立。儒学失去正宗地位。何晏作《道德论》，王弼注《老》、《易》，以老庄糅合孔孟，称为"玄学"。尚"贵无"，重"无为"，倡"愚民"，腐蚀儒学，流毒极大。这是继董仲舒污染儒学之后，又一次严重歪曲儒学的本质。

客：唐代韩愈排佛，为何失败？

主：韩愈排佛失败，因为当时朝廷和群众都信佛教，中国文化从此印度化。唐僧争去西天取经，正像今天青年争去美国留学。儒学缺少来世幻想，缺少精微思辨，陈陈相因，软弱无力。儒生转而学习西天，佛教中国化，儒学宗教化。

客：宋明理学，是儒学的复兴吗？

主：宋明理学是佛教化的儒学。学思辨而精微不足，想来世而天国无门。儒冠佛心，貌合神离。儒学的入世勇气、积极精神，完全丧失。"天人合一、内圣外王"，这个口号离现代太远了。现代青年认为，"天人合一"是迷信，"内圣外王"是封建。儒学只有脱离迷信，脱离封建，才能重新获得现代生命。

客：儒学的积极精神表现在哪里？

主：儒学有三大斗争。1. 反神秘斗争：儒学没有天堂，没有彼岸，接近无神论。2. 反愚昧斗争：儒学重视知识，努力教育，反对愚民政策，反对以吏为师。3. 反暴力斗争：儒学不反对大统一，但是反对暴力统一，这跟今天欧盟的民主统一运动有共同的思想基础。三大斗争就是儒学的积极精神。

客：佛教究竟是中国文化，还是印度文化？

主：佛教原来是印度文化，在印度式微而在中国兴旺，以中国语言和中国概念解释佛教，佛教典籍大都在印度失传，只有中文译本保存完好，中国成为佛教的大本营，佛教成为中国佛教和中国文化，但是追溯来源是印度文化。正如基督教从东方传入西方，在西方生根和在西方兴盛，基督教成为西方的宗教，西方文化被称为基督教文化，可是追溯来源是东方的宗教。这类文化迁移现象，历史上时时出现。

客：佛教对中国文化，有功还是有过？

主：我看功过各半。佛教带来各种印度的实用文化，多方面丰富了中国文化。但是，在文艺复兴之后，印度文化落后于时代，无助于中国追赶先进。佛教轻视现世、重视来生，使中国人民意志薄弱，不求精进，最后落入"第三世界"。

客：现在振兴旅游，中国的旅游景点，十之八九都是佛教圣地。佛教是在发展吗？

主：旅游者来中国，是来看中国的古代，不是来看中国的现代。古代遗迹，大多是佛教庙宇，"天下名山僧占多"。庙宇财产归公之后，和尚各自还俗就业。旅游景点的和尚都是雇佣的工资和尚了。

客：为什么印度文化大量传到中国，中国文化没有传到印度？

主：文化如水，从高而下，不能逆流。中国文化的高峰在春秋战国的"百家争鸣、百花齐放"时代，后来长期保守，控制思想，进入停滞和衰落状态，外来的印度文化成为中国文化所需要的新营养和新刺激。

客：许多人说，中国生活重精神，西洋生活重物质；中国学术长于综合，西洋学术长于分析。对不对？

主：中国生活缺乏物质，中国学术短于分析。西洋生活不缺乏精神，西洋学术不短于综合。不要用自我安慰来欺骗自己。

客："孔子、老子、释迦"，三圣同堂供养。这个奇观也是华夏文化的特色吗？

主：儒学不是宗教，把孔子当作教主，是侮辱孔子。三圣同堂，使人啼笑皆非。不过，从另一方面看，这表示了中国文化的宽宏大度、和谐胸怀。这是华夏文化的好传统。同时使我们明白，宗教有和平宗教与战斗宗教的分别。"儒释道"都是和平第一，不是"圣战"至上。这在今天恐怖主义闹得欧美天翻地覆的时候，有非常重要的现实意义。

客：传统文化和国际现代文化永远并存并用吗？

主：并存并用必然有消有长，那是缓慢的过程。国际现代文化已经占学校课程的大部分，全世界知识更新都在快速前进中。

2005 年 9 月 18 日，时年 100 岁

传统文化和现代社会

什么是文化和传统文化？

文化是人类创造的物质和精神的财富。传统文化是民族、国家或地区的文化遗产。每一个民族都有长期积累起来的传统文化。由于社会的发展水平不同，传统文化有先进和落后的区别。又由于具体条件不同，各民族的传统文化有各自的特色。

传统文化很少是单纯的。不同的文化混合成一种传统文化，是传统文化的经常现象。传统文化不可能一成不变。一个民族在不同的时代有不同的传统文化，这也是经常现象。奴隶时代产生奴隶文化，封建时代产生封建文化，历史的局限性是不可避免的。

大家知道，英国的传统文化，在古代是盎格鲁和撒克逊两种早期文化的混合；后来引进欧洲大陆文化，那是罗马加上希腊，再加上东方（西亚）的基督教，从而形成一种东西合璧的混合文化；最后英国人自己加上民主制度和工业化。美国的传统文化是以英国文化为基础，多方吸收，积极更新，使工业化向新技术和信息化方向发展。

非洲殖民地一个个独立之后，非洲的众多土著文化也曝光了，其中不少比所谓的中世纪文化还原始，无以名之，名之曰部族文化。今天世界上各种不同的传统文化同时并存：部族文化、神学文化、玄学文化、科学文化，真是五光十色。

什么是中国传统文化？

中国传统文化是以儒学为中心，吸收诸子百家以及印度和其他外来文化，从而形成的综合文化。中国传统文化主要有以下的特点：

1. 世俗性强、宗教性弱　"子不语怪力乱神。""敬鬼神而远之。""未能事人、焉能事鬼。""未知生、焉知死。"这里隐含着无神论思想。2500年前就能对鬼神迷信作出如此开明的表态，在人类思想史上是了不起的先知先觉。中国宪法写进信教自由，一点也没有遇到困难，这在宗教专制的国家里是难于想象的。中国虽然也引进并发展宗教，但是宗教的信念在中国人的意识里比较淡薄。跟印度比一比，他们的宗教矛盾闹得多么严重；再跟那些政教合一的国家比一比，他们的宗教负担是多么沉重；这就可以明白"世俗性强"这个传统有多么重大的意义。

2. 兼容性强、排他性弱　春秋战国，百家争鸣，这是学术兼容的伟大开端。汉武帝罢黜百家、独尊儒学。但是，这时候的儒家大都熟读百家著作，形成融化百家而以儒学为中心的综合哲学。后来佛教传入中国，儒家在一度尝试抵制而失败之后，转过身来吸收印度的有用知识和先进技术，弥补儒学陈陈相因的缺点。于是，佛教中国化，变成中国佛教；而儒学宗教化，变成儒教。儒释道三圣和平共处，竟然供奉于同一个庙宇之中，这在其他国家是不可思议的。

3. 保守性强、进取性弱　"知足常乐"，"但求无过、不求有功"，"苟全性命于乱世、不求闻达于诸侯"，"天下万物皆备于我"，"百忍堂"，这些是保守性的传统。"苟日新、日日新、又日新"，"满招损、谦受益"，"孔子，圣之时者也"，这些是进取性的传统。可叹的是，保守性远远大于进取性。华夏文化两千年来一直是东方的高峰，产生夜郎自大情绪是可以理解的。由此，日本在明治维新（1868年）之后一步步成功，中国在戊戌政变（1898年）之后一步步失败。一百年来，中国失去了一次又一次的历史机遇，终于坠入第三世界。

什么是现代社会？

"现代社会"是一个动的概念，不是一个静的概念，是一个相对概念，不是一个绝对概念。历史在延长，现代在推移。今天的现代就是明天的古代。因此，现代社会必须有两个特性：国际性和进步性。

国际性：现代社会是国际大家庭的成员，不是独立于国际之外的世外桃源。为了实现国际性，需要开通跟世界各国往来的渠道，包括物质的和精神的渠道，也就是所谓跟国际接轨，不设置人为的关卡。

进步性：现代社会是在政治、经济、文化等各个方面基本上都能达到国际先进水平的社会,而且不断前进,避免落后。为了不断前进,现代社会没有固定的模式,没有永恒的教条,在优胜劣败中奋斗,在精益求精中发展。现代社会是永远走向未来的社会。

文化包含三个主要方面:哲学、科学和艺术。古代文化以哲学为主导。现代文化以科学为主导。古代只有民族文化和地区文化。现代形成了国际文化,也就是国际性的现代文化。这是以科技为核心,兼收并蓄各种民族文化的精华,由世界各国的精英共同创造的新文化。现代社会是积极参与国际现代文化的社会。我国今天实行"改革开放"。"开放"是实现国际性的前提,"改革"是实现进步性的条件。积极改革开放,中国就能逐步成为具有国际性和进步性的现代社会。

怎样利用传统文化促进社会的现代化?

建设现代社会,可以抛开传统,又可以利用传统。传统薄弱的国家不妨走前一条路;传统丰厚的国家最好走后一条路。利用传统的好处是,行远自迩、驾轻就熟,符合习惯、事半功倍。

"传统"属于"古代"。"传统"两字跟"现代"两字不是矛盾的吗?是矛盾的,但是又可以统一。没有古代,就没有现代,现代是从古代来的。古代文化不一定到了现代就完全没有用处。

在古代文化中,有的具体做法已经失效,但是基本原理仍旧有用。有的基本原理已经失效,但是失效的原理可以给人启发,从而引出新的原理。有时,古人只有设想、无法实现,今人利用新的科学和技术能够实现古人的设想。没有永恒的真理,可是有跨越历史阶段的长期真理。取其精华、去其糟粕;存其原理、改其具体;古的设想、今的创造;学习原始、引出现代。这些就是利用传统文化、创造现代社会的方针。当然,建设现代社会主要依靠现代的科学和技术,不是古代的玄学。

　　孔子的学问是从哪里来的?孔子说,"我非生而知之者,好古,敏以求之者也"。孔子"述而不作","删史书、定礼乐"。这是把前人长期积累起来的知识,加工提炼,推陈出新,从传统文化中发展出当时的现代文化。孔子是善于利用传统文化、促进社会现代化的楷模。

　　可是,利用传统文化,必须警惕食古不化、以古害今。一提到传统文化就情不自禁地一个跟斗坠入国粹主义的泥坑里,那是危险的文化倒退。"五四"白话文运动之后,不久就掀起一股文言读经逆流。诸如此类的历史教训不可忘记。虽然历史的总方向是前进,可是忽热忽冷、忽进忽退,使中国社会长期停滞不前。前事不忘,后事之师。慎思明辨,事必有成。

1994 年 11 月 15 日

(原载《群言》1995 年第 1 期)

现代文化的历史背景和基本特点

现代文化是全世界各个地区的传统文化的融合和升华，它是全人类共同的创造，19世纪开始形成，20世纪快速发展，21世纪普遍展开。这里略谈它的历史背景和基本特点。

现代文化的历史背景

起初，现代文化主要来自西欧，但是世界各地的贡献也不可忽视。西欧文化在中世纪落后于西亚，文艺复兴之后，忽然起飞，变落后为先进，这有一系列的内因和外因。

从395年西罗马灭亡到1453年东罗马灭亡，这长达1000多年期间，被称为西欧的中世纪。这期间，西欧的经济停滞而人口激增，政治腐败，民不聊生。1071年，伊斯兰教塞尔柱土耳其击败拜占庭，控制耶路撒冷，切断基督教的朝圣路线。罗马教皇和西欧君王乘机东征，希望用向外扩张来消除内部动乱。他们盲目出兵，先后进军八次（1096—1291年），史称十字军东征，最后以惨败告终。惨败消息震动西欧，引起改革思潮。

伊斯兰教奥斯曼帝国占领君士坦丁堡之后，东罗马的学者们大批逃往意大利，带去西欧失去已久的希腊典籍和学术传统，使意大利首先在文艺领域恢复古代的创造精神，开始了从14世纪到16世纪此起彼伏的西欧文艺复兴。西欧各国先后创造民族白话文，代替文言性质的拉丁文，革新绘画和雕塑的风格，在文艺创作中表现思想的解放。

1492年，哥伦布首次西航，发现美洲。这一发现，改变了西欧的宇宙观。原来相信天圆地方，现在不相信了；天地神话不可信，其他神话也都破灭了，由此引起信仰危机。压在社会底层的贫苦人民，原来无处可以逃遁，现在有新大陆可以去另辟天地，由此引起社会危机。

1517年，马丁·路德发表《九十五条论纲》，控诉教皇贪污腐朽，开始西欧各国的宗教改革，教会的神权从此动摇了。

英王约翰在1215年被迫同意给臣民一些自由权利，签署限制君权的《大宪章》。这是民主政治的最初萌芽，对后来的启蒙运动、美国独立和法国大革命发生深刻影响。

17世纪，西欧开始启蒙运动。德国的大哲学家康德在《什么是启蒙》中说：启蒙就是把人们从黑暗的中世纪解放出来。1605年，英国思想家培根肯定世界是物质的，提出"知识就是力量"的著名箴言。1660年，荷兰哲学家斯宾诺莎否定王权神授，认为国家是人民的联合创造。1690年，英国哲学家洛克指出政府是一种信托，当统治者失职的时候，人民有权撤销给他的信托。1734年，法国政治学家孟德斯鸠提出"立法、司法和行政"的三权分立制度，使民主政府有了可行的分工方式。法国文学家狄德罗主编《百科全书》，结合一群先进人士，为自由、真理和社会进步而奋斗。1762年，法国哲学家卢梭发表《社会契约论》，提出天赋人权，人民有反抗压迫的权利，唤起法国大革命。1769年，英国政治学家普里斯特利主张人民有捍卫民主自由而进行革命的权利。法国的伟大作家伏尔泰提倡建立自由、平等和幸福的民主国家。1789年，巴黎人民武装起义，攻克象征封建统治的巴士底监狱，宣布废除封建制度，取消教会和贵族的特权，通过人权与公民权宣言，确立人权、法制、公民自由和私有财产权等基本原则。经过曲折的历史，法国终于从君主专制改为民主共和。

英国最先发生工业革命。18世纪开始，英国创造一系列新的生产工具。1733年，凯伊发明飞梭。1765年，哈格里夫发明珍妮纺纱机。1769年，阿克莱特发明水力纺纱机。1769年，瓦特发明蒸汽机。1779年，克隆普顿发明纺纱骡机。1825年，建成蒸汽机火车的铁路。1828年，尼尔森发明鼓风炉。1838年，纳斯密斯发明蒸汽锤。1838年，蒸汽机轮船横渡大西洋。

科学革命改变了人类的宇宙观。1687年，牛顿提出运动定律和万有引力定律，使人格宇宙观变为机械宇宙观，天和人不再有神秘的联系。1789年，法国大革命之后，法国科学领先于世界，法国度量衡成为国际标准。1859年，达尔文提出生物进化论，使一盘散沙的生物界变为系统演变的生物界，人类成为动物之一种。1905年，爱因斯坦提出相对论，透视了宇宙的奥秘。到20世纪，各种科学都发展出崭新的学术分支和交叉学科。在原子中看到了夸克。在细胞中找出了基因。在海陆空三界之外开辟了人造卫星的外空界。新式的电话、电视和电脑把整个世界联系成一个家庭。

社会科学发展较晚,到 19 世纪后期才开始从哲学走向科学。原因之一是社会科学跟封建特权有矛盾,受到强大的政治压力。"二战"后,经济学运用数学和统计学,政治学运用系统分析,社会学发展实用技术,都达到实证科学的水平。现代文化的新项目来自美国的居多,这是东西方各国移民到美国之后的共同创造。

现代文化的基本特点

现代文化是逐渐发展起来的新事物,有些国家还有不少人没有感觉到它的存在,以为只不过是原来西方的文化而已。因此需要把它的基本特点略作说明。

现代文化是全世界人民"共创、共有、共享"的文化。它不属于某一个人、也不属于某一个国家,任何人、任何国家,都可以参加进去,作出创造、共同利用。例如,诺贝尔物理学奖金的获得者已经有十六七个国家的一百二十多位学者,虽然西方学者居多数,但是东方学者也作出了重要贡献,其中有华人、日本人、印度人等。世界各国大学的物理学课程中都在讲解这些学者的创造。在图书馆里查看一下各国的大学课程,可以看到极大部分是现代文化,只有很少一些课程属于当地的传统文化,强调民族主义的国家也不例外。

现代文化是全球化的文化。交通阻隔、往来不便的时代,不可能有全球化的文化;交通发达、往来频繁的时代,地球缩小成为一个地球村,才可能有全球化的文化。全球化的现代文化没有国界,它是国际文化。例如,月球在不同的国家原来有不同的神话,你的月球神话跟我的月球神话不同,那是地区的传统文化。人类登月成功之后,拍下了月球的照片,拿回了月球的土块,月球的面貌从神话变成现实,大家有了月球的共同认识,这是国际性的现代文化。

现代文化是现代知识的最新成果。知识是逐步积累、不断更新、永远前进的。中国古代相信"天垂象",这样的迷信在西欧也曾经流行过。例如,1066年,欧洲发现彗星,欧洲人认为这是诺曼底人征服英国的预兆。天是什么东西,人类在几千年中无法看透;天体运行的规律到1687年牛顿发现万有引力才有初步的解释,1905年爱因斯坦提出相对论之后得到进一步的理解,后来发现宇称不守恒现象又补充了关于天体的知识。现代文化是当前的最新成就,当然还需要不断研究和更新。

现代文化以科学和源出于科学的技术为主体。人类的文化发展在原始文化之后可以分为三个时期:早期以宗教为主体,中期以哲学为主体,后期以科学为主体。科学是一元性的,全世界科学家一致认可才是科学,没有公说公有理、婆说婆有理的民族科学。苏联创造米丘林生物学和马尔语言学的失败经验已经证明了这一点。

现代文化既有物质、又有精神。物质和精神是相互依存、相互促进的,不是彼此矛盾、彼此分离的。现代文化已经把人类生活彻底改变,既改变了物质,也改变了精神。有人说物质和精神的区别是,物质有重量,精神无重量。如果这个说法能够成立,那么，硬件是物质，软件是精神，硬件和软件是形影不离的。

有了现代文化，不是就不要传统文化了。现代文化和传统文化是相辅相成的。现代人是"双文化人"，既需要现代文化，又需要传统文化，甚至既需要科学，又需要宗教。现在世界上有四种传统文化：东亚传统文化、南亚传统文化、西亚传统文化和西欧传统文化。西欧文化传播到北美，合称西方文化。三种亚洲的传统文化（东亚、南亚、西亚）都是东方文化。以中国文化为主导的东亚传统文化是东方文化之一种。中国不能独占"东方"的名义。把现代文化说成西方文化，是不正确的；说成美国文化，更加不正确。把东西文化看作势不两立，不是东风压倒西风，就是西风压倒东风，那是不了解文化演变的历史规律。现代文化是从不同的传统文化相互接触之后，经过彼此学习、提高、检验、公认而后形成的全球化的新文化。没有公认的部分照旧保留于地区的传统文化之中。在现代文化向全世界传播的潮流中，各个地区的传统文化都在自动适应，自我完善，自然代谢。

1999年6月6日

（原载《群言》1999年第11期）

文化冲突与文化和谐

文化的分布和层次

问：什么叫做文化的分布？

答：历史上多个文化摇篮逐渐聚合成为"四种地区传统文化"，如下表：

地区指称	文字指称	宗教指称
西方文化	拉丁字母文化	基督教文化
西亚文化	阿拉伯字母文化	伊斯兰教文化
南亚文化	印度字母文化	印度教文化
东亚文化	汉字文化	佛教文化

问：什么叫做文化的层次？

答：各地区的传统文化彼此接触，相互吸收，逐渐形成一种不分彼此的共同文化，包含不同传统文化的精华，特别是先进的学术、政策和制度，叫做"国际现代文化"。这样，文化分为地区和国际两个层次，组成全球化时代的"双文化"结构。

问：许多人认为，国际现代文化就是西方文化，对吗？

答：国际现代文化不等于西方文化。它以科学为基础，包含各种发明创造。西方发展科学较早，发明创造较多，成为国际现代文化的主要构成部分。西方以外也有重大贡献。例如：阿拉伯数字是印度的发明，罗马字母是西亚腓尼基的发明，瓷器和纸张是中国的发明，这些也是国际现代文化的构成部分。国际现代文化是人类"共创、共有、共享"的共同文化，不能说就是西方文化。

问：国际现代文化和地区传统文化的相互关系是什么？

答：国际现代文化是全球化的产物，它的形成是历史的自然趋向。发展初期，人们没有重视它的产生；晚近全球化突飞猛进，人们发现它已经无所不在，不可再轻视它的作用了。这时候人类进入了"双文化"时代。两种文化，新旧并存，相互补充，彼此促进。国际现代文化提高了地区传统文化，地区传统文化丰富了国际现代文化。

问：国际现代文化的兴起会不会消灭地区传统文化？

答："双文化"新旧并存，相辅相成，自然消长。传统文化发扬精华，淘汰糟粕；现代文化吸收众长，青出于蓝。

文化的冲突

问：不同文化相遇，一定发生文化冲突吗？

答：不同文化相遇，可能发生三种情况：1. 并立、互补；2. 融合、更新；3. 排斥、冲突。

问：文化冲突就是宗教冲突吗？

答：文化冲突有广狭两义：广义指知识差距的冲突；狭义指宗教迷信的冲突。

问：请举具体例子。

答：例如：布鲁诺推进日心说，提出宇宙无限论，违背《圣经》记载，布鲁诺被烧死在罗马广场；马寅初单骑战群雄，人口论大败，马寅初被撤职软禁。这是知识差距的文化冲突。某国王要建设电视，大臣们反对，认为其中人物是魔鬼，看不得；散会后，大臣们走出宫门，找不到汽车，回去问国王，国王说，那也是魔鬼的东西，要它干什么。另一国王推行国家的现代化改革，宗教首领利用宗教势力逐出国王，强化宗教统治，实行激进主义革命。这是宗教迷信的文化冲突。

问："9·11"是文化冲突吗？

答：恐怖组织摧毁纽约贸易大厦，跟塔利班破坏巴米扬大佛、义和团拆除铁路，出于同样的心理状态，都是宗教迷信的文化冲突。

问：苏美"冷战"也是文化冲突吗？

答："冷战"像是一场知识竞赛，苏联以米丘林遗传学对抗摩尔根遗传学，以实物交换对抗货币贸易，以专制制度对抗民主制度，实际都是知识差距的文化冲突。

问：专制和民主也是知识差距吗？

答：专制属于神学和玄学文化，民主属于科学文化，差距极大。

问："反右"运动是文化冲突吗？

答：清除知识阶层，提倡外行领导内行，从知识无用论到知识越多越反动论，是对抗现代知识的文化冲突。

问：文化冲突是否先进文化必然胜利？

答：胜败决定于冲突两方的力量对比，不决定于文化水平的高低。例如：游牧民族可以战胜农耕民族；复古派别可以战胜革新派别。可是从长期历史来看，先进文化在冲突中的失败是暂时的挫折。工业化之后，游牧民族的军事优势就一去不复返了。

问：为什么有的宗教容易发生冲突，有的宗教不容易发生冲突？

答：有的宗教提倡不杀生、不斗争，避免冲突，例如印度甘地实行非暴力革命。基督教经过不断的自身改革，从反对科学和民主改为支持科学和民主。有的宗教，坚持古训，排斥异端，崇尚圣战，敌视现代文化，实行肉弹战斗。不同宗教处于不同的文化层次。

问：宗教矛盾是不是战争的主要起因？

答：不是。重要战争往往发生在相同宗教之间，例如两次世界大战发生在相同的基督教之间，两伊战争发生在相同的伊斯兰教之间。

问：什么叫做"文化断层"？

答：人类文化是逐步前进的，从神学文化到玄学文化到科学文化。科学文化发达之后，神学文化依旧存在。两种文化的接触边缘是文化的断层地带，这里容易发生文化冲突。这跟地震容易发生在地壳断层地带的原理有相似之处。

文化的和谐

问：不同文化之间，有时冲突，有时和谐，哪种关系是常态？

答：和谐是常态，冲突是变态；和平是常态，战争是变态。

问：能否完全避免冲突？

答：现在只能做到减少冲突、缩小冲突；如何永久和谐共处，是全球化时代人类面对的最大问题，也是难于解决的问题。欧美提出的理念是：世界多极化，容易发生战争；世界一体化，容易和平相处。欧盟是一体化的尝试，获得重大成功。国际共同文化和地区传统文化的"双文化"结构，提供了长期和谐共处的重要条件。

问：为什么恐怖主义以美国为主要的攻击对象？

答：美国是资本主义和现代文化的主要代表。戴高乐主义、伊斯兰激进主义，都以美国为主要的攻击对象，枪打出头鸟。

问：法德打了两次大战，今后还会打第三次吗？欧洲人说不会，他们是怎样化敌为友的？

答：法德邻居，同走一条马路，各有各的交通规则，法国民主，德国专制，于是发生两起撞车。现在仍旧同走一条马路，大家遵守共同的民主交通规则，不会再发生撞车了。

问：中美之间也能商订共同的交通规则吗？

答：中美之间，互补空间很大，历史上友好多于敌对，美国在中国有大量投资，中国产品大量销往美国，中国赚了美国的钱又把钱用来购买美国公债，中国学生争先恐后留学美国。我不懂为什么有人想在中美之间打一场核战争，摧毁半个中国和半个美国。中美商订共同的交通规则，消除根本性的矛盾，是头等重要的大事，关系到世界和平和中国的百年大计。

问：这就是多元文化和谐并存的道理吗？

答：多元文化和谐并存必须有共同的交通规则。多元并存而没有共同的交通规则，最后有走向严重冲突的危险。

问：什么叫做"跟国际接轨"？

答：遵守世界大多数国家共同遵守的国际法规、协定和原则，学习先进的学术、政策和制度，按照历史发展的轨道前进。

问：历史发展的轨道是什么呢？

答：主要是：在经济方面，从农业化到工业化到信息化，从听任自然到改造自然；在政治方面，从神权到君权到民权，从专制制度到民主制度；在思维方面，从神学思维到玄学思维到科学思维，从迷信盲从到独立思考。

问：我国参加"世界贸易组织"，这是跟世界接轨吗？

答：这一步的效果现在已经非常明显，这说明跟世界接轨是多么重要！

问：中国刚刚抬起头来，在109个国家中还处于第60位，外国就大谈"中国威胁论"，甚至实行外交和军事的暗中防卫。这是一种什么心理？

答：鸦片战争以来，中国长期处于痼疾频发状态，被称"东亚病夫"；今天忽然健康地出门散步，引起四邻惊奇。如果明天溜达王府井，不知还要引起多大的震动！拿破仑早已说过："睡狮醒来，将震动世界。"中国"复康"是正常现象，外国"误诊"为反常的疾病。只要中国的"复康"不带封建专制后遗症，"误诊"引起的恐慌就会自己平息。

2006年2月22日，时年101岁

《文化学丛谈》引说

什么是文化？黑猩猩没有而人类有的事物和知识都是文化。黑猩猩的智慧最接近人类，可是他们不会说话，由此落后于人类。语言使人类别于禽兽，文字使文明别于野蛮，教育使先进别于落后。人类创造了文化。

什么是文化学？对文化进行历史的和地区的观察，微观地理解具体事实，宏观地探索系统规律，这就是文化学。

文化的分布和层次

分布：古代欧亚大陆上有多个文化摇篮，后来逐渐融合成为四种地区传统文化：（1）东亚文化（汉字、佛教）；（2）南亚文化（印度字母、印度教）；（3）西亚文化（阿拉伯字母、伊斯兰教）；（4）西方文化（西欧和美洲，罗马字母、基督教）。

层次：四种地区传统文化中有普遍价值的部分相互融合，形成"共创、共有、共享"不分彼此的国际现代文化，同时，地区传统文化依旧存在。文化分成两个层次：地区传统文化和国际现代文化；现代是双文化时代。

地区传统文化

1. 东亚文化：以中国的华夏文化为基础，传到越南、朝鲜和日本，形成"汉字文化圈"。

先秦百家中，法家、道家和儒家影响较大；儒家是百家正宗。印度佛教传来，华夏文化变成儒佛二元。佛教在印度消亡，中国成为佛教的大本营。

日本帝国主义的侵略，激起"五四"运动（1919年），大学生走上街头，呼唤科学和民主，被称中国的文艺复兴。中国的文艺复兴没有发展成为启蒙运动。日本侵略愈演愈烈，"二战"中国惨胜，历史兜底翻腾。东亚文化正在脱胎换骨。

日本的神道教是东亚文化的分支；天皇神圣，战后否定。

2. 南亚文化：以印度吠陀文化为基础。雅利安人在公元前20世纪从西北方面侵入印度次大陆，带来口诵的《吠陀经》；前7世纪形成婆罗门教，演变为佛教和耆那教，发展为印度教。从西亚阿拉马文脱胎出印度的婆罗米文。

印度社会分成种姓（阶级）：婆罗门（僧侣）、刹帝利（武士）、吠舍（农工）、首陀罗（奴隶），还有最下等的贱民；独立后禁止，但是积习难除。1997年，贱民纳拉亚南当选总统，说明印度尽力破除传统积弊。

伊斯兰教轮番入侵，德里苏丹统治320年，莫卧儿帝国统治332年；后来英国统治349年。"二战"后，印度独立（1947年），分裂出信伊斯兰教的巴基斯坦和孟加拉国。

印度独立时候，大家认为分裂意识如此强烈的国家，不宜采用民主制度。可是国大党坚持民主传统,虽经多次颠簸,屹立如常。民主是英国遗产中的积极因素。

3. 西亚文化:以伊斯兰教为基础。教主穆罕默德(570—632),改革阿拉伯半岛的原始宗教,使多神互斗,变为一神团结;创立新教,称伊斯兰教(顺从),教徒称穆斯林(顺从者)。公元5世纪,新西奈字母演变出阿拉伯字母。

穆斯林首先统一阿拉伯半岛,然后杀出苦旱的沙漠,横扫大千世界,建成地上天国,跨越亚非欧三大洲。阿拉伯伊斯兰教帝国,继以奥斯曼突厥伊斯兰教帝国。一次大战,奥斯曼瓦解。西亚的许多伊斯兰教国家都是帝国后裔。他们怀念旧日辉煌,寻找复兴计划,这有两条道路:一条是弃旧创新,建设现代,以土耳其为代表;一条是旧业重光,恢复古代,以伊朗为代表;两条道路南辕北辙,伊斯兰教世界陷入历史的彷徨。

4. 西方文化:包括西欧和美洲,以希腊和罗马文化为基础。希腊三圣,苏格拉底、柏拉图和亚里士多德,在哲学花园中培育科学幼苗,引领人类走出蒙昧。亚历山大大帝的帝国分解成三个王国,传播和发展希腊文化,称为希腊化时代。

西亚(中东)的基督教传到西欧的世俗社会,成为罗马帝国的国教(380年)。人间和天国结成"西方基督教文化"。"蛮族入侵"(375—568年),西欧鼎沸。476年,西罗马帝国灭亡。基督教支持蛮族帝王。"宗教裁判所"迫害30多万人,火刑烧死10万人。蛮族破坏,宗教摧残,西欧沉入千年中世纪黑暗时代。

西欧八次派出十字军东征伊斯兰教国家,以惨败告终。痛定思痛,另辟蹊径。从希腊古籍中探求新知识,开创文艺复兴

（14—16世纪），宣扬人文主义，神的文化改为人的文化。1517年，传教士马丁·路德掀起宗教改革。1492年，哥伦布发现美洲，西欧向美洲大举移民。文艺复兴发展为启蒙运动（17—18世纪）。1640年，英国发生清教徒革命，确立民主方向，历史学家把这一年作为世界近代史的起点。1776年，英国的美洲殖民地独立成为美国。1789年，法国发生大革命，高呼"自由、平等、博爱"。

科学革命，基督教退出学术；民主革命，基督教退出政治。宗教专注精神生活，不再阻挠世俗文化的发展。基督教适应了现代。

东罗马称拜占庭（395—1453年），教会称东正教。希腊学者在9世纪为斯拉夫语创造字母，比罗马字母晚1600年，形成以俄罗斯为中心的斯拉夫文化，是西方文化的一个晚期分支。

西班牙和葡萄牙的半岛叫做伊比利亚，曾经被阿拉伯伊斯兰教长期统治，又跟北非柏柏人杂处，形成伊比利亚文化，是西方文化的一个分支。拉丁美洲深受伊比利亚文化的影响。

国际现代文化

创造和发明。食：快餐成为跨国企业。衣：人造纤维代替蚕丝棉花。住：茅屋变为摩天大厦。行：从骑马到汽车、火车、轮船、飞机。信：电脑网络，手机短信。生产自动化，科技高精化，家务电气化，语文电子化。老百姓在电视里看到整个世界。

科学和民主。科学：有自然科学和社会科学；从神学幻想到玄学推理到科学实证；科学有一元性，不分阶级，不分国家。民主：从民主思想到民主制度，从人治到法治；晚近兴起电视辩论、国际观察。经过文艺复兴、启蒙运动、宗教改革、社会革命；从奴隶、封建到资本、后资本。社会主义民主化、资本主义福利化，殊途同归，共进大同。

人类历史像一条田径跑道，世界各国都在这条跑道上竞走；有快有慢，有先有后，后来可以居上，出轨终须回归，道路只有一条，没有第二第三道路。竞走目标是没有终点的科学和民主。

2010年4月2日，时年105岁

儒学的现代化

儒学的来源

夏商周三代的文化积累,留下六部古书,《诗》、《书》、《周易》、《礼》、《乐》、《春秋》,称六经。《乐》失传,成五经。先秦诸子都从六经吸取营养。孔子删《诗》、《书》,定《礼》、《乐》,作《春秋》,融汇古训,演绎新知,谓之儒。儒,原为治丧相礼的职业,后来发展成为传布教化的学派。孔子以前就有儒,孔子开创系统的儒家学说。儒学开创于孔子,发扬于孟子,后世继承,历代有增益,但是孔孟的仁义原理不变,所以儒学又称孔孟之学。

孔孟之学

孔子学说以"仁"为核心,以"修己"和"安人"为基本内容。"仁":从人从二,二人共处就需要行为选择。孔子选择"爱"作为共处原则。"仁"就是"爱人"。"己欲立而立人、己欲达而达人"。"修己"是完善自己的人格。"安人"是为社会服务,使人民安居乐业。"修己以安人","修己以安百姓"。

春秋末,诸侯兼并,民不聊生,孔子希望重建西周的安定社会。理想未能实现,退而办教育。原来只有"官学"(官办教育),入学限于"国子"(高干子弟)。孔子首创私学,因材施教,有教无类,实行教育民办,提倡学术自由。孔子"学而不厌、诲人不倦"。弟子三千人,来自十来个国家,学成的贤者七十二人。在春秋时代,这是大规模的教育事业。("有教无类",美国加州大学刻石立碑于校园,译曰:Teaching knows no bounds。)

孔子只谈现世,不谈来生,"未知生、焉知死","未能事人、焉能事鬼"。孔子很少谈"性"和"天道"。子贡说:"夫子之性与天道,不可得而知也。"孔子学说侧重社会实践,不作玄虚空谈,实际是启蒙群众的人文社会哲学。

孟子比孔子晚一百多年,继承孔子而发扬孔子。孟子认为,向善要求和为善能力是"人之所以异于禽兽者"。人,生而有"恻隐、羞恶、辞让、是非"之心,能作出道德行为的选择。关于"修己",他提出"存心养性、寡欲养气"。关于"安人",他从"仁政"引出"民贵君轻"的民本理论。"民为贵,社稷次之,君为轻",这是后世民主制度的起源。(明太祖朱元璋因孟子说"民贵君轻"而把孟子逐出孔庙!)

法家主张"耕战",以暴力统一天下。孟子主张仁政和王道,得民心者得天下。残暴之君是"独夫",人民可以推翻他。孔子说"杀身成仁",孟子说"舍生取义",真理重于生命。

秦始皇焚书坑儒(镇压知识分子),实行以吏为师(干部传达),禁止私人办学,许多儒生以身殉学。

儒外学术的冲击

汉初以来，儒学不断受到儒外学术的冲击，发生量变和质变。

1. 阴阳五行说的介入

汉初重黄老，无为而治，休养生息。汉武帝积极建国，采取董仲舒建议，罢黜百家、独尊儒术。先秦多国相争，百家争鸣；汉代统一天下，统一官学。法家残暴，道家虚无，墨家偏激，儒家中庸，儒家是太平时期的选择。儒家也需要法律，儒家和法家的分别不在要不要法律，而在儒家以法律辅助仁政，法家以法律施行暴政。

董仲舒提出"三纲"（君为臣纲、父为子纲、夫为妻纲）和"五常（仁义礼智信），使儒学教义系统化和公式化。但是，他认为"天人同类、相互感应"，提出"天人感应说"，把天看作人格天，并且引进阴阳五行说，万事分阴阳以合于五行（金木水火土），使儒学蒙上神秘的面纱。

2. 老庄玄学的腐蚀

魏晋南北朝（共384年），外族入侵，南北分裂。佛教大盛，道教大起，玄学大行。儒学独尊变为"儒、佛、道、玄"四学并立。何晏作《道德论》，王弼注《老》、《易》，以老庄道家思想糅合儒家理论，称为玄学。哲理尚"贵无"，政治重"无为"，教育倡"愚民",跟儒学根本对立。以老庄解释孔孟,使儒学的本质受到严重腐蚀。南北朝开始,儒学宗教化,称为儒教,跟佛教、道教并立。

3. 佛教的渗透

隋唐时代,以儒学概念解释佛教,形成中国佛教。唐代文化成为东亚高峰,实行开放,多方吸收,"江河不择细流,所以成其大",特别是西天取经,至今里巷传说《西游记》。日本的遣唐僧来学中国佛教。儒学在唐代只是多元文化中的一元,而且有下沉的趋势。

韩愈决心复兴儒学,视佛教为邪说,提出儒家道统说(尧舜禹汤文武周公孔孟),画清儒佛界线,巩固儒家阵营。唐元和十四年(820年)韩愈谏迎佛骨,触怒宪宗皇帝,被贬广东潮阳,作诗曰:"一封朝奏九重天,夕贬潮阳路八千!"反佛失败,关系重大,从此儒学难于跟佛教抗衡。儒生个个学佛,儒冠而佛心。中国文化从此"儒佛"二元化。

宋元明清(共979年)是一个政权高压、汉族受难的时代。汉族在蒙族的元代是三等奴隶,在满族的清代是二等奴才。明代虽由汉人统治,可是朱元璋跟秦始皇一样残暴。清朝皇帝用不断的文字狱镇压儒生,儒学只能躲避到故纸堆里去。外族同化于汉族,变成比较"仁慈"的统治者,需要经过至少三代人的逐步文明化。华夏文化于是长期停滞。

宋明理学,又称道学,是儒学受佛教影响之后的变体。汉儒注重名物训诂，宋儒注重义理性命，故称理学。北宋程颢、程颐和南宋朱熹等提出客观唯心主义的理学，认为"理"是先于世界而存在的精神实体，万物由"理"派生。南宋陆九渊、明代王守仁等提出主观唯心主义的理学，认为"心外无物、心外无理"，主观意识的"心"是派生世界万物的本原。北宋张载提出"气"的一元论，认为"气"是宇宙万物的根本，"气"根据一定规则（理）而千变万化。抛弃孔孟的积极精神，在说理上学习思辨精微，在内容上学习虚无缥缈，以禅补儒，以儒包禅。宋明理学曾被誉为体系完整的新儒学。

4．启蒙运动的启发

在西方启蒙运动的影响下，1868年日本实行明治维新，从封建改为半封建、半资本主义。康有为效法日本，1898年辅助光绪皇帝实行维新，只一百天就失败了。他提出，《春秋》"微言大义"，是孔子的"托古改制"，清政府的维新有儒学依据，这是儒学为维新服务的古为今用。他反对宋儒"义理之性"说，批判"存天理、灭人欲"，严厉谴责"三纲"。他解释的"仁"中包含"博爱、平等、自由"的民主思想。

胡适在1919年出版《中国哲学史大纲》（卷上），用西方科学观点和方法研究中国的传统学术。他提倡"整理国故"（不是"保存国粹"），改革旧文化、树立新思想。他批判封建专制，提倡学术自由，揭露伦理纲常，打破正统，反对"言必称孔孟"，主张以科学的和平等的态度评价儒学和其他学派。儒学开始走上现代化的道路。

5. 阶级斗争、诬蔑儒学

北大哲学系《论语批注》（中华书局，1974）说："孔丘创立的儒家学派，不仅是一个反动的思想流派，主要还是一个反动的政治集团"；"孔丘开坛设教，广招弟子，大肆宣扬他那套反动说教，拼凑反革命队伍"；"学而时习之，不亦说乎"，是"叫他的门徒把自己训练成复辟奴隶制的帮凶"。

郭沫若主编《中国史稿》第一册（人民出版社，1976）说：法家革命，儒家反革命，"孔丘是反动教育家"，"《论语》集中表现孔丘顽固复古的反动立场，成为一切反动阶级用以压迫和欺骗人民的精神武器"。

这是一声阶级斗争的警钟，惊醒了休克状态的儒学。大风暴过后，儒学悄然翻身了，张眼一看，世界大变！

儒家的三大斗争

1. 反暴力斗争

从春秋到战国，兼并战争越来越频繁，所以《孟子》中反暴力的言论比《论语》中多得多。例如："孟子见梁襄王，出语人曰：望之不似人君，猝然问曰：天下恶乎定？吾对曰：定于一。孰能一之？对曰：不嗜杀人者能一之。孰能与之？对曰：天下莫不与也。"这一段对话，多么生动、多么尖锐！

秦始皇以武力得天下，以武力治天下，二世而亡。汉高祖以武力得天下，以文功治天下，汉祚四百年。于是大家明白，马上得天下，不能马上治天下。儒家反暴力的正确性对治天下已经得到证明，但是对得天下还没有得到证明。第二次世界大战补充了历史。希特勒的纳粹武力未能统一西欧，各国民主协商的文功组成了欧盟，这是"不嗜杀人者"能统一天下的证明。历史正在摆脱暴力轮回，实现儒家反暴力原理。

2．反愚昧斗争

儒家重视知识，努力教育，为华夏文化培植根基。道家和法家否定知识、提倡愚民，限制教育、以吏为师。请看反儒家的愚民哲学：

老子说："虚其心，实其腹，弱其志，强其骨，常使民无知无欲，使夫智者不敢为也"；"民多智慧，而邪事滋起"；"智慧出，有大伪"；"民之难治，以其智多"；"古之善为道者，非以明民，将以愚之"。韩非子说："举士而求贤智，为政而期适民，皆乱之端"；"明主用其力、不听其言"；"愚者畏罪而不敢言，智者无以讼"；"明主之国，无书简之文、以法为教，无先王之语、以吏为师"。知识越多越反动，原来古已有之！

3. 反神秘斗争

儒学没有天堂、没有彼岸，接近无神论。"子不语怪力乱神。"从商殷时代遇到大事必须占卜，到孔子不谈怪力乱神，儒家的反神秘斗争跨过了极大的一步。儒学不是宗教，这是不必多说的。但是受佛教影响，孔夫子居然遭受拉郎配，跟佛祖和道祖并坐一堂，接受香火膜拜，叫人啼笑皆非！儒家既反对宗教迷信，又反对教条迷信。学术必须非神秘化，真理欢迎批评和怀疑。

儒家的三大斗争在今天仍有现实意义。

儒学的现代化

每个国家的文化都包含现代文化和传统文化。现代文化主要是国际共同的自然科学和社会科学，传统文化主要是本民族的文史哲和宗教。我国的大学课程大部分是现代文化，小部分是传统文化，这反映我国进入全球化的程度和保持民族特色的现状。每一传统文化都在自觉或不自觉地进行现代化。

儒学的历史任务是维护帝王政权，建设稳定而繁荣的封建社会，在两千年中作出了伟大的成绩。儒学不是为"后"封建时代服务的，责备它不能为民主和科学服务，不符合历史观点。这好比责备孔夫子不懂英语，那时英语还没有产生呢。叫儒学为"后"封建时代服务，责任不在孔夫子，而在今天的一代，如何使儒学现代化。

儒学现代化的原则应当包含：1. 除去封建性，建立现代性，例如"君为臣纲"要改为"官为民仆"；2. 除去保守性，建立创造性，例如"述而不作"要改为"述而又作"；3. 除去玄虚性，建立实用性，例如"天人合一、内圣外王"，这个说法难于为现代青年所理解，形式和内容都要改革。古人不懂什么是天，不妨把天和人配对。今人对天至少有了初步的科学理解，天和人配不成对了。印度有一个五岁的小诗人，他的诗集叫做《让我摸摸天》，他会欢迎把天和人排排坐。旧瓶可以装新酒，可是如果旧瓶上贴着使人恶心的广告，就不会有人来尝这美味。帝王思想已经成为骂人话，谁还愿意自己称王？自称圣人，别人也要嗤之以鼻！难于为现代青年所理解，就难于在现代社会发生作用。

儒学内容要逐项研究，分为三部分：1. 对现代有指导意义的，从之，如"知之为知之，不知为不知，是知也"；2. 原理对、具体不对，改之，如"天下无不是之父母"要改为"孝敬父母，父母有错，好言劝说"；3. 不合现代要求的，弃之，如"唯女子与小人为难养也"。

汉代以来，儒家大都钻研章句训诂之学，给五经和孔孟作注解，很少有实质性的发展和创新，但是儒学留下许多至理名言，有普遍和久远的意义，符合全球化时代的教化需要。"民本理论"要跟德先生握手，"格物致知"要跟赛先生握手。今后应当充分发挥"孔子圣之时者也"的精神，把原来为封建服务的古代儒学，变成为"后"封建服务的现代儒学。

2001 年 8 月 23 日，时年 96 岁

中国有三宝

长城、兵马俑和汉字

20世纪80年代中国大陆开放旅游。外来旅游者抱着到"外空"去旅游的好奇心,来到中国大陆看看这地球上的"外空"。有几位外国科学家结伴而来,邀请我的朋友,一位北京的科学家作伴。外国科学家说:中国有"三宝":长城、兵马俑和汉字。"长城"是伟大建设能力的象征;"兵马俑"是伟大组织能力的象征;"汉字"是伟大文化传统的象征。伟大的中国是"长城、兵马俑和汉字之国"。

事后,我的朋友对我说:外国人来看中国,不是来看我们的"现代化",而是来看我们的"古代化"。他们的"歌颂",从"现代化"来看,要另作头脑清醒的理解。我的朋友指出:

"长城"(外国人叫它"大墙")是"封闭"的象征。"长城之国"就是"封闭之国"。古代的中国,不但在北边有人造的砖石长城,在西边还有天然的高山长城,在东边还有天然的海岸长城,在南边还有天然的丛林长城。不但整个中国围在"大墙"之中,每一座房屋、每一个衙门、每一所学校,没有不是四面被高高的围墙围住的。有形的围墙以外,更多是无形的围墙。

"兵马俑"是秦始皇专制暴政的形象化展览。中国的历史学家向来都把"秦始皇"作为"暴君"的代名词。"兵马俑"是"穷兵黩武、鱼肉人民"的见证。从艺术看,这是珍品。从历史看,这是人民的灾难。

在"三宝"之中,"汉字"是唯一有积极意义的一宝。但是,汉字是古代文明的结晶,不是现代文明的利器。

我的朋友说:文明古国的"现代化"是一场脱胎换骨的革命。"封闭"要改为"开放",开放要开放竞争和开放思想。"专制"要改为"民主",民主要废除特权和废除垄断。"教育"要摆脱"教条",既要摆脱古代教条,又要摆脱现代教条。这等于说,要拆除长城,打破兵马俑,否定汉字的神秘性。

听了他这一番话,我"闭目深思"久之!

长城是封闭的象征

事物都有明暗两面。"三宝"的光明面,大家知道;"三宝"的阴暗面,有待认清。

从地缘政治来看,中国是一个天然的"封闭系统"。古代没有轮船和飞机,"天马"是和平时期的汽车,战争时期的坦克。东面的海洋、西面的高山、南面的丛林,都是难以逾越的天堑。可是北面的沙漠不难骑马越过。"北筑长城",弥补了沙漠的封闭功能之不足,使中国"固若金汤"。灿烂的"华夏文化",在这个封闭的暖房里安全地培育成长,蔚为大观。这要感谢以"长城"

为象征的"封闭系统"。

"封闭"产生"安全","安全"产生"懈怠"。当塞北民族秣马厉兵的时候,关内皇朝一派歌舞升平。塞北民族一次又一次越过长城,破关而入。北京在1000年间是"辽、金、元、明、清"五个朝代的首都,其中四个朝代属于塞北入侵的民族。"长城"不能抵御关外的入侵,却能解除关内的戒备,北京是一再的历史见证。

"封闭"产生"自满","自满"产生"落后"。我们以"四大发明"而自豪,想不到"四大发明"的真正受惠者是西方帝国主义。"指南针"改进了轮船的航海术,"火药"提高了大炮的杀伤力,轮船和大炮使中国的"海岸长城"变成敞开的大门。当"乾嘉盛世"陶醉于"万物皆备于我"的时候,西方积极地进行工业革命,使中国从此由先进变为落后。

这个封闭系统远离西欧,被称为"远东"。英法先侵吞非洲、中东和南亚,然后进一步向东侵吞中国。他们一路上消化大片大片的殖民地,这需要很多时间。到达"远东",还没有来得及吞下整个中国,而帝国主义时代已经快要到尾声了。远东和西方之间的遥远距离,给中国换来了时间,幸免于像印度那样成为"全殖民地",而成了一个"半殖民地"。

西方历史学家说,古代有七个"文化摇篮",六个(苏美尔、埃及、米诺斯、赫梯、米那、印度河)都在从地中海到印度河的"西方",只有一个(华夏)在黄河流域的遥远"东方"。西方六个文化摇篮,彼此距离较近,不难相互影响;它们地小人少,容易被历史浪潮冲掉,一个个都消亡了。唯有"华夏文化"是独自孤立发展起来的,虽然也受到印度文化的影响,只发生了补充作用,没有动摇华夏的根本。地处遥远而封闭的东方,又是地广人众,难于被人一口鲸吞,居然"巍然独存"。可是交流不多、竞争很少,2000年来蹒跚前进,发展迟缓。还没有赶上工业化,又到了"科技冷战"代替"军事冷战"的历史新时期。在这个新时期中,我们将怎样对待自己的"封闭惯性"呢?

秦始皇模式

"兵马俑"的发现,是考古史上的惊人大事,它使华夏文化"扬威"于原子弹的世界。提倡"星球大战"的美国总统里根,来到雄赳赳、气昂昂的"兵马俑"前面,竟显得十分渺小,好像是被解除了武装的"冷战失败者"!

秦始皇吞并六国,不仅建立了一个大一统的皇朝,还树立了一个"千古师表"的独裁制度:"秦始皇模式"。"兵马俑"形象地、无误地告诉大家:"秦始皇模式"是"军国主义"。一个皇帝,百万军人,千万奴隶,这就是"秦始皇模式"。兵马俑"活着"的时候,在并吞六国的不断战争中,杀人之多、残暴之甚,罄竹难书。仅仅在"攻赵"的一次战役中就"斩首十万"。"西涉流沙、南尽北户、东有东海、北过大夏",所到之处血流成河!

秦始皇首创最严密的"保密制度",把自己跟臣民众庶彻底隔开。宫中的信息漏到外面,查不出泄密的人,就把左右全部杀掉。宁可错杀一千,不使漏网一个。鱼肉人民的帝王必然害怕人民,死了也离不开"兵马俑"的庞大保安队。

"兵马俑"告诉我们，秦始皇"马上得天下，马上治天下"。知识分子对他无用。"焚书坑儒"，开后世"文字狱、语言狱"的先河。"以吏为师"，废除了孔孟传下的教育制度。官吏成为传达皇帝命令和灌输御用教条的传声筒，任务就是实行"愚民政策"。

从秦陵一角看到的宏伟，可以想见"阿房宫"的百倍豪华。这"宏伟"和"豪华"，全是奴隶的血肉堆成。

从七雄混战到四海统一，中国历史在动乱的阵痛中前进。废分封、设郡县，车同轨、书同文，是帝国统治的需要。老百姓受不了的是：年年徭役、岁岁抓丁，"繁刑严诛，吏治刻深，赏罚不当，赋敛无度"。人人"不敢言而敢怒"。终于，民不聊生，揭竿而起，胡亥三年而死，子婴四十六日而亡。"朕为始皇帝，后世以数计，二世三世至于万世，传之无穷"，成为历史笑话。深睡在地宫里的秦始皇，可能还在做梦，以为他的子孙正在"传之无穷"呢？

唐章碣"焚书坑"诗云："竹帛烟销帝业虚，关河空锁祖龙居；坑灰未冷山东乱，刘项原来不读书。"

我的朋友建议，给每一位"兵马俑"的参观者赠送一份《秦始皇本纪》和《阿房宫赋》。

想做文化英雄吗？

这几位外国科学家走在北京的街道上，看到一路都是天书似的汉字招牌，觉得进入了一个神话世界，其味无穷！他们都不识汉字，从在北京留学的外国学生那里听到，汉字数以万计，是世界上最难的文字,可是谁能攻破这一关,谁就是"文化英雄"。我的朋友开玩笑地问他们:"想做文化英雄吗?"他们大笑说:"不敢作此妄想!"

1990年2月12日

(原载《群言》1993年第10期)

传统宗教的现代意义

伊斯兰教的历史碰撞

伊斯兰教创始人穆罕默德(570—632)生于阿拉伯半岛的麦加。幼年贫苦,未学文字。曾随伯父的骆驼队到过叙利亚和耶路撒冷,大开眼界。后为一富孀经商,不久跟富孀结婚,成为麦加的活跃人物。610年他宣称在梦中得安拉传授,创立伊斯兰教。当时阿拉伯半岛处于原始部落后期,盛行灵物崇拜,各部落有各自的崇拜偶像,彼此战斗不休。穆罕默德以一神教统一信仰,团结向外,这是一大进步。但是受到麦加偶像崇拜者的迫害,不得不在622年出奔麦地那,在那里得到许多信徒,组成武装力量,迫使麦加捣毁"克尔白"古庙(天房)中的偶像,只留一块黑石头作为共同的礼拜灵物。

"伊斯兰"意为"顺从",教徒称"穆斯林"(顺从者),教典名《古兰经》(背诵)。信徒奉行五功:念功(念"除安拉外别无真主"),拜功(每天拜五次),课功(向教会纳捐),斋功(每年禁食一月),朝功(朝觐麦加)。教义源出基督教而经过简化;保留许多阿拉伯部落时代的传统。

伊斯兰教是政教合一的军事组织，信徒以"圣战"为天责，一手持经，一手持剑，传教杀敌，战死升天。穆罕默德去世（632年）时，半岛统一成伊斯兰教的神权国家。此后一百年间，半岛的游牧部落一跃而成跨越亚非欧三大洲的大帝国。

阿拉伯伊斯兰教帝国（632—1258年，共626年，相当于中国唐代到元代）

四大哈里发时期（632—661年） 穆罕默德的继承人称为哈里发。最初四位哈里发开始军事扩张，占领拜占庭帝国的叙利亚（636年）、巴勒斯坦（637年）和埃及（641年）；击败波斯帝国（642年），占领伊拉克、高加索和大部分波斯本土；灭亡波斯东北的萨珊王朝（651年）。在北非从埃及推进到大西洋。

倭马亚王朝时期（661—750年），首都大马士革 继续扩张，征服中亚的布哈拉、撒马尔罕、信德、旁遮普部分地区，到达印度河流域和中国唐朝边境。在北非，渡过直布罗陀海峡，占领安达卢西亚（西班牙）。但是入侵法兰克王国（732年）战败，从此不再越过比利牛斯山。

帝国统一货币（695年），阿拉伯第纳尔和堤尔汗取代拜占庭金币和波斯银币。统一语文，阿拉伯语成为伊拉克、叙利亚、埃及、北非等地的通用语言，阿拉伯文取代波斯文、希腊文和科普特文，当地原有语文大都消亡。

阿拔斯王朝时期（750—1258年），首都巴格达 当时，中亚大部分地区由唐朝安西都护府管辖。阿拔斯人侵入河外地（阿姆河和锡尔河之间,又称河间地)。751年(唐天宝九年)在怛罗斯(今哈萨克的江布尔)大战,唐安西节度使高仙芝战败,死伤7万人。阿拉伯俘获唐造纸工匠,造纸术传入西方。唐朝遇安史之乱,无力出兵讨伐。当地突骑施人(Turgish)和吐蕃人挡住了阿拉伯的东进。今高加索和中亚突厥国家,以及阿富汗、巴基斯坦、中国的新疆,从佛教改信伊斯兰教。

阿拉伯帝国在8世纪达到全盛。9世纪起逐渐衰落。有一位哈里发是突厥女奴所生,他为保护自己,雇佣突厥人组成近卫军,从此大权旁落。此后帝国分裂成多个王国,著名的有:西班牙后倭马亚王朝(756—1031年),首都科尔多瓦;北非法蒂玛王朝(909—1171年),首都开罗。帝国鼎足三分。1055年塞尔柱突厥人侵入巴格达,哈里发封塞尔柱首领为苏丹,掌握国家实权,哈里发只留宗教领袖的虚名。1258年蒙古人旭烈兀攻陷巴格达,杀死哈里发,阿拉伯帝国灭亡。

印度的穆斯林商人把伊斯兰教传到阿拉伯帝国之外的东南亚,包括印度尼西亚、马来西亚、文莱和菲律宾(菲律宾现在主要信基督教)。北非阿拉伯商人把伊斯兰教传入漠南非洲的广大地区。

奥斯曼突厥伊斯兰教帝国(1299—1922年,共623年,相当于中国元代中期到民国初年)

突厥人原来游牧于阿尔泰山以南。552年,建国于今鄂尔浑河流域,后来疆域扩大,东至辽海,西至里海。582年分裂为东突厥和西突厥。奥斯曼人是西突厥的一支,较早信奉伊斯兰教,13世纪初西迁小亚细亚，附属于罗姆苏丹国。1299年独立建国，14世纪末统一小亚细亚，侵占巴尔干半岛的大部分。1453年灭拜占庭帝国，迁都君士坦丁堡，改称伊斯坦布尔，成为伊斯兰教世界的中心。1517年灭埃及马穆鲁克王朝。此时版图超过阿拉伯帝国。19世纪初，属国纷纷独立，英法俄等国蚕食其地。一次大战，奥斯曼帝国与德国结盟，战败后帝国瓦解。1922年发生革命，在小亚细亚建立土耳其共和国（土耳其是突厥的变音），奥斯曼帝国结束。

从阿拉伯帝国到奥斯曼帝国，前后有1290年。这期间，欧亚大陆分为三大部分：西部是西欧，东部是南亚和东亚，中部是伊斯兰教帝国。中部最大，也最为发达，成为东部和西部之间的文化桥梁。《天方夜谭》中的豪华生活就是这时候的宫廷写照。今天人们经常谈论东方和西方，忘记了中间还有一片广大的世界。阿富汗战争提醒人们别忘了这片广大的中间世界。

中世纪在西欧是黑暗时期，在伊斯兰教帝国，尤其在阿拉伯帝国，是光明时期。黑暗会变成光明，光明会变成黑暗。在19世纪，奥斯曼帝国成为西亚病夫，中国成为东亚病夫。

今天全世界以伊斯兰教为主要信仰的有54个国家（其中阿拉伯国家20个），分三类：1. 政教分离，信教自由，民间信奉伊斯兰教；2. 政教合一，伊斯兰教为国教，不支持原教旨主义；3. 政教合一，伊斯兰教为国教，支持激进主义。支持激进主义的国家是极少数。

原教旨主义主张一切按照1300年前的《古兰经》办事，对现代文化进行圣战。伊朗的原教旨主义夺权成功，阿富汗的原教旨主义统治失败。

以凯末尔为首的土耳其革命是伊斯兰教国家现代化的开始。1922年废除哈里发和苏丹制度，政教分离；文字拉丁化，阿拉伯字母改为拉丁字母；解放妇女，读书就业；废除妇女从头盖到脚的罩身大黑袍，露面自由；废除伊斯兰教的教帽，戴帽自由；穆斯林原来有名无姓，改为有名有姓（群众送给凯末尔一个姓，Ataturk，土耳其之父）。这在伊斯兰教国家是惊天动地的改革，但是主要是社会改革而不是宗教改革，宗教惯性积重难返，冰山还未见开始融化。

伊斯兰教国家的开明程度彼此差别很大。有的国家很开明。有的国家跟部落时代离得太近，跟全球化时代离得太远。"9·11"是伊斯兰激进主义跟现代文化的一次历史碰撞。

基督教的时代适应

基督教是犹太教的分支，公元1世纪形成于巴勒斯坦，相传为耶稣所创立，信仰上帝创造并主宰世界，认为人类从始祖起就犯了"原罪"，将永远受苦，只有信仰上帝及其独生子耶稣基督才能得救。耶稣（Jeshua），人名；基督（Christos），救世主，敬称。罗马帝国占领犹太人的故乡巴勒斯坦。犹太教徒宣称，上帝将派弥赛亚来做犹太人的"复国救主"。基督教徒说，耶稣就是弥赛亚（基督，救世主）。基督教有两部圣经：《旧约》承继犹太教；《新约》主要是耶稣和门徒的言行录。"约"是人民对上帝约定的诺言。

奴隶的宗教

初期的基督教徒大都是贫民和奴隶，抵抗压迫，反对剥削。巴勒斯坦犹太人起义，遭到残酷镇压。耶稣以谋叛罪被罗马总督钉死在十字架上。

1世纪末，基督教传到叙利亚、小亚细亚、马其顿、希腊、罗马和埃及。基督教传入罗马帝国初期，只有底层社会秘密接受，希望现世受苦、来世得救。

帝王的宗教

罗马帝国长期对基督教徒残酷迫害。后来改变策略，利用基督教控制群众。313年认可基督教；380年定基督教为国教。基督教从被压迫者的宗教变为压迫者的宗教。

起初帝王利用基督教，后来基督教控制帝王。教皇凌驾于帝王之上。476年西罗马灭亡，基督教继续为后继政权服务。6世纪到10世纪，教会成为最大的封建领主，垄断文化教育，用神学控制政治、法律、哲学和道德。1054年东西分裂，东部称东正教，西部称公教（天主教）。13世纪，教皇权力达到全盛。

1220年罗马教皇通令天主教各国设立宗教裁判所，镇压反教会和反封建的异端，打击目标主要是自由思想、科学和进步书刊。1490年成立的西班牙宗教裁判所最为凶残，1483年至1820年间迫害三十多万人，十多万人被火刑烧死。教廷的倒行逆施，使中世纪成为西欧的黑暗时代。

宗教改革

16世纪，掀起宗教改革，抗议教廷的腐败和专横，分为三派，统称新教（抗议宗）。1. 路德宗：教廷在德国兜售赎罪券，1517年马丁·路德张贴《九十五条论纲》，抨击赎罪券的荒唐，揭发罗马教廷的腐败，提出信仰得救，不必经过教廷；主张建立廉俭教会，改革文化教育，简化宗教仪式，废除圣像圣物崇拜，只保留洗礼和圣餐两项；牧师可以结婚；各国用本国语言做礼拜（原来只用拉丁语）。改革得到德国和北欧国家的支持。2. 加尔文宗：1536年加尔文出版《基督教要义》，否定教皇权威，主张信仰得救，要求建立民主教会；以日内瓦为宣传中心，得到大陆各国响应；1598年法国宣布天主教仍旧是国教，但是人民有信仰新教的自由。3. 英国圣公会（安立甘宗）：1543年英国国会宣布，英王为英国教会的首脑，不受罗马教廷制约；1571年实行信仰得救，以《圣经》为唯一准则。宗教改革为民主革命开路。

宗教和科学的矛盾

宗教一成不变，科学日新月异，差距扩大，矛盾激化，《圣经》说太阳绕地球转；一位天文学家证明地球绕太阳转，被教会烧死在罗马广场。《圣经》说上帝取一条男人的肋骨造出女人；一位解剖学家数清男人的肋骨不比女人少，被教会处死。但是科学不怕死，新学说层出不穷。心理学家提出，宗教是人的幻想，上帝是人按照自己的形象创造的幻影，天国是地上王国的美化。

历史学家用客观考据研究《圣经》,发现内容充满想象,与事实不符。耶稣并非生于耶历第一年。生物学家发现人类是从猿类进化而成的。科学造反,神学无法招架。

后来,前苏联曾大规模宣传无神论,"宗教就是鸦片",教堂一律封闭。苏联瓦解之后,一夜之间,教堂满座。生物学家平日在实验室里研究进化论,礼拜天到教堂去做礼拜。许多科学家是教徒。这是什么道理呢?原来,宗教不是逻辑思维的结果,而是直觉感应的境界。知识的已知空间扩大,未知空间不是缩小,而是更加扩大。科学永远不能填满未知空间。逻辑无法否定不受逻辑支配的宗教。科学只知道现世,宗教开辟了另一个世界,来世。人类不满足于现世,向往一个更美好的来世。人类需要宗教。

宗教为社会服务

民主思潮迫使宗教退出政治,科学思潮迫使宗教退出科学。可是宗教的宇宙不是缩小了,而是更加宽大和自由了。宗教的本职是精神寄托和社会服务,这里有广阔无比的驰骋天地。经过自我革新的基督教会,从反对科学改为提倡科学,从抵抗民主改为支持民主,从阻碍进步改为促进进步,从离开世界改为进入世界。诵读《圣经》,取其精义,不拘泥于过时的字句。用历史观点来解释《圣经》,《圣经》就更有历史价值。通过方式多样的社会服务,证明了自身存在的价值,得到群众爱护。基督教适应了时代。

传统宗教的现代意义

在全球化时代，一切国家的文化都包含两个部分：一部分是世界共同的现代文化；另一部分是各国不同的传统文化。现代文化包含自然科学和社会科学，以及共同的现代生活，例如电灯、电话、电视、电脑等的利用。传统文化包含本国的文史哲，以及艺术和宗教。宗教是传统文化的重要组成部分，跟现代文化应当相得益彰，不应当彼此排斥。宗教能执行世俗制度所难以完成的任务，例如道德的教化，人格的升华。但是宗教控制政治、阻碍社会进步的时代必然要结束。传统宗教理应得到尊重，但是以不妨碍世界和平和人类进步为限度。超过限度就不可避免地要发生历史的碰撞，而历史的车轮是不可阻挡的。宗教为来世服务之前，先为现世服务，使人们看到，世俗社会能建设得如此美好，更相信天国一定是无比完美。这就是传统宗教的现代意义。

2001年12月9日
（原载《群言》2002年第2期）

信仰问答

看到某校一篇关于信仰问题的课堂问答,很有意思,记录下来,跟同好们共同研究。

学生:孔子说敬鬼神而远之,人们常说不要疑神疑鬼。鬼与神如何分别?鬼神跟信仰是什么关系?

老师:先有鬼,后有神,神是鬼的升华。先有小神(万物有神),后有大神(部落神、城邦神等);先有分工神(生殖神、农业神等),后有万能神(上帝、真主、梵天、玉皇)。信仰是逐步发展的,先有恐惧信仰,后有幻想信仰,更后有哲理信仰。菩萨塑像有的很恐怖,喇嘛教对尊者有吐舌头的礼仪,中国古代常用诚惶诚恐的敬语,这是恐惧信仰的遗迹;希腊多神,神话活灵活现,这是幻想信仰的典型;佛教论证色即是空,修炼进入熄灭烦恼的涅槃境界,这是哲理信仰。

学生:科学昌明,为什么还要宗教?

老师:科学还处于初期状态,方兴未艾。科学能理解的领域在扩大,科学不能理解的领域也在扩大,宗教是科学未知领域的精神安慰。受过科学教育的人们只占全世界人口的一小部分,人类大多数还生活在原始信仰之中。有的科学家平日研究科学,星期天去教堂做礼拜，信仰和科学互不妨碍，好像白天生活和夜间做梦互不妨碍一样。

学生：美国有学者说：亚洲创造宗教，欧洲创造主义。宗教和主义都是信仰吗？科学跟信仰是什么关系？

老师：宗教创造于神学时代，主义创造于哲学时代。宗教和主义同样不许怀疑，都是信仰。科学不怕怀疑，欢迎反复论证，不同于信仰。信仰与科学的分别，在是否容许怀疑。

学生：近年来震动世界的恐怖新闻，大都跟宗教有关。有人说，这是现代化激怒了宗教，对吗？现代化跟宗教必然是矛盾的吗？

老师：有的宗教经过改革，幻想来生同时建设现世，跟现代化没有矛盾。有的宗教千年不变，幻想来生而否定现世，死了比活着好，未能适应现代化。

学生：现代化是历史的进步，为什么要反对？

老师：现代化要求变革，一方面触及既得利益，一方面触及传统意识。

学生：今天的现代化生活，远远胜过了宗教经典所描写的天堂。为什么人们还把天堂当作最理想的归宿？

老师：能享受到现代化生活的人太少，多数人没有看见过现代化生活，别说享受到现代化生活了。人类永远不满足于现实，永远幻想着有更美好的灵境出现。

学生：宗教和文化是什么关系？

老师：宗教是原始文化的结晶，在古代宣传宗教就是推广文化。文艺复兴之后，科学猛然起飞，否定宗教中的某些假设，于是宗教跟科学发生矛盾。有的宗教改用历史观点解释经典，容许认识的更新，跟科学不再矛盾了。有的宗教还未能做到这一点。

学生：主义和文化是什么关系，跟宗教和科学如何区别？

老师：信仰分直觉信仰和哲理信仰；宗教是直觉信仰，主义是哲理信仰。知识分经验知识和实证知识；主义是经验知识，科学是实证知识。宗教和主义都不许怀疑，科学欢迎怀疑，不断反复论证。

学生：为什么国家跟宗教难分难解？世界各国按信仰如何分类？

老师：神权国家，政教合一，又分神学教育和世俗教育；君权国家，一人或一个集团统治全国，又分经济封闭和经济开放；民权国家，多党直选、三权分立，又分自由民主和限制民主。有的国名标明宗教立国；有的国名标明主义立国；民主国家一般没有国名标签。

学生：苏联瓦解后，许多国家删除国名中的"人民"两字。为什么？是哪些国家？

老师：国名中加"人民"两字原来表明是模仿苏联，删除两字表示不再模仿。删除"人民"两字的国名不少，可查地图。

学生：新阿富汗，国名为"阿富汗伊斯兰教国"，这跟塔利班有何区别？

老师：塔利班建造四万个清真寺，召集三十万毛拉，实行宗教教育。新阿富汗培养一百万小学教师，实行世俗教育。这就是区别。

学生：新伊拉克也有官方宗教，为什么国名为伊拉克共和国,不称伊拉克伊斯兰教国?

老师:这表示政教分离了。

学生:什么叫做萨满教?

老师:一种原始宗教,流行于欧亚大陆的北方大地,广袤无垠,从北欧的芬兰到东亚的尽头,延长到北美和中南美。不同地方,名称不同,实质相同。蒙古族、满族、突厥族、芬兰族、俄罗斯族,是主要的在民间信奉萨满教的民族。北亚、中亚诸多民族,都以萨满教为传统宗教。它不是官方宗教,但是深入民间,成为许多民族的潜在意识。

学生:它的具体表现是什么?

老师:它没有经典,没有组织,没有神殿,信徒游荡,巫术治病,驱鬼迎神,占卜吉凶。"跳神"是典型活动之一。

学生:俄罗斯也相信吗?

老师:在俄罗斯,它隐藏于东正教之中,表现为"圣愚崇拜"(参看《理解俄国:俄国文化中的圣愚》,生活·读书·新知三联书店和牛津联合出版)。"圣愚",既圣又愚的"圣人",实际是一种巫师。大文豪如普希金、托尔斯泰、陀思妥耶夫斯基等都有描写圣愚的著作。帝俄时代,某些"圣愚"出入宫廷,影响政治。一向禁止新闻报道,外界茫然无知。

学生:中国也有原始信仰吗?

老师:中国商朝,盛行原始信仰,国家大事都要占卜,甲骨文中的"贞人"就是知识巫师。今天中国的边地还有巫师活动。

学生:马克思说,宗教就是鸦片,为什么苏联实行这一理论,完全失败?

老师：苏联把马克思主义捧成不许怀疑的信仰，以不许怀疑消灭不许怀疑，自然失败。

学生：什么叫做激进主义？

老师：凡是经典的教条都要实行（例如小偷要砍手）；凡是传统的习惯都要遵守（例如女人出门必须罩黑袍）。

学生：有人说，民主选举不适合宗教激进主义国家。这是什么意思？

老师：从小受宗教教育，只能信仰，不能思考，没有独立思考的习惯，又害怕得罪上层。没有独立思考的选举当然不是真正的选举。

学生：世界扰攘不安，是不是现代化的道路走不下去了？

老师：现代化是历史的自然趋向，不是某些人的预谋设计，任何人无法改变历史的进程。世界扰攘不安是人群正在调整相互共处的方式。这很像地震是地球板块在调整相互间的方位一样。

2006年8月15日，时年101岁

读史散篇

文艺复兴和启蒙运动

了解过去,开创未来

人类历史从封建主义到资本主义,中间经过一个漫长的转变过程。转变过程分为两个阶段,前一阶段称为文艺复兴,后一阶段称为启蒙运动。文艺复兴开始于14世纪西欧经济和文化中心的意大利,启蒙运动开始于17世纪西欧经济和政治发展较快的英国,后来传播开来,成为欧洲和整个世界的历史前进运动。

文艺复兴导致思想解放,启蒙运动导致社会改革,西欧发生根本性的变化:从迷信到理智,从奴役到自由,从特权到平等,从幻想到科学。今天世界上最发达的西方七国(英美加法德意日)都是在这个历史前进运动中先后成长起来的。

文艺复兴

文艺复兴(Renaissance,原意"再生")是西欧14—16世纪开始于意大利的文学和艺术的创新运动,逐渐传播到法国、英国和其他国家。内容从文艺创新扩大到宗教改革、科技探索、地理大发现。主导思想是反抗宗教神学和封建专制，提倡尊重人格尊严的人文主义。人文主义反对神权和神性，宣扬人权和人性；反对蒙昧和神秘，发展理性和科学；反对来世和禁欲，重视现世和幸福；反对封建等级特权，提倡自由平等友爱。

1. 希腊学术的复兴

中世纪的西欧不学习希腊文，古希腊的学术已经遗忘。后来住在西班牙和西西里岛懂得阿拉伯文的犹太人，把希腊的学术著作从阿拉伯文译本转译成为拉丁文。1260年有亚里士多德的著作译本，不久又有欧几里得、加伦、托勒密等的著作译本，但是一直没有柏拉图的著作译本，因为阿拉伯文中也没有。

13世纪中期，通晓希腊文的英国学者格罗西特斯特（1168—1253）把亚里士多德《伦理学》译成拉丁文，并介绍了其他古希腊的哲学和科学著作。1423年，一位从君士坦丁堡回到意大利的旅行家带来238册手抄本，其中有柏拉图以及古希腊戏剧家和历史学家的著作。1453年，信奉伊斯兰教的奥斯曼帝国占领君士坦丁堡，东罗马的学者们纷纷逃往意大利，带去西欧失传已久的古希腊典籍。希腊学术在意大利开始复兴，首先在文艺方面出现活跃景象。

希腊学术复兴的主要收获是，思维方法从迷信教条变为按照逻辑进行独立思考。

2. 民族文字的诞生和民族文学的勃兴

创造民族文字是唤醒民族文化的前提条件。在长达1000年的中世纪，西欧各民族学习跟本民族语言完全不同的拉丁文而没有自己的民族文字。到9世纪加洛林时期开始了民族文字的最初萌芽，直到文艺复兴时期民族文字才成熟起来。他们在拉丁文之外，采用本民族的主要方言作为民族共同语的基础，用拉丁字母写成本民族的文字，主要有罗曼语族的意大利文、法文、西班牙文，日耳曼语族的英文、德文等。

民族文学的勃兴开始于意大利。但丁（1265—1321）是意大利民族文字和民族文学的开创人。他的《神曲》（"神的喜剧"）以寓言方式叙说自己被逐出故乡佛罗伦萨，经历地狱、炼狱和天堂的磨难，借宗教神话控诉天国的荒唐。彼特拉克（1304—1374）著《我的秘密》，提倡人文主义，颂扬现世生活。他说："我是凡人，只求凡人的幸福。"薄伽丘（1313—1375）著《十日谈》，讽刺教会贵族，赞扬市民群众；反对压制情欲，揭露不结婚的传教士们的七情颠倒。

英国的乔叟（1340—1400）著《坎特伯雷故事集》，描绘14世纪英国社会生活，是英国最早的人文主义作品。莫尔（1478—1535）著《乌托邦》，虚构一个岛屿上的理想社会，居民未受基督教启示而能把社会治理得井井有条，反照现实社会的不合理。他拒绝承认亨利八世为英格兰教会首领，1535年被处死刑。莎士比亚（1564—1616）创作喜剧、悲剧、历史剧等多种不朽作品，谴责封建暴政，提倡婚姻自由。

法国的蒙田（1533—1592）著《随笔录》，强调自由思考，反对禁欲主义。拉伯雷（1494—1553）著《巨人传》，提倡人性教育，批斥封建思想。他说："请你们畅饮知识，畅饮真理，畅饮爱情。"

西班牙的塞万提斯（1547—1616）著《堂吉诃德》（"奇情异想的绅士堂吉诃德"），描写一个绅士，学习剑客，出马游侠，成为可笑而又可怜的悲剧英雄。故事滑稽而荒唐，讽刺当时社会的不合理现象，使读者笑出眼泪，在眼泪中领悟人生。

民族文字诞生的主要收获是以活的白话文代替死的拉丁文；民族文学勃兴的主要收获是文学摆脱教会和教条的束缚。

3．艺术的创新

意大利的乔托（1276—1337）跟但丁齐名，都是文艺复兴的开创人。他的壁画人物，呈现空间效果，有鲜明的立体感，成为后世的艺术楷模。达·芬奇（1452—1519）的肖像画《蒙娜丽莎》表现女性的内心活动，被誉为世界美术杰作之冠。他的壁画《最后的晚餐》描绘典型人物的不同性格，成为文艺复兴时期的绘画典范。米开朗琪罗（1475—1564）在建筑、雕刻、绘画、诗歌等方面都留下不朽杰作。他在罗马梵蒂冈西斯廷礼拜堂的巨幅屋顶壁画，被称为世界最宏伟的艺术作品。他也是伟大的雕刻家，他说："雕刻家可以像上帝一样再现人体形象，但是只有有灵感、有创见的天才才能赋予雕刻的人物形象以生命感。"看到罗马雕刻家把坚硬的大理石雕成肌肤柔软的裸体女像，人人都说，叹观止矣！

艺术创新的主要收获是，只用手不用脑的艺术，变为既用手又用脑的艺术。

4. 宗教改革

基督教宣称，人人有罪，婴儿出生就有原罪，必须向上帝做奉献，祈求赎罪，否则死后不得进入天堂，还要到炼狱去受罪。罗马教皇出卖赎罪券，从西欧各国搜刮钱财。1517年，德国的马丁·路德（1483—1546）发表《九十五条论纲》，揭露教皇出卖赎罪券的荒谬，认为教徒自己阅读《圣经》，能直接与上帝相通，无须教会作中介，不承认教会对《圣经》解释有垄断权。1536年，法国的加尔文（1509—1564）发表《基督教原理》，认为人们得救与否全由上帝决定，教会无权过问。

1534年，英国国王亨利八世（1491—1547）宣布脱离罗马教廷，自立英国圣公会，北欧各国相继效法。基督教于是分成三部分：罗马天主教、东正教（希腊正教）、新教。

宗教改革不是否定宗教，而是反对罗马教廷的专横和腐败。宗教改革的主要收获是，信教自由，信教不妨碍科技探索。

5. 科技探索

哥白尼（1473—1543）在1530年完成《天体运行论》，违反《圣经》所说耶和华命令太阳静止不动。后世把这一发现称为"哥白尼革命"。布鲁诺（1548—1600）研究日心说，提出无限宇宙论，1600年被教皇判为异端，在罗马广场上被烧死。开普勒（1571—1630）提出地球和其他行星沿椭圆形轨道绕太阳旋转，太阳和行星之间的引力使行星沿其轨道运转，预示了万有引力原理。伽利略（1564—1642）为日心说辩护，用自制的放大三十倍的望远镜，发现木星的卫星，土星的光环，太阳的黑子；1616年，罗马异端裁判所指斥他的日心说"愚蠢、荒谬"，逼迫他公开认错，判他终身监禁。他喃喃自语，"不论发生了什么事，地球仍在旋转"。

塞维图斯（1511—1553）发现血液的肺循环。维萨里（1514—1564）发表《人体结构论》，开创解剖学和生理学。

15世纪中叶，西欧改进了大炮，炮兵成为重要的作战兵种。1500年后，火枪改成滑膛枪，结束了骑士和长矛的时代。

科技探索的主要收获是开辟了通向科学和技术的发展道路。

6．地理大发现

中世纪时候，地中海经红海通往印度洋的航路，被信奉伊斯兰教的土耳其人和阿拉伯人控制，地中海区域的中介贸易被切断，引起西欧经济恐慌。西欧急于找寻不经过地中海而直接通往东方的航路。

文艺复兴时期，造船术的进步，地理知识的积累，地圆说的传播，加上发明了钟表，改进了罗盘针，造出了多帆的航海大船，使远洋航海成为可能。

1488年,迪亚士(约1450—1500)到达非洲南端好望角。1498年,达·伽马(1460—1521)经好望角到达印度。1492年,哥伦布(1451—1506)到达美洲。1519—1522年,麦哲伦(1480—1521)和他的伙伴环航地球。1642—1643年,塔斯曼(1603—1659)到达澳大利亚和新西兰。

地理大发现的主要收获是改变了宇宙观,天人合一变为天人无关。

启蒙运动

启蒙运动(Enlightenment,原意"发光")是17—18世纪西欧在文艺复兴之后的又一次推进民主和科学的思想解放和社会改革运动,开创于英国,蓬勃于法国,实践于美国,扩大到整个世界。康德(1724—1804)在《什么是启蒙》(1787)中说:"启蒙就是使人们脱离未成熟状态。"

启蒙运动不是简单地继续文艺复兴,而是发展和提高了文艺复兴。这时候,西欧和整个世界对民主和科学的认识提高了,理论变为行动,改良变为革命。社会结构开始改革,阶级关系、政治权力和政府组织都发生了前所未有的变化。

关于宗教神学,文艺复兴只求去除教廷的贪婪腐败和教义的繁缛虚伪,摆脱精神枷锁,争取信教自由;宗教改革没有触及宗教的基本原理和教会的存在价值。启蒙运动开门见山,怀疑人格神的存在,提出自然神论乃至无神论,动摇了宗教和教会的根本。

关于封建专制，文艺复兴只想减轻帝王的横征暴敛，给人民以喘息的空间，甚至希望加强君权，约束地方割据，借以保护市民的经济活动。启蒙运动不再卑躬屈膝，而是直截了当进行夺权斗争，矛头指向封建制度；启蒙学者提出了建设民主制度的理论和实施方案。

1. 启蒙运动在英国

启蒙运动时期，英国是西欧经济发展最快、社会改革最早的国家。英国的社会改革，不是先有理论，后有革命，而是先有革命，后有理论。英国是孤悬海外的岛屿国家，封建势力比欧洲大陆薄弱。君主被迫把权力一步一步交出来，最后只保留礼仪性的权力。形式是君主立宪，实质是虚君民主。

（1）英国的启蒙思想

地理的发现，经济的上升，神权的破灭，王权的削弱，人民群众的思想活跃起来了。人人都发生一些跟过去大不相同的想法。出现了一群先进的知识分子，代表群众的要求和思想，把时代思潮组织成系统的启蒙理论。

弗·培根（1561—1626），现代实验科学的始祖，认为自然界是物质的，物质与运动不可分离。"知识就是力量"。一切知识来源于感觉，掌握知识的目的是认识自然，以便征服自然。科学是运用归纳、分析、比较、观察和实验的理性方法来整理感觉的材料。他对归纳法作了系统的论述。反对教条和权威，因为它阻碍人们获得真正的知识。

霍布斯（1588—1679），主张用力学和数学说明一切现象，建立机械唯物主义。哲学的目的是认识自然、征服自然、造福人民。开创功利学派和利己主义心理学。国家起源于人民通过契约把权力交给政府，换来政府对人民幸福的保障。反对君权神授，抨击教会凌驾于国家之上。

洛克（1632—1704），继承和发展培根和霍布斯的学说。建立唯物主义经验论和知识起源于感觉的学说。反对天赋观念论，认为心灵本是一张白纸，后天获得的经验是认识的源泉。反对君权神授说，拥护君主立宪。提出政府分权学说，主张立法机关应当是一个经选举产生的机构，而执行机关则是单个人或君主，立法权与行政权必须分立（两权分立）。政府是人民对统治者的一种信任，统治者的权力是有条件的而非绝对的，人民是最终的主权归属；如果政府失去人民的信任，人民有权撤回他们的支持，推翻这个政府。人民最初享有自然自由，后来订立契约进入社会，享有社会自由，社会自由须受法律约束。法律的目的不是废除或限制自由，而是保护和扩大自由，哪里没有法律，哪里就没有自由。

牛顿（1643—1727），建立经典物理学，发现万有引力定律。创制反射望远镜，考察行星运动规律，解释潮汐现象，预言地球非正球体，说明岁差现象。采取观察、实验和推理方法，用精确的机械观点解释整个自然界，使上帝失去指引星辰的能力，不再能命令太阳静止不动。

(2)英国的社会改革

在启蒙运动期间,英国的社会结构发生了重大的变化,涉及阶级、政治和政府各个方面。英国的宪法内容是逐步积累起来的,没有写成综合文件,称为不成文宪法。

1215年《大宪章》("英国人民自由大宪章")。这是英王被迫签订保障贵族和平民的权利的文件,人类历史上绝对皇权受到限制的开始,成为欧洲许多国家反对专制的战斗旗帜。共有63个条款,包括:保障教会、贵族、骑士的各种权利;保障城镇、贸易和商人的各种权利;关于法律和司法改革的许多条款;关于限制皇家官吏行动的条款;规定国王必须遵守宪章,未经合法裁判,对任何人不得施行逮捕、监禁、没收财产、放逐出境。在当时,这是破天荒的革命。后来英国的"权利请愿书"(1628)直接来源于《大宪章》;美国的"联邦宪法"含有《大宪章》的思想,沿用了大宪章的词句。今天,《大宪章》仍旧是英国宪法的基本组成部分。

1640年英国革命。历史学家把1640年这一年作为世界近代史的开始,因为它开辟了一个民主化的新时代。这次革命又称"英国内战"或"清教徒革命"。清教徒,英国新教的一派,只信奉《圣经》,不服从教会,主要由中下层受压迫的人民所组成,是1640年英国革命的主要力量。当时,英国经济快速发展,但是土地占有、行会控制、贸易垄断、苛捐杂税等封建制度阻碍经济发展。1628年,英国议会通过限制王权的"权利请愿书"。英王查理一世不同意,下令解散议会。1640年,查理一世被迫重开议会。1642年,查理一世挑起第一次内战,议会胜利,查理一世被囚禁。当时，议会中一派坚持君主立宪，另一派提出《人权公约》，主张废止国王，成立共和国。1648年发生第二次内战，次年查理一世被杀，议会正式宣布英国为共和国。后来，1688年发生政变，国会中的保皇党派联合起来重新建立君主立宪制，保留国王，但是缩小了王权。

1688年"光荣革命"。这次革命推翻企图扩大王权的英王詹姆斯二世，历史学家称为不流血的"光荣革命"。议会迎接詹姆斯二世的女婿、信奉新教的荷兰执政威廉来英国。1688年威廉兵不血刃进入伦敦，1689年，议会宣布威廉为英王。同时，议会向威廉提出《权利宣言》，经正式通过，成为1689年《权利法案》("宣布臣民权利和自由与确定王位继承办法的法案")。内容规定：国王未经议会同意不得停止任何法律，未经议会同意不得征收赋税，国王不得干预议会事务，议会必须自由选举，议员有充分的言论自由。这个进一步限制王权的法案，成为英国宪法的基本文件之一。

英国君主立宪制。1263年，国王和贵族发生战争，贵族获胜，1265年召集会议，这是英国议会的开端。14世纪以后，议会分为上下两院。1689年议会通过《权利法案》，议会制君主立宪政体确立。君主是世袭国家元首，实际是统而不治的虚君。上院不经选举，由各类贵族组成。下院经选举产生。议会有立法权、财政权、对行政的监督权，主要由下院行使。议案程序是：议会辩论，三读通过，送交上院，英王批准。英王从未否决。内阁由议会多数党组成，多数党领袖为首相。

启蒙运动是工业化的前奏。英国首先掀起启蒙运动，工业革命开始于英国。

2. 启蒙运动在法国

法国的启蒙思想，深受英国影响。在法国，参加启蒙运动的学者有200多人，启蒙时期长达一个世纪，涉及哲学、政治学、经济学、文学艺术、科学、教育各个方面。

（1）法国的启蒙思想

孟德斯鸠（1689—1755），曾游历英国，研究洛克等人的著作，赞美英国议会制度。1734年发表《罗马盛衰原因论》，认为兴盛由于实行共和制，衰败由于专制暴政。1748年出版《论法的精神》（"论法律和各国政府体制、风尚、气候、宗教、商业等的关系"，严复译作《法意》），彻底否定神学史观，指出国家的目的在于保护政治自由，每个公民有权去做法律所许可的事情。批判封建专制暴政，痛责宗教迷信和奴隶贸易，宣扬人权、政治自由和信仰自由。他把政权分为立法、司法、行政三个部分，彼此分立，相互约束（提倡三权分立说，补充了两权分立说），立法权必须操在人民代表手中，行政权则归属世袭君主，司法权由选举产生的常任法官掌握。

伏尔泰（1694—1778），曾用讽刺诗抨击封建统治，触犯王室贵族，两次入巴士底狱。旅居英国，深受牛顿和洛克的影响，归国后宣传英国社会制度和自由思想。揭露天主教会黑暗残酷，号召粉碎这种无耻罪恶。主张改造法庭，建立陪审制度，禁止任意逮捕,废除酷刑。著作涉及自然科学、哲学、历史、戏剧、诗歌等方面。为狄德罗主编的《百科全书》撰文。他说:"我不同意你说的每一个词,但是我愿意誓死保卫你说话的权利。"

狄德罗(1713—1784),认为自然是一个永远流动的统一系统,其中存在时间、空间和物质。提倡唯物主义的感觉论,肯定知识来源于感觉,而感觉是外界事物刺激人们感官的结果。宣传"社会契约论",君主的权威来自政治契约,君主的职责是保卫公民不受他人欺凌;抨击封建社会中神权和政权的干扰。大力提倡自由,包括政治自由、贸易自由以及学术研究自由。他的最大成就是主编《百科全书》,在他周围聚集了伏尔泰、达兰贝尔、霍尔巴赫、格里姆、卢梭等一批卓越思想家,宣传理性主义,反对宗教愚昧。《百科全书》多次被禁,他克服重重阻力,坚持达20年之久,毕生为真理和正义而奋斗。

卢梭(1712—1778),从自然神论者发展为无神论者。认为人生而自由、平等,随着私有财产的出现,富人获得合法奴役穷人的自由,穷人失去自由的权利,只有消灭暴君才能获得新的自由。既反对无政府主义,又反对封建专制主义。著《社会契约论》(旧译《民约论》),提出人民主权学说,国家是人民通过社会契约所组成,国家主权来自人民,不能分割或转让,人民有任命、罢免和监督行政首领之权,有决定国家统治形式之权,有推翻专制制度的起义之权。设计民主共和国的具体方案。又著教育小说《爱弥尔》(1762),主张保护儿童的自然本性,听其身心自由发展,开创近代的启发式教育。著作被取缔,本人被迫害,不得已流亡瑞士和美国。

(2)法国的社会改革

18世纪,法国经济向上发展,但是受到封建行会、工业法规、赋税关卡等的束缚。资产阶级处于无权地位,联合城市平民、手工业工人和农民,组成革命力量。启蒙运动之前,法国是欧洲的封建堡垒,改革特别困难,斗争特别猛烈。

1789年"法国大革命"。国王路易十六代表第一等级(僧侣)和第二等级(贵族),跟广大人民的第三等级(农民、城市平民、资产阶级)之间矛盾尖锐。1789年5月,国王被迫召开已经175年没有召开的三级会议,继而改为国民议会和制宪议会。7月14日,巴黎人民起义,攻占囚禁政治犯的巴士底监狱,后来这一天定为法国的国庆日。同年,制宪议会通过《人权宣言》,制定君主立宪的《1791年宪法》,召开立法议会。1792年8月10日,巴黎人民第二次起义,逮捕秘密政变的路易十六,次年送上断头台。9月21日,召开普选产生的国民公会,成立法兰西(第一)共和国,废除国王。1793年5月31日,巴黎人民第三次起义,推翻执政的吉伦特派,由罗伯斯庇尔的雅各宾派实行革命专政,颁布共和国的《1793年宪法》。

1789年《人权宣言》("人权与公民权宣言")。1789年国民议会通过,1793年法国宪法用作序言。受英国《人民公约》和美国《独立宣言》的启示,以洛克和卢梭的"自然法"和"社会契约"为哲学基础。要点:人民生来而且始终是自由的,在权利上是平等的;人民有自由、财产、安全和反抗压迫的自由;主权来自国民,任何团体或个人不得行使未由国民明确授予的权力;所有公民都有权亲自或经过代表参与制订法律,法律面前,人人平等;未经法律规定，不按法律手续，不得控告、逮捕或拘留任何人；一切公民都有言论、著作、出版的自由；财产是神圣不可侵犯的权利。

1793年《法国宪法》。法国从1792年到1958年，建立了五个共和国（从第一共和国到第五共和国），制定了13部宪法。其中，从封建专制变为民主共和的宪法，是法国大革命的果实：1793年《法国宪法》。这是法国第一部比较完整地体现资产阶级政治要求，并在一定程度上反映小资产阶级和工人农民利益的宪法。全文分为人权宣言（序言）和宪法正文。主要内容：保障公民的平等、自由、安全和财产；公民有言论、出版、和平集会、宗教信仰的自由；有受教育和受社会救济的权利；有选举立法会议员和复决法律的权利；法律面前，人人平等，公民不受非法控告、逮捕和拘禁；承认财产私有制；确立立法、行政和司法三权分立制度；取消选民的财产资格限制。由于内外动乱，这部宪法没有付诸实施。但是它的民主原则被后来的法国宪法慎重遵守，并对许多国家的宪法产生影响。

3．启蒙运动在美国

美国的启蒙思想来自英国和法国。美国的独立和建国是英法启蒙运动的扩大实践。美国的反英独立战争开始于1775年，结束于1783年的《巴黎条约》。

（1）美国的启蒙思想

富兰克林（1706—1790），早年编印《可怜的理查德历书》，宣传新的哲学、科学、文学和艺术，传播启蒙思想，畅销欧美各国。北美独立战争中，参加起草《独立宣言》。1778年，利用英法矛盾，签订《美法同盟条约》，促使法国、西班牙、荷兰先后参战，加快独立战争的胜利。1787年，参加制宪会议，主张废除黑奴制度，将人民权利列入宪法。

潘恩（1737—1809），曾任《宾夕法尼亚》杂志的主编，发表《美洲的非洲奴隶制》，痛斥奴隶贸易。1778年，出版《常识》一书，猛烈抨击英国政府对待殖民地的暴政和君主专制政体，主张北美殖民地独立，采用共和制。《常识》一书，通俗易懂，充满革命激情，深受北美殖民地人民的欢迎，成为独立战争的重要思想武器，其中的民主思想在《独立宣言》中得到了充分的反映。1791年，发表《人权论》，表述天赋人权的思想，尖锐地批评专制制度和等级特权，论证被压迫者有权推翻专制统治。

杰斐逊（1743—1826），美国第三届总统。1767年，选入殖民地议会。1774年，发表《英国美洲权利概述》，指出英国国会无权为殖民地制定法律。1775年，出席第二届大陆会议，1776年，主持起草《独立宣言》。他认为个人生来就有权得到维持生活的财产或职业，每个人都有受教育的权利，都有不可侵犯的自由。他制订宗教信仰自由的法案，取消宗教上的特权和歧视。他反对奴隶制度，1782年提出美国在1800年以后完全消灭奴隶制度，未获通过。他遵循华盛顿的民主先例，不连任三届总统。

麦迪逊（1751—1836），美国第四届总统，1787年《美国宪法》的主要起草人。1776年，选入弗吉尼亚代表会议，起草关于宗教信仰自由的文件。1787年，在制宪会议上提出的方案，成为制订宪法的指导原则。在《联邦党人》发表论文多篇,对宪法作了权威性的阐述。在国会中提出宪法修正案,强调宗教信仰、言论、出版自由的重要性。

华盛顿(1732—1799)担任两届美国总统(1789—1797)之后,群众推举他担任第三届。他说,我不能树立连任三届的不良先例。这是华盛顿的启蒙思想。其后200年间,除罗斯福在战争时期担任第三届之外,没有人担任第三届。这一优良传统影响到其他一些国家。

(2)美国的社会改革

1776年《独立宣言》。英属北美殖民地人民发动独立战争之后,举行"大陆会议",由杰斐逊主持起草《独立宣言》。1776年7月4日,通过这个文件,这一天后来规定为美国国庆日。主导思想继承和发展了天赋人权和社会契约的理论,宣布一切人生而平等,上帝赋予他们生存、自由和追求幸福等不可让与的权利;任何政府损害这些权利,人民有权更换它,另立新政府。《独立宣言》第一次以政治纲领形式确立"人权原则",推动了后来欧洲各国的革命,特别是法国大革命及其《人权宣言》。

1787年《美国宪法》和1789年《人权法案》。《美国宪法》,1787年制定,1789年生效,这是世界上第一部民主共和的成文宪法。1789年,国会又提出宪法的"10条修正案",1791年成为宪法的一部分,称为《人权法案》,内容有:保护个人的自由权利,如言论和出版自由,宗教信仰自由;抗议政府的和平集会权利;享受正当的法律程序及公正的陪审团的审判的权利;不受残忍和不寻常的刑罚和扣压的权利；人身和财产不受无理搜查和扣压的权利；政府权力来自人民的基本原则。后来又补充：1865年废除奴隶；1920年妇女选举权；1971年选举年龄降为18岁；1972年男女权利平等。

"三权分立"。这个原则，美国最先写入成文宪法。立法、行政、司法，三种国家权力分别由不同职能的机关行使，相互制约和平衡。分权思想源出古希腊的亚里士多德。近代明确阐述分立学说的是英国的洛克；1748年法国的孟德斯鸠在《论法的精神》中发展了洛克的学说，系统地提出三权分立原则，立法权由议会行使，行政权由总统或内阁行使，司法权由法院行使。后来民主国家普遍实行三权分立制度。

历史进退，匹夫有责

18世纪结束了。启蒙运动没有跟着结束。文艺复兴和启蒙运动是历史前进运动的潜在规律。

历史是一种基础知识。不论从事哪一行专业，如果有了必要的历史知识，就会增进人生的动力和人生的意义。一个社会中如果有适当的一部分人达到这样的境地，就能把社会建设成比较理想的状态。

今天，世界上存在着差异极大的各种社会。从不知道穿衣服的部落到口袋里装着移动电话的人群，并立于同一个地球上。报纸刊登亚马逊雨林中的裸体部落照片和印度洋安达曼群岛上的裸体部落照片，提醒我们还有不少一向没有往来的邻居。人群之间的"文化时差"有一万年。只有历史能说,我们站在时间的什么地方,应当向什么方向前进。历史进退,匹夫有责。

2000年12月24日

(原载《群言》2001年第2期)

回顾资本主义时期

社会发展史告诉我们，人类社会的历史发展，在原始社会时期之后，是奴隶社会时期、封建社会时期和资本主义时期。现在，资本主义时期已经结束，后资本主义时期已经开始。1640年的英国民主革命，开始了近代世界史，这是资本主义时期的起点。1946年发明电脑，后来形成国际互联网，开始了信息化的后资本主义时期，这是资本主义时期的终点。社会发展时期的分界线是按照发达国家的历史来划分的。发达国家已经走完资本主义时期、进入后资本主义时期；其他国家有的正在资本主义道路上行进，有的还没有赶上资本主义，停留在封建社会、奴隶社会或原始社会时期。这里回顾一下刚刚过去的近三百年资本主义时期，看看它的光明面和阴暗面，给它的背影画一幅最简单的素描图，尝试了解人类的历史处境。

资本主义的发展活力

资本主义的结构

资本主义由三个要素构成：工业化、民主化和科学化。

1. 工业化。工业化又称工业革命，主要特征是机械化和电气化。手工生产改为机械生产，改良品质，扩大产量；机械延长和加强双手，生产从半自动化发展到全自动化。同时，人力和畜力改为水力、蒸汽力、电力和内燃机，实现动力革命。

工业革命开始于英国纺织业的机械化，纺纱和织布之间发生戏剧性的彼此追逐：（1）发明飞梭，引起纱荒。1733年凯伊发明飞梭，布匹幅度加宽，生产效率提高一倍。织布加快，发生纱线供不应求。（2）珍妮纺机，代替手工。1738年惠特发明滚轮式纺纱机，不用手指纺出棉纱。1765年哈格里夫斯发明珍妮纺纱机（珍妮是他妻子的名字），一只手摇动，18个锭子同时旋转，产量大增，解决了纱荒。但是，纱线均匀而不结实，只能作纬线，不能作经线。（3）改用水力，技术杂交。1769年阿克莱特发明水力推动的纺纱机，纱线结实，可作经线，但是结实而不均匀。1779年克隆普顿兼采珍妮机和水力纺纱机的优点，发明"技术杂交"的骡机，解决纱线不均匀问题。（4）技术更新，大量生产。1785年卡特赖特发明水力自动织布机，一根纱线折断，全机自动停止，效率提高40倍，纺织技术全面提高，实现大量生产。配合纺织，在漂白、染色、印花等方面也实行机械化；发明净棉机、梳棉机和整染机。从棉纺织的机械化，发展到毛纺织、麻纺织和丝纺织的机械化。纺织业的机械化初步成熟。

动力革命有三个里程碑：（1）蒸汽机：1765年瓦特发明蒸汽机；1807年富尔顿发明蒸汽机船（轮船）；1810年斯蒂芬森发明蒸汽机车（火车）。（2）电力机：1838年雅可比发明双重式电动机；1867年西门子发明自馈式发电机。电力普遍用于生产和日常生活，家用电器代替家庭劳作。（3）内燃机：1883年戴姆勒发明汽油机；1897年狄塞尔发明柴油机；内燃机使汽车工业大发展。电力机和内燃机的使用被称为第二次工业革命。

工业化从纺织业扩大到冶金业（炼钢）、采矿业（煤炭）、机械制造业（机器制造机器）和其他产业（例如面粉业）。动力革命发展了火车、轮船、汽车、飞机，地球缩小成为地球村。

2. 民主化。在英国，先有民主化，后有工业化，民主化和工业化互为因果、彼此促进。这符合"生产关系一定要适合生产力的性质"的规律。民主化是工业化的社会保障。

近代民主制度开始于英国。1215年，英王约翰在对外战败之后，被迫颁发保障贵族和平民权利的《大宪章》（"英国人民自由大宪章"），绝对王权初次受到限制。共有63条：保障教会、贵族、骑士的各项权利；保障城镇、贸易、商人的各项权利；关于改革司法和法律的许多条款；关于限制皇家官吏行动的条款；规定国王必须遵守宪章；未经合法裁判，对任何人不得逮捕、监禁、没收财产、放逐出境。

1640年，英国国王查理一世为了筹集军费，不得已而召开已经停止11年的国会。国会和国王严重对立，终于发生内战，史称"英国革命"或"清教徒革命"。国王有贵族和教会支持。国会的支持者为商人和平民，以清教徒为中坚，他们要求信教自由，摆脱教会的控制和剥削。起初内战互有胜负。1642年清教徒组成骑兵，旗开得胜。1649年把英王查理一世送上断头台，英伦三岛成立共和国。1689年发生不流血的"光荣革命"，议会通过《权利法案》，确立议会君主立宪政体：君主世袭；上院不经选举，由贵族组成；下院选举产生，行使立法权、财政权、对行政的监督权；内阁由议会多数党组成，多数党领袖为首相。

民主运动传到法国，1789年掀起震惊世界的法国大革命。7月14日，巴黎群众冲破囚禁政治犯的巴士底监狱，高呼："自由、平等、博爱！"卢梭著《民约论》(1762)，提出国家主权来自人民；孟德斯鸠著《法意》(1748)，提出立法、司法、行政三权分立。1792年，把法王路易十六送上断头台。1789年，国会通过《人权与公民权宣言》；1793年制定《法国宪法》，改君主为民主。

美国的民主思想来自英法。1776年，大陆会议发表《独立宣言》，宣布一切人生而平等，有生存自由和追求幸福等不可让与的权利。1789年制定《美国宪法》，实行三权分立。1791年增加《人权法案》，保护个人的言论、出版、信仰、抗议、集会等自由，申明政府权力来自人民。后来补充：废除奴隶（1865年）、妇女选举权（1920年）、男女权利平等（1972年）等条款。华盛顿担任两届（八年）总统后，坚决不担任第三届，他说我不能树立不良的先例。

3. 科学化。人类思维是逐步提高的：奴隶社会流行神学思维，封建社会流行玄学思维，资本主义社会流行科学思维。科学思维一方面探索自然环境，从地球直至整个宇宙，以及一切物质和现象，创立天文学、物理学、化学、生物学和其他自然科学，另一方面探索人类社会，研究群体的组织和活动、生产的繁荣和萎缩、社会总体和部分的发展规律，创立经济学、政治学、社会学、历史学和其他社会科学。科学化是工业化和民主化的营养料和催化剂。

神学、玄学上升为科学,是思维的飞跃。科学发展依靠两个杠杆:一是起源于古希腊的逻辑学,二是开创于文艺复兴之后的实验方法。破除图腾迷信,自然科学方能展开;打倒贵族特权,社会科学方能起飞。资本主义时期的学术成就是近代的百花齐放、百家争鸣。

在资本主义时期,世界各地区的传统文化,相互接触,相互学习,以先进国家的科技为核心,形成国际现代文化,从发达国家传播到发展中国家。世界各国的大学课程和城市生活,彼此模仿,彼此同化。同时,各国保留和改进本国的文化传统。

科学昌明,技术升华,创造了神话没有想象过的世界。摩天大厦建筑在地震频发的地方。跨海大桥连接着只能遥望的岛屿和地角。海底隧道贯穿了不可逾越的海峡。飞机飞得比腾云驾雾还要快。这一切是资本主义时期的常见事物。

科技发展突出在军事方面。洋枪大炮,军舰战机,巡航导弹,精准炸弹,接触战争变为无接触战争。封建时代,野蛮的游牧部落经常打败文明的农耕民族,建立封建大帝国;野蛮征服文明,使历史发展进而又退。资本主义时代,先进的工业国家经常打败落后的农业国家,建立殖民大帝国;先进征服落后,使社会发展加快前进。军事形势大变,国际形势大变。

经济学和其他社会科学的研究,使盲目扩张趋向定向导航。货币交易发展出银行制度和股票制度,金融流通是资本主义的血液循环。对日不落大不列颠帝国的成功,英格兰银行与强大海军同样重要。

资本主义的传播

英国在西欧之西。资本主义从英国向东传播，到西欧和中欧，发展顺利。再到东欧俄罗斯，遇到阻力，只要工业化，不要民主化，因为俄罗斯的背景是专制的沙皇和苏联。再向东到中国，同样传不进去，中国的背景是专制的满清和军阀。俄罗斯和中国构成资本主义传播路线上的绝缘区。另一路从英国向西传到美国，非常顺利；再从美国向西传到日本，也很顺利。日本的资本主义不是从西面的东亚传入的，而是从东面的美国传入的，由此日本"脱亚入欧"，成为"西方七国"之一。东西的分界线从子午线移到了日本海。

西班牙和葡萄牙一早就建立美洲和非洲殖民大帝国，既没有工业化，也没有民主化，这是奴隶封建帝国，不是资本主义。拉美至今落后于美国。只要工业化，不要民主化，资本主义就不能正常发展。发达的资本主义国家都是工业化和民主化同时并举的。

资本主义的内在矛盾

资本主义的三大斗争

资本主义有三大斗争：商品争销、劳资争利、列强争霸。

1. 商品争销。机械化发展了生产，激化了市场争夺。市场争夺后面是一片血与泪的海洋。千千万万家庭手工业者失业了，整个殖民地国家的手工业者失业了！经济剥削比战争杀戮还要残酷！印度纺织品原来大量出口英国，变成英国纺织品大量出口印度。印度革命领袖甘地只能用非暴力、不合作运动来抵抗英国；群众坐在地上，面对一轮手纺车，人人纺纱，自纺自织，抵制英国布。英国一些纺织厂被迫停工。

2. 劳资争利。工业社会，上层是资本家，包括管理和技术人员，下层是工人。农民变成工人，离开蓝天的农村，钻进不见天日的工棚，做机器的奴隶。资本家要尽多取得红利，工人要尽多取得工资。工人要求增加工资而罢工，资本家不得已而让步。增加工资之后，工人复工。资本家为了弥补罢工造成的损失，采用新技术，获取更多的利润。罢工斗争，复工合作，螺旋上升，促成生产力步步提高。劳资合作是经常现象，劳资斗争是一时现象，不是只有斗争、没有合作。发达的资本主义国家，没有发生工人取代资本家的革命。

资本家并非只是剥削，不能生产价值。资本家对生产有创业、管理和革新技术等作用。创业最艰难，消灭资本家，结果是消灭创业精英。资本家起先都是管理者，后来才有专业的管理人员。官办国营大都亏本，原因之一是管理不善。资本家是最早的工程师，后来工程师成为专门职业。

资产阶级和无产阶级之间，发展出中产阶级。中产阶级逐步壮大，达到人口的大多数，成为资本主义国家的中流砥柱。资本主义社会的生活水平，比封建社会显著提高。电灯、电话、电冰箱、洗衣机以及各种家用电器，从少数人使用到多数人使用。

3. 列强争霸。资本主义是斗争激烈的多极世界。列强火并，不断战争；两次世界大战充分显示了人类的兽性。战后殖民帝国一个个瓦解，但是资本主义没有瓦解，而是更进一步发展成为后资本主义。

资本主义的扩张分为三个阶段：（1）近邻贸易阶段：统一国内封建分割，取消国内苛捐杂税，手工改为机械，扩大国内和近邻贸易。（2）贸易帝国阶段：建立国外贸易商队，由强大的海军保护；在海上商路要点，强占外国的码头和口岸，连成国际贸易网络；从推销本国产品发展到垄断外国产品。（3）殖民帝国阶段：占领外国领土，奴役外国人民，建立海外殖民帝国；政治统治结合经济垄断，进行超经济掠夺。

整个资本主义时期是在残酷的斗争中前进的。人民一度希望离开这个血与泪的资本主义世界，奔向一片光明的乌托邦；结果走进了斯大林的没有剥削阶级的理想国和"万岁！万岁！万万岁！"的"社会主义"。历史戏弄了人类！原来，和平从战争中得来，文明从野蛮中萌生，幸福从痛苦中浮起，历史的悖论规律在资本主义时期无情地发挥出来了。

资本主义的三个难题

资本主义有无法解决的难题，主要是：周期恐慌、失业问题、环境破坏。

1. 周期恐慌。资本主义像是一辆没有刹车的汽车，迟早要闯上生产过剩的护栏，而且无法避免一闯再闯，发生周期恐慌。

一辆汽车出轨，后面一连串汽车跟着出轨，这就是1929至1933年美国牵动世界的"大萧条"。用通货膨胀来补救，好比把护栏拆掉,汽车没有遮拦,一路前往,掉进了泥潭,叫做"滞胀"。计划经济可以防止生产过剩,这是用牛车代替汽车,导致经济停滞,社会倒退。自由竞争和供需调节,极难彼此合拍。资本主义的道路崎岖不平。

2. 失业问题。失业是资本主义的胎记。失业大军的存在,对国家来说是棘手问题,对资本家来说是有利条件,可以使在业者在竞争中降低工资。起初,资本主义国家没有任何救济措施,失业者痛苦不堪,呼救无门;后来,有了国家福利制度和社会保险制度,失业者生存得到保证,但是天天想望得到工作,一颗心像是悬在半空中的吊桶,这日子好过吗?教育普及和提高,知识分子辈出,蓝领失业工人之外,出现了白领失业工人,他们的要求比蓝领失业工人高,因此他们的精神痛苦比蓝领失业工人大。一个国家到处是忧心忡忡的失业群众,这是一个幸福的国家吗?

3. 环境破坏。文明破坏环境,开始于一万年前。农业化破坏环境,工业化更甚百倍。黄河原来叫"河",不叫"黄河"。

"黄"字是后来加上去的。"圣人出,黄河清",是一句"反话"。事实是,"圣人出,清河黄"。"尧舜禹汤文武"这些圣人,领导群氓开辟山林,刀耕火种,经过千年,森林变成良田,河变成黄河。大炼钢铁时候,我乘夜车从北京去上海,铁路两边火光烛天,千里通明。直接烧掉的林木是有限的,由此引起的大规模毁林是惊人的。老百姓原来不敢随便砍树,砍树要受菩萨责罚,树是地主的财产,砍了要付钱。大炼钢铁使老百姓知道,树是公家的,大家可以砍,砍了不花钱。于是砍树成风,长江两岸的森林很快砍尽,年年水灾,长江黄河化了。森林毁灭,江河污染,野兽无处藏身，鱼类大片死亡。还没有尝到工业化的甜头，就已经吃到工业化的苦头。所有的工业化国家都有程度不同的环境问题。这是文明，还是野蛮？资本主义破坏环境，后资本主义能修复环境吗？

2004年4月19日，时年99岁

资本主义的发展阶段

资本主义的发展阶段

什么是资本主义？1. 资本主义是"资本家占有生产资料和剥削雇佣劳动的社会制度"。(《辞海》，2000) 2. 资本主义，又称自由市场经济，生产资料大都为私人所有，生产引导和利益分配决定于市场运作。(《不列颠百科全书》，1993)

资本主义以国家垄断的"重商主义"(mercantilism) 为前奏，发展成为以市场供求为主导的商业资本主义、工业资本主义和国家资本主义。资本主义依靠工业化而发展成为一种社会制度和一个历史时代，从1733年发明"飞梭"开始纺织机械化算起，到今天已经有270多年的历史，可以分为五个发展阶段：

1. 第一阶段（1733—1785年，52年），从1733年发明"飞梭"和1765年发明蒸汽机，到1785年建成第一座"近代炼钢厂"，主要成就是纺织机械化。人类走出了手工业时代。

2. 第二阶段（1785—1867年，82年），从1785年建成"近代炼钢厂"到1867年发明"发电机"，主要成就是发展钢铁工业，以及利用钢铁的机械制造、轮船、铁路。工业化国家成为世界强国。

3. 第三阶段（1867—1919年，52年），从1867年发明"发电机"到1919年第一次世界大战结束，主要成就是发展被称为第二次工业革命的电气化。人类生活，焕然一新。

4. 第四阶段（1919—1945年，26年），从1919年第一次世界大战结束到1945年第二次世界大战结束，这期间发生经济大萧条，实行"新政"大改革。资本主义陷入困境，自救更生。

5. 第五阶段（1945—现在，60多年），从1945年第二次世界大战结束到现在（2006年），主要成就是新科技突飞猛进，信息化，全球化，出现没有工人的工厂，被称为后资本主义。

另一种分法：1. 第一次世界大战之前是资本主义的初级阶段（1733—1919）；2. 两次世界大战之间是资本主义的中级阶段（1919—1945）；3. 第二次世界大战之后是资本主义的高级阶段（1945年之后）。

发明举要：动力——1765年蒸汽机，1867年发电机，1885年内燃机，1910年汽轮机，1939年喷气发动机。纺织、炼钢——1733年飞梭，1738年珍妮纺纱机，1769年水力纺纱机，1779年走锭纺纱骡机，1785年自动织布机；1940年尼龙；1785年近代炼钢厂。交通、通信——1807年轮船，1825年铁路，1837年电报，1876年电话，1879年电灯，1903年无线电，1920年广播，1886年汽车，1913年汽车大量生产，1903年飞机，1939年喷气式飞机，1941年电视，1945年电脑，1986年互联网，1990年手机。

全世界的国家，按资本主义化的水平高低，分为资本主义国家、半资本主义国家和非资本主义国家。人均GDP在230年间（1850—1980 年）的增长：（A）资本主义国家：$180（18 世纪 50 年代）至 $780（20 世纪 30 年代）至 $3000（20 世纪 80 年代）。（B）非资本主义国家：$180（18 世纪 50 年代）至 $190（20 世纪 30 年代）至 $410（20 世纪 80 年代）。

科学中心的转移：16 世纪中心在意大利，17 世纪中心在英国，18 世纪中心在法国，19 世纪中心在德国，20 世纪中心在美国，21 世纪可能仍旧在美国。

认识的提高：万有引力的发现改变了宇宙观，进化论的发现改变了生物观。"人"发现了自己：发现个人，发现妇女，发现儿童。

经济萧条和新政改革

自由竞争，供求失衡，周期起伏，终于发生经济大萧条（1929—1933 年），又称经济大恐慌。

1929 年 10 月开始，美国股票猛跌 40%，损失 260 亿美元。此后三年间，经济全面崩溃：银行破产 101 家，企业破产 10 万家，工业生产下降 53%，农业总产值从 111 亿美元降到 50 亿美元，进口从 40 亿美元降到 13 亿美元，出口从 53 亿美元降到 17 亿美元。失业工人 1700 万，农户破产 10 万家，国民总收入从 878 亿美元降到 402 亿美元，商品消费下降 67%。美国人口的 28% 无法维持生计，200 万人流浪街头，125 万失业工人罢工大游行。工业、农业和信用危机，同时并发，波及整个资本主义世界，世界工业生产总值下降 36%，世界贸易减少 2/3。

资本主义如野马脱缰,面临困境,惶惶不可终日!

"新政"(New Deal,1933—1939年)

为了克服大萧条,美国实行一系列改革措施,称为"新政"。

1. 改革金融制度:放弃金本位,实行有节制的通货膨胀,美元贬值。由联邦储备银行增发钞票,解救钞票匮乏,借以提高物价,刺激生产,鼓励出口,减轻负债人的负担。由复兴金融公司购买银行的优先股票,使银行有流动资金可以活动。由财政部整顿和资助银行业,禁止储存和输出黄金,管理证券的发行和交易,把投资银行和商业银行分开,防止银行用储蓄者的资金进行投机。成立联邦储蓄保险公司,对小额存款实行保险。建立联邦储备委员会管理银行的贴现率、利息、兑换率、储备金额和市场活动。增加财产税,把公司所得税改为累进制。

2. 兴建公共工程:其中最大的工程为田纳西流域治理工程,防止洪水,发展航运,保护环境,生产化肥,提供廉价电力。管理和资助各地的公共工程,为失业者提供就业机会。

3. 开创福利国家:实行失业保险和老年保险,包括老年免费医疗。整顿住房问题,指导青年就业,走上福利国家的道路。

4. 改进劳资关系:成立复兴管理局,指导劳资双方订立公平竞争的契约,劳工有与企业主签订集体合同的权利。加强工会地位,保证工会通过自选代表与资方集体谈判的权利。规定最低工资和最高工时。

5. 调整农业生产:用政府津贴,鼓励农民调整耕地面积,提高农产品的价格和农民的购买力。农业总收入在短期内快速增长。

6. 救济贫苦人民：成立联邦紧急救济署，提供紧急和短期政府援助，救济失业者和贫民。

"新政"挽救和推进了资本主义，这是一场不流血的自我革命。临崖勒马，转危为安，资本主义重新焕发出生机。"新政"原理后来成为资本主义各国的共同政策。

自由竞争和国家干预

经济学是资本主义时代的产物，有自由竞争和国家干预两条思路。自由竞争是资本主义长期发展的基本原则，国家干预是除弊兴利、自动调整的更新策略。

下面两位经济学的开山大师，对资本主义的发展起了重大作用。

亚当·斯密（Adam Smith，1723—1790），著《国富论》（1776），又译《原富》，全称《国民财富的性质和原因研究》，开创古典经济学。主张自由竞争，抨击重商主义。

他提出，人类历史分为四个阶段：1. 原始狩猎阶段，2. 游牧农业阶段，3. 封建采邑农业阶段，4. 商业上互相依赖阶段。历史发展的动力是人性。人性一方面为改善自身状况的愿望所驱使，另一方面又为理智所支配。人类由封建社会进化到商业上互相依赖的新阶段，需要更新制度：工资要由市场决定而不要行会决定，企业要自由发展而不要政府限制，这就是自由竞争的市场经济。相互竞争的结果迫使商品价格降到与生产成本相一致的自然水平。生产成本有三个组成部分，即工资、地租和利润；工人得工资，地主得地租，资本家（制造者）的报酬是利润。分工是社会提高生产力的源泉；分工是在资本储备预先积累起来之后才有可能出现。在渴望获得财富的动力推动下，国民财富可望稳定增长。《国富论》是工业化开始萌芽时候写成的。

凯恩斯（John Maynard Keynes，1883—1946），著《就业、利息和货币通论》（1936），提出"有效需求决定就业量"理论，奠定现代宏观经济学。

他从货币数量变化，解释经济的波动现象，主张实行管理通货以稳定经济运行。经济大萧条之后，他指出萧条和失业的原因是有效需求不足，建议由国家全面调节经济，以恢复经济的稳定运行。他对萧条和失业的起因作出新的解说：认为关键问题在总需求，所谓总需求就是消费者、企业投资者和政府机构的总开支。总需求降低，销售额和就业便萎缩；总需求增高，则经济顺利发展。消费者的开支受收入多少的制约。企业投资者和政府机构，具有左右经济的能力。萧条来临时候，要增加私人投资，或创造公共投资。经济轻度萎缩，可用宽松信贷和较低利率来刺激企业投资，恢复充分就业。经济严重萎缩，要开办公共工程，采取赤字财政，进行大规模的补救。凯恩斯的国家干预是遵从经济的客观法则，加以适度的人为调节，不是违背经济的客观法则，实行全面的计划经济；目的是促进市场经济而不是限制市场经济。凯恩斯经济学是美国实行"新政"的理论基础。

亚当·斯密和凯恩斯的学说,后来经过不断的纠正、补充、更新和发展,至今影响所有的资本主义国家。回顾历史,跟过去2500年封建时代相比,资本主义270年的成就是突破性的社会发展。

2006年9月25日,时年101岁

后资本主义的曙光

资本主义时期之后的历史时期叫什么？有人叫它信息化时期，有人叫它知识化时期。这里暂且叫它后资本主义时期。后资本主义时期已经露出曙光。读报人在不经意中看到跟过去迥然不同的时代特征。对这些随时来到跟前的时代特征，这里试做走马看花。

经济方面的时代特征

全自动化

全自动化就是机器人化，机器人代替劳动者。

工厂没有了工人，农场没有了农民。我在国外初次看到这种景象，大为惊奇！

一间很大的车间，墙内有一圈玻璃墙，参观者在玻璃墙外可以看清机器一步一步的工作，没有一个工人，只有两个工程师在走动着注视机器运转是否正常；产品制成，自动检验是否合格，然后输出玻璃墙外。这就是没有工人的工厂。

很大很大的一片农场,场主开车陪我绕场一周,查看作物生长情况;整个农场整整齐齐、鸦雀无声,汽车走了好久才看到五个技工在操作一台机器。这就是没有农民的农场。

机械化发展为半自动化、全自动化、智能全自动化。劳动不用劳动者,全世界的无产阶级不是不断扩大,而是不断缩小,这是后资本主义的第一特征。

全自动化不仅应用于工厂和农场,还应用于交通管理、办公室工作、家庭劳务和其他方面,特别是应用于军事,例如无人隐形侦察机。

我在美国加州,特意去试乘全自动化的高速铁路。车站里没有服务员,一个也没有;兑换、买卡、刷卡、进站等程序,全凭简单的指示牌行事,车厢里也同样没有服务员。我在日本也乘过全自动化的高速铁路新干线。

中国也要全自动化吗?无产阶级和贫下中农将往哪里去找工作呢?

企业外包

发达国家的工资不断提高,原来有利可图的企业变成无利可图。于是,把这样的企业迁移到工资较低的发展中国家去,叫做"企业外包"。中国开放,外资涌来,大都属于"外包"性质。

玩具工业,原来在美国和日本兴盛,后来迁移到香港和台湾地区,最后又迁移到中国大陆,一步一步躲避工资上升。说不定以后会迁移到非洲某些国家去。

美国的硅谷把大量软件工作外包给印度去做,印度得到高报酬,美国付出低工资。日本工厂在中国城市招考大学毕业生,到日本进修一年,重回中国城市,为日本工厂工作,工资高于中国城市,但是低于日本工厂。这些也是外包。

有一次,我到维也纳,朋友约我去看一个展览会。展览的是美国航天飞机的一扇门,由奥地利承造,门上一个螺丝钉价值5000美元。美国第一架太空穿梭机,部件由国际招标制造,总体设计归美国统筹。奥地利得标制造机门,加拿大得标制造机械手臂。这也是外包。

在全球化时期,企业外包将成为经常现象,这能带动后进地区的经济发展。

旧的看法,这是"以邻为壑";新的看法,这是国际合作。过去反对外资侵略,现在欢迎外资进入。经济思想发生了180度的变化。

知本主义

封建社会最宝贵的财产是土地,资本主义社会最宝贵的财产是资本,后资本主义社会最宝贵的财产是知识。今天,世界上富可敌国的大富豪,不是用资本创造财富,而是用知识创造财富。只要有适当的知识,就可以创造财富。知识重于资本。"资本家"变成"知本家";"资本主义"变成"知本主义"。

政治方面的时代特征

欧盟

欧盟是全新的大国模式,史无前例。

资本主义是多极世界,强国林立,彼此兼并。两次世界大战,欧洲受害最深。痛定思痛,探索长治久安之计。

1952年,法国、德国、意大利、比利时、荷兰、卢森堡成立"欧洲煤钢共同体"。试行以后,成绩卓著。1954年全部取消六国之间的"煤、焦炭、钢、生铁、废铁"的贸易壁垒,营业额扶摇直上。

受此鼓励,1957年成立"欧洲经济共同体",又称"(六国)共同市场",目标是:取消成员国之间的贸易壁垒,建立单一的贸易政策;协调运输系统、农业政策和一般经济政策;取消限制自由竞争的各种措施,保证劳力、资本、技术和企业家的自由往来。1958年首次降低成员国之间的关税,1968年取消成员国之间的全部关税。这期间成员国之间的贸易额增加了4倍。4倍是一个惊人的数字!共同体国家一片欢腾!

共同市场,多国一体;自由竞争,优胜劣汰;发展先进,改造落后;每一经营项目都向先进看齐,经济由此腾飞。

1973年至1995年,引来9个新成员国:英国、爱尔兰、丹麦(1973年);希腊(1981年);西班牙、葡萄牙(1986年);奥地利、芬兰、瑞典(1995年)。1967年成立"欧洲共同体"(EC);1993年成立"欧洲联盟"(EU,欧盟),起初有12国,不久增加到15国;2004年5月1日,欧盟东扩,又增加10国,共25国。

增加的10国中，7个原属苏联集团：爱沙尼亚、拉脱维亚、立陶宛；波兰、匈牙利、捷克和斯洛伐克。一个原属南斯拉夫：斯洛文尼亚。一个地中海岛国马耳他，说阿拉伯语。一个亚洲岛国塞浦路斯（南北分裂，希腊一半加入欧盟）。

欧盟东扩，原苏联集团国家纷纷加入，他们害怕苏联复活，再一次来侵吞，迫不及待，要求参加，完全自愿，绝非勉强。

入盟条件：经济市场化，政治民主化，文化多元化；冲破国境线和绝对主权观念；统一货币，统一关税。一体化（integration）代替多极化（multipolarity），选票箱代替枪杆子，结束冤冤相报、战争轮回。这是欧洲的多国聚合运动，最终目的是建成一个"欧洲合众国"（USE）。

土耳其积极希望加入欧盟，暂时落空。原因：地理（欧小亚大），宗教（伊斯兰教占99.8%），文化（现代化不足）。一次大战后，土耳其共和国诞生（1923年），实行世俗化。政教分离，信教自由，解放妇女，革新司法，采用姓氏，去除教服，文字拉丁化。世俗化成绩斐然。但是世俗化只是走出古代，不是走进现代。走进现代还需要现代化。

欧盟的建制原理，符合中国的儒家理想。儒家主张和平统一，反对武力兼并。"孟子见梁襄王，出语人曰：望之不似人君，猝然问曰：天下恶乎定？吾对曰：定于一。孰能一之？对曰：不嗜杀人者能一之。孰能与之？对曰：天下莫不与也。"这一段对话，是欧盟建制的最好说明。希特勒的"武力兼并"未能统一西欧，民主协商的"文功联合"组成了欧盟。孟子"不嗜杀人者能一之"的理想成为现实。

联合国

联合国是世界政府的胚胎,全球化时代"世界一体、天下为公"的象征。但是,事实上实行寡头统治:五个常任理事国有否决权,控制一切。原来是四国(美英法中)对一国(苏联);现在变成二国(美英)对三国(法俄中)。这反映国际形势发生了重大变化。联合国的作用虽然微不足道,可是世界已经不能没有联合国。

无接触战争

大刀对洋枪固然可笑,接触战争对无接触战争同样可笑。

海湾战争使我知道什么是巡航导弹。南斯拉夫战争使我看到打仗可以不用陆军。阿富汗战争使我明白宗教狂热挡不住炮火。伊拉克战争使我了解精准炸弹的威力。未见敌人,已分胜负。无接触战争是新型战争。

两次大战,继以"冷战",使美国成为唯一的超级军事大国。电视上看到,爱国者导弹在高空打掉远远飞来的飞毛腿导弹,这是防御导弹的雏形。美国正在到处设置新型防御导弹,目的是使别国的原子弹不发生作用。

恐怖分子用美国的飞机毁灭美国的摩天大楼。"以子之矛、攻子之盾",不比美国的高科技更高一筹吗?到处反恐,找不到恐怖头子，很像堂吉诃德向风车开战。

目前，美国的军费超过了其他所有国家的军费总和。勃列日涅夫曾经把苏联的庞大石油外汇全部用于扩军，结果加快了苏联的解体。美国会重蹈苏联覆辙吗？

文化方面的时代特征

信息化

信息化依靠"三大件"：电脑、电视、手机。

电脑开辟了信息化时代。

人有三个脑袋：脖子上面是人脑，图书馆是纸脑，电子计算机是电脑。脑袋延伸，智力飞翔，人类成为真正的"智人"。

计算机从数学运算工具发展成语词处理设备，又发展成传递电子信件、图片动画、彩色照片、远距离检索等多种功能的网络。一片光盘容纳一部百科全书而有余。

电脑不仅能处理字母文字，还能处理"大字符集"的汉字。处理汉字，从整字输入，到编码输入，到拼音输入，经历了三步突破。现在，只要输入拼音，以语词、词组、成语、人地名等为单位，立刻自动变成汉字输出，不用任何编码。拼音在电脑上发挥了中外文化交流的桥梁作用。

原来硕大无朋的计算机，变成轻巧的笔记本式个人计算机（PC）。全世界的计算机联成一个国际互联网，成为人类的世界神经系统。

电视。电视使穷乡僻壤和通都大邑连成一片。花花世界走进老百姓的家庭。世界不再是零碎、片段、老死不相往来,而是整体化、联系化、息息相关、互通声气。视野扩大,世界观大变。

手机。北京马路上骑着自行车飞跑的人,一手扶车把,一手打手机。这情景告诉我们,手机时代已经来到中国。耳听十万里、话通全世界,远地亲友随时见面谈话。手机兼作相机,还能代替电视,又能贮存大量资料。

前苏联领导人戈尔巴乔夫访问芬兰,看到手机,问:"这能打电话吗,没有电线?"芬兰人说:"您试试看。"戈一试,打通了!十分意外!小国技术超过了大国。时代变了!

日美之间的翻译电话已经基本成功,不久可以商业化。东京讲日语、纽约听到英语,纽约讲英语、东京听到日语。下一步是研究汉语和英语之间的翻译电话。手机加上翻译功能,将更加神通广大。

生物工程

中国菜市场有转基因蔬菜出售,例如特大的甜椒、特大的西红柿。

克隆羊多利,大家知道。中国克隆猪也实验成功,还未见商品肉出售。

中国100个试管婴儿在北京聚会,显示技术的成功,道德的更新,"传种接代"有了补充方法。

印度的绿色革命成效显著。19世纪最后25年间,印度饥馑死亡1500万人；印度独立后进行绿色革命，缺粮大国变为余粮大国。

我在维也纳吃到以色列在沙漠里种植的黄瓜，我的外甥女婿在伦敦吃到以色列在沙漠里种植的大白菜。以色列发明"滴灌"农业，使沙漠变成良田。中国有留学生在以色列学习沙漠农业。

资源要再生循环利用。节约原料，重复使用，废物变宝，不是空话。

开辟外空

登月球。探火星。地球太小，开辟外空世界。今天有航空，还有航天，明天将有跟星星往来的航星。今天有空军，明天将有天军，后天将有星军。

上面所谈的一些时代特征，主要来自大众报刊上的标题消息，挂一漏万，毫无系统。这是普通老百姓生活中的感觉，是左邻右舍的街谈巷议，不是学术探讨。可是这已经可以说明人类历史进入了全新的时期，不同于过去了。历史指示：与时俱进、前途光明，逆时后退、失败淘汰。个人如此、国家如此。不要太早作预言，但要及时作总结，避免伟大预言家发生过的预言错误。

2004年6月6日，时年99岁

美国社会的发展背景

美国是一个超级大国,我们需要对美国社会的基本特点有一个全面的客观了解。我翻看几本美国的历史书,尝试了解一点美国社会的发展背景,特别是这个从殖民地独立起来的只有两百年历史的乌合之众国家,是依靠什么建设成为超级大国的。下面的笔记是瞎子摸象,一定错误百出,敬请读者指正。

北美榛莽、开发殖民

北美榛莽、另辟蹊径

北美分三部分:北部加拿大,中部美国,南部墨西哥。人们说北美,往往指美国和加拿大,有时只指美国。从墨西哥到中美南美,称拉丁美洲,因为曾经是拉丁民族西班牙和葡萄牙的殖民地。公元1500年时候,北美有印第安人150万,分为许多民族部落,说400多种语言,散居于北美大地,人烟稀少,榛莽未辟。

1492年哥伦布发现美洲之后,西班牙立即建立美洲殖民帝国,速度之快,区域之广,史无前例。只用30年(1511—1541

年）时间，完成占领美洲大部分地区。首先占领古巴（1511年），接着是墨西哥（1521年）、厄瓜多尔（1532年）、秘鲁（1533年）、阿根廷（1535年）、哥伦比亚（1536年）、巴拉圭（1537年）、玻利维亚（1538年）、智利（1541年），后来有委内瑞拉（1567年）、乌拉圭（1777年）、加勒比海诸岛。每到一处，恣意杀戮，尽情劫掠，一船一船金银财宝运回西班牙。西班牙政府设"印度等地事务院"（1524年，当时称美洲为印度），统辖美洲殖民帝国的"四大总督区"：新西班牙总督区（1535年，首府墨西哥城），秘鲁总督区（1542年，首府利马），新格拉纳达总督区（1718年，首府波哥大），拉普拉塔总督区（1776年，首府布宜诺斯艾利斯）。当时的墨西哥（称新西班牙）比现在大得多，包括加利福尼亚等许多地区。

1607—1733年间，英国在北美东北大西洋沿岸陆续建立13个殖民地。第一个据点是詹姆斯敦，建立于1607年。美国独立以后，土地扩张也很快。原来13个殖民地合起来只是一个小国。经过武力兼并和金钱购买，在70年间（1783—1853年），从大西洋伸展到太平洋，成为两洋大国。

西班牙殖民开始于1511年占领古巴，英国殖民开始于1607年建立詹姆斯敦，前后相隔一个世纪。在这一个世纪中，已经占领北美南部墨西哥的西班牙，没有向北扩张到随手可得的北美中部（今天的美国）。

有人说，西班牙殖民帝国已经肚子饱胀、消化不良，不能再吞咽更多土地了。有人说，西班牙专拣已经积聚大量财富的居民集中地区，便于迅速掠夺，不稀罕人烟稀少、榛莽未辟的北美,那里要自己花大力气去开发。不论原因是什么,北美中部和北部,西班牙弃之,英国取之。罗马教皇曾为西班牙和葡萄牙两国平分地球,西班牙得美洲,葡萄牙得巴西、非洲和亚洲,没有特别提及北美中部和北部。迟来一个世纪的英国人和以后的美国人,在这块人烟稀少、榛莽未辟的原始土地上,人弃我取,另辟蹊径,200年后成为世界的超级大国。

开发殖民、两条道路

西班牙殖民和英国殖民,时间相差一个世纪,侵略意图彼此不同。西班牙是"掠夺"殖民,发展种植园,奴隶劳动,走封建和奴隶社会道路。他们是来运走美洲的财富,不是来建设一个比西班牙更美好的国家。英国和后来的美国是"开发"殖民,发展工业,自由劳动,走资本主义道路。建设美国不是为了英国,而是为了美国自己,要把美国建设成比英国更美好的国家。天下乌鸦一样黑,可是有的乌鸦只顾"抢巢",有的乌鸦还能"筑巢"。

美国独立后,内部发生两条道路的斗争。北方实行工业化,自由劳动。南方推广种植园,奴隶劳动。矛盾导致南北战争(1861—1865年)。1860年林肯当选总统。南卡罗来纳等11个州组成"南部同盟",另立政府。1861年爆发内战,起先北方受挫。1862年林肯发布"(奴隶)解放宣言",任命格兰特将军为北方总司令。1863年葛底斯堡(Gettysburg)一役,北方大捷,扭转战局。林肯纪念阵亡将士,作《葛底斯堡演说》,成为历史名篇。林肯强调"人生来平等";提出"民有、民享、民治"三大民主原则。1865年南方主将李投降。胜利后，林肯再次当选总统，在剧院观剧时被刺客刺死。

南北战争决定美国的发展方向：统一还是分裂，工业化还是农业化，自由劳动还是奴隶劳动，资本主义还是封建主义。方向确定，发展加快。如果南方胜利，美国今天将是拉美第二。

今天看来，把资本主义进行到底是美国的第一决策。可是当时还没有"资本主义"这种说法。走什么道路没有预定计划，没有现成模式，需要别出心裁、别开生面。美国就是这样在有勇气、无先例的情况下开创出来的。

欧洲的启蒙思想，美国的《独立宣言》传到了拉美。西属美洲的留欧学生，新兴商业阶层中的知识分子，成立团体，宣传革命，要求跟宗主国西班牙平等。1808年拿破仑占领西班牙，消息传到美洲，殖民地纷纷起义。经过18年的残酷斗争（1808—1826），全部西班牙美洲殖民地取得独立。但是，这是反宗主国的独立战争，不是反封建和奴隶制度的社会革命。黑奴照样在种植园和矿山中被迫劳动。直至今天，北美和拉美两种社会，依旧形成鲜明的对比。

抛弃皇冠、争取自由

抛弃皇冠、人人平等

"五月花"号是第一艘来到北美的英国移民船。船上有102名由清教徒带头的移民。1620年冬天到达美洲，圣诞节后第一天上岸，建立最早的普利茅斯殖民地。上岸前，他们在船上议定一个"五月花号公约"，要组织公民团体，制订公正的法律、法令、规章和条例。这是后来美国民主的萌芽。清教徒是英国新教的一个革命教派，主张教徒一律平等，反对教阶分等，反对国王和主教专权，赞许现世合法财富，提倡节俭、勤奋和进取。他们相信"成事在神，谋事在人"。他们的思想和作风对美国历史有深远的影响。

英国人头上有一顶统治皇冠，限制人民的自由，榨取人民的财富。清教徒移民美洲，逃避罩在头上的皇冠，可是皇冠跟着来到美洲。为了摆脱头上的皇冠，不得不宣布独立，开创第一个从殖民地叛变而成的独立国家。抛弃皇冠，人人平等。

抛弃皇冠，人人平等，会不会变成一盘散沙，倒退到原始社会？人人平等的社会需要用法律来作为黏合剂，使自由成为有规律的活动，自由绝不是胡作非为的别名。美国独立后的第一件大事是制定宪法。

1776年7月4日，"大陆会议"通过《独立宣言》，这一天定为美国的国庆日。宣言继承和发展天赋人权和社会契约的理论，宣布一切人生而自由，上帝赋予生存、自由和追求幸福的权利；任何政府损害这些权利，人民有权更换，建立新政府。马克思赞美它为"第一个人权宣言"。《美国宪法》（1787）是世界上第一部成文的民主宪法，规定行政、立法、司法三权分立的民主共和政体。《人权法案》（1789）是10条宪法修正案，宪法的构成部分：人民有言论、出版、集会和信仰自由；非依法律不得扣压人、逮捕人、搜查及没收财产；刑事诉讼案中的被告有权要求迅速公审和律师辩护；确认民主共和、三权分立、人民的权利和自由。此后的修正案有：废除奴隶制（1865），妇女选举权（1920），选举年龄定为18岁（1971），男女权利平等（1972）等。这些都是西欧的革命思想，首先在美国得到实施。美国的宪法是实用品，不是装饰品，两百年的历史证明，行之有效。

"五月花"号不仅向往精神自由，还向往物质富裕。来到美洲，是奔赴富裕，不是奔赴贫穷。财产问题在"五月花"号上就提出来了。财产是罪恶的，还是道德的？封建帝王自己穷奢极欲，教导人民安贫乐道。清教徒相反，他们肯定财富有积极意义，当然要取自正道，不能取自贪污。肯定财富，保护财富，是美国的一条基本法律。今天美国有几百万个百万富翁，还有富可敌国的超级巨富。美国成为既被嫉妒又被诟骂的金元帝国。

争取自由、发明创造

一位朋友来跟我聊天。他说，中国大陆的大城市已经电气化。家用电器超过三十种。他一口气说出"电灯、电话、电视、电脑、电铃、电炉、电冰箱、洗衣机、空调机、暖水器、微波炉"等三十多种名称！他问，你能指出哪一种不是美国的发明吗？为什么十样倒有九样是美国的发明？他的话引起我思考。

南北战争之后，美国的工业化发展迅速。1876年贝尔（Bell）发明电话，1886年爱迪生（Edison）发明电灯；1892年杜里雅（Duryea）兄弟发明汽车（有争议），1903年莱特（Wright）兄弟发明飞机。1880年美国工业超过农业。1896年美国工业跃居世界首位。

学者提出一条"发明链条"假说:"政治自由导致经济繁荣,导致教育发达,导致科技提高,导致发明众多。"这条假说值得思考。一言成祸,动辄得咎,还有什么发明创造的余地呢?发明创造是在自由土壤中萌发出来的鲜花。"自由就是动力",这一点没有疑问。发明创造是不能用政府命令来催生的。政府所能做的是保护专利,保护知识产权。

自由一般指的是政治自由。此外还有"自然自由"。鸟能飞,很自由。人不能飞,不自由。发明飞机,人就能飞,就自由了。发明创造使人得到突破自然限制的自由,这在人定胜天的时代,成为头等重要的发展目标。

美国不仅物质发明多,非物质发明也多。例如电脑硬件是物质,软件是非物质,软件已经成为美国的重要财富。一瓶可口可乐行销全世界,一家麦当劳开遍全世界,这是物质,还是非物质?与其说是物质,不如说是非物质。他们推销的实际不是一瓶水和一个汉堡包,而是一种服务技术,一种无中生有的非物质的发明创造。使美国成为超级大国的不是军事力量,而是发明创造。

中产阶级、中庸之道

中产阶级、经济源泉

社会财富是层次性的,贫富两极之间有中间阶层。在封建社会和早期资本主义社会,中间阶层人数少、力量小。社会结构像茶壶盖，上层是少数富有的特权者，下层是绝大多数的贫民，这种结构不稳定。资本主义发达以后，中间阶层渐渐壮大，成为社会的主要人群。社会结构变成陀螺形，中间很大，上下很小，结构稳定。

在美国（20世纪90年代）一个（四口）家庭的年收入除去纳税之后有2.5万到10万美元，一般认为属于中产阶级。这样的家庭占美国人口的80%，是人口的大多数。他们的职业是各种管理工作、各种技术工作和各种自由职业，包括软件设计者、机械工程师、通过文官考试的公务员、小工业家、小商店主、手工业者、教师、医生、律师、会计师、新闻记者、文学写作者等。资产阶级和无产阶级之间产生了一个新兴的中间群体：中产阶级。

农民原来都是体力劳动者，后来分为体力农民和脑力农民。工人原来都是体力劳动者，后来分为体力（蓝领）工人和脑力（白领）工人。脑力农民和脑力工人不断增多，体力农民和体力工人不断减少。今天美国的体力农民只有全国人口的百分之一点几，体力工人只有全国人口的百分之十几。农民阶级和工人阶级有逐步消失的趋势，这是所谓后资本主义现象。

教育发达、科技提高，农工生产技术发生革命。科学化、机械化、自动化、电脑化、机器人化，出现没有农民的农场，没有工人的工厂。这个趋势还在向前发展。

中产阶级人口众多，文化水平较高，是社会经济的力量源泉。他们有技术，产品的技术更新主要依靠他们。他们有购买力，产品的国内销售主要依靠他们。美国产品的出路主要是内销，内销不旺就经济萧条。

美国人民的生产能力和消费能力比别国大许多倍。美国的进出口贸易占全世界进出口贸易的主要部分。经济起飞的新兴国家和地区都依靠美国的投资和购买,由此外汇储备得以猛增。美国经济发生波动,新兴国家和地区立刻受到影响。新加坡人说,美国打一个喷嚏,新加坡就感冒了。新兴国家和地区实际是美国的经济卫星。

中庸之道、稳步前进

美国有两大政党,形成所谓两党制度。民主党是1828年杰克逊创立的,以"驴"为标记;共和党创立于1854年,以"象"为标记,最著名的党员是林肯。两党都没有固定的纲领,政治主张随时改变,跟创党原意没有关系。美国还有许多小党。20世纪80年代,我在纽约旁观总统选举,当时纽约有五位总统候选人,其中一位是共产党的候选人。选举依靠得票多少,不依靠党员多少。得票少的党被新闻报道所忽略,说成两党。两党纲领彼此相近,特点不明显,被嘲笑为轮流坐庄,甚至比作"出恭"的"坐派"和"蹲派"。

竞选有自身的规律。一条规律是"趋中"("从众")。竞选者想得到最大多数的票,必须迎合最大多数群众的要求。另一条规律是"二元化"。许多党都得不到多数票,就联合起来,成为两党或两个党派联盟。

美国不是没有左翼和右翼的政党,有时还有极左和极右的政党。可是他们在选举中只能得到少数或极少数的选票,而且左派和右派相互对垒，相互抵消，往往不久就自行解散了。抓住中间多数，跟着主流走，不理会左派和右派，这是选举的"趋中"策略。

中产阶级不仅经济力量大，政治力量也大，因为他们是人口的大多数，对选举起决定作用。他们的政治主张是各色各样的，但是大家希望稳步前进，害怕大起大落。这个共同心理被说成是中庸之道。中庸之道有三种含意：1. 平庸无能，不讲原则，不求进取；2. 消极折中，调和妥协，按中线行事；3. 积极中庸，不偏不倚，可左可右，审时度势，选择最佳的中间道路。中产阶级的中庸之道是后一含意。

教育第一、化敌为友

教育第一、世界大学

发明创造需要人才。人才不是从天上掉下来的，而是教育培养出来的。美国的小学和中学（高等学校）教育早已普及。美国有四年制大学1400所，两年制学院900所（《纽约时报2002年世界年鉴》）。新闻时常报道，亚洲国家的青年都争着到美国去留学，欧洲国家的青年也争着到美国去留学。美国成了一所"世界大学"。

美国教育突出发展是到20世纪后期才明显起来。教育促进科学，科学促进教育。日本学者提出"科学中心转移说"。科学成果超过全世界25%的国家就是科学中心。文艺复兴以来，科学中心不断转移。16世纪在意大利（1540—1610年），17世纪在英国（1660—1730年），18世纪在法国（1779—1830年），19世纪在德国（1870—1920年），20世纪在美国（1920—现在）。在世界知识竞技场的竞赛中，美国后来居上。

科学包括自然科学和社会科学（人文科学）。自然科学和社会科学在美国得到同样重视。美国认为，美国的建国得益于西欧在文艺复兴和启蒙运动之后发展起来的社会科学。后来，社会科学的高峰转移到了美国。政治学、法律学、经济学、教育学、社会学及其他社会科学，是使社会健全发展的必要知识。社会发展不健全，自然科学也难于发展。学术自由，科学平等，是美国发展教育的基本原则。

美国通过"世界大学"对世界施加影响。新科技改变了外国留学生的生活，新理论改变了外国留学生的思想。留学生回国以后又去影响他们的同胞。电视深入到世界各个角落。电脑把全世界知识分子联系起来。吸收留学生之外，还到外国去办学。例如美国以庚子赔款的一部分在中国办理留美预备学堂，后来成为清华大学。"世界大学"是美国潜移默化改造世界的远大政策。

化敌为友、助人助己

两次世界大战使美国成为军事大国。第一次世界大战（1914—1918年）：美国起先中立（1914—1917年），出售军火，谋取大利。德国实行"无限制潜艇战"，击沉美国船只，美国被迫在1917年对德宣战，赴欧军人200万，支持英法军备100亿美元。

1918年德国投降。第二次世界大战（1939—1945年）：美国起先中立（1939—1941年），出售军火，要求"现金自运"，后来改行《租借法案》，拨款70亿美元，帮助英法。法国战败，向德国投降。1941年底，日本偷袭珍珠港，摧毁美国太平洋舰队，只剩3艘不在港内的航空母舰。美国被迫对日德意宣战。1944年美军和盟军从英国渡海到诺曼底登陆，有军队287万，舰船6500艘，战斗机11000架，运输机2700架。1945年德国投降。1944—1945年，美国飞机轰炸日本14 569架次；1945年在日本广岛和长崎投下两颗原子弹。日本天皇广播投降，美军登陆东京，占领日本，至今美国的航空母舰仍停在日本横须贺军港。

两次大战，美国都是先中立，后参战，被迫宣战，后发制胜。后发制胜能激励士气，所谓哀兵必胜。但是像珍珠港那样挨打，损失惨重。"9·11"之后，美国提出要改变策略，先发制胜，实际上仍旧是后发制胜。

第一次世界大战后，以法国为首的盟国对德国实行"消灭军备、限制经济"的政策。要求德国付出无法负担的巨额赔款，迫使德国狗急跳墙，刺激"纳粹"（国家社会主义）抬头，发生第二次世界大战。法国的"马其诺防线"被耻笑为地下"柏林墙"。"二战"后，以美国为首的盟国对德日改行"限制军备、发展经济"的政策。军费不得超过国家总产值的百分之一，经济可以自由发展。德日经济都得到大发展。德国融入欧洲，德日成为美国的坚定盟友。化敌为友，政策成功。

战后美国对西欧和南欧17国实行"马歇尔计划"（1948—1951年），拨款130亿美元，大规模援助工农业、稳定金融和扩大贸易，使这些国家的生产总值增长 25% 到 50%。资金大部分回流美国，购买生产资料，带动了美国经济的繁荣。战后经济由此迅速恢复。援助计划表面上帮助别人，骨子里帮助自己，助人助己，双方得益。这个助人助己政策也是成功的。

最近在美国，有雄鹰已老和雄鹰仍健两种不同看法。前者说，美国实力不足以指挥世界，威信得不到世界的服从和尊敬；事前不能预防恐怖袭击，事后抓不到恐怖分子的头目。这算什么世界领袖？西班牙帝国衰落了，法帝国衰落了，英帝国衰落了，现在轮到美帝国了。后者说，科技第一，经济第一，军事第一，未见逊位。海湾战争，南斯拉夫战争，阿富汗战争，不断更新战术。国力没有衰退，需要自惕，不必自馁。

看来，雄鹰还在飞翔，不过显然疲劳了。

2002 年 7 月 15 日，时年 97 岁

苏联历史札记

苏联解体已经十多年。苏联既有成功的记录，也有失败的教训。苏联历史是当代知识分子不能不读的必修课。我阅读苏联历史十多种，包括周尚文等《苏联兴亡史》（2002）、陆南泉等《苏联兴亡史论》（2002）、曾彦修《半杯水集》（2001）、约翰·根瑟《今日俄罗斯内幕》（英文，1958）、美国驻苏大使马特洛克《苏联解体亲历记》（中译本，1996）、纽约时报通信集《苏联帝国的衰亡》（1992，英文）等。下面的读书札记是苏联的一幅素描。

俄罗斯历史素描

俄罗斯历史分期：（1）基辅罗斯：公元862年北欧瓦朗人在诺夫哥罗德建立政权，882年成立大公国基辅罗斯。（2）金帐汗国（1243—1502年）：1237年蒙古人成吉思汗的孙子拔都占领伏尔加河下游，建立金帐汗国；16世纪初斯拉夫人摆脱蒙古统治。（3）沙皇帝国（1547—1917年）：1547年伊凡雷帝（1533—1584年在位）自称沙皇；1721年彼得大帝（1689—1725年在位）改称帝国，实行西化，扩张疆土。第一次世界大战惨败，帝国覆灭。(4)苏联(1917—1991年):1917年成立苏维埃俄罗斯共和国(苏俄),1922年成立苏维埃社会主义共和国联盟(苏联),1991年苏联解体。(5)俄罗斯联邦,1991年独立,放弃专制,改行民主。

苏联领导人:列宁(在职7年),斯大林(29年),赫鲁晓夫(11年,政变下台),勃列日涅夫(18年),安德罗波夫(2年),契尔年科(1年),戈尔巴乔夫(6年,政变下台)。共74年,7任领导,5人死后卸任,2人政变下台。斯大林在职最长,有29年,树立苏联模式,被称斯大林主义。

苏联历史轮廓:第一次世界大战,俄军惨败,沙皇退位,杜马(国会)组织民主临时政府。1917年俄历十月,列宁党人杀死沙皇及其家属,推翻临时政府,建立苏维埃政权,实行军事共产主义。1918年3月3日列宁签订"布列斯特·立托夫斯克和约";退出对外战争,割让给德国土地100万平方公里,赔款60亿马克。内战结束后,改行新经济政策(1921—1928年),经济恢复到战前水平。

1924年列宁逝世,斯大林继任,提出苏联一国可以建成社会主义。1928年开始社会主义工业化,在短期内农业国变成工业国。1936年斯大林宣布,"建成社会主义社会",消灭了人剥削人的制度。1928—1937年,实行农业集体化,消灭地主和富农,由中农和贫农组织农业公社,后改集体农庄。发生大饥荒。

30年代,斯大林强化独裁,排斥党政军内异己,发动大清洗。

1939年8月23日,苏联和德国订立互不侵犯条约,附有密约,瓜分波兰。德国在1939年9月1日侵入波兰,发动第二次世界大战。苏联在1939—1940年间侵占波兰、芬兰、罗马尼亚等国大片土地,吞并波罗的海沿岸三个国家。1940年6月14日法国投降。1941年6月22日德军侵苏,1941—1945年间苏联进行卫国战争。1944年6月6日美国、英国和加拿大同盟军从英国渡海,在法国诺曼底登陆,1945年4月25日苏联和美国军队在德国易北河会师,德国投降。

1941年日本偷袭珍珠港,美国对日德意宣战。1945年8月6日美国在日本广岛投下原子弹,8月9日又在长崎投下原子弹,8月14日日本正式投降。苏联在8月8日对日宣战,占领中国东北。

1964年勃列日涅夫发动政变,夺得政权;1967年宣布建成"发达的社会主义社会"。

1985年戈尔巴乔夫担任苏联总统,提出透明性和民主化,准备进行大规模改革。1991年,副总统和部长们发动政变,囚禁总统。俄罗斯联邦总统叶利钦反对苏联政变。政变领袖派去逮捕叶利钦的军人不服从命令。政变失败。总统戈尔巴乔夫回到莫斯科,辞去苏联共产党总书记。俄罗斯、乌克兰、哈萨克等宣布独立。1991年苏联解体。

苏联的经济

成功的记录:高速工业化,农业国变成工业国

斯大林实行"社会主义工业化":(1)1926—1928年,改建和扩建多个原有工业，三年内投资 33 亿卢布；（2）第一个五年计划期间，新建工业 1500 多个，投资 248 亿卢布，重工业占 86%，1932 年宣布四年三个月完成第一个五年计划；（3）第二个五年计划期间，新建工业 4500 多个，实行机械化技术改造，投资 538 亿卢布，重工业占 83%，轻工业占 17%。十来年间，改建和新建工业 9000 多个。苏联一跃成为欧洲第一工业国，世界第二工业国。农业国能够高速变成工业国，不走资本主义道路，当时认为开辟了人类历史的新境界。

失败的教训（一）：计划经济

70 年的实践证明，苏联的计划经济弊大于利：

1 僵硬。上面指令，下面听命。只可竞赛，不许竞争。效率低下，创新无能。

2 挥霍。私营浪费，公营挥霍。官办企业，无不亏损。产品粗劣，废品惊人。

3 贫穷化。社会主义工业化，能使国家强大，不能使人民富裕。优先发展重工业和军事工业，工业越多，人民越穷。欧洲有一条贫穷倾斜线，从西欧到中欧到东欧，越往东越穷，到苏联最穷。

消灭大小资本家的结果是，消灭了发展经济的一代管理人员。管理技术是发展经济的必要条件。苏联统治集团消灭剥削阶级，自己变成新的剥削阶级。学者对比：苏联的剥削率高出资本主义国家。

东德西德原来相差无几,分为一社一资之后,西德参加六国共同市场,经济突飞猛进,东德在计划经济的束缚下,生产停滞,东西两边高低不平。东德工人经柏林逃往西德,10年间走了600万人。东德建筑一道挡不住自由的柏林墙。

失败的教训(二):农业集体化

农业集体化是苏联工业化取得资金的重要来源。农民贡赋分实物上缴和余粮征购。实物上缴多达40%。余粮征购,定价低于成本。第一个五年计划期间,取自农民的资金占工业投资的33.4%。这就是工农联盟。

另外从一般人民节约中取得资金,第一个五年计划期间,增税23倍,增发公债44倍,两项资金在1929年占苏联预算20.2%。裤带勒得太紧,民怨沸腾。

1929年强迫2500万农户加入集体农庄和国营农场。1937年有93%农户加入集体农庄。国营农场和集体农庄的耕地达到全部耕地的99.1%。

消灭地主之后,实行消灭富农。1930年消灭的富农分三等:第一等,6万多户,处死;第二等,15万户,流放;第三等,80万户,扫地出门。三等共100多万户,平均每户7至3人,合计730多万人。

发生大饥荒,饿死人数以千万计。著名粮仓乌克兰饿死六百万人。

失败的教训（三）：大清洗

工业化，集体化，工农骚动，干部愤懑，政权发生危机。为了稳定政权，实行大清洗。

1934年12月1日，苏联领导人之一基洛夫被暗杀。斯大林认为国外敌人勾结国内异己进行颠覆，"阶级斗争越来越尖锐"。1934年12月到1938年12月，处死140万人。仅1938年11月12日一天，斯大林和莫洛托夫批准枪决的就有3167人。

第17次党代表大会选出的中央委员71人，有51人被处死，2人自杀；候补中央委员68人，有47人被处死。列宁建立的第一届人民委员会，连列宁自己共15人，有8人被处死，1人被驱逐出苏联。大清洗前有6位元帅，4位被处死；有195位师长，110位被处死；有220位旅长，186位被处死。海军舰队司令员只留1人。航空国防委员会和化学国防委员会的领导人全部被清洗。

列宁遗嘱提到的6人，除斯大林自己外，5人（托洛茨基、季诺维也夫、加米涅夫、布哈林、皮达可夫）都被处死。1929年斯大林放逐托洛茨基，1940年派人到墨西哥把他刺死。

苏联早期来华的重要人物，除一二例外，都被杀害。越飞，苏联驻华代表，1923年签订国共合作的《孙文越飞宣言》，被迫自杀。达夫强，接替越飞任驻华代表，1938年被处死。杨明斋，山东人，十月革命加入俄共，1925年带领第一批留学生赴苏，1938年被处死。加拉罕，1923年苏联驻华大使，1937年被处死。鲍罗廷，苏联驻国民党总代表，1951年死于流放。加伦将军，苏联元帅，任孙中山顾问，1938年被处死。罗明那则，1927年共产国际驻华代表，被处死（一说自杀）。拉狄克，1925年任莫斯科中山大学校长，1939年被处死。米夫，继拉狄克任校长，1939年被处死。鲍格莫洛夫，1933年任驻华大使，1937年被处死。布勒洛夫，十月革命人物，1927年前在中国，1940年被处死。

斯大林的第二个妻子劝说斯大林无效而在1932年自杀，他们的女儿在斯大林死后移居国外，在回忆录中透露了这个惨剧。斯大林死后，1956年赫鲁晓夫作斯大林暴行秘密报告，暗示正是斯大林自己暗杀基洛夫，作为发动大清洗的借口。

历史学家估计，劳动营、强迫集体化、饥荒和处决而死亡的有2000万人，此外有2000万人成为监禁、流放和强迫迁移的牺牲品。

俄罗斯独立后为苏联冤案平反。《消息报》（2003年2月18日）说：军事总监察院对20世纪30年代和40年代镇压案件重审，已审16万件人民公敌案，为9.3万人平反，有6万人维持原判，其中有贝利亚、叶若夫及其亲信；全部30万个卷宗将移交联邦档案馆。

俄罗斯总统叶利钦重新埋葬沙皇及其家属的骨灰，申言"革命不等于残暴"，后来在处死沙皇的遗址上修建"鲜血教堂"。

苏联的政治

成功的记录（一）：苏联大帝国

历史惯例，大帝国的建立，都被看作历史的重大事件和成功的记录,不论建立过程是残暴的,还是仁慈的。苏联内层有 15 个同盟国,外层有 7 个卫星国,遥控亚非拉美几个飞地国。从中欧到东亚,从波罗的海到太平洋,横跨两大洲,威震全世界。不入于美,即入于苏。这是人类历史上诸多大帝国中非常突出的一个。苏联帮助国外被压迫民族起来革命。孙中山在民主革命一再失败之后说,"欲达此(革命)目的,必须联合以平等待我之民族(苏联)"。

成功的记录(二):卫国战争

苏联抵抗希特勒侵略的卫国战争规模之大,牺牲之惨,史无前例。

斯大林信守 1939 年的德苏互不侵犯条约,相信希特勒会同样信守这个条约。德军攻苏前一周的 1941 年 6 月 14 日,塔斯社奉命辟谣,否定德军可能攻苏,申明这是帝国主义离间德苏的谣言(延安《解放日报》)。

1941 年 6 月 22 日,德军从波罗的海到喀尔巴阡山,宽广 1500 公里,闪电侵苏。头五个月,苏军伤亡 700 万人,全线崩溃。斯大林惊惶失措,躲进别墅,避不见人。一些回忆录说,他垂头丧气,不知所措,左右请他担任最高统帅,他拒不接受,后经再三劝驾,方才勉强担任。

德军一举深入苏联腹地,老百姓为生存而拼死搏斗,以血肉抵抗炮火,靠严冬困扰敌寇,经过无法形容的悲惨牺牲,扭转了局面。

后期，苏军集结兵力 550 万人，德军调集 217 个师和 20 个旅共 600 万人，以斯大林格勒为中心，从 1942 年 7 月到 1943 年 2 月，两军殊死决战。德军大败。1944 年 6 月 5 日，美英盟军 288 万人，从英国渡海，在诺曼底登陆。1945 年 4 月 25 日，苏方乌克兰军在易北河与美军会师。最后苏军 250 万人进攻柏林，在 1945 年 4 月 27 日突入柏林市中心。1945 年 4 月 30 日，希特勒自杀。

"二战"期间，苏联生产火炮 490 000 门；坦克 104 000 辆；飞机 137 000 架。美国支援苏联吉普车 400 000 辆，坦克 12 000 辆，飞机 22 000 架。苏联人民死亡 2700 万人，苏军和盟军阵亡 870 万人。德军及其盟军阵亡 670 万人。

失败的教训：专制制度

苏联解体的深层原因是专制制度。

第一次世界大战之后，马克思主义在欧洲分为两派。西欧一派主张民主社会主义，组成松散的第二国际，历史背景是西欧已经民主化。东欧一派主张专制社会主义，组成严密的第三国际，历史背景是东欧（俄罗斯）尚未脱离专制传统。俄国的社会民主工党分为两派：一派以列宁为首，主张武力夺权；另一派以马尔托夫为首，主张民主竞选。专制社会主义在苏联长期当政，直至苏联解体。苏联解体之后，欧洲没有了专制社会主义当政的国家，但是仍旧有不少民主社会主义当政的国家。

列宁主义的理论基础是《无产阶级革命论》（无产阶级战胜

资产阶级，统治世界）和《帝国主义论》（没落的、腐朽的、垂死的资本主义，最后成为垄断帝国主义，即将消亡）。政策要点是：反对多党制、反对议会民主、反对三权分立，主张巴黎公社式的立法和行政合一；社会主义就是消灭商品和货币，不要市场交易；实行无偿义务劳动。列宁临终前想研究市场问题，不幸两度中风，随即去世。斯大林主义是列宁主义的继承和具体化，基础理论一致，政策要点相同，只是专横和残暴发展到了顶点。

苏联模式被人诟病的畸形特点，都是专制制度的表层现象，来源于沙俄奴隶封建专制的帝国。个人崇拜（个人迷信）是帝王的光荣。斯大林跟沙皇相比，小巫见大巫。残暴是专制的工具。秘密警察、集中营、大屠杀，是沙皇的传家宝。"伊凡雷帝杀掉大批异己贵族和亲生的儿子"，"彼得大帝镇压反对改革的贵族、僧侣以及皇后和皇太子"，"叶卡捷琳娜二世杀掉丈夫彼得三世而登上女皇之位"。对外残暴更无顾虑，斯大林秘密屠杀波兰两万多名军官，伪称德国所杀。军国主义是专制制度的基石。1974—1984年间，苏联石油收入多达2700亿到3200亿美元，勃列日涅夫几乎全部用于扩军。侵略扩张是帝国的常规。苏联大帝国的扩张速度十分惊人。沙俄在兴盛年代每天扩张领土800平方公里。莫洛托夫说，"社会主义就是苏联统治世界，而且全世界都说俄语，用俄文。"赫鲁晓夫在联合国大会上脱下皮鞋，敲打桌子，大声宣扬要埋葬帝国主义。对苏联的专制制度来说，透明性和民主化不是福寿膏，而是催命羹。

苏联的文化

成功的记录（一）：人造卫星，开辟外空

1957年10月4日，苏联首先发射人造地球卫星。1961年4月12日，苏联首先发射载人宇宙飞船，第一个宇航员是尤里·加加林。在陆界、海界、空界三界之外，开辟第四界——外空界（天界）。

成功的记录（二）：普及教育，改革文字

1958年，义务教育从7年延长为8年。1961年全国有739所高等学校，分布在247个城市，在校学生260万；有3300所中等专业学校，22.4万所普通学校，在校中小学生共3620万人。1977年，大专程度的公民有9450万，其中职员（企业、机关、党政）3200万，脑力劳动者（工程、文艺、财会、通信）3750万，经济部门工作者2500万。当时全国人口25 800万，知识分子占36%，加上高等学校在校学生500万，将近占40%。

苏联改革俄文正词法，在少数民族中推行拉丁化。1928年，土耳其放弃伊斯兰教的阿拉伯字母，改用拉丁字母，实行文化解放。苏联六个伊斯兰教共和国（阿塞拜疆、土库曼、哈萨克、乌兹别克、吉尔吉斯、塔吉克）继起效法，形成苏联的拉丁化运动。列宁说，拉丁化是东方的伟大革命。后来斯大林把拉丁字母改为斯拉夫字母，但是没有改回阿拉伯字母。

失败的教训（一）：禁锢思想，控制新闻

尼古拉一世（1825—1855年在位）规定办学宗旨："培养上帝和沙皇的忠实臣民。"沙皇提倡发展国民教育，"却又极力主张不应该让平民受太多的教育，因为等到他们懂得跟我们一样多的时候，他们就不会像现在这样服从我们了"。苏联普及教育，同时禁锢思想。老百姓说：《真理报》上无真理，《消息报》上无消息。

1986年11月5日，国家安全委员会向中央报告（密），《当前大学生思想行为》（要点）：选读课程，出路第一；社科废话，马列无用；党委落后，高干愚蠢；心中英雄，美国牛仔。领导批示：加强意识形态教育。

1946—1949年，掀起"意识形态批判运动"。文学、戏剧、电影、哲学、经济学、社会科学、自然科学，无不遭殃。1946年，左琴科作讽刺小说《猴子奇遇记》，"猴子在苏联旅行，看到城市生活艰难，诸多丑陋现象，决意返回森林"，定罪"反党"。阿赫玛托娃作诗歌，"独自沉浸在对祖国、对历史、对个人命运的思考中"，定罪"异端"。二人被开除出作家协会，禁止发表作品。索尔仁尼琴，经受12年无辜折磨之后，无罪释放。1962年发表《伊凡·杰尼索维奇的一天》，描写劳改生活，引起轰动。1965年遭受批判。1968年苏黎世出版他的《癌病房》，巴黎出版他的《第一圈》，反应强烈。苏共认为他是帝国主义"冷战"工具，1969年把他开除出作家协会。1970年瑞典要给他诺贝尔奖，苏联大使对瑞典说，苏联公众将认为这是不友好行为，但是瑞典不理。巴黎又出版他的《1914年8月》和《古拉格群岛》，影响更大。同年苏联褫夺他的国籍，驱逐出境。同年瑞典隆重地为他举行诺贝尔文学奖颁奖仪式。

我在一本书中看到，高尔基被否定了，大吃一惊！书中说，斯大林叫他去看一个劳改营，犯人一人一件新衣，一人一份报纸，但是报纸都故意颠倒着看。高尔基给他们把报纸转了过来，可是回去以后写的文章美化劳改营，讨斯大林的喜欢。我的朋友说，他一早就知道高尔基被否定了，因为以高尔基命名的地名都改掉了。

赫鲁晓夫不许得诺贝尔文学奖的著作在苏联出版，后来赫鲁晓夫自己的回忆录也不得不偷运到意大利去出版。赫鲁晓夫的儿子，过了60岁之后，申请移民美国，在入籍考试的20个题目中，答对了19个，可是1个答错了：他不知道美国是"三权分立"，闹了笑话。这不能怪赫鲁晓夫的儿子，要怪苏联的政治教科书上不许谈"三权分立"。

失败的教训（二）：伪造历史，摧残科学

几乎吹捧成圣经的《联共（布）党史》，苏联解体后被批得体无完肤，认为理论僵化，历史伪造。俄罗斯开放苏联档案之后，历史学家根据档案，重写历史，这需要时间。暂时翻译一部法国人写的俄罗斯历史，作为代用课本。俄罗斯教育部部长说：我们的历史也要进口。

苏联摧残科学，创造马列主义"真科学"，对抗资本主义

"伪科学"。李森科创造米丘林生物学,认为后天获得可以遗传。马尔创造马尔语言学,认为语言有阶级性,无产阶级语言将取代资产阶级语言。这些都是显赫一时的官方科学。结果,"真科学"变成"真正的伪科学"。

苏联的解体

1991年8月5日,苏联总统戈尔巴乔夫去克里米亚度假。

8月19日:副总统亚纳耶夫、国防部长亚佐夫、克格勃主席克留奇科夫、内务部长普戈等共八人,组成"紧急状态委员会",宣布总统因健康原因不能视事,由副总统依法接替。软禁总统于克里米亚,切断电话电视,总统不得不用他身边的小收音机偷听"美国之音"。在莫斯科方面,调动坦克师、摩托化师、空降师和其他部队,包围俄罗斯政府办公大楼"白宫"。控制信息渠道,但是未能全部封闭。群众五万人聚集"白宫"广场,支持俄罗斯政府。坦克兵态度友好,叶利钦走出"白宫",登上坦克,向群众演讲,坚持改革,反对政变,要求放回戈尔巴乔夫。电视向全世界实况传播,反响强烈。吉尔吉斯、乌克兰、白俄罗斯、乌兹别克等共和国总统宣布反对政变。美国总统布什起初观望,后来宣布不承认政变政权。

8月20日:空军、空降军、海军、战略火箭军等司令,反对政变。莫斯科军区空降师奉命去逮捕叶利钦,却不执行命令。塔曼摩托化师,掉转枪口,保卫"白宫"。

8月21日:国防部给集合在"白宫"前的军队下达命令:

凌晨攻占"白宫"。但是，负责领先进攻的特种部队"阿尔法"小组，不听命令，按兵不动。空降兵、内务部部队等，也都按兵不动。攻占"白宫"流产，政变三天失败。

戈尔巴乔夫由叶利钦派人接回莫斯科。政变首犯八人，内务部长自杀，七人被捕，以叛国罪起诉。戈尔巴乔夫辞去苏共总书记，苏共解散。1991年12月25日，戈尔巴乔夫宣布停止苏联总统职务，苏联解体。

俄罗斯联邦改用十月革命前的"三色旗"为国旗。列宁格勒改回旧名圣彼得堡。叶利钦声称，"结束共产主义思想体系和实践的统治"。西欧记者问叶利钦：你搞垮了苏联，后悔不后悔？叶利钦说：苏联的解体是俄罗斯前进的必要条件。

历史学家说，俄罗斯1200年的历史分为如下阶段：（1）游牧社会，（2）游牧或奴隶社会，（3）奴隶或封建社会，（4）封建或社会主义社会，（5）资本主义社会。

2003年6月9日，时年98岁

"拼盘"与"杂炒"

《参考消息》2009年1月5日（摘录）：

一位俄罗斯学者，名叫伊戈尔·帕纳林，发表一篇惊世奇文:《美国解体论》，一夜之间他成为大名人。他预言：美国即将四分五裂，在2010年6—7月间，分裂成为六个国家，都跟别国合并：(1) 阿拉斯加将并入俄罗斯；(2) 夏威夷将并入日本；(3) 加利福尼亚共和国（西自犹他和亚利桑那到太平洋）将并入中国；(4) 得克萨斯共和国（南自新墨西哥到佛罗里达）将并入墨西哥；(5) 亚特兰大美洲（从田纳西和南卡罗来纳到缅因的美国东北部）将加入欧盟；(6) 中北美共和国（从俄亥俄到蒙大拿的平原地区）将并入加拿大。《华盛顿邮报》在头版报道了这个预言，引起一片哗笑！

媒体说，这个预言为何在俄罗斯得到如此追捧？克里姆林宫把自己的不安全感强加给了美国。著名学者托马斯·贝瓦尔德说：帕纳林先生的水晶球可能被错误信念弄糊涂了，他认为美国公民看待美国，也像苏联居民看待苏联一样。苏联解体，除俄罗斯外，出现14个独立国家。克里姆林宫想象美国各州也会一个个分裂出去，内心感到多么高兴！高加索、车臣、格鲁吉亚，不是正在枪战吗？如果这些枪战发生在美国的洛基山脉，那将多么好啊！西雅图太平洋大学的凯瑟琳·布雷登说，俄罗斯人认为，苏联帝国解体了，美国这个帝国为什么不会解体呢？

看了这篇惊世新闻之后，我想起2001年写过一篇文章：《分久必合、合久必分》（"二次战后世界大国的'大分大合'"，载《群言》2001年第4、第5期），其中谈到美国为什么没有像苏联那样瓦解。

我说：美国是否可能也会像苏联那样忽然瓦解呢？这要看美国的稳定因素是否发生了剧烈的变化，美国是否出现了"民族板块"的破裂。

美国有许多民族，大都分散居住，没有一个民族固定在一个地区。

人跟土地没有固定联系，迁徙自由，没有形成"民族州"。这叫做民族的"掺和结构"，稳定性比较强。苏联也有许多民族，各个民族都有固定的居住地区，人跟土地固定联系，全国由若干民族国家或民族地区组成。

这叫做民族的"拼接结构"，稳定性比较弱。美国除英语外，有许多民族语言，但是都跟地区没有固定联系，没有形成"州语言"。苏联除俄语外，各加盟共和国都有各自的民族语言。

美国好比一碗"杂炒"，苏联好比一碟"拼盘"；"杂炒"均匀而稳定，"拼盘"不均匀、不稳定。当然，民主使美国稳定，专制使苏联脆弱，不必多说。

苏联瓦解之前，苏联很少人相信美国不会来乘虚吞并苏联。苏联瓦解之后，苏联人才知道，美国无意吞并苏联。这不是美国的仁慈，而是时代不同了。战后经验，与其掠夺别人的疆土，还不如发展自己的经济。掠夺不如创造，创造90%成功，掠夺50%失败。德国和日本就是榜样。财产在美国已经从"土地"为主，变为"资本"为主，又变为"知识"为主了；这就是所谓"后"资本主义的"知识时代"。

2009年1月13日，时年104岁

历史包袱

读历史,必须注意历史包袱。否则白读。

1. 为什么有5000年文明史的欧洲,落后于从殖民地独立起来只有200年历史的美国?欧洲有历史包袱。

2. 为什么拉丁美洲的开发比美国早100年,而至今落后于美国?拉美有西班牙的伊比利亚封建包袱。

3. 为什么英国开创民主而民主不彻底?为什么法国的民主思想最先进而法国的民主革命最艰难?都是历史包袱在作祟。

4. 为什么苏联自动瓦解?为什么俄罗斯庞大而虚弱?东方的历史包袱沉重。

5. 为什么50来个伊斯兰教国家中没有一个是先进国家?宗教的历史包袱从头罩到脚。

萨满教和圣愚崇拜

萨满教

一种原始宗教,以萨满——通古斯语族各部落称巫师为萨满——而得名。各族间无共同经典,也无共同神名和统一组织,但是有大致相同的特征,相信万物有灵和灵魂不灭,巫师自称有特异功能。主要流行于亚洲和欧洲极北部。中国的满(17世纪前)、蒙古(13世纪前)、维吾尔、哈萨克、柯尔克孜(7世纪前)等族曾普遍信仰。东北地区的赫哲、鄂伦春、鄂温克、达斡尔等族中也曾流行。古代的土谷温、欧洲的芬兰、俄罗斯也流行。

圣愚崇拜

《理解俄国:俄国文化中的圣愚》,美国汤普逊(Thompson)著,杨德友译,社会与思想丛书,生活·读书·新知三联书店和牛津大学出版社联合出版(1998)。前言和结论外有六章,详述圣愚法规、圣愚与俄国精神、圣愚与教会、圣愚与萨满教、俄国文学中的圣愚、圣愚与俄国文化。这是一本学术著作，解开了俄罗斯的文化背景。下面是前言和结论的摘要：

在莫斯科的红场，抬头看到最显耀的建筑，是克里姆林宫里教堂的洋葱头形双塔拱顶，金碧辉煌，闪耀人眼。这是俄罗斯的象征，正如纽约港的自由女神是美国的象征。

许多人以为这个圣瓦西里的教堂，是纪念东正教修道院创始人瓦西里的。其实不然。这是纪念另外一位同名的"圣愚"瓦西里，他是伊凡雷帝的同时代人，曾在抵御鞑靼、拯救莫斯科的战役中立功，死后由东正教莫斯科主教亲自主持葬礼，伊凡雷帝亲自肩负灵柩。

"圣愚"是俄罗斯民间的宗教传统，来源于"金帐汗国"蒙古人统治俄罗斯时期盛行的萨满教。这是一批既圣又愚的神圣愚人，称为"圣愚"。他们行踪无定，出没诡秘，踯躅于城市和乡村，长发不剃，头戴铁冠，衣衫褴褛，或赤身裸体，颈围铁链，手持铁棍，语无伦次，怪声呼吼，心通鬼神，能治百病，占卜吉凶，预言未来。群众膜拜，奉为"圣愚"。

"圣愚"后来由东正教认作圣徒。正史不载，但是文学中颇多渲染，有的长篇小说以"圣愚"为主角。例如，普希金《鲍利斯·戈都诺夫》中描写"圣愚"尼科尔卡；陀思妥耶夫斯基《白痴》中描写"圣愚"梅思金公爵。

东正教承认"圣愚"是"为基督教的愚痴"，彻底的宗教献身，不是真的愚蠢，也不是精神变态。他们是拜占庭的苦行僧。十月革命后，取缔一切宗教，"圣愚"不再见于文字，但是深藏于民间，容纳于东正教。

苏联禁止研究"金帐汗国"蒙古人统治俄罗斯长达259年的历史，禁止研究"圣愚崇拜"萨满教，更禁止把俄罗斯的大众迷信生活透露给外国。苏联瓦解之后，历史学和民俗学开始有了研究自由。

破解俄罗斯

马龙闪《一个破解俄罗斯难题的视角：圣愚崇拜》，载《人民日报·海外版》，2000年5月20日。下面是文章摘要：

俄罗斯在10世纪末接受基督教的东正教，成为官方的上层文化。千年以来，同时存在另一种源远流长的本土传统文化，潜流于中下层民间，"圣愚崇拜"。美国汤普逊著《理解俄国：俄国文化中的圣愚》，披露了这个通常看不到的俄罗斯的背影。

"圣愚崇拜"虽与拜占庭的"愚人"传统有某些联系，但是它来源于亚洲北方民族的萨满教。"圣愚"是一批特异人物，愚痴癫狂而显露"圣光"，被崇拜为"圣人"。俄国承认他们是"为基督的痴愚"，"狂信苦行的圣者"。从11世纪至20世纪，在千年的历史上，各种史书和《圣徒传》记录"圣愚"姓氏或事迹达数十人之多。有的被封为"全国圣愚"；更多的是地方自发崇拜的"圣愚"。他们赤身露体，或破衣烂衫，身戴铁链和金属环，手持棍棒或铁通条，奇形怪状，到处游荡，与神相通，创造奇迹，为大众所崇拜。有的进出宫廷，同贵戚大官交往，成为帝后皇上的座上宾，发挥重大的国家决策作用。十月革命前，尼古拉二世宫廷里的"圣愚"格里高里·拉斯普津，就是这样的人。

"圣愚崇拜"盛行于 16—17 世纪,旧俄时代长盛不衰,苏联时代并未绝迹。20 世纪的 50 年代和 70 年代,基辅和列宁格勒大街上还见到"圣愚"游荡。

"圣愚崇拜"在俄国文学中曾广为反映,从古代的《圣徒传》到近代的文艺作品,从普希金到陀思妥耶夫斯基和托尔斯泰,都有长篇描写。

在整个俄国历史中,萨满教的习俗深深地渗入俄国的宗教生活,成为俄国社会的"精神追求方式",城市和乡村普遍存在。在农民中尤其强烈,农民崇拜"圣愚"超过尊重东正教的神甫。"圣愚"穿着东正教的外衣,保留浓厚的萨满教烙印,取得名正言顺的封号,可是有时候又受到排斥和封锁,不许学者研究,不愿被外界知道。

"圣愚崇拜"在俄罗斯社会的浸透是如此深入,已经形成了社会心理和精神性格。"圣愚"充满自相矛盾,既智慧又愚蠢,既纯洁又污秽,既温顺又强横,既受社会崇敬又受社会嘲讽。它影响俄罗斯的"民族性格",形成"圣愚辩证法"、"悖论价值观"。研究"圣愚",能帮助"领悟俄罗斯的行为特征"和"破解俄罗斯之谜"。

刺客列传和现代恐怖

《史记》的刺客列传

2001年9月11日,我看完电视"美国发生劫机毁楼"的恐怖新闻之后,就去翻看《史记》的"刺客列传",其中记载着六个刺客故事。

曹沫,春秋鲁国将军。鲁庄公和齐桓公会盟,曹沫持匕首上坛,劫持齐桓公,桓公左右莫敢动。曹沫说:"齐强鲁弱,今大国侵鲁亦甚矣!"齐桓公被迫允许把侵地归还鲁国。曹沫丢掉匕首,下坛就群臣之位,颜色不变。后来齐桓公想毁约,管仲说,不可失信,于是归还了侵地。

专诸,春秋吴国人。吴国公子光宴请国王僚。专诸藏匕首在鱼腹中进献,刺杀国王僚,自己也当场被卫兵所杀。公子光自立为王,称吴王阖闾。

豫让,春秋战国间晋国人,为智伯瑶家臣。赵韩魏共灭智氏,豫让决心为智伯报仇。他改姓换名,装作罪犯进宫清理厕所,谋刺赵襄子,未遂。又用漆涂身成癞疮,吞炭为哑巴,暗伏桥下,再谋刺赵襄子,又未成。被捕后,请求给一件赵襄子的衣服,拔剑三跃而击衣,然后自杀。

聂政,战国韩国人。韩烈侯时候,大臣严遂与相国侠累有仇。严遂使聂政刺侠累,给他壮士们作辅助。聂政说,人多了反而不便。于是一人独往,执剑直入相府,上阶刺杀侠累,卫兵不及救。聂政自己破面决眼、自屠出肠而死,不使人知道他是谁。

荆轲,战国末卫国人。到燕国,太子丹尊为上卿。奉命刺秦王政(后称秦始皇),携带秦国逃亡将军樊於期的头颅,以及献给秦王的督亢地区(河北易县一带)的地图,其中暗藏匕首。太子丹和宾客送到易水上,涕泣而歌曰:"风萧萧兮易水寒,壮士一去兮不复还!"到秦国,秦王召见于咸阳宫。荆轲献上地图。秦王展卷看地图,图卷尽,匕首出。荆轲左手抓住秦王的袖子,右手持匕首要挟秦王。秦王惊跳起来,袖子裂断,拔剑砍断荆轲的腿。荆轲用匕首掷秦王,不中。群臣杀荆轲。

高渐离,战国末燕国人,善击筑(乐器)。秦始皇闻其能,召见。有人说,他是危险的燕国人高渐离!秦始皇爱惜他能击筑,把他的眼睛熏瞎,留使击筑。高渐离在筑中暗藏铅块,在接近秦始皇的时候,扑击秦始皇,不中,被杀。

刺客行为分为两种,一种是政治性的,另一种是刑事性的。《史记》所记都是政治性的,不是私人报仇、杀人越货之类的刑事犯罪。《史记》有"刺客列传",又有"孟荀列传",把刺客和孟荀并列,表明刺客这种政治行为有不可忽视的重要性。

刺客行为的特点是:1. 性质,争夺政权。2. 目标,行刺对象主要是君王或贵族,行刺者是敌对君王或贵族的臣子或仆从。刺客必须不惜生命,有必死之心,结果不是被杀,就是自杀,幸存下来的是例外。"刺客列传"中六个刺客，只有一个幸存。3. 方法，以弱击强、以小抗大，突然袭击、劫持要挟，流血五步、大军无用，以暗杀辅助战争。4. 武器，主要是匕首，小凶器。5. 效果，成败参半，能破坏、不能建设，可以一时图快，不能改变大局。

现代的恐怖主义

联合国定义，恐怖主义是"亚国家组织或秘密团体对非战斗目标发起的有预谋的、有政治目的的、通常故意影响视听的暴力行为"。现代恐怖和古代刺客的比较：1. 性质，同样是争夺政权，有政权斗争就有恐怖主义。2. 目标，扩大到杀伤平民，甚至异国的平民；破坏航空等运输系统以及重要的非军事建筑物；目标广泛，难于捉摸；实行间接损害、制造社会混乱；凶手经过专门训练，接受宗教洗礼，同样不惜生命，有必死之心。3. 方法，依旧是以弱击强、以小抗大；从一二人的行动，扩大成为国际秘密组织；精心策划、技术更新；有财团支援，有国家包庇。4. 武器，小凶器仍旧有用；增加了炸弹、定时炸弹、化学毒气，劫持飞机作为撞击高楼的武器。5. 效果，同样是成败参半，能破坏、不能建设，可以一时图快，不能改变大局。

现代恐怖不一定都以美国为目标，但是主要以美国为目标。什么道理？

回顾历史，反美思想高涨于两次大战之后。一次大战之后，美国代替英国成为帝国主义的代表。俄罗斯掀起十月革命，成立苏联，奉行马克思主义，反对帝国主义。共产党执政国家都进行猛烈的反帝宣传，焦点集中在美国。二次大战之后，犹太复国主义在巴勒斯坦同阿拉伯人斗争，建立犹太人的以色列国，美国是以色列国的主要支柱，于是所有阿拉伯国家都掀起强烈的反美思想，并且从阿拉伯国家传播到各处争取独立的殖民地，成为第三世界的时代思潮。

恐怖分子不一定是伊斯兰教徒，但是大都是伊斯兰教徒。什么道理？

这也要回顾历史。伊斯兰教曾经有辉煌的历史。阿拉伯帝国（632—1258年，共626年，相当于中国唐代到元代中期），中国称"大食"。610年穆罕默德创立伊斯兰教，632年他去世时在阿拉伯半岛建成伊斯兰教神权国家。661年，穆阿维亚即位哈里发，建立倭马亚王朝（661—750年），以大马士革为首都，中国称"白衣大食"。750年阿布·阿拔斯建立阿拔斯王朝（750—1258年），762年迁都巴格达，中国称"黑衣大食"。8—9世纪，征服西亚、中亚、印度河流域、北非、西班牙等地，疆域跨亚非欧三大洲。751年在中亚怛罗斯（哈萨克江布尔城）战役中击败中国唐朝安西节度使高仙芝。1055年塞尔柱突厥人占领巴格达，哈里发仅留宗教领袖虚名。1258年蒙古人旭烈兀攻陷巴格达，杀死哈里发，阿拉伯帝国灭亡。

继起的是奥斯曼帝国（1299—1922年，共623年，相当于中国元代中期到民国初年）。奥斯曼土耳其人是突厥人的一支，不是阿拉伯人，同样信奉伊斯兰教，原居中亚，13世纪初西迁小亚细亚。1299年奥斯曼一世独立建国。1453年灭东罗马拜占庭帝国，迁都君士坦丁堡，改名伊斯坦布尔。苏莱曼一世（1520—1566年在位）时，疆域跨亚非欧三大洲，成为穆斯林世界的中心。一次世界大战与德国同盟，战败后分裂为若干小国，1922年废除末代苏丹，帝国告终。

这两个伊斯兰教帝国先后统治"亚非欧"三大洲的大片地区，长达一千两百多年。他们的后裔国家不甘心处于无足轻重的地位，一心想要恢复历史的辉煌。但是，他们不能相互联合起来，不愿摆脱宗教的束缚，不屑学习西方的文艺复兴和启蒙运动。他们中间有几个国家，政权被极端分子所控制，认为教义就是真理，复古就是革命，选择恐怖主义的道路，希望在激进主义运动中得到"圣战"的胜利。"二战"之后，不少恐怖事例出于这样的国家，例如：

伊朗：1941年，国王巴列维即位，进行经济和社会改革，美国予以积极支持，引起伊斯兰教神职人员的强烈反对。1979年，国王被迫离开伊朗，宗教领袖霍梅尼从国外回国，废除君主制度，建立伊斯兰教神权共和国。伊朗占领美国大使馆，扣押使馆人员62人为人质，要求送回在美国治病的国王。国王不得不从美国移居埃及，不久病死。1980年，美国空降救援人质，失败。1981年，伊朗释放扣押两年的使馆人质，美国退还冻结的伊朗财产。

利比亚：1969年，军人卡扎菲发动政变掌握政权，收回英国石油公司，规定伊斯兰教为国教，提出世界第三理论，走资本主义和共产主义之外的第三条路，建设标准的社会主义，1977年改国名为"阿拉伯利比亚人民社会主义民众国"。1988年，利比亚恐怖分子在苏格兰上空炸毁泛美航空公司的洛克比103号班机，利比亚拒绝交出嫌疑犯2人，美国予以经济制裁。1999年，利比亚同意交出嫌疑犯2人，由荷兰法庭按照苏格兰法律审判定罪。

社会的发展有先有后，有的还在崇拜原始图腾，有的已经进入现代社会，文化的历史时差从穆罕默德算起有1300年。伊斯兰教国家有的保守、有的开明。人们说，只要看他们妇女的装束就可以区别谁是保守、谁是开明。妇女头面包裹得严丝密缝的最保守，头面半露的比较开明，头面几乎全露的最开明。一些伊斯兰教国家盛产石油，非常富裕。但是富裕不等于文化。不是贫穷和愚昧产生恐怖主义，而是富裕和愚昧产生恐怖主义。塔利班和本·拉登的恐怖组织就是典型。

恐怖组织已经形成世界性的合作。反恐怖的各国必须组成世界性的联合，实行彼此协助，加紧共同防范。对世界各地不同民族间的历史仇恨，联合国如果能够进行有效的积极帮助，化积怨为和解，化干戈为玉帛，或许可以从根本上减少滋生恐怖主义的土壤。

2001年10月6日

（原载《群言》2002年第1期）

话说天国

2000年夏秋之交，电视剧《太平天国》成为北京大众的焦点话题。剧中情节跟从前传说颇不一样，使观众耳目一新。从前对太平天国一向隐恶扬善，国民党歌颂它因为它反对清王朝，共产党歌颂它因为它是农民革命。此次电视剧披露了部分阴暗面，报刊文章又补充了电视剧中没有表演的不少真实。《辞海》对太平天国的称说有了变化：1985年版称"太平天国革命"，2000年版改为"太平天国运动"，条文中的"革命"字样一律删除。孔子说，"学然后知不足"，这是求知的规律。知道了一部分真实，引起知道更多真实的要求。要求知道真实是启蒙运动的开端。

我小时候，一位老妈妈给我讲故事，其中有长毛故事。上学后，我知道了长毛就是太平天国。可是老妈妈说，她只知道有长毛。太平天国建国于江南，江南人民称他们为长毛，因为他们披头散发，反对大清国的发式。清朝统治者规定，前半剃发，后半梳辫，这个怪样子的发式是清朝子民的标记。皇帝颁布"剃发令"，强迫汉人剃发，不剃者斩！长毛是革命发式，是反对清政府的标记。称长毛是写实，原来没有褒贬含意。

秀才落第、改信上帝,政教合一、天王梦呓

洪秀全(1814—1864)应秀才考试,多次落第,于是改信上帝。1843年创立拜上帝教,排斥佛道,禁止儒学。1851年洪秀全38岁生日的一天,拜上帝教的徒众在广西桂林金田村集合,"恭祝万寿起义,正号太平天国"。奉洪秀全为天王,立幼主,设百官,蓄发易服。洪秀全自称上帝次子,耶稣胞弟,由上帝派遣下凡做救世主。上帝又称天父,耶稣又称天兄。天堂有大小;大天堂在天上,是灵魂的归宿;小天堂在人间,是肉身的处所,也就是太平天国。洪秀全的著作称"真约",与"旧约"和"新约"鼎立。天王封杨秀清为东王,萧朝贵为西王,冯云山为南王,韦昌辉为北王,石达开为翼王。太平天国武装起义开始了。(东汉张角创太平道;基督教宣传天国。)

天国大小政务,皆以上帝名义行事,教义与政治密不可分。朝中军中,每日祈祷。喜庆、灾病、丧葬、动土、堆石、盖房、作灶等,均须祈祷。用牲畜茶饭供祭上帝,以"讲道理"的活动向军民宣传宗教和政治。

杨秀清、萧朝贵相继以上帝附体、耶稣附体的方式发言,洪秀全每次下跪聆听。稍后,洪秀全把病中梦幻加以渲染,自称亲得上帝面示。一个代天传言,一个梦中受命,1856年演成宫廷内讧。杨秀清、韦昌辉先后被杀。石达开负气带兵出走。大敌当前,自相残杀,天下还有比这更愚蠢的事情吗?

内讧使内幕曝光,杨秀清的狂妄,韦昌辉的残忍,洪秀全的阴险,石达开的分裂,一个个现出了草莽英雄的本色。

洪秀全沉湎于天京声色，对北伐不够重视。北伐只派两员二等将领，又不指定主帅，起初只有两万兵马，虽然一度冲到天津附近，结果在两年之内，全军覆没。天京救援北伐，没有全力以赴。诸葛亮说，"王业不可以偏安"。太平天国偏安十一年，终于败亡。

拜上帝教实际由三种成分拼凑而成：1. 一知半解的基督教，2. 中国民间的巫术呓语，3. 曲解了的儒学纲常。孔子"敬鬼神而远之"，政教分离、信教自由，这是中国有悠久历史的先进传统。天国政教合一，使历史倒退两千年。

兄弟团圆、上海交锋，洋枪大刀、武器迥异

1853年太平军攻克南京，控制长江中下游。英国公使文翰，乘军舰从上海到南京，递交与清政府签署的《南京条约》（1842），其中的通商口岸有的在太平军控制地区，要求太平天国承认这个条约。杨秀清误以为他们同情天国，嘉奖文翰"忠心归顺"，说"天王降旨尔头及兄弟"，果愿来"投效"或"通商"，均可前来天京，但是不要帮助清政府。1854年杨秀清又说：天国"视天下为一家，以同拜上帝为兄弟；通商自由，外国可以自由出入贸易"。

1856—1860年，英法联军直捣北京，烧毁圆明园，清帝避难热河。英法俄美强迫清政府订立《天津条约》（1858）和《北京条约》（1860），条款中新开辟的通商口岸有的在太平天国范围内。1858年英国军舰从上海到南京，太平军曾开炮轰击。事后，

太平天国向英方道歉，同意在事先通知的条件下可以在长江航行。太平天国幻想英国帮助自己攻打清政府，使中国和英国同样拜上帝的教徒"兄弟团圆"。

1860年太平军进攻苏南，迫近上海。1861年英国海军司令率舰队到南京，要求太平军不得进入上海百里之内。太平天国同意1861年内不进入上海。期限一过，1862年李秀成进攻上海。

1862年英国把驻扎天津的军队运抵上海，会同法国军队，帮助清政府向上海附近的太平军进攻。上海富商得到苏松太道官员支持，招募中外游民组成洋枪队，称常胜军，这支雇佣军后期由英人戈登率领，有官兵3600人，主要是炮兵，前上海租界有纪念他的戈登路。英国商船帮助李鸿章把新成立的淮军从安庆运到上海，中途闯过太平军的管辖区。主要是淮军和常胜军联合攻打太平军。太平军失败，退出上海四周。此后，淮军和常胜军进攻苏南。英法在浙江也募集游民组成常安军和常捷军，帮助清政府攻取杭州等地。淮军和常胜军有比较新式的武器，武器水平的差异是太平天国失败的重要原因之一。

当时中国有三种军事力量在角逐：1. 清政府，2. 太平天国，3. 帝国主义。帝国主义削弱清政府，有利于太平天国。太平天国削弱清政府，有利于帝国主义。三角斗争必然形成"两对一"的阵势。这个规律在《三国演义》中有生动的说明。太平天国曾幻想联合英法攻打清政府，从三角斗争的策略来看，是"两对一"的策略。后来清政府联合英法攻打太平天国，也是"两对一"的策略，加快了太平天国的失败。英法在太平天国战争的开头十年（1851—1861年）保持中立，直到最后三年（1862—1864年），为了保住上海租界根据不平等条约得到的特殊利益，同时看到了太平天国有可能失败的弱点，这才决定帮助清政府攻打太平天国，但是主要不用他们本国的常规军，而用当地招募的雇佣兵。

妇女解放、妻道三从，女将风光、昙花一现

太平天国解放妇女的传说，这次被报纸披露的真实完全否定。太平天国起义之初，为了断绝参加者的后路，财产充公，房屋烧毁，全家参军，连同母妻姐妹女儿。男人于是无后顾之忧，个个成了过河卒子。女人参军，增加兵员，又可作为人质，家人之间形成连环保。不能取胜，就是死亡，所以勇敢无比。男营和女营（后称女馆）严格分离，禁止往来。男女通奸称"变怪"，夫妇同床称"淫乱"，天条不容，一律杀头。

天朝的冬宫正丞相陈宗扬，夫妻同宿，一同被斩。镇国侯、秋宫正丞相卢贤拔，与其妻团聚两天，被人揭发，洪秀全和杨秀清保他，从宽发落，革职治罪。

洪秀全本人纵欲无度；进入南京之前，就有妻36人；到南京之后，每逢洪秀全生日，要送上美女6人。洪贵福供词说，洪秀全有妻88人，另一说有108人，此外有宫女1000余人。天国平等，不分妻妾等级；皇娘众多，用数字编号以便召唤。

不仅天王选美，诸王也选美。每逢选美，全城骚然。先是所有妇女集中听"讲道理"，"一人不至，全家斩首"。被选中的妇女，"碰死者有之，卧地不行甘为宰割者有之，鞭扑胁行痛哭失声者有之"，场面惨烈！

1854年，允许少数几个大官在女馆选择美女为妻。1855年，全面开放，准许夫妇同居。设立"媒官"，主持青年男女婚配，从15岁到50岁的妇女都在分配之列。"大员妻不止"（不限人数），"无职之人只一妻"，实行多妻制，但是官民有别。媒官主持婚配，造成不知多少乱点鸳鸯的悲剧。天国的儿童课本《幼学诗》说："妻道在三从，无违尔夫主，牝鸡若司晨，自求家道苦。"（三从：在家从父，出嫁从夫，夫死从子。）广西农村妇女原来不裹脚。到南京后，限令女人一律放脚，以便参加军事，担任原先只有男人担任的劳役。

杨秀清命女馆中识文字者集合考试，由洪宣娇主试，题为"唯女子与小人为难养也"。傅善祥挥笔力驳难养之说，引古来贤女内助之功。卷荐后，为天王所击赏，拔置第一，饰以花冠锦服，鼓吹游街三日，间阎群呼女状元。各王府需要大量文书人员，不用阉臣，皆用女官。考选识字女子，并非正式科举。

太平天国的女将，都是昙花一现，随即不知去向。从天地会参加太平军的女将苏三娘，攻占南京，一时风光，后又领老部下攻打镇江，留下"八百女兵都赤脚"的印象，不久销声匿迹。胡九妹年过五十，随子造反，曾为女军帅，到南京任东殿女丞相，此后就没有消息。洪宣娇，原为"绳伎"（走绳索的），洪秀全收为干妹，改姓洪，嫁给萧朝贵，作为内监；宫廷内讧之后强烈失望，离府出走，不知所终。女状元傅善祥，被杨秀清任命为东王府内簿书，代杨批答文书，同时成为杨的情妇，后来在宫廷内讧中被杀。这些女人都是被利用、被玩弄、被损害者。

绿营腐败、湘淮并起，洋务运动、工业萌芽

清朝的八旗兵和绿营兵无能而腐败。太平军长驱直入，如入无人之境。1854年曾国藩建立湘军，1862年李鸿章建立淮军。军事形势大变。太平天国的敌军，从望风披靡的八旗绿营，变为深谋远虑的湘军淮军。太平天国不再有主动进攻的绝对优势，而被动防御的相对劣势变得越来越严重。

当时各省都有许多本地的小股起义军，被称为土匪，他们是太平天国的天然盟友，太平军一来到，就纷纷起来响应，使太平军好像回到了家乡。曾国藩建成湘军之后，首先削平本地的小股起义军，使太平军失去潜伏的地下纵队。这是八旗绿营想做而未能做到的清乡战略。

洪秀全不信任有才能的石达开，使石达开气愤而分裂出走。清政府对开始屡战屡败的曾国藩深信不疑，使湘军终于转败为胜。对阵两方的领导决策迥然不同。

湘军、淮军的基础是地主和农民中保卫自身利益的乡土兵。乡土兵从自卫力量发展为进攻力量，最后成为保卫清政府的主要军事力量，一直影响到民国初年。后来的窃国大盗袁世凯也是李鸿章奏举而发迹的。

八旗兵和绿营兵大都由颓废的满人和奴才汉人担任军官。湘淮乡土兵主要由地主知识分子中的精干汉人担任军官，同时也重用满族人才。同样是效忠于清政府，军权从无能的满人手中转移到精干的汉人手中，是清政府内部权力的重大变化。满人失去掌握军权能力之后，到辛亥革命时候就无可奈何地只能再让出空虚的政权了。

湘军淮军延长了满人政权,推翻清政府的目的到五十年后才实现。

清政府实行以汉治汉,在其之上还有以满治汉。满族是统治民族,汉族是被统治民族。满族对汉族的民族压迫一直坚持到清朝灭亡。太平天国对清朝统治者有强烈的民族复仇情绪。民国初年实行"五族共和"(汉满蒙回藏),民族复仇改为民族平等。

1861年曾国藩创办安庆内军械所,1865年李鸿章创办上海江南制造总局,后来又创办了几处重工业和轻工业工厂,这是洋务运动的开始。洋务运动是中国工业化的萌芽,中国的工业化萌芽于太平天国的战火之中。

礼遇受封、啼笑皆非,时代错误、时差千年

洪秀全1851年金田起义,1853年定都南京,1864年兵败人亡。十三年间,战争的台风席卷了大半个中国。这场大厮杀的历史意义究竟是什么呢?是一次历史的健身操呢,还是一次历史的癫痫病呢?它留给后代的是一出肥皂剧呢,还是一堂逻辑课呢?看完电视剧,爱思考的人们开始思考了。盲目歌颂已经不能叫人心安理得。

农民革命的一般模式是:民不聊生,揭竿而起;官绅压迫,天灾频仍;人口过剩,邪教成帮;游民带头,贫民跟从;周期轮回,成则为王。太平天国有哪几项超越了这个模式呢?

洪秀全说:"天朝严肃地,咫尺凛天畏。生杀由天子,诸官莫得违。"太平天国比清王朝更加封建。太平天国对外交一无所知,曾经幻想联合英法对抗清政府。把太平天国说成反封建、反帝国主义,不符合历史事实。

洪秀全定都南京的1853年，日本发生"黑船"来航事件，美国舰队（舰身涂黑漆，日本称黑船）驶抵东京湾，要求开埠通商，日本顺应时代潮流，从此走上改革维新的近代化道路。太平天国的建国原理跟当时的时代潮流背道而驰。在启蒙思潮已经传到东方的时代来建立天国，好比在铁器时代改用石器。1853年的《天朝田亩制度》标榜"有田同耕，有饭同食，有衣同穿，有钱同使"，这是中国历代农民起义共同的永恒梦想，向来没有实施过，也无法真正实施，如果实施了将使社会停止发展。从历史来看，太平天国的深层问题是农民运动难于避免的时代错误。

中国第一个留美学生、毕业于耶鲁大学的容闳，怀着"为中国谋福利"的热望，1860年访问天京，观察天国"果胜任创造新政府以代满洲乎"。容闳向洪秀全提出建设现代军事、政治、经济和教育等七项建议。结果，容闳得到的是"礼遇甚优"。洪秀全不理解、不采纳他的建议，却封他为"义"字号四等爵，令他啼笑皆非。一个是早期封建，一个是资本主义，两个人的"思想时差"有一千年。

评论历史事件不可凭胜败定褒贬。评论历史事件的标准是看它对社会发展是促进还是促退。促进才是革命，促退就是以暴易暴。

不过，太平天国也留下了无形的革命影响。满人的统治削弱了，清朝皇帝的神圣性动摇了，汉人的革命意识增强了。在天国的梦幻消失中，民国的理论渐渐生长起来了。历史是不会停止前进的，虽然中国的前进道路特别崎岖而漫长。

2000年9月9日，时年95岁

微言大义和托古改制

康有为提倡"维新",主张"君主立宪",实际是学习日本的明治维新,但是必须找到中国古代经典的根据,方能得到当时士大夫们的理解。他从"公羊学派"找到"微言大义"和"托古改制"的理论,请孔子出来当"维新运动"的后台。

"公羊学派"起源甚早,久已衰微,清朝乾隆后期,重获新生。首先的提倡者是常州学者,所以又称"常州学派"。

《辞海》(1980)"常州学派"条:(摘要)清代的今文经学派。乾隆后期,庄存与、刘逢禄等据今文《公羊》经义,维护朝廷,建议改良。鸦片战争前后,龚自珍、魏源等以《公羊》经义,抨击封建专制,要求变革。康有为引用今文经义,提出"托古改制",作为"维新变法"的理论根据。

中国最早的编年史《春秋》,传说是孔子亲自编订的,其中不仅记录历史事实,还在字里行间,蕴涵对历史的严正褒贬。后人给《春秋》作传,有《左传》、《穀梁传》和《公羊传》。《公羊》中有一套独特的"文化语码",所谓"微言大义"。这四个字的意思,说得通俗一点,就是隐约委婉、提出批评,字里行间、褒贬古人。为什么有话不直说而要"微言大义"?古代没有言论自由呀!

清代的《公羊》思潮,连绵达百余年,直至今天,还在不知不觉中传播。今天我们常说的政治语言如"小康"、"和谐"、"拨乱反正"等,其实是《公羊》学派的思想余绪。我们的政治理论,都要带点古来传统的意味,才容易获得国人的心悦诚服。

"微言大义"包含三大命题:"大一统"(国家观)、"通三统"(朝代观)、"张三世"(发展观)。

1. "大一统"(国家要不要统一):国家要统一。

2. "通三统"(朝代可不可更易):朝代可以更易。夏商周三代承前启后。

3. "张三世"(历史的发展规律):历史发展,阶段前进。开创"三世说":(1)所见世(目前时代)至(2)所闻世(历史记载)至(3)所传闻世(古代传说)。东汉学者何休改进旧说,提出"三世变化"说:(1)衰乱世至(2)升平世至(3)太平世。

"公羊三世说"开启后世"历史发展分阶段论"的先河。《公羊》中的历史哲学启发了后世的革命理论。

清代的《公羊》学者前后有数十人之多,这里介绍有代表性的少数几位。

庄存与(1719—1788)

他是清代"公羊学派"的开创人,生于盛世,不忘改良。

1. "大一统":"六合同风,九州同贯",国家一统。

2. "通三统":"天下不能私于一姓",夏商周更迭继承,满洲人可以做皇帝。

3. "张三世":历史发展,由乱到治,逐步前进:拨乱启治至渐于升平至太平已成。

刘逢禄(1776—1829)

庄存与的外孙,继承和发展外公的学说,改良进为变革。

1. "大一统":"以诸夏辅京师,以蛮夷辅诸夏。"京师是华夏;诸夏是诸侯;蛮夷是少数民族。"以一治之。"
2. "通三统":"穷则变,变则通,通则久。"
3. "张三世":"因革损益","拨乱见治"。

龚自珍(1792—1841)

大胆地前进了一大步,堂而皇之提出变革。

1. "大一统":"夷夏本是一家","大一统就是统华夷为一体"。
2. "通三统":历史变革不能"一祖为师"。"一祖之法无不敝,千夫之法无不靡。"治理天下要靠众人出意见,多方取人才。
3. "张三世":他把何休的"三世"改为治世至衰世至乱世。"自古及今,法无不变,势无不积,事例无不变迁,风气无不移易。"时代需要变革。

魏源（1794—1857）

他又前进了一大步，认识世界，引进技术，变革思想接近当时世界的先进潮流。

1. "大一统"："夏商周以血缘封建；秦汉之世，郡县之治，行选拔之举。"
2. "通三统"：孔子当年就有"五帝不袭礼，三王不沿乐"之说。孔子有变法救弊之意。
3. "张三世"：从衰世到治世，方法是"经世致用，重振王纲"。

魏源作《海国图志》，首先提出"中国是世界诸国之一，不再是天下中心"；倡议"以夷制夷"；"师夷长技以制夷"。

康有为（1858—1927）

集各家之大成，维新变法，君主立宪。

1. "大一统"：打破夏夷之分，实现世界大同。
2. "通三统"："三世"之说，就是社会形态向高层次的进化。
3. "张三世"：社会进化分三阶段：封建专制（衰乱世）至君主立宪（小康世，升平世）至民主共和（大同世，太平世）。康有为作《大同书》，他知道还有民主共和，可是当时的清朝应当实行君主立宪，这才符合中国的国情。

康有为认为：《春秋》是孔子为"改制"而作的书，只不过其中"托古改制"的"微言大义"长期被古文经学派所湮没。

孙中山（1866—1925）

君主立宪进到现代民主制度，他不断标榜"天下为公"。

他认为：公羊三世说，提出了社会发展三阶段论：

1. 由蒙昧进文明，是"不知而行"时期（相当于"衰乱世"）。
2. 由文明进文明，是"行而后知"时期（相当于"升平世"）。
3. 科学发明以后，是"知而后行"时期（相当于"太平世"）。

邹容（1885—1905）

他是孙中山的革命同志，提出激烈的革命主张。

他要"张九州复仇主义，作十年血战之期"；驱逐满人，"恢复我之祖国"。

其中"九州复仇"之说，来自《公羊》："九州犹可以复仇乎，虽百世可也。"

晚清百年，思潮激荡，传统意识和外来学说渐渐接近。中国终于离开天下中心，成为国际大家庭的一员。

2007年8月27日，时年102岁

注：本文的基础是学习张戬炜《文化常州》书中《常州学派》一章，如有误解，敬请指正。

胡适和陈独秀的分道扬镳

《炎黄春秋》杂志（2008年第1期）发表邵建《胡适与陈独秀关于帝国主义的争论》（简称"邵文"）。邵文说：1925年，陈独秀反对帝国主义，而胡适不承认有帝国主义。陈独秀说："适之，你连帝国主义都不承认吗？"胡适说："仲甫，哪有帝国主义？"这个八十年前的"旧闻"，对孤陋寡闻的我来说，是一条闻所未闻的"新闻"，其中有两个值得注意的历史掌故：一、最早的改革开放思想；二、反帝运动的历史来历。

八十年前的外交形势

第一次世界大战，中国参加协约国对德宣战，但是只派华工，不派军队。战后1919年举行"巴黎和会"，订立《凡尔赛条约》。中国参加和会，派出的代表有北洋政府的陆徵祥、施肇基、顾维钧、魏宸组，以及国民党广东军政府的王正廷。（当时南北两个敌对政府合作对外。）《凡尔赛条约》不顾中国的反对，规定把德国侵占的胶州湾、胶州铁路和山东各种权益，转让给日本。日本乘欧美无暇东顾，急于独吞中国，向北洋政府提出"二十一条"密约，强迫其同意，内容有：日本继承德国在山东的一切权益，日本在南满和内蒙有广泛特权，中日合办警察和兵工厂，日本在中国有建筑铁路和公路工程的优先权，等等。巴黎和会的不利消息，加上"二十一条"密约的泄露，激起中国人民的极大愤慨，全国罢课、罢工、罢市大游行。这就是被称为中国文艺复兴的"五四"运动。中国代表在激昂的民气支持下，拒绝在《凡尔赛条约》上签字。

美国也对《凡尔赛条约》不满，美国代表签了字，美国国会拒绝批准条约。1921年，美国召开"华盛顿会议"，解决远东和太平洋问题。1922年订立《九国公约》和中日《解决山东问题悬案条约》，限制日本太平洋海军，维持美国太平洋海军的优势；日本把胶州湾和德国在山东的权益归还中国，将胶州湾地区开辟为商埠，实行"门户开放、机会均等"，各国有同等的通商权利；日本放弃"二十一条"密约，尊重中国的主权与领土完整。日本当然非常不满，但是当时日本无力反对。

关于华盛顿会议，有两种完全相反的评价。其一，认为门户开放便利美国侵略中国，使中国成为以美国为首的列强公共殖民地，这是美国的侵华策略。其二，认为门户开放、机会均等，列强放弃在中国划分势力范围，尊重中国的主权和领土完整，中国避免被分割和瓜分，有利于中国。孰是孰非，今天能冷静思考了吗？

历史道路的崎岖曲折

国民党北伐胜利，统一了军阀割据的中国。但是，共产党势力日益强大，日本占领东北，准备侵吞整个中国。内忧外患不能同时解决。国民党决定先消灭共产党，然后抗日，"攘外必先安内"。共产党和革命群众认为，大敌当前，怎能自相残杀，要求"全国团结，一致攘外"。国民党正在全力"剿共"的时候，发生"西安事变"，张学良扣留蒋介石，逼迫国民党立即抗战。

亲美、亲苏，东西摇摆，一波三折。北洋政府和南京国民政府都亲美，美国在华盛顿会议上帮助了中国，抗日战争中美国给中国的帮助更大。1949年共产党建立新中国，大力宣传向苏联一边倒，"反对美帝国主义"的口号震耳欲聋，不仅政府反美，群众也在政府的号召下反美。斯大林死后，赫鲁晓夫作否定斯大林的秘密报告，中国以"九评"强烈批判"苏修"，中苏几乎兵戎相见。尼克松来华，中美建交；改革开放之后，邓小平访美。留学以美国为首选，出口以美国为主要去处。

最早的改革开放思想

邵文说：华盛顿会议之后的1923年，苏联共产国际给当时作为苏共支部的中国共产党的第三次全国代表大会发出指示，"要坚持我们早先采取的立场，即中国的中心任务是进行反对帝国主义及国内封建走狗"。陈独秀奉行共产国际的指示。胡适认为，当时外交形势好转，在这个时候提出反对帝国主义，并以美国为重点，无法理解。

邵文说：胡适在1922年《努力》杂志上发表《国际的中国》，提出了最早的近似"改革开放"的思想。胡适认为，"华盛顿会议之后,帝国主义造成的侵略危机不是更严重了,而是逐步向好的方向转化了"。他说:"老实说,现在中国已经没有很大的国际侵略的危险了。所以我们现在可以不必去做那怕国际侵略的噩梦。最紧要的是同心协力地把自己国家弄上政治的轨道上去";"我们觉得民主主义的革命成功之后,国际帝国主义的侵略有一大部分可以自然解决了"。

胡适赞成美国提出的门户开放,开辟商埠,发展中外贸易,欢迎外来投资。他说:"投资者的心理,大多数希望所在国家享有安宁与统一。我们并不想替外国的资本主义作辩护,但是我们要知道,外国投资者的希望中国和平统一,实在不下于中国人民的希望和平统一。"

邵文说:胡适这种思想跟六十年后的"改革开放"颇多相似之处。开辟商埠近似建立特区,欢迎外资近似接受外包,不谈反帝近似不谈姓社姓资。胡适的"哪有帝国主义"论,"国际的中国"论,可说是最早的"改革开放"论。可惜太早了,太超前了,在当时只是一声空谷长啸,没有回响。胡适超前了一个甲子。

反帝运动的历史来历

反帝主要是反美。中国原来有亲美传统而没有反美背景。新中国成立之后,突然变成激烈的反美国家。这是什么缘故?邵文初次提出这个问题,也初次给了答案。

第一次世界大战,俄国参加协约国对德作战,不幸惨败。

1917年，列宁领导的共产党掀起十月革命，夺取政权，退出战争，对德割地赔款。德国投降后，苏联不能参加巴黎和会，因为它已经中途退出战争。苏联成立第三国际，掀起世界革命，企图消灭整个资本主义，但是在欧洲十分孤立，只有到亚洲来扩展革命。中国是最理想的对象，"国际帝国主义最薄弱的环节"。在中国，苏联一手联络共产党，一手联络国民党，推进了中国的不断革命。国民党北伐成功，共产党内战胜利，都得到苏联的重大援助。

邵文说：刚成立不久的中国共产党接到共产国际的通知，派代表参加苏联召开的"远东被压迫民族国际大会"（1921年在莫斯科举行）。中国代表张国焘说，"（苏联驻华代表）马林正式通知我参加大会，反对列强的华盛顿会议"；"确定了中国革命的反帝国主义的性质，反帝国主义成为中国革命的主要任务"。

张国焘说："当时一般人还不知道帝国主义为何物，甚至像胡适这样的著名学者也认为帝国主义是海外奇谈。经过中共宣传和出席会议代表们的多方介绍，'反帝国主义'这个名词不久成为人所共知；不管后来中国革命起了些什么变化，这把'反帝国主义'的火放得确实不小，它烧遍了东方各地。"

邵文说：莫斯科会议是跟华盛顿会议对着干的，这是20世纪苏美对立在国际擂台上的第一次表现。在华盛顿会议客观上作出对中国有利的决议时，中国本土却掀起了反美的浪潮。

这次莫斯科会议，国民党也派代表（张秋白）参加。于是，苏联的反帝策略直接贯彻到国民党第一次全国代表大会的党纲中。邵文说：三民主义的民族主义，过去指排满，后来改按苏联意图作了新的解释。苏联驻中国代表加拉罕向苏联报告说，中国的民族主义已按共产国际申明的精神解释，一方面反帝，一方面容许少数民族自觉，也就是让蒙古独立。

苏联的革命思想，逐步渗入中国青年。1920年，苏联西伯利亚当局在向共产国际的汇报中说："我们的上海分部利用这种影响对学生革命运动实行思想上和组织上的领导；同时试图使学生运动从思想上跟资产阶级知识分子团体和商人团体划清界线，因为这些团体依靠民主美国；针对美国，我们提出了社会革命，面向劳动群众的方针；我们跟最激进的一部分学生一起，对在美国受教育的民主学生团体，作思想斗争。"

苏联代表索科洛夫给苏联的报告中说："主要是广州政府可能被我们用作进行东方民族革命的工具；这场革命最终会把中国抛向协约国的敌人阵营。"邵文说：把孙中山的中国作为反美的工具；以所谓民族革命，使中国成为美国的敌人；苏联操纵中国革命，说得如此赤裸裸，如此真实！

邵文说：我们要等到20世纪90年代，在俄罗斯公开原苏共中央大量档案之后，才窥知其中有见不得人的秘密。当年的胡适、陈独秀、孙中山，都没有见到今天公开的苏联档案，他们不可能明白其中还有深藏的奥秘。

邵文说：历史的诡异在于苏联策动中国反帝，然而，20世纪20年代，苏联对中国来说，本身就是最大的帝国主义。这一年，苏联红军进入蒙古，使蒙古脱离中国，成为苏联的殖民地。中国在领土上，回归了山东，丢失了蒙古。苏联成功了，美国成为中国一个世纪的敌人。

胡适和陈独秀的分道扬镳

胡适和陈独秀是"五四"运动的旗手。胡适首先发动文学革命，改文言为白话。陈独秀积极响应，并把文体解放扩大为思想解放。两人共同为中国的文艺复兴奠定"民主与科学"的基石。可是，从文化革命进入政治革命的时候，两人分道扬镳了。陈独秀皈依马克思主义，创立从属于苏共的中共，不幸坠入托派噩梦。胡适坚持美国式民主，孤立独行，百折不挠。他说的"哪有帝国主义"这个警句，是经过深思熟虑的。他认为，华盛顿会议保证了中国的主权和领土完整，不久废除领事裁判权（治外法权），收回租界以及海关和盐务的管理权；中国在第二次世界大战之前，已经结束半殖民地的状态，这时候应当抓紧时机，建设国内的政治和经济，不应当去追随苏联搞世界革命。陈独秀认为，华盛顿会议是宰割中国的会议，中国面临进一步殖民地化的危险，反对帝国主义的革命更加紧张了。胡适的资本主义建国观，跟陈独秀的社会主义建国观，南辕北辙，迥然不同。历史的是非，久而愈明，真理等待时间来检验。

2008 年 1 月 16 日，时年 103 岁

（原载《群言》2008 年第 2 期）

科学的一元性
——纪念"五四"运动 70 周年

德先生和赛先生

1919 年 5 月 4 日,北京学生掀起"五四"运动,高举反对帝国主义和封建主义的革命旗帜,震动了全中国和全世界。当时世界舆论说:"睡狮醒了!"

"五四"运动不断深化,提出了邀请"德先生"和"赛先生"两位客座教授前来中国的建议。这个建议是"五四"运动的精髓。遗憾的是,德先生没有拿到"签证",无法成行。赛先生一个人来了。他们二人原来是一对老搭档,长于合作演唱"二人转"。现在赛先生一个人前来,只能"一人转"了。一个人前来也好,比一个都不来好。可是,发生一个问题:怎样"接待"赛先生呢?接待问题是关键问题,关系到国家的发展前途。

赛先生出行不利,一到中国就遇到他没有"思想准备"的情况:要求他脱下西装、穿上长袍,熟读四书,服从"中学为体、西学为用"的大原则,也就是封建为体、技术为用,要他遵命办理他没有办理过的"朝廷企业"和"官僚工厂"。赛先生感到"水土不服",头昏脑胀,得了"眩晕症",久久不愈,时时发作。

赛先生到苏联，受到"苏维埃式"的接待。先改造赛先生的思想，然后叫他创造无产阶级的"真科学"，废除资产阶级的"伪科学"。最有名的创造是：马克思主义的"米丘林生物学"和马克思主义的"马尔语言学"。前者是自然科学，后者是社会科学，二者同样披上了"阶级性"的红色外衣，来到中国。

50年代，中国向苏联"一边倒"，建立了许许多多"米丘林小组"，听说有五万个。赫鲁晓夫一上台，一夜之间，全部烟消云散了。据说，"真科学"生产不出优良的玉米种子，每年要向"伪科学"购买大量的改良种子。这是怎么一回事？我查看苏联的"哲学辞典"，其中有洋洋洒洒的大文章"米丘林生物学"，说得头头是道。我又查看美国的"大英百科全书"。大失所望！其中没有"米丘林"的条文。只在"遗传学"条文中间找到一句话："所谓米丘林遗传学是没有科学根据的。"我如堕五里雾中！后来，我明白了：米丘林生物学是"哲学"！

新出版的《简明不列颠百科全书》(1986)有"米丘林"的条文，上面说："他的杂交理论经李森科发挥后，被苏联政府采纳为官方的遗传科学，尽管几乎全世界的科学家都拒绝接受这种理论。"原来，米丘林是一位朴素的园丁，他的"生物哲学"是李森科编造出来的。赫鲁晓夫时期，苏联放弃了"生物哲学"，引进了"生物科学"，否定了生物学的阶级性，使它恢复"一元性"。从此，不是各个阶级有各自的"阶级生物学"，而是各个阶级都可以利用同一种"人类生物学"。苏联和中国的生物学以及全部自然科学，都脱下了"阶级性"的外衣。

任何科学，都是全人类长时间共同积累起来的智慧结晶。颠扑不破地保存下来,是非难定的暂时存疑,不符实际的一概剔除。公开论证,公开实验,公开查核。知识在世界范围交流,不再有"一国的科学"、"一族的科学"、"一个集团的科学"。学派可以不同,科学总归是共同的、统一的、一元的。

神学、玄学和科学

人类的认识发展大致可以分为三个阶段:1. 神学阶段,2. 玄学阶段,3. 科学阶段。"神学"的特点是依靠"天命",上帝的意志是不许"盘问"的。"玄学"的特点是重视"推理",推理以预定的"教条"为出发点。"科学"的特点是重视"实证",实证没有先决条件,可以反复"检验",不设置"禁区"。"实践是检验真理的唯一标准",认识这一条原理,足以防止"从科学回到空想"的倒退。"唯一标准"就是"一元性"。科学的"真伪"分别,要用"实践"、"实验"、"实证"来测定,不服从"强权即公理"的指令。

以医学为例。医学的发展,经过了三个阶段:1. 神学医,2. 玄学医,3. 科学医。"医学"古代称为"巫医"。"巫医"的治疗方法主要有:驱鬼、招魂、咒语、符箓、魔舞等。所有的民族在历史早期都有过大同小异的"巫医",这是"神学医"。从"神学医"发展为"玄学医"。"神农尝百草而兴医学。"阴阳、五行(金木水火土),"医者意也",这是中国的玄学医。希腊有"四体情说"(血痰怒忧):"体情调和,身体健康",这是希腊的玄学医。毛泽东比斯大林聪明,他提倡"中医"而没有给"西医"戴上"伪科学"的帽子。各民族原来都有各自的传统医学。印医、藏医、蒙医、中医,都是东方的有名传统医学。它们对人类的"科学医"都有过贡献。世界各地传统医学中的"有效成分"汇流成为人类的"科学医"以后,代替了各民族的"民族医学"。今天"中医"和"西医"并立,将来总有一天要合流。科学不分"中西",科学是世界性的、一元性的。

天文学更明显地经过了三个发展阶段:1. 天文神学,2. 天文玄学,3. 天文科学。古代的巴比伦、埃及、希腊、中国等,都有"占星术"。占星术把人类的"吉凶祸福"跟天文现象联系起来,利用日食、月食、新星、彗星、流星的出现,以及日、月、五星(水金火木土)的位置变化,占卜人事的吉凶和成败。这是"天文神学"。中国有"盖天说"、"浑天说"等宇宙观:"天似盖笠,地法覆盘,天地各中高外下";"天体圆如弹丸,地如鸡子中黄,孤居于天内"。这是中国的"天文玄学"。哥白尼的"日心说",使天文学开始进入科学的大门。恩格斯把他的《天体运行论》比作"自然科学的独立宣言"。观测手段日益进步,创造出望远镜、分光仪、射电技术、人造卫星,人类登上月球,发射宇宙飞船到各大行星作近距离观察,使天文学获得了前所未有的进展。

自然科学是如此,社会科学呢?

"马尔语言学"跟"米丘林生物学"有异曲同工之妙。"什么阶级说什么话",这不是天经地义的吗?"米丘林生物学"是斯大林死后由赫鲁晓夫拨乱反正的。"马尔语言学"是斯大林生前亲自拨乱反正的。在接到许多"告状信"以后,斯大林不得不出来说话了:"语言没有阶级性",由此引申出"语言学也没有阶级性"。"语言没有阶级性"是斯大林的伟大发明。语言学界额手称庆!

可是,语言学是一门社会科学。社会科学也没有阶级性吗?社会科学不是"阶级斗争的科学"吗?语言学"没有阶级性",这是社会科学的一个"例外"呢,还是社会科学的一个"先例"呢?是"下不为例"呢,还是"以此为例"呢?这严重地困扰了苏联和中国的思想界。

三马大战

50年代初期,北京大学举行轰轰烈烈的"人口问题万人大辩论"。压倒多数战胜了唯一的反对票。人们说,这是"三马大战",因为"马克思"、"马尔萨斯"和"马寅初",都姓"马"。"文化大革命"以后,人们惊呼:"错批一人,误增三亿!"这是"接待"赛先生的方法错误而受到的重大历史惩罚!"社会主义社会没有人口过剩"的名言没有人再谈了。"计划生育"成了中国的重要政策。

回忆1947年联合国首届人口会议上,苏联反对"节制生育",发展中国家反对"家庭计划";1962年以后某些亚非国家改变态度,开始节制生育;1979年以后中国实行"计划生育"。这些历史事实,说明人们对社会科学的认识是变化的。这一变化,猛烈地冲击了"社会科学有阶级性"的坚固堤防。

解放初期,我在上海复旦大学和财经学院教书。看到从苏联课本译编而成的"经济统计学"讲义。开宗明义说:"经济统计学是有阶级性的。"有人在报纸上发表论文,引用苏联专家的话说:"抽样调查"是资产阶级压迫工人的手段;无产阶级觉悟高,产品用不到抽样调查。这时候,学校图书馆收到一册新的《苏联大百科全书》,其中有"抽样调查"一条,内容竟然跟教科书上的说法大不相同,它肯定了抽样调查的"科学性"和"必要性"。我叫我的研究生赶快翻译成中文,印发给同事们和外地财经学院参考,引起当时经济学界的重视。当时只敢默默思考:是不是"科学没有阶级性"要伸展到社会科学的敏感部门"经济统计学"来了?

阶级性最强的是"社会学"。"历史唯物主义"否定了社会学的存在。苏联长期不知道有这样一门学问。可是,赫鲁晓夫时期,苏联恢复了社会学,虽然"苏联社会学"依然是有阶级性的。中国更加长期不知道有这样一门学问。旧的社会学者们被看作是当然的"右派",大都流放到边地去了。直到"文化大革命"以后,中国才重建社会学,比苏联晚二十多年。不知道今天的"中国社会学"保留了多少阶级性和怎样的阶级性。

社会科学是不是科学?社会科学是不是"一元性"的?社会科学的历史发展是否也经过了神学、玄学和科学三个阶段?

北京天坛公园内有"祈年殿",祈求上苍恩降丰年,这是不是"经济神学"?"不患寡而患不均",不求增加生产、但求分配平均,这是不是"经济玄学"?经济学教科书说:"按比例发展"是社会主义特有的经济规律。某些社会主义国家,由于预算门类之间和经济部类之间的比例失调,造成民生经济的长期落后。某些资本主义国家,预算经国会争议而实现了比例调整、经济受供求和竞争的制约而达成合适的比例,由此民生经济迅速发展。这是否可以说"按比例发展"的规律也适用于资本主义?50年代的"公营化高潮"也波及某些资本主义国家;70年代的"私营化高潮"还在波及某些社会主义国家。公营跟大锅饭、低效率、长期亏损共生,这也有阶级性吗?

这些问题,今天仍旧是人们不敢深入思考的敏感禁区。可是这些问题非常重要,它跟"改革"能否成功有密切关系,不可能永远回避。"地心说"和"日心说"在古代曾经是最敏感的禁区。谁接触它,谁就要被烧死。古代的科学勇士居然把这个禁区打开了。今天有现代的科学勇士吗?

"开放"以来,也开放了一些禁区。例如,长期不许说"宏观"和"微观",认为这是资产阶级的"庸俗观点"。现在大谈"宏观"和"微观"了。长期以来必须承认"社会主义社会没有通货膨胀",今天大谈"通货膨胀"了。禁区开放能否再扩大一点,或者干脆来个彻底的学术自由?

社会科学问题如果没有科学地解决,新技术引进来很可能是发挥不出应有的效果的。"改革"就是打破"框框"。要使改革成功,还要打破更多的"框框",从自己建筑起来的"圈套"中走出来。重新考虑如何"接待"德先生和赛先生,这是对"五四"运动最好的纪念。

(原载《群言》1989年第3期)

周有光 著　张森根 向珂 编

从世界看中国

周有光百岁文萃

生活·讀書·新知 三联书店

Copyright © 2015 by SDX Joint Publishing Company.
All Rights Reserved.
本作品版权由生活·读书·新知三联书店所有。
未经许可，不得翻印。

图书在版编目（CIP）数据

从世界看中国：周有光百岁文萃：上下卷/周有光著；
张森根，向珂编．—北京：生活·读书·新知三联书店，2015.1
（2025.7 重印）
ISBN 978 – 7 – 108 – 05192 – 9

Ⅰ.①从… Ⅱ.①周… ②张… ③向… Ⅲ.①随笔 –
作品集 – 中国 – 当代 Ⅳ.① I267.1

中国版本图书馆 CIP 数据核字（2014）第 282944 号

张允和与亲友,重庆荫庐,1946年　张寰和摄

左起:胡子婴(章乃器夫人)、吴国俊(张寰和的同学)、张允和、梁光宪、郑秀(曹禺夫人)、张镕和(张寰和的堂弟)

周有光、张允和与亲友,北京,1975年　张寰和摄

左起:王兰英(窦祖麟的夫人)、窦祖麟(张家大哥的同学)、周孝华(张寰和的夫人)、窦达敏(窦祖麟的小女儿)、张允和、郑秀(曹禺夫人)窦达因(窦祖麟的大女儿)、周有光

周有光大笑　陈光中摄

周有光和儿子周晓平　陈光中摄

周有光和张森根　陈光中供图

小书房　张寰和摄

良知未泯
周有光
2014. 3. 22
时年109岁

生命记忆
周有光
2014. 3. 22
时年109岁

周有光题字

编者说明

周有光先生（1906—　）是我国知名的语言文字学家、文化学者。他自 85 岁高龄退休之后，潜心思考和研究文化学、人类社会发展规律等宏大问题，撰写了大量兼具学术性与通俗性的文章、读书札记。周先生专业著述之外最重要的三部别集，就是他在这方面的代表作：《百岁新稿》，100 岁时出版（三联书店 2005 年初版，2014 年修订版）；《朝闻道集》，104 岁时出版（世图公司 2010 年初版，2014 年增订版）；《拾贝集》，105 岁时出版（世图公司 2011 年）。

对于撰写这些文字的缘由，在 2014 年 3 月，周先生曾说："自从 85 岁从办公室回到家里，工作和思考是我个人生活的最大乐趣；我比以往更关心中国的发展和走向；关心这个社会不断出现的变化。这是我退休以后，以我自己的方式履行一个世界公民的职责。""从世界看中国"也正是周先生观察中国历史、现实的一贯视角。

这些文字涉及文化、思想、历史、政治、教育、语言文字诸方面，实为先生百年学思之精华，广受读者好评。

除了上述三部别集以及他的《文化学丛谈》和《静思录》，

周先生晚年的论著，还分散在其他别集中，为全面有效地展示其思考全貌，我们编订《从世界看中国：周有光百岁文萃》，将先生85岁以后的重要著作悉数收入，以飨读者。

《文萃》共有五大部分：走进全球化、传统和现代、读史散篇、百岁忆往、语文与文明。

编订过程之中，我们参考了《周有光全集》、《周有光百年口述》（待出版）及其他单行本，在此一并对周有光先生及其家属、相关出版机构对于编者的支持表示谢忱。

出版《周有光百岁文萃》之际，正值周有光先生110岁诞辰，我们谨以此作为献礼。

编者

2014年12月

目 录

百岁忆往·· 411
  小学·中学·家庭································· 413
  张家姐妹·· 421
  抗战的艰难时期································· 426
  "反右"运动·· 430
  住牛棚··· 437
  尾声··· 440
  圣约翰大学创立110周年······················ 442
  圣约翰大学的依稀杂忆·························· 445
  傻瓜电脑的趣事··································· 451
  变阴暗为光明······································ 456
  窗外的大树风光··································· 458
  妻子张允和··· 461
  张允和的乐观人生································ 465
  "流水式"的恋爱·································· 467
  残酷的自然规律··································· 471
  巧遇空军英雄杜立德···························· 473

日本新语文的旗手 …………………………………… 476
吴玉章和拉丁化运动 ………………………………… 479
黎锦熙和注音读物 …………………………………… 482
怀念敬爱的张寿镛校长 ……………………………… 490
跟教育家林汉达一同看守高粱地 …………………… 495
胡愈之引导一代青年 ………………………………… 498
章乃器：胆识过人的银行家 ………………………… 504
智慧的巨星胡乔木 …………………………………… 509
水利学大师郑权伯 …………………………………… 513
现代教育的开创者蔡元培 …………………………… 516
卢戆章：切音字运动的开创者 ……………………… 526
魏建功：台湾普及"国语"的开创者 ………………… 529
吕叔湘：语法学大师 ………………………………… 532
张志公：实用语法学家 ……………………………… 534
中国日报创始人刘尊棋 ……………………………… 537
中国大百科全书的创始人姜椿芳 …………………… 542
新语文的创导者叶籁士 ……………………………… 547
图学新纪元的开创人曾世英 ………………………… 549
《今日花开又一年》序 ……………………………… 553
《百岁新稿》自序 …………………………………… 554
终身教育、百岁自学 ………………………………… 557
《学思集》后记 ……………………………………… 560
《朝闻道集》后记 …………………………………… 562
《拾贝集》前言 ……………………………………… 564

《静思录》前言 …… 566
诗歌之页 …… 568
大雁粪雨 …… 576
新世纪的祝愿 …… 578

语文与文明 …… 581

字母跟着宗教走 …… 583
人类文字的鸟瞰 …… 592
预祝《汉语拼音方案》公布 50 周年 …… 612
谈谈比较文字学 …… 620
"文字改革"的百科新稿 …… 633
我和语文现代化 …… 642
异形词的整理和汉语词汇的歧异现象 …… 658
规范音译用字刍议 …… 663
语言和文字的类型关系 …… 666
几个有不同理解的语文问题 …… 672
中国语文的与时俱进 …… 679
语文现代化的三项当前工作 …… 681
拼音正词法和国际互联网 …… 689
书写革命 …… 695
作文和写话 …… 701
学写八股文 …… 704
古书今读 …… 709
读孟一疑 …… 713

文房四宝古今谈·· 715
"书"的故事 ·· 744
女书：文化深山里的野玫瑰······································ 750

后记　张森根·· 759
附录：周有光著作单行本目录···································· 768

百岁忆往

小学·中学·家庭[*]

小时候我渡过一个摆渡桥到对岸的下塘小学上学。现在我联想起小学的情况，我讲一点。在常州原来没有新式的小学。最早就办了一个小学，这个小学好像名称叫武阳公学。大概是武进和阳湖，同时都在常州城里面，可是是两个县，学校是合办的。那个学校的地方在哪里，我记不清楚，我进的不是那个学校。大概那个学校先办，我们的小学办得晚。我们的小学叫育志，教育的育，志向的志。育志小学大概在下塘，地点是一个庙，庙里的菩萨都被打掉了，改成了一个小学校。在小学校开办之前，我去看过，我记不得是谁带我去看的，人们用一根大的、很粗的绳子套在菩萨头上，许多人用力一拉呢，菩萨就倒下来了，倒下来大家哈哈大笑，这样就把小学校的菩萨都打掉了。收拾以后，这个庙就变成了小学了。我们的小学很有意思，是男女同学。那个时候男女同学不仅是大学、中学不可以的，小学也不可以的。那么这个小学男女同学怎么办呢？很有意思，这个大门是一个，进了大门里面就完全分开，假如姐姐跟弟弟同进这个学校，一进大门也

---

[*] 本篇至"尾声"选自宋铁铮整理、记录的《周有光口述史》，全文尚未正式发表。——编者注

要分开。女孩子待在一个地方,男孩子不能去的;男孩子待在另外一个地方,女孩子也不能来的。上课呢,男孩子先进课堂,男孩子坐好以后,靠门的一路座位是女孩子的,因为女孩子数量比较少,大概女孩子只有男孩子的四分之一左右。男孩子统统坐齐了,然后由一个女老师领了女孩子进来坐在旁边留出来的空的一排座位上,然后老师再上课。上完了课,男孩子不许动,女孩子由老师领了出去,然后男孩子才可以出来。这样子一个办法就算是当时教育的现代化了。私塾就没有了。我记得在我进小学的时候,常州只有三个小学,一个是我刚刚讲过的武阳公学,一个就是我们的育志小学,还有一个小学的名字我忘掉了,记不清楚了。

那么谈到这里呢我又想起常州的中学,以前常州没有小学,当然更没有中学。常州办中学是在什么时候办的呢?是在辛亥革命的前夜就准备的,我不知道是哪一年成立的,说不定是在辛亥革命以前成立的,也说不定是辛亥革命以后成立的。我不清楚,可是这个学校的成立的经过情况我知道。

常州有个名人叫屠寄,屠为尸者屠,寄是寄信的寄,他的号叫敬山,敬为敬重的敬,山是高山的山。屠敬山,屠寄,他是一个穷孩子,可是后来考秀才、举人,又去考状元。考进士,考上了进士,而且是进士当中地位比较高的。他是我们的亲戚,我的父亲年龄比他小,同时他比我的父亲高一辈,所以我们叫他敬山公公,他常到我们家来,他跟我的父亲很好。这个屠敬山后来到日本留学,那个时候清朝末年能到日本留学的人很少的。中国受西方文化的影响起初主要是来自日本,并不全是直接从西方学来的，而是从日本间接学的。屠敬山他写了一部书，叫做《蒙兀儿史记》，就是蒙古史。为什么叫"蒙兀儿史记"而不叫"元史"呢？元史只讲中国的部分，他的《蒙兀儿史记》是整个蒙古帝国的历史，包括了蒙古其他的领土，包括苏联的大部分都在里面。他参考了许多书，外国的书，有好几种文字的书。有的书他不懂那种文字，他就请懂那种文字的人给他讲，所以他这部书里面引了许多古书的材料，不仅有今天所谓欧洲的，还有东欧的、中东的那些书。他引的书里面的材料有些非常珍贵，因为那个原书今天已经找不到了。有人说要把《蒙兀儿史记》放在二十四史里面，变成二十五史，所以它在学术上有很高地位。《蒙兀儿史记》这部书是用木头版刻的，在他家里面我看见过，堆了几间房子的木头版。1949年以后，他的子孙把这些东西都捐给政府。听说现在在中国书店有卖原版书或者原版书的影印本，价钱非常贵。他是当时一个很开明的高级知识分子。

中国最早的一个新式大学叫京师大学堂，地点就在北京沙滩，那里有一条路原来叫景山东街，后来改名叫沙滩后街。巧得很，1955年年底，我到北京来参加第一届中国文字改革会议，我就住在京师大学堂原来的房子里面。这个房子从京师大学堂到了民国元年就改成了北京大学了，1949年以后把北京大学搬到西郊的原来的燕京大学，合起来就变成今天的北京大学。原来的北京大学在沙滩，城中心。这个地方在清朝来讲房子是非常大的，这里面很大，原来是一个驸马府、公主第。可是从今天看来，地方就太小了，搬出去还是对的。我最早是来开会住过，后来文字改革委员会就在这里办公，后来我北调到文字改革委员会工作，就在这个大门里面住了好多年。我看到大学的教科书,屠寄就是京师大学堂的高级教授,清朝的时候不叫教授,叫"教习",他是"正教习",等于今天的正教授或者是一级教授的地位吧。我看过他写的物理学的教科书,不叫"物理学",叫"格致学",这个书是用汉字写的,从上而下的,许多公式不是 ABCD,而是用甲乙丙丁。这个教科书是很珍贵的,可是在"文化大革命"以后要想找这个书看已经是很难了,现在恐怕不容易找到这个书了。

屠敬山的大儿子叫屠元博,元是公元几年的元,博是博士的博、广博的博。由于他父亲是一个有学问的人,而且是有眼光的人,是清朝末年的革新派,屠元博很早就由父亲送到日本去读书,所以屠元博是很早的日本留学生。在日本,屠元博就认识了孙中山。北洋政府开始成立的时候有一个国会,国会中有不同政党的国会议员代表。根据外国的办法,同盟会组成一个党团,党团由一个人领头的,我想不起党团的领头人的名称,屠元博就是同盟会的国会议员党团的头头,所以他的地位是很高的。很可惜,他喜欢喝酒,据说是人家在酒里放了毒药把他毒死的。他呢,是常州中学的创办人。他创办常州中学的故事,我常听到我们家里人和其他的老辈讲起。他在日本参加了同盟会,就学着日本人把辫子剪掉,可是他常常秘密回常州,回常州时就装一条假的辫子,戴着一顶瓜皮帽。白天不敢出来,晚上出来要坐小轿。那个时候出门到哪里去都是坐轿子的,叫青衣小轿,很小的一顶轿子,四面都是蓝布围起来的。他就是这样晚上装了假辫子、戴了帽子出去活动的,如果被清朝抓去了要杀头的。常州中学是他创办的,起初当然是很不容易,要捐钱,要找老师,地点是在玉梅桥。在纪念瞿秋白逝世60周年时,我到常州的时候特别去看了一下,看到纪念屠元博的一个碑,不很大,它还在。从前这个学校是靠近城墙,比较冷落的一个地方,从学校出来四周都不大有人家,人家很少。这个学校是屠元博办起来的,这是常州地方向现代化前进的一个步骤。屠敬山、屠元博都跟我的父亲非常好,因此我的父亲受了他们的影响,他的思想在旧的知识分子当中也是比较开明的。

屠元博的夫人跟我的母亲是好朋友,又是亲戚,原来就是亲戚。一个有趣味的事情是,她们两个人肚子里有小孩了,就"指腹为婚",说如果我们的孩子生下来是一男一女呢,就给他们配成夫妇。结果屠元博家生了一个儿子,我的母亲生了一个女儿,就是我的三姐。由于我母亲生的第一个、第二个女儿没有长成,三姐实际上就是我们的大姐。后来屠家在北京,屠元博在北京做国会议员,他们一家离开常州了。屠元博的儿子也去日本读书,叫屠伯范,伯仲叔季的伯,模范的范。屠伯范在日本时与郭沫若是同学,他们在日本很熟悉。可是后来郭沫若走了政治道路,屠伯范一直从事化学工业,他们两人虽然是很接近的同学,由于职业的不同,后来就疏远了。屠伯范后来就成了我的三姐夫。当时屠伯范在日本,我的三姐在常州,两人都受了新式教育,那么这种"指腹为婚"还算数吗?我的三姐在常州的师范中学毕业以后,到北京进女子师范大学读书。当时的北京女子师范大学与男子的北京师范大学是分开的,后来很晚才合并的。那时屠元博的儿子在日本读书,我的姐姐在北京读书。屠元博的太太生了这个儿子,在月子里面生病死掉了,所以后来屠元博娶了第二个太太，姓朱，是北京很有名的人家的女儿，也受了很好的教育，而且思想相当开明。她就提出，我的姐姐人在北京，虽然没有结婚，但是可以到他们家里面来玩玩呀，原来就是老亲戚嘛！有一个夏天，她把我的姐姐留在北京多待一阵，同时把日本的儿子召回来。她讲得很清楚，说你们两人见见面，谈得来将来做夫妇，谈不来解除婚约就是了，她很开明。屠伯范从日本回来，跟我的姐姐一见面就觉得非常好，因为我的姐姐受到很好的教育，同时我的姐姐也非常漂亮。我们兄弟姐妹当中最漂亮的就是我的三姐，三姐像我的妈妈，而我的妈妈在宜兴是有名的美女。这样子他们两人见面后感觉很好，屠伯范提议我的姐姐不要在北京师范大学读完，到日本去继续读书。得到我家里的同意后，我的三姐也到日本去了，他们在日本结婚，第一个孩子在日本生的。

这些都是我家庭里的一些故事。在我讲述自己的情况之前，先讲讲与家庭有关系的事情。我认为这许多背景材料有当时的历史，特别是当时常州的历史。

我刚才讲到屠元博创办常州中学，就联想到常州中学的许多事情。后来我进了常州中学，我在那里读书。常州中学有一个特点，什么特点呢？上午是上课的，下午没有课。我记得上午上三堂课，九点到十点，十点到十一点，十一点到十二点。吃了饭以后，下午没有课。下午做什么呢？下午呀另外有游艺课，因为古代孔夫子讲的游于艺嘛，游就是旅游的游，艺就是艺术的艺。这个游艺课不知道是谁创意的，屠元博还是校长童伯章创意的，我不清楚。大概这个学校最早是屠元博担任校长，后来就是童伯章担任校长，他也是宜兴一个有名的学者。游艺课有各种各样的课程，让学生自己选，特别注重艺术、劳动等课程。比如讲艺术课程有音乐课，而且音乐课还分为中国的国乐课、西洋乐。西洋的音乐主要是军乐，当然也包括弹钢琴、拉小提琴，可是以军乐为主。为什么呢？因为音乐老师是从日本回来的，今天是大名鼎鼎的，叫刘天华。刘天华是在日本学军乐的，所以他的音乐课里军乐很重要。军乐课大概是下午两点到四点，游艺课通常是两小时。到四点钟上完的时候就要排队了，排队时就吹军乐进行曲，在学校里面绕一个大圈子，这很有意思的，这是当时学校里的一个特点。在华东几省的中学每一年或两年开一次什么评比会，我记不清楚了，开会的时候军乐队都是我们学校的，非常出风头的。还有图画课，图画课里有中国画、有西洋画。有书法课，由书法家来教你写字。有武术课，教拳术，而且有两派，一个老师教北拳，一个老师教南拳的。还有读古书的课，主要是读《左传》。因为我家里说，我从小进洋学堂，老国文底子不够好，所以有相当一段时间，在游艺课上我就选择读《左传》。还有好多其他课，我已经记不清楚还有哪些了。总之，他们只要能请到好的老师就开班。

下午的课程都是自选的，如果你不想选任何课程也行，可是这两个小时你要待在自修室里面，自己自修，不能到外面去游逛。上午上课是规定的，下午很自由，这种教育方法很好。刘天华原来学军乐的，也会一点钢琴、小提琴，但是他不会国乐。国乐课是另外请了有名的教师来教，刘天华借在学校之便就学，一面做教师，一面做学生。我记得他最早就学二胡，后来他的二胡拉得非常好，还创作了有名的二胡曲子，像《空山鸟语》呀等等,后来他从常州中学到北京来,在北京教书。刘天华是刘半农的弟弟,他们有三兄弟,刘半农、刘天华,还有一个老三,叫刘寿慈,寿是做寿的寿,慈是慈爱的慈。刘寿慈比我大几岁,可是他跟我好得很,他也是常州中学的学生,现在不知道哪里去了。所以说,这个学校有很大的特点,当时常州府有一个中学,无锡没有中学,无锡的学生到常州中学来读书,宜兴也没有中学,也要到常州中学来读书,江阴、丹阳都没有中学。镇江府有中学,南京府有中学,扬州府有中学,苏州府有中学,我知道的大概就是这几个,一个府有一个中学。起初叫常州中学,后来改名叫第五中学,后来很晚又改回来叫常州中学。中学校只要老师好,可以培养出很好的学生来。当时的中学,一进去就要住在学校里面,不能出校门的。如果你的家庭在本地,礼拜六下午四点以后,可以回家,礼拜天下午再回学校,非常严格。直到今天我还认为,要培养一个青年,特别是在他中学时代必须住校,住读是最好的教育方法。书就可以读得比较好,而且人品可以教育得比较好。住读虽然跟社会隔断,但是可以不受社会的坏影响,我想这个住读制度还是值得提倡的。

  今天暂时谈到这个地方,以后再谈。

张家姐妹

抗日战争发生了,"七七事变",肯定了中国与日本要有一场大战。我呢,决心去重庆。这时候我的姐妹,还有张允和的兄弟姐妹,大家都要分散。这里呢,我先谈一下张允和的兄弟姐妹。张允和兄弟姐妹有十个,前面四个是女的,后面六个是男的。我跟张允和结婚了,可是张允和的大姐姐还没有结婚,张允和的妹妹也没有结婚,所以张允和是张家姐妹最早结婚的一个。张允和有一位弟弟跟我开玩笑说,他说我们十个兄弟姐妹是一个家庭,一直非常愉快,就是你不好,破坏了我们这个家庭,使我们分开来了,分散了。他是开玩笑讲的,可是这个话呢也反映了当时的现实。

大姐姐叫张元和。她是大夏大学毕业的,是大夏大学的校花。她非常漂亮,那个时候学生选女学生当皇后,她老是被选中的。可是呢,她为什么结婚在我们后头?原因我想有两个:一个原因是在当时的情况之下,一个女孩子名气太大、太漂亮,而且家里又很有钱,人家都不敢轻易跟她接近,所以红颜不一定是有福的。第二个原因呢,是她在大夏大学里面,女子宿舍里面有一个舍监,这位老师姓凌,对她非常好,对她热心极了。这位老师非常能干，没有结婚，始终没有结婚。在张元和大学毕业以后，这位老师也离开了这个大学，这位老师就在她本乡海门办了一个中学校，请张元和去做校长。同时她在本乡办了许多农场，办了养蜂场，还有其他什么的农场，请张元和去做董事。这本来是很好，但是海门这个地方离大城市虽然不很远，交通上面并不困难，但是在社交关系上面好像很远，因此张元和跟大城市的人往来就少了，这样子就缺少了交际机会，也就耽误了这个结婚的事情。后来我们到了四川，她才跟一位有名的昆曲演员——小生，叫顾传玠——结婚。这件事情她事前写信给张允和征求意见，张允和赞成她结婚。当时特别是在30年代的上海，虽然戏剧非常发达，但是演员不受人们重视，这是一个时代的错误。这个错误是中国传统的，一直到1949年以后才改过来。张元和在当时决定跟顾传玠结婚，这件事情是非常勇敢的，从社会发展上来说，应当说她是走在社会发展的前面的。但是当时上海的风气一时改不过来，因为当时张元和在上海非常有名，画报、小报经常登她的消息，她的一举一动——她哪天去看什么人的戏，人家都在小报上面登出来，忽然听到她要跟一个演员结婚，那是轰动上海了。消息都传到重庆我们耳朵里面，可是我们不知道详细的情况，那时在打仗，上海跟重庆要通消息是非常困难的。

　　后来打完了仗，我回到上海。我有一个同学，他对张元和是非常钦佩的。上海当时小报多得不得了，种类繁多。他呢，凡是有张元和的消息的报纸都收集了，很多很多。我们回到上海后就从他那里借来，他从很多报纸里面选出来的精品，已经不少了。看了才知道，这事情当时在上海有多轰动。这一位演员叫顾传玠,以前我见过他,张允和也见过他,因为张允和也非常喜欢昆曲,张元和更是喜欢昆曲,而且她演出的昆曲是很地道的。他们的结婚生活虽然外面议论纷纷,可是很幸福的。一直到共产党革命,解放战争,国共内战,解放军快要渡长江之前,顾传玠先生感觉到不适合再待在上海——其实他也许估计错误了。因为他不仅演戏,还经营一些生意,他害怕经营生意是共产党不允许的——当时他们不了解,就在那时匆匆坐了轮船到台湾去了。一直在台湾,后来顾传玠去世了,张元和到美国,现在还在美国。八十几岁、九十岁还经常演出,不仅是清唱,还上台化妆演出。

张允和家有四姐妹,最大张元和,第二是张允和,第三是张兆和,第四是张充和,每人名字中间的字都有简化的"儿"字。我那时跟张允和讲笑话,我说你们姐妹的名字都有这个"儿"字,下面有两个脚,女孩子不应当用的,因为这两个脚是表示跟人跑走的。当然是玩笑的话。

还有一件事,就是张允和的三妹妹张兆和的结婚。三妹是在吴淞的中国公学读书,中国公学大概是在民国元年就开办了,我记不清楚了,胡适做校长。这里有一位有名的小说家沈从文,教白话文学(现在叫现代文学),主要讲小说,他的小说写得很有名,大家都知道。这个沈从文不断给张兆和写信,张兆和拿了他的信,有的时候拆开来看,有的时候不拆开看,可是一封一封都保存在那面。后来沈从文很着急,就找胡适,请他帮忙。胡适就找张兆和谈话。胡适说:沈先生非常爱你,他很执著地爱你,你理都不理他,你究竟是一个什么想法呢?张兆和说,他执著地爱我,我执著地不爱他。胡适的谈话没有结果,可是沈从文的确是很执著，无论什么波折，无论她理不理他，他还是一封信一封信地写。他的信写得真好，真美，最后还是感动了张兆和。后来沈从文到苏州来求婚，怎么样求婚呢？沈从文请张允和帮忙。因为张允和也在中国公学读过书，不过后来她就离开，换了别的学校了。张允和在中国公学还做过女同学会会长，因此女同学都知道张允和。张允和到光华大学读书，又被推为光华大学女同学会的会长。沈从文就是通过张允和的帮忙，间接地向张家父母提出求婚。他们的父母采取放任主义，只要张兆和同意，那么就没有问题。张允和得到这个消息以后非常高兴，就打了一个电报给沈从文，电报除了地名人名之外只有一个字，张允和的"允"——就是允许的意思，也是张允和的署名。这一个字一半表示允许了，一半又是署名，所以这个电报除了名字以后只有半个字，叫作"半个字的电报"。

隔了几十年，张允和想起这件事情，写了一篇短的文章，就叫《半个字的电报》，大家对于这件事情都非常感兴趣。当时沈从文跟张兆和约好了，假如父母同意，就（由张兆和）打一个电报给沈从文，因为沈从文当时在青岛的山东大学教书。这个电报呢也很怪，他们约好的，这个电报要说"乡下人请喝一杯甜酒吧"，这是一封白话电报。苏州电报局看了这个电报呵，觉得没有见过这样的电报，电报都是打文言的，怎么能打白话呢，而且你这句话是什么意思呢？张兆和自己去打这个电报，电报局当面就把这个电报退给她，说这个电报我不能给你发。张兆和搞得脸红耳赤，就解释说是什么什么一个意思，后来电报局才勉强收下来打出去。这两个电报都是非常有趣味的。沈从文是个艺术家，张兆和也是一个对文学很有修养的人,她在中国公学读英国文学系,对于中国文学知道得很多,所以他们的生活也是文学的、风趣的。

当时张允和的四妹张充和还没有结婚。允和的几个弟弟年纪比较小,有的刚刚大学毕业,也都没有结婚,也到了四川。允和的父母呢没有到四川去,就避开大城市到安徽合肥西乡——现在在叫做肥西县。那个地方有个大圩子,叫张家大圩子,就是她的曾祖父传下来的,就在那面过乡村生活,一直过到抗战胜利。

这是张允和家的大致情况。

抗战的艰难时期：
秘密到达上海·成立新公司·儿子受枪伤

抗日战争一共八年，可以分成两个阶段，前面四年和后面四年。前面四年是从1937年7月7日日本全面侵略中国，到1941年12月7日日本轰炸珍珠港，这个四年可以说是第一个时期，这个四年中国一步一步失败。1941年12月7日日本侵略珍珠港以后，美国情况也是非常狼狈。抗战初期，中国有一部分人，认为抗日战争没有希望了，投降主义就开始了。主要表现在汪精卫，汪精卫的叛变。汪精卫秘密跑到南京，后来又到日本，汪精卫是1941年6月16日到日本的。这头四年为第一个阶段。第二个阶段呢，是日本轰炸珍珠港，开始了太平洋战争，一直到1945年5月8日，欧洲战争结束。这个四年，日本军队在中国几乎是如入无人之境，它打通了京汉铁路，打通了湘桂铁路，日本是不可一世，中国是毫无办法。

珍珠港事变之后，虽然中国老百姓都觉得战争有了转机了，可是，还没有力量把日本人赶走。这个时候美国也在太平洋打仗，从印度到中国的公路还没有开通，印度到中国的空中运输是开始了，但是这个运输量毕竟小。所以作为抗日战争的后方根据地的西南，物资越来越感觉到缺乏，许多生活必需品也慢慢地紧张起来了。所以这个时候的银行界，有好几个银行都成立贸易公司，这个贸易公司都是怎么做呢？这些贸易公司当时开辟了几条运输线，当中有一条是从成都到湖南的界首，再到上海。这条线是所谓敌人后方的运输线，这条线很热闹，许多贸易公司，都从上海运生活必需用品到成都。到了成都呢，一部分可以到重庆，到其他地方。那么王志莘就跟我商量，他问我愿意不愿意冒一次险，成立一个公司，从上海运东西到成都，这是后方的需要。而且打完仗以后可以把这个公司变成一个国际贸易公司，主要把中国的土产运到国外去。他希望我来办这样一个公司，作为新华银行的附属事业。同时呢，他希望我秘密到上海去——因为这条线是从上海到界首、到成都——看一看上海行究竟是怎么一回事。虽然上海行和重庆新华银行也不断有信往来，可是毕竟很慢，信上不能讲得很详细。我说：好，我可以承担这个工作。就成立一个公司，规模不大，有一两个人，住在界首，做一个中间站，从上海买一些后方需要的东西，主要是服装之类的东西运到成都，袜子和衣服是后方很需要的一些东西。

那我秘密到了上海，找到上海新华银行。谁负责任呢？总负责人叫孙瑞璜。我到上海一看，出乎预料，上海业务还很发达。日本人这方面很聪明，它没有把许多金融机构搞掉，因为这些金融机构都在它的笼罩之下，它不怕你怎么样，它就利用这些机构。这些银行的业务，主要仍旧是对中国的商业团体。中国的工厂，在上海很发达。为什么很发达呢，因为抗日战争时候，外国的东西不能到上海来，所以上海生产的东西销路反而增加了。日本也在打仗，日本也忙于打仗，它的东西运到中国来的也并不多,所以上海的工商业有了发展。这个出乎我预料。由于工商业仍旧在进行,这些银行业务也仍旧在进行。孙瑞璜把这个情况告诉我,他说他们也在等待重庆总行打完仗立刻就回到上海来。就是这样子,我算秘密到上海走了一趟。到了上海,我只跟新华银行接触,不敢去看朋友,不敢去看亲戚,因为我害怕弄出问题来,被日本人知道。

这个新华银行成立的公司叫新原物产公司。这么一个公司,是完全适合当时打仗的条件,人手很少,我们只能利用一些有关系的企业来运输。这样子呢,从上海到界首,到成都。做这样的生意,做得最多的是几个四川的银行,他们很早就在做。我们是很晚才做的,而且我们是小规模做一点点,目的不在扩大这方面的业务。这样,成都成了一个交接点。于是王志莘希望我在成都待一段时间,最好是把家庭搬到成都去。因为成都虽然也有轰炸,但比较少,生活可以稍微舒服一点,重庆实在是太苦了,而且危险也很大。

这样我又把家庭搬到成都。当时的成都,是后方保存得最完整的一个城市。本来成都是一个很发达的城市。在四川来讲,成都原来比重庆发达,许多人说,你不到成都是等于没到四川。重庆不能代表四川,而成都才能代表四川。成都在历史上,在经济的力量上,在文化的基础上,都比重庆要高出一等。重庆仅仅是一个交通枢纽,只是做了国民党的所谓的"陪都"而已。这样我在成都就住了一个短的时期。起初在成都,我们租一个房子,在什么地方呢?成都有一个地区叫做华西坝。"坝"四川话是一个平原的意思。我好像记得,我们租的一个房子叫甘园,这个房子是一个小小的楼房，还有一点草地。这个时候，我们家里发生问题了。什么问题呢？我的儿子周晓平在大院里面的草地上玩，一个流弹从外面打进来，打在他肚子上面。幸亏当时成都有美国的空军驻扎在那面，因为成都是美国空军帮助中国后方的一个基地。空军有个很小的空军医院，这个空军医院帮了忙，把我的孩子肚子里面的一颗子弹取出来了。这颗子弹在肠子里面穿了七个洞。所以救出这条命是非常意外的。有趣味的是，这个子弹一直保留着，保留到我的儿子长大。在成都的时候我的儿子很小，他还不大懂事呀！后来中国解放了，1949年以后，他长大了，这些儿童和少年要控诉旧社会的罪恶，要控诉国民党，他就把这个子弹拿出来，说是国民党打在肚子里面的。其实也不知道是谁打的。抗日战争时期，那个时候很乱，常常有子弹横飞的事情，是不稀奇的。这也是一个有趣味的事情。

"反右"运动*

1976年，大概在阳历4月里面吧，我由于前列腺的问题住了医院。当时这个医院的名称叫"首都医院"，也就是协和医院。这个协和医院的名称在"文化大革命"当中改成"反帝医院"，因为它是帝国主义办的。后来大概到了1976年左右吧，"文化大革命"结束，就改名称叫"首都医院"；后来再隔了好多年，又改回"协和医院"这个名称。我住在医院里面，医生先要给我做检查，要观察，准备动手术，切除前列腺是一个比较大的手术。那么在这个时候，我就整理《拼音化问题》这本书稿。这本书稿后来给文字改革出版社出版，出版的时候已经1980年了，一本书出版总要三四年。

我在医院里面，编这本书的时候，是跟一个病人住在一起。这个病人是一个蒙古族人，他跟我住在一起。他的夫人是在北京某个工厂做工，我不知道，她每天下午下了班就来看她的丈夫。她来看她的丈夫就跟她丈夫讲，她一路上所看见的情况——从她的出发的地点经过天安门到协和医院。这个时候发生一件大

---

* 此文及以后一篇是按照周有光先生口述录音的顺序，并非历史发生的顺序。——编者注

事情，周恩来总理死了。群众怀念周恩来总理，就用白纸头做了小白花，放在天安门的无名英雄纪念碑前。这个碑上贴了许多条幅，都是群众纪念周恩来总理的话，还拿许多绳子一条一条横着挂起来，方便挂条子、挂花等等。我因为在病房里面，看不到，每天都是由这一位蒙古族病人的太太——这个蒙古是内蒙古的蒙古族，不是外蒙古的人——每天来都详细讲她每天所看到的事情。这个纪念周恩来总理的群众活动，是带有明显的反对"四人帮"这个味道的。后来呢，江青他们就要镇压，镇压起初是零星的镇压，后来是大规模的镇压，大规模镇压的一天是4月5日。4月5日这一天可能就是清明节，或者是清明节前后，这个时候我在医院里面。那么这一位蒙古族病人的夫人，是恰巧在这个镇压的时候经过天安门，她害怕这个"动乱"，就从广场旁边，想办法慢慢地经过天安门。所以她对这一次的镇压的情况知道得很详细。她是目睹的，每一次来她都仔细讲她目睹的情况。死了一些人，镇压下去以后，在天安门广场上好多天，还留了被压坏的自行车；还有死人，还有死人的部分的尸体，没有弄干净的。她每一次来都把这个详细的情况讲给她的丈夫听，当然我们也在听了，因为我跟他同一个房间嘛。同房间不止我们两个人，还有两个病人，大概一共有四个病人。我家里不大有人去天安门，其他两个病人他们有家属常常去看，所以我在这个病房里面，就听到这个所谓"四五"运动，这件事情是惊心动魄的。

这是1976年的"四五"运动。事情很有意思，1919年有"五四"运动，1976年有"四五"运动。当时大家情绪都很紧张。后来我就要进手术房，进了手术房，手术以后就不大能动，就住在重病人的房间里面,就听不到什么东西了。这个天安门是不平安,"天安"实在是"天不安"。这个事情呵,我每一次翻看我这本《拼音化问题》,就联想到这个"四五"运动的事情。

"四五"运动,打死了许多人,闹了一个笑话,把许多死人的名字都弄错了。北京某研究所有一个青年助理研究员,他是福建人。他家里接到通知,说你家的某某某,因进行反革命运动,已经被镇压了,他家里面当然是非常悲哀了。可是到了年底放假,他回去了,家里非常奇怪。

还有一个青年,被镇压了。他家里只有一个年轻的老婆和一个一岁的孩子,那么当然家里面是非常悲哀了。而且这样一来呀,生活发生困难,因为这个反革命的家属,你要找工作都困难。这个年轻的母亲就带了一岁的孩子,在北京的远郊区的一条河的旁边哭,准备要投河而死。另外有一对情侣,快要结婚了,也到那个远郊区清静的地方去散步、去幽会。这对情侣远远地看见一个人在那面哭,抱了一个孩子,就感觉到这个情形不大妙。他们一面在玩,一面就注意,远远地看这个哭的女人和小孩。后来呢,看到那个女人抱了孩子往河里面一跳,这个男的就赶快起来,要去救她。这个女的就不让他去救,这两个人就闹起来了。男的还是要去救,就跑到那面,跳下去,把这个女的救上来了,孩子也救上来了。还想办法告诉公安局,派救护车来送到医院。救人的这个男的,陪了他们一直到医院。这件事情使这对情侣闹起来了,女的不让他救,男的要救,两个人就闹翻了,后来就不做朋友了,也不结婚了。那个男的很好,觉得这个女的很可怜,还有一个孩子。她住医院以后,这个男的隔两天就去看她、隔两天就去看她。等她出院以后,觉得她非常困难,还给她帮助。那么这样呢,这个男的跟女朋友是吹了,对这一个投水要自杀的女的倒非常同情,两个人有了感情了。差不多隔一年,他们就结婚了。结了婚,又隔了一年,发生问题了,什么呢?这个已经"被镇压"、已经"死掉"的丈夫回来了。他们重新结婚以后,这母子两个人不住在原来的地方,就住在这个男的家里面了。丈夫回来了,回来了就发生问题了,这个太太已经另外结婚了,就闹起来了,一直闹到法院里面。后来怎么解决的不知道。问题是"四五"运动打死了许多人,这个死人的姓名搞错了,不只搞错一个。

前面我讲到"反右"。当时我从上海调到北京,从上海复旦大学、上海财经学院调到中国文字改革委员会,就没有发生"反右"被划为右派的问题。反右时期中国文字改革委员会它是一个新机构,不是一个重点单位,但是也必须按照比例划百分之几的右派,因此划了几个青年,这个事情也是很悲惨的。但是对我来讲,因此没受到冲击。

"反右"运动的高潮过了不久,文改会原来是以两个研究室——第一研究室、第二研究室为工作中心的。这时候就取消两个研究室。没有研究室,对我来讲是无所谓的,还轻松一点,我照样可以做研究工作。我没有介意这件事情,我没有意识到这是一个限制知识分子的一种政策,在当时我一点都没有感觉到。隔了相当一段时间,我的同事叫倪海曙,因为他跟秘书长叶籁士比较接近,他来告诉我,说取消了研究室,他就奉命秘密观察我的行动,要向领导报告。他观察我的行动,就发现我对于这件事情毫不介意,一点没有什么不高兴,也没有什么怨言,所以他就如实报告了。那领导上认为我很好。

从我1956年正式调到文改会,到1966年"文化大革命"开始之前的这十年时间,对我个人来讲是比较平稳的,许多大的运动我没有被卷进去。期间发生比较早的一件事情,就是马寅初关于"人口论"的问题。马寅初,在抗日战争之前,在上海许多大学演讲,讲经济问题,非常受青年的欢迎。我经常听他的演讲,但是我没有上过他的课,所以他是我的师辈。新中国成立以后,他到了北京做北京大学的校长,我也到了北京,我们还是有往来。新中国成立初期,还在他到北京来担任校长之前,他也给我们的经济刊物《经济周报》写文章。他因为年纪大了,写的文章需要人帮他整理一下,我就帮他整理,所以他跟我很好。后来在北京大学要批判他的"人口论",开万人大会,说是自由辩论,实际是万人对付一个人。说什么"马寅初姓马,马克思也姓马,马尔萨斯也姓马,这三个马,两个马是错的,只有一个马是对的"。当时我接到通知,要去参加这个会,批判马寅初,这对我来讲是很为难的事情。好在我到了文改会,我就可以推托了,我说我现在不搞经济学了,我现在搞语言学了,就没有去参加。马寅初被定为右派,已经批判过了,但是不公开做其他的处分,就撤掉了他的北京大学校长就完了。一直到改革开放的初期,才给马寅初平反。

这个"反右"运动影响到我好些朋友,其中一个是章乃器。章乃器在抗日战争之前、抗日战争期间是公认的上海左派。可是"反右"运动就定了他是右派。他定为右派的时候他是粮食部部长,跟我工作上面毫无关系了。他从粮食部部长位置上下来以后,由沙千里做粮食部部长。当时有一些附和"反右"运动的人说:这很好,一个章乃器是"七君子"之一,这是假君子;沙千里也是"七君子"之一,这是真君子。去掉一个假君子,来一个真君子这就很好。沙千里这个人的确是很好的。章乃器被划为右派,许多人特别是一些上海的人,心里面总觉得这个事情是不妥当的。章乃器划了右派,一直到"文化大革命"之后胡耀邦出来主持工作给右派平反,比较晚才给章乃器平反。章乃器被划为右派,以及章乃器的平反,报上都有消息,许多人都非常注意。

有一天,有一个朋友告诉我,他得到消息,章乃器在内部已经是要平反了,右派要平反了。他知道章乃器住在北京东郊,大概红庙附近的一个公寓里面。他知道这个地点,可是他不知道在这个公寓大楼里面的几号房间。这个朋友就劝我,说你们毕竟是老朋友,你能不能去看看他?我说,好,我就去看。去看章乃器,我找到了这个门牌,进去。可是这个大楼里面的人没有一个知道章乃器,也不知道他住在第几楼。我去的时候是上班时间,大楼里面没有几个人,我就一间一间轮着敲门问,一直问到八楼最高的一层——那个楼是有八层楼,问到居然有一个章乃器!他开门出来,跟我都相互不认识了,可是待了一会儿就知道了。他有很大一个房间,就这一个房间,旁边有一个厕所。他房间里有一个青年陪着他,一进他的房间就看到很是狼狈,一张很大的床,旁边只有一个旧的沙发,有点坏了,沙发上面乱七八糟放了衣服，他把乱的衣服拿掉了，我们两个人就坐了谈了一会儿。很奇怪，外面传出他已经内部右派平反了，他还不知道这件事。那么我就跟他谈了大概半个钟头，就问候问候他，我就走了。

跟他已经离婚的老婆，叫胡子婴，当时是商业部副部长。胡子婴非常关心章乃器的事情，我跟胡子婴也经常往来，我想这件事情要告诉胡子婴。我就写了一封信，把我看望章乃器的详细经过说了一下，寄给胡子婴，但是胡子婴没有收到。这件事情很奇怪，后来有人告诉我，胡子婴住在一个大院里面，都是副部长级住的，当时荣毅仁也住在那个大院里面。那是一个很大的大院，里面好多小洋房。

住牛棚

三年自然灾害以后，农业生产逐步有些恢复，城市生活的紧张情况也好得多了。但是好像一个人生了一场大病，刚刚恢复一样，是没有精神的，也不知道以后能不能健康生活。所以60年代就感觉到一种怎么办，要不要做什么事情，能不能做的情绪。一个时期想要做也不敢做，越多做越多错误。大家讲话也非常谨慎，不谈国事，更不谈世界，是这样一个局面。想不到到了1966年下半年，就开始了一个新的大动乱——人为的、从上到下、指导创造的大动乱，就是"文化大革命"。"文化大革命"发生前夕，我们在政府机构里面工作的人员，就奉命每天要准时上班，上班就学习政治问题。有一天，这个学习的空气是特别严肃，学习什么呢？学习一篇《人民日报》社论，这篇社论实际就是发动"文化大革命"的，这个日期我不记得了。这篇社论就是大骂两种人，一种叫做教授，一种叫做工程师。第二天，也是一样，接着又骂工程师，又骂教授。为什么要这样骂，将要做什么事情？我们大家惶惶如也，不知道，不了解。到第三天，这个社论的口气就转变了，不再骂教授，不再骂工程师了。骂什么呢？骂"反动学术权威"。隔了若干天以后，才有人告诉我，说由于《人民日报》攻击、反对、大骂教授和工程师,引起国际上面强烈的不安和强烈的反对。所以第三天这个社论就口气改掉了,改为"反动学术权威",实际就是指教授和工程师。教授和工程师就叫"反动学术权威",他们是反动的,既然"学术权威"是"反动",那我们政府来反对,国际上面就不好讲话了。后来呢,这个反对的对象改变了,重点不是反动学术权威了,重点是走资本主义道路的当权派——"走资派"。以后逐渐从走资派、反动学术权威等等,增加了好多种人。被反对的对象,分类归纳越来越清楚了,就是"地、富、反、坏、右"即"黑五类"。这个时候呢,"黑五类"有所改变,因为地主都打倒了,所以走资派变了第一类了。

这个"文化大革命"开始以后,开始大概有一两年,以我来讲呢,还是要准时上班、学习,不做任何业务工作。下午也很早就下班回家休息了。没有事情好做,只感觉到惶惶如也。大概到第三年,情况就越来越紧张了。开始设置"牛棚",这个牛棚是"牛鬼蛇神"被圈起来的地方。我们单位有三间大屋子,很大。这三间大屋子原来是汽车房,就把这三间汽车房收拾一下,放了好多张床。把这个走资派、反动学术权威、坏分子,大概有五种坏人,都不许住在家里面,搬到这个地方——这个地方叫"牛棚"。搬到那里去,每天学习,每天劳动。那我是属于"反动学术权威",所以搬进去了。在我们单位,我们的头头吴玉章不在这里面。第二位是胡愈之,也不在这里面。第三位是秘书长叶籁士,就在这里面了——他是走资派。那么还有反动学术权威,是倪海曙领头,还有其他一些人。我们单位,走资派以叶籁士为首。反动学术权威呢,包括倪海曙、林汉达和我三个人。此外,我们单位当时有七十几个人，其中被划为黑帮的有二十几个，这些人全部关在这个"牛棚"里面去，这三间大屋子的"牛棚"放了二十来张床。

大概的生活是这样，上午主要是学习，学习什么呢？当时学习最重要的就是一本小红书，《毛主席语录》，是选的毛主席语录。这个语录上面，第一张就是毛主席的像，第二张是林彪的像。我们主要不是学这本小红书，我们学的大概是"文化大革命"领导小组发下来的《毛主席语录》，可以说是一种高级的语录。打字油印的，打的字很大，有点像四号字这样子。大本子，一本一本好多本，不是一本两本。要学习这个东西，主要是自学，自己看，不许做笔记，这个本子不许带回家，学了以后要上交。学这个毛主席语录，倒的确使我开了眼界了，使我知道许多毛主席的讲话，是外面不知道的。噢，这个语录学习以后，使我大大明白了，毛主席是为什么要搞"反右"运动，为什么"文化大革命"起初是拿教授和工程师作为对象，后来呢又变了"反动学术权威"，而且把知识分子的地位降下来，降在走资派之后。通过这种方式学习以后，可以说我的思想是好了，为什么呢？我的思想就跟了毛主席走了；另外一方面，也可以说我的思想坏了，我明白了。

此外呢，就是劳动。劳动就是去扫地、拔草、搬垃圾，诸如此类的劳动，劳动不算很重。每天到晚上吃晚饭，排队。排队吃晚饭也好，排队吃中饭、早饭也好，因为我们是黑帮，要让其他的人排在前面，让他们大家都买了饭，我们排在后面再拿饭，因为我们是黑帮。住在"牛棚"里面，起初管理比较松，每个礼拜六可以回家住，礼拜六下午回家，礼拜天上午再到"牛棚"去。可是回家关照：有任务。什么任务呢？继续"破四旧"。

尾 声

这部书稿出版的时候,我已经109岁了。我以前说过这是上帝把我忘记了,把我遗忘在世上了。感谢上帝,让我在这个年纪仍有一个清晰的头脑和保持着思考能力。虽然我对个人生与死早已置之度外,但我清醒地意识到我所记忆的历史依然在前行之中。

这部口述史是在宋铁铮先生的建议和协助下,经过一年左右的时间,以聊天的方式进行的,当时还录下了30余盘磁带。最终完成时已经接近1997年年底了。我原想把我自己和家庭故事通过口述的方式保留下来,让我的后代和有兴趣的亲属了解我这一生所经历的大大小小的事件,也是个人的一种历史性记忆。口述记录成文后,有人就劝我将书稿整理出版。如今,我年事已高,已经无法再回溯到过去,讲述更多的内容,补充更多的资料,也无法将1997年以后我所经历的生活再逐一进行补充。

自从85岁从办公室回到家里,工作和思考是我个人生活中的最大乐趣:我比以往更关心中国的发展和走向;关心整个世界不断出现的变化。这是我退休以后,以我自己的方式履行一个世界公民的职责。我希望我一直关心的中国会变得更好,更有前途。虽然有许多事情不尽如人意,但我还是相信人类发展具有某种共同规律可循，追求思想自由和民主权利是各个国家不可抗拒的现代潮流。当然，我希望人们保持耐心和信心。

我的口述史并非是一个完美、完整的作品，但我觉得出错是正常的，批评可指出作品的错误，还可以增加作者与读者的交流。我提倡"不怕错主义"，反对的意见或可成为成功的基础，所以我不仅不怕别人提出批评，相反更希望听到不同意见。

我的口述如果能让更多人关心中国的前途和历史，从中辨识出谬误和光明，那是我期望看到的。

2014 年 3 月 16 日

圣约翰大学创立 110 周年

110 年前（1879 年），圣约翰书院在上海成立，成为中国最早的新式大学。这是一座横跨太平洋的中美文化桥梁。在这座桥梁上，曾经往来过许多推进中美文化交流的历史人物。

坐独轮车上学

1923 年，我考上圣约翰大学。开学时候，从上海的静安寺坐独轮车到梵皇渡上学。当时的静安寺是市区西边的尽头，再往西去就是田野了。独轮车中间是高起的车轮，左右两边，一边坐人，一边放铺盖，吱嘎吱嘎地在崎岖不平的田埂上缓缓前进。回头一看，后面还有四五辆独轮车同样向梵皇渡前进。

独轮车跟历史博物馆里的指南车在工艺水平上相似。传说黄帝造指南车，不可信。《宋史·舆服志》："仁宗天圣五年（1023 年）工部郎中燕肃始造指南车"，指南车可能是这个时候创造的。这离开我坐独轮车上学有 900 年的时间。独轮车代表古代文化，圣约翰大学代表现代文化。坐独轮车上学就是跨越 900 年的文化时间，奔向现代。

重结文化姻缘

1925年,上海发生"五卅惨案"。圣约翰大学的华籍师生集体离校,出来自办一个光华大学。同学们挥泪走出校门时候的心情是:"吾爱吾师,吾尤爱祖国!"

在同学们的心上,这是一个历史的伤痕。当时,北伐胜利,人心激昂,在历史剧变中,无可避免地造成了这个历史的伤痕。

现在,中国和世界进入和解时期。我们应当历史地回顾历史,消除旧嫌,缔结新交,重结中美的文化姻缘,重建中美的文化桥梁。

圣约翰大学和光华大学同出一个根子。两校校友应当亲如兄弟,共同携手建设新中国。

老树新枝再逢春

1952年,中国实行院系调整,圣约翰大学在它73岁时候结束了。同时,其他教会学校也全部结束了。不但结束了教会学校,也结束了所有的私立学校,包括光华大学。

在西方,宗教是文化和教育的源头。教会办学有悠久的传统。在中国,教会学校出了不少革命家,可见教会学校无害于革命。教会学校向来奉行信教自由。听说匈牙利已经恢复教会学校,我国是否也可以恢复教会学校?这是一个应当认真研究的问题。

在这个110年纪念的时候,住在世界各地的校友都希望回到上海,在圣约翰大学的旧址,共同筹划圣约翰书院的再生。事先商定,种植樟树一棵,表示"老树新枝再逢春"!

文明古国要现代化。古老的大学要再生。一个教育现代化的新时代要开始了!

注:此文为筹备1989年10月"圣约翰大学创立110周年纪念会"而作。

圣约翰大学的依稀杂忆

圣约翰大学的校友对我说,"五卅惨案"(1925)以前的校友可能只剩你一个了,请你写点回忆吧!我的记忆急剧衰退,只留下依稀的杂忆,害怕记忆错乱,闹出笑话。勉强写下,只是姑妄言之。

1923年,我考入圣约翰大学。我是从静安寺坐独轮车到学校的。

在路上回头看一看,后面还有四五辆独轮车向梵皇渡方向行进。土包子走进洋学堂,处处都新奇。

入学第一件事是付费注册。注册第一个手续是领取一张姓名卡片,上面用打字机打上我的姓名罗马字拼写法。校方叮嘱,一切作业和文件,都得按照这样拼写打上我的姓名。一看,这是上海话的罗马字拼音。校方不用北京话的"威妥玛"拼写法,自行规定一种上海话罗马字,全校必须遵守。学校档案都用这种字母顺序来处理。我开始看到了字母顺序的科学管理。

校园很美,建筑区之外有花园区,是从兆丰花园划过来的,也叫兆丰花园。人要衣装,佛要金装,校园要草坪和树木来装饰。校园之内,人行道以外全是绿色草坪,花园中有许多参天大树。当时这个校园,跟世界上任何优美校园相比,绝无逊色。

在两座楼房之间,学生抄近路不顾规定,践踏草坪来去。校方因势利导,在这踏坏的一条草坪上铺上石板,使不合法的过道变成合法的过道,而且显得更加优美。

把偌大的校园整理得如此整齐,要感谢总务长李瀚绶,他是前辈校友,管理能力使人佩服。当时大家不知道他的中文名字,只叫他 O. Z. Li。他的办公室只有很少几个人,干活都招临时工来做。

校园语言用英语。一进学校,犹如到了外国,布告都用英文。课程如自然科学和社会科学等,是外国学问,用外国的英文课本,教师大都是美国人,讲授用英语。只有中国课程如中国古文和中国历史,由中国教师讲授;中国教师自成团体,有一位领导。"五卅惨案"之前的领导是有名的教育家孟宪承先生,孟先生也是前辈校友。

古文教师是经学家钱基博先生。学生用钢笔写作业,他大骂:中国人不会用中国笔!用钢笔写的作业一概退还重写,用毛笔!学生私下嘀咕:笔还能分国籍呢!

校长卜舫济,美国人,能说一口浦东腔上海话。有一次,他用上海浦东话对学生说:你们离开房间的时候,要把电灯关掉,否则浪费电力,电厂就要发财,学校就要发穷!学生大乐!卜舫济校长亲自授课,教哲学史。枯燥乏味的课程,他教得生动活泼。我至今还记得他在课堂上的传授:尼采说,不要生气,生气是把别人的错误来责罚自己。

教师指定的课外读物,常有《大英百科全书》的条目。我原来只听说《大英百科全书》，现在第一次使用它，觉得进入了一个新的境界。

一位英国教师教我如何看报。他说，第一，问自己，今天哪一条新闻最重要？第二，再问自己，为什么这一条最重要？第三，还要问自己，这条新闻的背景我知道吗？不知道就去图书馆查书，首先查看《大英百科全书》。我照他的方法看报，觉得知识有所长进，同时锻炼了独立思考。我看到同学有自来水笔，那是从国外带回来的，很感羡慕。不久，上海也有出售的了。我去买了一支，爱不释手。文房四宝变成文房一宝，不是异想天开吗？

我看到同学有打字机，更加稀奇，一再借来学习打字。既打英文，又打国语罗马字。由此我体会到国语罗马字的好处。我觉得书写的机械化是一件大事。汉字也能用打字机打吗？不久日本做的汉字打字机输来上海，但是使用不便。

英语之外要读一种第二外国语，我选读法语。老师是一位法国老太太，她养一头小狮子狗，上课带到课堂上，先向小狗讲许多话，叫它安定下来，不要吵闹，然后开始教学生。她教课只说法语，不说英语，开头我们听不懂，后来渐渐就听懂了。

进入二年级，学校通知学生讨论"荣誉制度"（honour system），这是考试无人监考的信任制度。目的是培养人格，培养道德，培养青年自己站起来做人。"荣誉制度"以课程为单位，如果同班、同课程的同学大家同意，就可以申请实行。我们经过多次讨论之后，提出了申请。同学自己去取考题，老师不来监考，的确无人作弊。

圣约翰是教会学校，但是不仅信教自由，而且思想自由。我从图书馆借来马克思的《资本论》英译本，埋头看完，没有看懂。又借来托洛茨基的《斯大林伪造历史》，英文写得很好，当时我不相信他的说法，认为他在造谣。我有两位同班同学到苏联中山大学去读书，被打成特务，长期坐牢。一位终于回国，一位不知去向。

学校实行学分制，班级可以略有伸缩。大学一年级不分专业，二年级开始分专业，专业可以更换。每人选两个专业，一个主专业和一个副专业。专业主要分文科理科，分得极粗。学校手册上说，大学培养完备的人格、宽广的知识，在这个基础上自己去选择专业。这跟苏联方式一进大学就细分专业完全不同。

我的数学成绩比较好，教师希望我选择数学为专业，我的同学一致反对。他们说，圣约翰的长处在文科，来圣约翰而不读文科，等于放弃了极好的机会，我于是选择文科。

当时中国的大学教育不发达。圣约翰算是最大的大学，只有大学生500人，连附属中学的中学生500人，号称1000人，这是规模最大的学府了。据说，当时北大只有大学生200人，杭州之江大学只有大学生80人。规模跟今天相比，几乎小得难以相信。

圣约翰的毕业生受社会欢迎。校友很多在外交界工作，还有很多在当时英国管理的海关、邮局、银行、盐务等事业中就业。这些都是高薪工作，被骂为买办阶级。当时，薪金（薪水）和工资，含义不同，薪金是中产阶级的酬劳，工资是劳动阶级的酬劳，高低悬殊，俨然有别。现在中国青年们不懂得薪金和工资的分别了。八十年前的生活和思想跟今天大不相同,历史在曲折前进。

圣约翰出了许多名人。赫赫有名的外交家颜惠卿出身于圣约翰。

有一座宿舍楼纪念他的父亲颜永京,名为"思颜堂"。顾维钧半夜私出校门被开除,后来成为大名鼎鼎的外交家,来校演讲,受到盛大欢迎。我去意大利的米兰旅游,到领事馆登记,出来的领事是我的同班同学。外交是圣约翰校友的拿手好戏。

宋子安比我高一班。星期六下午宋庆龄和宋美龄有时来校接宋子安回家,顺便到兆丰花园溜达。宋子安的一位同班同学跟宋美龄谈恋爱。他相貌堂堂,一表人才,只是一个牙齿有点歪斜,他去修正了牙齿,显得更加倜傥,真是城北徐公。不久宋美龄跟大人物结婚了。同学们见到他就说,你的牙齿修得真好呀!

名作家林语堂是校友,他长住在美国,设计一部新型的汉字机械打字机。我到他家去,他的女儿表演打字给我看。后来发明汉字的电子打字机——他的发明没有得到推广。

圣约翰的校友中有许多实业家。抗战时期,我在汉口拥挤得无法插足的民生轮船公司售票处遇到同学童少生。他问我来干嘛?我说来买票去重庆。他说你跟我来,给我一张大菜间的票,还说你一家在这个小房间里挤一挤吧。这在逃难的当时,是天大的奇遇。

我的妻子张允和,她的姑夫刘凤生,跟邹韬奋同班,都是圣约翰的前辈同学。邹家穷,刘把家里给的钱分一半给邹,助邹上学。抗战前夜,他们二位、我和我妻子,多次约好在礼拜六晚上去百乐门舞厅跳舞。这是当时的高尚娱乐。我们都是埋头苦干的工作者，也要轻松一下。

  圣约翰大学和中学同在一个校园，都是男校。当时还没有男女同学。另有圣玛丽亚女中，校址离开不远。每逢圣诞节，圣玛丽亚的女生来到大学校园一同做礼拜，热闹非凡。这叫做大团圆。

（原载新著《圣约翰大学（1879—1952）》，
上海人民出版社，2009年版）

傻瓜电脑的趣事

1988年春天,日本夏普公司送我一台电脑,名叫"夏普中西文电子打字机"。我于是开始每天用电脑写作。用了7年之后,这台电脑有些老化了。我的儿子给我买一台新的电脑,名叫"光明夏普文字处理机",这台"夏普"加上了繁体字。

爱称:傻瓜电脑

我们给这种电脑起个爱称,叫做"傻瓜电脑",因为它有如下的"傻相":

1. 只要输入拼音,自动变成汉字,完全不用学习任何编码。
2. 功能键的用法写明在键盘上,一目了然,不用记忆。
3. 它是便携式电脑,不占桌子,机内有打印器,写好文章立刻可以打印出来。

这样简便,不是给我们这些傻瓜用的"傻瓜电脑"吗?

只要注意一点:以"语词、词组、成语、语段、常见人名地名"等等作为单位,尽量避免单个汉字输入。它有"高频先见"功能,同音选择极少。它有"用过提前"功能,选择一次,下次自动显示出来。用"双打全拼"输入中文,比手写"爬格字"快五倍,一天可做五天的工作。

86 岁的老太学电脑

我今年(1995)90 岁。我的老伴张允和 86 岁。她热爱昆曲和古典文学,对拼音和电脑原来不感兴趣。以前只有一台电脑,我每天打个不停,她也无法插手。1995 年春天,她利用多余的一台电脑,把她 20 年来的昆曲笔记加以整理。

她是合肥人,说普通话带点合肥口音。人家说她的普通话是"半精半肥",一半北京(精)、一半合肥(肥)。她一向觉得只要别人能听懂,说普通话何必太认真?可是,电脑非常认真,听不懂她的"半精半肥",拼音差一点就无法变成正确的汉字。为了拼音正确,她常常要查字典。她说,活到 86 岁才明白认真学好普通话是有用处的。

86 岁的老太学电脑!在亲戚朋友中传为笑谈!

按钮娃娃

一天,我们的重外孙,名叫小安迪,来到我家。他两岁零三个月。给他各种玩具,他都不稀罕,最喜欢到电脑上去乱打字。我们说:你呀,"清风不识字,何故乱打字"!(古人有"清风不识字,何故乱翻书"的名句。)他说:他要打一封信给妈妈。

我的老伴说:"好,我来代你写信。"于是,86 岁的外曾祖母,代替两岁三个月的重外孙,用电脑写了一封信,加上一个题目:"安安的一天"。同事方世增先生看了觉得有趣,说:我把这封信用"自动注音软件"给注上拼音,一行汉字、一行拼音,更加有意思。"自动注音软件"真灵,只要两分钟,一封信稿注上了拼音,分词连写!

安迪的阿公说:安迪不到两岁就喜欢摁键、摁钮,是一个信息化时代的 Button Baby(按钮娃娃)。Button baby?新鲜名词!时代真的变了,孩子从小就跟电脑结缘了。

12 岁的女孩看了一天就能打字

暑假来了。苏州的亲戚带了他的 12 岁外孙女儿,名叫蒋小倩,来北京度假。这个刚刚小学毕业的女孩,看到姑奶奶打电脑觉得稀奇。"这是什么?""这是打字机。""怎么跟我家的打字机不一样?""你家的是机械打字机,这是电子打字机。""噢!"小倩一眼不眨地看姑奶奶打字。

看了一天,第二天小倩对姑奶奶说:"让我来打,我要打一封信给我的奶奶。"姑奶奶说:"好,我看着你打。"小倩坐下就打。她打的第一句话是:"亲爱的奶奶:你知道我是用什么东西写这封信的吗?铅笔、钢笔、圆珠笔……你猜不到吧!我是用电脑写的。"

客人来了,姑奶奶去陪客人,由小倩一个人自己摸索。说也奇怪,客人走后,姑奶奶回来一看,她已经打好半封信了。姑奶奶说,你自己打下去,打完我再来给你改。午饭后她又聚精会神地打下去，一封信打好了。姑奶奶给她作了一些小小的修改，竟然成了她的第一封电脑书信。

姑奶奶对她说：你再在电脑上写一篇笔记，我给你出个题目，"我用电脑打的第一封信"，把你怎样用一天时间无师自通地学会使用电脑的经验写出来。小倩高兴极了。她写好了这篇笔记，说："我带回去请我奶奶改"。

小倩离开我家回苏州的时候，姑奶奶问她："这几天你来北京，什么最好玩？"她脱口而出："电脑！"这个回答出人意外！姑奶奶问的是什么名胜古迹最好玩，她可回答"电脑"！

13岁的女孩要提出中文打字倡议书

住在北京的小玲玲，我们的干外孙女，放假无事，来我家玩，跟小倩一见如故，成了好朋友。她看见小倩在打字，一声不响地看着。小倩走后，小玲玲说，我也要打字。小玲玲比小倩大一岁，已经进了初中一年级。

小玲玲一个人打字，干外婆忙着自己的事，没有去帮助她。遇到一个"额"字，打不出来。这怎么办？小玲玲只好走出房间来问干外公。干外公说："a, o, e 开头的音节，要先打一个'O'，再打韵母。"小玲玲立刻打出了"额"字。

小玲玲把她的文章打好了。干外婆看了大笑！干外公不知道她们笑的是什么，走去一看，原来这篇文章的题目是："新潮老头：我的干外公！"干外公说："小玲玲胆子真大，敢于太岁头上动土！"小玲玲说："我还要跟同学们一起，写一个倡议书，提倡中小学生用电脑打字,输入拼音,自动变成汉字。"她的倡议书还没有拿来,不知道讲些什么。

86岁的老太能使用这电脑;12岁、13岁的孩子,看了一天也能使用这电脑。"傻瓜电脑"不傻。

1995年8月22日

变阴暗为光明

当我无力改变环境的时候,我就改变我自己,去适应环境。如果既不能改变环境,又不能适应环境,我就不可能愉快。虽然不能改变环境,可是能够适应环境,我也就愉快了。这就是"我与我"的生活方式。

从 1955 年到 1985 年,在长长的 30 年中间,我住在两间清朝建筑、年久失修的破旧房屋中。屋陋墙裂,难避风雨。有地板:轻轻走,地板就跳舞;重重走,地板就唱歌。这是坏是好呢?是坏,也是好。客人踏进前间的门槛,地板就立刻通知在后间的我:客人来了。地板有自动化的通报功能,不是有趣的事情吗?这一想,我就愉快了。

我终于乔迁,搬进新造的简易楼,有屋子四小间之多。我的书架多,而房间都很小,只能把书架拆开,分散塞进每一间房间里。查看一本书,要行走串门,来回寻找,很不方便。这是坏是好呢?是坏,也是好。我伏案过多,运动太少。串门找书,是一种工间运动,大有益于健康。这一想,我就愉快了。

我下放宁夏平罗的"五七干校",只许劳动,不许看书。我的长期失眠症就此不治自愈了。这更明显地证明:有利必有弊,有弊必有利。人患其弊，我乐其利。

这种生活方式，古人说是"知足常乐"，今人叫它"阿Q精神"，我称之为"变阴暗为光明"。事物都有阴暗和光明两面，好比一张纸有正反两面。避开阴暗面，迎向光明面，我就有勇气"知难而进"了。

十几年前，我写了一篇《新陋室铭》，表白我的生活方式，曾用笔名刊登在某刊物上，现在抄录如下：

> 山不在高，只要有葱郁的树林。水不在深，只要有洄游的鱼群。
> 这是陋室，只要我唯物主义地快乐自寻。
> 房间阴暗，更显得窗子明亮。书桌不平，要怪我伏案太勤。
> 门槛破烂，偏多不速之客。地板跳舞，欢迎老友来临。
> 卧室就是厨室，饮食方便。书橱兼作菜橱，菜有书香。
> 喜听邻居的收音机送来音乐。爱看素不相识的朋友寄来文章。
> 使尽吃奶气力，挤上电车，借此锻炼筋骨。为打公用电话，出门半里，顺便散步观光。
> 仰望云天，宇宙是我的屋顶。遨游郊外，田野是我的花房。
> 笑谈高干的特殊化。赞成工人的福利化。同情农民的自由化。安于老九的清贫化。

鲁迅说：万岁！阿Q精神！

窗外的大树风光

我在 85 岁那年,离开办公室,回到家中一间小书室,看报、看书,写杂文。

小书室只有九平方米,放了一顶上接天花板的大书架、一张小书桌、两把椅子和一个茶几,所余空间就很少了。

两椅一几,我同老伴每天并坐,红茶咖啡,举杯齐眉,如此度过了我们的恬静晚年。小辈戏说我们是两老无猜。老伴去世后,两椅一几换成一个沙发,我每晚在沙发上曲腿过夜,不再回到卧室去。

人家都说我的书室太小。我说,够了,心宽室自大,室小心乃宽。

有人要我写"我的书斋"。我有书而无斋,写了一篇《有书无斋记》。

我的座椅旁边有一个放文件的小红木柜,是旧家偶然保存下来的遗产。

我的小书桌面已经风化,有时刺痛了我的手心;我用透明胶贴补,光滑无刺,修补成功。古人顽石补天,我用透明胶贴补书桌,这是顽石补天的现代版。

一位女客来临,见到这个情景就说,精致的红木小柜,陪衬着破烂的小书桌,古今相映,记录了你家的百年沧桑。

顽石补天是我的得意之作。我下放宁夏平罗"五七干校",劳动改造。裤子破了无法补,急中生智,用橡皮胶布贴补,非常实用。

林彪死后,我们"五七战士"全都回北京了。我把橡皮胶布贴补的裤子给我老伴看,引得一家老小哈哈大笑!

聂绀弩在一次开会时候见到我的裤子作诗曰:"人讥后补无完裤,此示先生少俗情!"

我的小室窗户只有一米多见方。窗户向北,"亮光"能进来,"太阳"进不来。

窗外有一棵泡桐树,二十多年前只是普通大小,由于不作截枝整修,听其自然生长,年年横向蔓延,长成荫蔽对面楼房十几间宽广的蓬松大树。

我向窗外抬头观望,它不像是一棵大树,倒像是一处平广的林木村落。一棵大树竟然自成天地,独创一个大树世界。

它年年落叶发芽,春花秋实,反映季节变化;摇头晃脑,报告阴晴风信,它是天然气象台。

我室内天地小,室外天地大,仰望窗外,大树世界开辟了我的广阔视野。

许多鸟群聚居在这个林木村落上。

每天清晨,一群群鸟儿出巢,集结远飞,分头四向觅食。

鸟儿们分为两个阶级。贵族大鸟,喜鹊为主,骄据大树上层。群氓小鸟,麻雀为主,屈居大树下层。它们白天飞到哪里去觅食，我无法知道。一到傍晚，一群群鸟儿先后归来了。

它们先在树梢休息，漫天站着鸟儿，好像广寒宫在开群英大会。大树世界展示了天堂之美。

天天看鸟，我渐渐知道，人类还不如鸟类。鸟能飞，天地宽广无垠。人不能飞，两腿笨拙得可笑，只能局促于斗室之中。

奇特的是，时有客鸟来访。每群大约一二十只，不知叫什么鸟名，转了两三个圈，就匆匆飞走了。你去我来，好像轮番来此观光旅游。

有时鸽子飞来，在上空盘旋，还带着响铃。

春天的燕子是常客，一队一队，在我窗外低空飞舞，几乎触及窗子，丝毫不怕窗内的人。

我真幸福，天天神游于窗外的大树宇宙、鸟群世界。其乐无穷！

不幸，天道好变，物极必反。大树的枝叶，扩张无度，挡蔽了对面大楼的窗户；根枝伸展，威胁着他们大楼的安全，终于招来了大祸。一个大动干戈的砍伐行动开始了。大树被分尸断骨，浩浩荡荡，搬离远走。天空更加大了，可是无树无鸟，声息全无！

我的窗外天地，大树宇宙、鸟群世界，乃至春花秋实、阴晴风信，从此消失！

2009 年 3 月 11 日，时年 104 岁

妻子张允和

张家四姐妹的名气很大，不光在中国，在外国都有很大的影响，前几年美国耶鲁大学的金安平女士撰写了一本《合肥四姊妹》。张家作为一个大家，开始于我老伴张允和的曾祖父张树声，张树声是跟随李鸿章打仗出身的，"张家"与"李家"相并列。李鸿章因母亲去世，清朝大官允许回家守孝三个月。李鸿章回乡丁忧的时候，职务就是由张树声代理的。张树声的官做得很大，任过直隶总督、两广总督、两江总督。下一代人也做了很大的官，到第三代张允和的父亲张武龄，生于清朝末年，受了新思想的影响。

他知道家里有钱、有地位，但总这样下去不行，就决定离开安徽，到苏州兴办新式教育。1921年他在苏州办乐益女子学校，很成功。他跟蔡元培、蒋梦麟等当时许多有名的教育家结成朋友，帮助他把学校办好。他不接受外界捐款，别人想办法找捐款，他恰恰相反，有捐款也不要。当时有一个笑话，他的本家嘲笑他："这个人笨得要死，钱不花在自己的儿女身上，花在别人的儿女身上。"其实，他在当时比较先进、开明，他的财产专门用来办教育，他对下一代主张，自己的钱只给儿女教育。

我的老伴兄弟姐妹一共十个，四个女的——"张家四姐妹"受到了当时比较好的教育。不仅是新的大学教育，传统国学的基础也比较好。叶圣陶在我岳父的学校教过书，他讲过一句话："九如巷张家的四个才女，谁娶了她们都会幸福一辈子。"

九如巷原来在全城的中心，住房跟学校是通的。解放后，苏州政府把原来的房子拆掉，在这个地方建了高楼，成了政府办公的地方。张家住的房子归了公家，现在张允和还有一个弟弟住在那里，原来的房子还剩下从前所谓的"下房"，现在就修理修理住了。苏州城中心的一个公园，九如巷在那儿旁边，找到公园就找到九如巷。从前，很近就到公园、图书馆。苏州在我们青年时代河流很多，现在都填掉，变成了路，不好。

有趣味的是，我们家家道中落，她们家家道上升，都跟太平天国有关系。我的曾祖父原来在外地做官，后来回到常州，很有钱，办纱厂、布厂、当铺。"长毛"来了，清朝没有一个抵抗"长毛"的计划，本地军队结合起来抵抗，城里不能跟外面来往了，城里的经费都是我的曾祖父给的。"长毛"打不进来，就走了，打下南京成立太平天国，隔了两年又来打常州，就打下来了，我的曾祖父投水而死。太平天国灭亡以后，清朝就封他一个官——世袭云骑尉。世袭云骑尉是死了以后要给子孙世袭很多钱。我的祖父在打太平天国的时候在外面，打完就回来，不用做官，每年可以领到很多钱。一直到民国，才没有了。原来的当铺、工场地皮还在，房子大部分被太平军烧掉了，剩下的几年卖一处，花几年，再卖一处，花几年。当时家的架子还很大，我的父亲是教书的，要维持这么大一个家庭当然不行。我父亲后来自己办一个国学馆,收入不是很多,维持一个小家庭可以,维持一个大家庭当然不行。这样子,就穷下来,所以到了我读大学时是最穷的时候,连读大学的学费都拿不出来。

我们两家在苏州,我的妹妹周俊人在乐益女子中学读书。张允和是我妹妹的同学,常常来看我的妹妹,到我家来玩,这样我们就认识了。放假,我们家的兄弟姐妹,她们家的兄弟姐妹常常在一起玩。苏州最好玩的地方就是从阊门到虎丘,近的到虎丘,远的到东山,有很多路,还有河流,可以坐船,可以骑车,可以骑驴,骑驴到虎丘很好玩的,又没有危险。这样子一步一步,没有冲击式的恋爱过程。

我们年轻朋友放假可以在他们学校里面玩,打球很方便,地方比较适中。他们家的风气非常开通,孩子们有孩子们的朋友,上一代有上一代的朋友,在当时是很自由开通的风气,一点没有拘束的样子。我不是一个人去,就是几个人去。

张家四姐妹小时候学昆曲。当时昆曲是最高雅的娱乐,因为过年过节赌钱、喝酒,张武龄不喜欢这一套,觉得还不如让小孩子学昆曲。小孩子开始觉得好玩,后来越来越喜欢昆曲,昆曲的文学引人入胜。昆曲是诗词语言,写得非常好,这对古文进步很有关系。张允和会唱、会演昆曲。后来俞平伯搞《红楼梦》研究被批判,我们1956年从上海来北京,俞平伯建议我们成立北京昆曲研习社。爱好者在一起,在旧社会讲起来是比较高尚的娱乐,增加生活的意义。起初俞平伯做社长,后来"文化大革命"不许搞了,"文革"结束后,俞平伯不肯做社长了,就推张允和做社长。昆曲研习社今天还存在,社长是张允和的学生欧阳启明,她是欧阳中石的女儿。欧阳启明很倒霉,中学毕业了,资产阶级家庭的孩子不许进大学,她只好去修表,"文化大革命"一结束,她由朋友介绍到日本去读了好几年书,回来后在首都师范大学教书。我也算昆曲会的会员,我是不积极的,可是每一次开会我都到,张允和是积极参加研究工作、演出、编辑。我去陪她。

张家姐妹兄弟小时候在家里办一份家庭杂志叫做《水》,亲戚朋友自己看着玩的。这个杂志后来停了,隔了许多年,到了我老伴80多岁的时候想复刊,也是家里面玩的。复刊了,叶稚珊就在报上写了一篇文章讲这个事情,她说这是天下最小的刊物。她一写,大出版家范用就要看,一看觉得不得了,后来就出《浪花集》。《浪花集》是张允和与张兆和编的,还没有出版就去世了。事情也巧,我的老伴是93岁去世,张兆和比她小一岁,第二年也是93岁去世了。我给书写了后记。

张允和的乐观人生

关于张允和的生平和写作,亲戚们、朋友们经常有许多谈论。一位亲戚说:张允和的笔墨,别具风格。浅显而活泼,家常而睿智,读来顺溜而愉快。你不停地阅读下去,有如对面闲聊,不知不觉忘掉自己是读者,好像作者是在代替读者诉说心曲,读者和作者融合一体、不分你我了。

一位亲戚说:张允和不是人们所说的"最后的闺秀",她是典型的现代新女性。她的思想朝气蓬勃,充满现代意识。她学生时代的作文,把凄凉的"落花时节",写成欢悦的"丰收佳节";秋高气爽应当精神焕发,为何"秋风秋雨愁煞人"?她参加大学生国语比赛,自定题目"现在";劝说青年们"抓住现在",不要迷恋过去。她编辑报纸副刊,提出"女人不是花",反对当时把女职员说成"花瓶"。

一位朋友说:张允和既是"五四"前的闺秀,又是"五四"后的新女性。她服膺"五四",致力启蒙,继承传统,追求现代。不幸生不逢辰,遭遇乖张暴戾。一代知识精英惨被摧残。无可奈何,以退为进,岂止是她一人?

政治运动像海啸一样滚滚卷来。张允和在20世纪50年代就不得不避乱家居，自称家庭妇女。她研究昆曲，帮助俞平伯先生创办北京昆曲研习社。她86岁学电脑，利用电脑编辑一份家庭小刊物，名叫《水》，后来出版集刊《浪花集》。她93岁去世那天的前夜，还同来客谈笑风生。来客给她拍了最后一张照片。她的骨灰埋在北京门头沟观涧台一棵花树根下，化作春泥更护花。

张允和受到人们爱护，不是因为她的特异，而是因为她的平凡，她是一代新女性中的一个平凡典型。

曲终人不散，秋去春又来。

张允和呈献俞平伯先生伉俪的贺寿诗："人得多情人不老，多情到老情更好。"这就是张允和的乐观人生。

2008年8月22日，时年103岁

"流水式"的恋爱

我与张允和从认识到结婚的八年时间里，可以分三个阶段：第一个阶段，很普通的往来，主要在苏州；第二个阶段，到了上海开始交朋友，但是还不算是恋爱；第三个阶段，我在杭州民众教育学院教书，而她本来在上海读书，正好赶上浙江军阀与江苏军阀打仗，苏州到上海的交通瘫痪了，于是她就到杭州的之江大学借读。在杭州的一段时间，就是恋爱阶段。我跟她从做朋友到恋爱到结婚，可以说是很自然，也很巧，起初都在苏州，我到上海读书，她后来也到上海读书。后来更巧的是我到杭州，她也到杭州。常在一起，慢慢地、慢慢地自然地发展，不是像现在"冲击式"的恋爱，我们是"流水式"的恋爱，不是大风大浪的恋爱。

她们家跟我们家距离不是太远，因为她们家跟学校是连起来的，一早我们就到她们家去玩了，所以她们家长一早就见过我，不是特意去拜访。她父母对我很好，她的父亲当时应当说是很开通的，对儿女是主张恋爱自由。许多人用旧的方法到她们家说亲，她的父亲说："婚姻让他们自由决定，父母不管。"她的父亲的思想在当时非常先进，这是受蔡元培他们的影响。他的学校办得也很好，也是受蔡元培他们的影响。他的学校也是自由主义，请来的老师只要教书好，政治背景不管。当时也不知道，共产党在苏州第一个机构就在他们学校成立，他也不管。

我们真正恋爱是在杭州，在苏州、在上海是朋友而已。开头我一个姐姐也在上海教书，那么我写了一封信给张允和，我记不清内容了，大概是她们家托我姐姐带什么东西给她，我写信大概是问她收到了没有。很普通的一封信，可是我们在一起应该是好多年的老朋友了，收到第一封信，她很紧张，就跟她一个年纪大的同学商量，她的同学一看，这个信是很普通的，你不复他反而不好，就开始通信。那封信可以说是有意写的，也可以说是无意写的，很自然的。

和张允和认识之后，我们在一起的时间很少，因为我读书跟她读书不在一个学校，我工作时她还在读书。但是从前放假的时间很长，暑假都在苏州，常常在一起玩，特别在杭州，我在工作，她在那边读书。杭州地方比较小，又方便，风景又好，我们周末到西湖玩，西湖是最适合谈恋爱的。杭州后来也是破坏得厉害，原来庙的规模大得很，庙在古代就是旅馆，《西厢记》中，相国夫人和家人住在庙里，庙里招待得特别好。庙是谈恋爱的地方，庙是看戏的地方，庙是社交的地方。佛教能够兴旺，是跟社会结合起来的。

有一个趣味的事情，有一个星期天，我们一同到杭州灵隐寺，从山路步行上去。灵隐寺在当时规模很大，环境优美，现在只剩下了当中几间房子。当时恋爱跟现在不同，两个人距离至少要有一尺，不能手牵手，那时候是男女自由恋爱的开头，很拘束的。有趣的是，有一个和尚在我们后边听我们讲话，我们走累了，就在一棵树旁边坐下来，和尚也跟着坐下来，听我们讲话。听了半天，和尚问我："这个外国人来到中国几年了？"他以为张允和是外国人，可能因为张允和的鼻子比普通人高一些。我就开玩笑说："她来中国三年了。"和尚于是说："怪不得她的中国话讲得那么好！"

张允和的嘴比较快，什么要隐瞒的话，她一下子就讲出来了，人家说她是"快嘴李翠莲"。张允和学历史，她研究历史有条件，因为古文底子好。从小读古书，《孟子》能从头到尾背出来。她小时候古文比我读得多。她常常跟我讲读书的情况，她的读书时代比我晚一点，因此比我更自由。老师是鼓励学生自己读书，她读了许多翻译的外国文学，受外国文学的影响比较大。可是另外一方面，她又受昆曲、中国古代文学影响。音乐方面，她喜欢中国古代音乐，我喜欢西洋音乐。她大学还没有毕业时，我毕业了，大概是1927年或1928年，我跟她交朋友时，夏天请她到上海听贝多芬的交响乐，在法租界的法国花园，一个人一个躺椅，躺着听，很贵，两个银元一张票，躺了半天她睡着了。这是一个笑话。她对西洋音乐不像我这么有兴趣，我对中国音乐不像她那么有兴趣。结了婚，她听中国音乐我去参加，我听西洋音乐她去参加。

她的时代比我更自由开放，她是中国第一批进大学的女子。张允和从小就学风琴，那时候早期没有钢琴。我的姐姐喜欢图画，我的大姐姐是日本美术学院毕业的，她的图画很好。可是我没有学图画，我学拉小提琴，我不想做小提琴家，就是学着好玩,学了再听小提琴就懂得什么是好坏。在日本,我跟一个老师学小提琴,老师要求我一天拉四个小时,我说:"不行,我是业余玩的,我有我的专业,没有多少时间。"我不想在音乐上花太长时间。

我和张允和谈恋爱时,社会上已经提倡自由恋爱,特别是张允和的父亲完全采取自由化。可是当时恋爱不像现在,那时候和女朋友同出去,两个人还要离开一段,不能勾肩搭背,还是比较拘束。一种社会风气要改变,是慢慢地一步一步来的。

残酷的自然规律——《浪花集》*后记

张允和有十位姊妹兄弟，前面四位是姊妹，后面六位是兄弟。四位姊妹在初中读书的时候，课余办一个家庭刊物，自己写稿，自己油印，题名为《水》。这是家族和亲友间的联络和娱乐的小玩意儿，"不足为外人道也"。

70年之后，张允和已经86岁，怀念姊妹兄弟和至亲好友，异地异邦，四散漂萍。她重新编印这个久已停刊的《水》，借以凝聚亲情、互通声气。起初她一人自写、自编、自印、自寄，每期只有25份。后来亲友中感兴趣的人渐多，增加到一百多份。

想不到这个微不足道的小玩意儿，被有名的记者叶稚珊女士看到，她在报刊上发表文章说，这是天下最小的刊物。更想不到被大名鼎鼎的出版家范用同志知道了，他发表文章说，这是20世纪的一大奇事。于是《水》的潜流，渗出了地面。

新世界出版社总编辑张世林先生，建议把《水》中文章选择一部分，编成一本书，公开出版，以便对这个别出心裁的家庭刊物有兴趣的广大读者，能够一睹为快。张允和欣然从命，会同三

---

* 张允和、张兆和编著：《浪花集》，北京：新世界出版社，2005年。——编者注

妹张兆和，编成这本《浪花集》。

《浪花集》正在编辑排印的时候，张允和在2002年8月14日忽然去世了，享年93岁。半年以后，在2003年2月16日，三妹张兆和，沈从文先生的夫人，也忽然去世了，享年93岁。姊妹两人，先后去世，都是享年93岁。93岁，是人生的一个难关吗？

我的夫人张允和的去世，对我是晴天霹雳。我们结婚70年，从没想过会有一天二人之中少了一人。突如其来的打击，使我一时透不过气来。后来我忽然想起有一位哲学家说："个体的死亡是群体发展的必要条件"；"人如果都不死，人类就不能进化"。多么残酷的进化论！但是，我只有服从自然规律！原来，人生就是一朵浪花！

           2003年4月2日夜半，时年98岁

巧遇空军英雄杜立德

汽笛长鸣

"二战"时候，1942年春天，我路过浙江金华，住在一个小旅馆里，等待长途汽车回重庆。一天晚上，汽笛长鸣，警告敌机来轰炸了。电灯全部熄灭。可是等了一晚，没有听到炸弹声。

隔了一天，我同事的女婿，一位驻金华的青年军官，匆匆忙忙地来看我。他的丈人托他帮助我设法购买长途汽车票。他原来说，此事没有十分把握。这时候他告诉我："好了，准备行李吧，明天你大致可以动身了。"我喜出望外！可是他说："要请你帮一个忙。""帮什么忙呢？"我等待他的下文。

他说："前晚，来的不是敌机，而是美国飞机。轰炸东京之后飞来中国的轰炸机。这一批美国飞行员，今晚我们要宴请。没有合适的翻译，不得已想请你当个临时翻译。明天他们坐吉普车去桂林。你可以乘车同去，一路上为他们当临时翻译。可以吗？"

他深恐我不肯。我呢，觉得机会好极了。当天晚上我坐在贵宾的旁边，担任翻译，吃了一餐意外的晚餐。主人欢迎，客人答谢，都由我翻译。这时候，我弄清楚了，美军的领头人叫杜立德。第二天,我和杜立德一同坐一辆吉普车,一路担任翻译,开向桂林。

五十年后

这件事,过去了刚好 50 年。那天第一次轰炸东京是 1942 年 4 月 18 日。最近,《人民日报》海外版连续报道说:"昔日营救结厚谊,今朝异地喜重逢,五位中国老人在美受热烈欢迎";"布什总统祝贺中国老人和美飞行员重逢";"美国防部长会见五位中国老人"。五位老人是当时曾营救跳伞落地的美国飞行员的中国老百姓。这些新闻使我想起 50 年前我跟杜立德和美国飞行员巧遇的往事,依稀似梦。

我记得,杜立德告诉我,他已经 40 多岁了,可是身体强壮。像小孩子一样,他当我的面,蹦了两蹦,证明他的身体健康。我们一起拍了照片,在"文革"中遗失。

我记得,敞篷的吉普车,在崎岖的道路上奔驰,风沙很大,我吹了风,咳嗽起来了。杜立德脱下他身上的皮夹克给我反穿,以便挡风。

我记得,车队一路走了大约三天,经过的尽是小城镇,只有一个地方有小规模的招待所。其他地方都借住在天主教堂里。

他们告诉我:美国一艘小型航空母舰,载 16 架轰炸机,每机七人,偷偷地开进东京湾。飞机起飞后,航空母舰就开走了,飞机不复飞回航空母舰。事前同中国约好,对东京轰炸后,飞到金华,降落机场,把轰炸机全部送给中国。不幸中国方面把"时差"算错了。友机当作敌机。灯火管制,无法降落。不得已放弃飞机,人员用降落伞下地。所幸人员全部安全,只有极少几个人降落时受点轻伤。(当时是这样说的。)

杜立德的全名是 James H. Doolittle,现在报纸翻译为"杜利特尔",我曾同他开玩笑说,你的名字叫"做得少"(do little),可是你却"做得很多"(doing much)。

一到桂林,好像长夜漫漫,忽然天亮,什么都不成问题了。他们乘军用飞机去重庆(然后回美国)。我这个临时翻译也就向他们辞别,另乘长途汽车回重庆。

纽约重逢

战争胜利结束后,1946年我到纽约。杜立德复员后在纽约壳牌石油公司当董事长。我打电话给他。他邀请我到他的办公室叙旧,热情招待我。他的办公室用软木装饰墙壁,气派豪华。他对我说:"时间真快,你见到的那些小伙子们,现在都秃顶了。"

第一次成功地轰炸东京,有重大的军事和政治意义。不久,他晋升为地中海联军空军总司令。50年后的今天,他以95岁的高龄,住在美国加利福尼亚。我向他遥祝:万寿无疆!

日本新语文的旗手

日本罗马字社理事长村野辰雄先生去世了。他不仅是日本罗马字运动的旗手，也是东方新语文运动的旗手。他的逝世是东方新语文运动的重大损失！我同村野先生认识，整整二十年了。他跟罗马字运动的关系，是颇有些传奇色彩的。

1972年6月的一天，三和银行总裁村野辰雄先生来到北京的中国文字改革委员会，由我接待。村野先生说："你们的文字改革工作，我非常赞成，今后我想同你们多多联系。"接着，他谈了他自己参加日本文字改革运动的遭遇。

村野先生在青年时代，任职三和银行，业余参加罗马字运动。当时日本政府把罗马字看作共产党活动。警视厅对三和银行的领导说，你们如果能够阻止他搞罗马字，并且为他作担保，我们就不逮捕他！

三和银行的领导对村野先生说：请你选择，留下来在三和银行工作，放弃参加罗马字运动，或者，离开三和银行，自己去继续搞罗马字运动。村野先生不得已只好答应留下。

后来，村野先生由于长期工作勤奋、策划妥善，一步一步上升为三和银行的总裁。中华人民共和国成立之后，三和银行首先代理中国的外汇业务,村野先生是人民币外汇结算方法的设计创始人。

村野先生说:"现在我工作满年,就要卸职,改任三和银行的顾问了。此后,我不再受不搞罗马字运动的约束了。我将以我的余年实现我青年时代的志愿。"

这时候,村野先生已经成为日本金融界的要人。他离开总裁职务,担任顾问之后,就参加"日本罗马字社",起初被社员们推举为理事,后来又推举为理事长。他出钱出力,为罗马字运动做了许多有意义的工作。

他第一次同我见面的时候,送给我一本他在1938年用罗马字翻译的H. G. Wells的名著《世界史纲》,四十年后的1978年出版第三版,可见这本书受到广大读者的欢迎。他酷爱西洋音乐,从1977年到1982年用罗马字翻译和写作了四部有关歌剧的巨著。每部都有二三百页。决心之大,用力之勤,使人惊叹!

日本罗马字社理事橘田广国先生把我的《汉字改革概论》翻译成日文。村野先生邀请有名的几位学者对这个译本进行订正,经过三年之久的精心工作,然后出版。这种认真的学术精神,使人万分钦佩!

使我不能忘怀的是,1985年我同中国文字改革参观团到日本,承村野先生和日本罗马字社各位先生们热情招待。特别是在三和银行的高楼上举行座谈。从那高高的楼窗里,可以俯瞰日本皇宫的花园。这使我想到时代改变了,一个自由的学术时代来到了,罗马字运动可以不受限制地进行,东方语文的现代化可以有新的发展空间了。我从楼窗向外观看,看到一片美丽的景色,一片时代的光明!

村野先生去世了。他遗留下来给我们的是一个东方语文现代化的光明时代。

1992 年 12 月 28 日

吴玉章和拉丁化运动
——纪念吴玉章诞生 123 周年

吴玉章（1878—1966）是一位德高望重的革命家。他在青年时期就油然萌发革命思想。中国的革命一次又一次失败，没有使他悲观失望，而是使他一步步提高对革命的认识。从赞成君主立宪，进而为主张民主革命，再进而为积极参加社会主义革命。吴玉章在革命的道路上是步步上升的。

1927 年，吴玉章到苏联，投入当时苏联的拉丁化运动，推动中文的拉丁化。1931 年和 1932 年两次在海参崴举办中国新文字代表大会，吴玉章作出了积极的贡献。大会通过《中国字拉丁化的原则和规则》，决议在留苏华侨中试用。1933 年传到上海，形成中国的拉丁化新文字运动。

新中国成立初期，希望快速扫除文盲，提高大众文化。在速成识字法失败之后，把希望寄托在文字改革上。1955 年召开全国文字改革会议，成立直属国务院的文字改革委员会，由吴玉章担任主任。

当时中国的文改运动分为注音字母运动、国语罗马字运动和拉丁化新文字运动。三组力量不能合作，甚至彼此抵消。吴老把三组力量团结起来，在文改会的委员中，在汉语拼音方案委员会的委员中，都有三方面的代表。团结就是力量，这样就发生前所未有的作用。

拉丁化是全球性的运动。早期拉丁化有罗马帝国和基督教的传播。近代拉丁化，在中国有鸦片战争之后的教会方言罗马字，在日本有明治维新之后的日语罗马字，而第一次世界大战之后土耳其拉丁化的成功，影响最大。土耳其是奥斯曼帝国的继承者。帝国在全盛时期横跨亚、非、欧三大洲，后来一次又一次因战败而缩小，到第一次世界大战之后，只剩下比较小的一块土地。土耳其重建国家，进行全面改革。在文化方面实行文字改革（1928年），把阿拉伯字母改成拉丁字母。土耳其拉丁化的成功，影响苏联境内使用阿拉伯字母的各个加盟共和国，掀起苏联少数民族的拉丁化运动。列宁说："拉丁化是东方伟大的革命。"

斯大林反对拉丁化，推行斯拉夫化，以迅雷不及掩耳的速度，把苏联境内多种拉丁化新文字一律改成俄文字母。列宁的名言"拉丁化是东方伟大的革命"在《列宁全集》中消失了。中文拉丁化运动从苏联传到上海不久，苏联就放弃拉丁化了，但是中国依然进行拉丁化，没有向苏联一边倒。

第二次世界大战之后，许多新独立国家创制新文字，无例外地都实行拉丁化。国际标准化组织（ISO）给每一种非拉丁化文字，都规定一种拉丁化的拼写法，方便文化交流。今天国际互联网上，拉丁字母已经占文字符号的999‰。中国的汉语拼音方案（1958年），不是用来代替汉字而是用来帮助汉字，也是全球拉丁化运动的构成部分。《汉语拼音方案》在1982年成为国际标准（ISO 7098），联合国和世界各国普遍采用。在电脑上，拼音自动变换汉字的输入法,成为广泛应用的技术。

吴玉章倡导的文改事业,并非一帆风顺。科学是在尝试与错误中前进的,文改事业也是在尝试与错误中前进的。有错就改,不断完善,提高认识,继续前进。这就是我所体会的吴玉章的革命精神。

(原载上海《语言文字报》2001年6月24日)

黎锦熙和注音读物

黎锦熙先生（1890—1978）是中国语文现代化运动的先驱和导师。他在语言学方面有许多卓越的贡献。他的与众不同的地方是，他不仅重视语言学理论的研究，更加重视语言生活的现代化，认为这是整个国家现代化的必要条件。

我国学术向来重古轻今，重论轻用。黎先生是古今并重，论用兼顾。在国难当前的年代里，他积极提倡改革语文，启迪民智，身体力行，鞠躬尽瘁。他所倡导的事业，有的成功了，有的没有成功。没有成功的，将来一定会成功。因为他所倡导的是符合历史发展方向的，也是先进国家已经走过的成功道路。

一件"很小很小的大事"

从北洋政府时代到南京政府时代，黎先生持之以恒地为推广"注音符号"（原称"注音字母"）奔走呼号，遇到许多困难而百折不挠。经验告诉他，出版注音读物的困难原因之一是缺少一套"注音字模"。于是他排除万难，呼吁制造"注音字模"。

1934年他在《建设的大众语文学》中说："20年来，国语界的人全都忽略了一件'很小很小的大事',就是缺少一套汉字带注音的铅字铜模。"1935年他向"国语统一筹备委员会"提出提案,要求铸造"注音汉字印刷字模"。其中说:"注音字母自1913年议定、1918年公布推行以来,为时则已经过念载之久,为效乃未及于一塵之氓。揆厥原因,主要是排版校字,须加五倍之工资。观于日本,人人读报,小如六号汉字,亦能旁注假名。可知注音字母之推行,必使固定联系于汉字,则属稿时既省逐字注音之劳,排字者更获一举兼得之效,印刷若早有此准备,推行何至成为空谈?"

这个建议后来获得政府支持:由黎先生设计、上海中华书局铸造的注音汉字铜模,光复后已运到北平,刊行国语小报,想为全国注音报做示范。因台湾特别需要,遂于1948年10月全套迁台北出版,定名《国语日报》。

《国语日报》和许多注音读物都利用注音字模,经常出版,大量销售。台湾能在较短时期中普及国语,提高大众文化,《国语日报》和其他全部注音的读物发挥了关键性的作用。这是中国语文教育历史上非常重大的改革功绩。本文附录一页台湾《国语日报》的复印本,让大家看一下台湾的成功经验。

黎先生说,注音汉字的妙用是,"属稿时不须注音,排字时不排注音,校对时不校注音";"校印时不添成本,阅读时各尽所能,写作时各取所需"。(《文字改革论丛》)

黎先生的"注音字模"模仿日本的全部注音读物。二次大战之前,日本在许多年代中,所有报纸、所有书刊,包括儿童读物和成人读物,一概全部注上假名。认读汉字,中国困难,日本更加困难。全部注音，不仅使日本快速扫除了文盲，并且使日本初识文字的大众能自学提高，成为具备基础文化的阶层。这是日本在经济和文化领域能够起飞的关键。战后，日本语文实行平民化，政府公文限用1945个常用汉字，日文从汉字中夹用少数假名，变为假名中夹用少数汉字。汉字数量减少，文化水平提高，全部注音没有必要了，但是常用汉字之外的生僻字仍旧实行"难字注音"。本文附录的日文《东洋文化史大系》中的一页复印本，就是战前日本高级读物全部注音的例子。

在中国内地，1958年公布"汉语拼音方案"之后，文改出版社出版了500多种全部注音的儿童读物，其他出版社如儿童出版社等也出版了许多全部注音的儿童读物，当时受到极大欢迎。可是，"文化大革命"之后，注音读物这件文化工作，烟消云散、无人知晓了。

20世纪80年代，文改热心家李业宏先生出资提倡电脑自动注音，香港中国语文学会委托北京方世增先生做成中文自动分词注音软件。

奇怪的是，中国内地没有出版社愿意尝试利用这个软件编印注音读物。什么缘故呢？"文化大革命"之后，中国内地吹起一股复古风，认为汉字不难、效率最高，字数多多益善。注音读物，既不能发财，又不能升官，谁也不感兴趣了。黎先生的注音读物主张在中国内地被遗忘了。但是，在不能大量减少汉字数量的条件下，出版注音读物是解决汉字难读和提高大众文化的唯一方法。这个问题迟早要重提到日程上来，不仅出版儿童注音读物，还要出版成人注音读物。

从"词类连书"到"分词连写"

"国语罗马字"公布以后,黎先生潜心研究国语罗马字问题。

他的杰出贡献之一是提出"词类连书"的理论。他在1923年《国语月刊》"汉字改革号"上发表《汉字革命军前进的一条大路》中说:罗马字必须"词类连书";"语言的单位乃是语词";"语词大多数是双音构成的";"词类连书"是拼音化的"一条大路"。这篇文章可以看作是发现"语词"的宣言书!

黎先生又说:"汉语绝不是单音语"。汉字文章既不分词,又不连写;学习汉字,养成"文白不分、以字为词"的习惯,忘记了活的语言以"语词"为表意单位的事实。"词类连书"摆脱汉字的迷惑,恢复汉语的词感。这不仅是拼音化的一大发现,也是汉语教学的一大进步。知"字"而不知"词",是我国语言生活现代化的一大障碍。黎先生是第一位铲除这个障碍的先驱和导师。

在1934年国语会的"词类连书条例案"中,钱玄同先生说:"黎锦熙先生对于词类连书已经有十多年的尝试,经验宏富,可以请他担任此事。"黎先生在《国语运动史纲》中说:"词类连书,在民国九年(1920年)国语会已有规定。近来以山东《民众教育月刊》和《民众周刊》的贡献为最多,尤以最近萧迪忱《怎样连写复音语词》一文为能荟萃众说,折中分合,确定条例;且《民众周刊》自身即已实行,而山东《民众报》和定县中华平民教育促进会新出版的平民读物,则连汉字带注音都排成了词类连书的形式。近来用国语罗马字写文章的人最感到彷徨的,一是声调如何拼法,一是词类怎样连书。声调已有《国音常用字汇》可查，词类则尚待《国语标准词汇》为据。"

在黎先生的理论指引下，20世纪50年代以后对"语词"问题继续进行研究。认识在发展，术语跟着更新，"正字法"改说"正词法"，"词类连书"改说"词儿连写"，又改说"分词连写"。《汉语拼音正词法基本规则》的发表（1988年），体现了黎先生"词类连书条例"的倡导。《汉语拼音词汇》的出版（1964年），以及"汉语拼音正词法词汇"的准备，可以看作是黎先生"国语标准词汇"倡议的实行。在语文现代化运动中，黎先生的开创性理论永远是后辈的指路明灯。

蟾战、蛰伏、龙飞、龟走

语文现代化运动始于清朝末年，先后包括国语运动、白话文运动、拼音化运动、汉字简化运动等。各时期有各时期的侧重点，受各时期的时局影响，波涛起伏、进退无常。

黎先生说，1924年至1931年这短短八年间，"政治潮流，波谲云诡，国语运动，随环境而异其方式"，每两年多即成一小段落，构成啼笑皆非的"四步曲"：蟾战、蛰伏、龙飞、龟走。

"蟾战"（1924—1926年）：这时候，内战有钱，教育无钱，国语运动（包括新文学和新文化）奄奄一息。忽然来了一位反对国语的司法部兼教育部部长章士钊，他办的《甲寅杂志》以不收白话文为标榜，他做部长大张反对国语的气焰。当时反对国语的理由是：语体采俚词俗语，不及文言之能行远；文言简而能赅，非语体所能及；古书概用文言，习语体不能读古书；社会通行文言,习语体不适用于当前。白话和文言发生"螳臂当车"之战。苏、浙、皖三省的教师代表在无锡举行焚毁初级小学文言文教科书的仪式。

"蛰伏"(1926—1928年):复古风大作,好些省区强迫读经、严禁白话,甚至兴复礼乐,行"投壶"古礼。国语运动者只能蛰伏自保,不声不响地做些具体工作。

"龙飞"(1928—1931年):情况好转,公布了国语罗马字;"注音字母"虽然改名为"注音符号",可是继续推行,这也就算差强人意了。飞虽不高,也是"龙飞"!

"龟走"(1931—　):历史的道路崎岖,不可"兔逸",只宜"龟走"。黎先生做了一首《龟德颂》:任重能背,道远不退,快快儿地慢慢走,不睡!这是知识分子为国效劳而无可奈何的情景。

国语运动的"四部曲"后来不断循环往复,直到今天语文现代化依然在起落浮沉。黎先生有先见之明,早已看到这是语文现代化的行进规律,也是中国现代化的行进规律。

(原载香港《语文建设通讯》2003年12月第76期)

西學東漸和中國文字改革

九十八高齡 國語文專家 周有光

中國文字改革，是西學東漸的一個側面。西學東漸緩步走來，中國文字改革就跟著緩步走來。所以「漢語拼音方案」的制訂和推行，也有一個漫長而漸進的過程。請看這些過程：

從洋人方案到華人方案 一六〇五年（明萬曆三十三年）義大利傳教士利瑪竇（Matteo Ricci, 1552-1610）設計注音羅馬字，便利洋人學習中文；一八九二年（清光緒十八年）福建盧戇章設計廈門切音字，便利華人學習文化，開始中國文字改革運動。

從外國習慣到中國規律 英、法、德、西、葡等國，各自設計適合本國習慣的注音羅馬字（「魯迅」一詞有二十種拼法）；一九二八年（民國十七年）的「國語羅馬字」開始按照漢語音系的規律，利用羅馬字拼音。

從聲韻雙拼到音素拼寫 一九〇〇年（清光緒二十六年）王照的《官話字母》，和一九〇六年盧戇章的《中國切音字母》，都是聲韻雙拼，脫胎於反切。注音字母改為「聲、介、韻」三拼，突破了反切。「國語羅馬字」實行音素拼寫。

從民族字母到國際字母 一九一八年（民國七年）公布的注音字母ㄅㄆㄇㄈ，採用漢字形式，這是切音運動的成果。一九二八年公布的「國語羅馬字」，正式採用國際字母abcd，外國字母變成了中國字母。

從內外有別到內外一致 注音字母用於國內（小學和詞典），國語羅馬字用於國外（小學不教）：一九五八年後，中國大陸改為國內國外統一使用「漢語拼音方案」。

從國家標準到國際標準 一九五八年中國人民代表大會批准了「漢語拼音方案」；一九八二年，國際標準化組織通過「漢語拼音」為拼寫漢語的國際標準（ISO 7089）；中國拼音字母走出中國。

從音節分寫到分詞連寫 漢語拼音方案是「音節」拼寫規則；一九八八年「語委」公布「漢語拼音正詞法基本規則」是「語詞」拼寫規則：正詞法剛剛開始，還要清除前進道路上的障礙。從一六〇五年利瑪竇設計方案，到一九八二年國際標準化組織通過標準，經過了三百七十七年。這三百七十七年，就是「西學東漸」和中國文字改革緩步走來的時期。

「漢語拼音方案」已四十五年，電視播放連續劇《走向共和》（臺灣正在播放，劇名改為《滿清末代王朝》）。文字改革是西學東漸的一個側面，走向共和也是西學東漸的一個側面，開頭都很幼稚。鴉片戰爭和甲午戰爭之後，帝國改為民國，初步得到實踐。辛亥革命之後，五四運動時期達到高潮，文改和共和的道路同樣崎嶇不平。

中國的漢字和羅馬的字母，東西百萬里，上下兩千年，風馬牛不相及也。想不到：中國的漢字，竟然會和羅馬的ABC字母締結了姻緣。這就是歷史。

二〇〇三年五月十三日時年九十八歲

（本篇原登載香港《語文建設通訊》季刊今年六月第七十四期）

附錄1　台灣《國語日報》一頁的復印本

高昌故址發見唐代壁畫
高昌國の故址から發見られたき壁畫の一部である。恐らく當時西域に於ける一部一の舊蹟たるを失はぬもの。人實の描きかたが後世のものに比べ大てい極めて衝き上の變遷をたつてみると他に衝大いにして放たれてゐる代壁畫の品位に放大いよし。

西域における唐の霸業

隋の西域經營

隋唐兩王朝の西域經略は、もとより貿易路の保全と市場の獨占とを主要目的とするものであつた。

隋の煬帝が位に卽いた頃、天山南麓の諸國は西突厥の勢下にあり、南方は吐谷渾とふ青海方面を根據とするチベット人がロブノール南邊(古の樓蘭・山末兩國)に進出して敦煌・于闐の間を斷つ有樣であつた。そこで西域貿易路を直接自國に結び付けんとした隋では、大業五年(六〇九)まづ吐谷渾を討ち、南道を勢力下に入れ、翌年には北に轉じ、天山の東端に位し、西域北道の門戸たるべき伊吾郡を設け、新城きを築設して西方にする本據を得たのである。けれども隋の西域經營はこれ以上に進展し得なかつた。既設の三郡すら、その勢力より離れ去り、都督の中心都城には前に大業末年の大亂が起つて、既設の三郡すら、その勢力より離れ去り、都督の中心都城には前に大業末年述べたやうなソグド人の植民地が現出し、伊吾にもまたイラン商胡の占據を見るに至つたのである。

唐の太宗は、貞觀四年(六三〇)に、伊吾におけるイラン人の內屬を容れ、こゝに伊州を設けた。これが唐の西域經營の第一步であつた。その後、十年を經て貞觀十四年(六四〇)に、太宗は侯君集といふ大將軍を派遣して、伊吾の西に隣じてゐた西突厥の一部を征服し、更にこの國の北、天山北麓に據つて常に高昌と相應じてゐた可汗浮圖城を滅ぼし、更にこの國の北、天山北麓に據つて常に高昌と相應じてゐた可汗浮圖城を滅ぼしたのであつた。その結果、高昌の故地は西州と名付けられて、高昌・交河・天山・柳中・蒲昌(地圖參照)の五縣が置かれ、天山北麓のヂムサの地にあつた可汗浮圖城は金滿縣となり、その附近に散居せる諸部落を含めて庭州が開設せられたのである。以上を西域の三州といひ、唐の直轄として隴右道に編入せられたが、唐はこれによつて、よく確乎たる地盤を得たのである。

附录2 日本《东洋文化史大系》一页的复印本

怀念敬爱的张寿镛校长

光华大学张寿镛校长的公子张芝联教授来访，嘱张允和与我写文章纪念我们敬爱的张校长。张允和与我都是在张校长的教育下成长起来的，我们当然立刻答应。我们商量，两人各写一篇，因为我们夫妇两人是先后同学，得到张校长教诲的时间不同。可是两人都迟迟没有动笔，因为越是想把文章认真写好，越是难于动笔。不幸，在2002年8月14日张允和去世了！这个晴天霹雳把我打击得呆若木鸡！她临终前没有来得及把她想要写什么告诉我，十分遗憾！日前张芝联教授来催我的文章，希望我代替张允和写些回忆，并且给我看俞信芳先生的《张寿镛先生传》的书稿，使我感到既惭愧又紧张！

张允和是光华大学招收的第一批女生中的一个。那时候是上海各大学实行男女同学的开始时期。光华大学建造了女生宿舍，女同学组织女同学会，在选举第一届干事和会长中，张允和被选为会长。当时的学生会要参与学校的校务工作，张允和于是跟张校长就有许多接触的机会。

有一件事，张允和念念不忘。光华大学每年举行学生演讲比赛。在某次比赛中，张允和得到的评分跟另一位男同学相等，两人并列第一。在这种情况下,担任评判委员会主席的张校长将投最后一票决定谁是冠军。张校长经过退席考虑之后,投了张允和一票,于是张允和成为冠军。一个女同学成为大学演讲比赛的冠军,不仅轰动了光华大学,也轰动了当时上海的大学界。这是张校长提倡女权的一次模范行动。一枚金质冠军奖章,成为张允和的传代之宝。

有一年,女生宿舍忽然起火,幸亏发生在白天,没有人受伤。但是,楼房烧毁,行李和书籍付之一炬,造成生活和学习的许多困难。张校长亲自前来指导救火,并为每一个女生解决具体的困难。张校长借此机会,教育学生要临危不惊,镇定应付,理智处事,先重后轻,使学生受到一次为人处世的教育。女同学感受深刻,都说张校长爱生如子。

在1925年上海"五卅惨案"之后,要为圣约翰大学离校师生创办一所私立大学,这是一件非常重大而又万分艰难的事业。启动这件重大事业,首先要推举一位德高望重的人物来担任校长,这位校长既要能得到学术界的尊重,又要能为创办大学筹划经费。上海各界一致推举张寿镛先生,他是清代学者,曾任江苏省财政厅长、国民政府财政部次长,当时担任淞沪道尹。张寿镛先生临危受命,知难而进,应承了这个时代的呼唤。

创办私立光华大学有三大问题:生源问题、师资问题和经费问题。生源问题不大,因为有离校学生作为基础,再添招一些新生就可以了。师资问题比较难。著名学者不一定肯来新办的大学。张校长首先聘请到当时威望最高的两位教育家,朱经农先生和廖茂如先生,通过他们聘请国内外知名学者,壮大离校教师的队伍。不少著名学者出于爱国心,欣然前来光华任教。光华的教授阵容光辉夺目,胜过圣约翰大学,成为当时全国大学界的翘楚。最难的问题是筹划经费。张校长是理财能手,在全国爱国气氛中,捐款终于源源而来。张校长动员离校同学,劝自己的家长踊跃捐输,得到离校同学家长王省三先生捐助上海近郊地皮100亩,又得到菲律宾等地华侨留学生家长捐建三座堂皇的教学主楼。这样就立刻兴工建筑新的校园。光华大学建校比较顺利,反映了当时中华民族的觉醒和勇气。可是如果没有张校长的运筹帷幄,指挥若定,是不会得到如此成功的。

当时有一个紧急的大问题:不能等待新的校园建设完再开学,必须立即开学,继续学业,不使弦歌中断,否则离校师生就会离散。这时候,张校长有两位得力的助手,一位是陈训恕,一位是史乃康,他们都是离校同学,在离校时候已经毕业,没有来得及拿文凭。他们是筹备光华大学紧急开学的两位重要助手。于是,在上海霞飞路租用民房作为临时宿舍,租用空地建设几个芦席棚临时大课堂,使教学工作立即开始。我就是在芦席棚临时大课堂里聆听当时多位著名学者的教诲的。张校长也时来芦席棚临时大课堂对学生讲话。这一幕筚路蓝缕的悲壮场面,希望不要被历史遗忘了。

史乃康是我中学的先辈同学,他听到我经济困难,付不出学费,就告诉我:校长室需要一个文书员,将在同学中招考,半工半读,你可以去报考。考试结果,我被录取,免除学费,每月还有30元津贴,这就解决了我上学的经济困难。我的工作是按照规定书写往来中英文的书信。在工作中,我学到许多张校长的办事方法。

我们青年同学常常议论张校长。大家认为,张校长以清代科举出身的儒家学者,能自学成为理财能手的现代人才,这种自学精神非常值得学习。在1925年时候,国民党北伐节节胜利,江南人民大都寄希望于国民革命。国民政府任用高官,首选英美留学生,张校长能在这个环境中得到重用,因为他有别人难于企及的才能。他弃官办学,不是官员下台,寄生于学校,而是认定教育事业比政治工作更有远大的建国作用,然后决心改变任务的。

张校长的办学原则是,按照当时公认为先进的英美教育方法,实行学术自由,教授治校。学校中行政人员很少。校长、教授和学生打成一片,亲如一家。直到1949年,光华大学的附属中学还是上海各中学中的优秀典型。

在抗日战争中,张校长请会计界元老谢霖先生为代表,到成都去开办一所成都光华大学分校(成华大学)。这件事说明张校长的远见。他不主张战时暂时到后方躲避一下,战后立即撤回原地,在后方不留痕迹,而是要把大学教育扩大到教育落后的中国西部,作为开发西部的长远打算。这在今天高呼开发西部的时候,值得怀念。

光华大学由于日本帝国主义激起的"五卅运动"而创办,又在日本帝国主义侵略上海的战争中被炮火毁灭。1949年后,所有私立大学一概收归国办,光华大学的光辉历史未能再呈现于中国。历史不会忘掉张寿镛校长创办光华大学的这段可歌可泣的故事。

张寿镛先生一生做了三件大事:一、从清代学者自学理财,成为现代理财专家,树立自学成才的典范。二、收集、编辑、影印《四明丛书》,成为考据文献专家,为弘扬传统文化做出具体贡献。三、在艰难危急中创办光华大学,伸张民族正气,培植建国人才,为建设现代化中国树立根基。张校长说:"莫为一身谋,而有天下志;莫为终身计,而有后世虑。"张校长的言行,我们应当好好学习。

俞信芳先生的《张寿镛先生传》,是一部多年心血、广收博引、实事求是、慎重下笔的精心著作,有历史和文献价值,对今天想要了解不久以前真实历史的读者,是极有价值的读物。

2003 年 3 月 31 日,时年 98 岁

跟教育家林汉达一同看守高粱地

宁夏平罗的"五七干校"

在宁夏平罗的远郊区,"五七干校"种了一大片高粱,快到收割的时候了。林汉达先生(当时71岁)和我(当时65岁)两人一同躺在土岗子上,看守高粱。躺着,这是"犯法"的。我们奉命:要不断走着看守,眼观两方,不让人来偷;不得站立不动,不得坐下,更不得躺下;要一人在北,一人在南,分头巡视,不得二人聚在一起。我们一连看守了三天,一眼望到十几里路以外,没有人家,没有人的影儿,没有人来偷,也没有人来看守我们这两个看守的老头儿。我们在第四天就放胆躺下了。

林先生仰望长空,思考语文大众化的问题。他喃喃自语:"揠苗助长"要改"拔苗助长","揠"(yà)字大众不认得。"惩前毖后"不好办,如果改说"以前错了,以后小心",就不是四言成语了……

停了一会儿,他问我:"未亡人"、"遗孀"、"寡妇",哪一种说法好?

"大人物的寡妇叫遗孀,小人物的遗孀叫寡妇。"我开玩笑地回答。

他忽然大笑起来！为什么大笑？他想起了一个故事。有一次他问一位扫盲学员：什么叫"遗孀"？学员说：是一种雪花膏——白玉霜、蝶霜、遗孀……林先生问：这个"孀"字为什么有"女"字旁？学员说：女人用的东西嘛！

林先生补充说：普通词典里没有"遗孀"这个词儿，可是报纸上偏要用它。

"你查过词典了吗？"我问。

"查过，好几种词典都没有。"他肯定地告诉我。——他提倡语文大众化的认真态度，叫人钦佩！

哲理和笑话

那一天，天上没有云，地面没有风，宇宙之间似乎只有他和我。他断断续续地谈了许多有哲理的笑话。什么"宗教，有多神教，有一神教，有无神教"……

"先生之成为右派也无疑矣！"我说。

"向后转，右就变成左了。"他笑了！

谈得起劲，我们坐了起来。我们二人同意，语文大众化要"三化"：通俗化、口语化、规范化。他说通俗化是叫人容易看懂。从前有一部外国电影，译名"风流寡妇"。如果改译"风流遗孀"，观众可能要减少一半。口语化就是要能"上口"，朗读出来是活的语言。人们常写，"他来时我已去了"。很通俗，但是不"上口"。高声念一遍，就会发现，应当改为"他来的时候，我已经去了"。规范化是要合乎语法、修辞和用词习惯。"你先走"不说"你行先"(广东话)。"感谢他的关照"不说"感谢他够哥们儿的"(北京土话)。"祝你万寿无疆",不说"祝你永垂不朽"!林先生进一步说:"三化"是外表,还要在内容上有三性:知识性、进步性、启发性。我们谈话声音越来越响,好像对着一万株高粱在讲演。

太阳落到树梢了。我们站起来,走回去,有十来里路远。林先生边走边说:教育,不只是把现成的知识传授给青年一代,更重要的是启发青年,独立思考,立志把社会推向更进步的时代!

胡愈之引导一代青年

今年（1996年）是胡愈之先生诞辰100周年。这100年间，中国历史充满着变乱和苦难。在20世纪的20年代，中国的青年们面对国家危亡而心情愤激。可是，中国往何处去？青年们在思想上找不到出路，万分苦闷。愈老是引导当时青年们走出思想苦闷的一位影响极大的思想家。我是当时受到愈老启发的青年之一。

高瞻远瞩

那时候，愈老在《东方杂志》、《世界知识》等刊物上发表一系列关于世界时事的评论文章，使当时的青年们知道了中国和世界的关系。他高瞻远瞩，从世界看中国，不是从中国看中国，指出中国在当时世界中的地位和中国问题的关键所在。青年们原来也知道一些世界情况，但是知识是零碎的，认识是模糊的，不能联系实际看到大局的动向。愈老的文章有如一服清醒剂，唤醒了青年们，把他们的零碎知识联系起来，成为观察世界形势的综合理解。青年们从此恍然大悟，初次看到了自己的立脚点和奋斗的道路。

30年代初期,我和同辈青年们读到了愈老的《莫斯科印象记》。这是一本薄薄的小册子,可是它的影响之大,无与伦比。读过这本小册子的青年们都受到了电一般的感染,在可望而不可即的社会主义理想中,看到了具体的现实。当时作为社会主义革命中心的莫斯科,在愈老的笔下,放射出了希望的曙光。这本小册子在许多新思想读物中独放异彩,使一代青年产生强烈的心向往之的情绪。

"爱斯不难读"

当时,许多青年自学"世界语"(Esperanto"爱斯不难读")。我也是热心自学的一个。世界语原来是和平主义的语言技能。读了愈老的《莫斯科印象记》才知道,它还是革命的武器。当时苏联提倡世界语,愈老就是利用世界语在莫斯科进行活动的。许多人自学世界语,是受了愈老《莫斯科印象记》的影响。后来,苏联放弃了世界语,可是愈老在"文化大革命"之后仍旧提倡世界语。愈老认为,世界语作为一种国际辅助语,有多方面的作用,不因为英语的流行而失去意义。

"手头字"

1935年,上海文化界自动推行"手头字"。发起人中有蔡元培、郭沫若、陶行知、巴金、老舍、叶籁士、愈老等200多人,而愈老是积极分子。缘起说:"我们日常有许多便当的字,手头上大家都这么写,可是书本上并不这么印,识一个字须得认两种以上的形体,何等不便。"当时有《论语》、《太白》、《世界知识》和《译文》等十多种刊物自动使用300个"手头字"。这些刊物,有的是愈老所主持,有的是愈老所赞助。

愈老曾经提倡"写别字",有人批评他走极端。其实,"写别字"对初学文字的人来说,是不可避免的;初学文字的人实际是依靠"写别字"才能写信、写条子的。"写别字"就是"同音假借"。"同音假借"的结果是产生"音节文字"。日本的"假名"就是这样产生的,它使日文青出于蓝。

20世纪20年代,山西和陕西某些钱庄,在总店和分店之间的通信中,用"同音假借"书写本地土话,成为保密的通信方法,自己人一看便知,外地人难于看懂。这是"同音假借"的一种实际应用。80年代张毕雷先生设计一套"直音汉字",这就是同音假借的"音节汉字",对统一"直音"用字和统一音译外国人名地名有实际作用。

"大众语"

在"五四"白话文运动之后,愈老等在30年代又提倡"大众语"运动。"大众语"运动,在消极方面是反对当时的"文言复兴",在积极方面是提高白话文的水平。当时有一批国粹主义者再次提倡"尊孔读经",这引起新文化运动者的反击。同时,白话文本身出现了不健康现象,变成半文半白的"语录体"或者"新文言",不符合文体口语化的要求,违背了文学革命的宗旨。什么是"大众语"呢？陈望道先生说，大众语是"大众说得出、听得懂、写得顺手、看得明白"的书面语。愈老说，大众语是"代表大众意识的语言"。前者说明大众语的正确形式，后者说明大众语的正确内容。"大众语"运动把"五四"白话文运动推向新高潮。

文字改革

　　1955年成立中国文字改革委员会，愈老担任副主任，领导具体工作。作为1955年举行全国文字改革会议的前奏，愈老开始大规模试行"汉字横排"，便利在汉字中书写阿拉伯数字和数学公式。在《光明日报》试行成功以后，第二年推广到全国的报纸、杂志、教科书和一般书籍。愈老在《光明日报》上写社论说："习惯是可以改变的。"这句话是多么重要！"五四"以来提倡的汉字横排，到此基本实现。

　　1956年公布的《汉字简化方案》是在愈老的具体领导下进行的。这个方案简化了515个汉字和54个偏旁。愈老对这些简化字和偏旁一个个作了仔细的推敲。1964年类推成为《简化字总表》，使三分之一的通用汉字得到简化。愈老认为，汉字简化是汉字的前进运动，是大众的需要，尤其是小学生的需要。作为现代汉字的法定规范，40年来已经在12亿人民中广泛通用，并由联合国正式采用。它使汉字向便学便用前进了一小步。

　　在1958年公布《汉语拼音方案》之前，拼音究竟作为辅助工具还是作为辅助文字，在政策上还没有确定。方案公布时候才确定是辅助工具而不是辅助文字。愈老对拼音的作用有全面的和长远的看法。他认为，拼音对中国的现代化有深远的作用，是当时三项文改工作（简化、推普、拼音）中的主要工作。在拼音草案发表之后，愈老让我负责编辑《汉语拼音词汇》，不仅作为拼写"字"的规范，更重要的是作为拼写"词"的规范。愈老请当时在上海养病的有名学者傅东华先生用通信方法帮我收集词条。这是愈老重视处于困境的傅先生的才华，同时重视《汉语拼音词汇》的意义。这件事成为"文化大革命"中批判愈老的一个题目。但是我认为愈老这样做符合中国传统道德，有利于发展文化，是正确的，值得钦佩。

冲破中世纪的黑暗

在十年浩劫的"文化大革命"之后，愈老给1979年高等院校文改教材协作会议送去书面发言。他说："在西方，冲破中世纪的黑暗时代，首先是从文字改革开始的，这就是打破教会僧院所垄断的旧文字，创造和群众口头语相结合的民族新文字。这才产生了启蒙运动，产生了资本主义的产业革命。在中国，不可能有例外。"这句话有深刻的含义。它指出了语文发展跟社会发展的关系。这个历史发展的观点，是愈老许多创造性的重要见解之一，值得历史学者和语文工作者加以研究。

愈老的崇高学问几乎全部是自学得来。他的自学能力之强，悟性之高，透视之深，使人惊异，是青年们的楷模！1955年全国文改会议之后，文改会要把我从上海调来，我说我对语言学是外行，调来改行不适合。愈老说："这是全新的工作，大家都是外行。"我于是服从调遣，终于改行。愈老常常在晚上来我家讨论文改问题和文化问题。我能在愈老的领导下工作，得到他的思想启发和人格感染，是莫大的幸运。

章乃器：胆识过人的银行家

接到包头市章翼军来信："叔叔、婶婶：久未问候，身体可健，念念！近悉有关单位拟出版先父章乃器专辑。我知道叔叔与先父交往多年，深知先父的为人。我们迫切祈望叔叔能赐教，写一篇纪念文章，为专辑增光。"

这是一封出乎意料的来信，引起了我60年前的回想，往事如梦的回想。我于是写了此文。

在我的朋友中间，章乃器先生是一位最为奇特的人才。他的才能出类拔萃，所以当时有许多青年人钦佩他。他的言行与众不同，所以当时有许多老一辈害怕他。他是20世纪30年代上海经济界引起议论最多的奇特人才，所以他给人的印象特别深刻。

我在认识他之前就看过他的文章。他的文章气势之盛，立意之新，在抗战前夜，许多青年人读了，拍案称奇，深受感染。我以为他可能是一位趾高气扬、难于接近的人。一见之下才知道他对人是低声说话、平易近人。

我跟他认识是在抗日战争前上海的征信所，征信所是上海银行界创办的一个商业信息服务机构。上海银行界推举七八家有代表性的银行，各出一人组成理事会，管理所务。我代表江苏银行，乃器代表浙江实业银行，理事会以乃器为主任。每周几次，理事们中午到所共餐，借共餐时间商议工作。这样，我就经常跟乃器见面。跟他共事中，看到他工作能力之强，解决问题之快，使人惊异。

一天，他邀我到他家去吃便饭，从业务谈到当时的国家大事，他跟我不仅业务见解相同，政治见解也相同，于是他和我成为说得来的朋友。他的夫人胡子婴女士，是一位能说善道而见识非凡的女性，胡子婴也成为我和内人张允和的说得来的朋友。

日本的侵略得寸进尺，越逼越紧。1935年，乃器成为主张积极抗日的救国会的中坚人物。他建议我参加救国会，加入他主持的小组。加入这个小组的还有蔡承新、彭石年、赵君迈等人。每隔一天的晚上，在中国银行上海分行聚会，互通消息，商议做什么救亡工作。这样，我从乃器的业务同行，成为乃器的政治同道。

20世纪30年代后期的政治形势，紧锣密鼓，瞬息万变。1936年11月，突然间"七君子"被捕了！乃器是七君子之一。救国会的工作变为主要是营救"七君子"。七君子被关押在苏州监狱。当时我的家在苏州，我一人在上海，每逢周末回苏州。一天，胡子婴在深夜忽然到苏州敲我家的门。张允和见到胡子婴半夜投宿，大吃一惊！两人商议第二天如何探监之后，张允和安置胡子婴在一间卧室住下。胡子婴一夜未眠，第二天她的卧室烟灰缸里堆满了烟头，满屋子尽是烟雾。

从此，胡子婴成为经常到苏州我家的客人。邹韬奋的夫人沈粹缜女士和其他几位的夫人也常来。她们带了孩子们到苏州，这不仅是为了使孩子们能看到爸爸,而且是因为孩子们探监方便,衣服里夹带文件也不检查。张允和成天忙于招待和安排探监事务。乃器的家属和其他几位的家属都成了我家的亲热朋友。

"七君子"被捕之后,许多救国会的会员也相继秘密被捕。救国会变成非法团体,只能暗中秘密联络。1936年12月12日,忽然传来西安事变消息,蒋介石被软禁了。形势紧张达到极点。当时我们最担心的是,国内战争爆发,"七君子"可能被杀害。四处营救,走投无路!想不到风云急转,比预料的还快。12月25日在蒋介石同意抗日之后,张学良陪同蒋介石飞回南京。可是,"七君子"等到1937年日本全面侵华的"七七事变"之后才得到释放。

"七七事变"之后,我和许多救国会的朋友们转移到重庆。乃器和我又在重庆见面了。上海许多工厂紧急迁移到重庆,称为迁川工厂。为了给迁川工厂服务,乃器成立了一个工业经济研究所,他自己担任所长,邀我担任副所长。后来我转任农本局的工作,跟乃器分手。抗战八年,人事多变,工作纷更。乃器一度离开重庆,到安徽跟李宗仁合作。我在农本局之后,又到新华银行。1945年日本投降之后,我被新华银行派往国外。

上海快要解放的时候,我从英国伦敦回到香港,等待机会重回上海。在香港又跟乃器相见。乃器建议我参加当时在香港由他主持的民主建国会。乃器说,这个组织的基础是救国会时期上海经济界的星五聚餐会,以及后来在重庆扩大了的工商界的星五聚餐会,我原来是这个聚餐会的参加者。他又解释说,历史经验说明,经济界需要有一个自己的政治组织。

1945年5月27日,上海解放。香港《大公报》租用一只轮船,名叫盛京轮,专门运送留港人员回上海。我附骥乘船,在6月3日回到上海。这只轮船一到上海,上海港就被水雷封锁。下了轮船,看到许多在香港的熟人。我找乃器,没有找到。

1949年10月1日,新中国成立。乃器担任粮食部的部长。他曾问我是否愿意去粮食部工作。我说我不想担任行政工作,还是回到教书兼银行的老本行。1955年,我从上海被调到北京,担任文改会的工作。从此,我跟乃器的工作属于不同的部门。

1957年掀起了"反右"运动。经济界公认的左派名人章乃器,竟被定为大右派。他如何在20多年间受了打击和折磨,我一点也不知道。一位朋友说,头角峥嵘必然头破血流,这是"反右"的规律。

1976年打倒"四人帮"之后,胡耀邦在邓小平领导下主持中央工作,盛传"右派"即将平反。小道消息说章乃器先生将是平反的第一批。大致是1976年秋天,一位朋友偷偷地告诉我,乃器住在北京东郊红庙某楼,可是不知道门牌号。当时红庙是人迹稀少的地方。我按地址去看乃器。问楼下的人,无人知道有个章乃器。高楼没有电梯,我一层一层爬上去,一层一层敲门探问,敲到第八层终于找到了乃器。

他住在高楼的最高一层,一间大房,半间小房。我敲门后,在门外等候了好久,似乎门内无人。终于,门开了。他和我相见而相互不相识,经过了木然相对的几秒钟,然后如梦方醒,彼此认出来了。

他的大房间里放着一张大床,床很大,几乎占据整个房间。

旁边余下一条空处，放一张破旧的长沙发。他把上面堆放着的衣服和被窝拿开，我们并坐谈天。房间里有一位青年，乃器说是他的小儿子，看到客人来，就轻轻地走了出去。我不问乃器近年来的生活，也不谈什么"右派"平反的消息。只谈愉快的不伤脾胃的话，说了一阵，我辞别而去。显然，这时候乃器还不知道平反的消息。

后来，在报纸上看到乃器真的平反了。更后来，又在报纸上看到乃器去世了。他比我年纪大几岁，去世是自然规律。可是一位本来可以在解放之后大有作为的人才，就这样默默地离开了需要他的中国土地！只有历史不会忘记他在国家危亡之际曾发挥过的时代作用。

1996年，时年90岁多2个月

智慧的巨星胡乔木

胡乔木同志是毛泽东时代中国共产党中央的一颗智慧巨星。他对新中国的建设作了许多重大贡献,其中之一是文字改革。他上面秉承毛泽东主席和周恩来总理的意图,下面对文字改革委员会和其他文教机构进行具体的领导,不居其名,但求其实。

解放后,中国大陆推动报刊文章的白话化,改革政府公文的文体和程式,提倡汉字横排,普及语法修辞和语言规范化的知识,举行全国文字改革会议,实行文字改革的三大任务(推广普通话、简化汉字、制订和推行汉语拼音方案)。这一系列的文字改革工作,都是在胡乔木同志的具体安排和指导下进行的。

扩大白话文运动的成果

"五四"白话文运动,对小说和散文是成功的,对各种应用文,有的只成功一半,有的没有成功。成功一半和没有成功的突出例子是报刊文章和政府公文。解放后,在这些方面,进一步扩大了白话文运动的成果。

解放前,中文报刊的文章,以《大公报》为代表,都是"半文半白"而"文多于白",被称为"新闻体"。这种文体,只适合上层知识分子阅看,不适合文化较低的广大群众阅看,即使看了可以懂,读起来是听不懂的。这是"五四"白话文运动没有彻底进行而遗留下来的"小脚放大式"的文体,跟报刊大众化的时代要求是不相容的。解放后,报刊文章,尤其是社论文章,改为容易看得懂的白话文,重视语法修辞和语言的规范化。50年代,这一改革工作成绩卓著,受到群众的欢迎。在这一工作的背后,有胡乔木同志默默的辛勤劳动。

中国的政府公文,1000年来,用的是文言,形成一种"等因奉此"的程式。这是"绍兴师爷"的拿手好戏,而人民大众看了如坠五里雾中。解放后,进行了彻底的公文改革,从文言改为白话,废除"等因奉此",使公文变成平易的散文体。这种改革,"五四"时代和30年代,都有人提倡过,可是陋习顽强,丝毫动弹不得。解放后,公文得到了解放,旧的程式像摧枯拉朽一般顷刻废除了。这是白话文运动在应用文中间的扩大。如果没有胡乔木同志的幕后积极提倡,这一改革是不可能如此顺利进行的。

1955年,举行"全国文字改革会议",接着又举行"汉语规范化学术会议","国语"改称"普通话",给"普通话"规定明确的定义。这都是在胡乔木同志具体领导下进行的。胡乔木同志提倡,文章要明白像语言、语言要流畅像文章,这叫做"语体文"和"文体语"。他认为,文字改革工作在发达的资本主义国家里,早在100年或300年前就完成了。中国到社会主义时代还在蹒跚地进行文字改革,这是资本主义"民主"的补课。

扩大汉字简化的范围

1956年公布《汉字简化方案》，简化了515个汉字和54个偏旁。实行以后，发现同一个偏旁在有的汉字里简化了、在有的汉字里没有简化，印刷在同一张书页上，字形不一致，不利于快速阅读。为了扩大简化的效果，1964年把可以类推的简化偏旁，在大致相当于《现代汉语词典》所收的汉字范围内，类推成为一个"简化字总表"（共计2235字）。这一工作也是在胡乔木同志的直接指导下进行的。经过类推，简化字总数在大约7000个现代汉字中占三分之一。关于类推简化，有人赞成，有人反对，不论是功是过，汉字简化工作从此告一个段落了。

从历史来看，汉字在3000年间是不断简化的。群众写字，随时任意创造简化字，各地创造的简化字彼此不同。使用汉字越来越频繁，简化字的创造就越来越多。这在古代是如此，在现代更是如此。胡乔木同志认为：规定一套简化字的规范，可以减少简化字的繁殖，阻止简化字向泛滥而混乱的无政府状态无休止地发展。

"文化大革命"中，胡乔木同志一早就受到强烈的无理冲击，长期禁闭，不断戴高帽游街，很晚才平反冤案、恢复自由，因此他对不受欢迎而终于废除的《第二次汉字简化方案（草案）》，无法事先加以纠正。

解决汉语拼音方案的设计难题

50年代制订《汉语拼音方案》的时候，遇到许多难题，其中最难于解决的是如何拼写"基欺希"这三个声母。发表"草案"征求意见之后,又发表"修正案"征求意见。"修正案"有两种格式:一种用"ZH,CH,SH"(知蚩诗)在 i 的前面变读为"基欺希";另一种用"G,K,H"(哥科喝)在 i 的前面变读为"基欺希"。这两种不同的"变读法"都有历史背景,难于强求统一。方案的制订工作在相持不下之中搁置了一段时间。

早在 20 世纪初期,刘继善和刘孟扬等早期的文字改革运动者就提出,采用"J,Q,X"等罕用字母表示"基欺希",使全部声母不用变读法。可是"拼音方案委员会"的委员们大都害怕罕用字母不容易得到群众的欢迎,尤其在用到国外去的时候难于得到外国人的欢迎。胡乔木同志认为,解决两种变读法的矛盾,采用罕用字母"J,Q,X"是唯一的好办法。在他的积极支持之下,终于解决了两种不同意见的矛盾,开创了声母全部不用变读法的汉语拼音新方案。现在虽然用到外国去的时候仍旧遇到外国人的反对,可是声母全部不用变读法的优点,有越来越多的人认识到了。胡乔木同志在方案制订过程中所起的作用是积极的,值得钦佩。

胡乔木同志自己知识渊博,在流行"知识无用论"的年代里,他没有随波逐流,一贯重视知识的作用。从马克思主义来肯定知识是生产力,胡乔木同志也是最早的积极提倡者。他的一生,走在新时代的前面。

水利学大师郑权伯

良师益友

郑权伯教授（1894—1994）已经去世，现在是他诞生 100 周年纪念日。我深深怀念这位我的良师益友、中国近代水利科学研究事业的奠基人。

他比我大 12 岁，他是我的大阿哥、好朋友，可是他的学问是我的老师，他的品德是我的模范，我敬重他如同敬重我的父辈。

他从德国学成归国，正是风华正茂的 30 岁。从那时起，他在水利和市政工程部门从事教学、科研和建设工作，历七十年如一日。这样的学者这样地献身，在中国、在全世界，能有多少人？这样的学者这样地献身，在中国、在全世界，不是人类社会中最高尚的模范吗？

在战争动乱的漫长年代里，他的学术无法充分发挥作用。在全国解放以后，我以为他可以大显身手了。的确，他能贡献的比过去多得多了，特别是培养了一批又一批高水平的研究生。但是一再受到学术偏见和出身偏见的干扰，他的学术仍旧没有能够充分发挥作用。他和他一辈老科学家的不受重用，是近 40 年来中国建设事业迟迟不前的原因之一。

更想不到的是,以他的一身清白,竟然在"文化大革命"中,蒙受不白之冤,身心受到严重摧残,经济受到巨大损失。这虽然只是"十年浩劫"中旷古未有的万千事例中的一例,但是不能轻轻带过,认为过去已经过去,何必再说。为了中国的未来,我们应当叫子孙牢记这可能毁灭中华的惨痛教训,决不能让它再次重演!

海上论文

50年代初期,他和我都在上海。我同几位朋友办一个经济学刊物,名叫《经济周报》。我常请他写文章,谈论中国的水利问题,以及一般经济建设问题。他的文章写得内容充实,见解科学,笔调平易,深入浅出,受到读者们的欢迎。他常说,经济建设必须科学地说、踏实地做,决不能哗众取宠。他的不朽名著《中国水利史》是当时上海许多青年经济学研究者爱不释手的读物。

他不仅是一位严肃的科学家,他还是一位轻松的艺术爱好者。他的兴趣非常广,他喜欢收藏古玩;他爱听古典歌剧"昆曲";他爱参观各种美术展览。有一次,在重庆,我同我的妻子张允和到他家去,他正在清理他收藏的古钱币。他见了我就说:"你看我,弄得满手铜臭!你这位银行家,温文尔雅,反而一点铜臭味也没有!"

他同朋友们谈天,一谈就谈到深夜。他的谈话都是轻声轻气,娓娓道来。所谈的有:使人感叹的古今逸事,使人向往的伟人伟绩,还有趣味深长的诗文,忍俊不禁的笑话。从他的谈笑之中,我体会到了如何修身养性的做人道理。每一次我同他闲谈之后回家,心中都带着新的问题、新的感想。他是我的亲密而又尊敬的良师益友。

他的思虑如江河之长,他的学识如海洋之大,"河海大学"是他的适当归宿。他的伟大抱负,将来一定会由他的学生们在前进的建设中变成现实。在他百岁纪念的时刻,我好像又一次从他的家里走回我家,一路上低头细细思量着他的一言一笑。

现代教育的开创者蔡元培

——纪念"五四"运动 70 周年

蔡元培先生（1868—1940），清光绪十五年（1890年）进士，1905年参加同盟会，1907年留学德国；1912年任中华民国临时政府教育总长，发表《对于教育方针之意见》，认为"忠君与共和政体不合，尊孔与信仰自由相违"。1916年任北京大学校长，使北大成为"五四"运动的发源地。他是跨越"大清帝国"和"中华民国"两个时代的新思想的桥梁，新教育的主帅，新文化的先驱。他对中国的贡献是多方面的，这里只谈他的"新语文"思想。

提倡国语和白话文

1919年开始的"五四"运动是中国思想史由古变今的转折点。它高举科学和民主的旗帜，清算封建的传统思想。这种新思潮酝酿于清末，这时候如怒涛澎湃，势不可当。新思潮的中心，在当时的北京大学。蔡先生担任校长，罗致有新思想和新学识的学者，把北京大学建设成"百家争鸣、百花齐放"的大花园，轰轰烈烈地掀起了一场被称为"中国文艺复兴"的思想革命运动。日本的侵略是"五四"运动的催生剂，蔡先生是"五四"运动的接生婆。

把"文明古国"改造成"文明今国",有千头万绪的工作要做。首要工作是实行现代化的教育,使愚昧无知的群氓,变成知识开明的人民,使人民自己来建设国家,而不是由官僚来包办国家。要实行现代化的教育,必须有现代化的语文作为工具。这就是"新语文"在"五四"运动中占先行地位的道理。

一国人民,如果语言彼此不通,那是一盘散沙,不是一个现代国家。没有共同的语言,无法实行全民的义务教育。国语的建立和普及是国家意识形成的第一步。国语以北京语音为标准音,这是到1924年才定下来的。在这以前,国语以什么为标准,众说纷纭。

蔡先生认为,国语不能在各种方言中选取一种,只能以接近书面语的语言作为标准。他说:"用哪一种语言作国语?有人主张北京话,但北京也有许多土话,不是大多数通行的。有主张用汉口话的(章太炎)。有主张用河南话的,说洛阳是全国的中心点。有主张用南京话的,说是现在的普通话,就是南京话;俗语有'蓝青官话'的成语,蓝青就是南京。也有主张用广东话的,说是广东话声音比较的多。""国语的标准决不能指定一种方言,还是用吴稚晖先生'近文的语'作标准,是妥当一点。"(《在国语传习所演说词》,1920年)

当时"读音统一会"采取每省一票、多数决定的办法,审定汉字的读音。这种被称为"老国音"的人为标准,在试用以后,觉得很不方便,终于改用以北京语音为标准音,被称为"新国音"。不过,发音取北京语音,而词汇不取北京土话,这就是所谓"近文的语"。

说话要说"近文的语",文章要写"近语的文",这就是"言文一致"。拉丁文是西洋的死语言。文言是中国的死语言。这都不是实用的语言。蔡先生说:"西人常称中学校中之希腊、拉丁为死语,以其不通行于今人之喉舌也。吾国之所谓国文,其与普通语之接近,尚不及拉丁语与英、法等语之密切。故吾人之学国文,本已难于西人之学死语矣。而西人之学死语也,仍以治活语之法治之,有适当之读本及文法,有适当之教授法,如解剖尸体而佐以种种之图说,尚不难于领悟。若吾人之治国文,则教者之所授,学者之所诵,模范文若干首已耳。""学者不知其所以然、而泛泛然模仿之,教者亦不知其所以然、而泛泛然评改之,直如取埃及木乃伊而相与为表面之赏鉴,又奚怪乎中学毕业而国文尚在似通非通之境也。"(《中学国文科教授之商榷序》,1918年)这里把"文言"的"死语"性质,说得形象而透彻。这种议论在当时是"晴天霹雳"。

蔡先生明白提出,提倡白话文是"文体改革"。他说:"窃维吾国今日欲图教育之普及,必自改良教科书始。欲改良教科书,必自改革今日教科书之文体,而专用寻常语言入文始。""夫教育不普及,语言不统一,实吾国今日之大患。"(《发起国语研究会请立案呈》,1919年)

他又说:"国文的问题,最重要的就是白话和文言的竞争。我想将来白话派一定占优胜的。白话是用今人的话来传达今人的意思,是直接的。文言是用古人的话来传达今人的意思,是间接的。间接的传达,写的人与读的人都要费一番翻译的工夫,这是何苦来?"

他认为,全国人民学习文言是极大的浪费。"我们偶然看见几个留学外国的人,写给本国人的信用外国文,觉得很好笑。要是写给今人看的,偏用古人的话,不觉得好笑么?""从前的人,除了国文,可算是没有别的功课。""现在应学的科学很多了,要不是把学国文的时间腾出来,怎么来得及呢?而且从前学国文的人是少数,多费一点时间,还不要紧。现在要全国的人都能读能写,哪能叫人人都费这许多时间呢?"(《国文之将来》,1919年)

他把中国跟外国相比。欧洲的文体改革比中国早300年,日本比中国早100年。"欧洲16世纪以前,写的读的都是拉丁文。后来学问的内容复杂了,文化的范围扩张了,没有许多时间来模仿古人的话。渐渐儿都用本国文了。他们的中学校,本来用希腊文、拉丁文作主要科目的。后来创设了一种中学,不用希腊文。后来又创设了一种中学,不用拉丁文了。日本维新的初年,出版的书多用汉文(汉语文言)。到近来,几乎没有不是言文一致的。"(同上)

蔡先生批驳反对白话文的意见:一种是"文言简短说"——蔡先生说:"有人说,文言比白话有一种长处,就是简短,可以省写读的时间。但是脑子里翻译的时间,可以不算么?"另一种是"白话分裂国家说"——蔡先生说:"有人说,文言是统一中国的利器,换了白话,就怕各地方用他本地的话,中国就分裂了。但是提倡白话的人,是要大家公用一种普通话,借着写的白话来统一各地方的话,并且用'读音统一会'所定的注音字母来

帮助他，哪里会分裂呢？要说是靠文言来统一中国，那些大多数不通文言的人，岂不屏斥在统一以外么？"（同上）

白话文运动，由于胡适等人提出"文学革命"的有力号召，成为"五四"运动的旋风中心。蔡元培说："为什么改革思想，一定要牵涉到文学上？这因为文学是传导思想的工具。"（《中国新文学大系总序》，1935年）

当时对白话能否写"美术文"，有争论。蔡先生的主张是："美术文大约可分为诗歌、小说、剧本三类。小说从元朝起，多用白话。剧本，元时也有用白话的。现在新流行的白话剧，更不必说了。诗歌，如《击壤集》等，古人也用白话。现在有几个人能做很好的白话诗，可以料到将来是统统可以用白话的。"（同上）但是，他主张不要废除文言的美术文，可以作随意科："旧式的五七言律诗与骈文，音调铿锵、合乎调适的原则，对仗工整、合乎均齐的原则，在美术上不能说毫无价值。""高等师范学校的国文，应当把白话文作为主要。至于文言的美术文，应当作为随意科，就不必人人都学了。"（同前）

在传声技术发达的今天，"言文一致"更是重要了。广播和电视都要求"放送语言"容易为群众听懂。文章不仅要叫人看得懂，还要叫人听得懂。文章口语化，语言规范化，是文化发达国家共同的语文原则。

提倡注音符号和拉丁化

汉字在3000年间，积累到将近6万之多，可是缺少一套字母。1918年公布"注音字母"（后改称"注音符号"），是我国文字史进入现代的开始。在注音符号尚未规定以前，蔡元培提出如下的意见：

"我个人意见，国音标记，最好是两种方法：一是完全革新的，就是用拉丁字母；一是为接近古音起见，用形声字的偏旁（声旁）。"（《汉字改革说》，1922年）他说明，用拉丁字母的理由是：（1）便于旁行（横写）；（2）便于夹入西文；（3）"国文拼音的字母与西文相同，学西文就容易得多"；（4）可以利用英法的打字机。（同上）

汉语的拉丁字母拼写法，一向流行英国人设计的"威妥玛式"。1928年南京政府大学院（教育部）公布"国语罗马字"，这是有史以来第一次正式采用西方的罗马字母作为中国的法定字母。这件事是当时担任大学院院长的蔡元培的大胆行动。

他在晚年积极支持"拉丁化新文字"运动。1936年（他已68岁），日本全面侵华的前夕，他在有630人签名的《我们对于推行新文字的意见》上领衔具名。其中说："新文字好比是飞机；坐上新文字的飞机来传布民族自救的教育的时候，就可以知道新文字不但不阻碍中国的统一，而且确有力量帮助唤起大众，挽救我们垂危的祖国。"

他对汉字的查字法也极为关心。他表扬了林语堂和王云五的查字法。他说："甚矣，检字之难也！""林君玉（语）堂有鉴于是，乃以西文之例，应用于华文之点画，而有汉字索引之创制。其明白简易，遂与西字之用字母相等；而检阅之速，亦与西文相等。苟以之应用于字典、辞书，及图书、名姓之记录,其足以节省吾人检字之时间,而增诸求学与治事者,其功效何可量耶?"(《汉字索引制序》,1917年)他又说:"完全抛弃字原的关系,纯从楷书的笔画上分析,作根本改革,始于愿学华文的西人。中国人创设这一类方法的,我所知道,自林玉(语)堂先生始。""最近见到的,就是王云五先生这种四角号码检字法,真是巧妙极了。而最难得的,是与他自己预定的原则,都能丝丝入扣。"(《四角号码检字法序》,1926年)

他主张用当时新公布的"注音字母"来音译外来词。他说:"现在先可应用在译名上。欧文的固有名词,向来用旧字译的,很繁很不划一,若照日本人用假名译西音的办法,规定用国音某字母代西文某字母,是最便当不过的了。"(《在国语传习所演说词》,1920年)日本音译外来词,完全用片假名,省去意译之烦,实现译名国际化,这就是蔡先生提倡模仿的。

蔡先生的新教育和新语文都是从实用出发的。他的创意,在不重视实用和效率的中国,有划时代的意义,到今天仍旧没有过时。

提倡"世界语"

国家需要国家共同语,世界需要国际共同语。在航空发达、地球缩小的现时代,这是迫切的需要。蔡先生引导中国从旧时代进入新时代,他不仅有国家观念,而且有世界观念,他不以提倡国家共同语为满足,时时不忘提倡国际共同语,使中国走向世界。

蔡先生说,"语言者,思想之媒介";"媒介物愈近于大同,则其媒介之价值愈大"。"人类进化,一切事业学问道德,无不与全世界有关系,因而感仍用自然语言之障碍。""适英者必先习英语,适俄者必先习俄语,欲周游世界,则至少必先习数国语,或携译人。""同一内容,而以媒介不同之故,使全世界人类,因而耗费其时间精力于无用者,不知凡几。""然则国际通用语之必要,彰彰可知。"

国际共同语从何而来呢?他认为,不能用某一国的自然语言,只能用人造语,也就是柴门霍夫所创造的"世界语"。他说:"使取今世界流行最广之语言,如英语、法语等,择其一以为国际通用语可乎?曰不可。地界未泯,人各自私。如吾辈言同一国语,然主张北京语,则南人反对之;主张南方语,则北人反对之。国际通用语亦然,用英语则必受法、德等国之反对,用法语则必受俄、英诸国之反对。故必以不偏于一国或一民族者为断。"

他的理想是,大学以"世界语"为主要语言,翻译各国重要著作。这样,可以节省学习多种不同外国语的精力。他说:"我国教育界之困难,莫过于专门学问,须用外国语教授,且不能专用一国语,如理工医可用德文,而法科须用法文,商科必用英文,因而牵动学校系统。"如果"世界语翻译之书,各国最有名的科学哲学等书,大略完备","能以世界语介绍各国现今最新之学说,则我国专门教育,将不妨以世界语为主语,而以英、法、德各国语,供参考之用"。(《在世界语学会欢迎会上演说词》,

1912年）

1921年蔡先生到檀香山，出席"太平洋各国教育会议"，向会议提出：全世界的小学生都学"世界语"。他说，国际上"为解脱误会，达到相互友善的目的，必要给他一种传达好意的工具，就是给他一种公共的语言，这是教育家的责任"。"我愿意建议，由本会劝告与会诸国，于小学校中10岁以上的学生，均教授世界语，并用世界语翻译各国书籍。"在许多其他场合，他也一再提倡"世界语"。他是以"国际教育家"的眼光在东方提倡"世界语"的先进人物。（《小学教育采用公共副语议》，1921年）

"二战"以后，国际语言生活有新的发展。虽然"世界语"不断扩大传播，可是英语已经成了事实上的"国际共同语"。联合国有六种工作语言（英、法、西、俄、中、阿），没有用"世界语"。在国际政治会议上、国际贸易上、科学技术上，"世界语"也还没有取得重要地位。实践证明，语言是可以人造的，人造语是最有规则、最容易学习的语言，但是，人造语的活动力远不如自然语言强。这种新的发展，当然是蔡先生生前所无法预料到的。但是，蔡先生主张全世界需要一种"公共的语言"，这个远大的目标已经基本上达到了。

欧洲的文艺复兴是欧洲现代化的开端。中国的"五四"运动是中国现代化的开端。"五四"运动的历史任务还要继续完成。作为"五四"运动的一个方面的"语文现代化运动"，包括切音字运动、国语运动、白话文运动、拉丁（罗马）化运动、汉字简化运动、少数民族语文运动，也要继续完成。蔡元培先生希望建设一个民主和科学的新中国的崇高理想，在中国历史上，将永放光明！

　　　　　　（原载《百科知识》1989年"五四"纪念号）

　　注：引文均见高平叔编《蔡元培语言及文学论著》，河北人民出版社，1985年印行。

卢戆章：切音字运动的开创者

现在中国大陆的所有小学里，孩子们都先学拼音字母，利用拼音字母给汉字注音，方便学认汉字，方便统一读音。语文教科书和字典一律采用拼音字母注音，几乎没有例外。这种注音识字的方法，从大城市到穷乡僻壤，已经普遍推广，不足为奇了。

可是，如果深入思考一下，这件不足为奇的事情又是十分新奇。字母起源于西亚的地中海东岸，时间跟甲骨文差不多。上下三千年，东西十万里，字母跟汉字向不往来，真所谓"风马牛不相及也"，怎么会走到一块儿来、相互依傍在一起的呢？是谁开创了这件新奇的工作？是卢戆章。

或许有人会说：是明末意大利人利玛窦，不是清末的卢戆章。

利玛窦的确最早用罗马字给汉字注音。但是，他不是为了方便中国人学习汉字，而是为了方便外国人学习中文。他完全没有改革汉字的思想。他的罗马字注音没有被当时的中国知识分子所接受。

在利玛窦的罗马字注音被淡忘了300年之后，卢戆章在清末国家危亡之秋掀起切音字运动，得到越来越多的觉醒的知识分子的响应，这才开始了中国语文的现代化运动，这才终于创造出中国的字母,用字母给汉字注音,代替反切。利玛窦的罗马字注音,是到了切音字运动走向高潮之后,才重新被人们记忆起来的。

字母的形式是次要问题。改革的本质是认识到中国需要有一套字母。字母形式在中国经过了一再变化。民国初年创造民族形式的"注音字母"。后来兼用国际形式的"国语罗马字"。最后中国大陆对内对外统一使用"拼音字母",台湾仍旧使用"注音字母",改称"注音符号"。不论字母形式如何变化,使中国人认识到必须有一套字母以补汉字之不足,首先的创议者是卢戆章。

卢戆章所以能提出这个划时代的创意,是受了历史和地缘两个条件的刺激。他创意切音新字的时候,是在鸦片战争之后,中日战争一触即发的年代。这时候,国事动荡,人心震撼,使他"思入风云变态中"。这是历史条件给了他刺激。他的家乡厦门是当时中外往来的一个重要门户、中西文化交流的前沿地区。他接触到了厦门白话字,但是不满意外国传教士的越俎代庖。他学习过英文和日文,先后到过新加坡和台湾。他有条件比较中文和外文的异同和优劣。比较是革新的催化剂。这是促进他"思入风云"的地缘条件。他是科举考试的失败者,正是由于他没有坠入故纸堆里,所以他能够提出革新的创意。

难能可贵的是他认识到了当时很少人认识到的一个真理:文字不是一成不变的,而是因时代而变化的。这个"变"的哲学是他的指导思想。今天我们纪念卢戆章、学习卢戆章,最关键的一点就是要学习他的"变"的哲学。

《切音字运动开创者卢戆章》这本书,全面介绍了卢戆章的生平事迹和著述内容,以及后人对他的研究和评论。这是研究卢戆章和中国语文问题的一个可喜成果。作者许长安教授，长期从事汉语汉字和中国语文现代化的教学和研究，创见颇多，特别对中国语文现代化的历史有深入研究。本书是他这方面的又一力作。今天中国青年阅读这本书，可以了解过去语文运动的历史，展望未来语文工作的前景，扩大语文知识，扩展语文视野，对走向信息化时代，有学术的和实用的意义。

1992年

魏建功：台湾普及"国语"的开创者

魏建功先生是我的师辈。他是我心目中最值得崇敬的学者和语文改革家。不仅我如此崇敬他，我的许多同辈也如此崇敬他，因为他是一位始终坚持"五四"精神的大学者。

1955年10月，我来北京参加全国文字改革会议，会议之后我被调来文改会工作。建功先生是文改会的委员，从此我有机会常常向他请教。

我第一次拜见他的时候，我对他说，我一早就读过他的文章和专著，我是他的一个未及门弟子；我对语言文字是外行，我的一点语言文字知识主要是从他的书里得来的，可是学得一知半解，实在惭愧。

他说："不要客气，我也读过你的文章，我们彼此学习，不分师生。"他如此谦虚，使我更加感到自己的渺小。

全国文改会议之后，文改会立即进行汉字简化工作。建功先生对传统俗字非常熟悉，因此他提出的意见特别受人尊重。他对《汉字简化方案（草案）》中的每一个简化字都细细斟酌。他的负责精神，使人肃然起敬。

他和我都是中央推广普通话委员会的委员。在推普方面我更要向他请教。关于推普,他最有发言权,因为他是"国语"运动的老前辈,又是台湾推广"国语"的创办人。谁的经验也没有他丰富。

他曾告诉我,台湾在日本统治下原来以日语为行政和教育语言,光复后不能继续使用日语,台湾变成语言的空白区,推广"国语"成为当时的首要工作。台湾人民学习"国语"非常努力,当局推行"国语"非常认真,上下同心同力是成功的保证。

当时我想,大陆人民不像台湾那样急于需要共同语,大陆地方当局也不像台湾那样重视共同语,我们面对的推普困难,不是来自地区太大,而是来自惯性太强。我把我的想法告诉建功先生,他同意我的想法。

50年代的文改工作,以制订汉语拼音方案为重点。建功先生和我都是拼音方案委员会的委员。他对拼音方案的制订工作极为重视。他不反对当时领导要我们重新研究民族形式方案,但是在决定采用拉丁字母之后,他积极支持拉丁字母。拉丁字母方案起草的时候,有两种不同的意见。一种是"基欺希"用"哥科喝"来兼差,另一种是"基欺希"用"知蚩诗"来兼差。两种意见难以调和,工作不能快速前进。我问建功先生,这怎么办?他说,他不偏向于哪一方,这件事不必着急,要深入思考,找到一种使双方都能满意的折中方案。后来,产生了"基欺希"用独立字母的折中方案,也是更好的方案。

建功先生主持《新华字典》的编辑工作,编辑原则在当时的字典中是最新颖的,一直由他亲自指导。《新华字典》在拼音方案公布之后立即采用拼音字母注音,并且在使用方法上合乎学术要求,这对方案的推行有重大影响。在多年中,《新华字典》这本印数巨大的小书,是唯一可以用来作为礼品赠送外国元首的出版物。"文化大革命"中,造反派反对《汉语拼音方案》,《新华字典》几乎被迫放弃拼音注音,在建功先生力争之下终于保持了使用拼音。

我和建功先生见面,三句不离本行,谈的总是文改。他对文改有长期经验,他的意见最为宝贵。他认为文改是建设新中国的重要工作,需要积极进行。但是,文改极难,性急不得,只有锲而不舍才能有所进展。他的意见是多么重要!

人们一早就对我说,建功先生在共产党初建时候就参加过,他是革命历史最久的语言学家。我没有问过他这件事,我从他的言行中看到一个真正的革命家的品格。

吕叔湘：语法学大师

吕叔湘先生近年来体力和精神慢慢地逐步衰退，最近在医院去世。这像是宇宙中的星星，在光和热经过长期散射之后，终于逐渐衰减而消逝了。我听到叔湘先生的噩耗之后，想起青年时候学到的一句格言："人生的价值不在寿和富，而在光和热。"

叔湘先生的哥哥，有名的画家吕凤子先生，是我父亲的朋友，又是我两位姐姐的老师，所以我认识叔湘先生之前，在幼年就先认识凤子先生。叔湘先生比我大两岁，我跟他是常州中学（当时称江苏第五中学）的同学，他比我高一班。中学时候，我发现叔湘先生能背《诗经》，大为惊奇。这个印象一直深印在我的记忆中。中学时候我就非常钦佩他的学问和为人。

1955年我从上海调来北京文改会，有机会跟叔湘先生因文改工作而时时接触。在语文观点上，我跟他完全一致，在语文学术上，他是我的益友和良师。我常常在做一件工作之前，把我的想法向他陈述，他几乎每次都表示同意，并把他的意见补充我的设想之不足。我们二人可说是鱼水无间，做到"君子之交淡如水"。

叔湘先生和朱德熙先生合写的《语法修辞讲话》在50年代的《人民日报》上连载，我每期都仔细阅读，作为我的精神食粮。当时，有好多位有名人物都说，中文没有语法，跟英文不同。这种看法，在旧一代文学家中，是很普遍的。《语法修辞讲话》的发表，使文化界的语文认识焕然一新。这不仅是语文知识的补充，也是一次文化的启蒙运动。

我一直注意学习叔湘先生写文章的文风。他的文章，清晰、简练而口语化，完全摆脱了文言的束缚，最值得我学习。在他的影响之下，我反对半文半白的新闻体，提倡口语文章化、文章口语化，主张书面语应当跟口头语合而为一，出口成章并不神秘。我认为，中小学的语文课应当就是普通话课。学好普通话就能写好白话文；好文章必须读出来能叫人听得懂，读出来听不懂的不是好文章。这些观点，我曾向叔湘先生在闲谈中陈述，都得到他微笑点头而同意。

叔湘先生有一次发表一篇短文，大意说，好多位社会著名人士，写文章谈到语文问题，其中有常识性的错误。例如，不知道"语"和"文"的分别。不知道"词"和"字"的分别，更不知道拼音应当分词连写。语言学和文字学的基础知识没有成为群众的常识，需要在文化人中间进行科普宣传。这是切中时弊的见解。今天我们每天看电视，就看到汉字使用的不规范，拼音分词连写的混乱。这不能不说是今天我国文化生活的缺点。我们纪念叔湘先生，应当像叔湘先生一样，提倡改正社会用字的不规范，改正拼音分词连写的混乱，使大众的语文知识水平提高一步。

古人评论人物常用"道德、文章"两事作为尺度。叔湘先生的文章和学识被语文学界奉为泰斗。他的道德和人格更是语文学界和一切知识分子的楷模。叔湘先生的高尚典范将永远留下美好的记忆于人间。

张志公：实用语法学家

我和张志公先生成为往来频繁的亲密朋友，因为我们长期一同住在一个大院里，这个大院叫做公主第。

1955年底，我被调来北京，在中国文字改革委员会工作。办公处和住处都在北京沙滩景山东街的公主第。这里是解放前的北京大学，清朝末年的京师大学堂。沙滩的红楼是后来添造的。"五四"运动的许多故事，就发生在这里。

地名早期叫马神庙，现在改称沙滩后街。公主第原来是一座规模宏大的驸马王府。中国文字改革委员会一个单位用不了这许多房屋，跟另一个单位人民教育出版社共同使用。当时全国大中小学的所有教科书都是人民教育出版社编辑出版的。

志公先生在人民教育出版社工作，跟我随时往来，非常方便，甚至一天往来几次。我有什么工作上的问题，就去找他，同他商量。有时有朋友来找我，在我的办公室和家里都找不到，就到志公先生的办公室和家里去找，一定能找到。

我们一同看到公主第大院的一派宫廷景象，绿树成荫，花香鸟语。春天，白色和紫色的丁香花处处盛开。大院中心有一个荷花池，每年开放复瓣荷花。池中有一个白石头的方柱子，顶上是斜放着的圆盘形日晷，旁边刻着"仰则观象于天，俯则观法于地"字样。这是京师大学堂和北京大学遗留下来的文物。

我们也一同看到公主第大院在一次一次政治运动中不断遭到难以相信的破坏，成为很像一个无人管理的低级难民收容所的样子。终于，浩劫过去，否极泰来，把红漆大门拆掉，把大门外的两个石狮子搬走，封建意味一扫而空，改成一组一组矮矮的新式办公楼和宿舍。

我每次想起志公先生，不能不同时想起公主第大院的沧桑变化，因为从我的办公室到他的办公室必须经过这一带使人回想清朝覆亡和"五四"运动的花园式庭院。现在，志公先生的宝眷还住在公主第的新造宿舍里，我已经离开公主第内清朝末年建筑的破烂不堪的住宅，迁移到名称古怪的后拐棒胡同。

20世纪50年代，振兴教育，朝气蓬勃，一方面提倡普通话、简化字、汉语拼音；一方面改革现代汉语教育，重视语法和修辞。这时候，掀起一个语法学的百家争鸣，语法学的文章如天女散花，缤纷落地，现代汉语的语法研究得到前所未有的提高。

但是，中学的语法教科书，不能众说并立，旁征博引，需要有一个简单明了、说法一致、而且容易为青年们所理解的语法体系。这是一件艰难而重大的学术综合工作。在志公先生主持之下，折中于各家学说之间，写成一个兼收并蓄、汇集众长、适合中学教学用的语法体系。他和他的同事们出色地完成了这一工作，得到社会各方面的赞赏。

志公先生学识渊博，著作很多。他治学谨严，著作切于实用。例如他跟田小琳女士合著的《现代汉语》，就是一部极好的适合大学一年级用的教科书。语文界对他的理论结合实际的学风，钦佩之至。

志公先生长期以来热心文字改革，不仅观点跟文改会的同道们共鸣，而且在许多工作中跟文改会的同道们协作进行。他最后担任中国语文现代化学会的会长，就是他众望所归的证明。他几次对我说，他被邀到国外讲学，人家希望他多讲一些语法学，可是他想尽办法多讲中国的文字改革。他的学术思想是向前看的，不是向后看的。他同意我们提出的"厚今而不薄古"的观点。这跟中国语文学界的传统思想有许多不同之处。

志公先生比我小几岁，可是他一早就拿起拐棍，留了胡子，而且胡子渐渐有些花白的影子，人家称他张老。他笑笑、点点头。我呢，年纪比他痴长几岁，可是不拿拐棍，不留胡子。每次一同开会，他总是笑着介绍说，我是他的老弟。我也就称他为老兄。许多人信以为真，引起哄堂大笑！这是我们在一起开会的趣事。

现在，我还是常常遇到问题就拿起电话跟他老兄商量。可是，在想电话号码的时候，我忽然记起了老兄已经登上了"八宝山"，而老弟还停留在"后拐棒"。真是，"夫天地者万物之逆旅，光阴者百代之过客"：我们这一辈的人属于语法学上所说的过去时态了。可是中国语文和语文研究应当永远属于未来时态。

中国日报创始人刘尊棋

纽约初见

一天晚上,在纽约,杨刚女士同一位朋友来到我家。她介绍说,"这是刘尊棋先生,大名鼎鼎的新闻记者"。刘尊棋先生来到我家,他是"宾至如归",我是"一见如故"。

这时候,"二战"结束不久,纳粹主义的威胁解除了,美苏矛盾急剧上升,中国的国内革命尖锐起来了。纽约生活表面上纸醉金迷,好像忘记了外面世界,但是知识分子都暗暗地忧心忡忡,中国知识分子如此,美国知识分子也如此。

刘尊棋先生第一次来到我家,在略事寒暄之后,杨刚女士和我就向他请教许多国际局势问题。他对当时的世界变化了如指掌,细细分析,娓娓道来,我们静静倾听,把思虑伸展到世界和中国的明天。在半个世纪之后的今天,纽约的那一晚还深印在我的记忆之中,成为一个"难忘之夜"。

香港重逢

后来,我去欧洲,跟他失去了联系。在解放前夜,我从欧洲回到香港,出乎意外地又遇到了刘尊棋先生。原来他是来到香港等待解放回国的。他在香港办一个小型的英文刊物,名叫《远东公报》。这个小型刊物真是很小,起初是打字油印的。新闻报道几乎全是刘尊棋先生一个人所写,把远东和欧美所发生的时事,用简单而明了的文笔,一针见血地说明原委,使读者不仅知道了事实,还明白了其中的是非。

正像在纽约他常来看我一样,这时候我常去看他,因为晚间我有空,而他要在晚间工作到深夜,不能离开他的小得可怜的办公桌,难于出门看朋友。这时候,我见到他,也是开口就问世界和中国的局势,几乎没有谈过生活和家常。这是我同他交往的一个特点。

但是也有例外。有一次,在默默对坐了几分钟之后,他忽然用低沉的声音告诉我:他曾经被关在监牢里,他的一条右腿跟一位有名人物的左腿用链条锁在一起。讲了这句话之后,我们又默然相对几分钟,不知说什么才好。

国内战争形势急转直下,上海解放了。由许涤新同志介绍,我乘《大公报》包租的"盛京轮"在1949年6月3日从香港回到上海。临行匆匆,没有跟任何亲友打招呼,刘尊棋先生当然不知道我的行踪。一下轮船,看到久别了的上海,我心中有无法形容的感触。我四面张望,看看刘尊棋先生有没有同船回来,没有看到他。可是意外地看到了杨刚女士,她是我下了码头看到的第一个熟人。

上海港口被水雷封锁了,"盛京轮"被困在港内。我留在上海复旦大学任教。这样又跟刘尊棋先生分开了。隔了一段时间,在报纸上看到,刘尊棋先生到了北京,担任外文局的领导之一,我心中为他高兴。可是,又隔了一段时间,听说他受到政治处分,被隔离起来了,不知道是为了什么事情。很晚我才知道,他在"文化大革命"中又被关进监牢,不知又为何事。就这样,多年不知道他的下落。

我在1956年调来北京,在中国文字改革委员会工作。在"文化大革命"之后的1978年,姜椿芳同志创办"中国大百科全书出版社",邀请刘尊棋同志共同负责筹备工作。当时,我也稍稍帮助姜椿芳同志做些事情。有一天,姜椿芳同志偕同跟我久别了的刘尊棋同志来到我家,一同去北京东南角,看看那里的几间破旧屋子是否可以暂时作为"大百科"的筹备处。这时候,我才知道刘尊棋同志得到平反还不很久。从这时候起,我把一向对他用的称呼"先生"改为解放后的通用称呼"同志"。

主持简明不列颠

"改革开放"使局势迅速变化。"大百科"跟美国"不列颠出版社"合作翻译出版《简明不列颠百科全书》,组成"中美联合编审委员会",刘尊棋同志担任中方主席,我是中方三委员之一。我高兴能够跟他一同工作。

中美关系发生极大的变化,可是许多人对美国仍旧保持着高度的警惕。人们警告说，翻译出版美国的"百科全书"，其中充满着资本主义和帝国主义的思想，任何一个条文都可能使你们这批人关进监牢里去。的确，这是一件值得做，但又是最好不做的工作。说它值得做，因为中国需要了解外面世界的事实和观点；说它最好不做，因为这是充满着意识形态危险的工作。

可是，刘尊棋同志对美国的"攻势"应付自如，处理得不卑不亢，解决了一个又一个难题。他高瞻远瞩，目光不仅看到中国，还看到世界，不仅看到今天，还看到明天，所以他能够担任别人不敢担任的工作。

创办英文《中国日报》

在负责《简明不列颠百科全书》工作的同时，他被任命为英文《中国日报》的总编辑。一天，他请我去《中国日报》看看他的编辑部。我走进他的一间小小的卧室，看见一张单人钢丝床，一张单人小书桌，一盏小酒精灯，几包方便面。他说，晚上住在这里的时候，就自己煮方便面吃。这样一位发行到全世界去的日报的总编辑，恐怕全世界找不到第二个吧。

直到写这篇悼念文章之前，我才知道，刘尊棋同志在过去40多年中，受尽人间折磨，从劳改到劳改，从监狱到监狱，最后，感谢党的伟大，冤案终于平反。长期而残酷的折磨，使他身患重病，妻离子散，但是，没有能摧毁他的意志，没有能破坏他的理想，没有能使他丧失智慧，没有能使他放弃追求。他真正当得起"百折不挠、坚苦卓绝"这八个字。在他最后的岁月中，终于遇到了一个宽松开放的时期,做成了几件有利于人民的工作。这是他的幸运,也是国家的幸运。他是一位有世界眼光的新闻记者,一位知识广博的文化人,一位足智多谋的事业家,一位不平凡的平凡人。中国的知识界将永远为失去了这样一位不平凡的平凡人而哀悼!

中国大百科全书的创始人姜椿芳

姜椿芳同志是一位"厚今"而"不薄古"的革命家。他一生为出版事业、教育事业和文化事业做了许多工作,贡献很大。他了解新事物、提倡新事物,同时又了解古文化、提倡古文化。下面谈他"厚今"而"不薄古"的两件小事。

大百科全书和拼音序列

"十年动乱"结束了,"四人帮"被打倒了。在这春回大地的时候,有一天姜椿芳同志同倪海曙先生来到我家。我问姜同志:您是否仍旧去主持编译局?他摇摇头说:不去了,想做点别的工作。倪先生说:他想创办中国大百科全书,为此我们来同你商量。我对姜同志说:中国没有一部现代的百科全书,几十年来一直有人提倡,但是只说不做。50年代一度热了起来,后来又冷了下去,这件事如果由您来登高一呼,就有实现可能。倪先生也对他说:的确,这件事由您来主办是最合适不过的了。姜椿芳同志的工作特点是:大胆创业,细心办事。经过一番筚路蓝缕的奋斗,七十五卷《中国大百科全书》的第一卷《天文学》在1980年出版了。这一年可以说是现代百科全书在中国诞生之年。

接着,姜椿芳同志到美国,跟美国"大英百科全书公司"签订合约,编译出版中文的简明版,由刘尊棋同志主持,钱伟长先生和我参加"中美联合编审委员会",徐慰曾同志负责具体编译工作。姜和刘二位都认为中文译作"大英"不妥,可以改按音译为"不列颠"。经过五年努力,动员了500位教授和专家,全书十册的《简明不列颠百科全书》在1986年出齐。这两部百科全书的出版奠定了我国现代百科全书事业的基础。

对《中国大百科全书》和《简明不列颠百科全书》中文版的条目序列方法,姜椿芳同志煞费了一番苦心。他认为,对百科全书这样的大型工具书来说,正文中条目的序列方法是一个关系到检索效率的大问题。传统办法是按照汉字的部首和笔画来排列,这在卷数不多的辞书中已经证明检索不便,在卷数很多的百科全书中将是十分不便。倪先生和我建议按照汉语拼音字母排列,采用所谓"音序法"。姜同志说,汉语拼音字母"音序法"虽有百利,也有一弊,就是中年以上的知识分子不懂拼音,而且社会上有一种惰性心理:宁取不方便的旧方法,不取方便的新方法。因此,采用"音序法"还得慎重。经过多次跟不同专业者举行座谈,征求意见,最后,姜同志得到的结论是:音序法的利点大大多于部首法。两利相权取其重,两弊相权取其轻,决定采用音序法。这是大型辞书排序法的一次革命性的创举。中国大陆每年入学的小学生有两千几百万人,他们都学拼音,音序法无疑是前进的方向。《辞海》采用部首法,可是很多使用者说,先查附录中的音序索引,速度可以提高三倍。

音序法有两种。一种是纯字母排列法,不照顾汉字。另一种是"字母、汉字、字母"排列法,把条头汉字相同条文排在一起。为了照顾习惯,姜同志决定采用后一排列法,以便逐步前进,不致脱离群众。这是姜椿芳同志"厚今"、"革新",而又保证成功的革命技术。

《中国大百科全书》的条目上都有拼音,作为序列的标志。《简明不列颠百科全书》中文版的正文条目也用音序法排列,可是排印时删去了条目上注的拼音。这样做可以节省篇幅和排字工作,可是检索稍有不便。台湾的《简明大英百科全书》中文版在正文中以英文为条目。英文的纯字母排列法对检索来说是最方便的,可是英文水平稍差的读者用英文条目是不便的,英文水平较高的读者又可能宁愿查英文版而不查中文版。在这里,中文遇到了检索现代化的问题。辞书序列方法的革新对中文来说是"信息化"的一个关键。姜椿芳同志毅然走"信息化"的"厚今"道路,在出版史上是一件有开创意义的"小事"。

纪念汤显祖逝世 370 周年

姜同志到我家,一向没有同我的老伴张允和谈过天。有一天,我告诉姜同志,她爱好昆曲。姜同志坐下来对她说:"噢,昆曲。那你认识不认识顾传玠,传字辈挂头牌的?"张允和笑了:"怎么不认识,顾传玠是我的大姐夫。您怎么认识他的?"姜同志说:"不但认识,而且很熟,我还到顾家吃过饭。那时我在上海做文艺界的地下工作。"

姜同志提倡昆曲，1986年3月15日"中国昆曲研究会"成立，姜同志以副会长主持成立大会。在研究会的一次座谈会上，张允和建议要纪念汤显祖，会后又写了一封信给姜同志，信中说："今年是汤显祖逝世370周年。汤和莎士比亚同在1616年去世，汤老比莎翁大14岁。莎翁7月去世，汤老9月去世，今年秋天开一次纪念汤老的纪念会最好。纪念莎翁有24个剧团演出70多场莎翁戏剧，还演了昆曲的莎剧。可是对东方的莎士比亚汤显祖为什么没有一点动静呢？"

过了几天，姜同志亲笔复信给张允和，表示同意。信上的字写得很大，向一边斜，显然因为他的眼睛不好，亲笔写信困难了。后来知道，姜同志把张允和的信转到文化部，又转到中央，纪念汤显祖的建议居然得到批准。

研究会的秘书长柳以真同志来到我家说，姜同志决定邀请顾传玠的夫人张元和来参加大会，请张允和代为打长途电话去邀请。10月11日张元和从美国来到北京，第二天由张允和同她去拜望姜同志。见面时候姜同志说："顾传玠不但文戏演得好，对耍翎子也很有功夫。顾传玠说过，他练耍翎子是把下颏放在一个小酒杯里，靠着酒杯边缘转，各种各样的转，翎子自然左右逢源，活跃非凡。"这些话，张元和以前也没有听顾传玠说过。怪不得顾传玠在《连环计·小宴》中演吕布有特别的翎子功，配合传神的"虎步"，显出了吕布的武将神采。姜同志对昆曲的演技细节记得那么清楚，可见他热爱传统文化之深。这是他"厚今"而"不薄古"的事例之一。

姜同志是一位难得的有学问、有道德的老革命家,他的高尚风格将永远是后世的模范。

(此文为周有光与张允和为追思姜椿芳同志而作,收入《文化灵苗播种人姜椿芳》,北京:中国文史出版社,1990年。)

新语文的创导者叶籁士

新青年、新语文

叶籁士同志逝世了！一位为革新中国语文而奋斗终生的革命志士逝世了！中国语言学界和中国教育学界同声哀悼！

叶籁士同志在 20 年代从日本回国，胸怀革新中国语文的宏愿，在上海创办一个杂志，名叫《语文》，树起"新语文"的旗帜，推动"新语文"的研究。这个杂志在当时异军突起，使人耳目一新，许多青年受到启发，投身于中国语文的革新事业。当时文艺界有"新文艺运动"，语文界有"新语文运动"。叶籁士同志是当时"新语文运动"的最杰出的倡导者。

在朝气蓬勃、斗志昂扬的 50 年代，叶籁士同志在吴玉章同志的领导下，筹组了有史以来第一个中国文字改革委员会，筹办了有史以来第一次全国文字改革会议。

1958 年周恩来总理作《当前文字改革的任务》的讲话，开辟了一个新语文的新时代，这是至今奉行的国家语文政策的庄严宣告。这个有历史意义的讲话，是在周总理的领导下、在胡乔木同志的指点下，由叶籁士同志夜以继日地主笔写成的。讲话提出的"简化汉字、推广普通话、制订和推行汉语拼音"三项任务，已经在叶籁士同志和一代新语文工作者的共同努力下，得到了前所未有的重大进展。

埋头苦干、任劳任怨

叶籁士同志的革命精神，不是以忙忙乱乱、东奔西走的热闹方式表现出来的，而是以埋头苦干、任劳任怨的默默奉献方式表现出来的。这种难能可贵的工作方式和奉献精神，使他能够在最短的期间内做出最多的成绩来。

叶籁士同志逝世后的第三天，电视台播出大学生利用放假期间到贫困地区访问小学校的镜头，观众看到"普通话、简化字、汉语拼音"三结合的语文教学新方法，已经在穷乡僻壤代替了"人之初、性本善"的传统教学方法。这说明叶籁士同志青年时代所怀抱的革新中国语文的宏愿已经基本上实现了。

叶籁士同志逝世前嘱咐不要举行任何追悼仪式。"普通话、简化字、汉语拼音"三结合的语文教学新方法从大城市推广到穷乡僻壤，这就是对叶籁士同志逝世的事实上的沉痛追悼和真诚告慰。一生积极促进中国语文现代化的叶籁士同志，可以在九泉之下永远含笑安息了。

图学新纪元的开创人曾世英

开创图学新纪元

1933年出版的《中华民国新地图》和《中国分省新地图》,翁文灏先生认为,开辟了"中国图学之新纪元"。这两部地图是"丁文江先生创其计划,曾世英先生任其工作"。丁先生和曾先生是中国图学新纪元的开创人。

20世纪30年代,中国地图落后于世界水平,多数以康熙年间的测量作为底图。《申报》为纪念创刊60周年,出资编印这两部地图,使人耳目一新,引起了一阵"中国地图热"。我和同辈青年,由此对中国地图有了新的认识。曾先生的大名深印在我们心中。

《申报》主人史量才先生说得对:"确认史地二科,凡人生基本观念之所以确立,与夫爱群爱国之心所由培成,胥于二者是赖。"这两部地图的出版,正值日寇大举侵华,"神州风云变色,辽吉黑热陷落"。人民看图思国,振臂高呼:"还我河山!"

这两部地图不仅内容新颖,而且索引完备。它有三种地名索引:四角号码索引、部首索引和罗马字索引。罗马字索引放进地图,在当时是创举。更可喜的是把"分省图检视表"印在硬封面的背后,寻找图幅,一翻就得。这个小小的创意,把效率观念引进了不知效率的古老中国。

这两部地图,我多次失去,多次重购,解放以后又在旧书店再次买来,至今珍藏在我的手边。

与大学者为友

1955年,我来北京参加全国文字改革会议,次年调来文字改革委员会工作。文字改革,不论是简化汉字还是汉语拼音字母,都跟地图有密切关系。由此我跟曾先生有了工作联系,常常见面,切磋研求。他是我心中早已敬仰的大学者,我竟然有机会同他成为时常往来商量工作的朋友,使我得到了不敢设想的荣幸。

当时,曾先生正在编辑《中华人民共和国地图集》。这本地图集,1956年1月开始设计,当年年底制版打样,1958年印出第一版。它按照1956年《汉字简化方案》用简化字编写地名,同时,按照1956年《汉语拼音方案》(草案)编写地名索引。(1958年公布的《汉语拼音方案》,对草案作了修改。)这是最早应用汉语拼音字母的出版物。

在"文化大革命"时期,联合国"地名国际标准化会议"提出中国地名罗马字拼写法需要标准化的问题。曾先生同我共同研究解决其中的技术问题,对汉语地名的罗马字拼写法,提出通名和专名两分法的原则;对非汉语地名的罗马字拼写法,提出藏语、蒙语和维吾尔语三种少数民族语言采用"名从主人"的原则。

维吾尔语当时已经有规定的罗马字拼写法，只要把新字母改为通用字母就行。蒙语当时还没有规定罗马字拼写法，只能采用正在拟议中的拼写法。藏语没有可以依据的罗马字拼写法，要规定一种暂时应用的拼写法。更难解决的是，藏族还没有各方言共同接受的民族共同语。经过再三考虑，只能按照中央人民广播电台所用的语音作为提供联合国的拼写标准。

《汉语拼音方案》终于被联合国接受作为拼写中国地名的国际标准。这是在中国还没有进入联合国的时候，中国的文化设计首先进入了联合国。

逆境中有顺境

当时知识分子被"文化大革命"搞得焦头烂额，处境十分狼狈。在这样的逆境中间，曾先生一次一次来到我的办公室，共同商量问题。此情此景，使我永远难忘。

在曾先生的积极推动下，编辑出版了《中国分省地图》的"汉语拼音版"，适应国际标准化的需要；出版了以汉语拼音字母为顺序的《中国地名录》，便于国内和国际检索应用；规定了中国省区拼写法的缩写代号，便于邮电事业使用。

中国地图和地名充分利用拼音，不仅扩大了拼音的用途，并且使中国地名容易被世界各国所了解和应用。曾先生是通过地图和测绘专业使中国文化走上世界舞台的引路人。

曾先生对中国国内少数民族名称的拼写法也非常关心。他跟我共同研究这个问题，前后经历多年，试拟过多种格式，最后在少数民族语文专家们的共同努力下，订出了一个少数民族名称拼写法的国家标准。这个标准今天已经成为国内和国外经常使用的文件。

曾先生以90多岁的高龄，经常一个人挤公共汽车，从遥远的北京西郊来到北京的东城。这使我和我的同事们吃惊，感到不安，可是他若无其事。他的精神力量有难于置信的功能。

他是一位兼有西方学术和东方道德的人。他知识宏博而自谦不知，思想精进而言谈和缓，坚持真理而不卑不亢。他在全国政治协商委员会同我常常共同提出提案，对语文和文化的现代化，尽一点促进的努力。

对我来说，我能得到像曾先生这样一位良师益友，多年往来，真是三生有幸。如果要我说出一位我所知道的人格完备的近代人，我将脱口而出：曾世英先生。

《今日花开又一年》* 序

张建安先生喜欢看我的书和文章,又喜欢看我的夫人张允和的书和文章。他在阅读之后,剪裁我们二人作品中的一些段落和篇章,巧妙地编织成这本轻松的休闲读物,题名《今日花开又一年》。这个书名,意味深长,促我反思。

休闲读物,可以随手丢开,闭目养神。可是,在不经意中看到某个章节的惊人记载,会使你跃忽而起,眼前浮起许多亲朋好友的不幸故事。

时代过去了。灾难也会随着时代过去吗?

张建安先生介绍我和张允和两人,不是因为我们有什么生活特色,而是因为我们两人的生活非常平凡,既有平凡的幸运,也有平凡的灾难,可以代表即将逝去的一代知识分子中的平凡阶层。

"今日花开又一年"。

年年花开。愿今日的花,不是昨日的重复,而是昨日的升华!

2011 年 5 月 18 日,时年 106 岁

---

* 周有光、张允和:《今日花开又一年》,张建安编,北京:中国文史出版社,2011 年。——编者注

《百岁新稿》*自序

这本书里收集我在 100 岁之前的十年间写的部分杂文,题名《百岁新稿》。85 岁那一年,我离开办公室,不再参加社会活动,回到家里,以看书、写杂文为消遣。

我生于满清光绪三十二年(1906 年),经历北洋政府时期、国民党政府时期、1949 年后的新中国时期,友人戏称我为四朝元老。这 100 年间,遇到许多大风大浪,最长的风浪是八年抗日战争和十年"文化大革命",颠沛流离 20 年。

抗日战争时期,我在重庆,一个日本炸弹在我身边爆炸,旁边的人死了,我竟没有受伤。"文化大革命"时期,我被下放到宁夏平罗"五七干校",跟着大家宣誓"永不回家",可是林彪死后大家都回家了。

我一生中最大的幸运是无意中逃过了"反右运动"。1955 年 10 月,我到北京参加全国文字改革会议,会后被留在文字改革委员会工作,放弃上海的经济学教学职业。过了几年之后我才知道,"反右运动"在上海以经济学界为重点。上海经济学研究所

---

* 周有光:《百岁新稿》,北京:生活·读书·新知三联书店,2005 年。——编者注

所长,一位著名的马克思主义经济学家,自杀了。我的最优秀的一位研究生自杀了。经济学教授不进监牢的是例外。20年后平反,一半死去了,一半衰老了。我由于改了行,不再算我过去的经济学旧账,逃过了一大劫难。"在劫不在数"!

常听老年人说:"我老了,活一天少一天了。"我的想法不同。我说:"老不老我不管,我是活一天多一天。"我从81岁开始,作为一岁,从头算起。我92岁的时候,一个小朋友送我贺年片,写着"祝贺12岁的老爷爷新春快乐!"

年轻时候,我健康不佳。生过肺结核,患过忧郁症。结婚时候,算命先生说我只能活到35岁。现在早已超过两个35岁了。算命先生算错了吗?算命先生没有算错,是医学进步改变了我的寿命。

2003年冬天到2004年春天,我重病住院。我的99岁生日是在医院里过的。医院送我一个蛋糕,还有很大一盆花。人们听说这里有一个百岁老人,就到窗子外面来偷偷地看我这个老龄品种,我变成医院里的观赏动物。佛家说,和尚活到99岁死去,叫做"圆寂",功德圆满了。我可功德圆满不了。病愈回家,再过斗室读书生活,消磨未尽的尘世余年。

老年读书,我主要读专业以外的有关文化和历史的书籍,想知道一点文化和历史的发展背景。首先想了解三个国家:中国、苏联和美国。了解自己的祖国最难,因为历代帝王歪曲历史,掩盖真相。考古不易,考今更难。苏联是新中国的原型,中国改革开放,略作修正,未脱窠臼。苏联解体以后,公开档案,俄罗斯人初步认识了过去,中国还所知极少。美国是当今唯一的超级大国，由于戴高乐主义反美，共产主义反美，伊斯兰教反美，美国的面貌变得模糊不清。了解真实的历史背景困难重重。可是旧纸堆里有时发现遗篇真本，字里行间往往使人恍然大悟。我把部分读书笔记改写成为短篇文章，自己备忘，并与同好们切磋。

先知是自封的，预言是骗人的。如果事后不知道反思，那就是真正的愚蠢了。聪明是从反思中得来的。近来有些老年人说，他们年轻时候天真盲从，年老时候开始探索真理，这叫做两头真。两头真是过去一代知识分子的宝贵经历。

我家发生过一个笑话。著名漫画家丁聪，抗日战争时期常来我家。我们一家都很喜欢他，叫他小丁。我6岁的儿子十分崇拜他。一天，我在家中闲谈，说小丁有点"左倾幼稚病"。我儿子向他告密："爸爸说你左倾幼稚病！"弄得小丁和我都很不好意思。多年以后，我的儿子到了70岁时候，对我说："其实那时爸爸的左倾幼稚病不亚于小丁。"

老来回想过去，才明白什么叫做今是而昨非。老来读书，才体会到什么叫做温故而知新。学然后知不足，老然后觉无知。这就是老来读书的快乐。

学而不思则盲，思而不学则聋。我白内障换了晶体，重放光明。我耳聋装上助听器，恢复了部分听觉。转暗为明，发聋振聩，只有科技能为老年人造福。

"朝闻道，夕死可矣"，这是最好的长生不老滋补品。

希望《百岁新稿》不是我的最后一本书。

2004年9月1日，时年99岁

终身教育、百岁自学——《见闻随笔》* 前言

新世界出版社张世林先生说:"我们准备为你出版一本书,纪念你的百岁。"百岁不值得纪念,可是张先生的诚意应当认真报答。我手头没有现成的书稿,只有一包杂乱无章的资料,叫做《见闻随笔》。我从中选择整理一部分,请张先生指教。

《见闻随笔》的内容是所见、所闻、所悟,无所不有,主要是文化演变的踪迹,中外学者的箴言,我记录下来给自己查看和思考,原来没有发表的打算;现在发表出去,喜欢浏览和思考的读者们或许也可以从中得到乐趣和启发。

书中有一个有趣的例子:"韩国不怕骂!"

池原卫,寄居韩国26年的日本人,写了一本大骂韩国的书,书名叫做《做好被人打死准备而写的对韩国和韩国人的批判》,提出大量十分辛辣的批判。想不到,这本书成了畅销书,一下子卖出几十万本。书中大骂韩国人:不懂礼貌,不知廉耻,不讲信义,不遵守交通规则,不重视子女教育,执著于伪善和名分,这样下去韩国将是一个没有明天的社会。韩国人感谢他在21世纪

---

* 周有光:《见闻随笔》,北京:新世界出版社,2006年。——编者注

即将来临的时候,给韩国人提出别人不肯说的忠告。韩国人举行了许多次骂韩国人的聚会。最后请他出席再骂。他说,韩国人已经觉悟,不必再骂了。评论家说:一个有新闻自由而不怕骂的民族才是有希望的民族。(《解放日报》)

再举一个常识条目的例子:"什么是世界观?"

"世界观"一词曾经大为流行。常听到人们谈"世界观",常看到书籍报刊中捧出"世界观"的大题目。可是,什么是"世界观",我苦于无法明白。

我查《现代汉语词典》,其中说:"世界观,也叫宇宙观,人们对世界的总的根本的看法;由于人们的社会地位不同,观察问题的角度不同,形成不同的世界观。"一人一个世界观,不成"万花筒"了吗?

再去查《辞海》,其中说:"世界观,又称宇宙观,人们对整个世界的总的根本看法;自然观、历史观、人生观、科学观等是它的具体表现;在阶级社会里,世界观具有鲜明的阶级性;各种世界观的斗争,主要是唯物主义和唯心主义、辩证法和形而上学的斗争;世界观和方法论是统一的;辩证唯物主义和历史唯物主义是无产阶级及其政党的科学世界观;系统化、理论化的世界观就是哲学。"天呀!我堕入了五里雾中!

后来不经意中,在一本借来的书中看到,一位哲学教授说(摘录):"世界观包含两种含义:(1)自然世界观,就是宇宙观,人对天体构造的理解;古代认为天体是神,神有人性,主宰人类,作威作福;现代科学证明了天体的存在和宇宙的物理学运行规律。(2)社会世界观,人对人类社会的理解;古代认为君主和贵族统治人民是永恒的制度；现代社会学证明了人类社会的发展步骤是从原始社会、奴隶社会、封建社会到民主社会，逐步前进，虽有曲折，没有例外。"

哦！如此简单！使我茅塞顿开！"世界观"原来不神秘。

《见闻随笔》中有一些关于看报和读书的经验谈。例如有一条："看报有门道"。

八十年前，我初进大学。老师教我如何看报。老师说，看完报，要问自己：今天哪一条新闻最重要？再问自己：为什么这一条新闻最重要？还要问自己：这条新闻的背景是什么？如果不知道，就去图书馆查书，首先查百科全书，得其大要。我按照老师的教诲，看报兴趣顿时提高，感觉自己进入了历史的洪流。

还有一条："读书按比例"。既要读文艺欣赏的书，更要读知识理性的书，一方面培养形象思维，一方面培养逻辑思维。偏食病不利于保护健康，偏读病不利于发展思维。

这些可能是微不足道的学习方法，对我来说，终身遵行，自觉有益。这里介绍出来，不知道读者们会不会笑我幼稚而迂拙。

"终身教育，百岁自学"，是我对自己的鞭策。

2005 年 6 月 24 日，时年 100 岁

《学思集》* 后记

上海教育出版社徐川山先生，收集我的文化文稿，编成这本集子，建议称为"沉思集"。我把"沉"字改为"学"字，定名"学思集"，取意"学而不思则罔，思而不学则殆"。"罔殆"两字难懂。我改为"学而不思则盲，思而不学则聋"。虽然亵渎圣训，也是通俗化的尝试。

我在85岁那年，离开办公室，回家读书、写杂文。所谓杂文就是我专业以外的阅读笔记和与朋友的谈话。作为一个专业工作者，我专而不博，缺少基础知识，离休后要赶快补充。我主要补充历史和文化。我有许多朋友，八九十岁的、四五十岁的、二三十岁的，经常来跟我聊天。从他们的聊天中，我吸取营养和乐趣。这里的文稿，多半是聊天的记录。

我在学习中了解到，人类文化从古到今，不断由分散趋向聚合。5500年前，欧亚大陆上兴起多个文化摇篮，后来渐渐合并成为四大地区传统文化：东亚文化、南亚文化、西亚文化和西欧文化。19世纪以来，全球化运动加速发展，地区传统文化的精

---

* 周有光：《学思集》，上海：上海教育出版社，2006年。——编者注

华部分相互融合，形成高出于地区的"共创、共有、共享"的国际现代文化。今天世界各国都生活在各自的传统文化和共同的国际现代文化的"双文化"之中。

人类文化不是一成不变的，而是不断进步和提高的。在经济方面，从农业化到工业化到信息化，从依赖自然到改进自然。在政治方面，从神权到君权到民权，从专制制度到民主制度。在思维方面，从神学思维到玄学思维到科学思维，从迷信盲从到独立思考。这是人类文化发展的一般规律。各国有各自的特色，特色不否定规律。历史有曲折，规律永远向前。任何国家都不可能长期偏离规律，迟早要向共同规律归队。这就是"与时俱进"运动。了解过去，开创未来，历史进退，匹夫有责。

我对文化是初学，我的文稿是学习笔记，一定错误百出，敬请读者批评指正。

我糊里糊涂活到100岁。许多人问我长寿之道，我说不出来。我想，我老来读书、写杂文，实行终身自我教育，这或许就是我的长寿之道吧。

2005年12月18日，时年100岁

《朝闻道集》* 后记

我八十五岁离开办公室,回到家中一间小书室中,看报、看书、写杂文,消遣岁月。我是专业工作者,一向生活在专业的井底,忽然离开井底,发现井外还有一个无边无际的知识海洋,我在其中是文盲,我要赶快自我扫盲。

感谢亲友们的帮助,使我不断看到多方面的读物,弥补我的鄙陋。

我写下笔记草稿,先请好友评点。在好友的帮助下,修改成杂文一百多篇,记录我生命中最晚一段时间的阅读和反思。

我衷心感谢张森根先生,他建议在我的杂文中选择一部分到"中选网"上去发表,并在发表的文章中选择一部分编成这部书稿,另行出版。我衷心感谢"中选网"的各位女士和先生,他们付出辛勤劳动,帮助张森根先生实现他的建议,使我能得到更多读者的宝贵批评。

我衷心感谢宋宝罗先生为本书封面题字并为我题写贺词!

我真幸福,在人生晚年,得到了这种人间最可贵的合作和

---

* 周有光:《朝闻道集》,北京:世界图书出版公司,2011年。——编者注

友情！

孔子曰："朝闻道，夕死可矣！"

2009 年 7 月 13 日，时年 104 岁半

《拾贝集》* 前言

我85岁那年,离开办公室,回到家中,至今二十年。老伴去世,独居斗室。

独居并不孤独。阅读古今中外书刊,随时笔记一闻一得,活跃了我的独居。

斗室并不清冷。电视和电脑使我知道国内外的时事变化,亲友和记者来访,畅谈古今人事成败,热闹了我的斗室。

我的笔记日积月累,成了累赘。

一位小辈亲戚时来翻看,觉得十分有趣。

她说:不仅有趣,而且有益,可以开拓视野,启发思考。我来帮你,从中选编一部分,公开发表,使更多人共享你的"秘笈"。知识性,趣味性,会引来喜欢"探秘"的读者。

我说:这是写给自己查看的,一得之愚,一孔之见,随意下笔,不假思索;为了节省笔墨,多半写成超短篇,过于简略,不成章法。

她说:从大量书刊中选出有价值的篇章,把篇章的精华凝结

---

* 周有光:《拾贝集》,北京:世界图书出版公司,2011年。——编者注

成超短篇,你做了读物加工,便于领略要旨,符合所谓"清流拾贝、浊浪淘沙"。你下笔轻松,读者也就浏览轻松。读者喜欢这样的轻松读物,在消遣中增益见闻。我说:何必给出版社增添垃圾?

她说:变垃圾为财富,这就是现代人的智慧。

这些亲友闲谈,后来居然促成了这本休闲读物。题名《拾贝集》:第一集"清流拾贝",第二集"浊浪淘沙",第三集"以史为鉴"。

我年老力衰,所读所思,定多不合时宜,敬请读者指正!

2009 年 8 月 13 日

《静思录》* 前言

有几位青年朋友常来我家,谈天说地,陶然共乐。他们的年龄都比我小七十岁以上,可是我们之间毫无"代沟"的隔阂。我乐意倾听他们的时代新声,他们乐意倾听我的倚老卖老。他们和我可说是难得的忘年之交。

他们喜欢看我的文章。每次相见,我选择一些旧文和新稿,复印送给他们。日积月累,成为这本文集。我说,这些文章既谈不上文学,又谈不上学术。文学重视修辞,这里全是信笔写来,不假思索,未经琢磨加工。学术要求知识系统化,这里全是分散的篇章,随意杂凑,不成体系。这是一堆散乱的随笔,青年朋友们用作休闲读物,兴来拿起翻看,兴尽随手放下,倒也悠然自得。

如果说这里也有一丁点儿的可供借鉴的价值,那就是我下笔的时候,一定要进行一番独立思考,避免人云亦云,力戒以讹传讹。

我很高兴,我的青年朋友们,在阅读我的文章时候,不是先

---

* 周有光:《静思录》,北京:人民文学出版社,2012年。——编者注

肯定文章的内容，而是先怀疑文章的内容，都是经过独立思考，然后接受，不认为老年人阅历多，认识水平必然超过青年人。

独立思考是轻而易举的脑力活动，人类的一项先天本能。对于长期接受引导训练的青年们，如果一时失去独立思考能力，也只要正襟危坐，闭目静思，就能渐渐恢复正常的独立思考本能。因此，这本文集定名为《静思录》。

2011年3月19日，时年106岁

诗歌之页

（11首）

一、汪精卫狱中诗

汪精卫早年《被逮口占》：

衔石成痴绝，沧波万里愁；孤飞终不倦，羞逐海鸥浮。
姹紫嫣红色，从知渲染难；他日好花发，认取血痕斑。
慷慨歌燕市，从容作楚囚；引刀成一快，不负少年头。
留得心魂在，残躯付劫灰；青磷光不死，夜夜照燕台。

日本偷袭珍珠港，汪精卫估计日本必胜，欣然当汉奸，"从容作楚囚"。

二、新编好了歌

"四人帮"《好了歌》（红楼梦旧曲新编；未具名）：

受审公堂,当年趾气扬;

今日惶惶,曾醉歌舞场;

横行十载露锋芒,栅栏今却在铁窗上。

说什么人正红,屁正香,为何炎日又降霜?

昨日四人聚谋藏密室,今朝万民声讨遍城乡。

纲满箱,帽满箱,到处扣人人遭殃;

整人嫌人命太长,哪知自己归来丧。

巧伪装,原是叛徒装贤良。

厌膏粱,听不见怨言在城街巷。

因嫌纱帽小,致使铁枷扛;

能饶三寸舌,却断九回肠。

乱哄哄你吹我捧闹登场,反诬他人野心狼。

甚荒唐,撕下来只有一层马列外衣裳。

三、启蒙年代的歌声

长亭外,古道边,芳草碧连天。

晚风拂柳笛声残,夕阳山外山。

天之涯,地之角,知交半零落。

一觚浊酒尽余欢,今宵别梦寒。

这是一首学堂乐歌。今天老一辈中还有人听过这首歌曲。它是那么意境悠远,使人深深怀念那失去了的田园生活时代。

(注:2006年,中央电视台《见证·影像志》"推出启蒙年代的歌声"系列,从100年前的学堂歌声一一数起,看中国社会的兴衰变化。)

四、苦恋

白桦的《苦恋》剧本,拍成电影改名《太阳和人》,叙述知识分子在"文革"中受难的故事。演出当时,引起一阵国际风暴。受到中国当局的批评,禁止宣传,今天已经无人知道了。剧中警句,深深植入当时听众的心田:

既然是同志、战友、同胞,
何必给我设下圈套?
既然打算让我戴上镣铐,
又何必面带微笑?
既然你准备从我背后插刀,
又何必把我拥抱?
你们在我嘴上贴满封条,

我在自己的脑袋上挂满问号。

五、丁力劳改诗

《写思想汇报》：

读书要红的，干活要重的；

思想要活的，情况要动的；

两天写一次，按时要送的；

汇报实难写，写得心痛的！

（1968年12月，于黑窝）

《筛沙日查会》：

白天筛沙子，比赛很累哩！每晚收工时，还要开会哩！检查一天活，有啥不对哩！发言要积极，不然挨啐哩！抓我一句话，批我"犯罪"哩！

（1969年12月25日，于向阳湖）

《斗私会》：

宝书天天读，思想夜夜查。

私字一闪念，给它几钉耙！

私字是什么？与公相混杂。

把公当私斗，岂非大笑话！

（1969年10月18日，于牛棚）

六、田汉苦难诗

《名优之死》书后：

曾为梨园写不平，管弦繁处鬼人争；

高车又报来杨大，醇酒真堪哭振声。

敌我未分妍亦丑，薰莸严辨死犹生。

只缘风雨鸡鸣苦，终得东方灿烂明。

（1961年4月）

《入狱》：

> 平生一掬忧时泪，此日从容作楚囚。
> 安用螺纹留十指，早将鸿爪付千秋。
> 娇儿且喜通书字，剧盗何妨共枕头。
> 极目风云天际恶，手扶铁槛不胜愁。

（1935年，上海）

七、王术皖南行

> 凉透一窗风，车迎五岭松。
> 山奔诗入眼，云变画藏胸。
> 四害遗疮结，百行待竣工。
> 神州经泪洗，旭日更鲜红。

（1980年，"文革"之后）

八、陈独秀诗

陈独秀《国民党四字经》（《上海工人》1927年12月26日

第 43 期）：

> 党外无党，帝王思想；党内无派，千奇百怪。
> 以党治国，放屁胡说；党化教育，专制余毒。
> 三民主义，胡说道地；五权宪法，夹七夹八。
> 建国大纲，官样文章；清党反共，革命送终。
> 军政时期，军阀得意；训政时期，官僚运气。
> 宪政时期，遥遥无期。忠实党员，只要洋钱。
> 恭读遗嘱，阿弥陀佛。

（摘录：强剑忠：《历史大趋势》，第 149 页）

九、手机谣

手机时代，人手一机。拇指微动，短信远飞。
我打拼音，你看汉字。国外亲友，见面道喜。
异地谈心，窃窃私语。两耳顺风，两眼千里。
神仙叹服，上帝称奇！

（2008 年 9 月 15 日）

十、北海小游

清风微浪戏扁舟,偶得闲情半日游。

影入波中神奕奕,思飞云外意悠悠。

明清宫阙人何在,蒙满貔狖事已休。

花发名园今胜昔,牡丹开处几回头。

（1959年春日,于北海）

十一、干校归来

地动天摇宇宙哗,烽烟朔漠扫琼崖。

抛书投笔开荒去,煮鹤焚琴弃旧家。

列车出塞漫天雪,皓首还京遍地花。

踏破贺兰林贼灭,重清斗室教涂鸦。

（1972年4月,宁夏还京）

大雁粪雨

1969年冬天,我随我的单位"中国文字改革委员会"全体人员去到宁夏平罗西大滩"五七干校",劳动改造。这里原来有二十来个劳动改造站。国务院有十几个直属单位连同家属,共约一万多人,占用其中两个站("一站"和"二站"),我们单位分配在"二站"。我在那里劳动两年四个月,这对我的健康有好处,我的百治不愈的失眠症自然痊愈了。

在那里两年四个月中,最有趣的记忆是遇到"大雁集体下大便"。

林彪死了,"五七干校"领导下令,明天早上5点集合,听报告。早上我一看天气晴朗,开会到中午,一定很热。我就戴了一顶很大的宽边草帽,防备中午的太阳。

快到10点钟时候,天上飞来一群大雁,不是几千,而是几万,黑压压如同一片乌云。飞到我们的头上时候,只听到一位大雁领导同志一声怪叫,大家集体大便,有如骤雨,倾盆而下,准确地落在集会的"五七战士"头上。

我有大草帽顶着,身上沾到大便不多。我的同志们个个如粪窖里爬出来的落汤鸡,满头满身都是大雁的粪便,狼狈不堪。当地老乡说,他们知道大雁是集体大便的,可是如此准确地落到人群头上要一万年才遇到一次。我们运气太好了,这是幸福的及时雨。我们原来个个宣誓,永远不再回老家。林彪死了,不久我们全体都奉命回老家了。

新世纪的祝愿

从 20 世纪到 21 世纪,就是从第二千年纪到第三千年纪,这是公历纪年的段落分界,同时也是人类历史的转折关键。在这个关键时刻,人类应当深刻地批判过去,理智地计划未来。我有三个祝愿。

第一,祝愿 21 世纪是和平的世纪。20 世纪战乱频仍:两次世界大战,长期的"冷战"和代理战争,还有此落彼起的地区战争。战争大都发动于跋扈的专制政权。防止战争要靠人民民主。如何发挥人民的力量,以和谈代替战争,是 21 世纪必须解决的问题。军事大国不如经济大国,枪杆子不是万能,这个历史教训有益于世界和平。

第二,祝愿 21 世纪是进步的世纪。从工业化到信息化是生产力的飞跃。生产关系必须适合生产力的性质,以保障持续的发展。自然科学是生产力的科学,社会科学是生产关系的科学,在重视自然科学的同时,必须重视和发展社会科学。不偏执于姓社姓资,不拘泥于西化东化,择善而从就能胜券在握。

第三,祝愿 21 世纪是幸福的世纪。教育是幸福的源泉。缺少教育就道德沦亡、贪污横行,邪教滋生、巫医杀人。缺少教育就生育失控、就业无门，环境污染、资源破坏。改革开放必须革新教育，培养独立思考和创新能力。在全球化的时代，没有世外桃源，开放应当开门见山。没有小道捷径，改革必须痛下决心。100年来，我国屡次失去历史时机，言之痛心。这次，一定要高瞻远瞩，不再放走这个千载难逢的历史时机。

          1999年11月1日，时年94岁

        （原载《群言》2000年第1期"千禧寄言"）

语文与文明

字母跟着宗教走

字母跟着宗教走

"字母跟着宗教走"是字母学的一条规律。这条规律基本上符合历史事实，但是也有例外。字母跟着宗教走，实际是文字跟着文化走。文化永远从高处流向低处，后进民族采用先进民族的字母，是自然趋势。

人们往往以为拉丁字母是基督教的神圣文字，其实基督教没有神圣文字。《圣经》从古到今用多种文字书写。《旧约》原来用希伯来文书写，其中少数片段用阿拉马文书写。希伯来文本失传了。公元前3世纪中叶从阿拉马文译成希腊文。《新约》最初用希腊文书写。公元405年从希腊文译成拉丁文。后来译成各种近代文字，20世纪后期有《圣经》译本250种，分章的《福音书》有1300种。比较：伊斯兰教的《古兰经》以阿拉伯文为神圣文字，"更改一个字母就要天崩地裂"。

公元1—2世纪，基督教传入罗马帝国，起初遭到排斥和镇压，313年得到认可传播，380年定为帝国的国教。拉丁文只有部分贵族学习，广大群众都是文盲。基督教起初用口语对文盲传教，后来用拉丁（罗马）字母拼写各地民族语言，翻译《圣经》，于是欧洲各民族有了最初的文字。从罗马帝国统一用拉丁文，到各国分别创制民族文字，是西欧走出黑暗时代的文化升华。

欧洲近代各国文字都起源于《圣经》的注释，或者《圣经》的片段翻译。遗留至今的最早手迹年代，法文为842年，意大利文为960年，西班牙文为10—11世纪，其他文字更晚。爱尔兰接受基督教比较早，引进的字母变成爱尔兰变体罗马字。英文经过三次字母改革，起初用原始的鲁纳字母，后来用爱尔兰变体罗马字，最后用近代罗马字。《圣经》在1382年初次译成英文，1611年重译成为英王钦定本，1961—1970年间改译成现代英文。

395年，罗马帝国分裂成东西两半，西罗马信奉天主教（以及后来的新教），用拉丁字母；东罗马信奉希腊正教，又称东正教，用西立尔字母，又称斯拉夫字母。"字母跟着宗教走"，这时候明显起来了。在欧洲中东部从北而南，形成一条字母分界线，线西用拉丁字母，线东用斯拉夫字母。斯拉夫民族一半信奉天主教，用拉丁字母，如波兰、捷克、斯洛伐克；一半信奉东正教，用斯拉夫字母，如保加利亚、俄罗斯、乌克兰、白俄罗斯。前南斯拉夫分裂后，塞尔维亚、波斯尼亚和黑塞哥维那信奉东正教，用斯拉夫字母；克罗地亚和斯洛文尼亚信奉天主教，用拉丁字母。

拉丁字母跟随西欧帝国主义传遍美洲、大洋洲、漠南非洲，以及部分亚洲。拉丁字母的传播，不仅依靠强大的军事力量，还依靠强大的文化力量。伊斯兰教奥斯曼帝国瓦解后，土耳其在1924年主动放弃阿拉伯字母，改用拉丁字母，这是对神圣的阿拉伯字母的反抗，也是伊斯兰教国家"西化"的开端。"二战"之后，有更多的伊斯兰教国家采用拉丁字母，例如非洲的索马里，东南亚的印尼和马来西亚。没有天崩地裂，只是时代前进了。

印度字母不来中国

印度教和佛教传到南亚和东南亚，印度字母都跟着一同传去。今天留下作为国家文字的有尼泊尔、斯里兰卡、孟加拉、缅甸、泰国、柬埔寨、老挝，在中国作为少数民族文字的有藏文和傣文。可是，印度佛教大规模传来中国，印度字母没有跟着来到中国的汉族地区。"字母跟着宗教走"出现了最大的例外。什么道理呢？这有两个原因。

1. 印度是多民族、多语言、多文字国家，向来言语异声、文字异形，没有"书同文"的传统。佛教普度众生，反对专用一种特权阶级的文言梵文，主张兼用各地人民的语言和文字。印度独立后，规定印地语为全国共同语，同时规定11种"邦用语言"。

2. 中国有高度的文化和悠久的文字，挡住了印度字母的渗入。可是，挡住了印度字母，没有挡住印度宗教。为什么呢？中国文化是现世文化，缺乏来生文化。"学而优则仕"是贵族教育，忽视大众。佛教是来生文化，而且是大众文化。佛教钻了中国文化这个大空子。佛教对于中国，很像基督教对于罗马帝国。罗马文化侧重现世、忽视来生，侧重贵族、忽视大众，基督教填补了罗马文化的空缺。

中国传统文化有薄弱环节，欢迎印度文化的补充。例如建筑术，中国有高台，没有高楼。亭台楼阁，没有超过三层的。阿房宫有高楼吗？《阿房宫赋》描写它的广大和奢靡，没有说它高耸。齐云、落星，最高有几层？佛教有七级浮屠，说明七级，表示高耸，使人望而生羡，肃然起敬。宝塔是许多名胜古迹的最高点。印度的建筑术弥补了中国的不足。

另一薄弱环节是语音学。中国重文字而轻语言，书同文而语不同音。语言不通，只能笔谈，这是缺点，反而认为是汉字神奇。字无定音，汉字有超方言性，这是缺点，反而认为是优点。汉字积累到6万以上而没有一套实用的字母。反切法用两个字注一个字的音，繁难笨拙，一直用到清末。日本的五十音图传说是空海和尚所制订，根源于佛教文化。中国到民国初年才提倡读音统一，公布注音字母（1918年），实际是学习日本的假名。印度字母没有来到中国，但是印度的声明学（语音学）抚育了中国的音韵学。

佛教还传来印度的因明学（逻辑）、数学、雕塑技术、说唱文学（变文）等等，丰富了中国文化。

少数民族在中国多次建立地区政权和全国政权，他们原来文化落后，贵族中间也很少识字的人，所以特别欢迎佛教。佛教在中国的传播，少数民族起了重要作用。佛教传播完全不依靠武力后盾。

印度佛教传来中国，为什么中国儒学没有传去印度？这是文化的流动规律在起作用。文化像水，水性就下。中国文化不如印度，所以中印文化来而不往。从印度角度来看，中国接受印度佛教，中国就属于印度文化圈。这一重要历史事实，过去避而不谈。其实,"他山之石、可以攻玉",取长补短,这有什么不光彩的呢？中国历史上曾向佛教文化一边倒,全盘西（天）化,居然青出于蓝,这正表现了华夏精神的包容和博大。

拉丁字母姗姗来迟

1553年葡萄牙人首次来到澳门。1583年耶稣会士利玛窦来到中国。这两件事不是偶然的和孤立的,而是西欧发现新大陆之后掀起西葡帝国主义扩张运动的构成部分。今天,大家怀念丝绸之路,那是从东向西,输出中国的丝绸和瓷器,为西亚和欧洲的贵族服务。另有一条人们不大注意的字母之路,从西向东,把字母运来中国、日本、越南和其他东方国家,为文盲大众服务。利玛窦和其他耶稣会士是字母之路的早期开辟者。

1492年哥伦布首次航海探险,结果发现美洲。1405年郑和首次下西洋,比哥伦布早87年。两人的航海有本质的区别。郑和是伊斯兰教徒,他走的是阿拉伯人已经知道的航线。大明皇帝满足于中国的大统一,没有到海外去开辟疆土的野心。如果不是葡萄牙从西班牙分裂出来,葡、西两国各自为政,哥伦布在葡萄牙碰壁之后也就不可能得到西班牙的支持。哥伦布开辟了前人没有走过的航线,他胸中怀着大地是球形的全新概念,虽然错把美洲当作印度,可是从此开辟了人类历史的新篇章。

字母之路把字母运输到东方,前后有两个高潮。第一个高潮发生在明代后期万历年间（16世纪80年代和以后）。这时候来华的耶稣会士对中国文化十分尊重。利玛窦说,西方的文字远不如中国。他们都先到澳门学习"四书""五经",然后谨慎地进入中国,结交士大夫阶级,走上层路线,大都得到很高的职位。

耶稣会士使用拉丁字母给汉字注音,并且编写汉字注音字典,为的是自己学习汉语文言,没有建议中国人也应用拉丁字母。利玛窦的罗马字注音文章《西字奇迹》(1605),不见于重要著作,只见于做墨生意的商人的笔记《程氏墨苑》中。当时中国学者注意到这件事的人,恐怕比凤毛麟角还少。可是这一新事物影响了敏感的中国学者。例如杨选杞看了金尼阁的《西儒耳目资》(1626)之后说:"予阅未终卷,顿悟切字有一定之理,因可为一定之法。"

第二个高潮发生在鸦片战争(1840)之后,跟前一高潮相距250年。这250年中,西方的科学和技术突飞猛进,使东方(西亚、南亚和东亚)相形见绌。这时候,大清帝国的纸老虎面目被拆穿。英、法帝国主义十分狂妄,把中国看作一个地理名词,发现文明古国原来是文盲古国。来华的传教士大都属于新教。他们的态度跟明末的耶稣会士完全相反。他们走下层路线,向不懂官话、不识文字的贫苦群众传教。他们把"五口通商"(上海、宁波、福州、厦门、广州)的地点当作各自独立的地区,为各个地区分别制订不同的方言罗马字,并翻译《圣经》。他们说:这是使《圣经》"达到文盲心中去的最直接的道路";"我们并不把它看成一种书面语的可怜的代替品,我们要把它看作一种使西方的科学和经验能够对一个民族的发展有帮助的最好的贡献";"繁难的方块字是20世纪最有趣的时代错误"。

实际上,是他们自己犯了时代错误。中国的下层群众的确是一盘散沙，缺少文化，但是中国的上层集团有很高的文化，而且有统一的政权。中国群众也要求语文共同化，书同文是中国的古老传统，即使是基督教徒，也并不满足于互不相通的方言和方言文字。后来拉丁化新文字运动的经验证明，群众要求学习国语（北方话）的新文字，不喜欢学习方言的新文字。民国初年公布全国通用的国语的注音字母之后，各地的方言教会罗马字都偃旗息鼓了。教会罗马字在中国、日本和朝鲜都失败了，只在越南依靠强权勉强成功。

注音字母采取汉字的民族形式，根源来自经过日本的印度文化，不是西欧文化。这时候从西而东的字母之路还没有开通。但是，辛亥革命之后，闭关自守已经不可能了。中国人走出中国，印一张名片也成问题。在美国留学生的提倡下，中国勉强地公布了国语罗马字（1928），只对外应用，不在小学教学。这个中国化的罗马字设计，实际上是字母之路的延伸。

土耳其采用拉丁字母成功之后，苏联的少数民族纷纷效尤，掀起一个拉丁化运动。主要有阿塞拜疆、哈萨克、乌兹别克、土库曼、吉尔吉斯等信奉伊斯兰教的加盟共和国。列宁说："拉丁化是东方的伟大革命。"这句话后来在《列宁全集》中被删除了。列宁死后，斯大林废除拉丁化，改为斯拉夫化，在极短的时间中把所有的拉丁化新文字都改成斯拉夫字母。斯大林时期，苏联创造马克思主义科学，抵抗资本主义科学。例如创造了米丘林生物学和马尔语言学，后者在斯大林生前就被否定，前者在斯大林死后被赫鲁晓夫否定。斯大林把世界市场分为以物易物的社会主义市场和货币交易的资本主义市场。苏联希望俄语代替英语成为国际共同语,长期以来反对规定俄文字母转写为拉丁字母的国际标准。这些都跟全球化的趋势背道而驰。

瞿秋白在苏联拉丁化运动时期制订一套拉丁化中国字,经过龙果夫等修改,在留苏华侨中试用。1933年传来上海,开始了中国的拉丁化新文字运动。这个运动的特点是,它走群众路线,向当时抗日战争中的难民宣传,使文字改革运动从知识分子扩大到人民大众。起初中国不知道苏联的拉丁化已经改为斯拉夫化,后来知道了也没有向苏联一边倒,而是继续坚持拉丁化。拉丁化新文字运动在制订《汉语拼音方案》的时候结束了。《汉语拼音方案》采取了国语罗马字和拉丁化新文字的长处。

1958年公布《汉语拼音方案》之后,中国大陆对内和对外统一用拼音。1982年国际标准化组织认定拼音为拼写汉语的国际标准(ISO 7098)。21世纪的前夜,台湾省采用了拼音,美国的国会图书馆采用了拼音,拼音已经被全世界所接受。必须说明的是,拼音是一种表音符号,不是正式文字。"拼音不是拼音文字",这是中国大陆和台湾的共同政策。

近一百年来,汉语字母的发展经历了四个步骤:(1)从外国方案到中国方案(威妥玛式到注音字母);(2)从民族形式到国际形式(注音字母到国语罗马字);(3)从内外不同到内外一致(对内用注音字母、对外用国语罗马字,到内外同样用拼音);(4)从国家标准到国际标准(1958年中国公布拼音,1982年成为国际标准)。

创造于西亚的字母和创造于中国的汉字,东西相距十万里,上下相隔三千年,真所谓"风马牛不相及也",如今竟然彼此假依，相互扶持。不可思议吗？从历史来看这是文化全球化的必然结果。字母之路终于一线相通了。在电脑的国际互联网时代，这几个微不足道的拼音字母，可能发挥帮助中国文化走向全世界的作用。

2000年6月28日

（原载《群言》2001年第7期）

人类文字的鸟瞰

语言使人类别于禽兽,文字使文明别于野蛮,教育使先进别于落后。

语言可能开始于300万年前的早期"直立人",成熟于30万年前的早期"智人"。文字萌芽于一万年前"农业化"(畜牧和耕种)开始之后,世界许多地方遗留下来新石器时期的刻符和岩画。文字成熟于5500年前农业和手工业的初步上升时期——最早的文化摇篮(两河流域和埃及),这时候有了能够按照语词次序书写语言的文字。

语言是最基本的信息载体。文字不仅使听觉信号变为视觉信号,它还是语言的延长和扩展,使语言打破空间和时间的限制,传到远处,留给未来。有了文字,人类才有书面的历史记录,称为"有史"时期,在此之前称为"史前"时期。从"农业化"发展到"工业化",文字教育从少数人的权利变为全体人民的义务。

今天,世界上已经没有无文字的国家,但是还有以万万计的人民不认识文字,或者略识之无,不能阅读和书写。

研究人类文字,侧重文字的资料就是人类文字史,侧重文字的规律就是人类文字学,二者相互依存,不可偏废。

世界的文字分布

不同的文化传统，创造不同的文字形式。在今天的世界上，有的国家用汉字，有的国家用字母。用汉字的国家有中国、日本和韩国，还有新加坡以汉字作为华族的民族文字。字母有多国通用的，有一国独用的。多国通用的字母有拉丁（罗马）字母、阿拉伯字母和斯拉夫字母。

拉丁字母分布最广，占据大半个地球，包括欧洲的大部分，美洲、澳洲和大洋洲的全部，非洲的大部分，亚洲的小部分。西亚的土耳其，东南亚的新加坡、马来西亚、印度尼西亚、菲律宾、文莱、越南，都用拉丁字母。

欧洲有一条字母分界线，沿着俄罗斯、白俄罗斯和乌克兰的西面边界，到今天塞尔维亚的西面边界。分界线之西，信奉天主教，用拉丁字母。分界线之东，信奉东正教，用斯拉夫字母。

非洲也有一条字母分界线，在北非阿拉伯国家的南面边境。分界线以南的大半个非洲用拉丁字母。分界线以北的阿拉伯国家用阿拉伯字母。

阿拉伯字母的分布区域仅次于拉丁字母。它是北非和西亚（中东）二十来个阿拉伯国家，以及西亚、中亚和南亚信奉伊斯兰教的国家和地区的文字，包括中国的新疆。

第三种多国通用字母是斯拉夫字母。除俄罗斯、白俄罗斯、乌克兰之外，它是保加利亚、塞尔维亚等国的文字。蒙古共和国也用斯拉夫字母。

印度字母系统包含多种字母，同出一源而形体各异，不能彼此通用。这些字母应用于印度（全国性文字和 15 种邦用文字），以及斯里兰卡、孟加拉、尼泊尔、不丹、缅甸、泰国、柬埔寨等国。中国的西藏文字也属于印度字母系统。

一国独用字母有：希腊字母、希伯来字母（以色列）、阿姆哈拉字母（埃塞俄比亚）、谚文字母（朝鲜全用，韩国夹用）、假名字母（日本，跟汉字混合使用）。民族独用字母有中国内蒙古的蒙文、四川规范彝文等。

世界文字的分布现状，是不同文字系统在历史上的传播和变化所形成。汉字传播到越南、朝鲜和日本，后来越南改用拉丁字母。印度系统字母传播到中亚、南亚和东南亚，后来在许多地区被阿拉伯字母所代替。阿拉伯字母从中东传播到北非、中非、南亚、中亚、东南亚，后来在大部分地区被拉丁字母所代替。斯拉夫字母从俄罗斯扩大到中亚许多民族，代替了阿拉伯字母。拉丁字母占领了原来没有文字的美洲、澳洲和大洋洲，又代替许多阿拉伯字母和印度字母系统的地区，以及原来使用汉字的越南。文字的分布区域，因文化的消长而不断伸缩。

人类文字的历史

人类文字的历史可以分为三个时期：1. 原始文字时期；2. 古典文字时期；3. 字母文字时期。

原始文字

文字起源于图画。原始图画向两方面发展,一方面成为图画艺术,另一方面成为文字技术。原始的文字资料可以分为:刻符、岩画、文字画和图画字。

刻符,包括陶文和木石上的刻画符号。岩画,包括岩洞、山崖、石壁和其他处所的事物素描。刻符和岩画都是分散的单个符号,没有上下文可以连续成词,一般不认为是文字。但是,刻符有"指事"性质,岩画有"象形"性质,它们具有文字胚芽的作用。

文字画(文字性的图画)使图画开始走向原始文字。图画字(图画性的文字)是最初表达长段信息的符号系列。从单幅的文字画到连环画式的图画字,书面符号和声音语言逐步接近了。

世界各地在历史上创造过许多原始文字,大都不能完备地按照语词次序书写语言。有的只有零散的几个符号;有的是一幅无法分成符号单位的图画;有的只画出简单的事物,不能连接成为句子;有的只写出实词,不写出虚词,不写出的部分要由读者自己去补充。

原始文字一般兼用表形和表意两种表达方法,称为"形意文字"。例如:画一只小船,船上画九条短线,表示九个人在划船。小船是表形符号,九条短线是表意符号。又如画一只貂和一头熊,他们的心脏之间画一条线连接着,表示貂氏族和熊氏族有同盟关系。貂和熊是表形符号,心脏之间的线条是表意符号。原始文字大都有表示数目的符号,这是表意符号。

在教育发达的地区，今天很难找到原始文字的痕迹，因为原来资料就不多，书写材料很容易消灭，人们学习了现代文字之后，不再注意保留原始文字。只有在文化尚待发展的地区，有原始文字遗留下来，有的还在使用或者重新创造。非洲和美洲的原住民族有遗留的资料。中国的少数民族遗留了不少资料，这是新发现的原始文字史料的宝库。

氏族社会以巫术宗教为决策向导，原始巫术以图画文字为符咒记录。中国尔苏族的沙巴文和水族的水书是巫术文字的典型例子。中国纳西族的东巴文，本身正在从形意文字变为意音文字，同时又有从它本身脱胎出来的哥巴音节字。这些活着的文字化石，使我们能够看到原始文字的演变过程。

从公元前8000年以前出现刻符和岩画，到公元前3500年以前两河流域的丁头字成熟，这4500百年时间是人类的"原始文字"时期。

古典文字

公元前3500年以前，西亚的两河流域（现在的伊拉克）的苏美尔人（Sumer）创造了最早的有重大历史价值的文字。起初主要是象形符号，后来以软泥板为纸、以小枝干为笔，"压刻"成一头粗、一头细的笔画，称为"丁头字"。丁头字传播成为许多民族的文字，曾经在西亚和北非作为国际文字通用三千多年。

北非尼罗河流域的古代埃及人创造的"圣书字"（hieroglyphics），略晚于苏美尔文字，起初也是象形符号，后来变成草书笔画形式。圣书字也使用了三千多年,传播到南面的邻国。它所包含的标声符号成为后来创造字母的主要源泉。

这两种代表人类早期文化的重要文字,在公元初期先后消亡了。两河流域和埃及的现代主人是阿拉伯人,跟古代原住民的宗族和文化完全不同。在漫长的历史沉睡时代,人们把古代的灿烂文化遗忘了1500年。直到19世纪,语文考古学者对这两种古代文字释读成功,使人类的早期文化重放光明。

东亚产生文字比西亚和北非晚两千年。公元前1300年以前,中国黄河流域的殷商帝国创造了"甲骨文",这是汉字的祖先。后来汉字流传到四周邻国,成为越南、朝鲜和日本的文字。在丁头字和圣书字消亡之后,汉字巍然独存。

甲骨文已经是相当成熟的文字,它一定有更早的祖先。如果把新石器时代陶器上的刻符作为甲骨文的祖先,汉字的历史可能有6000年。丁头字和圣书字也是相当成熟的文字,用同样的追溯方法,它们的历史可能有8000年。

文字学者用比较方法研究上述三种古代文字,发现它们虽然面貌迥然不同,可是内在结构惊人地相像。它们的符号表示语词和音节,都是"语词·音节文字"(logo syllabary),简称"词符文字"(logogram)。它们的表达法主要是表意兼表音,称为"意音文字"。这三种重要的文字被称为"三大古典文字"。

一向认为没有自创文字的美洲,也有它的文化摇篮。在中美洲的尤卡坦半岛(Yucatan,现在的墨西哥),玛雅人(Maya,也译作玛雅)创造了一种相当成熟的文字,称为"玛雅字"。16世纪西班牙人侵入中美洲,把玛雅字书籍付之一炬,除石碑无法烧毁外，只留下三个写本。玛雅字从此被遗忘350年。直到20世纪50年代，学者们释读成功，揭开了古代美洲文化的面纱。最早的玛雅字石碑属于公元后328年。推算创始文字的时期大约在公元前最后几个世纪。这种文字应用了1500年。它的外貌非常古朴，每一个符号像是一幅微型的镜框图画，可是它的内在结构同样是表意兼表音的"语词·音节文字"，而且有比较发达的音节符号。

中国的彝族有古老的彝文，跟汉字的关系是"异源同型"。一般认为创始于唐代而发展于明代，有明代的金石铭文和多种写本遗留下来。各地的彝文很不一致，但是都达到了初步成熟的"意音文字"水平。晚近在云南整理成为规范化的"意音彝文"，有表意字和表音字；在四川整理成为规范化的"音节彝文"，书写彝族最大聚居区（大凉山）的彝语。它是今天唯一有法定地位的中国少数民族的"意音文字"。

"古典文字"都有基本符号（"文"）和由基本符号组合的复合符号（"字"）。用较少的基本符号可以组成大量的复合符号。丁头字的基本符号原来很多，到巴比伦时代只用640个，到亚述时代又减少到570个。玛雅字有基本符号270个。汉字的基本符号有多少？《广韵声系》（沈兼士编）中有"第一主谐字"（基本声旁）947个，《康熙字典》中有部首214个，共计1161个，这是古代汉字的基本字符。《新华字典》（1971）中有部首189个，有基本声旁545个，共计734个，这是现代汉字的基本符号。基本符号的逐步减少，是意音文字的共同趋向。

从公元前3500年前两河流域"意音文字"的成熟，到公元前11世纪地中海东岸出现"音节·辅音字母",这2400年是人类的"古典文字"时期。

但是,文字系统不同,这个时期的长短也就不同。丁头字从本身成熟,到公元前6世纪产生"新诶兰"丁头音节字,是2900年。圣书字从本身成熟,到公元前2世纪产生"麦罗埃"音节圣书字,是3300年。汉字从公元前1300年甲骨文的成熟,到公元9世纪日本假名的形成,是2200年。三大古典文字都是传播到别的民族中间去之后,才从表意变为表音,产生音节文字。这好比鱼类有到异地产卵的习性。玛雅字本身含有音节字符,没有另外产生音节文字。彝文大致成熟于7世纪的唐代,到1980年制定规范音节彝文,是1300年。彝文从意音文字变为音节文字,是在本地区和本民族中间发展形成,不是异地产卵。这跟三大古典文字大不相同。彝文的变化发生在音节文字早已多处存在的时代,不是自我作古。时期长短和演变方式各有不同,可是从"意音文字"向"音节文字"发展的规律是共同的。

字母文字

从公元前15世纪开始,地中海东部的岛屿和沿岸地区,商业越来越繁盛。风平浪静的海面,是商船往来的通道,是商品交流的津梁。商人们需要用文字记账。丁头字和圣书字太繁难了,不合他们的需要。他们没有工夫"十年窗下"学习这些高贵的文字。为帝王服务的文字,不怕繁难。为商人服务的文字,力求简便。他们需要的是简便的符号,主要用来记录商品和金钱的出纳。这种记录是给自己查看的，不是给别人阅读的，更没有流传后世的宏愿，所以简陋些没有关系。为了这个目的，他们模仿丁头字和圣书字中的表音符号，任意地创造了好多种后世所谓的"字母"。

近百年来，这个地区发现了许多种不同的古代字母，大都没有释读，它们之间的相互关系还需要研究。

已经释读的岛屿字母有：塞浦路斯岛上发现一种音节字母，还只是初步释读。克里特岛上发现两种字母，其中一种称作"线条 B"文字，有 90 个符号，经过艰难的释读工作，才知道是书写公元前 14 世纪古希腊语的音节字母。在记录商品名称和数量之前，先画这种商品的素描。例如画一个"三脚鼎"，然后再写 te ri po de（tripod，鼎）。有耳罐、无耳罐、有盖壶、无盖壶等，也是这样。这些是早期的"音节字母"。

最重要的发现是，公元前 11 世纪地中海东岸"比拨罗"（Byblos，在今黎巴嫩）的一块墓碑，上面的文字可以分析成为 22 个字母。它是后世大多数字母的老祖宗。

"比拨罗"字母书写的是北方闪米特语言。这种语言的特点是，辅音稳定而元音多变。书写音节时候，只写明辅音，不写明元音，让读者自己根据上下文去补充元音。因此称为"音节·辅音字母"，简称"辅音字母"。

"比拨罗"字母传到同样说闪米特语言的"腓尼基"，发挥更大的作用。"腓尼基"是古代东地中海大名鼎鼎的商人民族。"腓尼基"这个词儿的意思就是"商人"。

"腓尼基"字母传到希腊，遇到了使用困难。因为希腊语言富于元音,而"腓尼基"字母缺乏元音字母。聪明的希腊人,在公元前9世纪,用改变读音和分化字形的方法,补充了元音字母。

这个小小的改变,开创了人类文字历史的新时期。"音节·辅音字母"变成分别表示辅音和元音的"音素字母"。从此,拼音技术就发展成熟了。只有"音素字母"才方便书写人类的任何语言。"音素字母"不胫而走,成为全世界通用的文字符号。

公元前8世纪,希腊字母传到意大利,经过改变,成为"埃特鲁斯人"的字母。公元前7世纪再传给罗马人,经过改变,成为书写他们的拉丁语的字母,称为"拉丁(罗马)字母"。

拉丁字母跟着罗马帝国和天主教,传播成为西欧和中欧各国的文字。发现美洲(1492年)和海上新航路之后,拉丁字母跟着西欧国家的移民传播到美洲、澳洲、大洋洲和其他地方,成为大半个地球的文字。

从传播路线来看,以地中海东岸(叙利亚/巴勒斯坦)北方闪米特字母为源头,一路往东,主要成为"阿拉马字母系统"和"印度字母系统";另一路往西,主要成为"迦南字母系统"和"希腊字母系统"。

"字母文字"的历史发展可以分为:1. 公元前11世纪开始"音节·辅音字母"时期;2. 公元前9世纪开始"音素字母"时期;3. 公元前7世纪开始"拉丁字母"时期;4. 公元15世纪开始拉丁字母国际流通时期。

在东亚,从公元9世纪日本假名的形成,到1446年朝鲜公布谚文音素字母,大约五百年,是汉字系统中的音节字母时期。不过,假名和谚文都没有传播到国外,而谚文是结合成音节方块然后使用的。

文字的形体

形体是文字的皮肉,结构是文字的骨骼。皮肉容易变化,骨骼很难更改。这里谈几种历史上的形体变化。

笔画化。自源创造的文字,在频繁使用以后,屈曲无定的线条,就会变成少数几种定形的笔画,这叫笔画化。例如,篆书分不清有几种笔画,楷书可以分为"七条笔阵"或"永字八法"。20世纪50年代,汉字笔画归纳为五种(横竖撇点弯),称为"扎"字法。丁头字以泥板为纸,小枝干为笔,笔画形成丁头格式,可以分为"直横斜"和其他笔画。圣书字以纸草为纸,羽管为笔,笔画屈曲,难于定形,没有笔画化。

笔画有圆化和方化。汉字是方块字,希伯来字母也是方块字;缅甸字母是圈儿字,塔米尔字母也是圈儿字(Vatteluttu)。

简化。书写频繁,要求急就,必然删繁就简,简省笔画。字形简化是一切文字的共同趋向。汉字从甲骨文、金文、大篆、小篆,到隶书、楷书,一路发生简化。行书、草书,更加简化。日本的假名是汉字的简化。五笔的"龙"和十七笔的"龍"、三笔的"万"和十三笔的"萬",既然作用相同,只有不讲效率的人才会坚持书写繁体。

丁头字从早期到亚述时期,简化非常明显。圣书字从僧侣体到人民体,发生大胆的简化。拉丁字母原本简单,又从大写简化为小写(B变b,H变h)。

有人说，汉字既有简化又有繁化，而且繁化为主，跟其他文字不一样。这是把"繁化"和"复合"混为一谈。会意字和形声字是复合符号。符号的复合和符号的繁化属于两种不同的范畴。其他文字在复合时候，把符号线性排列，不发生繁化的感觉。汉字把几个符号挤进一个方框，由此产生"繁化"的错觉。其实，复合也促成简化。"部首"在小篆中很少简化，在楷书中大都简化。例如"水"变成"三点"，就是复合促成的简化。比较一下《康熙字典》书眉上的小篆和正文中的楷书，就可以明白。朝鲜的谚文，把几个字母组合成一个方块，但是没有人说它是繁化。

同化。不同的部件变成相同，这是常见的现象。例如，"又"可以代替许多部件：汉（漢）、劝（勸）、仅（僅）、对（對）、戏（戲）、鸡（雞）、邓（鄧）、树（樹）。再看："春、秦、泰、奉"，它们的上部，在篆书中不同，在楷书中变成相同。

所有的文字都发生同化。阿拉伯字母同化得最厉害，好些字母无法分辨，不能不附加符号来区别。

字体。字体有三类：图形体、笔画体和流线体。汉字从甲骨文、金文，到大篆、小篆，属于图形体；隶书和楷书属于笔画体；草书和行书属于流线体。丁头字在古文时代是图形体；后来变成丁头格式是笔画体；丁头字缺少流线体。圣书字的碑铭体是图形体；僧侣体和人民体是流线体；圣书字缺少笔画体。拉丁字母的印刷体是笔画体，手写体是流线体。

风格。不同的文字有不同的风格，这是长期书写而形成的。有的像豆芽菜，有的像滚铁环；有的像竹篱笆，有的像窗格子；有的像丁头散地，有的像玩具排行；有的像乌鸦栖树（坐在分界线上），有的像蝙蝠悬梁（挂在分界线下）。形成习惯以后，就不许更变，成为民族图腾。

序列。早期文字的序列是不固定的，后来渐渐固定，这也是常见现象。拉丁字母在古代曾经是从右而左，后来改为从左而右，中间有过一个"一行向右，一行向左"来回更迭的"牛耕式"时期。甲骨文还没有固定的序列，后来的隶书和楷书把序列固定为字序从上而下，行序从右而左；20世纪50年代改为字序从左而右，行序从上而下。

书写工具对字形有极大影响。丁头字的特殊格式是泥板压写形成的。甲骨文主要用直线，因为便于在甲壳上刻字。汉字可以写得像图画，跟使用毛笔有关。缅甸文"一路圈儿圈到底"，跟针笔在树叶上划写有关。"书写"是尖端跟平面的摩擦。平面统称"纸"，有石片、木片、竹片、骨片、泥板、草叶、树叶、羊皮、布帛等。尖端统称"笔"，有树枝、小刀、尖针、毛刷、羽管、粉石条、金属片、塑料管等。丁头字是"压写"，汉字是"刷写"，拉丁字母，是"划写"，用打字机是"打写"，用电脑是"触写"，将来语音输入是"说写"。

文字的"三相"

文字有三个侧面，称为"三相"。

1. 符形相。符号形式分为：a. 图符（图形符号），b. 字符（笔画组合），c. 字母。图符难于分解为符号单位，数不清数目，但是有的可以望文生义。字符有明显的符号单位，并且可以结合成为复合的字符，数目可以数得清，要逐个记忆所代表的意义，不能望文生义。字母数目少而有定数，长于表音，短于表意。有些文字兼用图符和字符（如东巴文），有些文字兼用字符和字母（如日文）。

2. 语段相。符号所代表的语言段落，有长有短。长语段有：篇章、章节、语句。短语段有：a. 语词（意义单位），b. 音节，c. 音素。有的文字兼表语词和音节（如中文），有的文字兼表音节和音素（如印地文）。

3. 表达相。文字的表达法分为：a. 表形（象形，大都能望文生义），b. 表意（代表的意义要逐个学习），c. 表音（要通过读音知道意义）。有的文字兼用表形和表意，称为"形意文字"（原始文字大都如此）；有的文字兼用表意和表音，称为"意音文字"（古典文字大都如此）；有的文字全部或者基本上用表音，称为"表音文字"（全部表音如芬兰文；基本上表音如英文）。

根据文字的"三相"，可以列成下表：

符形	语段	表达法	简称
图符	章句	表形	表形文字
图符或字符	章句或语词	表形兼表意	形意文字
字符	语词	表意	表意文字
字符或字母	语词或音节	表意兼表音	意音文字
音节字母	音节	表音	音节文字
辅音字母	音节或音素	表音	辅音文字
音素字母	音素（音位）	表音	音素文字

实际存在的文字大多是"跨位"的，主要有：1."形意文字"；2."意音文字"；3."音节（兼音素）文字"；4."辅音

（兼音素）文字"；5."音素文字"。单纯表形或表意的文字很难见到，单纯表音的文字也只有新独立国家所创造的字母文字，老的字母文字常常夹杂非表音成分。

按照"三相"，东亚古今文字可以作如下的定位。古代小篆中文是：图符·语词加音节（较少）·表意（为主）兼表音＝意音文字。现代楷书中文是：字符·语词加音节（较多）·表意兼表音＝意音文字。旧式日文（汉字夹假名）是：字符（为主）和音节字母·语词加音节·表意兼表音＝意音文字。新式日文（假名夹汉字）是：字符和音节字母（为主）·语词加音节·表意兼表音＝意音文字。南方朝鲜文（韩国，谚文夹汉字）是：字符和音节字母（音素字母组合）·语词加音节（为主）·表意兼表音＝意音文字。北方朝鲜文（朝鲜，不用汉字）是：音节字母（音素字母组合）·音节·表音＝音节表音文字。云南规范彝文是：字符·语词加音节·表意兼表音＝意音文字。四川规范彝文是：字符·音节·表音＝音节表音文字。

"六书"和"三书"

中国有"六书"说，西洋有"三书"说。"六书"着眼于文字的来源，"三书"着眼于文字的功能。

《说文》（公元100年）："周礼八岁入小学，保氏教国子（高干子弟），先以六书。""六书"即指事、象形、形声、会意、转注、假借。"指事"和"象形"是原始的造字方法，造出来的是基本符号（一般是单体符号）。"形声"和"会意"是复合原有符号成为新的阅读单位，不造新的基本符号而形成新的复合符号。"转注"可以解释为"异化"，略改原有的字形和读音，代表意义和读音相近而不同的语词。"假借"是借用原有的符号，表示同音而异义的语词，不造新字而表达新意，这是文字的表音化。不用说，不是先有"六书"然后造汉字，而是先有汉字然后归纳成为"六书"。"六书"并不能解释全部汉字。《说文》中间不少解释是错误的。例如，"哭"和"笑"这两个字的来源，古人就弄不清楚了，变成"哭笑不得"！

"三书"是：意符、音符、定符（determinative）。"指事"的功能是表意，属于"意符"。"象形"不论能否望文生义，功能都是表意，也属于"意符"。画一个圆圈，中间加一点，很像太阳；但是"碟子"也可以画一个圆圈，中间加一点；只有特别规定，才能使它专门代表"太阳"。特别规定就是表意。隶书把"日"字写成长方，像是书架，但是仍旧要代表太阳，这更是表意了。所以"象形"属于"意符"。"形声"一半（部首）表意，一半（声旁）表音，是"意符"和"音符"的复合。现代"形声字"能表音的不到三分之一，此外三分之二属于"意符"。"会意"是复合的表意符号，当然属于"意符"。"转注"不能表音，只能表意，属于"意符"。"假借"失去表意功能，只有表音功能，属于"音符"。"三书"中的"定符"近似汉字部首，有的不是部首而是帮助记忆和区别意义的记号。

"六书"和"三书"用来帮助学习文字是无用的，用来说明文字的结构，虽然并不完备，还是很有用处。"六书"和"三书"都能说明许多种文字的结构，不是只能说明汉字的结构。认为

"六书"是汉字所特有，是错误的。"六书"和"三书"都有普遍适用性。

变化和进化

生物与生物之间的关系，有三种学说：不变论、轮回论和进化论。

"不变论"认为生物都是上帝所创造，代代相传，一成不变；虽有生死，没有变化；彼此之间，毫无关系。"轮回论"认为，众生依所作善恶业因，在"六道"（天、人、阿修罗、地狱、鬼、畜生）之中生死相续，升沉不定。人做坏事来生变狗；狗做好事来生变人。有生死，有变化，但是变化如车轮回旋，无所谓退化或进化。"进化论"把所有生物看作一个总的系统，彼此有共同的发展关系；通过变异、遗传和自然选择，从低级到高级，从猿到人，有一个进化的规律，不是平面回旋，而是逐步进化。理解进化，要高瞻远瞩，对古今生物作系统的比较研究；如果只从一时一地看一种生物，是看不出进化来的。

文字与文字之间的关系，也有三种学说：不变论、自变论和进化论。

"不变论"认为，文字是神造的，一点一画，地义天经，一成不变。文明古国都有文字之神。丁头字是命运之神那勃（Nebo）所创造。圣书字是知识之神托特（Thoth）所创造。希腊文是赫耳墨斯（Hermes）所创造。印度的婆罗米文（Brahmi）是梵摩天帝（Brahma）所创造。汉字是"黄帝之史仓颉"所创造；

"仓颉四目"，"生而知书"，"仓颉作书而天雨粟，鬼夜哭"。

"自变论"认为，只有一国文字的自身变化，没有人类文字的共同演进；只有文字是否适合本国语言的问题，没有从低级到高级的文字进化规律。汉字对日语不尽适合，所以日文补充了假名音节字母。朝鲜语的音节复杂，不适合采用音节字母，所以创造谚文音素字母。这都是使文字适应本国的需要，无所谓世界性的共同规律。

"进化论"认为，研究文字在国际的传播，比较古今文字的结构变化可以得到综合的理解：人类文字是一个总的系统，有共同的发展规律；各国文字有自身的演变，人类文字有共同的进化；自身的演变包孕于共同的进化之中。这就是人类文字的"进化论"。

从文字的"三相"来看，符形从图符到字符到字母，语段从语词到音节到音素，表达法从表形到表意到表音，这是"进化运动"。历史上没有出现过逆向的运动。但是，文字的进化非常缓慢，百年、千年，才看到一次飞跃，而重要的飞跃往往发生在文字从一国到另一国的传播之中和传播之后。正像"从猿到人"不能在一时一地看到一样，文字的进化也不能从一时一地来理解。

在生物界，不仅有不同的生物品种，还有不同的生物系统，不同的生物系统从属于生物的总系统。如果只看到不同的生物品种而看不到不同的生物系统，或者只看到不同的生物系统而看不到生物的总系统，那么，生物学将是支离破碎的。

丁头字、圣书字、汉字等，各自都是一个含有不止一种文字的系统，不是只有本身一种文字。这些不同的文字系统从属于人类文字的总系统。如果只看到不同的文字，或者只看到不同的文字系统，而看不到人类文字的总系统，那也是只见树木，不见森林。研究人类文字史当然要了解不同文字的事实，但是不同文字的事实是相互联系的，不是各自孤立的。

演变性和稳定性

从长期来看，文字是不断演变的。从一时来看，文字是非常稳定的。

文字从原始到成熟是"成长时期"。它生长、发育、定型，达到能够完备地书写语言，成为"约定俗成"的符号体系。这时候演变性强而稳定性弱。

成熟以后，文字进入"传播时期"，发挥积累文化和发扬文化的作用，把文化从文化源头带到文化的新兴地区，形成一个文字流通圈。这时候稳定性强而演变性弱。

传播达到饱和以后，文字进入"再生时期"。文字的再生有两种情况。一种是新兴地区的文化上升，要求改变外来文字，创造本族文字。另一种是两种文化接触，一种文字取代另一种文字。这时候不仅可能发生符号形体的变化，还可能发生文字体制的更改。在再生时期，文字又变成演变性强而稳定性弱。

古埃及的文化圈比较小，包括上埃及、下埃及和努比亚地区的麦洛埃王国；圣书字的传播导致以圣书字作为字母的麦洛埃文字。苏美尔文化圈影响很大，传播到阿卡德、巴比伦、亚述和许多其他民族和国家，演变出丁头字形式的各种词符文字、音节文字和音素文字。这两种古典文字的终于消灭，是受了希腊文化和伊斯兰文化冲击的结果。

在汉字文化圈中，日本创造假名，朝鲜创造谚文，不仅解决文字和语言之间的矛盾，也符合文字发展的一般规律。越南放弃汉字而采用拉丁字母，是汉字文化跟西洋文化接触的结果。土耳其从阿拉伯字母改为拉丁字母是伊斯兰文化和西洋文化接触的结果。印度尼西亚在历史上从印度字母改为阿拉伯字母，又改为拉丁字母，是三种文化先后接触的结果。

第二次世界大战以后，新兴国家要求创制文字，多民族国家要求调整文字，文字不适用的国家要求改革文字，国际团体和国际会议要求规定公用文字。在这个新形势下，研究人类文字有了更大的实用意义。探索文字的发展规律，提高文字的应用效率，是信息化的时代需要。

1996 年 5 月 13 日，时年 91 岁

预祝《汉语拼音方案》公布 50 周年

两位青年朋友先后来访,他们想深入探索《汉语拼音方案》的历史意义,了解过去半个世纪方案在国内和国外逐步扩大应用的事实,方案对国外的汉语热发挥了什么作用,此外,他们仔细询问了方案的制订过程。这里把两位青年朋友和我的谈话笔记删改合并,成为一篇问答,借以预祝《汉语拼音方案》公布 50 周年。

问:2008 年就要来到了,北京将举行奥运会,同时迎来《汉语拼音方案》公布 50 周年。如何纪念这个 50 周年呢?

答:我看,最好的纪念方法就是不声不响地让拼音发挥更多作用。

问:媒体一再报道,国外掀起汉语热。汉语热意味着什么含意呢?是否像某些报道所说的那样,汉语将代替英语成为世界第一语言?拼音在这里起着什么作用?

答:为了跟中国这个巨大市场做生意,为了研究 5000 年的中国文化,为了到中国来看看这个世外桃源,越来越多的外国人要求学习汉语,这是一个不断上升的自然趋势。不论方言分歧,以人口多少来排队,汉语早已是世界第一语言了。这不等于说,汉语将取代英语成为国际共同语。汉语热不会改变汉语是中国和全世界华人共同语的地位。拼音已经成为外国人学习汉语不可缺少的工具。汉语热,拼音跟着热。这一点,外国人比中国人了解得更清楚。

问:20世纪之末,美国国会图书馆把70万部中文图书的编目改成拼音。是否可以说,世界各国的主要图书馆都采用拼音了?

答:美国国会图书馆改用拼音,影响极大。世界上有哪些图书馆采用拼音编目,没有调查。国内图书馆有哪些采用拼音编目,也还不知道呢!

问:拼音在哪些方面的应用得到了显著的成功?

答:大致说吧,小学生入学先学拼音;字典、词典、百科全书,用拼音字母注音和编序;出国护照上的汉语姓名都注明拼音;电脑上输入拼音,以词和词组为单位,自动变成汉字,不用编码;新加坡采用拼音,影响东南亚;联合国采用拼音,并以拼音为拼写中国地名的标准;诸如此类的应用都得到了显著的成功。

问:在国内国外多方面的应用中,哪一种应用的意义最大?

答:拼音是国内的文化钥匙,国际的文化桥梁。全国小学生都学习拼音,这是现代教育的重大革新。拼音正在帮助中国进入全球化时代。

问:有人说,外国人重视拼音,中国人轻视拼音,甚至限制拼音的应用。小学课本不许分词连写。这是怎么一回事?

答:有人认为,小学课本上的拼音只可音节分写,不可按词连写，连写了就成文字了，违反"拼音不是文字"的政策。其实，方案中就有按词连写的例子，例如"ertong"（儿童）。这个问题要慢慢来改变认识。

问：为什么一定要分词连写？越南拼音文字不分词连写，不是也行得通吗？

答：我们看书，心中默读"中华／人民／共和国"，不可读成"中／华人／民共／和国"。这叫"分词连读"。"分词连写"是"分词连读"的自然反映，有多方面的实用，例如在电脑上，连写方便输入拼音自动变成汉字，大量减少同音选择。

问：拼音字母，有人叫它罗马字母，有人叫它拉丁字母，为什么不统一称呼？

答：这套字母，来源很古，罗马帝国用作文字，后世称罗马字母。罗马帝国的语言是拉丁语，文字是拉丁文，所以又称拉丁字母。称呼不统一已成国际习惯，难于更改。

问：今天提倡弘扬华夏文化，是否跟利用拼音相抵触？

答：拼音要证明能为华夏文化服务，而且是弘扬华夏文化的得力助手，这才能争取大家喜欢拼音。例如：要证明，用拼音给汉字注音，比反切好；要证明，出国印名片，汉字加拼音，名片才管用；要证明，电脑输入拼音能自动变成汉字，不必记忆编码。如此等等，要做宣传工作。

问：建国初期，为什么用了不少工夫制订民族形式方案？

答：听说，毛主席到苏联问斯大林，中国改革文字应当如何办，斯大林说，中国是一个大国，可以有自己的字母。毛主席回来后，当时的文字改革研究委员会开始制订民族形式方案。后来吴玉章向毛主席报告，制订了几种民族形式方案，都不理想，还是采用罗马字母好。毛主席同意了，又经党中央通过，才采用罗马字母。

问：当时你对字母形式问题，表态没有？

答：我写了一本小书《字母的故事》，略述世界古今字母历史，提供选择字母的参考。毛主席的秘书曾来取去这本书。

问：听说，方案公布之后，你发表《从胡琴是国乐谈起》，说明罗马字母可以成为中国字母，这篇文章引起刘少奇的注意？

答：刘少奇说，"胡"也可能是少数民族，不一定是外国。

问：制订的那些民族形式方案是个什么样子？

答：可惜资料在"文革"中都毁了。依稀记得，有四个主要的民族形式设计：1. 以丁西林为首的设计，用全新的汉字笔画式音素字母。2. 以黎锦熙为首的设计，是改良注音字母而形成的音素字母。3. 以郑林曦为首的秘书组设计，是汉字笔画式音素字母，可以组合成为声韵双拼。4. 以吴玉章为首的民族形式设计。一共四个设计，曾经非正式地在1955年全国文字改革会议上传看。

问：注音字母算不算民族形式？

答：如果汉字形式就是民族形式，注音字母当然是民族形式。

问：那么为什么不沿用注音字母而要另订方案呢？

答：当时关于方案有三种意见：1. 原来提倡注音字母的人们要求改进注音字母；2. 原来提倡国语罗马字的人们要求改进"国罗"；3. 原来提倡北方话拉丁化新文字的人们要求改进"北拉"：大家都不满意于旧有的方案。

问：你写过文章说，民族形式是在长期使用中形成的心理习惯，新的设计难于符合大众心目中的民族形式。现在还是这个看法吗？

答：罗马字母原来是罗马帝国的民族形式，国际上用开了就成为国际形式。英文字母是英国的外来字母，用久了就成为英国的民族形式。

问：从技术观点看，民族形式好呢，国际形式好呢？

答：民族形式容易适合不同的语言特点，国际形式便于国际流通。谚文字母适合朝鲜语的特点，但是一离开朝鲜，无人认识。

问：有文章说，采用俄文字母也是当时的一种选择？

答：听说，苏联副总理来到北京，对陈毅副总理建议采用俄文字母。陈副总理说，中国熟悉罗马字母，为了方便跟东南亚华侨和世界各国交流，罗马字母比较合适。

问：你的文章说，古代中国有书同文，今天世界有书同字母。这是什么意思？

答：秦并六国，需要全国性的文字。全球化时代，需要世界性的字母。"二战"后许多新独立国家创造文字都采用罗马字母，无一例外。电脑网络上需要共同使用的媒介字母，这是技术设计，不是正式文字。

问：你们研究的罗马字母国际读音表，为什么没有发表？

答：设计罗马字母拼音方案，要以罗马字母国际读音为依据。当时我请彭楚南主持这一研究，费了很大工夫，编成一个罗马字母国际读音表。我把读音分为三个层次：第一层次是"基本音域"，第二层次是"引申音域"，第三层次是"罕用音域"。

BDG 读浊音属于基本音域，读清音属于引申音域，JQX 读"基欺希"属于罕用音域。这是一项有价值的字母学研究课题。由于其中有许多国际音标不便排印，没有发表。资料在"文革"中毁了。彭楚南被错划为右派，折磨而死！

问：当时是不是很多人主张声韵双拼？

答：声韵双拼设计，主要来自群众。当时文改会收到群众来信 800 多件，其中有不少双拼设计。双拼有传统，清末卢戆章和王照的设计都是双拼，要用 60 多个字母。注音字母改为三拼（声介韵），打破双拼传统，字母从 60 多个减少到 37 个。国语罗马字采用音素化原则，放弃双拼传统。

问：放弃双拼，是否为了采用罗马字母？

答：罗马字母也可以双拼，那要一母两用，在左为声，在右为韵，单独字母不能定音。这个办法后来在"带调双拼"的盲字中应用，实践失败。

问：国语罗马字由著名学者们设计，为什么传不开？

答：国语罗马字的特点是以拼法变化表示声调，这很巧妙，缺点在繁复，不利推行。

问：北方话拉丁化新文字为什么也放弃了？

答："北拉"过于简单，不能满足多方面的实用要求。过犹不及，一点不错。

问：原草案有六个新字母，为什么都放弃了？

答："原草案"是最初的草案，只在有限范围内传看，征求意见。其中没有新字母，而是用了极少几个"双字母"和"变读法"。由于语言学家们主张"一音一母、一母一音"，就改用了六个新字母，后来作为"草案"发表出去，公开征求意见。新字母不受欢迎。邮电部门说，邮电需要国际流通，新字母不能国际流通。

问："ü"（u 上两点）算不算新字母？这个字母不方便，可否改写"yu"？

答："原草案"写作"y"（迂）；国语罗马字写作"iu"（yu）。"y"的作用太多，"iu"是双字母，都不受欢迎。"迂"是一个重要元音，需要有一个独立字母来表示，于是采用德文的"ü"（u 上两点）。可以改写，作为权宜之计。例如，"吕"写作"lǔ"。

问：修正草案为什么分甲乙两式？

答：分甲乙两式，可以广泛征求群众的不同意见。主要分别在"基欺希"的写法上；甲式写法接近"国罗"；乙式写法接近"北拉"；后来放弃"变读法"，改为独立字母，遵从注音字母用独立字母的原则。

问：原草案称为《汉语拼音文字草案（初稿）》，对吗？后来发表的"草案"为什么把"文字"两字删除了？群众要求有一个"文字方案"。

答："拼音"不可能一步登天成为"文字"。"拼音"不是"拼音文字"，这是国家的政策。这个政策切合实际。

问：制订《汉语拼音方案》是中国的事情。为什么要定为国际标准呢？

答：《汉语拼音方案》既是中国的事情，也是国际的事情。世界各国跟中国往来，都要利用拼音作为媒介。过去一个地名有多种拼法，"北京"拼成 Peking, Pekin, 等等。"鲁迅"有 20 种拼法，外国人以为是20个不同的人。地名拼法不标准，对国际航空极为不便。人名拼法混乱，对图书馆编目不便，对人员国际往来不便。国际标准化组织（ISO）给每一个国家的语言规定一种罗马字母的标准拼法，作为国际交流的公用媒介，这是全球化时代的需要。《汉语拼音方案》定为拼写汉语的国际标准（ISO 7098），使中国有了一座通往国际的文化桥梁。

问：你过去写文章说，从中国到欧洲有一条丝绸之路；从欧洲到中国有一条字母之路。字母之路，崎岖漫长，险阻重重。现在不是畅通了吗？

答：通了，但是还不能说畅通。从历史来看，明末外国人开始用罗马字母给汉字注音，民国初年公布注音字母，不久又公布国语罗马字，1958年公布《汉语拼音方案》，1982年成为国际标准。东亚的汉字和西欧的罗马字母，东西十万里，上下三千年，"风马牛不相及也"，现在竟然两相偎依，如影随形。历史的发展，使人惊叹！

2005年9月9日，时年100岁

（原载《语言文字周报》2005年11月23日）

谈谈比较文字学

　　研究比较文字学，在中国是一个比较新的课题。什么是比较文字学呢？简单讲，比较文字学就是研究不同文字的共同规律和个别特点的学问。在中国研究比较文字学，有两个有利条件。一个有利条件是中国从《说文解字》到现在将近两千年，一直有人在研究文字学。可是中国研究文字学一向只研究汉语的汉字，很少人研究其他的文字。对比较文字学，在过去是很少人研究的，所以在中国这是一门新的学问。第二个有利的条件是我们有汉字，还有各种少数民族的民间传统文字，这是一个文字的宝库。少数民族的民间传统文字从前不被人重视，甚至不被认为是文字。现在，看法改变了。因为无论从文化史，还是从文字史的角度来看，都是很宝贵的材料。对于比较文字学来说，是非常重要的资料。在欧美，由于用拼音文字时间很长，自源产生的文字大都消失了。而在中国呢，少数民族保存了那么多宝贵的文字史的资料，这在全世界几乎是独一无二的。

　　大家可能已经注意到，中国今天，对于语言问题，对于文字问题，有许多争论，特别是在文字问题上。这些争论，可以说有两种：一种是不同学术观点的争论，这是正常的；另外一种，有些人叫它是伪科学。"伪科学"的事情闹得很大,一度闹到法院打官司。从学术观点来看,不论它们是不同的学术观点还是伪科学,我们都要认真地加以思考,用科学方法来进行独立的思考,然后,提出我们自己的见解。

比较文字学的研究,在进行过程当中,要树立两个观点:一个观点,叫做系统观点;另外一个观点,是发展观点。这两个观点非常重要。系统观点是什么呢?就是把古今中外许多种文字,看成一个总的系统,不认为它们之间是毫无关系的,不认为它们是一盘散沙。过去,很多人这样讲,外国有外国的文字,少数民族有少数民族的文字,我们汉族有汉族的文字,各不相关。所以没有什么东西可以比较的,也没有比较的价值。这在中国是相当普遍的一种思想。今天不一样了。

今天,我们要把这些不同的文字作为一个总的系统来研究,找出它们的共同的规律。同时也了解它们各自的特点。这样,世界上所有的文字,就不是一盘散沙,而是一个完整的体系。这件事情,可以拿两种学问来比较。其中一种,是生物学。这个世界上,有许多生物。"生物是上帝创造的",上帝创造人就是人,上帝创造狗就是狗,狗跟人当然毫无关系。后来,认识进步了,知道人跟狗属于整个的动物系统,而动物系统呢,又是整个生物系统的一个构成部分。人只是动物的一种,人之外有许多种动物——人外动物。于是,人就不能再自高自大,认为人是了不起的动物,而其他一切是毫无足道的。这样一种思想慢慢地发展,最后产生了达尔文的进化论。进化论的提出是世界上事物的系统化、整体化。这是人类思想的重要发展,人类思想在这里得到升华。我们要用这种思想方法来研究语言学,来研究文字学。

另一个发展观点,也非常重要。人们开始认为,上帝创造狗就是狗,创造人就是人,而进化论提出了"从猿到人"这个概念。起初,在达尔文时代,英国有许多学者不赞同这个观点,有的学者甚至对达尔文说:"你的祖宗是猿,我的祖宗不是猿。"文字学也有这个问题。中国今天有人认为,汉字同拉丁字母文字是不可能比较的,这两种截然不同的东西,只有不同的一面,没有共同的一面,更是没有共同的发展规律的。但是如果我们用发展观点来研究,就可以看到人类文字是一步一步发展的,而且这发展是有规律的。我们研究比较文字学,最重要的就是找这个发展规律。假如文字作为一个整体,没有一个发展规律,那么这个研究意义就很小了。任何学术,它的开头都是带有神秘性质的。不仅上帝创造论是神秘的,世界上还有其他各种神秘的传说、神秘的思想,特别像文字,文明古国的文字,在古代都被认为是由一个神灵、一个菩萨、一个上帝创造的。许多民族都有文字之神,中国也有文字之神。仓颉由于创造文字,后来不也变成一个菩萨了吗?"仓颉造字,天雨粟,鬼夜哭",想必大家都是知道这个传说的。我们对文字进行科学研究,必须把文字的神秘性去掉,否则,就很难进行科学的研究了。做到非神秘化,这是研究文字的一个重要的前提。

我在研究比较文字学的过程当中,不断遇到一些困难的问题。我看外国的书,看中国的书,一些人的想法引起了我的思考。我要得到一个我自己认为比较可以成立的说法。每个问题,我如果得不到共同的认识,我自己,通常要提出一个假定的认识,不管这个假定的认识对不对——这可以请大家来批评——我自己的假定的认识,也可以说是一种假说,一种还不完全肯定的认识。我看到很多人写文章,外国人也这样,中国人也这样,提出了某种文字是原始的不成熟的文字,某种文字是成熟的文字。特别有人说中国的甲骨文是成熟的文字,你不要看它好像是原始的东西,可它就是成熟的文字,而且是一种具有相当高度水平的文字。这就遇到一个问题,什么叫成熟的文字呢?成熟有没有标准呢?假如没有标准,你又怎么认为它是成熟的呢?成熟一定要有标准。我定的标准是:能够按照语词的次序无遗漏地书写语言的文字,称为成熟的文字。有许多种文字,书写了语言,可是没有写全。多数这样的文字,写了实词不能写虚词。有的呢,一个符号,要代表一长段意思。像这样的文字怎么能传下来呢?它不能完全靠文字,要靠老师对学生讲,学生记好老师的话,以口相传。和尚念经,老和尚怎么念,小和尚也怎么念。记载语言一部分靠文字,而另外一部分要靠记忆,不能全靠文字。我认为,凡是不能按照语词次序完备地写下语言的文字,都是不成熟的。

我在《比较文字学》[1]里面举了许多例子。比如说,有一种文字叫沙巴文,是中国少数民族的传统文字。它主要是画图代表一段话。这种文字,在原始的文字当中已经不是原始的了。它不仅用一个图,还用好多图,像连环画一样,每幅画记下一个故事。经过分析,我们可以知道,它们看上去是画,某些词已经写出来了,某些词没有写。还有一种文字,是报纸上面常常报道

---

[1] 周有光:《比较文字学初探》,北京:语文出版社,1998年。

的,叫东巴文。东巴文是没有成熟的文字,当中比较接近于成熟的部分可以把绝大部分语词写下来。可是少数部分,它不能写下来,而要用人来以口相传。这种文字,对研究文字学有非常重要的意义。它是一种在不成熟的文字到成熟的文字当中表现出过渡性的文字。像这样的文字,作为研究的资料特别有价值。研究生物的进化论,"从猿到人"不是一步走的,当中有中间环节。而这个中间环节,许多考古学家、生物学家花很大的工夫来研究。一直到今天,还不能说完全解决。这个联系上下联系古今的环节,现在还没找到。当然,这个问题随着科学的进步越来越接近解决,但还不能说完全解决。文字也是这样。在比较文字学当中,也发生这个问题,要找到一个"Missing Link",了解不成熟的文字怎么变成熟的。东巴文,正是最好的例子。

下面,我谈第二个问题。这就是文字的类型学问题,文字的分类和分类方法问题。语言学有比较语言学,可以说是相当成熟的一个学科了。比较文字学是不很成熟的。许多学问在它发展的初级阶段,都要经过比较,经过分类,然后得到一个系统,然后了解它的发展规律。从前在生物学里分类学就非常重要。研究比较文字学,我要找外国和中国的以前研究过比较文字学的人,看他们提出的分类是怎么一回事。这是一个重要的问题。这个问题是我几十年研究当中花时间最多的。我把这些人的分类方法压缩成为公式,记录在《比较文字学》里面。比如说,泰勒提出的一个分类方法就被我写成一个公式,简单明了地表示出来。又比如迪龄格,他的那个分类方法也是这样被写成公式表示。还有好多种,我都是把它压缩成为一个简单的公式,介绍在这本书里面。

比较了这许多个分类方法以后，我感到这个问题还需要进一步研究。为什么呢？因为没有两个人的分类法是完全相同的。为什么他们的分类法会不同呢？虽然语言学的分类方法还有许多争论，但是分类的方法已经基本上相同。一门学问，如果它的分类法没有共同的标准，那它的研究结果就会很乱，就很难深入到科学水平里边去。我想，分类法是不是客观，能不能使它前进一步，走向大家能够承认的一个共同的分类法，这非常重要。

在这个方面，我作了一点研究，提出了我的假说，不一定正确。我把文字的特征分成三个侧面。第一个侧面是文字的符号形式，我称之为符位相。这个符位相，是我比较了许多种文字的符号得到的结果。我认为符号可以分成三大类：第一类是图形符号——图符；第二类是笔画的结构——字符；第三类是字母。拿汉语汉字作例子，甲骨文属于图符。随着甲骨文慢慢地变化，图符也越来越简单，越来越规范化、抽象化，慢慢地离开了图形特点，但同时也保留了它的某些图形特点。从汉语汉字来讲，从甲骨文、钟鼎文、金文等，一直到小篆，我把它归为一个段落，归纳成为图符。之后通过"隶变"，从"隶书"到"楷书"，这个阶段，我把它看成是笔画结构，归纳为字符，失去了图形的作用了。汉语的汉字没有发展成为字母，这里没有字母的阶段。从其他的古代文字，我们可以看到在长期的历史发展当中可以分成三个阶段，有的文字既有图符又有字符，最后变成字母。汉字成为字母不是在中国，而是到日本以后—日本的假名字母。

第二个侧面是语段相，就是一个符号或者一个阅读单位，它代表的是语言段落。分为两部分：一部分叫长语段，比一个词更长,能代表一个句子或一段文章,又可分为篇章、章节、语句三个小分段。另一部分叫短语段,从词开始,又分三个部分:第一是语词,即代表一个"word";第二是音节,即代表一个"syllable";第三是音位(音素),即代表一个"phoneme"。在历史上,汉字所代表的语段有变化,这个变化跟语言的变化密切联系。古代的汉语中,单音词占绝对多数。《说文解字》里面的联绵词是多音节词,这种情况很少,其他的一个汉字就代表一个词了。可是,到现代汉语,到白话文里边,就不一样了。在白话文里,汉语的词多音节化,而多音节化里面,最重要的是双音节化。汉语里,大都是双音节词,单音节词相对就比较少啦。我对这个问题进行了研究,看到现代汉语里的单音节词,几乎是稳定的,增加得很慢,而多音节词大量地增加,无限地增加着。这无疑是我们现代汉语词汇发展的一个重要现象。我们常用的汉字,或者叫通用汉字,假如是七千个左右,我计算了一下,这七千个左右的现代通用汉字当中,代表单音节词的是两千多个,其他三分之二甚至于超过三分之二的汉字,都不能代表词,有的连代表词的一个构成部分也不行,只是代表词的音节。比如说,《论语》的第一句话:"学而时习之,不亦说乎。"学,古代的一个词,今天仍是一个词。而"学而时习"的"习"就不行了,"习"在今天已不是一个词了。在现代汉语里边,我们可以说"练习",也可以说"复习",还可以说"习惯"等等。"习"这个汉字在现代汉语里边不代表一个词,只是代表一个词的一个构成部分。所以,从现代汉语角度来看,汉字可以分成两种,一种是代表词的,可称为"词字";另外一种,代表一个词素,代表一个词的一个构成部分,可以叫它"词素字"。这样一分呢,我们对这个现代汉字的功能,现代汉字的面貌,就可以看得更清楚一点,可以解决许多问题了。而且,我认为现代汉字里面,词字的数量相对稳定,而词素字构成的词就会很快地发展,并大量地发展一些词组。所以,一个字所代表的语段,有长有短,短的里边,有代表词的,有代表音节的和代表音位的。这就是第二个侧面,我叫它语段相。

第三个侧面,我叫它表达相。它运用什么方法来表达呢?主要的表达方法可以分为三种。第一种是表形:"太阳",就画个圆圈;"月亮",就画半个圆圈。"人",就画一个很简单的人形。这都是表形。第二种是表意:表意的"人"就不能望文生义,必须要老师告诉学生这个符号代表什么意思,他才知道。第三种是表音:表音的符号都是从表形、表意的符号中变化出来的,它变化成为表音符号以后,就没有表形、表意的作用,仅仅代表某一个音了。

这三个侧面叫"三相",每一个侧面主要分为三个层次。这样,可看成是一个立体的菱形,一方面是符号相占了一个侧面,一方面是语段相占了一个侧面,一方面是表达相占了一个侧面。

这样,就像一个三层楼房一样,而这个楼房的一层和二层又是可以相通的,二层和三层也是可以相通的。它们的关系不是很简单的。我把文字的"三相"分类法,归纳成这么一个表。每一种文字,它的地位怎样,它的分类应该分在什么地方,都可以看它的符号是哪一种,看它的语段是哪一种,看它的表达方法是哪一种。为了方便起见,我们可以给它一个简单的称呼。文字的类型,比较复杂,不是简单的第一层只跟第一层往来,第二层只跟第二层往来,它可以楼上楼下走动的。它们的关系我曾经用"文字三相分类表"大概地表达出来(详见《比较文字学》第35页)。

这个分类方法,我是把许多学者不同的分类方法归纳起来的。究竟能不能提出一个比较客观的,大家能够承认的方法,这只是一个尝试,对不对,还要请大家来批评。这是我遇到的第二个问题。

我现在说第三个问题,这就是文字历史的分期。我根据分类,根据其他的条件,把它分为宏观的三个时期。第一个时期,主要是表形兼表意,通俗的讲法,就是叫它原始文字,还没有成熟的文字。第二个时期,主要是表意兼表音,我叫它意音文字。在国外,有些学者称之为古典文字。古典文字已是成熟的文字。第三个时期,完全表音,完全以语音为依据。表音文字又可以叫字母文字,而字母的发展历史又分为三个阶段:第一个阶段是音节字母,每一个字母代表一个音节。日文的假名字母就是最典型的代表音节的。日本的假名字母,在今天的正规的日文当中,它的作用越来越大,但是它并没有能够完全代替汉字。日文,从它产生字母以后到今天一千多年,它的字母的作用,也就是假名的作用越来越大,假名用得越来越多,但是它仍旧是汉字和假名的一种混合文字,不是单纯的假名文字。日本有一个文字改革运动,叫做假名文字运动。这个假名文字运动的要求是:完全用假名,不用汉字。这个运动到今天并没有成功,可是在某些方面已经是这样了。比如以前,日本打电报完全是用假名打的,没有汉字。这就是假名文字了。这个假名文字运动认为,既然打电报都可以做到完全用假名，那为什么还要用汉字呢，完全用假名好了。于是引起了一些争论。虽然这个假名文字运动没有成功，但假名和汉字在日文当中的关系，从一千年之前到现在，假名的作用是越来越大了。原来的日文，主要是汉字，在汉字当中加少数假名。现在反过来了，日文主要是假名，汉字变成了少数。这个变化到第二次世界大战以后就发展得更快了。第二个阶段是辅音字母。什么叫辅音字母呢？这个问题比较复杂。古代人不懂什么叫辅音，什么叫元音。只能感觉到音节，至于是辅音还是元音，还没有这个分别能力。有的语言，辅音很复杂，元音很简单。像这样的语言在写的时候，只写出辅音，不写出元音。这样的文字，辅音很明确，元音却必须看上下文，才能知道是什么东西。今天还有这样的文字。什么文字呢？是阿拉伯文。正规的阿拉伯文，不写元音，只写辅音。所以，阿拉伯文，是写起来很方便，读起来不方便。有一位阿拉伯学者讲笑话，说所有的文字都是看了以后你会懂，而阿拉伯文不一样，你必须先懂了以后才能看。各位可以试试，你写一句英文，再把元音字母都拿掉，看看你能不能看得懂。很有趣味，真的。你能看得懂，可是要看上下文。第三个阶段是音素字母。音素字母是到了希腊才开始的。希腊借来的字母都是辅音字母，没有元音。希腊语的元音很复杂，没有元音字母很不方便。于是，希腊人就利用原来字母当中不用的字母来代表元音，又改变和创造了几个字母。这样，既能写辅音，又能写元音。字母代表辅音就不代表元音，字母代表元音就不代表辅音，这是字母发展史当中的一个重要的发展。由于这个发展，现在26个拉丁字母，可以写全世界的语言。这是一个很大的发展，很重要的发展。自从有了音节字母以后，文字的表形表意就没有了，完全是表音了。这是不是好事情呢，是不是进步呢，还有争论。今天有好些人否定这个表形—表意—表音的发展规律。究竟哪种说法对呢，要请大家研究，请大家用自己独立的思考来加以判断。

这个分歧里面就包含了进化的问题。有的人不承认这些说法，这是我遇到的问题当中重要的问题之一。

下面，我再谈一个问题，就是不同的文字跟"六书"的关系。通常，人们认为只有汉字才有"六书"，其他的文字是没有"六书"的。后来，有些欧洲的学者研究古代的丁头字和圣书字，他们发现这些文字可以用"六书"去解释。日本人既用汉字，也用字母。日本人最早比较完备地提出了丁头字、圣书字可以用"六书"来加以解释。我在他们的研究基础上面进行了一些研究，比较了几种文字跟"六书"的关系。我举出了"六书"有普遍适用性的原理，我认为所有的古典文字都可以用"六书"来加以说明。我比较的是汉字、丁头字、圣书字三种古典文字。后来到了20世纪50年代，苏联的专家研究了美洲的玛雅文，我又增加了玛雅文，共四种，就是丁头字、圣书字、玛雅文、汉字。到近年来，我得到彝族专家的帮助，又增加了一种彝文。中国少数民族的彝文非常复杂，它不是从汉字中来的，而是自己创造的自源文字。近年来，彝文正在进行规范化。彝族在50、60年代进行拉丁化失败后，又恢复了老彝文。老彝文非常复杂，不同的地区有不同的老彝文，可又是同一个系统。这个系统非常像中国古代秦始皇统一中国以前的情形，它是同一种语言，同一种文字，但是方言不一样，写法不一样。虽然是同一种语言，同一种文字，可是言语异声，文字异形，跟中国的汉字在古代是同样的情形。这种现象，值得再深入加以比较研究。现在，彝文经过规范化后，主要有两种。一种是在云南，云南规范彝文的字分为两部分，一部分字是表意的，一部分字是表音的，它是一种主要表意和表音的意音文字。这个特点跟汉字非常接近。另外一种在四川，四川的规范彝文就不一样了，它把表意文字去掉了，只留下表音文字，有几个音节就有几个符号。经过学者帮他们整理和规范化后编写成字母，虽然数目比较多，但的确是字母化了。它一个音节就有一个符号，很有规律。云南的规范彝文，是表意和表音的意音文字，而四川的规范彝文，是音节文字，表音文字。这样，我就又得到一种新的文字加进这个"六书"的比较了，它们是丁头字、圣书字、汉字、玛雅字、彝文，共有五种。后来，我又加进第六种，就是刚刚讲的东巴文。东巴文虽然不是一种成熟的文字，但是它接近成熟。用"六书"来加以说明，非常合适。现在研究"六书"的共同作用，已经有这几种文字了，这使"六书"的比较又进了一步。中国的传统有"六书"，西洋的传统有"三书"。"六书"有共同性，"三书"也是有共同性的。

我认为文字学既然是创造于中国的，而且中国今天仍还在用汉字，中国人就有特别好的条件来研究比较文字学。西洋人不重视比较文字学，因为他们都是用的拼音文字。凡是读过英语的就应该知道，他们对文字和语言是分不清的，今天我们的翻译中常常发生这个问题。英语里的 language，它有几种不同的含义，究竟应该译成语言还是文字呢？有的时候是表示语言，有的时候既表示语言又表示文字,还有少数场合,人家把 language 用来表示文字。而中文很清楚,文字就是文字,语言就是语言。所以,我认为,作为创造文字学的国家,中国应当继续研究文字学,并扩大研究范围。首先,要把汉字类型的许多种文字作为一个整体来研究,这里我叫它广义汉字学。另外,要把全世界、全人类的文字作为一个整体来研究,这个就是比较文字学。如果我们研究生物学,只研究一种生物,那么生物学的研究就不完备;同样,如果我们研究语言学,只研究一种语言,这个语言研究也就不完备。

中国是一个文化很丰富、传统很厚的国家,但是由于我们长期很少跟世界交流,我们看到的都是中国,很少人能看到世界。从中国来看世界,往往不能得到科学的结论。今天是一个全球化的时代,全球化影响到了学问,也影响到了语言学,影响到了文字学。在全球化时代我们要研究全球的文字,所以比较文字学在 21 世纪的中国应当是一门重要的学问。我希望在各大学都有这么一个选修课来研究比较文字学,当然,这不是大多数人的工作,只是少数专家的工作。在研究比较文字学当中,更可以了解汉字的性质。50 年来,这就是文字改革问题的许多争论中的一个问题。汉字在人类文字历史上的地位究竟在什么地方呢?我们怎么认清汉字的特点?我们不研究比较文字学,就不能得到深入的解答,就不能得到一种让人家信服的说法。所以,我认为比较文字学有它一定的重要性,虽然今天它还是一个冷门。我现在就简单的介绍这么一点,并不是一个系统的说明,仅仅是蜻蜓点水而已。

"文字改革"的百科新稿

文字改革：文字和语言的有计划的发展，以适应现代需要为目的，又称语文现代化。文字改革运动开始于明治维新前后的日本和甲午战争前后的中国。二次世界大战之后，许多新兴国家需要建设和改革语文，兴起一门学问，叫做语言计划（language-planning），又译语文规划，研究语文发展的规律和具体问题。

中　国

汉族的文字改革又称汉字改革。清末以来，经历了切音字运动、国语运动、白话文运动、注音字母运动、国语罗马字运动、拉丁化新文字运动、手头字运动。这一系列运动的要求可以归纳为四个方面：语言的共同化、文体的口语化、文字的简便化和表音的字母化。

语言的共同化

方言复杂的汉族，需要一种大家通用的共同语。孔子时代有雅言，后来历代有通语，明清时代有官话。但是一向以方言为主、官话为辅，文字相同、读音各异；官话没有严格的标准音，使用者只有少数人，主要是官吏和行商。现代社会需要标准明确的规范化共同语，普及共同语是实行全民义务教育和建设现代化国家的基础工程。民国初年，尝试以多数省份的汉字共同读音为标准，1924年改为以中等程度北京人的语音为标准。1955年全国文字改革会议把国语改称普通话，定义为：以北方话为基础方言，以北京语音为标准音，以典范的现代白话文著作为语法规范。1982年宪法规定，推广全国通用的普通话。台湾仍称国语，光复后普及了国语。新加坡改称华语，独立后在华族中间普及了华语。

文体的口语化

文明古国都有书面语（文言）和口语（白话）的矛盾，阻碍思想的发展和教育的普及。清末维新运动者提出"我手写我口"。1919年前后掀起以白话文运动为先导的"五四"运动。白话由此取代文言成为文学的正宗，小学教科书的正式文体，小说和论说文章都写成"不登大雅之堂"的白话。20世纪50年代，"等因奉此"的公文程式改为口语格式。报纸的半文半白"新闻体"改为大众容易看懂的白话文。直行排印改为横行排印，以便配合科技术语和数学公式。出版了多种古书今译丛书。

文字的简便化

汉字笔画繁、字数多、读音乱、检索难，清末开始提倡简化汉字，要求定形、定量、定音、定序。定形：异体字要统一，印刷体和手写体要接近，要以清晰、易认、易写的简体字为规范。上海在1935年掀起手头字运动，选定三百多个手头常写的简体字，在15种杂志上公开使用。同年，南京教育部公布第一批简体字表，包含324个社会上比较通行的简体字，可是第二年遇到反对就收回了。1956年公布《汉字简化方案》，简化字初次得到正式推行。方案规定515个简化字和54个简化偏旁，后来类推成为《简化字总表》，共2235字。简化字大都是"古已有之"，这时候把俗体提升为正体，在中国内地已经普遍应用于教科书、报纸和杂志。但是马路两旁的招牌等所谓社会用字，繁简并用，没有统一。定量：字数太多，字无定量，是汉字难学难用的主要原因。在难以减少字数的情况下，可以用分层方法，减少学习和使用的难度。已经分为常用汉字（3500字）和通用汉字（7000字）两个层次，前者用于小学教育，后者用于一般出版物。此外罕用的汉字，用于古籍和专门性的出版物。定音：民国初年，开始汉字的读音统一。字典一律用字母注明标准读音，代替反切。后来进行普通话审音工作，统一异读词的读音。定序：部首法和笔画法都难于适应自动快速检索的技术需要。1918年公布注音字母之后，开始了利用字母顺序的音序法。1958年公布汉语拼音方案之后，在《现代汉语词典》使用拼音字母的音序法排列正文的带动下，大型出版物如《中国大百科全书》，也采用拼音字母音序法排列正文。

表音的字母化

汉字积累到6万的大数,可是缺少一套字母。反切法不利于识字教育。1918年制定以古汉字为基础的注音字母,开始表音的字母化。1928年公布国语罗马字,采用国际通用字母。1958年公布汉语拼音方案,继承和更新国语罗马字。1982年,汉语拼音方案得到国际标准化组织的通过,成为拼写汉语的国际标准(ISO 7089)。我国的语文政策是,汉语拼音帮助汉字,不代替汉字。

在信息网络时代,汉字遇到如何在电脑上输入输出的问题。起初尝试整字输入;后来改为拆字输入,设计了千种以上的字形编码;最后采用"拼音—汉字"变换法,输入拼音,以语词和词组为单位,自动转变成为汉字。现在方法多样,而"拼音—汉字"变换法,已经成为主导。

少数民族文字的创造和改革

我国有55个少数民族,用三十来种文字。20世纪50年代以来,给没有文字而需要文字的民族创制文字,对应用不便的文字进行修订或改革。壮族的拉丁字母新文字已经印上人民币。

外 国

汉字文化圈

日本：日本实行文字改革早于中国。公元3世纪，汉字文言传入日本。8世纪，日本利用汉字书写日语，形成万叶假名。10世纪，简化汉字成为片假名和平假名。15世纪，形成汉字和假名的混合文字，一直用到今天。1868年明治维新，进行文字改革：普及国语，文学文体从文言改为白话，假名规范化，制定日语罗马字，整理汉字。"二战"结束，1945年日本投降，实行语文平民化：公文口语化；减少汉字，1981年规定常用汉字1945字，法律和公文用字以此为限，此外用假名代替；在1945个常用汉字中，简化了665个汉字；推行日语罗马字，1954年重新公布日语罗马字训令式，1989年得到国际标准化组织通过，成为书写日语的国际标准（ISO 3602）。日文从汉字中间夹用少数假名，变成假名中间夹用少数汉字。在电脑上，从1980年起，使用假名自动变换汉字的智能新技术，完全不用字形编码。

朝鲜半岛：公元1至3世纪，高句丽首先接受汉字文化，并传给百济和新罗。7世纪起，利用汉字书写朝鲜语，成为"吏读"。1446年，李朝世宗创制朝鲜字母，刊行于《训民正音》，又称谚文。

有音素字母28个，叠合成大量音节组合字，现代使用音节组合字约3500个。19世纪后期通行汉字和谚文的混合体。"二战"之后，南北分立。朝鲜（北方）在1948年废除汉字，全用谚文。韩国（南方）继续使用汉字谚文混合体，1972年公布教育用字1800个。

越南：公元前2世纪，汉字文言传入越南，长期作为正式文字。公元后13世纪，民间创造越南方块字，称"喃字"，书写越南语，在陈朝（1225—1440年）流行。17世纪，西欧传教士来到越南。一种葡萄牙传教士设计的越南罗马字，经法国神甫罗德（Rhodes, 1591—1660年）修订，起初在教会使用，1885年起在越南南方推行，1910年法国殖民政府明令在越南全国推行。1945年越南独立，规定越南罗马字为越南的正式文字，称"国语字"，废除汉字。

印度

殖民地时期以英语为行政和教育语言。1947年独立后，规定印地语为唯一的全国性的法定国语。另有11种法定的以邦为范围的地区性的邦语言。此外，梵文和乌尔都语是不限地区的法定语言。一共有14种法定语言（后又增加4种邦语言）。英语没有法定地位，但是普遍流通，成为事实上的全国性的纽带语言。

东南亚

马来西亚：15世纪以前接受印度文化，以变体印度字母为文字。15世纪之后，信奉伊斯兰教，用阿拉伯字母。1867年英国建立海峡殖民地。马六甲海峡的"寥内—柔佛"（Riau-Johor）

方言发展成为标准马来语,通行于海峡和东印度群岛。1904年,英国用拉丁字母书写马来语,代替阿拉伯字母,行政和教育用英语。1957年马来亚独立,1963年成立马来西亚。1969年把标准马来语定名为马来西亚语。印度尼西亚:1602年荷兰东印度公司控制海峡商业,1704年统治全爪哇,1800年建立荷属东印度,19世纪末统治整个东印度群岛,以荷兰语为官方语言。1928年印尼的革命"青年大会"采用拉丁字母书写的标准马来语作为印度尼西亚语,代替荷兰语。1927年改革拼写法,跟马来西亚取得一致。新加坡:1965年独立,规定四种官方语言:英语为全国官方语言,华语为华族的官方语言,马来语为马来族的官方语言,塔米尔语为印度族的官方语言。新加坡采用简化字和汉语拼音。菲律宾:1380年伊斯兰教传入菲律宾南部岛屿,穆斯林学习阿拉伯文。1565年菲律宾成为西班牙的殖民地,官方语言用西班牙语。1898年菲律宾归美国统治,英语开始代替西班牙语。1935年菲律宾成立自治政府,采用拉丁字母书写的他加禄语(Tagalog)为菲律宾语(Pilipino),跟英语并用。1974年实行双语制度,英语用于数学和自然科学,菲律宾语用于其他课程。

东非

东非海岸流通的斯瓦希里语(Swahili),18世纪用阿拉伯字母。德国东非殖民地改为拉丁字母,用作低层的行政和教育语言。英国接管东非,继续利用。肯尼亚1963年独立。坦桑尼亚1964年建立。两国都有多种语言。但是没有一种适合用作国家共同语，于是采用斯瓦希里语作为两国的共同国语，同时使用英语。斯瓦希里语又是乌干达、卢旺达、布隆迪和扎伊尔（刚果）的广播语言。

土耳其

1923年，在奥斯曼帝国的废墟上，成立新的土耳其共和国，政教合一改为政教分离，进行一系列反神权和反封建的世俗化和现代化改革。1928年废除阿拉伯字母，采用拉丁字母，震撼了整个伊斯兰教世界，开启后来的国际拉丁化运动。

苏联

十月革命之后，俄文进行正词法改革，废除几个不必要的字母。在土耳其文字改革的影响下，苏联的伊斯兰教加盟共和国，由阿塞拜疆带头，废除阿拉伯字母，改用拉丁字母，很快扩大到了苏联的其他民族，留苏华侨也设计了拉丁化中国字，形成拉丁化运动，得到列宁的支持。后来，斯大林把拉丁字母都改成俄文字母，蒙古国也改用了俄文字母，拉丁化变成斯拉夫化。苏联解体之后，有的独立起来的加盟共和国考虑重新拉丁化。

以色列

1948年建立以色列国，恢复已经死亡的希伯来语和方块字母，作为以色列的国家图腾。这是语文复古的特殊例子。

德国、奥地利、瑞士

在 1998 年，他们联合起来，成功地改革了德文的正词法。

英国、美国

"二战"后，一批英国学者提出改革英文正词法，英国国会没有通过。美国实行了英语商业文件的文体通俗化。英国教会把 17 世纪英王钦定英语《圣经》改译成为便于朗读的现代英语。

注：本文原为编辑中新版《中国大百科全书》语言文字条目更新稿。

参考文献：

周有光：《中国语文的时代演进》，北京：清华大学出版社，1997 年。

John Rubin: *Language Planning Processes*, Mouton Publishers, 1977.

我和语文现代化

我对语言学和文字学是外行,我参加文字改革工作是偶然。我的孙女儿在小学时候对我说:"爷爷,你亏了!你搞经济半途而废,你搞语文半路出家,两个半圆合起来是一个〇。"这就是我的写照。

1949年上海解放后,我从国外回来,在上海复旦大学经济研究所教书,院系调整后在上海财政经济学院教书。1955年接到通知,要我参加在北京召开的"全国文字改革会议"。会后我被留在新成立的"中国文字改革委员会"工作。我说我对语文是外行。领导说这是一件新的工作,大家都是外行。我服从分配,就此改行。20年代初期,我业余写过几篇有关语文的文章,提出一些幼稚的所谓新观点;30年代,我业余参加拉丁化运动,写过一些有关改进拉丁化的文章。这就是我被留下在文改会工作的缘故。

"二战"后,新独立100多个国家,都有语文建设问题,有的需要规定国家共同语,有的需要设计国家通用文字。文明古国也要更新语文,例如日本战后实行语文平民化,印度制定国家共同语和邦用共同语。国外兴起一门新的学问,叫做"语言计划",这跟中国的"文字改革"名异而实同。"文字改革"包括语言问题,"语言计划"包括文字问题。文字改革或语言计划,又称"语文现代化"。

参加制订《汉语拼音方案》

解放初期,政府以扫除文盲作为建设新中国的一项重要工作。在"突击识字"等方法失败以后,把希望寄托于文字改革。

中国的文字改革开始于清末,内容逐步发展,前后包括:1. 语言的共同化;2. 文体的口语化;3. 文字的简便化;4. 注音的字母化;5. 语文的电脑化;6. 术语的国际化。50年代提出三项文字改革的当前任务:1. 简化汉字,2. 推广普通话,3. 制订和推行汉语拼音方案。(参看1958年1月10日周恩来总理《当前文字改革的任务》)

1955年"全国文字改革会议"把国语改称为普通话,给普通话定义为"以北京语音为标准音、以北方话为基础方言、以典范的现代白话文著作为语法规范的现代汉民族共同语"。会后成立"中央推广普通话工作委员会",我是委员之一。我提出普及普通话的两项标准:1. 全国学校以普通话为校园语言,2. 全国公共活动以普通话为交际媒介。

起初,"中国文字改革研究委员会"设计民族形式的拼音方案,在1955年"全国文字改革会议"上展示四种民族形式的拼音方案草案,没有得到语文界的积极响应。于是在文改会下面成立"拼音方案委员会"进一步研究制订方案。1918年公布的"注音字母"(后改称"注音符号")不便国际交流;1928年公布的"国语罗马字"拼写法太烦琐,难于推广;于是决定研究制订更加适用的《汉语拼音方案》。

拼音方案委员会详细研究了方案的原则和技术问题,包括:1. 字母形式问题(民族形式和国际形式;译音方案和文字方案等);2. 语音标准问题(人为标准和自然标准;方言和普通话的对比等);3. 音节拼写法问题(双拼和音素化;字母标调和符号标调等);4. 字母的具体安排问题(声母"基欺希"的安排;舌尖前后元音的安排;双字母的减少;新字母的取舍等)。

为了给字母形式问题提供参考,我写了一本小书《字母的故事》,先分篇发表在《语文知识》杂志上,后来出版单行本。我提出"汉语拼音三原则":1. 拉丁化,2. 音素化,3. 口语化;并从反面阐明《汉语拼音方案》有"三不是":1. 不是汉字拼音方案,而是《汉语拼音方案》;2. 不是方言拼音方案,而是普通话拼音方案;3. 不是文言拼音方案,而是白话拼音方案。这些论点,我写成文章发表在香港《语文杂志》和其他刊物上。

《汉语拼音方案》经过三年的反复研究方才完成。当时从原则问题到技术问题,都经过十分慎重的考虑。最后在1958年得到全国人民代表大会通过公布,后来在1982年得到"国际标准化组织"通过,成为书写汉语的"国际标准"(ISO 7098)。我写的关于拼音方案问题的一些文章,集成一本《拼音化问题》,后来在1980年出版。

《汉语拼音方案》是以音节为单位的拼写法规则。方案公布之后,我进一步研究以语词为单位的"正词法"。经过多年的推敲，形成《汉语拼音正词法基本规则》，在1988年公布。配合正词法，我从50年代开始主编《汉语拼音词汇》，经过两次修订再版，1989年又出版"重编本"。《汉语拼音词汇》的特点是，正文以语词为单位，采用纯字母排列法，使同音词都排列在一起，现在已经成为中文电脑的词库基础。我写的关于正词法的论文有：《汉语拼音正词法问题》、《正词法的性质问题》、《正词法的内在矛盾》等，后来收集在1986年出版的论文集《中国语文的现代化》中。

汉语拼音从1958年秋季起已经成为中国大陆小学的必修课，中文辞书（例如《现代汉语词典》、《中国大百科全书》等）都用拼音字母注音和排列正文，电脑输入中文的新技术采用"从拼音到汉字"的自动变换法。我国语文政策规定，拼音是帮助汉字的设计，可以做汉字不便做和不能做的各种工作，但是并非取代汉字的正式文字。"拼音"不是"拼音文字"。所谓"拼音化"有广狭二义：狭义指作为正式文字，广义指任何的拼音应用，包括给汉字注音，拼写普通话，在电脑上应用等。广义的"拼音化"已经广泛推行。

汉语字母的创造是一个长期的演进过程：从现成汉字（三十六字母）到变异汉字（注音字母），从民族形式（注音字母）到国际形式（国语罗马字），从外国方案（威妥玛方案）到本国方案（国语罗马字），从内外不同（国内用注音符号，国外用国语罗马字）到内外一致（国内国外都用汉语拼音），从国家标准（1958年国家公布拼音方案）到国际标准（1982年ISO通过拼音方案为国际标准）。

使文字改革跟语言学挂钩

文字改革运动有三个方面：1. 群众的文改运动（主张有的激进、有的稳健，有的成熟、有的幼稚）；2. 学者的文改研究（钻研较深，主张不一，重理论而轻实用）；3. 政府的文改政策（各个时期有统一的规定）。辛亥革命以来，文字改革逐步前进，但是没有长远规划，缺少理论指导。我是从群众运动中来的一个感性工作者，自己知道知识不足，水平太低，深感文字改革需要跟语言学挂钩。

1958年秋季，北京大学中文系王力教授约我去开讲一门"汉字改革"课程。我借此机会把清末以来文改运动的历史经验整理一番，从中归纳出一些原则，就我的浅薄了解，尝试跟语言学（包括文字学）挂钩，希望使文字改革成为一门可以言之成理的系统知识。我的这一努力是幼稚的，可是在当时是一种新的尝试，引起了广泛的注意。后来北京大学和中国人民大学又约我再次开课。我把讲稿整理成《汉字改革概论》一书，1961年第一版，1964年再版，1979年第三版，1978年出香港版，1985年在日本出日文翻译版。

语文不是一成不变的，而是跟随社会的变化而变化的。社会长期停滞，语文也就停滞不变；社会急剧变化，语文也发生急剧变化。秦并六国，发生"书同文"变革。辛亥革命，发生白话文和国语运动。在西欧，文艺复兴之后各国创制民族语文。在日本，明治维新之后掀起文字改革。语文变化，可以是无意识的，可以是有意识的。有意识和有计划的变化，称之为文字改革。

文字改革对语言学和文字学提出了许多新的问题。例如，关于国家共同语：共同语的词汇基础和语音标准问题；异读词的读音规范化问题；词与非词的界限问题；语词的结构问题等。关于汉字：汉字和语词的使用频率问题；汉字的分层应用问题；同音字和同音词问题；简化和繁化问题；声旁的有效表音功能问题；现代汉字的部件分解问题等。诸如此类新问题的提出，扩大了语言学和文字学的研究范围，使文字改革从感性知识向理性知识前进。

关于同音词问题：我认为同音词是语言问题，不是文字问题。在文字上分化同音词，汉字可以做到，拼音也可以做到，但是这只能使"同音词"变为"异形词"，不能使"同音词"变为"异音词"。同音词依旧是同音词。我提出，同音词有"四不是"：1. 不能单独成词的同音汉字不是同音词；2. 异调同音不是同音词；3. 文言古语同音不是现代汉语的同音词；4. 语词和词组同音不是同音词。除去"四不是"，同音词的数量就不是人们所想象那么多了。语言有分化同音词的能力；在传声技术时代，这一能力将发挥更大的作用。50年代把"炎症"和"癌症"的读音分化，把"初版"改为"第一版"跟"出版"相区别，这是成功的例子。在"异读词"的审音工作中，区分了更多的混淆不清的同音词。

关于形声字的表音功能问题：我在分析一本《新华字典》和若干报刊文章之后，发现现代汉字（约7000字）中"声旁的有效表音率为39%"，如果要区别声调，有效表音率不到五分之一。我写了论文《现代汉字中声旁的表音功能问题》（1978）和一本小书《汉字声旁读音便查》(1979),说明"秀才识字读半边"根本靠不住。古人造字,只求声旁读音近似,不求读音准确。读音的历史演变,使声旁大都失去了表音功能。声旁表音只有"近似性",这是中外古典文字的共同现象。

在大约7000个现代汉字中,有基本声旁545个(不同字典数目略异),其他是滋生声旁。在现代汉字中,能独立成词的"词字"占三分之一,不能独立成词的"词素字"占三分之二。"词字"数量有相对稳定性。这些数据有多方面的实际作用,但是还要进一步研究核实。

在比较多种现代汉字的使用频率之后,我提出"汉字效用递减率":最高频1000字的覆盖率大约是90%,每增加1400字只提高覆盖率大约十分之一。这个规律给减少汉字的字量研究提供了一项统计依据。

传统汉字学研究汉字的形音义的历史演变,实际是"历史汉字学"。为了当前应用的需要,我提出要从历史汉字学中分出一个分支,叫做"现代汉字学",研究现代汉字的现状和应用问题。1980年我发表论文《现代汉字学发凡》。不久,上海师范大学、华东师范大学、北京大学等开设了"现代汉字学"课程,并且编写出版了几种现代汉字学的专著。

其实,现代汉字学的研究在民国初年就事实上萌芽了。当时提倡:废除反切,用字母注音;简化汉字;改进查字法;用统计方法研究小学用字问题。在日本,革新的研究开始得更早。我在《现代汉字学序言》(1993)中说:现代汉字学是"播种于清末,萌芽于'五四',含苞于战后,嫩黄新绿渐见于今日"。

汉字简化从1956年的《汉字简化方案》(515字)类推成为1964年的《简化字总表》(2235字)。在7000个现代汉字中,三分之一是简化字,三分之二是没有改动的传承字。这些规范汉字已经普遍用于中国大陆的教科书、报纸和杂志,只有招牌、广告等所谓"社会用字"还处于混乱状态。在台湾,手写行书也用简化字,跟大陆大体相同。香港"繁简由之",回归之后渐渐改繁为简。根据小学教师的经验,简化的好处是"好教、好认、好写"。简化字的清晰性在电视上极为明显。王羲之的书法中有三分之一是简化字,简化无损于书法。但是简化的好处不宜夸大。汉字的困难主要在字数太多。日本重视减少字数,一般只用1945个常用汉字,值得中国学习。

简化的理论问题有争论。"从繁到简"是不是有普遍性的发展规律?有人说,汉字历史,"既有简化,又有繁化"。如果汉字是例外,简化就失去了理论根据。我认为汉字也是"从繁到简",不是例外。汉字中形声字越来越多,"形声化"是符号的"复合",不是"繁化"。丁头字和圣书字也有"形声化",它们把几个符号线性排列,不发生"繁化"的感觉。汉字发生"繁化"的感觉,是因为把几个符号叠合成一个方块。汉字叠合以后又促进了简化。楷书形声字的部首"三点水"、"草字头"等等,都明显地简化了。"复合不是繁化"。

找寻汉字在人类文字史上的地位

20世纪50年代,许多人写文章说,文字改革要依照文字发展的规律来进行。什么是文字的发展规律呢？这是文字改革的重要理论问题。

有人说：文字的特点是由语言的特点决定的。汉语有音节分明的特点，适合使用表意的汉字；英语有词尾变化的特点，适合使用表音的字母。"语言决定文字"，这就是文字的发展规律。这个说法近来很流行，对不对呢？

汉语是汉藏语系的一种语言。汉藏语系其他语言的文字是否都跟汉语的文字相同或相似呢？在汉藏语系中，汉语之外另一种重要语言是藏语。藏语也是音节分明而没有词尾变化的，可是藏语的文字不用汉字而用表音的字母。这不是说明语言特点不能决定文字特点吗？

再看，用汉字作文字的国家除中国以外有日本、朝鲜和越南。这三种语言是否特点都跟汉语一样呢？不然。日语系属未定，不是汉藏语系，是有词尾变化的，跟汉语大不相同，可是日语用汉字作为正式文字。朝鲜语（韩语）属于阿尔泰语系，也有词尾，跟汉语大不相同，可是用汉字作为正式文字，今天北方废除汉字而南方仍旧用汉字和字母的混合体。越南语（京语）跟汉语非常相似，但是不属于汉藏语系；越南语原来用汉字，后来废除汉字改用拼音文字。在以上三种语言中，不同于汉语的采用汉字，相似于汉语的采用拼音文字，这不是正好否定了"语言决定文字"吗？

今天世界上最流行的拉丁字母，书写了各种互不相同的语言，这更证明语言的特点跟文字的特点没有必然的联系。"语言决定文字"的说法不能成立。

经常听到的另一种说法是：文字是从"表形到表意到表音"，这就是文字的发展规律。可是有人说：汉字用了 3000 年，没有变成拼音文字，可见"形意音"的发展规律不能成立。

"形意音"的发展规律来自西方。我就到西方的著作中去看看情况。最能说明"形意音"规律的例子是"丁头字"。丁头字在本土"两河流域"，从苏美尔人传到阿卡德人、巴比伦人和亚述人，有逐步前进的"形意音"变化，但是只有量变，没有质变。在传到本土以外的民族以后，才摆脱"意音"结构，发生"从意到音"的质变，成为表音文字。"形意音"的发展是在从本土到异地的传播中完成的，不是在本土传承中完成的。

我把汉字跟丁头字相比，看到汉字也有同样情况。在中国，形声字比重的历代增加，就是声旁表音作用的发展，但是声旁增加，形旁也跟着增加，文字结构只发生量变，没有发生质变。汉字传到日本，从书写汉语变为书写日语，从万叶假名变为平假名和片假名，这是"从表意到表音"的质变。在汉语汉字到日语汉字的传播过程中，也看到了"形意音"的发展规律。

再看世界文字的历史。从公元前 3500 年到前 1500 年是丁头字和圣书字时代，这时候只有"意音文字"。经过 2000 年的"从意音到表音"的潜在演变，到公元前 1500 年产生扬弃表意、纯粹表音的字母文字。这就是文字的"形意音"发展过程。汉字的产生和发展比丁头字晚 2000 年，但是发展的步骤没有两样。我写成专书《世界文字发展史》(1997)，把汉语汉字跟丁头字和圣书字共同排列在"古典文字"中间。

"六书"中间包含"形意音"三个层次：1. 象形是表形，

2. 会意是表意，指事也是表意性质，3. 假借是表音，形声是表音兼表意，转注是字形的变异。国外学者指出，"六书"不仅可以说明汉字的造字和用字的原理，也可以说明同类型的古典文字的造字和用字的原理。我比较"三大古典文字"，发表论文《圣书字、丁头字和汉字中的六书比较》。后来，我又进一步跟玛雅字和云南彝文相比，发表五种古典文字中六书比较的论文《六书有普遍适用性》（1996）。从这些比较可以看到，类型相同的古典文字，虽然外貌迥然不同，而内在结构如出一辙。

从 20 世纪 50 年代起，我开始研究比较文字学。我感到，研究比较文字学必须重视其中的文字分类法。在比较了各不相同的外国和中国学者的文字分类法之后，我提出"文字三相分类法"，希望以客观的条件统一各家的分类法。我认为文字有三个侧面：符形侧面、语段侧面和表达法侧面；三者合称文字的"三相"。1. 符形相：从图符到字符到字母。2. 语段相：从长语段（篇章、章节、语句）到短语段（语词、音节、音素）。3. 表达相：从表形到表意到表音。把"三相"画成一个立体的"三棱形"，可以包括一切文字的类型，其中有单纯的类型、有兼职的类型。单从表达相来看，实际存在五种主要类型：1. 形意文字，2. 意音文字 3. 音节文字，4. 辅音文字，5. 音素文字。

任何文字都可以在"三相分类法"中找到自己的位置。例如：现代中文属于"字符·语词和音节·表意和表音"的意音文字类型。现代日文属于"字符和字母·语词和音节·表意和表音"的意音文字类型。朝鲜文在南方属于"字符和字母·语词和音节（音素叠合）·表意和表音"的意音文字类型；在北方属于

"字母·音节（音素叠合）·表音"的音节文字类型。1997年我发表论文《文字类型学初探：文字三相说》。后来我写成一本书稿《比较文字学初探》，1998年由语文出版社出版。

50年代以来，中国大陆对少数民族的语言进行大规模的调查研究，成绩斐然。同时得到许多种少数民族的民间文字资料。依靠专家们的帮助，我起初收集到汉字型的文字20来种，后来又扩充到30来种。我写成论文《汉字型文字的综合观察》，尚未发表。这许多种文字组成一个"汉字型文字"的大家庭，实在是一件非同小可的大收获。应当把它们作为一个文字系统来进行综合研究，建立一个文字学分支，叫做"广义汉字学"。

汉字从黄河流域的"中原"传播到长江流域和珠江流域，再传播到国内边区的许多少数民族，包括古代的北方民族和现代的西南民族，再传播到四周邻国，包括越南、朝鲜和日本。综观2000年的传播，可以分为四个阶段：1. 学习阶段，大家学习汉语汉字；2. 借用阶段，借用汉字书写当地语言；3. 仿造阶段，模仿汉字造成非汉语的民族新汉字，包括孳乳仿造和变异仿造；4. 创造阶段，简化汉字或其笔画，成为音节字母或音素字母。在这个传播过程中，可以找寻微观的和宏观的汉字发展规律。汉字在人类文字史上的地位，需要从文字史和文字学的研究中得到客观的认识。

研究信息化时代的中国语文问题

面对信息化时代，汉语和汉字的研究又增添了一系列新的课题。在电脑上如何输入汉字文本,是日本和中国共同遇到的瓶颈问题。

输入汉字的技术经历了三个发展阶段:1. 整字输入法,2. 拆字编码输入法,3. 拼音变换输入法。整字输入法需要特制键盘,最早在日本曾热闹一时;还没有来得及大量传入中国,日本已经放弃这种方法了。编码输入法在日本只尝试了一个短时期,很快就进入无编码的假名变换输入法,现在日本青年已经不知道什么是编码了。在日本,1967年东芝开始研究无编码的"假名变换法",1977年推出假名自动变换的第一台日文电子打字机。1978年夏普、1979年富士通、1980年有六家推出同性质的日文电子打字机。从此日文电脑进入无编码时期,此后的发展是改进人工智能的自动化软件。

中国在开始设计出笔画和部件的编码输入法时候,许多人欣喜若狂,为汉字庆贺!从此有越来越多的人研究编码输入法,很快达到400种、750种,超过1000种,形成"万码奔腾"的局面,至今不衰。

我在50年代设计了一种"拼音加部首"的音形编码,后来发表在《电报拼音化》一书中。可是不久我就感觉到这不是一条康庄大道。我转向研究无编码的"拼音·汉字"自动变换法,发表了几篇论文,其中一篇是《汉语的内在规律和汉字的内在规律:中文输入法的两种基本原则》(1996)。

我认为汉语的内在规律可以用来改进中文的输入法。1. 语词规律:汉语是以词为表意单位的,大多数词是双音节和多音节,还有词组、成语、语段、固定名称等等,可以作为输入单位,尽量避免以单个汉字作为输入单位,实行"以词定字"。2. 频度规律:按照语词的出现频度,实行"高频先见"。如果这不是当时的需要,可以选择出需要的词或字,使电脑记好,实行"用过提前"。只要选择一次,不要选择第二次。3. 语境规律:常用而又易混的单音节虚词,例如量词,可以利用上下文的"语境"原理,设计智能化的软件,自动调整。4. 声韵规律:利用声韵两分法及其搭配关系,可以把全部声母和韵母安排在 26 个字母键盘上,实行音节双打(双打全拼),提高效率。诸如此类的汉语内在规律是中文电脑智能化的依据。在今天,这些认识已经成为许多人知道的常识。在拼音变换的中文电脑上,输入规范化的白话文,只有大约 3% 需要进行同音选择。

汉字也有内在规律,可以用来设计字形编码。但是,汉字的内在规律复杂而多例外。所以字形编码都是"多重"规则,而每重规则又都有例外。字形编码在日本已经让位于假名变换,中国也应当走出编码时期,推广无编码的拼音变换。拼音变换对学过拼音的小学生来说,不需要另外学习。这是普及中文电脑的一个关键性的步骤。

科技术语和译名问题是文字改革的一个重要方面。中国把这方面的工作交给单独的机构来负责,所以不列入文字改革工作的项目中。在中国历史上,有两次大规模输入外国文化:一次是以唐代为高峰的输入印度佛教文化;另一次是从清末开始的输入西方科技文化,今天的新科技和信息技术就是科技文化的延长和发展。大规模引进外来文化,必然大规模引进外来术语。战后新兴国家都遇到如何引进科技术语的问题,中国并非例外。

用字母文字的国家在引进新术语的时候，无例外地都采用原样借入的方法。这就是鲁迅所说的"拿来主义"，一般称为"术语国际化"。日本原来跟中国一样，采用"意译、单音节化、创造新汉字"的翻译方法，后来改为利用片假名直接音译外来术语。中国现在的方法是"意译为主、音译为辅"。意译的好处是容易为群众所理解，但是缺点很明显。"一名之立，旬月踟蹰。""一名之定，十年难期。"在时间上难于追赶先进，也不利于阅读国外科技文献。我提出一个解决方法，叫做"术语双语言"。对一般群众采用意译，这是较少的常用术语。对专业工作者采用术语国际化，方便追赶科技的迅猛发展。我发表了几篇论文，其中一篇的题目是《文化传播和术语翻译》（1991），说明"术语双语言"的必要性。

今天，世界进入全球化时代，任何国家如果不能进入国际竞争，就有落后和失败的危险。要想进入国际竞争，在语言上需要学习事实上的国际共同语：英语。我国原来实际上推行"方言或民族语和普通话"的双语言，现在需要再加上"普通话和英语"的双语言，否则中国人无法走出中国，参加国际活动。"改革开放"需要两个"双语言"，这是时代的需要和发展的需要。我发表了一篇文章《双语言时代》（1997），说明这个时代的语言需要。全球化已经不是少数人的梦想，而是不由分说地真的向我们走来了。

"文字改革"或者"语言计划"这些说法有时容易发生误解。我从20世纪60年代起就改说"语文现代化"。有人说，"语文怎么也能现代化？"其实，"语文现代化"这个说法在国际上早已通行。例如：1967年在马来西亚举行"亚洲语文现代化"国际学术会议，到会的有亚、欧、美等许多国家的学者；这时候中国还没有开放对外学术交流，所以中国没有人参加。后来，1983年在夏威夷举行"华语社区语文现代化和语言计划"国际学术会议，简称"华语现代化"国际会议；中国大陆参加者有六人（傅懋勣、刘涌泉、陈章太、范继淹、黄国营和我），台湾省参加者有五人，此外有各国的学者。语文现代化不是中国一国所特有的工作，而是一种世界性的工作。这一点要使国内更多人知道，以利于中国的改革开放。

1997年11月20日

（原载张世林编：《学林春秋》，北京：中华书局，1998年）

异形词的整理和汉语词汇的歧异现象

异形词的整理

一个词有几种不同写法,词音和词义相同而词形不同,可以任意使用,不分轩轾,叫做异形词。异形词是词汇的歧异现象,骈枝赘疣,不利于语文的学习和应用,特别不利于语文的信息处理。2001年12月19日,教育部和国家语言文字工作委员会发布《第一批异形词整理表》,选取338组异形词,每组推荐一个标准词形,其余逐渐淘汰,2002年3月1日开始试行。这是提高汉语的规范化水平和应用效能的一项措施,是中国语文和中国文化向上发展的新标志。"异形词研究课题组"出版的《第一批异形词整理表说明》中有全面的解说。这里略作介绍。

这一整理工作开始于1999年,经过两年的收集和研究,从1500多组异形词中,根据"积极稳妥、循序渐进、区别对待、分批整理"的方针,去除方言和古文用法,选取群众经常使用、取舍倾向比较明显的338组,订成第一表。用《人民日报》1995至2000年全部作品作为语料来进行词频统计,同时参考该报1987至1995年语料,以及1996至1997年66种社会科学杂志和156种自然科学杂志的语料。异形词的认定则以《现代汉语词典》、《汉语大词典》、《辞海》、《新华词典》等权威工具书，以及讨论异形词问题的各种文章为来源。

整理的主要原则是：1. 通用性：根据词频统计，选取使用最广的词形。例如：（取）毕恭毕敬—（弃）必恭必敬。2. 理据性：根据构词的字义，选取便于理解词义和方便使用的词形。例如：（取）规诫—（弃）规戒（"诫"的字义与"规诫"的词义更为吻合）。3. 系统性：同一系统，选用相同的汉字。例如：（取）侈靡—（弃）侈糜。（取）靡费—（弃）糜费。（取）奢靡—（弃）奢糜（都用相同的"靡"字）。每个词组还要经过综合的具体考虑，然后决定取舍。

《第一批异形词整理表》是推荐性的规范，渐进地引导群众更好地使用祖国语文，扭转书面语中词汇混乱的旧习惯，发挥现代语文的实用价值。1. 增进语文的应用效能。异形词并存并用，降低了语文的应用效能。异形词有骈枝搅乱之弊，无丰富词汇之利，是词汇的赘疣。2. 减轻语文的学习负担。教材中异形词泛滥。

鲁迅讽刺地说，孔乙己的本事了不起，茴香豆的"茴"字能写出四种样子。其实，鲁迅自己也写异形词。某一课本中选入鲁迅文章二十多篇，其中有异形词六十多组。名作家没有一位不写异形词。不必要的重复是无效劳动。减轻学生负担，首先要去除无效劳动。3. 适应信息处理的需要。从前写文章都是手工业，手工产品是不完全相同的。异形词主要是旧时代的产品，不能责怪过去的作家。现在时代不同了，文件要在电脑上处理，输入输出,自动传输,自动翻译,自动检索,这一切都要求词汇规范化。

权威性的词书对异形词一向有引导的暗示。例如:"身分,同身份";"身份,也作身分"。在"身份"和"身分"这一组异形词中,暗示"身份"是标准。暗示力量过于微弱,难于发挥规范化的作用。到了信息网络时代,异形词要有明确的取舍标准,方能符合时代的要求。

汉语词汇的歧异现象

汉语词汇,除异形词外,还有多种歧异现象。按照"形、音、义"三方面的异同,歧异现象有"一异两同"和"一同两异"的分别,二者各自分为三类,共有六类歧异现象,列表如下:

词汇歧异分类表

歧异分类	形	音	义	举例
A. 一异两同				
1. 异形词(同词异形)	异	同	同	吩咐 / 分付
2. 异音词(异读词,同词异音)	同	异	同	波浪(bolang/polang)
3. 异义词(同词异义)	同	同	异	杜鹃(鸟)/ 杜鹃(花)
B. 一同两异				
4. 同形词(异词同形)	同	异	异	浒湾(Xuwan 江西)/ 浒湾(Huwan 河南)
5. 同音词(异词同音)	异	同	异	绅士 / 身世
6. 同义词(等义词,异词同义)	异	异	同	布什 / 布殊 / 布希

以上六类歧异现象,两类已经整理,四类尚未整理。尚未整理的要先作深入研究,然后按照各类的特点,考虑是否整理和如

何整理。

1. 异形词（已经整理）。"第一批"之外，需要继续研究"第二批"。

2. 异音词（异读词，已经整理）。1956年文字改革委员会成立"普通话审音委员会"，开始整理在北京有两读的异读词，发表《异读词审音表》一、二、三篇（1957年，1959年，1962年）初稿，共一千八百多条。1957年发表《本国地名审音表》初稿，审定地名170个，作为审音表的附录。1963年出版《普通话异读词三次审音初稿》，在"文革"中工作中断。1982年重组"普通话审音委员会"，恢复工作。1956年的审音原则要点是：（1）审音以词儿为对象，不以汉字为对象。（2）采用北京话里通行的读音，同时考虑在北方方言里是否通行。（3）"开齐合撮"的读法，原则上以符合语音发展规律为准。（4）古代清音入声字，在北京话的声调里，如果异读中有一个是阴平，原则上采用阴平。1982年补充：（1）以符合北京音系发展规律为原则，并便于方言区学习，个别语词考虑多数人的习惯。（2）人名、地名以从今、从俗、从众为原则。（3）同义多音字，采取删汰、改订、补充等办法，酌量合并。1985年语委、教委、广播电视部发布《普通话异读词审音表》，已经大都编入辞书。

3. 异义词。形同、音同、义不同。例如："杜鹃"既是鸟名，又是花名，容易发生错解。这种现象不多，也需要研究。

4. 同形词。形同、音不同、义不同。例如："浒湾"有两个，江西的读 Xuwan，河南的读 Huwan。实用不便，要研究如何加以区分。

5. 同音词。形不同、音同，义不同。同音词跟现代传声技术严重矛盾。词典一般按汉字排列词条，不用纯字母的音序排列法，在词典里找不到同音词集合在一起的资料，不方便进行研究。同音词究竟是文字问题还是语言问题，还存在着争议，需要深入研究。

6. 同义词（等义词）。形不同、音不同，义同。这主要是外国人名地名的同名异译。例如：美国新总统上任，北京译作"布什"，台湾译作"布希"，香港译作"布殊"，一人变仨。国际往来频繁，这样的"孙悟空化身术"越来越多，造成不断的麻烦，这显然不是 21 世纪的正常现象。认真减少语文中不利于学习和应用的障碍，中国语文就能以日新月异的面貌适应新时代和新技术。

2002 年 2 月 14 日，时年 97 岁

规范音译用字刍议

音译名词,包括人名、地名和其他专名,用字非常混乱。同名异译,同音异写,习以为常。一本书内统一了,几本书对看仍旧彼此不同。译者麻烦,读者不便,检索困难,印刷出版、网络传输,不断造成混乱。这种状况不应当再听之任之了。规范化可能吗?可能的。

音译工作包含两道工序。第一道工序是"定音","音节转换",从外语音节转换成汉语音节。这道工序比较复杂,要另写文章,研究问题的症结所在和规范化的具体办法。

例如:美国总统 Reagan,北京译"里根",台北译"雷根",香港译"列根"。"里、雷、列"音节不同。美国总统 Bush,北京译"布什",台北译"布希",香港译"布殊"。"什、希、殊"音节不同。这叫"同音异转",原文一个音节转换成汉语几个不同音节。这属于第一道"定音"工序。如何使原文同一音节转换成汉语同一音节,留待以后再谈。

第二道工序是"定字","选定汉字",把转成的汉语音节写成汉字。问题在如何写成相同的汉字。这道工序比较简单,可以首先实行规范化。

例如:"马克思"的"思","恩格斯"的"斯",汉语音节相同,汉字不同。"利比亚"的"利","黎巴嫩"的"黎",汉语音节相同,汉字不同。这叫"同音异写",属于第二道"定字"工序。这里专谈这个比较容易解决的问题。

解决的办法很简单:规定一个"音节汉字表",一音一字,同音同写,不分声调,放在每一本字典或词典的开头。不少字典原来就有"音节汉字表",不过彼此用字不同。今后要规定一个标准的"音节汉字表",大家遵守。音译工作者根据这个"音节汉字表",同一音节写成相同的汉字。这不难做到。

"马克思"的"思","恩格斯"的"斯",汉语音节相同,是否可以写成相同的"斯"字?把"马克思"改写成"马克斯",好不好?已经写惯了的,可以暂时不改,等到将来条件成熟再改。新译的名词,首先实行"同音同写"的规范化。只要大家重视规范化,"同音异写"问题不难迎刃而解。

回顾过去,"马克思"(Karl Marx)的中文译名从 1902 年到 1923 年经历了 21 年的时间,才统一成为"马克思"的写法。在这 21 年中间,"马克思"曾有过 10 种写法:1. 麦喀士,2. 马陆科斯,3. 马尔克,4. 马儿克,5. 马可思,6. 马克司,7. 马尔格时,8. 马克斯,9. 马格斯,10. 马克思。"恩格斯"(Friedrich Engels)的中文译名从 1906 年到 1930 年经历了 24 年的时间,才统一成为"恩格斯"的写法。在这 24 年中间,"恩格斯"曾有过 7 种写法:1. 嫣及尔,2. 英盖尔,3. 恩极尔斯,4. 安格尔斯,5. 昂格士,6. 昂格斯,7. 恩格斯。少数常用的人名经过几十年统一了。大量非常用的人名经过几十年也没有统一。

《汉语外来词词典》(刘正等编,1984)中,"si"这个音节有12个"首字"用来音译,它们是:"司(石司)丝私思锶斯死四泗伺俟","首字"以外还用了其他"非首字"的不同汉字。这许多读"si"的汉字,真的不能统一吗?是不为也,非不能也。

选用音节汉字,要考虑如下的条件:1. 尽量选用阴平调的字。2. 尽量选用常用字。3. 避免有贬义的字。4. 避免生僻字。5. 避免一字多读的多音字。6. 采用翻译界有统一趋向的音译用字。7. 放弃音译带意译的习惯。8. 从新译的人名和其他专名做起,逐步统一旧的译名。

这件工作要由教育部和国家语委来提倡,跟语文界、翻译界和出版界共同研究制定一个标准的"音节汉字表"。在中国内地有了初步的统一设计之后,再跟香港和台湾共同商定统一标准。这是对大家有利的工作。

2003 年 8 月 30 日,时年 98 岁

语言和文字的类型关系

不久前,一位朋友借给我看一本《书屋》杂志。一看之下,我就爱上了它,因为它有清新的气息。前天,这位朋友又借给我看《书屋》新的一期(2001年第2期)。我首先翻看王若水先生的《试谈汉字的优点》,因为我一向喜欢看王先生的文章。

王先生的文章不长,谈到好多个语言学和文字学的论点,很有趣。有的论点我完全赞同,有的论点我不能完全赞同。这里对不能完全赞同的论点之一,谈谈我的不成熟的看法,就教于王先生和《书屋》杂志的编者和读者。

王先生说:"汉族之所以没有采用拼音文字而采用了方块字,这是由汉语的语音决定的。""西方的多音节语言注定了必须采用拼音,而汉族语言注定了只能用方块字,这不是谁聪明谁不聪明的问题。"

去年我在另一种杂志上看到一位作家说:"汉语音节分明,没有词尾变化,因此创造汉字;英语音节复杂,有词尾变化,因此采用字母。"这个说法跟王先生基本相同。从比较文字学来看,这就是所谓"语言类型决定文字类型"说。这个说法今天在知识分子中间相当流行。

可是,在比较文字学的研究中,发现许多相反的事例:类型不同的语言使用类型相同的文字,而类型相同的语言使用类型不同的文字。例如:中国、朝鲜和日本,语言类型迥然不同,可是共同使用汉字。汉族和藏族,语言类型同属汉藏语系,"汉藏语系"这个名词就是以汉语和藏语为代表而称说的,可是汉族使用汉字而藏族使用字母。这不是跟"语言类型决定文字类型"的说法正好相反吗?

世界上有一百多种语言使用罗马字母。它们都属于同一个语系吗?当然不是。这些语言千差万别,为什么没有各自按照自己的特点创造文字呢?比较文字学告诉我们:文化的传播,同时传播了文字。文字是文化的承载体,承载体跟着承载物一同传播到接受文化的国家和民族。文字跟着文化走,文字类型决定于文化传播,不决定于语言特点。

在东亚,中国文化发展比较早。中国文化以汉字为承载体,中国文化和汉字一同传播到近邻国家,形成一个汉字文化圈。近邻国家接受中国文化,同时接受汉字,虽然汉字跟他们的语言格格不入,学习和使用汉字十分困难。

印度文化较早就在南亚和东南亚传播,形成印度文化圈。西藏语言跟印度语言的语系不同,可是早期接受印度文化,属于印度文化圈,因此西藏采用印度字母,发展成为拼音的藏文。藏文拼写法脱离语音,那是后来语音变化的结果。云南的傣族有四种傣文,他们的语言也跟印度不同,可是都从印度学习文化和字母,变化成今天的文字形式。

人们的认识是逐步发展的。从"语言类型决定文字类型",

到"文化传播决定文字类型",是一次超直觉的认识发展。这很像地球跟太阳的关系。东方日出,西方日落,大家看见太阳绕地球旋转,这曾经认为是无可争辩的事实。谁提出相反的说法,认为地球绕太阳旋转,那是扰乱视听的邪教,要受到火刑。可是,天文学家经过深入观察,终于认定地球绕太阳旋转才是真理,今天成为大家的常识了。这不是直觉得来的知识,而是从科学实证得来的超直觉的知识。

西方人常说:"字母跟着宗教走。"宗教是一种文化,字母跟着宗教走,就是字母跟着文化的传播走。欧洲中部从北到南有一条字母分界线,线西信天主教和新教,用罗马字母;线东信东正教,用斯拉夫字母。同样是斯拉夫语言,俄罗斯和保加利亚等国信东正教,用斯拉夫字母;捷克和斯洛伐克等国信天主教,用罗马字母。在前南斯拉夫境内,由于宗教不同,同一种语言写成两种文字:塞尔维亚信东正教,用斯拉夫字母;克罗地亚信天主教,用罗马字母。

印度的印地语和巴基斯坦的乌尔都语实际是同一种语言,叫做印度斯坦语,可是由于印度信印度教,用印度字母,巴基斯坦信伊斯兰教,用阿拉伯字母,形成印地文和乌尔都文两种完全不同的文字。

文字有"自源"和"借源"的分别。自己创造的文字称"自源"文字;外界传来的文字称"借源"文字。英语的文字,最早采用原始的鲁纳字母,后来采用爱尔兰变体罗马字,最后采用近代罗马字。这不是语音的变化使英语的文字变化,而是文化的变化使英语的文字变化。

日文是"借源"文字,"借源"于中国,经过四步变化:第一步,学习汉语汉字;第二步,借用汉字书写日语;第三步,模仿汉字创造倭字;第四步,简化汉字创造假名。借用方法有三种:1. 训读,借字义、读日语;2. 音读,借字音、记日语;3. 借词,日本没有的事物,字义字音兼借。假名的创造,在形体上没有离开汉字,只是简化了笔画,在原理上学习印度。假名的排列方法,"伊吕波歌"是一节佛经,"五十音图"传说是空海和尚的设计。这说明日本除中国文化之外,又受到了印度文化的影响。

在汉字文化圈中,有的民族借汉字的部件,叠成自己的新字。例如越南的"喃"字和壮族的"壮"字,这是"孳乳"仿造。有的民族借汉字的原理,另造自己的字形,很像汉字,但不是汉字。例如契丹字和女真字,这是"变异"仿造。不论"孳乳"还是"变异",都没有离开汉字文化的影响。

历史上许多民族创造过原始文字,只有极少几个民族的文字达到完备地记录语言的成熟程度,成为严格意义的"自源"文字。它们是:5500年前的丁头字和圣书字,3300年前的汉字,1700年前的玛雅字,500年前的彝字(年代是最早文字遗迹的时期)。此外的文字都是有意无意借入原理而自造形体,或者原理和形体一同借入。

玛雅字的产生比较晚,当时的中美洲没有更高的外来文化。从它的符号形体如此朴素来看,它是典型的"自源"文字。彝字创始更晚,最早的遗迹属于明代,传说创始于唐代。从它的符号形式来看,它没有经过"图符"阶段,直接进入"字符"阶段,可见受了外来文字即汉字的影响。彝族今天还是各地"言语异声、文字异形"：云南彝字原有 14 200 字，规范后有表意字 2300 字、表音字 350 字；四川彝字原有 8000 字，规范后有音节字 819 字。从整体来看，彝字是"自源"文字，虽然受了汉字的影响。

字母是长期经验和高度思维的结晶，没有高度文化背景是不可能创造出来的。字母不是"自源"的创造，而是在已经有 2000 年历史的丁头字和圣书字中的表音符号的基础上发展而成的。字母的发源地是产生丁头字的两河流域和产生圣书字的尼罗河流域之间的走廊地带。这个地带包括地中海东岸的叙利亚、巴勒斯坦、西奈半岛和东地中海中的岛屿群和希腊半岛。所有的字母遗迹都是在这个地区发现的。最早的字母遗迹属于 3700 年前，这个时期看来很早，但是跟丁头字和圣书字相比，晚了 2000 年。这两千年就是字母的襁褓时期。

两河流域的丁头字，原来跟汉字的结构基本相同，都是脱离表形之后的表意兼表音的文字。在苏美尔时期发展出用表音的假借符号来书写虚词和专名。苏美尔传给阿卡德，从书写一种语言改为书写另一种语言，需要给前代古文字注音，于是产生有系统的表音符号。阿卡德传给巴比伦和亚述，发生更多的表音符号，接近一个音节字母表。后来传到两河流域以外的民族，表意符号减少，表音符号增多，最后形成音节文字和半音素文字。

尼罗河流域的圣书字，原来也跟汉字相同，是脱离表形之后的表意兼表音的文字。在书写专名、特别是书写外来人名地名时候，需要专用表音符号，这是催促表音符号发展的重要条件。逐渐，在表意文字中间，产生表示音节和辅音的字母，既用于"形声"结构，又用于"纯表音"结构。丁头字和圣书字的历史说明，文字是从表形到表意兼表音，再向完全表音发展的。

东地中海和周边的民族，从丁头字、特别是从圣书字中的表音符号，得到字母记录语音的知识，各自创造不同的字母形体。其中北方闪米特人的字母表发展成为后世传播开来的字母。从走廊地带发现的字母遗迹来看，字母形体的创造有许多种，是多元的，可是最后传播开来的字母只有一种，是一元的。字母使用方便，不胫而走，大家学习那最方便的一种字母，放弃比较不方便的字母，成为西亚和欧洲的文字，后来散布到全世界。

以上的例子都说明，文字类型不是由语言类型决定的，而是由文化、特别是宗教的传播而形成的。这个认识已经成为比较文字学的基本认识之一。

我今年96岁，耄耋之年，知识老化，所谈一定有不妥当的地方，敬请多多指正。

2001年5月16日

（原载《书屋》2001年第7-8期合刊）

几个有不同理解的语文问题

一位青年朋友给我看他从书刊上摘录下来的许多人们关心而有争议的语文问题，问我哪种说法正确。我说，我不知道自己的说法是否正确，怎能评判人家的说法呢？他说，那么，请你谈谈你的看法吧。于是，我写下我对他提出的许多问题中的几个问题的个人理解。谬误之处，敬请读者指正。

汉语在 21 世纪是否将成为使用人口最多、流通范围最广的世界第一语言？

汉语人口，如果把只能说方言、不能说普通话的都包括在内，那么，汉语人口已超过十二亿，已经是世界第一语言了。如果只算能说普通话的，那么，现在只有全世界十二亿多华人的三分之一，就是四亿多人口，这比全世界能说英语的十亿人口少许多。

世界的语言结构分为三个层次。第一层次：国际共同语。英语是事实上的国际共同语，法语和俄语的竞争已经失败。第二层次：一国共同语或多国共同语。中国的普通话是一国共同语。马来西亚、印度尼西亚、文莱和新加坡等国公用的标准马来语是多国共同语。法语已经从过去的国际共同语,变为今天的一种多国共同语。第三层次:各国的民间语言。

中国是人口大国,经济又在向上发展,普通话将在全世界华人中间普及开来,迟早要成为全世界人口最多的语言。但是,这不等于说,普通话将代替英语成为国际共同语。英语成为国际共同语,除有语文优势外,还有英美等国的文化和科技实力作为后盾。汉语想要成为国际共同语,除要进行语文现代化改革外,还要进行国家的长期而全面的改革开放,这是一个远大的发展工程。

汉字是创造最早的文字,又是使用最久的文字,对不对?

西亚两河流域的丁头字(楔形字),成熟于公元前3500年前(中国黄帝传说时代),现存最晚的一块有丁头字的泥板是公元后75年的遗物(中国东汉初年),丁头字的使用时期超过3500年。北非尼罗河流域的圣书字,也成熟于公元前3500年前,可能比丁头字略晚,结束于公元后5世纪之末(中国东晋末年),这时候晚期的人民体停止使用了。圣书字的使用时期长达4000年。

发源于黄河流域的汉字,成熟于公元前1300年的殷代,比丁头字和圣书字都晚两千年,不是成熟最早的文字。汉字的使用时期从甲骨文算起已经有3300年以上,今后还要继续使用下去,到公元2700年将超过圣书字的使用时期,那时候才可以说,汉字是使用最久的文字。

这里比较文字的最早成熟时期,而不是开始创造时期,因为最早成熟时期有大量文献可以证明，开始创造时期没有足够的实物可以证明。

字母是不是欧洲人创造的？字母的创造是不是晚于汉字甲骨文？

历史告诉我们，字母是亚洲人创造的，不是欧洲人创造的。字母是西亚叙利亚、巴勒斯坦地区的古代北方闪米特人创造的，创造以后一千多年才流行于欧洲。最古的字母文字残片属于公元前17世纪至前15世纪（中国商代早期），字母的创造早于汉字甲骨文。

汉字究竟属于哪种文字类型？语素文字？意音文字？表意文字？象形文字？

文字的特征有三个方面。1. 符号形式，分为：图符（图形符号）、字符（笔画结构）、字母。2. 语言段落，分为：语词、音节、音素。3. 表达方式，分为：表形、表意、表音。

从符号形式看，现代汉字是"字符文字"。

从语言段落看，现代汉字是"语词和音节文字"。"语素"包含"成词语素"（语词）和"不成词语素"（音节）。"语素文字"就是"语词和音节文字"。

从表达方法看，现代汉字是"表意和表音文字"。汉字既有表意功能，又有表音功能，不过表音功能不健全；把汉字称为

"表意文字",对了一半,漏了一半。

从三方面总的来看,现代汉字是"字符及语词和音节及表意和表音"文字,简称"意音文字"。"意音文字"和"语素文字"两种说法不矛盾,分别在着眼的方面不同。

"象形"是"六书"之一;篆书变成隶书和楷书之后,象形字不象形了,"隶变之后无象形",把现代汉字称为"象形文字",名不副实。

清末以来的文改运动,又称语文现代化。有人说,语文生活能现代化,语文本身不能现代化,对不对?

语文本身就是语文工具,语文生活就是语文应用。对语文工具进行规范化的加工就是语文本身的现代化。应用方法的不断改进当然也是语文的现代化。

民国初年制定国语标准,考虑过以多数省份的汉字读音为标准好呢,还是以北京受过中等教育的人们的口语为标准好呢,这是最早对汉语本身的现代化加工。20世纪50年代进行"异读词"的审音,最近又对"异形词"进行规范化,这都是对语文本身的现代化。文体从文言改为白话,是书面语本身的现代化。汉字从繁体改为简体,是汉字形体本身的现代化。注音方法从反切改为字母,从汉字形式字母改为国际通用字母,是注音工具本身的现代化。语文本身一直在不断现代化。

汉语没有曲折变化，适合用汉字；英语有曲折变化，适合用字母；语言的特点决定文字的类型，对不对？

汉语和藏语是汉藏语系的两种主要语言，语言的特点基本相同。可是，汉语用汉字，藏语用字母，语言特点相同而文字类型不同。拉丁字母书写一百多种语音，语言特点彼此大相径庭，可是都用相同的字母。可见语言特点不能决定文字类型。

有的民族自创文字，称为自源文字；有的民族借入文字，称为借源文字。自源文字为自己而创造，当然适合当时自己的需要。自源文字都是从表形开始，后来演变成为表意和表音。借源文字的类型决定于文化（包括宗教）的传播，输出民族的文字和输入民族的文字必然同一类型。例如，汉字文化圈都用汉字，印度文化圈都用印度字母（西藏字母来自印度）。"二次"战后，打破传统，重视效率，新创文字一律用拉丁字母。

汉字能区分同音词，拼音不能区分同音词，这是拼音的一大缺点，对不对？

汉字能把"同音词"写成"异形词"，不能把"同音词"写成"异音词"。例如：把弹的 pipa 写成"琵琶"，把吃的 pipa 写成"枇杷"，"琵琶"和"枇杷"写法不同，依旧是"同音词"。拼音也可以在拼写法后面加上不读音的字母来区别"琵琶（加 -q 琴）"和"枇杷（加 -g 果）"，但是"同音词"依旧是"同音词"。这种所谓拼音形声字不符合汉语拼音方案的制订原则。

要分化同音词,只有改变读音(如:"炎症"读 yanzheng,"癌症"原读 yanzheng,改读 aizheng),或者改变说法(如:"出版"和"初版"同音,"初版"改说"第一版")。语言能把"同音词"改成不同音的"异音词",汉字和拼音都没有这个功能。

在没有电话等传声技术的时代,人们只注意书面语的区分,不注意口头语的区分。书面语写成"同音异形",变化多端,甚至认为是文字的优点。进入传声技术时代,要求在电话或其他传声技术中明确区分同音词,避免听觉错误,人们才注意到同音词是语言的一大缺点,开始认识到,同音词是语言问题,不是文字问题。

过去的词典按照字形排序,同音词分散排列,词典上看不到同音词资料。后来有的词典按照纯字母排列,把同音词排列在一起(例如《汉语拼音词汇》、《ABC 汉英辞典》),方便同音词的查看和研究。

"拼音不是文字"是我国的语文政策。因此,拼音不应"分词连写"。"分词连写"了就成为文字了,违反语文政策,对不对?

拼音不是拼音文字。但是,"汉语拼音方案"中就有"分词连写"的例子。例如,"ertong"(儿童)、"pi'ao"(皮袄)。

1988 年,国家语言文字工作委员会公布"汉语拼音正词法基本规则",规定"分词连写"格式。这都说明,"分词连写"不违背语文政策。今天,中文要在网络上流通,必须充分利用"分词连写"的拼音作为媒介。这一点非常重要,希望更多人能及时加以重视。

汉字是否是华夏文化的核心?汉字在华夏文化中究竟处于什么地位?

没有听说任何国家把文字作为传统文化的核心。文字是文化的承载体,文字能记录文化,传播文化,有利于保存和发展文化。有的民族把文字作为图腾,当作神灵,加以膜拜,那是原始社会的遗风,这在中国早已淡化了。两千年来,儒学一向被中国统治阶级认为是华夏文化的中流砥柱,因为儒学是稳定和发展封建社会制度的意识形态。今后,儒学经过现代化改革,仍将在中国传统文化中发挥中流砥柱的作用。

(原载《群言》2002年第4期)

中国语文的与时俱进
——纪念《汉语拼音小报》和《语言文字周报》发行1000期

中国语文不是一成不变的,而是与时俱进的。秦并六国,实行书同文,小篆通行天下。辛亥革命,帝国变为民国,提倡国语,统一汉字读音,制定注音字母,文言改为白话。1949年建立新中国,推广普通话,实行汉字简化,制定《汉语拼音方案》。

这都说明中国语文的与时俱进。

四十多年前,上海创刊《汉语拼音小报》,后改名《语言文字周报》,发行至今,已经1000期。这四十多年期间,风云变幻,动荡不安。一个小小刊物能排除万难,坚持出版,为中国语文作出可喜的时代贡献,难能可贵,值得庆贺!

普通话源远流长。从孔子时代的雅言,历代的通语,明清的官话,到国语和普通话,是一个不断与时俱进的历史过程。今天,随着义务教育的逐渐普及,规范化的普通话正在成为事实上的全国共同语。受过小学教育的青少年们,都能听懂广播和电视中的普通话。方言时代必然要让位于普通话时代。普通话所代表的汉语将成为世界上人口使用最多的语言。

白话代替文言成为文学正宗,已经没有人再提出异议了。新中国成立之后,实行公文改革,"等因奉此"的公文程式已经无人知晓。报纸上半文半白的"新闻体"也基本消失了。多种古书今译丛书的出版，可以看作是白话文运动的延长。

汉字简化从清朝末年就开始提倡，一直到新中国时期才成为事实。今天中国内地的教科书、报纸和杂志已经普遍采用简化字。但是马路两旁的招牌繁简杂乱，使人感觉城市街道还处于清末时代。书法应当分别实用书法和观赏书法，实用书法应当使用规范字，观赏书法可以任意变化。书圣王羲之经常写简化字，简化无损于书法。

汉字中产生字母，是汉字现代化的标志。字母从外国设计到中国设计，从民族形式到国际形式，从内外有别到内外统一，从国家标准到国际标准，经过了漫长的艰难的历史演变，终于与时俱进，成为电脑上输入中文的主要媒介，中外文化交流的文化桥梁。

与时俱进是事物发展的客观规律。能与时俱进，就能站立在时代的前沿。不能与时俱进，必然被时代所淘汰。刊物不论大小，要论能否与时俱进。能与时俱进，小刊物就能发挥大作用。祝愿《语言文字周报》不断与时俱进，百尺竿头，更上一步！

2003 年 1 月 20 日

语文现代化的三项当前工作

今天,中国人民殷切盼望中国能在21世纪成为一个真正的现代化国家。教育现代化是国家现代化的基础。语文现代化是教育现代化的前提。辛亥革命以来,语言共同化、文体口语化、表音字母化、文字简便化,都开创了新的进程。但是,时代的步伐比我们的步伐更快。我们必须用加快的步伐向前跨出更大的一步。语文现代化有许多工作要做。这里,建议把其中三项"迫切而易行"的工作,作为首先实行的当前工作。这三项工作是:1. 普及普通话,2. 出版注音读物,3. 信息处理拼音化。

普及普通话

限期"普及"普通话,使我国早日进入"语同音"的时代。

一个国家,如果老百姓相互见面而不能相互谈话,这能说是一个现代化国家吗?中国大陆今天至少是部分如此。大家知道,广东人到北京旅游要带翻译。许多人没有注意到,四川大学生在电视里不讲普通话。更没有人注意到,多数省市的领导人开会不讲普通话,有的公开反对普通话。我们只敢说"推广"普通话,不敢说"普及"普通话。连"普及"两字都不敢说,语言共同化的历史任务将在什么时候完成呢?

在全国30多个省区中间,现在只有一个省区"普及"了普通话("国语"),那就是台湾地区。我们能否希望在不太遥远的未来,出现第二个"普及"省区?

什么叫"普及"?"普及"的标准是:学校以共同语为校园语言,公共活动以共同语为交际媒介。达到这个标准,要用多少时间呢?日本用了20年。台湾用了13年。我们能否在25年之后的2020年,使中国大陆"普及"普通话?

有人说:不行,因为中国大陆比日本大,比台湾更大。中国比日本大25倍,日本用20年,中国是否要用500年?大陆比台湾大26倍,台湾用13年,大陆是否要用340年?国家大,分成若干省区,不就变小了吗?问题不在大不大,问题在做不做。孟子说得对:"是不为也,非不能也!"

新加坡用了十年时间,华人中间基本上实现了"社会上,多说华语,少说方言;学校里,多说华语,不说方言"。这不是奇迹,这是"有志者、事竟成"。

"普及"普通话不难,但是必须有最高领导机构制定一个明确无误的国家决策,认定"普及"普通话是一项有战略意义的立国大事,上下一体,认真实行。

1958年周恩来总理说:"推广以北京语音为标准音的普通话就是一项重要的政治任务。"1982年《宪法》规定:"国家推广全国通用的普通话。"我们应当根据宪法制订一个"普及"计划,限期"普及"普通话。

日本、台湾省和新加坡有一个共同经验:"普及"共同语必须利用"字母"。日本利用假名字母,台湾省利用注意符号,新加坡利用拼音字母,我们应当好好利用拼音字母。

为了测量"普及"的程度,须要进行调查和统计,每年公布各个省区有多少大中小学已经实行以普通话作为校园语言,各省区有多少市县已经在工厂、商店、公共汽车中普遍使用普通话,它们占全国和各省区学校总数和市县总数的百分比是多少。公布这样的统计,可以促进各省区的"普及"工作,并使全国人民了解语言生活的进展情况。

出版注音读物

大量出版"注音读物",使少年儿童和阅读困难的成年人把文化水平提高一步。

不久前我到美国,在亲戚家看到给小学生的生日礼品中有台湾出版的"注音读物",一行汉字,一行注音符号,既看文字,又学"国语",有的还配备录音盒带,装入精美的匣子中。我问:这种书有多少种?亲戚说:很多,分为小学低年级和小学高年级两类。我到孩子的屋子里,看到放着一大堆。

这使我想起 50 年代。那时"文字改革出版社"出版了 500 多种小学生阅读的注音读物,一行汉字,一行拼音,备受欢迎,销路极好。我每次到北京图书馆去借书,总要绕道去看看儿童阅览室,看到孩子们拥挤在一间大屋子里,那么认真地在阅读注音读物,使我高兴得要掉下眼泪!后来,想不到这许多注音读物的

"纸版"在"文化大革命"中都被造反派付之一炬!更想不到,在"文化大革命"之后,几乎没有出版社愿意再出版注音读物!

现在,在"改革开放"的新形势中,是否可以再次出版小学生的"注音读物"呢?

我认识不少中小学教师和扫盲教师,他们异口同声地说:脱盲学员中,中途退学的小学生中,小学毕业生中,有很大一部分没有阅读通俗读物的能力。他们实际掌握的汉字只有2000左右,自学和就业都遇到困难。这样的低文化青少年和成年人,在中国是一个广大的文化阶层,总数大约有3亿人,占全国人口的四分之一。如果能使这3亿同胞的文化水平提高一步,将对国家的文化和经济产生重大作用。

这可能吗?可能!方法是大量出版适合他们阅读的"注音读物"。

日本在战前,长期实行书报的全面注音,专门著作也很少例外。我家至今还保留着一些全部注音的日文学术著作。战后日本公布1945个常用汉字,法律和公文用字以此为限,此外用假名。使用的汉字大大减少了,群众的文化水平大大提高了,全面注音在日本不再是必要了。于是,一般书报在常用汉字以外实行"难字注音"。他们说,这能使识字较少的群众都能阅读一般书报,提高群众的知识和能力。

有一次我参观东京一家日本报馆,一位日本工人问我:你们标榜"为人民服务",为什么不在汉字上面注音?中国人民都能认识不注音的报纸吗?我非常惭愧,鞠躬感谢!

日本的1945个常用汉字,实际作用相当于我们的3500个常用字。他们规定，法律和公文限用常用汉字。我们无法学习他们也规定法律和公文限用常用字。他们在1945个常用汉字之外实行"难字注音"。这个办法对广大群众有重大的自学作用。我们应当学习他们，在2000个扫盲常用字之外，实行"难字注音"。

目前，我国的报纸以及一般性的杂志和书籍，只有全国人口中少得可怜的一小部分在阅读。群众文化的贫乏，妨碍着经济发展和社会安定。许多汉字不认识，或者似曾相识、难于理解。要想帮助他们走出这个困境，有效的办法之一是大量出版"注音读物"，并在一般书刊上实行"难字注音"。这个办法的有效性早已由日本证明。在国家来说，这是一件小小的改革。可是，它能使低水平的广大群众，从此进入读者群众的行列。3亿人，全国人口的四分之一，把文化水平提高到一个新的境界，这绝不是一件小事！这将是我国文化和经济的一次有历史意义的飞跃！

香港"中国语文学会"已经研制成功一种"自动注音软件"，能够快速地给汉字文本注上拼音，分词连写，逐字标调。利用这一软件，可以加快注音读物的出版。

信息处理拼音化

信息处理拼音化，使小学生都能在电脑上使用简便的"从拼音到汉字"的自动变换法。

中文信息处理的最初一步是在电脑（语文处理机、电子打字机）上输入中文。这一步是一个难于通过的"瓶颈"。有没有简便易行的办法呢？有。

我在日本看到，小学生能在日文处理机上输入日文，只要学会字母（假名或罗马字），完全不用特别训练。日文的结构比中文复杂，既有汉字，又有假名，而假名有两套。小学生在打字机上写作，不必考虑正词法规则，只要输入任何一种字母，日文处理机就能自动输出合乎规范的日文。

输入中文也能如此简便吗？能。只要实行信息处理拼音化，采用"从拼音到汉字"的自动变换法。

我从1988年开始，用这种技术写信、写文章、写书稿，已经八个年头。得心应手，运用自如。我让亲戚家学过拼音的小学生在我的中文处理机上打字，他们都能轻而易举地打出他们想要写的语言，根本不需要特别训练。

（这样的事例已经有许多次，最近一次是一个12岁的苏州女孩，小学刚毕业，第一次来北京，看见我的86岁的老伴打字，看了一天，第二天就自己动手"想打"，迅速打成一封信给她的奶奶，第三天又打出一篇笔记《我在电脑上写的第一封信》。王均同志和方世增同志都看到她的成绩。我写了一篇游戏文章《傻瓜电脑的趣事》，谈86岁老伴和12岁小姑娘，不用拆字编码，就能使用电脑的事实，刊登在《科技日报》的"计算机与通信"专刊上。）

我用的方法有如下的要点：

1. 以"语词、词组、成语、语段、中外常见人名地名、机关团体名称"等作为输入单位，尽量避免单个汉字作为输入单位。

2. 打字可以逐个字母打，更快的打法是"双打全拼"，一个音节打两下，不必标调，显示完整的拼音，自动变换成为一串串汉字，不用任何拆字编码，不用任何代码或缩写。（双字母和复韵母印写在字母键上，一看即知，不必记忆键位。）

3. 书写白话文，同音词选择可以减少到3%以下，一次选用，下次自动出现，所以实际选择极少。

这种技术已经不是什么新鲜事物。市场上出售的中文处理机和自动变换软件，已经有中外产品十多种。只是多数水平不高，需要把其中水平较高的设计，介绍到小学里去，使小学生从死记编码的苦难中解放出来。

现在的处理机和软件各有利弊。有的只能变换双音节词，不能一次变换多音节词或词组。例如，只能变换"中国"，不能一次变换"中华人民共和国"。有的成语太少，有的没有联系上下文的语段，有的词汇数量不够用。有的不能"高频先见"和"用过提前"。还有其他缺点，从略不述。这些缺点是不难改进的。关于具体技术的改进，另文讨论。

（我用的中西文电子打字机是"SHARP WL—1000C"和"光明 GMS—2000"，后者有繁体字，都是便携式，机内装有打印器，功能一目了然，完全不用记忆任何代码或缩写，也不要记忆电脑规则，适合小学生使用，唯一的要求是学会拼音。）

电脑的主要作用是节省人的脑力。死记规则使人多费脑力。以多费脑力来节省脑力，自相矛盾！输入设计的"好坏"，标准是什么？好的设计是：使用非常简便，不要特别训练，困难由电脑的人工智能去解决；坏的设计是：使用很不方便，要特别训练，甚至要训练几个月，困难由使用者用死记规则来解决。

全世界的小学生都在使用电脑输入各自的文字。包括使用汉字的日本和韩国在内,没有一个国家让小学生死记编码规则然后输入文字。中国成为唯一的例外,实际是不了解电脑、误用了电脑:以自找麻烦的方法,使用聪明伶俐的电脑。

日本经过"整字输入"和"编码输入"之后,1980年完全实行"从假名到汉字"的变换法。日文的同音词是中文的三倍,利用智能软件能够区分同音词。中国同样可以走出"万码奔腾"的尴尬局面。

1995年上海测试群众的输入中文能力。参加者有7万人,95%使用拼音变换法,可是多数不知道以"语词、词组"等为输入单位,只知道以单个"汉字"作为单位。但是,这已经说明了群众欢迎信息处理的拼音化。只要进一步予以提高,就能水到渠成。

中国的现代化要追赶两个时代:工业化和信息化。这是艰巨的历史任务。让我们解放思想,放弃成见,学习先进,迎头赶上去!

拼音正词法和国际互联网

21世纪是国际互联网的世纪。国际互联网将笼罩全世界,天网恢恢,没有网外桃源。中国语文要想在国际互联网上占有适当的位置,必须利用拼音正词法作为汉字文本的处理媒介。这是中国文化在21世纪面对的重大技术变革。

国际互联网的时代

国际互联网的兴起使人类的文化生活进入全新的时代。任何人,不论从政、从商、从教或做其他脑力劳动,都不得不使用电脑这个互联网的终端工具,从而改变书写方法和邮递程序。

文书工具是不断更新的。中国历史上有过两次文书工具的大变革,第一次是2700年前甲骨改为简牍,第二次是1900年前简牍改为纸张。现在发生第三次大变革:电脑代替文房四宝。

甲骨作为承受书写的工具,大致开始于商代中期(公元前14世纪),延续到西周后期(前8世纪),前后长达600年。甲骨材料稀少,书写和锲刻费事。甲骨记录数量不多,只够供应极少数王族和贵族使用。在甲骨上频频写刻,使汉字形体渐渐变化,逐步向规范化前进。

简牍的使用大致开始于东周(春秋)初期(前7世纪),一直用到东晋后期(公元后4世纪),前后长达1000年。简牍制造容易,来源充足,虽然受教育的仍旧是贵族子弟,可是人数增加了,官学之外兴起了私学。在简牍上书写,运笔方便,书写之后不必再锲刻,能适应文书频繁的需要。汉字形体在简牍时代从篆书变为隶书,书写开始重视速度。这是第一次文书工具的大变革。

纸张代替简牍从东汉早期(公元后2世纪初)开始,一直用到今天,长达1900年。纸张质轻而价廉,可以大量生产,于是发明了印刷术,推广了封套邮递,扩大了教育,促进了文化。在纸张上书写,运笔自如,产生效率较高的实用字体:楷书和行书。这是第二次文书工具的大变革。

《后汉书·蔡伦传》:"自古书契多编以竹简,其用缣帛者谓之纸;缣贵而简重,并不便于人。伦乃造意,用树肤、麻头及敝布、鱼网以为纸。"蔡伦(?—121)发明打浆法,提炼纯净洁白的纤维,造成适合书写的纸张。和帝元兴元年(105年)奏报朝廷,安帝元初元年(114年)封蔡伦为龙亭侯,称蔡侯纸。西汉宣帝时候(前73—前47年),已经有早期的植物纤维纸,比蔡侯纸早200年,但是质地粗劣,不适于书写。东晋以后,纸完全取代简牍。东晋末年桓玄称帝(403年),下令说:古代没有纸,所以用简牍,今后凡是用简牍的,都改用黄纸。

中国的造纸术向国外传播,促进了全世界的教育和文化。5世纪(东晋)传到朝鲜,7世纪(隋末)传到日本。阿拉伯人的记载说:在帕米尔高原的一次战争中,阿拉伯人战胜唐朝,被俘房的唐朝工匠把造纸术传给撒马尔罕（现在乌兹别克）。当时，从中亚到地中海都是阿拉伯世界，造纸术于是传到巴格达、大马士革、开罗、摩洛哥。8世纪，阿拉伯占领西班牙，造纸术传到西班牙，由西班牙传到欧洲各地：13世纪到意大利，1248年到法国，14世纪到德国，1380年到瑞士，1450年到英国和荷兰，1690年到北美（当时美国是英国殖民地）。于是全世界都开始用纸张。

100年前，发明机械打字机，书写从手工操作变为机械化。"二战"后，发明电脑，开始书写的电子化。汉字繁多，汉字的机械打字机效率很低。电脑有人工智能，方便处理汉字的大字符集。中国于是开始了第三次文书工具的大变革：电脑代替文房四宝。

这次的大变革有两个特点：智能化和网络化。

智能化。电脑能自动翻译，中文译成外文，外文译成中文。能自动摘要，从长篇文件中迅速摘出要点。能自动转换语文，语音变文字，文字变语音。能自动检索，在文件的大海中迅速找出所需要的资料。能自动抄写和打印，代替打字室的辛苦工作。

网络化。你身边的电脑不是孤立的，而是可以跟全世界的电脑连接起来的，这就是国际互联网。你在电脑上写好的书信或文件，只要摁几下钮，就可以传送到万里之外的对方收件人，既迅速又省钱，这叫做电子邮件。信封信纸的邮递时代就要过去了。你可以在国际互联网上查找美国国会图书馆或其他国际资料库的目录和资料。你可以在国际互联网上阅读全世界的重要报纸。你可以在国际互联网上销售你的商品，或者提供你的远距离教学服务。你可以通过国际互联网跟国外亲友打长途电话，还能看到对方的面容。

新闻说：德国废除了邮电局。英国政府用电子邮件代替电报。美国总统鼓励8岁孩子都上网。新加坡希望五岁以上的孩子都有电脑，并能上网。阿拉伯联合酋长国的迪拜国，开始实行"电子政府"，政府一切工作都在国际互联网上办理，提高工作效率，节省行政办公费用。一位美国朋友想打电报来北京祝贺我的生日，找不到电报局，才知道美国早已没有电报局了。

十多年前当作新奇事物来尝试的所谓"换笔"（在电脑上"想打"起稿），今后将成为所有脑力劳动者的日常生活。国际互联网帮助我们提高中国语文的应用效率，放弃手写起稿、改用电脑起稿，放弃封套邮件、改用电子邮件。

拼音正词法的运用

拼写汉语，美国长期使用威妥玛式，直到21世纪的前夜才改用拼音。台湾省原来使用国语罗马字，最近开始改用拼音。这些转变都是值得欢迎的明智决策。英语能成为事实上的国际共同语，在全世界广泛流通，原因之一是英语向来不跟政治挂钩。美国跟英国打了八年独立战争，没有排斥英国的英语。印度独立初期抵制英帝国主义的英语，可是近年来改变了政策。为了全世界华人的方便，使用共同的语言和字母，这是实事求是的科学态度。

在拼音扩大应用的时候，人们提出一些建设性的意见，应当诚恳地欢迎。例如，有人认为《汉语拼音方案》规定的字母名称无法推行，不如借用英语的字母名称，方便小学生同时学习英语。这个意见，我认为是切实可行的。日语罗马字借用英语名称，是成功的先例。

在德国讲学的冯志伟教授，最近参加国际多语种互联网会议之后，写信来说：中文要在国际互联网上占有相称的地位，前提条件是利用拼音。利用拼音必须分词连写，使电脑知道汉字文本的词的分界在哪里，否则一系列重要的技术问题都难于解决。这个意见非常重要。

1838年美国莫尔斯发明电报。汉字遇到如何使用电报的问题。1880年（清光绪六年）开办电报局，采用丹麦人设计的"四码电码"，用四个数码代表一个汉字。这是汉字编码的滥觞。电脑发明之后，汉字又遇到如何使用电脑的问题。在电脑上输入汉字，中国跟日本一样，经过了三个发展阶段：第一阶段"整字输入"，第二阶段"编码输入"，第三阶段"拼音输入"。拼音输入是无编码输入。小学学过拼音之后，不要再学任何编码，就能在电脑上输入拼音自动变为汉字。可是，小学课本上的拼音往往是音节分写的，而电脑需要分词连写。

汉字一连串写下来，既不分词，也不连写。但是，阅读汉字文本时候，我们在心中默默"分词连读"。例如：我们在心中默默读"中华／人民／共和国"，绝不读成"中／华人／民共／和国"。

旧时代阅读没有标点的文言书籍，重视"句读之学"。这跟"分词连读"的作用相似。

"分词连读"用字母写下来就是"分词连写"。两词之间要空格，一词内部要连写。这是拼音正词法的主要内容。《汉语拼音正词法基本规则》已经公布（国家标准"GB/T 16159—1996"）。

在北京的闹市王府井，有一家"中国工商银行"。大门口曾经有拼音招牌：

ZHONGGUOGONGSHANGYINHANG。

过往的人们纷纷议论说，应当分为三段：

ZHONGGUO GONGSHANG YINHANG。

可见群众要求分词连写。

"词"，又称"语词"，是语言的表意单位。现代汉语的"词"，有的单音节，有的多音节，多数双音节。分词连写了，拼音就容易看得懂。人脑要求看得懂，电脑也要求看得懂。如果看不懂，电脑就无法为我们进行智能化的工作。

邓小平说：学习电脑要从娃娃抓起。为了培养孩子从小就能使用电脑，小学课本里的拼音应当分词连写。在减轻小学生负担的时候，应当除去无效劳动的课程，学好有实用价值的课程。拼音是有实用价值的课程，而且是中国语文在21世纪进入国际互联网的关键课程，应当好好学好。

2000年2月29日

（原载《群言》2000年第11期）

书写革命

看打、听打、想打,打开思路。
纸脑、电脑、人脑,脑力更新。

举指之劳

在人类的文化史上,书写方法经历了三个发展阶段:手工业、机械化、电子化。

最早的"书写"是用手指头在地皮上画圈儿,后来用彩色石块在岩壁上画图画。古代美索不达米亚用簪棒在泥板上"压写"。古代埃及用芦管在纸草上"画写"。中国用毛笔在纸张上"刷写"。今天一般使用的书写工具是钢笔、铅笔、圆珠笔。这都是"手工业"的书写。

100 年前,发明"机械打字机"开始书写的"机械化"(打写)。在字母文字国家里,写作者在打字机上"起稿",写信、写文章不用笔。"机械化"的汉字打字机,只能由打字员用来"抄写"(看打),不能由写作者用来"起稿"(想打),也难于速记别人的讲话(听写)。我们失去了一个"机械打字机"时代。

"二战"以后,发明"电子计算机",起初用于"数学运算",后来用于"语文处理",开始了书写的"电子化"。电子计算机可以有人工智能,人们给它一个爱称:"电脑"。"纸脑"(书本)是扩大人脑的第一个"体外"脑袋。"电脑"是扩大人脑的第二个"体外"脑袋。"电脑"不怕汉字的复杂繁难,可以处理中文、日文、朝鲜文,使"汉字文化圈"也发生了"书写革命"。

"写稿"是我的日常工作,可是我有"三怕":怕写、怕改、怕抄。怕写:年纪老了(今年84岁)手发抖,字迹歪斜,速度太慢。怕改:文章写成,要再三思考,反复修改;手写稿经过一改再改,变成满纸涂鸦,排印容易错误。怕抄:修改以后的文稿要重抄,往往多次修改、多次重抄,疲劳不堪。

一直希望,中文能像英文一样,由写作者在打字机上自己"起稿"。现在,这个希望终于实现了。1988年4月,我有了一台"中西文电子打字机"(又名"处理机")。起稿"不用笔",誊清"不动手",开始了我的"书写革命"。在一年半的时间里,我写成了两本书,共约40余万字,工作效率提高到五倍。在电子打字机上,修改文章非常方便,增补、删除,只需"一举指之劳",修改后不留痕迹。手工抄写完全省掉,再次誊清不会错误。"写稿"成为一种乐趣。

轻巧灵便的便携式

一位朋友来看我。他说:听说你有一台中文电脑,放在哪里?我从椅子背后拎出来,放到桌子上。他有些惊奇!这样小?

我说：这不是"台式"电脑，这是"便携式"打字机。他问：打好了到哪里去印呢？我说：打印器就在打字机里面。

"便携式"的电子打字机，最适合写作者的"想打"。写作者一般不作软件程序设计，只是在打字机上写信、写文章。"便携式"完全可以满足写稿和编辑的一切要求，跟"台式"的功能没有两样，而且轻巧灵便，价值比较便宜。

不用编码的拼音法

我每天打字，使用的输入法是"拼音·汉字自动变换法"（拼音法），不用任何字形编码。我在50年代自己设计过编码（发表在《电报拼音化》中），也试用过别人的多种字形编码。经验告诉我，"起稿"写信、写文章，最好用"拼音法"。

"拼音·汉字自动变换法"的基本特点是：输入拼音以"语词、词组、成语或语段"为单位，自动输出一串串汉字，尽量避免单个汉字的选择。打字机里要贮存一本词汇，还要加上一般词汇不收的"语段"，以及常见的人名、地名、机关和学校名称等。使用条件是：学会拼音。拼音是中国大陆小学的必修课，每年有2000多万小学生在学习。在小学里学会拼音，就可以使用自如。

对"想打"来说，"拼音法"最方便，因为拼音是"自然语言"的"直接反映"，对思考的干扰最小。"字形编码"对不知字音的打字员（看打）是适用的。可是，编码种类很多，学了这种、不会那种，几月不用、容易忘记，青年好学、中年难学。对写作者（想打）来说，编码输入的过程是：思想—字形—编码，三步工序。拼音输入的过程是：思想—拼音，只有两步工序。

广义地说，语言是声音的编码，文字是符号的编码。"输入法"中所谓"编码"，指的是正式的"语文工具"以外的代号。电报的"四码"是最早的汉字编码。有人把"拼音法"也算作一种编码，那是误解。

在我的打字机上，"起"字打声韵，立刻出现，不要选择。这是"高频先见"。可是"亓"字要打好几下才出现。不过，出现以后，下次不需再选择了。这是"用过提前"（记忆功能）。朋友说，"一个字打好几下，拼音法太慢"。我说，快慢要看文章的全过程，不能看一两个字。常用的高速，罕用的慢速，总起来是高速。

"速度"有两种含意：1."设计速度"，决定于每字平均击键次数，这是设计水平问题。2."使用速度"，决定于打字人的操作能力，这是熟练程度问题。使用速度又分：专业"看打"速度，专业"听打"速度，大众"想打"速度。每字平均击键次数是速度的基础。拼音法的"声韵双打"（双打全拼，不是双打简拼），击键次数最少，一字平均只打两次，不用标调。此外当然还可以用缩略法。缩略法是任何设计都可以采用的方法，不能作为计算速度的标准。

四、电子打字机的大众化

国家"五年计划"中有一个"攻关"项目：开发"普及型"中文电子打字机。什么叫"普及"？在专业打字员中推广"看打"

不是"普及"。在广大的写作者中推广"想打"才是"普及"。各国打字机的主要用途，都是"写作者"用来"起稿"，写信、写文章。据说，目下在中文电脑上打字的打字员，有70%使用"拼音法"，不过有的以单个汉字为输入单位，因为他们的打字机里只有"字汇"、缺少"词汇"，或者他们没有分词习惯。中文电子打字机利用"拼音"帮助"汉字"，正在成为前进的主流。

日本的"假名·汉字变换法"相同于中国的"拼音·汉字变换法"。日文也可以输入罗马字，自动变换成为汉字和假名。首先成功地造出"变换法"打字机的国际有名的日本工程师森健一先生曾经对我说："语词处理机的价值在于大众化，这就是我们研究变换法的目的。"日文电脑的输入法经过了三个阶段：大字表输入法，汉字编码输入法，假名·汉字变换法。1980年以后，"假名·汉字变换法"占领了整个日本市场。去年日本销售日文电子打字机240万台，很多中小学生都使用。日本已经深深地进入了"书写革命"。

中文电子打字机的进展，这几年逐步快起来了。可是如果我们满足于停留在专业打字员用的"看打工具"水平上，而不能向广大写作者用的"想打工具"前进，那么，我们有再次失去一个大众化的"电子打字机"时代的危险。

汉语拼音声韵母诗

声母诗（采桑）：
春　日　起　每　早，采　桑　惊　啼　鸟。
ch　r　q　m　z　　c　s　j　t　n

风 过 扑 鼻 香, 花 开 落, 知 多 少。
f　 g　 p　 b　 x　 h　 k　 l　 zh　 d　 sh

韵母诗（捕鱼）

人　远　江　空　夜，浪　滑　一　舟　轻。
en　üan　iang　ong　ie　ang　ua　i　ou　ing

儿　咏　诶　唷　调，橹　和　嗳　啊　声。
er　iong　ě　io　iao　u　e　ai　a　eng

网　罩　波　心　月，竿　穿　水　面　云。
uang　ao　o　in　üe　an　uan　uei　ian　ün

鱼　虾　留　瓮　内，快　活　四　时　春。
ü　ia　iou　ueng　ei　uai　uo　-i　-i　uen

（写于"电脑比赛会"，1989年11月10日，北京科学会堂）

作文和写话

说好普通话,是写好"白话文"的基础。"白话文"就是普通话的书面语。"五四"运动(1919)使"白话文"代替"文言文"成为正式文体,提倡"言文一致",使人民大众从文言文的束缚下解放出来。

50年代末,日本一个教育参观团到北京,送给当时的"中国文字改革委员会"一部书:日本近50年小学语文课本的复印本。这部书说明日本语文教育的历史进展。早期的日本小学语文,除去了虚词和词尾不同外,跟中国的文言文十分接近,其中选了不少中国先秦"子书"中间的故事和寓言。近年日本的语文课本大不相同,文体完全口语化了。

早在20年代,教育家叶圣陶就提出,"作文"应当改为"写话"。这不是字眼的改变,而是思想的解放。中国的传统,学生学写文章,叫做"作文"。"作文"是怎样"作"的呢?学生先要读熟许多文言文章,用文言文章中的语词作为材料,来编辑成为文章,这就是"作文"。思想不是学生自己的,语言不是学生自己的。叶圣陶主张改变这种传统方法,让学生用自己的思想和自己的语言,写在纸上,"我手写我口",这就是"写话"。

欧洲自从放弃"文言"的拉丁文、改用民族语文以后，学生写文章就是"写话"了。日本不但放弃了中文的文言，并且放弃了日文的文言，学生写文章都改为"写话"了。只有中国的文体口语化难于前进。50年代曾经一度实行报纸文章口语化，取得较好的成果，可是"文化大革命"以后，又退到半文半白的从前叫做"新闻体"的时代去了。

中国流行一种"学说"，认为文章是写给人们"看"的，不是写给人们"听"的。"言文一致"是没有必要的，而且是不可能的。文言文不但简洁、优美，而且经济，节省文字，节省纸张。汉字文言书籍比任何口语化的拼音文字书籍都薄得多。所以，提倡白话就是提倡浪费。这种"学说"曾经一度流行于"五四"运动之后的"读经运动"中，今天又复活于80年代提倡"四个现代化"的中国。

在文言时代，的确文章是"看"的，不是"听"的。文言读出来是听不懂的，也不要求听得懂，只要求看起来能看懂。可是，时代变了。新的时代要求文章要能读出来、听得懂；只能看得懂、不能听得懂的文章，不是好文章了。"言文一致"是把学习困难、只能有少数人学好的文言，改为学习容易、能够有多数人学好的白话，把文字交给人民大众，结束几千年来极少数人垄断文字的局面。口语化的文章是活的文章，最能表达现代生活，最能舒展人的思维，最便于信息传输。这个简单的道理讲了一百年了，可是今天还有不少人唱反调。

一百年前发明了留声机和电话，开始了"传声时代"，后来越来越多的新的传声技术出现，例如广播、电视、录音、录像、微波电话、移动电话，等等，把音声语言传到外空的卫星和海底的潜艇。"传声时代"要求"言文一致"，要求文体口语化，要求文章能够读出来、听得懂。

　　让"白话文"明白如话。改"作文"为"写话"。解放文体，解放思想。

学写八股文

若干年前,一位青年朋友问我,什么是八股文?我从老友胡忌先生处抄得文言八股文一篇,给他看,他觉得很有趣。近来,又有一位青年朋友问我,什么是八股文?我把那篇文言八股文给他看,他说看不懂。我于是旧瓶装新酒,学写一篇白话八股文,作为样品。他看了微笑,似乎心有所得。下面,抄录这两篇八股文,给没有见过八股文的朋友看看。

按:八股:1. 破题,2. 承题,3. 起讲,4. 入手(或称提股,可不用),5. 起股(可加出题),6. 中股(可加过接),7. 后股,8. 束股。清康熙时规定字数不得超过600字。八股又称八比,滥觞于北宋,盛行于元明清。元仁宗皇庆二年(1313)"初诏行科举",清光绪三十一年(1906)"谕停科举"。

文言八股文样品

[题目]子谓颜渊曰:用之则行,舍之则藏,惟我与尔有是夫。(《论语·述而》)

1. [破题]圣人行藏之宜,俟能者而始微示之也。

2. ［承题］盖圣人之行藏，正不易规，自颜子几之，而始可与之言矣。

3. ［起讲］故特谓之曰：毕生阅历，只一二途以听人分取焉，而求可以不穷于其际者，往往而鲜也。迨于有可以自信之矣，而或独得而无与共，独处而无与言。此意其托之寤歌自适也耶？而吾今幸有以语尔也。（未用［提股］）

4. ［起股］回乎！人有积生平之得力，终不自明，而必俟其人发之者，情相待也。故意气至广，得一人焉，可以不孤矣。人有积一心之静观，初无所试，而不知他人已识之者，神相告也。故学问诚深，有一候焉，不容终秘矣。

5. （加）［出题］回乎！尝试与尔仰参天时，俯察人事，而中度吾身，用耶舍耶，行耶藏耶！

6. ［中股］汲于行者蹶，懦于行者滞。有如不必于行，而用之则行者乎？此其人非复功名中人也。一于藏者缓，果于藏者殆。有如不必于藏，而舍之则藏者乎？此其人非复泉石间人也。则尝试拟而求之，意必诗书之内有其人焉，爰是流连以志之，然吾学之谓何？而此诣竟遥遥终古，则长自负矣。窃念自穷理观化以来，屡以身涉用舍之交，而充然有余以自处者，此际亦差堪慰耳。则又尝身为试之，今者辙环之际有微擅焉，乃日周旋而忽之，然与人同学之谓何？而此意竟寂寂人间，亦用自叹矣。而独是晤对妄言之顷，曾不与我质行藏之疑，而渊然此中之相发者，此际亦足共慰耳。（加）［过接］而吾因念夫我也，念夫我之与尔也。

7. ［后股］惟我与尔揽事物之归，而确有以自方，故一任乎人事之迁，而只自行其性分之素。此时我得其为我，尔亦得其为尔也，用舍何与焉，我两人长抱此至足者共千古已矣。惟我与尔参神明之变，而顺应无方，故虽积乎道德之厚，而总不争乎气数之先。此时我不执其为我，尔亦不执其为尔也，行藏又何事焉，我两人长留此不可知者予造物已矣。

8.〔束股〕有是夫，惟我与尔也夫。而斯时之回，亦怡然得、默然解也。

白话八股文样品

〔题目〕学习"与时俱进"

1.〔破题〕"与时俱进"四字中，"时"和"进"二字是关键词。"时"者时代也、历史也；"进"者进步也、改革也。

2.〔承题〕21世纪属于什么时代？属于全球化时代。我们将怎样取得进步？按照全球化时代的发展规律行事，就是进步。"与时"，不墨守历史成规；"俱进"，改革开放，进入先进国家行列，实行先进的经济和政治制度。

3.〔起讲〕世界各国都在进步，我国岂能例外？经济从工业化进步到信息化；政治从专制制度进步到民主制度；文化从知识禁锢进步到知识解放。这是全球化时代的脉搏。

4.〔入手〕（提股）全球化时代的主要特点是信息化。信息技术迅猛发展。电视、电脑、手机，以及层出不穷、功能奇特的信息产品，成为主导资源。由此，劳动力从农业和工业转向流通和服务产业，劳动密集产业转向知识密集产业，白领工人多于蓝领工人。知识成为主要资本。

美国的农民只占人口的百分之一点几,工人只占人口的百分之十几。工农阶级在人口比例中变成极少数。如果不是亲自在美国和日本看到"没有农民的农场"和"没有工人的工厂",我将继续高呼"耕者有其田"和"全世界无产阶级联合起来"。

5.〔起股〕信息化不神秘。说话、写信、打电话、看电视、用电脑,都是信息化。能讲普通话,走遍中国,不要翻译,信息化。能讲英语,走遍世界,不要翻译,信息化。在电脑上输入拼音,自动变为汉字,跟网友互通电子邮件,信息化。在电脑上查找美国国会图书馆的书目和资料,信息化。电脑和手机结合,进行通信、通话、传递图片和摄像,跟国内外学术同行作学术交流,信息化。信息化在你身边。信息化使你得到新消息和新知识。

6.〔中股〕今天,任何国家都一方面继承和改进本国的传统文化,一方面利用和创造国际的现代文化,这叫做双文化时代。双文化促进文化的发展,也引起文化的冲突。在先进与落后的冲突中,在复古与创新的矛盾中,"与时俱进"是历史导航的方向盘。

追求先进生产力要从学习模仿进而能发明创造,前提条件是开辟自由创造的环境。追求先进文化要摆脱思想的束缚,先进文化是自由土壤中萌发出来的鲜花。广播、电视、电脑等信息工具,要充分运用,不要限制运用。信息化时代而限制信息,何以自解?

时代更易,容易发生社会动荡。鸡犬相闻,老死不相往来,相安无事。十八只螃蟹放在一个竹篓里,哪能不我夹你、你夹我?一个把黑袍从头盖到脚,一个穿比基尼游泳装、肚脐眼儿也露了出来,这两人能携手在王府井大街一同溜达吗?文化冲突实际是文化差距的摩擦。

7.〔后股〕"与时俱进"不是自愿选择,而是客观规律,不是特殊策略,而是一般公式,只能一时背离,不能长期背离。社会进步有层次程序,倒退是偶然,超越也是偶然,循序渐进是常规。

社会发展有四次飞跃:从部落社会到奴隶社会是第一次飞跃;从奴隶社会到封建社会是第二次飞跃;从封建社会到资本社会是第三次飞跃;从资本社会到后资本社会是第四次飞跃。

"与时俱进"提醒人们不要犯时代错误。专制残暴,穷兵黩武,纳粹败亡,苏联解体。21世纪不会再出现勃列日涅夫的"发达的社会主义社会",因为那是宣传,不是真实。

8.〔束股〕真理也"与时俱进",不是一成不变。"实践是检验真理的唯一标准"。真理不怕批评,批评是真理的营养品。怕批评的不是真理,而是未能适应时代的宗教和教条。迷信时代要过去了,盲从时代要过去了,现在是独立思考、择善而从、不拘一格、奋力求进的"与时俱进"时代了。

2003年11月8日,时年98岁

古书今读
——今译、今写、今注、今解、今用

为了方便现代青年阅读古书，要做五种工作：今译、今写、今注、今解、今用。

今 译

近来有几处出版社出版了"古书今译"丛书，这是"弘扬华夏文化"不可缺少的资料工作。例如贵州人民出版社的"中国历代名著全译丛书"（50种），以及其他出版社的古书今译丛书。有人反对"古书今译"，认为古文译成白话，意境全非，无法传神；阅读古书，可以意会，不可言传。这种旧观点应当改改了。古书难读，首先因为古今语言不同。今人能用现代语言来理解古文，不能用古代语言来理解古文。从前私塾老师讲解古书，实际也是口头翻译成为白话。译成白话（笔译、口译、默译），词句明白了，才能够进一步探讨书中的哲理。

今 写

我国的语文政策是，翻印古书不一定用简化字。可是，今天书店里能买到的今译丛书，大多数把繁体字改成了简化字。这一更改又引起非议。读古书就要读繁体字，改成简化字，还成什么古书！这种说法对吗？不对！中国的古书历来都用后代的字体改写前代的字体。例如，《论语》原来是用鲁国的古文书写的，秦代改写成小篆，汉代改写成隶书和楷书，宋代改印成木版字体，清代改印成铅字字体。后代字体往往是前代的简化，例如隶书和楷书把大篆和小篆大大简化了。《汉书·艺文志》："武帝末，鲁恭王坏孔子宅，欲以广其宫，而得古文书及礼记、论语、孝经等凡数十篇，皆古文也。"这些"古文"书籍，后来失传，只剩下改写成后代字体的本子，今天看不到原来的字体了。如果坚持非原来字体不读，那么今天就没有古书可读了。

今 注

译成白话，有时还难于理解，需要再加注释。例如"以亲九族"，这"九族"是哪九族呢？《尚书全译》注释"九族"，《孔疏》"上至高祖，下及玄孙，是为九族"，即高祖、曾祖、祖、父、自己、子、孙、曾孙、玄孙。一说是父族四、母族三、妻族二。一般采用前说。有了这样的注释就词义明白了。

今 解

古人提出一个原理，只能用当时的事实来说明。今人利用这个原理，应当改用今天的事实来说明。"孔子、圣之时者也"，这是因为后代人不断用后代的事实来说明孔子的学说。当然，"今解"不可歪曲原意，应当用客观的和科学的态度来解说。例如，"中庸之道"一度被歪曲为"折中主义"、"中间路线"、"和稀泥"，甚至成为"批孔"的"靶子"。这是任意亵渎古人，于古人无损，于今人有害。正确的解释是："不偏之谓中，不易之谓庸"；换言之，"中庸"就是"不走极左和极右的偏激道路，要走两者之间的合情合理的正规道路"。这不就是辩证法所指引的"既要反左，又要反右，走革命的正确道路"吗？

今 用

讲一个有趣的"古为今用"例子。日本松下电气商学院采用《大学》中的"大学之道，在明德，在亲民，在止于至善"作为"商业道德课"的教材。他们解释说："明德"就是"竭尽全力，身体力行，实践商业道德"；"亲民"就是"至诚无欺，保持良好的人际关系"；"至善"就是"为实现尽善尽美的目标而努力"。（《参考消息》，1993年6月13日）用《大学》的大道理为今天的商业服务，是否亵渎了孔老夫子？今天是重商时代。孔子是"圣之时者也"。孔子在今天一定也会提倡市场经济的吧。不能为商业服务，"今用"岂非打了很大的折扣？这样的"今用"对发展日本经济有利,对发展中国经济不是也有利吗?儒家学说博大精深,对政治、经济和文化都有宏观作用,当然不仅为了培养商业道德而已。

"今译、今写、今注、今解、今用"这"五今"是进入"古书"大门的引路人。

读孟一疑

我读古书,许多地方读不懂,不求甚解,不了了之。这里谈一个小小的例子。

《孟子》(梁惠王·章句上):"鸡豚狗彘之畜,无失其时,七十者可以食肉矣。"这句话我不懂,青年时候问过老师:"为什么说了小猪又要说猪?"老师笑笑答复我:"不知为不知!"

隔了大半个世纪,最近又读到这句话,想起过去老师的答复,他没有否定我的疑问,只是没有解决我的疑问。

孟子说的明明是四样东西(鸡豚狗彘),要把它解释成为三样东西(鸡狗猪),这样的解释终难驱除疑云。我于是不得不去查书。

杨伯峻编著《孟子译注》的译文是:"鸡狗与猪等家畜家家都有饲料和工夫去饲养,那么,70岁以上的人都可以有肉吃了。"

刘俊田等译注《四书全译》的译文是:"鸡、狗、猪一类的饲养,不要错过繁殖的时机,那么70岁的老人便能吃到肉食。"《四书全译》的注释还补充说:"鸡豚狗彘之畜:豚,小猪;彘,猪;全句泛指家禽、家畜。"

两种译本都一样,把四样东西解释成为三样东西。

我仍旧疑惑不解。"鸡、小猪、狗、猪",孟子是这样说的吗?如果这不是错简,也不是语病,是否可能后世误解了原意?

我又去查《汉语大词典》(1994新版),这里有不同的解释:"彘,亦指野猪"。如果说"鸡、猪、狗、野猪",四样东西,那就对了,合乎语法和情理了。

从前有一次,我在出土文物展览中看到说明:彘,野猪;野猪的特征跟猪不一样。我想:野猪(彘)跟猪有区别,正像野鸡(雉)跟鸡有区别,山羊跟羊有区别。可能野猪(彘)后来渐渐稀少,人们不大吃,专吃猪了。

总之,"彘"是不是"野猪","野猪"是不是另一种动物而不是"猪"?古人是否同时吃"豚"(猪)和"彘"(野猪)两种牲畜?这个问题还要请动物学家和考古学家指教。

文房四宝古今谈

"文房四宝"是华夏文化的典型象征。泾县宣纸、歙县徽墨、吴兴湖笔、高要端砚,为历代文人学士所珍爱。

文字分化成为书法艺术和实用文字。"文房四宝"分化成为艺术四宝和实用四宝,而艺术四宝又分化出完全脱离实用的美术工艺品。

"四宝"顺序各书不同。《中国书法大辞典》中的顺序是:笔、墨、纸、砚。《文房四谱》中的顺序是:笔、砚、墨、纸。《中国文化知识》中的顺序是:笔、墨、砚、纸。《安徽文房四宝史》中的顺序是:宣纸、徽墨、宣笔、歙砚。"新安四宝"的顺序是:澄心堂纸、汪伯立笔、李廷圭墨、羊斗岭旧坑砚。

哪一种顺序比较合理呢?文房四宝有三种"功能",两个"方面"。笔的功能是书写;纸的功能是接受书写;墨和砚合起来只有一种功能:磨制墨汁。笔、墨和砚代表一个方面:制造文字;纸代表另一个方面:承载文字。比较合理的顺序可能是:笔、墨、砚、纸。

"文房四宝"后来加上辅助用品,扩大成为"文房十三宝"。《中国书法大辞典》列出其他文具近30种,未列"简牍"、"削刀"之类唐宋以前的古代文具。名目如下：

1. 笔：笔筒（笔简）、笔架（搁笔、笔格）、笔床（笔船）、笔屏（插笔、挂笔）、笔觇（理笔试墨用）、笔洗、笔套（笔沓、笔帽）；

2. 墨：墨床（放置墨锭用）、墨匣（墨盒，贮存墨汁用）；

3. 砚：砚匣、砚屏（障风尘用）；

4. 纸：纸镇（压尺、镇纸）；

5. 水：水盂（水丞，无嘴）、水壶（水注，有嘴；水滴，贮水用、有小孔）；

6. 印：印章、印泥（印色）、印盒；

7. 帖：法帖、帖架；

8. 杂项：腕镇（臂搁、秘阁、靠手板）、糊斗（贮糨糊用）、腊斗（以腊代糊）、贝光（砑纸用）、放大镜（爱逮）、剪刀、裁刀、钩（画钩）、文具盘（都城盘）。

文房四宝是手工业时代的用品。工业化时代有机械打字机。信息化时代有电子打字机、语文处理机。实用文具不断更新，艺术文具保持古雅。

谈　笔

毛笔写字，可大可小，可粗可细，能够充分发挥笔画变化的书法艺术。

甲骨文中有"聿"字，像手执笔。"聿"是"笔"的初文。《说文解字》："聿，所以书也；楚谓之聿，吴谓之不律，燕谓之弗""秦谓之笔"。朱骏声《说文通训定声》:"此秦制字,秦以竹为之,加竹。"从"竹"从"聿"是秦国的新造字。简化字从"竹"从"毛",突出了毛笔的特点。

甲骨文遗迹中,有墨书朱书然后刻字的痕迹。甲骨文"聿"字的笔头散开,好像是毛笔的形象。"在商代后期留下来的甲骨和玉、石、陶等物品上看到少量毛笔字"(裘锡圭《文字学概要》)。但是,未见毛笔遗物。

侯马盟书为"春秋晚期晋定公十五年到二十三年(公元前497—前489)晋国世卿赵鞅同卿大夫间举行盟誓的约信文书","用毛笔将盟辞书写在玉石片上"(《中国大百科全书·考古》)。所用毛笔早于战国,可是没有留下遗物。

晚近考古,发现早期古笔遗物,有战国笔一支,秦笔三支,西汉笔二支,东汉笔三支。

战国笔。"长沙楚笔":1954年湖南长沙左家公山战国木椁墓出土毛笔一支,笔杆竹制,笔头用兔箭毛,笔毛夹在笔杆劈开的一端,丝线缠住,外面涂漆。这是今天能见到的最古的毛笔。同穴出土有竹简和铜削。

秦笔。"云梦秦笔":1975年湖北云梦睡虎地秦始皇三十年墓(公元前217)出土毛笔三支,笔杆竹制,上尖下粗,下端镂空成腔,以容笔毫;其中一支附有细竹管制成的笔套,一端为竹节,另一端打通。

西汉笔。"江陵汉笔":1975年湖北江陵凤凰山西汉墓出土毛笔二支,笔杆竹制,均附笔套,其一笔头尚有墨迹。

东汉笔。"居延汉笔":1931年古居延地(内蒙古额济纳旗苏古淖尔）发现毛笔一支，东汉初年之物，笔杆由四条木片合成，末端纳笔毫，麻线缠住，涂漆；笔顶用木冒合，使四片木条束成一杆，附有笔套。西北无竹，故用木。"武威汉笔"：1957年和1972年甘肃武威磨咀子东汉墓出土毛笔二支，笔杆竹制，其一上尖下圆，下端镂孔，容纳笔毫，缠以细丝、涂漆；另一外覆黄褐色狼毫，有墨迹。

汉代有所谓"天子笔"。梁吴均《西京杂记》："汉制天子笔，以错宝为跗，皆以秋兔之毫，官师路扈为之；又以杂宝为匣，厕以玉璧翠羽，皆值百金。"这是玩赏珍品，无关形制。

古代无纸，书写在竹简木札上，遇有讹误，用小刀削去，称为"削"（参看上文"铜削"）。《论衡》：古代"截竹为简，破以为牒，加笔墨之迹，乃成文字"。《史记·孔子世家》："笔则笔，削则削。"（用笔书写，用削修改。）后世称修改文字为"笔削"。不用笨重的简牍，可用轻软的缣帛（双丝织成的帛）。缣帛不能"削改"，只能"涂改"。写错修改，涂上白粉。梁任彦升《立太宰碑表》："人蓄油素，家怀铅笔。"（油素，光滑的白绢；铅笔，白色铅粉笔，不同于今天的黑色铅笔。）"削（刀）"相当于橡皮，"铅（粉）笔"相当于白色涂改液，这都是笔的伴随物。

传说，蒙恬造笔。西晋崔豹《古今注》："牛亨问曰：自古有书契以来，便应有笔；世称蒙恬造笔何也？答曰：蒙恬始作秦笔耳。"所谓蒙恬造笔，不是发明，而是改进。

清赵翼《陔余丛考》："秦所用系竹笔，如木工墨斗所用者（笔头为梳篦形）。"这是竹笔，不是竹管毛笔。晚近出土的秦笔，已经是竹管毛笔，制法跟现代相似。这可能是蒙恬改进以后的形制。

蒙恬（？—前210），秦将，始皇时，领兵守边，修筑长城，北逐戎狄，威震匈奴；始皇崩，赵高矫诏赐死，恬自杀。蒙恬是武将，不是文臣。为什么武将造笔，而不是文臣造笔呢？《说文解字》："秦始皇帝初兼天下，大发隶卒，兴役戍，官狱职务繁，初有隶书，以趋约易。"当时的戍边大军，需要书写大量文书，向皇帝报告。文字应用频繁，促进了文字的简化和笔的改进。蒙恬是大军的主将，军中把制笔技术的改进归功于主将，在古代是理所当然的。

毛笔的形制，以竹为管，以毛为颖，3000年来基本不变。笔杆早期用木也用竹，后来舍木用竹，这跟简牍有木有竹相同；此外又用金银、象牙、斑竹、木条、芦管等材料。笔头主要用动物毛，有时也用植物纤维。

动物毛笔种类颇多：

1. 鹿毛笔：后唐马缟《中华古今注》："蒙恬以柘木为笔，鹿毛为柱，羊毛为被，所谓苍毫，非兔毫竹管也。"蕲州（湖北蕲春）产鹿毛笔。

2. 兔毛笔：长沙楚笔证明，战国已用兔毛。唐代宣州"紫毫"最为有名，即兔毛笔。有用兔肩毛的，称"肩毫"。

3. 羊毫笔：清胡朴安《朴学斋丛刊》："惟羊毫为今通行之品，其始因岭南无兔，多以青羊毫为笔；嗣以圆转如意，于今不绝；古人用兔毫，今用羊毫。"日本正仓院藏我国唐代毛笔，称"天平笔"，羊毛为柱，粗毫薄布于外。

4. 狼毫笔：黄鼬（黄鼠狼）毛曰狼毫。武威东汉笔"外覆黄褐色狼毫"。《朴学斋丛刊》:"余观赵子昂跋唐胡环番犬图谓,环画笔用狼毫,极清劲。"

5. 狸毛笔:宋陈"樐"《负暄野录》:"欧阳通以狸毛为笔,以兔毫覆之。"

6. 虎仆(九节狸)笔:晋张华《博物志》:"有兽缘木,文似豹,名虎仆,毛可取以为笔。"

7. 鼠须笔:刘宋刘义庆《世说新语》:"王羲之得笔法于白云先生,先生遗之鼠须笔";"钟繇、张芝皆用鼠须笔"。近代改用紫毫,仍袭旧名。唐段公路《北户录》:"鼠须均州(湖北均县)出。"

8. 貂毫笔:清梁同书《笔史》:"明臧晋叔以貂鼠令工制笔。"貂鼠即紫貂,栖息林中,又名林貂,形似黄鼬,产于中国东北(不是水貂)。

9. 鸭毛笔:《北户录》:"昔溪源有鸭毛笔,以山鸡毛、雀雉毛间之,五色可爱。"

10. 猩猩毛笔:宋黄庭坚《山谷诗集》注:"钱穆父奉使高丽,得猩猩毛笔。"宋陆游《自书诗》:"用郭端卿所赠猩猩毛笔,时年八十矣。"

人毛也可以做笔,有两种:

11. 胎发笔:《江南府志》:"南朝有姥善作笔,萧子云常用之,笔心用(小儿)胎发。"唐(释)齐己《送胎发笔寄仁公诗》:"内惟胎发外秋毫,绿玉新裁管束牢。"(比较:中美洲古代玛雅人用人的头发做笔。)

12. 人须笔:这是一个有趣的故事。唐刘恂《岭南异物志》

（岭南录异）："岭外既无兔，有郡牧得兔毫，令匠人作；匠既醉，因失之，惶恐，乃以己须制；上甚善，诘之，工以实对；郡牧乃令一户必输人须。"古代男人留须，没有胡须是很不光彩的。强迫"输人须"，是文雅的虐政！

植物纤维笔见于记载的较少：

13. 荆笔：晋王子年《拾遗记》："削荆为笔。"

14. 竹丝笔：竹枝锤丝制成，或谓苕丝冒称竹丝。宋米芾《笔史》："晋王羲之《行书帖》真迹，是竹丝笔所书。"

15. 荻笔：唐李延寿《南史》"以荻为笔"。

16. 茅笔：又称白沙茅龙笔，以茅草锤细，取其草茎扎束而成，传为明代陈献章（居广东新会之白沙村）所制。

用两种毫毛配合制成的称"兼毫"。上文已经谈到多种兼毫。《负暄野录》："欧阳通以狸毛为笔，以兔毫覆之，此二毫笔之所由始也。"此说不确，武威东汉笔已是二毫笔。现今兼毫有羊狼毫、七紫三羊、五紫五羊、豹狼毫等多种。"兼毫"的好处是软硬互补。

制笔有四点要求，称为"笔之四德"。明陈继儒《妮古录》："笔有四德：锐、齐、圆、健。""锐"指饱含墨汁、笔锋仍尖。"齐"指毛颖铺开、长短整齐。"圆"指髹扎匀称，笔头圆浑。"健"指毫毛有韧性、有弹力。

唐宋名笔，多出安徽宣城一带，统称"宣笔"，又称"徽笔"。唐耿韦《咏宣州笔》："落纸惊风起，摇空泹露浓，丹青与纪事，舍此复何从。"南宋迁都临安（杭州）以后，浙江吴兴（湖州）一带成为新兴的制笔中心。到了元代，"湖笔甲天下"。

吴兴的善琏镇，有蒙恬祠，纪念蒙恬造笔，又称蒙溪。历代文人学士，对毛笔有深厚感情，不断写出美妙的诗文歌颂它、赞美它。唐韩愈作《毛颖传》，对它爱称为"管城子"、"中书君"。

谈　墨

《说文解字》："墨，书黑也，从土、从黑。"

传说，周宣王时，邢夷造墨；他在溪水中洗手，捡到一块木炭，手被染黑，由此得到启发，拿回捣成细末，和以黏粥，搓成圆饼，就成最早的墨。

起先，可能有过一个短暂的"以漆为墨"的漆书时期。元吾邱衍《学古编》："上古无笔墨，以竹挺点漆书竹上，竹硬漆腻，书不成行，故头粗尾细，似其（蝌蚪）形耳。"未见传世实物，不一定就能否定传说。其他民族有过漆书，或许汉族也曾有过，不过漆太黏，不易书写，应用不广，未有遗物留下。由于漆黏，笔画自然形成"蝌蚪文"。

甲骨文在刻字前，有的写成朱书或黑书。化验证明，朱书是朱砂，黑书是碳素。《礼记》："卜人定龟，史定墨。"《墨子》："书于竹帛，镂于金石。""书"要用"墨"，"镂"也要用"墨"先书写。战国简牍用笔墨书写，已有出土实物证明。1975年湖北云梦秦代墓葬出土文物中有墨，这是今天能看到的最古的墨。

早期的"墨"是天然的石墨，跟后期人工制造的烟墨不同。汉代计然说："石墨出三辅，上石价八百。"（载《万物录》）西汉用石墨，已经得到考古证明。汉末应劭《汉官仪》：尚书郎起草，

"月赐隃糜大墨一枚,隃糜小墨一枚"。隃糜在今陕西千阳,汉代属于三辅的右扶风,这里是早期的产墨中心。西晋陆云发现曹操收藏的石墨,作小圆螺形,不是锭子形。

小圆螺形的墨粒,如果用手指头捻着磨墨,是不方便的。需要用小短棒顶着墨粒帮助研磨,叫做"研石"或"研棒"。后来墨粒和研棒合为一体,制成了"墨锭",磨墨不再用研棒。

河南陕县刘家渠东汉墓中发现五锭残墨,由松烟模压成墨锭,有的掺和漆烟。曹植诗:"墨出青松烟,笔出狡兔翰。"大致东汉时期石墨和烟墨并用,三国时期从石墨改为烟墨。宋晁说之《墨经》:"古用松烟石墨二种,石墨自魏晋以后无闻,松烟之制尚矣。"

烟墨主要有松烟和油烟,此外有漆烟。松烟、油烟、漆烟,都是不完全燃烧形成的烟尘,和以胶液及香料(麝香、冰片等),有的再加发光剂(珍珠、玉屑、金铂)和防腐剂(龙脑、樟脑、生漆)。配合几种不同的烟尘,可以提高品质。晋代开始在烟墨中加进胶液,提高墨锭的黏合力,并且使墨色有光泽。明屠隆《考槃余事》:杨慎云"(松)烟墨深重而不姿媚,油烟墨姿媚而不深重,若以松脂为炬取烟,二者兼之矣"。高级墨锭色泽光洁而经久不变。西晋陆机书写的《平复帖》至今1600多年,字迹完好醒目,这是传世最早的墨迹。1978年安徽祁门北宋墓出土一锭古墨,在尸水中浸泡800多年,完好未变。

烟尘和胶液做成的烟泥,有可塑性,可说是最早的"塑料",便于任意造型。魏晋时期做成丸粒状或螺丝状。元陶宗仪《辍耕录》:"中古方以石墨磨汁,或云是延安石液;至魏晋时,始有墨丸,乃漆烟、松煤夹和为之,所以晋人多用凹心砚者,欲磨墨贮瀋耳。"后来,通行墨锭,有各种形式,再加绘画和模塑,成为独特的制墨模压工艺。墨锭有的不加涂饰(本色墨);有的四边或正背两面髹漆(漆边墨);有的通体或部分涂金(漱金墨);有的使金粉银粉雪片似的飞粘在墨锭上(雪金墨)。

历代有制墨名家。三国魏书法家韦诞字仲将,善制笔墨,称"仲将笔"、"仲将墨",制法记录在北魏贾思勰《齐民要术》中。唐代制墨手工业发达,从陕西扩大到山西和河北。最早见于记载的有名墨工叫祖敏,"本易(州)人,唐时墨官也"。为避安史之乱,墨工奚超(也是易州人)举家南迁,定居江南歙州(安徽),这里有优质松烟,适合制墨,于是制墨技术传到南方。奚家制造的墨,后来受南唐国君李煜赏识,赐姓李。奚超的儿子李廷圭,在墨中掺加珍珠、玉屑、龙脑、生漆,收藏几十年不变。李氏自易水(河北)迁歙(安徽),自称"易水遗规",所制墨称"李墨"。

北宋末年,歙州改称徽州,当地产品统称"徽墨"。宋代创制油烟墨,降低原料成本。宋苏解字浩然,善制墨,有能获其寸许者,如得"断金碎玉",因以名其墨。潘谷善制墨,被称"墨仙"。苏轼《孙莘老寄墨》诗:"徂徕无老松,易水无良工。珍材取乐浪,妙手惟潘翁。"

明代徽墨分两派:歙派和休宁派。歙派代表有罗小华、程君房、方于鲁等。罗小华的墨"坚如石、纹如犀、黑如漆",一螺值万钱。程君房著《程氏墨苑》,除录载所制墨五百式外,还录载文化资料,特别是意大利传教士利玛窦用罗马字给汉字注音的文章，启发了后来的罗马字运动，这是1958年制订《汉语拼音方案》的先河。方于鲁著《方氏墨谱》，录载所制和所藏名墨三百八十五式。罗小华的"象"墨、程君房的"荔枝香"墨、方于鲁的"九鼎图"墨等，收藏在北京故宫。休宁派代表有汪中山、邵格之等，他们的拿手好戏是精制"集锦墨"。

清代徽墨有四大名家：曹素功、汪近圣、汪节庵、胡开文。曹素功的墨，"紫玉闪光、坚而发墨，抹笔不胶、入纸不晕，防腐不蛀、香味浓郁，落纸如漆、万载存真"。胡开文除制精品外，大量制普通用墨，供应学校，因此清代晚年墨业衰落，而胡开文一枝独秀，这是从艺术"四宝"转向实用"四宝"。1915年巴拿马国际博览会上胡开文的"地球墨"获得金牌。

鉴别墨的优劣，除观其形制外，要从三方面来认定：1. 辨色（紫色为佳、黑色次之），2. 听声（轻轻叩放、清脆响亮），3. 观形（挺直干燥为好、歪曲霉湿为差）。在400多种名墨中，"超漆烟"为最上，始终保持"拈来轻、嗅来馨、磨来清"的特点。

清末同治年间，安徽举人谢松岱为免考生研墨之苦，研制墨汁出售，大受欢迎，后来在北京琉璃厂开店销售墨汁；自书对联"一艺足供天下用，得法多依古人书"，名其店为"一得阁"，至今存在。中国"墨汁"经印度传到西方，被误称为"印度墨汁"（indian ink）。

所谓"集锦墨"，就是专供玩赏的成套丛墨，明清极盛。例如汪中山制"太元十种"：太极、两貌、三猿、四象、五雀、六马、七鹧、八仙、九鸯、十鹿。又如曹素功制"紫玉光"三十六锭,每锭大小不一,以黄山三十六峰为题,拼合成一幅完整的黄山图,装于一盒,分两层,每层十八锭。制墨工艺跟琴棋书画和神话传说相结合,意趣无穷。

清代著名藏墨家盛昱,著《郁华阁藏墨簿》,记载所藏明代珍品,现藏北京故宫博物院。

墨能治病,谓之"药墨"。我幼年时候常用"药墨"治鼻血。据说早在南唐就有"药墨"。墨中配用的麝香、冰片、珍珠等芳香防腐剂,同时就是优良药材,有清热止血、镇惊去痛等功能。后来以"百草灰"配制成"百草霜"药墨,能治吐血、外伤出血、口瘘等病,成为止血化积良药。又有"净素药墨",专供僧尼抄写经书之用。休宁胡开文的"五胆八宝"是药墨中的精粹。清人有诗云:"五胆八宝掺松烟,千锤百炼成方圆。奇墨入纸龙凤舞,内外兼用病魔寒。"1984年胡开文墨厂重制"五胆八宝",用犀牛角、麝香、珍珠、熊胆、黄金等二十多种中药,功能消炎解毒、止血去痛、降压镇惊,治皮炎湿疹、痔疮顽癣诸症,可内服,可外用。

1990年冬,我在美国新港观赏书法家张充和(内人允和的四妹)所藏文房四宝。对我这个外行来说,珍贵的不一定可爱,可爱的不一定珍贵。这里略谈二事。

1. "石鼓文墨"(御制重排石鼓文墨):共十鼓,贮存于精美的长方漆匣中(匣长350毫米×宽170毫米×厚60毫米)。鼓面直径46毫米×高30毫米。鼓的次序,以"天干十字"篆书排列。鼓的正面是金字石鼓文。现存故宫的石鼓文,字迹漫漶,破损不全。"石鼓文墨"上的石鼓文,按照考证修补重写,恢复全貌。石鼓的反面,用楷书黑字译写石鼓文,难认的字注以今字,便利今人认读。每鼓注明:"凡～句,～～字,重文～字。"精致玲珑,十分可爱!

2. "画卷墨"(休城胡开文仿古):打开画卷,图穷见轴,轴开见墨。圆柱形的画轴,是可以分开两半的两个半柱形锦匣。各匣贮墨五笏,共十笏,形制、模塑、图画、文字,各笏不同。第一个半柱形锦匣,存五笏:(1)"龙文双脊",(2)"乌金",(3)"延川石液",(4)"远烟轻胶",(5)"象管"。第二个半柱形锦匣,存五笏:(1)"金壶墨汁",(2)"八宝陈元"(背面有八个印章),(3)"黑松使者",(4)"香璧",(5)"仿李廷珪四和法"。

这些精制的美术工艺品,使人反复玩赏,爱不忍释,观之美不胜收,嗅之异香扑鼻!

谈 砚

1975年湖北云梦睡虎地秦墓中,发现石砚和研石各一件,为战国晚期之物,砚台和研石均有使用痕迹。这是今天能见到的最古的砚台。同年在湖北江陵凤凰山汉墓中出土石砚和研石,是西汉前期文帝时的陪葬物,从磨光程度可知曾长期使用,并留有墨迹。

西汉中期,制砚成为石雕工艺。洛阳博物馆的一方西汉石砚,边缘刻有鸟兽图案。安徽博物馆的一方东汉石砚,盖上还有镂空的双螭纹。这些汉砚都是圆形,且有三足。唐代以前,只有矮桌子,写字时候,席地跪坐,砚台放在地上,有脚避免贴地,三足最稳。唐末五代出现高脚桌子，人坐在椅子上，伏案写字，砚台放在桌子上，有脚的太高，改用扁平砚台。

唐人发现端石、歙石、洮河石等制砚材料。唐李贺《青花紫砚歌》："端州石工巧如神，踏天磨刀割紫云。"宋代砚工利用石上星眼纹色设计巧妙造型，砚雕工艺大为提高。

元代砚台，有一方出土于北京（元大都），称为"石暖砚"。砚台上面有两个墨堂，下面凿成空膛，膛内燃火加热，冬天防止墨水冻结。清代用金属或瓷料制成暖砚，内中可以燃烧炭火。乾隆时内廷设立作坊，精心制造。安徽、广东、江苏、浙江等省也发展制砚中心。

端砚、歙砚、洮砚、鲁砚，称为四大名砚。

1. 端砚。出于广东肇庆（高要），隋唐属于端州。宋无名氏《端溪砚谱》云："肇庆府东三十三里，有山曰斧柯，在大江之南，盖羚羊峡之对山也；斧柯山峻峙壁立，下际潮水，至江之湄，登山行三四里即为砚岩。"端石是水成岩中的辉绿凝炭岩，地质年代属于泥盆纪，距今有6亿年，柔润细腻，以紫色者为最佳，发墨快、不损毫、不易干、不易冻，石中含有硫磷成分，虫蚁不蛀书写的墨迹。

唐代采石在"龙岩"，晚唐列为贡品，又称"皇岩"。宋代开采上中下三岩，以"下岩"石为最佳。《纸笔墨砚笺》云："下岩天生子石，温润如玉，眼高而活，分布成象，磨之无声，水不耗，发墨而不坏笔者，为世之珍。"明代开采"水岩"，有大西、小西、正、东等四洞，大西最佳。名品有火捺、天青、青花、蕉叶白、鱼脑冻、冰纹等。

端石有"石眼",是虫体的化石,像动物的眼睛,四周晕成青、绿、黄三色,映衬在深紫色的砚石上,晶莹可爱,有鸲鹆眼、猫儿眼、丹凤眼、绿豆眼等。存世有一方"端石百一砚",北宋时造,底部镂雕101个长短参差的小石柱,柱端都有一个淡黄色的石眼。

开采砚石,极为困难。宋苏轼《砚铭》云:"千夫挽绠,百夫运斤;篝火下锤,以出斯珍。"这是当时开采劳动的写真。

宋末诗人谢枋得意外得一端砚,是岳飞宝物,后来赠送给文天祥;文天祥作砚铭曰:"砚虽非铁磨难穿,心虽非石如其坚,守之弗失道自全。"岳飞抗金而死,文天祥抗元而死,谢枋得不肯仕元绝食而死,三位民族英雄同用一砚,千古佳话。这英雄砚不知现在何处?

2. 歙砚。主要产于江西婺源之歙溪,又称"婺源砚"。歙州所辖歙县、祁门、休宁、婺源等地(前三地现属安徽)都有出产,以龙尾山的石质最佳,又称"龙尾砚"。歙石属于水成岩的粘板岩,地质时期为震旦纪,距今10亿年,石质坚润,色泽一般为黝黑,略带青碧。

北宋唐积《歙州砚谱》云:"婺源砚在唐开元中,因猎人叶氏逐兽至长城里,见累石如城累状,莹洁可爱,因携之归,琢制成砚,温润大过端溪,由是天下始传。"名品有:龙尾、罗纹、金星、眉子等。

歙砚常见金星,是硫化铁的点滴物,大的似豆,小的似鱼子。金星硬度大、容易锉墨,损伤毫毛,本来不宜制砚,但是由于美观,仍受赞誉。上品的把金星分布在砚台背面,而砚台的正面和四周避开金星。

宋黄庭坚奉命采砚，作《砚山行》："不轻不燥禀天然，重实温润如君子；日辉灿灿飞金星，碧云色夺端州紫；遂令天下文章翁，走吏迢迢来涧底。"这可说是古代知识分子的"下放劳动"。元代坑洞崩塌，停止采石达500年，直到清乾隆时才再次开采。

3. 洮砚。又称洮石砚、洮河砚，产于甘肃洮州（今临潭县）。宋赵希鹄《洞天清录集》云："除端、歙二石外，惟洮河绿石，北方最贵重；绿如蓝，润如玉，发墨不减端溪下岩，然石在临洮大河深水之底，非人力所致，得之为无价之宝。"

4. 鲁砚。山东所产石砚，统称"鲁砚"。名品甚多，例如：红丝石、淄石、金星石等。其中"红丝石砚"最负盛名。"淄石砚"产于博山、虞望山等地，有韫玉、金星、青金、墨玉等品，色泽缤纷，沉透如玉。"金星石砚"产于临沂箕山洞，含有硫化铁细晶，闪光如金星；临沂古属琅琊郡，为东晋王羲之故乡，故又名"羲之石"。

宋代列端砚、歙砚、洮河砚、红丝石砚为四大名砚。后来红丝石砚停采，一度以澄泥砚为四大名砚之一。澄泥砚是从砖瓦砚发展起来的。魏晋用秦汉砖瓦制砚。东汉末年造的铜雀台所用砖瓦，质地紧密，适合制砚。据说铜雀台砖瓦，先将泥土澄滤，加入胡桃油拌和，所以坚实，可以贮水数日而不干。宋苏易简《文房四谱》云："古瓦砚出相州魏铜雀台，里人掘土，往往得之，贮水数日不渗。"

在砖瓦砚的基础上，改进澄滤和烘烧技术，成为澄泥砚。办法是：泥土放在绢袋中，在水盆内摇动，细泥渗出袋外，沉于盆底，去水得泥，加入铅丹，制成砚形，经过"晒、烧、蒸"等十多道工序，最后成形。优点是"含津益墨"，发墨快、不易干。

　　唐代没有"澄泥砚"的名称，称为"陶砚"。韩愈《瘞砚文》："土乎成质，陶乎成器。"铜雀台在古代的邺城（河北临漳），这一带成为澄泥砚的最初产地。唐朝的澄泥砚以虢州（河南灵宝）的为佳。宋代澄泥砚生产扩大，除虢州、相州（河北成安、河南汤阴）外，山西绛县、山东柘沟镇、河北滹沱河，均有生产。明朝以后，更加精致，分珠紫、黄绿等目。从天然材料到人工材料，是制砚工艺的进步。后来开采的天然砚石，类似澄泥的也叫"澄泥砚"，有鳝鱼黄、蟹壳青、绿头砂、玫瑰紫、豆瓣砂等。

　　"四大名砚"之外，还有名砚多种，例如：

　　1."菊花石砚"：1915年巴拿马国际博览会得奖，产于湖南浏阳，是古代软体动物的化石，有深灰、蟹青、蟹黄等颜色，上面有白色菊花纹。

　　2."金星砚"：产于江西星子县驼岭山，刚而不脆，温润莹洁，易发墨、不伤笔，呵气即轻凝雾珠，耐寒、耐温、保潮。宋人米芾、朱熹等盛赞金星砚，宋徽宗称它为"砚中之魁"。

　　3."嘉峪石砚"：产于甘肃嘉峪关黑山峡。《敦煌杂抄》载："嘉峪山，石可做砚，色青紫，与崆峒、栗亭砚相仿。"

　　4."松花石砚"：清乾隆弘历《盛京土产杂咏》序称："混同江（辽宁）产松花玉，可作砚材。"大都为清室帝王御用。

　　5."凤周味砚"：宋代名砚，产于福建建州北苑凤凰山。

　　6."嘉陵峡砚"：产于四川合川嘉陵江鼻峡峡口。

7. "贺兰砚"：产于宁夏贺兰山，砚石采自笔架山小石子。

傅元《砚赋》："木贵其能软，石美其润坚"，可见曾有木砚。石砚、瓦砚、陶砚、木砚之外，还有玉砚、水晶砚、瓷砚、铜砚、银砚、铁砚、竹砚、纸砚、漆砚等。其中，漆砚较为特殊，西晋已有，用生漆调和金刚砂制成，容易发墨，不损笔毛，重量轻，便于携带。

谈　纸

承受书写的材料，殷商和西周用甲骨（龟甲和兽骨），东周、秦和西汉用简牍（木简、竹简）和缣帛（丝绸）；此外有：范铸文字的钟鼎、凿刻文字的石碑，等等。东汉开始有"纸"。

《说文解字》："纸，絮一苫也。"段玉裁认为"苫"应作"箈"。"絮一箈"就是：一帘子的丝絮。最早的"纸"是丝絮（下脚乱丝和破烂缣帛）做成的。这比缣帛便宜得多。

史载："蔡伦造纸。"蔡伦（？—121），东汉桂阳（湖南郴州）人，字敬仲，和帝时为中常侍（宦官）。他总结西汉以来用麻质造纸的经验，改进造纸术，于元兴元年（105年）奏报朝廷。安帝元初元年（114年）封龙亭侯。根据他的方法造出的纸，后来被称为"蔡侯纸"。

《后汉书·蔡伦传》："自古书契多编以竹简，其用缣帛者谓之纸。缣贵而简重，并不便于人。伦乃造意，用树肤、麻头及敝布、（旧）渔网以为纸。"

他造的是植物纤维的纸，在造纸材料和技术上实现了重大突破。他把树皮、麻头、破麻布、旧渔网等含有植物纤维的废品,捣烂、腐蚀、分解,造成纸张,叫做"打浆法"。"打浆法"是造纸的关键技术。从纸浆中提出纯净的纤维,去除杂质,加以漂白,就造成适合书写和绘画的洁白纸张。他主管宫中器物生产,既有改进造纸的要求,又有试验生产的条件,终于造出轻软价廉的"蔡侯纸",对人类文化作出伟大贡献。

西汉宣帝(在位:前73—前47年)时候已经有早期的植物纤维纸,不过质地过于粗劣。出土的西汉麻纸证明,不能用于书写。这比"蔡侯纸"早200年。蔡伦的成就,不仅有试验生产的条件,还有历史发展的背景,不是凭空陡然出现的。

"蔡侯纸"之后一百年,又有"左伯纸",是东汉末年左伯(字子邑,东莱人)所造,进一步提高了造纸技术。《三辅决录》:蔡邕作书,用张芝笔、左伯纸、章诞墨。

由于有了"打浆法",造纸原料就能扩大,包括多种植物纤维:

1. 麻料:早期的麻纸太粗糙,因为制造方法不行。蔡伦用旧渔网(麻料)造出好纸。

2. 破布:蔡伦用的破布,是破碎的麻布;元代以后用破碎的棉布,造成高级棉纸。

3. 藤角:藤条的下脚料腐烂以后,适于造纸,唐代开始使用。

4. 竹头:江南多竹,可造竹简,更可造竹纸,最为价廉。

5. 树皮:有楮树皮、檀树皮、桑树皮、黄檗树皮等。这是来源广阔的造纸原料。北魏贾思勰《齐民要术》记录造纸原料楮树的栽种和培育。蔡伦用树皮造纸,成为西洋后来用木料生产木浆的先河。

东晋以后,纸完全取代简牍。东晋末年桓玄称帝(公元403年),下令说:古代没有纸,所以用简牍,今后凡是用简牍的,都改用黄纸代替。两晋、南北朝时期,经常用纸抄写古籍。甘肃敦煌莫高窟发现北魏、隋、唐、北宋等时期用纸抄写的经卷。

造纸术由洛阳一带传到江南,促进了江南的文化发展。宋赵希鹄《洞天清录集》:"北纸用横帘造,纸纹必横;南纸用竖帘,纹必竖。若二王(羲之、献之)真迹,多是会稽竖纹竹纸。"用"竹丝帘"捞浆成浆片,把浆片贴在墙上晒干,就成纸张。这种手工造纸法,我在中学生时期还经常看见。

东晋葛洪用黄檗造纸防止虫蛀。陈朝(557—589年,南北朝)徐陵《玉台新咏序》提到"五色华笺,河北、胶东之纸"。这时候,既求耐久,又求美观,造纸技术又前进了一步。

为了扩大生产,造纸原料因地制宜。在产藤的地方用"藤角"造纸,是新的发展。唐徐坚《初学记》中说,东晋范宁对下属说,"土纸不可以作文书,皆令用藤角纸"。西晋张华《博物志》说,剡溪(浙江嵊县)多古藤,可用来造纸。唐皮日休诗:"宣毫利若风,剡纸光与月。"

唐李肇《唐国史补》:"纸则有越之剡藤苔笺;蜀之麻面、屑末、滑石、金花、长麻、鱼子、十色笺;扬之六合笺;韶之竹笺;蒲之白薄、重抄;临川之滑薄。"纸的品种五光十色!

元费著《蜀笺谱》云,唐代盛行楮树皮纸,称为广都纸。唐宋时期,蜀纸最有名。宋苏易简《文房四谱》:"蜀中多以麻为纸。"苏东坡《东坡题跋》中说,"成都浣花溪水清滑异常,以沤麻楮作笺纸,洁白可爱。"居住成都的女诗人薛涛,用芙蓉花染成红色的小彩笺,用以誊写小诗,被誉为"薛涛笺"。

此外有浙江竹纸,九江云蓝纸,江西白藤纸、观音纸,苏州春膏纸,温州蠲纸等。程棨《三柳轩杂识》:吴越钱氏时供此纸者蠲除赋税故称蠲纸。染色、印花,各有新意。

这时候发展了"砑花"技术,可加上山林、人物、鸟兽等花色。"砑花"方法:以石磨纸,使纸光滑,底版刻花,现出花纹。《文房四谱》:"逐幅于文版之上砑之,则隐起花木麟鸾,千状万态。"五代北宋的陶谷说:"砑纸版上乃沉香(木)刻山水、林木、折枝花果、狮凤、虫鱼、寿星、八仙、钟鼎文,幅幅不同,文绣奇细,号砑光小本。"

明清时期,作用较大的纸是:竹纸、毛边纸和宣纸。

"竹纸"。今天六七十岁的老年人,大都用过竹纸。在我是小学生的时候,竹纸是经常使用的廉价纸。明宋应星《天工开物》中有一章专门介绍竹纸的生产过程。

"毛边纸"。晚明藏书家毛晋筑"汲古阁",大量印书,为了降低成本,选用特种印书纸,纸的边缘处印"毛"字为记,人们称它为"毛边纸"。毛边纸比较粗松,但是适合写字,适合印书,价钱便宜,为青年学生所常用,也是大量印书所常用的纸。主要生产于江西、福建等省,直到"五四"时期,仍为大众化的重要纸张。

"宣纸"。这是在造纸历史中有特殊地位的纸。它的优点是"物美",不是"价廉"。出产于安徽泾县等地,集中在宣城销售,因此称为"宣纸"。洁白、细密、均匀、柔软、经久不变色、润濡性能好、耐搓折。

清末泾县胡朴安《纸说》:"泾县古称宣州,产纸甲于全国,世谓之宣纸;宣城、宁国、泾县、太平皆能制造,而泾县所产尤工,今则宣纸惟产于泾县,故又名泾县纸。"

传说,蔡伦的徒弟叫孔丹,东汉时候在安徽南部造纸为生,为了替蔡伦画像需要白纸,在山中发现檀树倒在山涧水溪,年长月久,浸泡腐烂,色泽发白。得此启发,造出质地优良的白色宣纸。

宣纸原用青檀树皮制造,只有泾县以及附近的太平、宣城等地生长,属于榆科落叶乔木,与楮树、桑树外貌相似,但是并非相同树种。宣纸的生产过程包括:浸泡、灰掩、蒸煮、洗净、漂白、打浆、水捞、加胶、贴烘等十八道工序,一百多条操作要求,经过一年才能造成。唐代宣纸是贡品,受到书画家的喜爱。唐以前,用绢画画,以后就用宣纸了。唐代宣纸有生纸、熟纸之分。经过加工,填粉、加蜡、施胶,沾墨而不晕,又称"熟宣"(矾宣)。"生宣"适用于水墨写意;"熟宣"适用于工笔画。

现代画家刘海粟赞宣纸:"纸寿千年,墨韵万变;白如云、柔如锦。"什么叫"墨韵"?"墨韵"是一种发墨现象:发墨处,豪放淋漓;浓墨处,发亮鲜艳;淡墨处,层次分明;积墨处,浑厚深沉。最近用科学方法鉴别"墨韵",发明"触点晕圈测试法"。宋苏轼诗:"精皮玉版白如云,纸寿千年举世珍;朝夕临池成好友,晕漫点染总迷人。"

南唐后主李煜赞宣纸:"肤如卵膜,坚洁如玉,细薄光润,冠于一时。"宫中设专门机构监造宣纸,把精品藏于"澄心堂"。宋代的澄心堂纸,少数是南唐遗物,多数是宋时仿制。宋代闻名的纸还有：宣州的金庞榜、画心、潞王、白鹿、卷帘等纸；歙州的碧云春树笺、龙凤印边三角内纸、印金团花纸、各色金花笺等；池州的细白池纸；休宁的玉版、观音、堂札等纸，都很可爱。苏易简《文房四谱》中提到"黟县多良纸，亦有凝霜、澄心之号"。纸张的加工技术，逐步提高。

明朝是宣纸鼎盛时期。清朝宣纸分为棉料、皮料、净料三大类，并有单宣、夹汞宣、罗纹宣等20多种。经过加工复制后，又有虎皮宣、玉版宣、泥金宣、蝉翼宣等多种名目，其中以汪六吉制造的"汪六吉纸"为最上。老汪六吉纸厂始于清代，"二战"后停产，1985年重新建设，现称"泾县宴公堂宣纸厂"。汪六吉首创中国的"水印纸"。

宣纸历千年而不变。"千年纸、五百年绢"，名不虚传。今人赵朴初诗："看挽银河照砚池，宣城玉版助遐思。澄心旧制知何似，赢得千秋绝妙词。"

清末以来，洋纸竞争，纸业衰落。宣纸具有特色，勉强维持。今天中国和日本的书法家，不少人仍旧经常使用宣纸。

纸的用途不断扩大。唐宋时代曾用纸做衣服、被褥、帐子、帽子、纸砚台、纸酒杯，甚至还有纸的盔甲、纸的棺材（1973年新疆出土）。宋陆游《谢朱元晦寄纸被》："纸被围身变雪天，白天狐腋软于绵。"宋代就有纸币。活人用的纸币、死人用的纸钱，一直用到今天。纸的用途多得无法列举。纸和文化，纸和生活，在中国一早就结成了不解之缘。

东晋（5世纪）以后造纸术从中国传到朝鲜；隋末（7世纪）由朝鲜传入日本。他们利用本国材料制造新品种，在唐代输入中国,例如朝鲜的高丽纸、蛮纸。

在西方,中国造纸术经西域传到阿拉伯,再传到北非和西班牙,最后传到西欧。长期以来,欧洲人以为植物纤维纸(所谓褴褛纸)是德国人或者意大利人所发明。现在由于文献记载和考古出土的物证,承认纸是由中国人首先发明的。

公元2世纪,正当蔡伦改进造纸术的时候,中国和西域之间的交通开通了。纸张沿"丝绸之路"出口到当时的西方。唐玄宗天宝十年(751年),安西节度使高仙芝率领军队攻打阿拉伯人的大食国;唐军失败,被俘的中国士兵,把造纸术传授给阿拉伯人(8世纪)。11世纪,阿拉伯旅行家贝鲁尼在他的著作《印度》一书中说,"中国的战俘把造纸术输入撒马尔罕(中亚古名城,14世纪铁木耳帝国首都、现在乌兹别克共和国),此后,许多地方造起纸来"。撒马尔罕建立起第一座中国以外的造纸厂。

随后,传到报达(巴格达,现在伊拉克),传到达马司库斯(现在叙利亚),传到开罗(埃及首都),传到摩洛哥(北非西边)。这许多地方当时都是阿拉伯人的世界。纸成为那时阿拉伯人的一项重要产品。

8世纪初,阿拉伯军队占领西班牙,造纸术传到西班牙,在西班牙建立起阿拉伯人经营的造纸厂。欧洲人得到外来的纸以前,用羊皮或者苇纸(以阿拉伯的水草茎做原料)。公元10世纪末,欧洲大陆才开始有用纸的记录。公元13世纪后期,西班牙和意大利才有欧洲人自己经营的造纸厂。后来造纸术传到法国(1248年)、德国(14世纪初)、瑞士(1380年)、英国和荷兰(1450年)、美国(1690年,不算哥伦布发现美洲前原住民的造纸）。到 14 世纪，纸的应用已经普及欧洲。

文房四宝的中外异同

西亚古代的两河流域是文字最早成熟的地方，也是文具最早成形的地方。不同的是，他们只有"文房两宝"，没有"文房四宝"。

苏美尔人在 5500 年以前，首先创造和发展文字。这比中国的甲骨文早 2000 年以上。他们的"纸"是一块泥板，很像中国的大方砖，书写时候是软的，写好以后晒干或烤干就变硬。他们的"笔"是一个簪棒，很像短的中国筷子，一头圆形、一头三角形。书写时候，右手拿簪棒，用三角形的一头，斜着在泥板上一压，就成一个笔画，左上粗、右下细，好像钉头或楔子。阿拉伯人叫它"丁头字"，英国人叫它"楔形字"。圆的一头可以压成正圆或半圆痕迹。笔画只有两种，一种钉头形，一种圆形或半圆形，笔画的方向和组合变化表示不同的语词。他们不用墨汁，所以只有"文房两宝"：泥板（纸）和针棒（笔）。这样的书写方法使用了 3000 多年，从 5500 年以前一直到公元前 6 年为止。

现在看来，泥板太笨重。在没有纸的时代，西自地中海东部，东至波斯湾一带，这个当时的国际文明世界，到处通用这种书写方法。它比纸重得多，但是比纸耐久。5000 年前的泥板，今天完整如新。用泥板的时期长达 3000 多年，用纸张的时期不到 2000 年。

书写工具的形制，决定文字的笔画形式。这在"丁头字"最为明显。"丁头字"只有楷书,没有草书,就是书写工具所决定。

北非古埃及的文字,也成熟于5500年以前,比两河流域略晚一些。古埃及人用尼罗河中的莎草制造最早的"纸"。制造方法:取出莎草的芯子,压平晒干,交叉重叠,粘成一片,就是他们的"纸"。跟中国纸比较,厚一些,重一些,脆而易断。但是,比起泥板来,轻便得多了。不过价钱比泥板贵,产量也不大,不能像泥板那样到处容易得到。

古埃及人利用尼罗河里的芦苇,削成一个斜面,做成"芦苇笔"。后来的"钢笔"就是从此发展而成的。他们书写需要墨水。墨水取之于乌贼的色囊,或者用黏液加入烟灰或赭石做成黑墨水或红墨水。他们先做好墨水,然后写字,不是像中国这样,到写字时候临时研墨制造墨汁。"墨"和"砚"两宝变成"墨水"一宝。古埃及只有"文房三宝"(纸、笔、墨水)。比甲骨文还早2000年的古埃及书法艺术,达到极高的水平,书画并重。瞻仰金字塔的人们,个个"叹观至矣"!

中美洲古代的玛雅人创造一种小方格的图形文字,用人的头发制造毛笔,用树皮造纸。不仅毛笔和纸极像中国,许多文物和工艺品也跟中国商周时代相似。人们猜想,古代的玛雅就是中国传说中的"扶桑"。

欧洲经过希腊,来到罗马,书写工具又有变化。他们的"纸"有几种:一般书写用蜡版,重要书籍用莎草纸,高级文件用羊皮。蜡版是硬板上面涂一层蜡,跟孩子们用来练习写字的蜡版相似。

他们的"笔"也有几种。在蜡版上书写,用簪棒笔,形式接近今天的铅笔,不像两河流域筷子形式的簪笔。在墙壁上书写大字,用一种刷子,这跟中国毛笔是同一类型。到6世纪,开始有羽管笔。羽管笔是欧洲中世纪的典型书写工具。金属笔(钢笔、金笔)虽然在罗马时代已经有了,可是很少使用,到近代才成为通行的书写工具。

"笔"在拉丁文里是 penna,意义是"羽毛"。用羽毛管削成一个斜面,跟古埃及人削芦苇秆一样,就是一支笔。笔尖上可以开一条缝,使有弹性,重压可成粗的笔画,轻压可成细的笔画。还可开两个小孔,增加墨水含量。羽管笔后来用金属制造,材料更改,形式不变。这样的笔,用了1200年以上,直至"二战"以后才有"圆珠笔"和"针管笔"。簪棒笔、羽管笔、钢笔、圆珠笔、针管笔,还有铅笔、石笔等等统称"硬笔"。

"自来水笔"的发明,使"笔、墨、砚"三宝合成一宝。今天的"圆珠笔"和"针管笔",笔管里含着墨油或墨水,比"自来水笔"更加方便。这些"硬笔"本来只有朴素的实用型,现在各国竞相生产艺术型,有的笔杆上还加上一个微型钟表,可作珍贵的礼品。西方的文具也在分化,成为"实用文具"和"艺术文具"。

"硬笔"不能写大字。写大字(例如广告文字)要由职业的美术工艺工作者来担任。西方也有书法艺术吗?有人认为没有。其实是有的。到欧洲和中东有名的图书馆里去看看历代的手抄书本,你会惊讶他们的书法艺术也是有很高水平的。不同的是,硬笔只能发展小字书法,毛笔可大可小。他们的书法艺术,在中世纪还是很兴盛,可是到了近代,特别是一百年前有了机械打字机以后,就越来越衰落了。

由于硬笔流行,中国也发展了小字的硬笔书法,成立了"硬笔书法研究会",实用书法和艺术书法并存。

20世纪50年代末,日本一个"书法教学访华团"来到北京,我有幸跟他们见面。他们说,日本把汉字书法分为实用书法和艺术书法,学生们一般学习实用书法,用硬笔,只有少数学生选读艺术书法。他们的师范大学有"书法教学法"专业,来访的客人中有几位是这个专业的"博士"。他们带来学术论文,其中一篇是用心理学方法研究硬笔书法"习字格子"的最佳尺寸,由实验定下一个标准,比传统红方格子(九宫格)略小一些。他们带来根据这个标准格子用硬笔书写的"模范字帖",字迹秀美可爱。他们的"汉字书法教学法"已经科学化和现代化了。"硬笔"已经进入"文房四宝"的行列,而且以"一宝"代替了"四宝"。

在人类的文化史上,书写方法经历了三个发展阶段:手工业、机械化、电子化。

最早的"书写"是用手指头在地皮上画圈儿,后来用彩色石块在岩壁上画图画。两河流域用簪棒在泥板上"压写"。古埃及用芦苇管在纸草上"划写"。中国用毛笔在纸张上"刷写"。今天一般使用钢笔、铅笔、圆珠笔等"硬笔"。这都是"手工业"的书写。

一百年前,发明"机械打字机",开始书写的"机械化"(打写)。"二战"以后,发明"电子计算机",起初用于"数学运算",后来用于"语文处理",开始了书写的"电子化"。电子计算机可以有人工智能,人们给它一个爱称:"电脑"。"纸脑"(书本）是扩大人脑的第一个"体外"脑袋。"电脑"是扩大人脑的第二个"体外"脑袋。"电脑"不怕汉字的复杂繁难，可以处理中文、日文、朝鲜文等"大字符集"。

我从青年时候起一直希望中文能像英文一样，由写作者在打字机上自己"起稿"。这个希望终于实现了。1988年春，我有了一台"中文电子打字机"。输入拼音，以语词和词组为单位，立刻变成汉字输出，不用任何字形编码。起稿"不用笔"，誊清"不动手"，开始了我的汉字书写现代化，工作效率提高到五倍。在中文电子打字机上，修改文章非常方便。增补、删除，只需"一举指之劳"，修改后不留痕迹。手工抄写完全省掉，再次誊清不会错误。"写稿"得心应手，成为一种乐趣。当然，这只是实用书写的变化，至于书法艺术仍旧要以毛笔为主。

打字机使写字不用笔。磁盘和光盘记录文字，不用纸，不用墨和砚。打字代替了大部分写字。硬笔代替了软笔，针尖笔正在排斥钢笔。艺术工具有民族特点，实用工具没有民族特点。"文房四宝"的实用时代已经接近尾声，但是艺术价值永存不变。

书圣王羲之如果今天复活，他会大吃一惊！怎么，这个名不见经传的"电脑"怪物也挤进了"文房四宝"的儒雅行列？

（原载《群言》1998年第4—7期）

"书"的故事

什么是"书"?"书"是写印文字的纸页编订成册的著作。这个解释只适用于今天,不适用于古代,更不适用于未来。

不同的时代、不同的文化源头,创造了不同的"书",而且不断改变"书"的形式。

中国是"东亚"的文化源头。中国的"书"大约有3500年历史,可以宏观地分为三个时期:一、"甲骨书",二、"简牍书",三、"纸张书"。

甲骨书

从商殷时代到西周时代,大约1000年的时间,主要使用"甲骨书"。把文字写刻在龟甲和兽骨上,称为"甲骨文"。一本"甲骨书"叫做"册";几本"甲骨书"放在书架上叫做"典"。不仅商殷时代有"甲骨书",西周时代也有"甲骨书",遗留下来刻着卜辞的甲骨有4万多片。

这个时期同时还使用"青铜书",就是在钟鼎和其他金属器物上刻铸文字,称为"金文"。"青铜书"是帝王和诸侯的装饰品，生产很困难，价值很昂贵。"甲骨书"是官吏和文书员（贞人）的实用品，生产比较容易，价值比较便宜。

简牍书

从春秋战国到魏晋时代（以及南北朝），这1500年的时期主要使用"简牍书"。用狭长的木片或竹片编成的"简牍书"，曾经对华夏文化作出重大贡献。竹片叫做"简"（竹字头），木片叫做"札"（木字旁）或"牍"，合称"简札"或"简牍"。大片叫做"方"，编联起来叫做"策"，"简牍"又称"简策"。

孔夫子（公元前551年生）阅读的都是"简牍书"，他翻来翻去把编结条片的皮绳翻断了三次（"韦编三绝"）。秦始皇每天批公事不得不看的"简牍书"有几十斤重。知识渊博的学者，阅读的"简牍书"多到可以装满五部牛车（"学富五车"）。

"简牍书"出土于山东临沂，湖南长沙，湖北江陵，甘肃武威、居延、兰州，新疆敦煌。最近甘肃又出土大量"简牍书"。

这个时期还同时使用"丝绸书"（"帛书"），可是丝绸很贵，不能用得太多。"丝绸书"是贵族使用的奢侈品，"简牍书"才是大众使用的实用品。古人常说："书于竹帛。"其实，"竹帛"不能等量齐观，"竹"可以经常使用，"帛"只能偶尔使用。

纸张书

从后汉蔡伦发明造纸（公元105年）到今天，还不满2000

年，这是"纸张书"时期。蔡伦之前就有用棉麻纤维制造的纸张，但是质地太粗，不能写字。蔡伦改进造纸技术，使纸张成为轻便的书写材料，物美价廉。书本容易生产了，知识容易传播了，"读书"成为越来越广的文化活动。

东晋末年桓玄做了皇帝（公元403年）之后，下令说：古代没有纸，所以用简牍，今后凡是用简牍的，都改用黄纸代替。用纸要皇帝下命令，可见用纸还很不普遍。两晋、南北朝，大致是"简牍书"和"纸张书"的并用时期。

造纸技术传到外国促进了整个世界的文化。东晋（5世纪）传到朝鲜，隋末（7世纪）传到日本。唐代（8世纪）传到阿拉伯，先到巴格达（伊拉克），再到达马斯克（叙利亚），再到开罗（埃及），再到摩洛哥（北非）。从13世纪到15世纪，传到西班牙、意大利、法国、德国、瑞士、英国、荷兰，17世纪传到美国。

泥板书

"纸张书"传到外国之前，外国的"书"是个什么样子呢？

先谈"西亚"。西亚的两河流域（在现在的伊拉克）是人类最早的文化源头。那里在5500年前就用一种"泥板书"，比中国的"甲骨书"早2000年。

在方砖似的软泥板上，用竹筷似的小棍儿一压一个笔画。笔画一头粗，一头细，像似钉头或楔子，叫做"丁头字"或"楔形字"。"泥板书"晒干或烤干，可以永久保存，不怕水火。两片泥板对合起来，拼缝的地方用软泥弥合，加盖印章，就是一封保密的"泥板信"。国家法律、政府公文、国际条约,都用"泥板书"记录。

从地中海东岸到波斯湾之间的广大地区,是最早的文明世界。在长达3000年之久的时期中,这个文明世界普遍使用"泥板书",遗留下来"泥板书"5万多片。"纸张书"只有1000多年,"泥板书"的历史比"纸张书"长两倍。

草茎书

再谈"北非"。跟"泥板书"差不多同时使用的有"草茎书",主要流行于北非的文化源头"埃及"。把莎草的茎切成薄片,黏合压平,用芦苇蘸着乌贼鱼囊中的墨汁,写成"草茎书"。"草茎书"非常轻便,可是数量太少、价钱太贵,难于普及使用,因此"草茎书"的流行范围反而比不上笨重的"泥板书"。

贝叶书

再谈"南亚"。印度是南亚的文化源头。它的兴起大约相当于中国的春秋时期。它的"书"叫做"贝叶书"。"贝"是"贝多"(梵文 pattra)的省略,意为"树叶"。常用的是一种"多罗"(tala)树叶。明朝宋濂《勃尼国入贡记》中说:"番书无笔札,以刀刻贝多叶行之。"这跟埃及用"草茎书"是同一道理。现在中国西藏的喇嘛僧也还有使用"贝叶书"的。

"西方"许多地方还有"羊皮书",那是贵重的书写材料,只有遇到重大事件才使用，不是大众化的书写材料。

文明古国都在石头上凿刻文字，做成"石头书"。有石柱书、石壁书、石碑书，等等。今天世界各地还不断凿刻"石头书"。它能留存久远，最宜用作纪念。但是不便移动和输送，对行政和教育，实用价值不大。

树皮书

让我们看看向来认为没有自源文化的美洲。在"前哥伦布"时期的中美洲，有一个文化源头，叫做"玛雅"（中心在墨西哥湾的"尤卡坦"半岛）。"玛雅人"用无花果树皮造纸，时间可能在公元4世纪之后。这种粗糙的造纸术，是他们自己的发明，不是从中国传过去的。他们还用人的头发制造毛笔，形制接近中国的毛笔。经过西班牙侵略者的野蛮毁灭，玛雅人的"树皮书"只有三个本子遗留下来。

磁盘书

今天，"书"又发生了全新的变化。人类历史上最晚的一个文化源头是掀起"信息文化"的美国。他们创造了不用纸墨笔砚的新型的"书"："磁盘书"。起初一片5英寸见方的软盘能储存1万个汉字，人们觉得惊奇；后来一片3英寸见方的软盘能储存20万个汉字，人们反而不觉得惊奇了。现在一片小小的"光盘"能储存一部《二十四史》，还多余大量的空间。不仅储存量越来越大,而且通过"多媒体"的应用,把电脑、电信和电视三者合而为一,能够读出声音,显示形象,传递信息。

出版事业的迅猛发展,使全世界一年间的出版物比中国过去 3000 年还要多得多。图书馆有书满之患,可是利用"磁盘书"("软盘书"、"光盘书"),可以把一个图书馆放进抽屉里。"书"正在自己革命。"书"的故事是永远讲不完的。

女书：文化深山里的野玫瑰

"女书"是中国文化深山里的一朵野玫瑰，她长期躲避了世俗眼光，直到她即将萎谢的最后时刻，才被文化探险者所发现。这个发现，带给研究者的不仅是一阵惊奇，而且是一系列有待深入研究的问题。

女书的发现

湖南省江永县妇女中间流传一种文字，妇女创造，妇女使用，传女不传男，男人不闻不问、不学不用，被称为"女书"。已经存在几百年，直到20世纪50年代外界才知道，80年代才作为学术问题进行研究。"反右运动"把最初的研究者划为"右派"，女书研究被迫停止。"文化大革命"把女书当作"妖书"，把认识女书的妇女当作"妖婆"。80年代，认识女书的妇女不敢对前去的调查者承认她们认识女书。现在，这样的顾虑已经消除，可是认识女书的耄耋老妇很快就要绝迹了。

日本的假名，初期主要由妇女使用，男人不屑学习，被称为"女书"。朝鲜的谚文是国王颁布的，但是当时的男人不屑使用,也曾被称为"女书"。后来,简便的"女书"流行开来,成为文字的主体。日本和朝鲜的所谓"女书",跟江永女书大不相同。江永女书是真正的妇女专用文字,直到最后衰亡,男人没有过问。

女书的形体

女书形体略似汉字、又并非汉字,外形不是正方,而是斜方,作"多"字形。不识者认为字如蚊形,称为"蚊脚字"。写在纸扇上或纸张上,直行书写,有五种基本笔画:点、斜、竖、弧、圈;笔画组成的结构大约有120来种,有的"独体",有的"合体",结构方式跟意义无关。符号总数大约有1200个,一般通用600多个,80%跟汉字有形体关系,少数跟汉字有意义关系,但是用作表音符号,失去了原来的意义(赵丽明:《女书与汉字》,1995年版)。它不是独出心裁的"自源"文字,而是模仿汉字的"借源"文字。

女书所写的语言

江永县有三种语言:西南官话、汉语土话和瑶语。汉族住城镇的说西南官话,住乡村的说汉语土话。瑶族住平原的"平地瑶"说汉语土话,住山区的"过山瑶"说瑶语。女书书写当地消江流域的汉语土话,以江永白水村为例,有声母20个,韵母35个,声调6个,不计声调有400多个音节(赵丽明:《中国女书集成》,1992年版)。一个符号代表一个音节,"音节相同而意义不同",是单音节的"音节文字",部分一符多音,一音多符。

女书的功用

女书作品是一种"歌堂文学",内容主要是描写妇女的生活,文体大都是七字韵文。每逢节日,女友相聚,共同"读唱"女书,"读纸、读扇",唱到伤心处,同声痛哭。诉说苦情,净化心中的郁结,是女书的特殊功用。女书还用来祭神、记事、通信、结拜姊妹、新娘贺三朝、焚化殉葬。由于焚化殉葬,女书作品有许多没有留传到后代。

歌堂文学在汉族妇女中也曾流行。清末民初,我见到我的母亲喜爱歌堂文学。在卧室里一人读唱,在客厅里跟女友共同读唱。歌堂唱本现在不容易看到了。电视剧《孟丽君》的最初底本就是歌堂唱本,女人创作,为女人扬眉吐气。不过汉族没有妇女专用文字,而我见到的歌堂读唱,都是规模很小的,可能是汉族歌堂文学的尾声了。

女书的流行地域

女书流行中心在江永县的上江圩乡,流行地域大致方圆200多公里,是湘粤桂三省的接壤之处。长沙马王堆汉墓出土两张军事地图《舆地图》和《军阵图》,描绘的就是江永县和它的四周。这里是汉族和少数民族在历史上长期争夺的边地。从唐宋到元明，瑶族逐渐离去，汉人逐渐迁入。住在平原的"平地瑶"同化于汉族。

女书的创造者

今天，江永县的居民中有瑶族12万人，占全县人口的52%以上；在有名的瑶族故地"千家峒"有瑶族将近8000人，占当地人口的97%。江永县是以瑶族为主的瑶汉共居地，瑶人汉化，汉人瑶化。认识和使用女书的妇女大多数是"平地瑶"，例如女书能手义华年。女书的应用具有浓厚的瑶族妇女习俗色彩。例如读纸读扇、焚化殉葬等都是瑶族妇女的经常行事。女书的创造者可能是说汉语的"平地瑶"妇女（廖景东：《试论女书与平地瑶的关系》，1995年）。

"女书可能早期是瑶族书写瑶语的文字，瑶人离散，汉语流行，文字由瑶而汉，终于成为汉语的土话文字。"（周有光：《世界字母简史》，1990年版）从上面的调查来看，女书可能是直接根据汉语土话创造的，不是经过瑶语文字转变过来的。

"平地瑶"说汉语，这种汉语受了瑶语的影响，跟西南官话有差异，跟湘方言也有差异，但是仍旧是汉语的一个小方言，跟山区"过山瑶"的纯粹瑶语不同。女书从民族来看是民族文字，从语言来看是汉语方言文字，这两种说法并不矛盾。改说汉语的民族不仅有"平地瑶"，还有满族等许多例子。语言不一定是区分民族的特征。

女书的创始年代

女书创始于何时尚无定论。最早的史志记载是1931年的《湖南各县调查笔记》，其中说到"歌扇所书蝇头细字似蒙古文"。女书内容谈到的故事，最早属于道光（《林大人禁烟》）、咸丰（《长毛过永明》）、同治（《珠珠歌》）等时期，各有一篇文章。较多的文章谈到清末民初的故事，这时候女书的文辞也比较成熟了。女书实物例如"读纸"、"读扇"等，最早可以追溯到咸丰年间。明末清初没有学习女书的记载，到20世纪30年代女书的传授已经停止，到90年代行将绝灭了（宫哲兵：《女书时代考》，1995年）。根据以上资料，女书的创始不可能早于明末清初。当地传说宋代王妃造女书，还有更早的创始传说，都没有可信的证据。

何以外界长期不知？

女书为什么能够流传几百年？又为什么一直不为外界所知？可能有两个原因。第一，女书是"音节文字"，妇女们容易传习，所以能够流传几百年。第二，女书书写本地土话，外地人难于看懂，加上焚化殉葬，遗物较少，所以外界不容易知道。特殊的封闭环境保护了特殊的秘传文字。

城步瑶字的新发现

最近在湖南"城步"大瑶山发现一种瑶语文字，在"过山瑶"妇女中使用（赵丽明：《城步大瑶山妇女使用的符号文字》，1995年）。这种文字用一个符号表示一个语句，是表意不表音的"语句符号"，暂称"城步瑶字"。可惜只取得九个这样的符号，照抄如下：

符号的意义：1. 强盗来了，快上山。2. 要紧。3. 先下，不行，上坡再过。4. 打官司要一路走。5. 来了要走。6. 来了六个人。7. 你们几个人到这里来，累不累？8. 北京嫂嫂来了，有什么事？9. 跑下。

从上面的例子可以看出：1. 符号大都是防备外来侵略者的紧急口号，这是历史动乱的产物。2. 符号受了汉字的影响，由汉字笔画构成。其中第二个表示"要紧"的符号在"井"中加一点，"井"和"紧"的读音相近；第六个表示"来了六个人"的符号是"六口"两字的结合。3. "城步瑶字"是原始形态的"语句符号"，而江永女书是音节文字，二者之间看不出有直接的关系。

纳西族的东巴文中也有"语句符号"（"图画文字"），一个符号代表一个词组或语句；东巴文中另有音节符号（"象形文字"）可以同时并用。例如：画一个野兽脑袋的符号表示"太古时候"，也可用七个东巴音节符号书写；画一男一女两人在屋子里的符号表示"事主一家"，也可用五个东巴音节符号书写（周有光：《纳西文字中的六书》，《民族语文》，1994年第6期）。不同的是，"城步瑶字"是汉字笔画式，而东巴语句符号是图形体。

女书的类型比较

汉字型文字分为两类:"孳乳仿造"和"变异仿造"。"孳乳仿造"利用原有汉字部件,如壮字、喃字、布依字、白文、侗字、苗字、哈尼字等。"变异仿造"模仿汉字造字方法,如契丹字、女真字、西夏字、傈僳字等。女书是"变异仿造"的汉字型文字。

女书和傈僳音节字同样是音节文字,都是"变异仿造"。傈僳音节字书写傈僳语,形体离汉字略远;女书书写"平地瑶"的汉语土话,形体离汉字较近;二者都没有规范化(周有光:《傈僳族的文字演变》,1994年版)。女书和日文假名也同样是音节文字;现代假名是"变异仿造",已经规范化;古代的"万叶假名"是"孳乳仿造",没有规范化。

女书是汉语方言文字,但是跟其他汉语方言文字不同:1. 其他汉语方言文字都是"孳乳仿造",大都只补充少量新造汉字,而女书是"变异仿造";2. 其他汉语方言文字都是"意音文字",而女书是"音节文字";3. 其他汉语方言文字不分男女,而女书为妇女所专用;4. 其他汉语方言文字没有少数民族的影响,女书受到瑶族的影响,不仅在语言上有影响,在使用习惯上也有影响。民族影响是女书跟其他汉语方言文字不同的原因。总之,从类型来看,女书是变异仿造的汉字型汉语方言音节文字。

瑶族的另一种汉字型文字

瑶族还有另一种汉字型瑶语文字,称为"瑶字",用于书写民间歌谣和传说。这是孳乳仿造的"意音文字",不是变异仿造的"音节文字"。从写本《盘王牒》来看,记录年代最早是唐贞观二年(628年)。它跟江永女书以及"城步瑶字"没有关系。一个民族散居各地,交通不便,长期不相往来,分别创造几种不同的文字,是常见的现象(周有光:《瑶族的语言和文字》,1994年版)。

瑶族的教学语文

瑶族有三种瑶语:勉语、布努语和拉珈语。它们是三种不同的语言,不是三种不同的方言,同属汉藏语系,但是语族和语支各异。由于语言分歧,人口分散,而多数瑶族人能说汉语,所以现在的瑶族学校用汉语汉文。

今天,瑶族女孩上学都学汉语汉字。女书的消亡是无可挽回的了。可是女书作为一种特殊的文化现象,有多方面的学术价值,应当继续深入研究。

1995年重写

参考文献:

宫哲兵主编:《妇女文字和瑶族千家峒》,中国展望出版社,

1986年。

赵丽明、宫哲兵：《女书：一个惊人的发现》，华中师范大学出版社，1990年。

谢志民：《江永"女书"之谜》，河南人民出版社，1991年。

宫哲兵编：《女书：世界唯一的女性文字》，台湾妇女新知基金会，1991年。

赵丽明编：《中国女书集成》，清华大学出版社，1992年。

史金波、白滨、赵丽明编：《奇特的女书：全国女书学术考察研讨会文集》，北京语言学院出版社，1995年；其中有赵丽明作《女书与汉字》；赵丽明、邓阳彩、张正清作《城步大瑶山妇女使用的符号文字的调查经过及讨论》；宫哲兵作《女书时代考》；廖景东、熊定春作《试论女书与平地瑶的关系》。

后　记

张森根

周有光是著名的语言学家,《汉语拼音方案》的主要设计师之一,他是自 1898 年《马氏文通》出版以来被列入 30 位"中国现代语言学家"中唯一进入 21 世纪的老寿星。2015 年 1 月 13 日将迎来他的 110 岁生日。他最近的一本别集《百岁新稿》（修订版）,出版于 2014 年 1 月。不少读者还把他的经典语言制作成图文并茂的 PPS,在网上传播。

周有光曾戏言自己 50 岁起,由经济学教授改行从事语言文字学研究,前者是半途而废,后者是半路出家,两个"半"圈合在一起,就是个圆圈,一个"零"字。事实上,他不仅在学术生涯中是同年龄段学者中成果最丰硕、知识最渊博、工作最勤奋、思想最新潮者之一,还通过读书、养性、敦品、励行,展示了知识分子应具备的社会担当和人生境界。

永远的乐天派

周有光 1906 年生于江苏常州,在常州和苏州上中小学,在上海入大学（圣约翰大学和光华大学各两年）。离校后,在上海、杭州、纽约、香港和北京等地生活和工作。1949年以前,他参加过救国会的爱国活动,也是中国民主建国会的发起人之一。抗日战争重庆时期,他经常参加周恩来召集的座谈会和讨论会。好多人劝他从政当官,但他都不为所动。解放后,民主党派的地位提升了,他却一直保持低调。他的老朋友章乃器出任粮食部部长,请他去当官,他也不去。

自到北京工作后,周有光的收入从50年代的1000多元降到500多元,"文革"前只有200多元,日子过得很吃紧。朋友们劝他担任行政职务,否则级别低,工资提不上去。但周有光不当官的信念很坚定,他一直守着这条底线。刚到文改会(中国文字改革研究委员会)工作时,因为吴玉章政治地位高,周有光有专车接送。吴玉章去世后,文改会从部级降为局级,他只能挤公共汽车了。但他看得很淡,自我解嘲说:"使尽吃奶力气,挤上电车,借此锻炼筋骨。为打公用电话,出门半里,顺便散步观光。"(周有光:《陋室铭》)

后来,上面让他当了全国政协委员。再后来,他主动从政协教育组副组长的名位上退出。等环境宽松下来后,他又通过著书立说、接受访谈、发表公开讲话等渠道,在学理层次上把他该说的话都说了出来。因而他的杂文、小品文,看似平实委婉,却总透着一股磨砺批判的锋芒。

周有光一生有20年光景生活在厄运之中。一是抗战时间,他全家搬迁四川,8年中他颠沛流离,为了躲避轰炸和谋生,前后转了十多个住处,女儿因缺医少药活到4岁就夭折了,他儿子被流弹击中,肠子上被打穿几个孔。他自己还在一次轰炸中被震倒在沟旁，看到周围的人都死了。好端端的一个中产家庭，就在战乱中落到贫穷、挨饿的地步。抗战胜利后，他回到上海，身无长物，只能重新开始。但他并不沮丧，依然像战前那样积极工作，关心社会。

二是"文革"又一次让他受尽折磨。他家五口人分居在宁夏、湖北和北京。"文革"前他要负担母亲、妻子和儿子的生活费、医疗费和学费，几乎要靠借贷过日子。入不敷出的他，竟欠下了4000多元的债。"文革"开始，他每月只收到30元生活费。而1940年代中期，他在纽约生活时每月的薪金高达500美元，如按现在的标准算，月薪高达人民币10多万元。他告诉我，解放初期他的工资收入可及美国教授的一半，改革开放之后收入就只有香港保姆的一半左右，对此他并不太在意，只要能干自己喜欢的事就可以了。"文革"结束，全家人集齐了，但原来那点算不上富裕的"家产"已经荡然无存，不仅书籍丢失，连书稿、笔记、照片也多半被毁，但他毫不气馁，从干校返京后又马不停蹄地投入工作。周有光语言文字学的大部分学术成果，也都是从这一时期开始取得的。

当然，中国有许多家庭都遭受过日寇侵略和"文革"之苦，但像周有光那样家庭生活大起大落，阴晴风雨之后还能饱满地投入工作，重新创业，转换社会角色和职业定位的老人并不多。他是个乐天派，一位记者问他：中国实现社会转型可能会在30年之后，长不长？他回答说：30年不算长，中国有5000年历史。一些朋友针对眼前存在的种种消极因素向他讨教时，他总是笑眯眯地说：不要急，慢慢来，社会的发展像老太太扭秧歌那样，走三步退一步,你只看她退了一步,实际是她马上又会朝前走几步,不会原地踏步不动的。因为他比一般人看得远,所以有定力,自然就对中国未来的发展充满乐观情绪。

2002年周有光夫人张允和去世,享年93岁。比他小3岁的张允和,自称"家庭妇女","一辈子是丫鬟命",实际上是我国第一批进入大学的新女性,并当选为女学生会会长。她不但有才华,而且性格开朗。周有光戏称她"快嘴李翠莲"。他俩恋爱了八年才正式结婚。张允和的曾祖父张树藩当过两江总督、两广总督、直隶总督兼北洋通商大臣。1921年张允和的父亲在苏州开办乐益女子中学,依然是大户人家。周有光的祖上虽然也是官宦出身,可民国时期开始败落。但张家十分开通,听凭儿女婚姻自由。叶圣陶说:"九如巷张家四个才女,谁娶了她们都会幸福一辈子。"张家四姐妹——元和、允和、兆和及充和,都找到了佳婿。四姐妹中以老三的夫婿沈从文最有名气,但也一生坎坷。张允和解放初在光华附中任中国史教员,后因业务精湛奉调上北京编纂教科书。不料在"三反"、"五反"运动中张允和挨整受气,周有光索性让她回家过"家庭妇女"的生活。幸好如此,否则像张允和那样的家世和她的性格,在往后的多场"政治运动"中可能性命难保。

解放后,张家四姐妹天各一方。四对夫妻中除周有光夫妇外,仅四妹张充和一人现在美国生活。周有光夫妻性格不同,周有光爱喝咖啡、红茶,很理性,搞汉语现代化,推广汉语拼音,写理论文章;老妻则爱喝绿茶、老母鸡汤,重感情,写散文、随笔。周有光爱听西洋音乐;妻子爱听传统音乐,唱昆曲。但他们七十多年恩爱如初。张允和写道：他们"经过了无数的惊涛骇浪，石堤被打得千疮百孔，可是石堤上的两个人依然坚挺硬直"。张允和去世的前夜，还同来客谈笑风生。她的突然去世，使周有光一时透不过气来，但后来想起了"残酷的进化论"，"个体的死亡是群体发展的必要条件"，他只能服从自然规律，很快就平静下来，过起了孤寂但仍充实的日子。他说："原来，人生就是一朵浪花。"

周有光年轻时身体很弱，一个算命先生说他只能活到35岁，但现在他活了比三个35岁还长。他幽默地说，不能怪算命先生，那是因为科学发达了，所以他能活得健康。还有，就是上帝把他忘记了。许多比他年纪小的老年人都说：人老了，活一天算一天。他却说："老不老我不管，我是活一天多一天。"他从81岁开始，作为1岁，从头算起，他还要继续读书、思考和写作。他真是一位快乐的智慧老人！

说真话，求真知

周有光说："真话不一定是真理，但真话一定是真理的前提。"他不想为了个人的利害关系或避祸免灾去说瞎话和昏话。有的人主张"真话不全说，假话全不说"，但实际上，大话、空话、套话和"我主圣明"的话照说不误。

他在知识与理性的层面上，讲自己相信的话，讲自己思考过的话，绝不随风转舵。他的"三分法"、"双文化论"和科学的一元性，都是他心里要说的真话。2010年他出版了《朝闻道集》，称其"记录我生命中最晚一段时间的阅读和反思"。

在学术争论上,他也决不当和事佬。他针对一位名声比他更大的学者的"河西河东轮流坐庄论"和中国文化将主宰21世纪的观点进行了批驳。这位大学者还主张"振兴国学,必须从娃娃抓起"、"汉字简化及拼音化是歧途",乃至反对古书"今译"……周有光也一一予以否定。周有光认为,甲骨文中就有简繁之分,古代就有简化字,书法家王羲之经常写简化字;历代都有用当代字体改写古书的,因此,"今译"早已有之。删繁就简是"汉字和一切文字的共同规律"。"认为文言比白话优美,那是心理错觉。目前有一股复古风,这是缺乏时代意识和自信心的表现。青年们不可误入歧途。"

对所谓的"国学",周有光也有他独特的看法。他主张对"国学"的主心骨——儒学的封建性、保守性和玄虚性加以剔除和改造,同时提出了儒学现代化问题,目标是与赛先生和德先生握手。他指出:"'文革'使整个中国筋疲力尽、奄奄一息……人们发生了信仰危机……脑袋里空空如也。突然听说'四小龙'起飞是以儒学为背景,由此想起了华夏文化。"

"终身教育,百岁自学"

周有光为《见闻随笔》撰写前言时写下来"终身教育,百岁自学"这个标题,作为对他自己的鞭策,也是他践行的人生哲学。周有光上大学主修经济学,毕业后在银行工作,用的是金融学;去美国后,他靠的是进图书馆读书自学;解放后他一人干三份工作,其中包括在复旦大学担任经济学教授。他没有洋学校颁发的荣誉头衔,全凭真才实学当上了二级教授(离休前为一级教授)。

1956年他改行参加中国语言文字的现代化工作。50岁的他又得从头开始。面对周围一大批国内顶级的语言文字学家,他平时积累的知识不够用,还得靠自学劲头和钻研精神。他不但参与研制汉语拼音方案,还在创建现代汉字学、研究比较文字学、研究中文信息处理和无编码输入法等方面显露头角。

85岁离开办公室,回到家中,他忽然觉得自己一向生活在专业的井底,"发现井外还有一个无际无边的知识海洋,我在其中是文盲,我要赶快自我扫盲"。于是,他静静地坐在他那九平方米的"有书无斋"的小房间中看书、思考、写作。他写下许多笔记草稿,先让朋友和晚辈评点,又不断修改,有的文章发表后再改正、补充。他晚年六七本关于历史、文化方面的学术性文集,就是这样在边学边思考、边写边修改中推向读者的。尽管他说"不知道读者们会不会笑我幼稚和迂拙",但公众对这些跨学科研究的文集给予了很高的评价。

周有光主要是在90多岁后写这些文章,他在《百岁新稿》自序中说:"老年读书,我主要读专业以外的有关文化和历史的书籍……首先想了解三个国家:中国、苏联和美国。了解自己的祖国最难,因为……考古不易,考今更难……了解真实的历史背景困难重重。"

与周有光同时代的人中,自学成才的很多,对周有光也有启发。如他敬重的胡愈之的学问,"几乎全部是自学得来"。周有光当初对调入北京改行想不太通,因为自己对语言文字学是外行,怕不能胜任,胡愈之说:"这是全新的工作,大家都是外行。"周有光受到他人格感染,到北京后发奋自学,从外行变成内行。周有光的连襟沈从文只念过小学,是有名的小说家,后来成了北大教授;解放后一直挨整,被发配到故宫博物院当讲解员,最后靠钻研写出了关于中国瓷器史和服饰史的传世之作。这也给了周有光"攀比"的动力。

最令人钦佩的是,周先生尽管学富五车、自成一家,却是一位闻过则喜的谦谦长者,他一贯欢迎读者对他提出批评。他要求青年朋友对他的著作"不是先肯定文章的内容,而是先怀疑文章的内容,都要经过独立思考,然后接受"。他还说:"真理不怕批评,批评是真理的营养品";"得到有益的批评,我心中十分高兴。如果招来谩骂,我要郑重感谢。在万马齐喑的时代,能听到刺耳的声音,那是真正的时代进步"。几年前,周老把网上对他的质疑、批评乃至责骂,让他哲嗣周晓平先生一一传我阅读。他对待不同声音的度量,足令晚辈更加敬重他的学品和人格。2014年3月在为他即将出版的《周有光百年口述》一书撰写的"尾声"中,他正式提倡"不怕错主义"。他认为反对的意见或可成为成功的基础,所以他不仅不怕别人提出批评,相反更希望听到不同意见。周老的"不怕错主义"虽然是针对读者指正他的著作中史实和观点说的,但由此引申的道理却是十分深刻的。科学的发展和社会的进步,难道不就是依赖于对错误不断揭示,而后不间断地改进吗?周先生真是一位生命不息、思考不息的智慧老人!

"老而不朽谓之圣",诚如斯人。

写于 2012 年 12 月
修订于 2014 年 11 月
(原载《南风窗》2013 年 1 月 16 日)

附录：周有光著作单行本目录

1.《新中国的金融问题》（新经济丛书第二种），香港经济导报社1949年第1版。

2.《中国拼音文字研究》，上海东方书店1952年第1版（1953年第6版）。

3.《字母的故事》，上海东方书店1954年第1版（上海教育出版社1958年修订版）。

4.《资本的原始积累》，华东人民出版社1954年版（上海人民出版社1955年版）。

5.《汉语拼音词汇》，周有光主编，文字改革出版社1958年初稿本（1964年增订版；语文出版社1989年重编本）。

6.《拼音字母基础知识》，文字改革出版社1959年第1版。

7.《汉字改革概论》，文字改革出版社1961年第1版（1964年修订第2版；1979年第3版；香港尔雅社1978年修订本；"日本罗马字社"1985年日译本，译者橘田广国）。

8.《电报拼音化》，文字改革出版社1965年第1版。

9.《汉语手指字母论集》，周有光等著，文字改革出版社1965年第1版。

10.《拼音化问题》，文字改革出版社1980年第1版。

11.《汉字声旁读音便查》，吉林人民出版社 1980 年第 1 版。

12.《语文风云》，文字改革出版社 1981 年第 1 版。

13.《中国语文的现代化》，上海教育出版社 1986 年第 1 版。

14.《世界字母简史》，上海教育出版社 1990 年第 1 版。

15.《新语文的建设》，语文出版社 1992 年第 1 版。

16.《中国语文纵横谈》，人民教育出版社 1992 年第 1 版。

17.《汉语拼音方案基础知识》，语文出版社 1995 年第 1 版（香港三联书店 1997 年第 1 版）。

18.《语文闲谈》"初编"上下两册，生活·读书·新知三联书店 1995 年第 1 版（1997 年第 2 版）；"二编"上下两册，1997 年第 1 版；"三编"上下两册，2000 年第 1 版。

19.《文化畅想曲》，中国青年出版社 1997 年第 1 版。

20.《世界文字发展史》，上海教育出版社 1997 年第 1 版（上海"世纪文库"2003 年修订再版）。

21.《中国语文的时代演进》，"了解中国丛书"，清华大学出版社 1997 年第 1 版（美国俄亥俄大学"Pathways 丛书"2003 年中英文对照本第 1 版，译者张立青）。

22.《比较文字学初探》，语文出版社 1998 年第 1 版。

23.《多情人不老》，张允和、周有光合著，"双叶集丛书"，江苏文艺出版社 1998 年第 1 版。

24.《新时代的新语文》（战后新兴国家的语文新发展），生活·读书·新知三联书店 1999 年第 1 版。

25.《汉字和文化问题》，费锦昌选编，"汉字与文化丛书"，辽宁人民出版社 1999 年第 1 版。

26.《人类文字浅说》,"百种语文小丛书",语文出版社 2000 年第 1 版。

27.《现代文化的冲击波》,生活·读书·新知三联书店 2000 年第 1 版。

28.《21 世纪的华语和华文:周有光耄耋文存》,生活·读书·新知三联书店 2002 年第 1 版。

29.《周有光语文论集》,苏培成选编,共四册,上海文化出版社 2002 年第 1 版。

30.《百岁新稿》,生活·读书·新知三联书店 2005 年版(2014 年修订版)。

31.《见闻随笔》,新世界出版社 2006 年版。

32.《语言文字学的新探索》,语文出版社 2006 年版。

33.《汉语拼音 文化津梁》,生活·读书·新知三联书店 2007 年版。

34.《孔子教拼音:语文通论》,香港天地图书有限公司 2010 年版(世界图书出版公司 2011 年版)。

35.《朝闻道集》,世界图书出版公司 2010 年版(2014 年增订版;香港天地图书有限公司 2011 年版)。

36.《拾贝集》,香港天地图书有限公司 2010 年版(世界图书出版公司 2011 年版)。

37.《文化学丛谈》,语文出版社 2011 年版。

38.《静思录:周有光 106 岁自选集》,人民文学出版社 2012 年版。

39.《百岁忆往》,生活·读书·新知三联书店 2012 年版。